Marie-France Desmaray

LES AMANTS DE LA RIVIÈRE-ROUGE

Roman

Terres de France

PRESSES DE LA CITÉ

ISBN : 978-2-258-15267-0
Dépôt légal : janvier 2019
Mise en pages : Nord Compo

Presses de la Cité | un département **place des éditeurs**

place des éditeurs

Première partie

J'ai reçu de l'être aimé un cadeau
Qui m'a rappelé combien ses mains étaient généreuses.
[...]
Sans doute est-il précieux, le cadeau de l'être aimé
Mais je lui avais moi-même offert
Ce que je possède de plus précieux,
Mon cœur...

Origines, Amin MAALOUF

1

Octobre 1921

C'est un matin comme tous les autres. La cosse de chêne se consume paisiblement dans la cheminée, son léger ronronnement et la lumière blafarde qu'elle distille insufflent un soupçon de vie dans la maisonnée encore endormie. La vieille pendule de bois a fini d'égrener les six heures, le silence s'est à nouveau installé, rompu seulement par le tic-tac régulier de son balancier. Il s'est levé aux aurores comme à son habitude, pour être seul, et s'abandonne avec délice au plaisir de savourer le petit déjeuner. L'enveloppe s'offre à son regard, dissimulée sous son bol. Il la fait glisser lentement vers lui. A l'intérieur, une mince feuille de papier, pliée soigneusement en quatre. Il l'ouvre avec inquiétude, ses mains tremblent, ses yeux s'embrument pendant que les mots défilent…

Cher vous,

Je sais que je vais vous faire du mal et j'imagine votre colère lorsque vous lirez ces quelques lignes.

J'essaie de retarder le moment où je vais pousser la porte derrière moi, me retrouvant seule et désorientée. Je pars le cœur lourd, abandonnant sur le chemin tant de souvenirs, souvent doux, parfois amers. Ma jeune vie passée se résume à cette petite sacoche noire contenant mes quelques effets personnels, ma vie future, elle, frémit, vibre en moi.

Maman va très certainement souffrir par ma faute, et ma chère mémé pleurera mon absence. Si vous saviez comme je m'en veux. Je ne vous demande pas de m'approuver, juste de m'accorder un peu d'indulgence. Comprenez bien ! Je n'ai pas le choix.

Comment voulez-vous que je dissimule plus longtemps mon état ? Je m'étonne d'ailleurs que l'œil affûté de la mémé n'en ait encore rien remarqué. Lorsque je suis sortie hier soir de table, prise d'une irrépressible envie de vomir, elle s'est contentée de bougonner que j'avais abusé des prunes du jardin. Mais son regard inquiet attardé sur ma silhouette me laisse penser que des doutes s'immisçaient dans son esprit.

Oui ! Je vous l'avoue enfin, ce départ je l'ai préparé depuis plusieurs semaines déjà. Je m'en vais rejoindre un petit village en bord de Charente où du travail m'attend, chez des Vendéens du bocage établis en ces terres. Je suis confiante. Vous me connaissez, je n'ai pas pour habitude de garder les deux pieds dans le même sabot. Et puis, là-bas, personne ne me connaît.

Je crains juste un peu l'instant où mon enfant va venir au monde, maman et la mémé ne seront pas là pour me tenir la main.

Oh ! je devine déjà votre réaction. Je n'ai pas oublié votre courroux lorsque je vous ai confessé avoir fui de chez la vieille Mathilde, la faiseuse d'anges chez qui vous m'aviez envoyée. En dépit de vos cris de rage, je vous ai bravé parce que je souhaitais garder cet enfant. Vous craigniez le qu'en-dira-t-on, je vous comprends. Mais ma décision était prise, et pour la première fois j'ai refusé de vous obéir.

Vous devez vous douter que cet enfant, je ne l'ai pas désiré. Dites-moi, comment peut-on désirer un enfant à tout juste quinze ans ! Vous répétiez sans cesse que j'étais belle et je vous croyais quand vous veniez me retrouver en pleine nuit dans la chambre. J'étais naïve, comme on peut l'être à cet âge, j'ai accepté ce que je prenais pour un jeu, même si j'avais la vague impression que c'était mal. Plus tard, je n'ai pas compris ce qui m'arrivait quand il y a eu du retard dans mes choses, mais vous, vous saviez. Le ciel m'est tombé sur la tête, le bon Dieu me punissait, j'étais une mauvaise fille. C'est ce que j'ai pensé.

Aujourd'hui, je suis plus forte. Si vous saviez comme maintenant je l'attends, je l'espère avec avidité, ce petit ou cette petite que j'aime déjà de tout mon cœur. Tenez ! Pendant que je vous écris, il martèle mon ventre de petits coups de pied affectueux.

Je prie pour qu'un jour le bon Dieu me pardonne et me fasse croiser la route d'un brave gars qui m'acceptera telle que je suis, et surtout qui accueillera mon enfant. Je n'ai qu'un souhait : lui donner un père.

Mais pour ce qui me concerne, et malgré tout le respect que je vous dois, permettez qu'à compter de ce jour je ne puisse plus jamais vous appeler… papa.

Louise

Avec acharnement, il déchire la lettre, encore et encore, jusqu'à ce qu'il ne reste plus que d'infimes bouts de papier, des confettis dérisoires qu'il jette furieusement dans les braises rougeoyantes de la cheminée. Petit à petit, ils disparaissent, ne laissant plus aucune trace de leur existence. Mais les mots, eux, restent gravés de manière indélébile dans son esprit.

2

Il n'a jamais connu d'autres paysages que les marais, ce sont ses marais, comme il se plaît à dire. Il est né sur ces terres sauvages, ces grandes prairies humides lézardées d'étiers, camouflées entièrement l'hiver lorsque les eaux se déploient et envahissent le paysage. Les roseaux s'étirent à perte de vue, enchâssent les fossés, bruissent et se courbent gracieusement, balayés par les vents. Quelques barrières de bois font obstacle à l'œil, à l'arrière les vaches y paissent sereinement.

Il s'est forgé un caractère farouche et rude, comme les paysages qui l'entourent. Avec le temps, son épouse Léonie s'est accommodée de ses silences et l'affirme : c'est un brave homme. Elle se souvient quand il est venu demander sa main à son père, il y a une vingtaine d'années. Il avait revêtu pour l'occasion ses vêtements du dimanche et dans une attitude empreinte de gaucherie avait révérencieusement ôté son petit chapeau rond de feutre noir, avant de le saluer pour lui présenter sa requête. C'est à la cave que l'accord se scella par une franche poignée de main entre le père de Léonie et son futur gendre.

Les yoles décorées de pompons multicolores amenèrent aux abords de Challans la famille des mariés, et une Léonie tout émue et intimidée. Elle rayonnait dans sa longue robe de couleur prune juste relevée par un fichu de dentelle blanche noué sur les épaules, les cheveux tressés en chignon, serrés dans une fine mantille et recouverts de la coiffe traditionnelle. A terre, une carriole les attendait pour les mener à l'église et le cortège des nombreux invités suivit, guidé par les accords enlevés de la veuze du violoneux. Foi de maraîchin, ce fut un bien beau mariage et, durant deux jours, le vin coula à flots pour accompagner pâtés, volailles, brioches et fions.

Un héron s'étire au-dessus de l'eau, s'envole dans un grand battement d'ailes. Gabriel, debout à l'extrémité de la yole, enfonce la ningle dans l'eau puis la relève dans un mouvement souple, permettant à l'embarcation de glisser à la surface de l'étier. Une brume dense dissimule les marais sous un épais voile blanc, des gouttelettes s'en détachent et s'égrènent telles des petites perles de lumière, seuls les coassements des grenouilles troublent la paisible léthargie de cette aube naissante…

Vous avez tout pour être heureux, c'est ce que l'on dit, n'est-ce pas, à des jeunes mariés pour leur souhaiter bonne chance sur le long chemin de vie qui les attend. Certes, ils avaient tout pour être heureux, Gabriel l'admet volontiers quand il songe à ses premières années de mariage. Très vite, dans les jours qui suivirent la noce, il entama la construction de leur bourrine, sur quelques ares de terres délaissées offerts par le beau-père en cadeau de mariage. De caractère fier et indépendant, il refusa toute aide et la monta entièrement de ses propres mains. Avec ses murs de terre glaise enduits d'une chaux éclatante de blancheur pour prouver l'aisance du maître des lieux, son toit chapeauté de roseaux soigneusement alignés et enserrés, elle avait belle allure et put accueillir leurs trois enfants : deux garçons, une fille, ainsi que la maman de Léonie à la mort de son époux.

Oui, ils étaient heureux, pas riches, mais l'élevage de canards leur procurait quelques revenus substantiels, tout comme le troupeau de brebis dans les prés alentour. Les enfants poussaient, vite, trop vite, telles de mauvaises herbes, au dire bienveillant de Léonie. Au loin cependant se profilaient les échos d'une vilaine guerre et la mobilisation vint rompre ces années de bonheur simple. Gabriel s'en fut, comme tant d'autres hommes, rejoindre des milliers de compagnons de mauvaise fortune. Quand il revint au pays, quatre ans plus tard, il n'était plus le même. Difficile de reconnaître le mari et le père dans cet homme dévasté, vieilli avant l'heure. L'homme bourru, bougon et volontiers taiseux que Léonie prenait plaisir à chahuter avant de partir à la guerre s'enferma de longues semaines dans un silence oppressant. Le temps fit son œuvre d'adoucissement, les blessures de son âme cicatrisèrent au fil des mois, en tout cas en apparence, le train-train du quotidien reprit la place qu'il n'aurait jamais dû quitter. Chaque mardi, Gabriel allait vendre ses canards au marché de Challans et retrouvait les volaillers et maquignons des environs. Il s'obligeait parfois à trinquer avec eux, lorsque les ventes avaient été bonnes, mais sans vraiment trouver ses aises.

Le soir, toute la famille se retrouvait à table. Avec la pointe de son couteau, Gabriel entaillait d'une croix le dessus du pain, accordant ainsi à chacun le droit de commencer à manger. Le repas terminé, les enfants se calfeutraient dans le lit pendant que Léonie et la mémé vaquaient aux tâches ménagères, Gabriel quant à lui s'isolait dans un coin de la pièce pour lire son journal. Un rituel immuable auquel les deux garçons, prenant de l'âge, auraient aimé déroger. Mais Gabriel demeurait intransigeant. Parfois Louise, la petite dernière, se levait et venait se faire cajoler sur les genoux de son père, malgré les protestations de Léonie qui voyait d'un mauvais œil sa fille le mener par le bout du nez. Mais il était incapable de résister à ses jolies prunelles vertes pétillantes et à la chaleur enfantine de son petit corps quand elle finissait par s'endormir contre lui.

Quelques années passèrent, la gamine mutine se mua en une jeune fille aux jolies formes naissantes, ce qui faisait dire à la mémé que sa petite feille[1] devenait une vraie femme et que les coqs de Challans n'allaient pas tarder à tourner autour de ce beau brin de fille. Gabriel ne savait pourquoi, mais un drôle de pincement lui serrait le ventre quand ses yeux se posaient sur Louise. La jalousie prenait même le pas, comme

1. Feille ou feuille : fille, en patois vendéen.

la fois où il s'était mis en colère parce que la mémé avait osé évoquer l'idée qu'un gars lui prenne sa fille.

La yole continue sa route, frôlant à fleur de bois les iris sauvages, une anguille s'enroule autour de la ningle, se déploie et s'esquive à vive allure. Lui prendre sa fille. Gabriel frémit à cette idée. Il sort un mouchoir de sa poche et s'essuie les yeux. Quelques lumières tentent de percer le manteau de brume ; il devine que, derrière, les maisons s'éveillent. Mais comment a-t-il pu en arriver là ? Il va finir par donner raison à la vieille mémé qui croit aux affaires de sorcellerie. Aurait-il donc été enjominé[1] ?

Toute la maisonnée dormait, on n'entendait pas un bruit, tout juste le vacillement de la braise dans la cheminée. Cela faisait des heures qu'il la regardait, dans un état second, ruminant des pensées qu'il savait malsaines, mais n'arrivait pas à réfréner. Mû par une impulsion, il s'était levé brusquement, puis, sur la pointe des pieds, il était entré dans la chambre où dormaient les enfants et la mémé. Il entendait le ronflement lourd des garçons, bercé par celui plus léger de la grand-mère. Mis en confiance, il s'était approché du lit surélevé de Louise, enivré par son léger parfum d'eau de Cologne, cette odeur de lavande familière, ému aussi par sa respiration légère. Lentement, sa main s'était hasardée maladroitement dans l'obscurité, elle avait tâtonné, effleuré le drap, trouvé enfin le visage tant aimé, caressé ses joues, sa peau si douce.

1. Ensorcelé.

Il tremblait, mais rien n'aurait pu l'arrêter. Sa main s'enhardissait, continuait son chemin avec un peu plus d'assurance, s'immisçait sous le drap épais et froid.

Louise avait bougé, dans son sommeil. Il s'était déshabillé rapidement et glissé dans le lit. Il savait que c'était mal, mais il fallait qu'il le fasse, il n'était plus lui-même.

La yole s'est arrêtée, ou plutôt Gabriel a cessé ses manœuvres avec la ningle. Il est assis, se tient la tête entre les mains et sanglote. C'est la première fois qu'il pleure, il ne pensait pas en être capable, lui qui a toujours su contenir ses émotions, même lorsque la mort a fauché ses compagnons de tranchées, durant la guerre. Mais aujourd'hui il est bien incapable de maîtriser son chagrin. Il pense aux dernières semaines, aux événements qui se sont précipités, il repense à sa faute, qu'il va devoir garder en lui toute sa vie, il pense à Louise qui est partie, il sait qu'il va être confronté au regard inquisiteur de Léonie, à celui tout aussi perspicace de la mémé, il ne peut pas, il n'en peut plus.

Il enlève ses sabots, les dépose sur le fond de l'embarcation et les aligne soigneusement, dans un geste rituel. Il s'est levé. La yole chancelle. Il lui semble entendre au loin le gémissement plaintif d'un violon, ce doit être un rêve. Un dernier signe de croix, un corps qui se penche et tombe lourdement, l'eau soupire, des stries se forment à sa surface. Une famille de colverts poursuit son chemin le long des roseaux, le silence est revenu, le jour se lève…

3

La petite Vendéenne, c'est ainsi qu'on la surnommait à Saint-Simon. Son arrivée au village il y a quelques mois avait excité les curiosités et ravivé les commérages. Une fille seule, enceinte par la grâce du Saint-Esprit, commentaient certaines langues acerbes, allant même jusqu'à la traiter insidieusement de vilaine houlère[1].

Louise eut vent de ces ragots mais préféra les négliger et évita de les aborder dans la lettre adressée à sa mère dès les premiers jours. Elle n'avait pas menti, d'ailleurs, en écrivant qu'elle se plaisait dans sa famille d'accueil tant elle fut tout de suite acceptée comme la fille de la maison. Auguste et Jeanne Chaillou se gardèrent bien de toute question embarrassante et l'accueillirent avec cordialité.

— Tu es la bienvenue ici, ma chère Louise. Et nous ferons tout pour que tu te sentes comme chez toi.

---

1. Truie qui met bas – par extension, jeune fille de mauvaise vie qui a eu des enfants. (Terme du Poitou, de la Saintonge et de l'Aunis.)

Jeanne Chaillou l'impressionna par son élégance racée. Des cheveux impeccablement tirés en chignon, une longue robe de couleur sombre ne laissant place à aucune fantaisie, un regard profond, pénétrant, voire impressionnant lorsqu'elle vous dévisageait sans ciller, lui conféraient une allure austère, quasi monacale.

Elle entoura chaleureusement Louise de ses bras et lui tapota le dos dans un geste plein de tendresse. Louise n'était guère habituée à ces élans. Elle croyait entendre son père, agacé lorsque son épouse lui faisait la bise devant les enfants : « Arrête tes diasses[1], ma pauvre femme, on n'est pas à la ville ici. »

Le large vestibule en imposait tout autant que la maîtresse de maison. Jeanne entama la visite en longeant le couloir. Ici, la salle à manger, une pièce dont Louise ne connaissait même pas l'utilité, là le petit salon avec ses fauteuils cossus devant la cheminée, au bout la cuisine et l'arrière-cuisine.

Evidemment, ça la changeait de la bourrine qui ne comportait que deux pièces pour loger toute la famille.

Elle déposa ses chaussures en bas de l'escalier et suivit son hôtesse à l'étage. Une odeur prégnante s'exhalait des boiseries fraîchement encaustiquées. Jeanne entrouvrit une première porte et invita Louise à entrer :

— Voici ta chambre, ma petite.

Elle désigna une autre porte :

— Et là, derrière celle-ci, tu trouveras un cabinet de toilette à ton entière disposition.

1. Simagrées.

Son regard balaya rapidement la chambre, très lumineuse. Un feu de cheminée diffusait une chaleur agréable. Sous la fenêtre, elle remarqua la petite table basse avec une rose blanche dans un vase de cristal et à côté un plateau sur lequel reposaient une tasse et une cafetière en porcelaine fleurie. Et enfin, le lit recouvert d'une épaisse couette en boutis rouge. Un lit pour elle toute seule ! Elle se retourna pour remercier Jeanne mais celle-ci s'était déjà esquivée discrètement.

Louise referma la porte et resta quelques instants à l'entrée, les bras ballants, sa valise à ses pieds sur le parquet. Elle posa ses pieds sur les patins et se hasarda à glisser sur les belles lattes de chêne parfaitement cirées.

Désorientée, elle s'assit sur un coin du lit. Ses yeux s'attardaient sur le mur d'en face, admiraient les ravissantes petites fleurs rouges de la tapisserie. Un miroir en cuivre lui renvoya son image. Fatiguée.

Petit à petit, la tension de la journée, du voyage et des dernières semaines retomba. Elle s'allongea sans prendre la peine de se dévêtir. La couette, agréablement moelleuse, s'affaissa sous son poids. A la fatigue s'ajoutaient l'appréhension, l'incertitude de son avenir. Elle se tourna sur le côté, en chien de fusil, et se serra la tête dans les mains pour essayer de calmer la douleur lancinante qui lui martelait le front depuis le matin. La lassitude aidant, le sommeil finit par la gagner.

C'était il n'y a pas si longtemps. Les premiers jours de son arrivée à Saint-Simon représentent autant de moments intenses gravés de manière indélébile dans sa mémoire. Une fois bien installée, elle a ressenti le besoin de mettre sur papier ses sentiments et s'est ouvert un petit carnet intime. Les mots sont venus d'eux-mêmes, du passé et du présent désormais indissociables, parfois crus, amers, d'autres fois tendres et joyeux, selon le fil que prenaient ses souvenirs.

Les jours, les semaines passèrent, elle se familiarisa un peu plus avec cette terre, se prit d'affection pour ce joli bourg qui surplombe les eaux calmes de la Charente. Elle se sent bien ici et en a presque honte. Honte parce qu'elle s'est finalement acclimatée beaucoup plus vite qu'elle ne l'aurait imaginé, malgré l'éloignement des siens. Grâce à leur bienveillance sincère, les Chaillou apprivoisèrent assez vite sa timidité et ses appréhensions. Des gens honnêtes. Ils avaient accueilli Louise un peu comme leur fille, et surent lui prodiguer tous les soins et réconforts nécessaires le jour où…

Elle se retourne et observe tendrement Rose : elle dort profondément dans le petit lit installé juste à côté du sien par Auguste. Oui, Jeanne et Auguste ont su l'entourer le jour où elle a donné naissance à sa petite. L'angoisse, la panique l'envahirent dès les premières contractions. Elle hurla sa douleur. L'instinct lui fit appeler sa mère à l'aide. Jeanne accourut et l'assista avec infiniment de tendresse et de patience. Elle demeura dans la chambre aux côtés de la sage-femme, lui tint la main jusqu'au bout, jusqu'à ce que, par un vagissement prolongé, Rose annonce son arrivée dans le monde. Louise versa des larmes de bonheur quand Jeanne plaça sur son giron une fragile petite boule de chair encore toute chaude au visage fripé.

Elle s'allonge et ferme les yeux, laissant libre cours aux souvenirs. Ils sont obsédants, lancinants depuis le premier jour. Elle se camoufle la vérité en se disant qu'elle n'a pas le mal du pays. Les siens lui manquent. Elle souffre de ne pas avoir de nouvelles de leur part. Malgré la distance qui la sépare maintenant de son père, elle craint par-dessus tout sa réaction et compte sur la mansuétude de sa mère et de la mémé quand elles apprendront la naissance de leur petite-fille.

Elle se raccroche à cette idée et essaie de chasser *son* visage. Il s'est incrusté sournoisement en elle depuis son départ du marais et ne la lâche plus. Pas une nuit sans qu'il ne vienne la tourmenter. Avec toujours le même cauchemar. Il est là devant elle, il la domine par sa stature imposante, elle croit l'entendre crier, lui reprocher son départ, la traiter de mauvaise fille. Elle lève la main pour se protéger, pour éviter la punition comme lorsqu'elle était petite et qu'elle savait la taloche prête à tomber. Elle se recroqueville sous les draps. Elle est redevenue une enfant, il n'osera pas la toucher, il l'aimait bien. Avant…

Il reviendra une fois de plus la hanter dans la nuit. Mais quand le jour se lève, tous ses mauvais rêves se sont effacés, comme par miracle. Louise a retrouvé le calme. Apaisée, elle berce Rose dans le creux de ses bras, ouvre sa chemise pour lui donner le sein. La vie est là, continue, se perpétue à travers son bébé. L'avenir leur appartient.

4

Agé d'à peine seize ans, Auguste Chaillou quitta l'île de Noirmoutier sur un coup de tête, avec pour tout bagage un balluchon. Pour mettre fin aux relations conflictuelles qu'il entretenait avec son père, un marin-pêcheur aussi fougueux et impulsif que lui, surtout en état d'ébriété. La décision prise, le sac préparé à la hâte avec juste quelques effets personnels entassés pêle-mêle, il se fit la belle en pleine nuit, pour éviter de devoir se justifier auprès de sa mère. Il longea marais et lacs, traversa de vastes plaines, des forêts, autant de paysages nouveaux pour lui qui n'avait jusque-là jamais quitté son île. C'est dans les collines du bocage qu'il décida de sa première halte. Sa débrouillardise et sa mine avenante lui ouvrirent les portes d'une ferme où un couple lui offrit gîte et couvert moyennant un coup de main journalier auprès des bêtes.

Il y demeura quelques mois, jusqu'à la venue d'un recruteur charentais, cherchant de la main-d'œuvre pour remettre en état des vignobles atteints du phylloxéra. L'idée l'enthousiasma, ce travail était fait pour lui. Le jour même, il quittait ses hôtes et prenait la route du Sud.

Le destin en décida autrement. Après plusieurs haltes, il parvint à Saint-Simon en bord de Charente. La petite bourgade n'était pas dénuée de charme, certainement à cause du fleuve en contrebas. L'océan lui manquait déjà. Il n'était décidément pas fait pour la terre. Ici il retrouvait une ambiance équivalente à celle de son port de l'Herbaudière, sur l'île. En descendant sur la cale d'embarquement, il découvrit un petit monde de pêcheurs populeux, grouillant. Tout ce qu'il aimait.

Il aborda gaillardement quelques gabariers qui lui proposèrent de trinquer au bar du village. Ça ne se refuse pas. Il expliqua sa situation en quelques mots. Ses nouveaux camarades lui conseillèrent de demander du boulot au charpentier du radoub, patron d'une entreprise de construction et réparation de gabares. Ni une ni deux, ce qui était dit fut fait.

— Ah ! dame, si le travail ne te fait pas peur, mon gars, si tu ne comptes pas tes heures, je te prends tout de suite ! lui déclara le patron.

Tope là ! Le voyage d'Auguste prit fin dans ce village, légèrement à l'écart des vignobles. Il s'imprégna du métier de charpentier, comme on entre en religion, avec toute la passion et l'ardeur de son caractère bouillonnant et avide de savoir. Le frôlement de l'égoïne sur les lames de chêne résonnait à ses oreilles tel un chant d'amour, ses mains épaisses se faisaient douces comme pour caresser la peau d'une femme quand il s'agissait de fignoler le travail avec l'herminette ou de flatter délicatement la cambrure de la coque pour mieux en apprécier le grain. Les effluves du bois chaud effleuré, câliné par la gouge l'enivraient.

Dans le chantier régnait en permanence une atmosphère de chaude camaraderie entre des gars venus de tous horizons : de Charente, parfois de Vendée comme lui ou du Limousin. Ils étaient nombreux ceux-ci, des colosses joviaux originaires de Saint-Flour avec qui il se lia de profonde amitié. Les bâtiments résonnaient de leurs joyeux refrains :

Rien n'était aussi gros que les scieurs de long
Et rou pastringrou pastingra
Et lonla pastingrou pastingra,
Que les scieurs de long,
Faudrait les voir sur leurs pièces de bois
A scier les chevrons,
Et lonla pastingrou pastingra[1].

Deux ans étaient passés depuis qu'il avait déserté Noirmoutier. Son patron, en raison de son âge avancé, aurait bien voulu trouver repreneur pour l'affaire. Il ne pouvait compter sur son fils, parti depuis belle lurette comme marin au long cours. L'idée de le proposer à Auguste le turlupinait depuis très longtemps, il se décida à lui en parler. Il n'avait pas d'argent ? Que diable, ce n'était pas un problème, il saurait attendre. Ainsi fut dit, ainsi fut cédé le chantier.

1. *Les Scieurs de long d'Auvergne,* chant traditionnel.

Entre-temps, lors d'un séjour chez un approvisionneur de bois à Angoulême, Auguste fit la connaissance de Jeanne. Une grande jeune fille fort élégante dont il tomba amoureux au premier regard. Au prétexte d'un deuxième voyage à Angoulême, il l'invita au bal, puis chez lui à Saint-Simon et peu de temps après il la demandait en mariage.

La noce permit à Auguste de revoir ses parents. Les années passant, la petite entreprise consolida sa notoriété et devint des plus prospères, le chantier gabarier le plus réputé de la région, avec en permanence pas moins d'une douzaine d'ouvriers, calfats, charpentiers ou scieurs de long.

5

Par sa présence discrète mais efficace, Louise a su très vite se rendre indispensable. Et ses journées sont largement occupées, entre la préparation des repas pour ses employeurs ainsi que les paniers pour les ouvriers du chantier, l'entretien de la maison et parfois quelques travaux de jardinage dans le potager.

Elle voit arriver le dimanche avec soulagement. Auguste lui a remis sur pied un vieux landau déniché au grenier, elle peut ainsi s'échapper dans le bourg avec Rose. Elle en a vite fait le tour mais elle aime bien la petite place au sein de laquelle siège l'église, entourée de grandes maisons aux murs de pierre crayeuse. Elle se plaît à descendre les ruelles escarpées et étroites qui l'amènent inévitablement jusqu'à la Charente et aime flâner le long de ses rives. Les berges réveillent en elle une foultitude d'émotions liées au souvenir de son marais : les odeurs de fleurs sauvages, le ballet des libellules sur l'eau qui frissonne quand elle y jette négligemment un caillou. Sauf qu'ici, les yoles fragiles des étiers maraîchins se transforment en gabares, ces longs bateaux à fond plat chargés d'acheminer les marchandises le long de la Charente. Elle peut les voir s'amarrer au port certains soirs. Les mouvements des hommes à bord, leurs gestes lui sont devenus familiers. Elle les épie discrètement, les observe décharger les caisses de cognac et les empiler sur les charrettes pour les remonter au village. Leurs chants, leurs rires gras parviennent altérés jusqu'à elle, l'amusent. Le travail terminé, le ponton se vide, le silence retombe, la Charente retrouve sa sérénité. Elle sait qu'ils vont finir la soirée à l'auberge de l'Etoile d'Or, y passer la nuit avant de reprendre le fil de l'eau dès le lendemain. Certains séjournent plus longtemps, lorsque les gabares nécessitent des réparations. Il arrive alors à Louise de les croiser à l'atelier d'Auguste, quand elle apporte les gamelles aux ouvriers à l'heure du déjeuner. Ils la sifflent dès qu'elle franchit la porte, Auguste bougonne pour la forme, tant que les gars ne lui manquent pas de respect.

Marius l'avait remarquée. Il habite à Saint-Simon, et même si son activité de gabarier l'éloigne très souvent du village, il n'empêche que la petite Vendéenne n'a pas échappé à sa curiosité. Il n'en était pas à son premier pastis quand il l'a vue pour la première fois, un dimanche en fin de matinée. C'est jour d'affluence à l'Etoile d'Or, le café de la mère Couturier, celle que les gars nomment « la femme à barge ». Tout ce que Saint-Simon compte d'ouvriers s'y rencontre : vignerons, distillateurs, scieurs de long, charpentiers, calfats, forgerons ou matelots, forcément ils se connaissent tous. Un milieu coloré, où le verbe se fait haut pour commenter les événements, bien que pas grand-chose à vrai dire ne vienne déranger la routine locale.

Accoudé au zinc avec ses copains, Marius critiquait ironiquement, comme d'habitude, la sortie de la messe et ses grenouilles de bénitier. Alors évidemment, quand ce petit bout de femme est apparu, silhouette fluette et fragile perdue parmi la foule, il a été intrigué. Elle n'était pas du village, il était prêt à en jurer. Dans un mouvement gracieux, elle s'est penchée sur le landau pour recouvrir son bébé, et l'espace de quelques secondes il a réussi à entrevoir son visage. Mais c'est qu'elle était drôlement mignonne, la bougresse, a-t-il pensé derechef. Les quolibets ont fusé quand il a demandé négligemment aux autres s'ils savaient qui elle était. Ils ricanent sous cape :

— Comment ça Marius, t'es pas au courant, ben tu serais bien le seul, mon fi d'vesse ! Voyons, c'est la gamine de Vendée qu'est arrivée chez les Chaillou, il y a quelques mois, avec son marmot dans le ventre qu'on ne sait même pas qui est le père. Tu ne vas quand même pas t'amouracher de cette gamine, il y en a suffisamment au pays pour que tu ne t'embêtes pas avec une fille-mère. Allez ! Bois un coup, ça va te remettre les idées au clair.

Il a haussé les épaules, agacé et n'en a plus reparlé. Les plaisanteries les plus courtes sont les meilleures.

A nouveau reparti pour une livraison de cognac sur Angoulême et Rochefort il a cessé d'y penser. Mais de retour au village, quelques semaines plus tard, il l'a bien reconnue, assise sur l'herbe à quelques mètres de là, serrant son bébé dans ses bras. Il déchargeait quelques caisses de poissons et, alors que cela n'aurait dû lui prendre que peu de temps, il provoqua de nombreux allers et retours jusqu'au village afin de prolonger le plaisir de lui jeter des petits coups d'œil fugaces à chacun de ses passages. Hélas, lors de son dernier retour, elle s'était volatilisée !

Un mois s'était écoulé, l'été s'alanguissait paresseusement. Ce dimanche-là, il avait bu plus rapidement que de coutume son pastis, et en refusa un second. Du coin de l'œil, il guettait la sortie de l'église, et lorsque les cloches carillonnèrent, annonçant la fin de l'office, il s'esquiva rapidement, prétextant du travail à faire sur la gabare. Posté un peu à l'écart sur la place, il n'avait pas eu à attendre très longtemps avant que le flux des fidèles ne s'éparpille. Son profil se détacha, parmi les hommes, les femmes, les enfants, des gens qu'il connaissait tous. Cette fois-ci, pas question de laisser s'envoler la tourterelle.

Il avait patienté quelques minutes avant qu'elle n'arrive à sa hauteur. En passant devant lui, ses petits yeux pétillants s'attardèrent plus que de raison. Il en fut tourneboulé et devina qu'une chance se présentait à lui. Il bredouilla pour la saluer :

— Bonjour, mademoiselle…

6

Jeanne a déposé l'enveloppe sur sa table de chevet, Louise la retourne, machinalement, même si, déjà, elle devine sa provenance. Au dos, l'écriture, petite, appliquée, découvre un nom et une adresse familiers :

Léonie Guilbaud – L'ouche des marais – Saint-Hilaire-de-Riez (Vendée)

Elle hume le papier, espérant retrouver des odeurs, des parfums enfouis dans sa mémoire, hésite encore, partagée entre la joie et la crainte, presse l'enveloppe contre son cœur et se décide enfin à la décacheter.

Le 31 août 1922

Louise,

La lettre que tu nous as adressée pour la naissance de ta fille nous a blessés.

Honte sur toi. C'est ton choix de nous avoir abandonnés, tu dois l'assumer, mais en tout cas, par ton geste insensé tu as amené le malheur à la bourrine.

Tu n'es qu'une égoïste. Ton pauvre père n'a pas supporté ton départ, il s'est donné la mort peu de jours après. C'est un voisin qui a retrouvé son corps dans les marais et nous l'a ramené.

Et voilà que tu viens pleurnicher parce que tu as un bébé et que je dois en être heureuse ? Tu me vois annoncer aux voisins, à la famille, que ma fille est partie de la maison parce qu'elle s'est fait engrosser par je ne sais qui ?

Tu m'as déçue, Louise. Même la mémé ne comprend pas ton attitude, et d'ailleurs il n'y a quasiment plus moyen de la faire parler. Elle passe ses journées assise sur le banc de cheminée sans proférer un mot.

Je n'ai maintenant plus de fille. Mes deux fils heureusement me restent fidèles.

Inutile que tu remettes un jour les pieds à la bourrine, encore moins avec ta petite bâtarde.

Adieu.

7

Les nuages s'amoncellent, menaçants, obscurcissant dangereusement le ciel.

Aux premières lueurs de l'aube, Louise a quitté furtivement la maison. Sans but précis. Elle cherche juste à vider son esprit tourmenté par l'insomnie de la nuit. Des chemins longés, près de la rivière ou à travers champs, des vignes arpentées, des hameaux aux rues désertes traversés, elle ne garde aucune image. Elle n'a de cesse de marcher depuis des heures, d'un pas vif, Rose fermement serrée contre son ventre. Ce petit être bouillonnant de vie à l'abri de sa cape atténue légèrement la hargne qui lui étreint le cœur. Elle fuit, pour échapper à ce proche passé qui la poursuit, oublier la brutalité des mots cinglants, effacer la cruauté du jugement asséné dans cette lettre qu'elle voudrait tant ne jamais avoir reçue.

Elle n'a pas versé une larme après l'avoir lue. Assise devant la fenêtre, le regard perdu sur la Charente, elle est demeurée immobile, toute la nuit, ressassant avec une profonde amertume les mots gravés dans son esprit. Mais au petit matin, le cœur oppressé par un trop-plein de rancœur, de colère mêlées au désespoir, elle a ressenti le besoin de prendre l'air.

Elle s'est fait violence pour les évacuer, mais au fur et à mesure de son errance, les souvenirs de sa vie passée s'obstinent, l'envahissent sans qu'elle puisse opposer la moindre résistance, creusant à l'âme sur leur passage de profondes cicatrices.

Depuis ses premiers jours en Charente, elle s'était forgé une carapace, un rempart contre toutes les pensées pernicieuses et se contentait de se persuader qu'il y avait tout simplement un avant, un après ; un bilan lapidaire auquel elle s'accrochait parce que ça l'arrangeait. L'avant, il faisait partie d'un épisode de sa vie qu'elle ne maîtrisait pas et préférait occulter, balayer d'un revers de main. Mais ça n'était pas si simple.

Elle a mal au ventre, le mal du pays, c'est une évidence pour elle maintenant. Elle voudrait se lover dans les bras de la mémé, se faire cajoler, redevenir une petite fille insouciante. La solitude l'angoisse. Sur qui peut-elle compter ? Pas sa mère, de toute évidence. Jeanne et Auguste Chaillou ? Oui, ils sont courtois, c'est certain. Mais ils demeurent ses maîtres, elle n'est que leur bonne, leur cuisinière, point !

Sa tête lui fait mal, un marteau lui tambourine l'âme, sans répit. De fines gouttelettes de sueur coulent de son front.

Une vision s'impose. Celle d'une veillée, un soir… Elle est assise sur un coin de l'âtre, les flammes lui chauffent le dos. Des odeurs lui chatouillent les narines, celle de la mogette dans le chaudron suspendu à l'autre bout de la cheminée, à moins que ce ne soit celle de la fleur d'oranger dans la pâte à crêpes qu'a préparée sa mère. Elle perçoit de l'agitation. Son père, son oncle, des voisins jouent aux cartes et se chamaillent. Léonie est assise sur un banc avec d'autres femmes et sa mémé, elles tricotent, font du crochet, essaient de tempérer les cris des hommes. Personne ne se préoccupe d'elle, et ça lui convient. Elle a toujours aimé observer en silence.

Son âme sourit enfin quand les notes de musique occupent l'espace, audacieuses, les hommes abandonnent leurs cartes, tapent dans les mains, frappent vigoureusement le sol avec leurs sabots, sautillent et font tourbillonner les femmes devant le violoneux. Elle les rejoint et danse elle aussi, au milieu des hommes et des femmes qui se plaisent à la faire tourner. Elle mime leurs pas comme elle peut, les anciens s'ébaubissent. Mais elle a trop tourné, elle est en sueur maintenant, et ce mal de tête qui l'assaille, la tourmente, ça ne cessera donc jamais…

Rose, calme jusqu'à présent, lance de grands cris, Louise reprend pied dans la réalité. Ce n'était qu'un songe. Elle est seule, sur ce chemin qui longe la Charente où elle va sans but précis. Sa petite s'accroche à elle pour lui rappeler sa présence. Elle réalise que cela fait des heures qu'elle marche et Rose n'a pas mangé depuis le matin. Quelques petites tapes légères sur son dos tarissent momentanément les larmes.

Le ciel s'est assombri, l'averse est imminente. Elle poursuit sa marche en accélérant le pas, espérant trouver au plus vite un refuge. Le vent se lève, quelques gouttes percent déjà les nuages. Louise court maintenant, ne cherchant même plus à calmer les cris de Rose. La pluie transperce ses vêtements, elle s'efforce de protéger au mieux la petite sous son fichu. Elle trébuche sur des racines de chêne ou de peuplier, se rattrape à temps et continue. La pluie redouble de violence, tout comme les pleurs de Rose. Louise fustige son imprudence, elle ne voit aucun endroit sûr qui puisse les sortir de cette mauvaise situation. Le salut se présente sous la forme d'une gabarotte, accrochée à un anneau. Elle s'en approche, soulève sa jupe et descend la berge en s'efforçant de ne pas glisser sur l'herbe mouillée. D'une main elle tient Rose et de l'autre s'appuie à terre. Malencontreusement, son pied se prend dans une pierre et la déséquilibre. Elle essaie de se rattraper, s'accroche à une racine qui lui échappe, bascule et chute dans la Charente.

L'eau est glacée. Elle se redresse vivement, ses pieds s'enfoncent dans la vase, elle est engoncée dans ses vêtements alourdis par l'eau. Elle relève les bras pour maintenir Rose hors de l'eau et parvient à rejoindre la rive, se hisse tant bien que mal sur le chemin. Elle est exténuée, une eau poisseuse dégouline de ses vêtements et Rose ne cesse de geindre.

La gabarotte est toujours là, qui tangue sous les rafales puissantes de vent et de pluie mêlés. Louise a posé Rose sur l'herbe et tire de toutes ses forces le filin d'acier pour ramener l'embarcation au plus près de la berge. Elle y parvient, reprend Rose dans un bras et enjambe le plat-bord. Tout au fond, la porte d'une cabine claque au vent. Louise marche sur des monceaux de cordages glissants, contourne des filets de pêche, des cannes, et pénètre rapidement à l'intérieur. L'endroit est exigu, elle se cogne la tête. Elle s'assoit sur une banquette, exténuée, et tente de récupérer son souffle. Elle sait bien ce qui peut calmer Rose. Elle défait sa cape, déboutonne sa chemise salie par la boue de la rivière et libère un sein, encore tout humide de pluie. Elle l'essuie avec un pan d'une couverture qui traîne et le présente à Rose qui ne se fait pas prier pour attraper goulûment le mamelon. En quelques secondes, les pleurs cessent, comme par magie. Louise, soulagée, lui caresse tendrement les cheveux ; la petite continue à téter, enfin apaisée. Au bout de quelques minutes, les succions s'espacent, les paupières papillotent. Louise l'écarte doucement de son sein, allonge Rose et l'emmaillote dans la couverture pour la protéger du froid. La petite ne bronche plus, ses lèvres prolongent inconsciemment le mouvement de succion. Louise la contemple, attendrie, et se prend à frissonner. A l'extérieur, la pluie et le vent n'offrent pas de répit, la gabarotte oscille d'un côté sur l'autre.

Louise grelotte. Ses vêtements sont trempés, mais elle n'a rien d'autre pour se protéger. Elle s'assoit au pied de la banquette. Le chagrin la submerge. Les larmes coulent de ses yeux creusés par les cernes, libérant enfin cette douleur qu'elle a portée la nuit dernière et durant toute cette journée. Elle a envie de crier, hurler sa colère, évacuer trop de souffrances enfouies. Elle lève les yeux, pense fortement à cet homme à qui elle ne veut plus donner le nom de père et harangue mentalement cet absent qu'elle sait maintenant en d'autres cieux.

« Mais pourquoi, pourquoi, que vous ai-je donc fait pour que vous vous en preniez à moi, pourquoi moi, dites, pourquoi moi ? Mais bon sang, allez-vous enfin me laisser en paix et me laisser vivre, vivre ! »

Elle est épuisée, aussi bien physiquement que moralement, et pousse doucement Rose pour s'allonger à ses côtés. Des convulsions agitent son corps, ses membres frigorifiés. Bercée par le souffle ténu de la petite, inconsciemment, elle finit par s'endormir.

8

Il s'immobilise, déconcerté par le spectacle qui s'offre à ses yeux. La tempête avait soufflé toute la nuit, sans répit, et amorcé seulement au petit matin sa lente régression. Elle s'éloignait enfin, après avoir tourmenté les rives de la Charente. Il était venu vérifier l'état de son matériel de pêche, qu'il avait oublié de mettre à l'abri la veille. Il ne s'attendait certainement pas à trouver une femme et un enfant dans son lit ! Les braillements soudains du bébé l'embarrassèrent, il demeurait interdit, comme un benêt. Il s'approcha à pas feutrés du lit et tenta de repousser les longs cheveux qui masquaient le visage de la femme. Il la reconnut. C'était la jeune Vendéenne, il en aurait juré car il se souvenait très bien l'avoir déjà vue. Une seule fois, il est vrai, lorsqu'elle avait amené les gamelles de repas pour les ouvriers du chantier du radoub, mais il n'avait certainement pas oublié son si joli visage.

Il essaie de la secouer pour la réveiller, elle soupire seulement et tressaille dans son sommeil. Il remarque alors la rougeur anormale de ses joues, pose la main sur son front et constate son état fiévreux. Les yeux bleus du bébé l'épient, lui sourient. Dans un élan, il prend l'enfant dans ses bras, sort de la cabine, du bateau et court en direction du bourg. Il ne lui faut pas longtemps pour arriver chez Jeanne Chaillou à qui il explique les faits. Cette dernière, affolée depuis le matin par l'absence de Louise, couche l'enfant dans son berceau, sous d'épaisses couvertures, avant de suivre l'homme. Lorsqu'ils reviennent à la gabarotte, Louise n'a pas bougé, toujours enfermée dans un sommeil fiévreux. L'homme la soulève sans difficulté, tant elle est légère comme une plume, et emboîte le pas de Jeanne pour remonter au village.

Louise resta alitée trois jours entiers, sans que la fièvre ne baisse, atteinte d'une pneumonie, selon le diagnostic du médecin qui avait recommandé de la soigner avec ventouses scarifiées et cataplasmes. Le cœur serré par l'anxiété, Jeanne ne voulut pas quitter son chevet et la veilla quasiment nuit et jour. Elle surveillait son souffle, s'inquiétait de sa respiration sifflante et de ses quintes de toux, grasses, incessantes. Sans en parler à Auguste – il n'aurait pas manqué de la railler – elle se résolut à quémander les conseils de la vieille Léontine, la mère Nénette comme l'appelaient les gens du village qui lui prêtaient la réputation d'être un peu sorcière. Jeanne, d'habitude si pragmatique, aurait tenté n'importe quoi. Elle prépara donc des cataplasmes avec des serviettes trempées dans de l'eau bouillie et ensuite enduites de moutarde pour en recouvrir la peau brûlante de la malade. Qui, du médecin ou de la mère

Nénette, fut le plus efficace ? Peut-être un peu des deux, après tout. Au matin du quatrième jour, Louise ouvrait enfin les yeux sur Jeanne, assise près du lit. Ses yeux firent le tour de la pièce et s'arrêtèrent sur le berceau vide. Jeanne la rassura, la petite dormait dans leur chambre, pour éviter les risques de contamination.

Quelques jours étaient passés, Louise avait repris des forces en même temps qu'un peu de ses activités, mais pas toutes. Jeanne n'en avait pas démordu et avait fortement insisté pour qu'elle poursuive sa convalescence, ne lui concédant qu'un minimum de travail. L'oisiveté ne lui convenait pas, elle s'impatientait et trouvait parfois le temps long dans sa chambre, malgré la présence de Rose et de nombreux magazines et revues prêtés par Jeanne.

Un après-midi, pendant que la petite dormait, elle vint la chercher.

— Je t'offre le thé, Louise, accompagne-moi sur la terrasse, tu veux bien.

C'était plus un ordre qu'une question. Jeanne l'entraîna vers le petit salon installé sous une gloriette au milieu du jardin. Les clématites enroulaient leurs feuillages et leurs délicates fleurs parme autour d'un buisson de rosiers grimpants qui s'épanouissaient abondamment sur les alcôves en bois de la pergola. Elle fit asseoir Louise, retourna s'affairer en cuisine et revint avec le plateau à thé. Louise se cala dans le fond de sa chaise et posa machinalement les mains sur la table, comme si sa mère était encore là pour la rabrouer : « Voyons ma fille, tiens-toi droite ! »

Elles sirotaient leur thé, en silence. Ce silence devenait pesant. Jeanne enfin posa sa tasse, alluma une cigarette, en tira une longue bouffée et se lança, le regard perdu dans le vague :

— Je pense que le moment est venu, Louise, pour que je te confie certaines choses. Je te fais confiance, tu n'es plus une enfant, tu comprendras. Et surtout, tu ne m'interromps pas.

Ses mains jouaient nerveusement avec la petite cuillère. Louise attendait la suite avec grand intérêt.

— Il s'appelait Antoine, c'était mon fils. Un beau jeune homme qui faisait chavirer bien des demoiselles. Il avait fêté quelques jours auparavant ses vingt-quatre ans. Ce matin-là, il faisait un temps radieux qui incitait à la paresse, un temps où on se dit qu'il ne peut rien arriver de mal. Et pourtant, le tocsin a sonné, assombrissant d'un coup cette journée ensoleillée. Sinistre, comme un oiseau de mauvais augure. Funeste, il le fut pour annoncer la mobilisation. Nous entrions en guerre, nous a-t-on dit en haut lieu. Il est parti, comme tant d'autres, pour faire son devoir. Les premiers mois, les lettres nous arrivaient, régulières, du front. Parfois des cartes postales. Puis les lettres ont cessé de nous parvenir. Je guettais le facteur, chaque matin.

Louise craignait d'avoir deviné la suite.

— Un matin, on a frappé à ma porte. Je revois encore le regard du garde champêtre. Des yeux fuyants. J'ai très vite compris, j'ai hurlé à la lecture des premières lignes de la lettre officielle : *Madame, votre fils est mort dignement…* Tu parles, comme si on pouvait mourir dignement en de telles circonstances ! Des paroles, toujours les mêmes, proférées par nos amis qui ont tenté de nous réconforter. Il a bien fallu réapprendre à vivre sans lui, mais un vide impossible à combler s'était installé. Auguste s'est jeté à corps perdu dans le travail, et moi je suis restée ici à ressasser mon chagrin.

Elle avala une gorgée de thé et reprit :

— Et puis un jour tu es arrivée, toi, ma Louise. Tu as frappé à ma porte. Ce n'était pas un hasard, je n'y crois pas. Tout de suite, j'ai aimé ta douceur, ta réserve, ta fragilité.

Jeanne serra fort les mains de Louise et poursuivit :

— Je veux te faire comprendre qu'à mes yeux tu es comme ma fille. Ton passé, ton histoire, je n'en ignore rien. Mais sois rassurée, ça ne sortira pas d'ici.

Louise s'était rétractée aux paroles de Jeanne.

— J'ai lu aussi la dernière lettre que tu as reçue…

— Mais vous n'aviez pas le droit !

Elle avait réagi violemment, contrariée par cette dernière confidence. Jeanne l'ignora.

— Je crois savoir que les maraîchins sont têtus, mais moi aussi figure-toi. Ta vie d'avant, elle a fait de toi ce que tu es maintenant, une jeune fille honnête, sincère, franche et travailleuse. Maintenant, toi seule peux décider de ton avenir et foncer, sans regarder derrière. D'accord, ma petite tête de mule ? De toute manière, tu n'as pas le choix, car je ne vais pas te lâcher. Maintenant, ça suffit de geindre. Je te laisse retourner à ton travail.

Les révélations de Jeanne avaient semé le trouble dans l'esprit de Louise. Elle comprenait mieux maintenant ses élans de tendresse, sa générosité. Plus que tout, ses paroles réconfortantes lui mettaient un peu de baume au cœur. Peut-être avait-elle raison, il fallait laisser le temps accomplir son travail d'apaisement. Demain serait un autre jour.

9

— Alors, ma petite Louise, tu peux bien me le dire à moi, je ne le répéterai à personne. Il s'appelle comment, ton amoureux ?

Les joues de Louise virent à l'écarlate, rien n'échappe décidément à l'œil perçant de Jeanne. Elle renifle bruyamment, se frotte les yeux avec sa manche pour masquer sa gêne et élude la question en continuant d'éplucher les oignons pour la chaudrée d'anguilles.

Et pourtant, son cœur explose, chavire. Il suffirait que Jeanne insiste, un petit peu, oh ! juste un tout petit peu, pour qu'elle consente à sortir de sa réserve. Elle brûle d'envie de se blottir dans ses bras et tout lui raconter, lui confier l'étrange émoi qui lui submerge le cœur. Mais par pudeur, Jeanne n'insistera pas, préférant respecter le silence de Louise. Elle sait bien que, le moment venu, les confidences viendront d'elles-mêmes.

C'était il y a quelques semaines, Louise et Marius se sont donné rendez-vous sur le chemin de halage au bord de la Charente, à l'écart des pontons et à l'abri des curieux. Louise eut du mal à maîtriser son excitation et sa fébrilité dans les jours qui précédèrent. Marius également, lui qui pourtant, selon ses copains, collectionne les filles comme on le fait de timbres ou de cartes postales. Une dans chaque port, une par ici, une par là, une de perdue, une de retrouvée. Mais avec Louise, son instinct le lui dicte, ça n'est pas pareil, et d'ailleurs il n'a pas voulu l'ébruiter. Les autres gars le sauront bien assez tôt, car il imagine déjà une suite à cette première rencontre.

Et puis tout est allé tellement vite, aussi. Ils avaient juste échangé quelques mots rapides quand il l'avait abordée à la sortie de l'église, fin août. Elle avait même accepté qu'il l'accompagne jusqu'à son domicile. Plusieurs semaines s'étaient écoulées ensuite sans qu'il la revoie, il avait appris sa maladie par des rumeurs, s'en était tracassé, sans oser prendre des nouvelles auprès des Chaillou.

Et fin septembre, il l'avait revue. A la sortie de l'église, tout comme la première fois. Ils avaient alors passé un peu plus de temps ensemble, cheminant plus longuement sur le chemin du retour au domicile. En le quittant, elle avait accepté ce rendez-vous pour le dimanche suivant.

Il essaie de masquer son agitation derrière une feinte désinvolture quand elle arrive, essoufflée, poussant d'une main le landau, de l'autre tenant un panier de provisions pour le pique-nique. Ils s'embrassent à la hâte, avec pudeur.

Elle étend un plaid sur l'herbe, sort un bocal de rillettes et quelques petites anguilles froides fricassées le matin même. Marius débouche une bouteille, remplit les verres. Ils trinquent à leur rencontre, échangent ce faisant des sourires furtifs, les mains s'effleurent, elle rougit, tous deux cachent leur embarras en avalant le vin d'un trait.

Le repas terminé, il lui propose une promenade le long de la rive. Elle accepte volontiers. Il fait beau, ils croisent d'autres couples, main dans la main. Ils n'en sont pas encore là, mais elle se sent étrangement bien.

Il faudra un deuxième rendez-vous, deux semaines plus tard, pour qu'ils récupèrent un peu d'assurance et s'enhardissent même à se confier l'un à l'autre un peu de leur intimité.

Il lui parle avec exaltation de son travail de gabarier, mais se trouble rapidement devant le regard appuyé de Louise. Les mots s'emballent pour décrire sa passion d'un métier ancestral, transmis par son père. Il en devient volubile lorsqu'il évoque les longs voyages à bord du *Patrie*, le transport des eaux-de-vie ou du bois, sa vie avec les copains retrouvés lors de chaque escale, à Cognac, Angoulême ou Rochefort. Il n'imagine même pas que cela puisse s'arrêter un jour et d'ailleurs il passe rapidement sur les rumeurs qui se font de plus en plus persistantes ces derniers mois, concernant l'arrivée de nouveaux moyens de transport des marchandises. Quand il a terminé, c'est au tour de Louise de prendre le relais. Deux verres de vin l'ont aidée à se désinhiber. Elle lui raconte avec beaucoup d'entrain ses journées chez les Chaillou. L'animation la gagne lorsqu'elle évoque Jeanne et Auguste, leur affection sincère. Elle parle dans le désordre, comme ça vient, et d'ailleurs se surprend elle-même car elle n'a jamais autant parlé. Surtout à quelqu'un qu'elle connaît si peu.

Ses yeux s'illuminent brusquement quand elle s'enhardit à décrire son enfance, sa famille, la mémé, ses frères et puis les marais, ses marais de Vendée. Ils brillent encore plus pour parler de Rose, elle se retourne d'ailleurs pour vérifier que la petite va bien. Celle-ci joue avec une poupée de chiffon, guère tracassée par l'émotion de sa mère.

Un silence s'est installé après qu'elle a parlé des siens, il a cru qu'il pouvait pousser un peu plus loin la curiosité et cherché à amener la conversation sur le père de Rose. Halte ! Elle a froncé les sourcils et s'est fermée comme une huître. Il a vite dévié sur un autre sujet.

Les heures s'écoulent, beaucoup trop vite à leur goût. Ils restent assis côte à côte, le regard perdu sur l'ombre lointaine d'un pêcheur, debout sur sa gabarotte. Ils ne veulent surtout pas briser l'enchantement de cette complicité naissante et tentent de prolonger la magie de leur rencontre. Louise hume la douceur étonnante de cette journée d'octobre, taquinée par un souffle de vent, et savoure ce moment de quiétude à peine troublée par le clapotis de l'eau.

Le soleil commence son jeu de cache-cache avec la ligne épurée de l'horizon, les eaux de la Charente se colorent de nuances alternant l'ocre et l'orangé et offrent un spectacle de lumière inédit et éphémère au fur et à mesure qu'il décline.

Marius doit embarquer tôt le lendemain, pour un transport qui risque certainement de l'éloigner durant trois ou quatre semaines. C'est long, trop long à leurs yeux, mais ils se font la promesse de se revoir dès son retour. Elle le fixe longuement, sans ciller, ce qu'il prend pour une invitation, et dans un élan impulsif et fougueux il se penche et lui dépose un baiser furtif sur les lèvres. Louise s'écarte, les joues en feu.

Elle est remontée au village, le corps et l'âme légers, le cœur bouillonnant. Elle n'a pas voulu que Marius la raccompagne, jugeant inutile de donner matière supplémentaire aux médisances. Cela viendra bien assez vite, elle n'en doute pas. Et puis, c'est sa vie, après tout. Un petit bonheur s'offre à elle, une brèche encore fragile vers peut-être des jours meilleurs. Elle n'a pas envie de le partager, de le crier sur les toits. Pas encore.

Mais une fois dans sa chambre, seule, avec juste Rose pour témoin, elle laisse libre cours à sa joie, esquisse quelques pas de danse autour du landau, virevolte, enjouée, heureuse tout simplement.

10

Marius est le dernier maillon d'une longue lignée de gabariers. Chez les Coupaud, la Charente coule dans les veines et le métier se transmet de père en fils. Il en est ainsi depuis plusieurs générations.

Le jeune homme n'est pas près d'oublier son initiation. Un souvenir enfoui dans sa mémoire comme un tendre moment de complicité entre un père et son fils. Il devait avoir à peu près six ans le jour où le *Patrie* fut baptisé officiellement pour sa première mise à l'eau. La gabare sortait flambant neuve du chantier.

La foule des grands jours descend les ruelles du village et s'agglutine déjà sur l'autre rive pour ne rien perdre du spectacle. Marius observe, les yeux écarquillés, tout ce petit monde bigarré qui fait cercle sur le quai derrière le maître gabarier. Il y a là le maire et son épouse, dans leurs beaux habits du dimanche, le charpentier, les forgerons, calfats, scieurs de long, pour ces derniers des hommes venus du Limousin, dont la stature impressionnante a fait rêver plus d'une jeune fille au village. Son père est là, bien sûr, embauché pour faire partie de l'équipage en tant que premier matelot, et tous sont à la fois fiers et émus de voir enfin au grand jour le fruit de deux années de travail. La longue coque de chêne, ceinte sur ses bordures de lames en orme, reluit grâce à la résine tout juste sèche, appliquée méticuleusement quelques jours auparavant. Ses courbes pleines et harmonieuses ne demandent qu'à s'immerger, fusionner dans une union charnelle avec les eaux de la Charente. Les yeux de Marius peinent à monter jusqu'en haut des cordages et s'extasient sur les petits drapeaux multicolores qui semblent flotter eux aussi au gré du vent. Un énorme bouquet d'iris sauvages est piqué à l'avant de la coque, des fleurs jaunes et mauves pour fêter comme il se doit la belle, dans le respect de la tradition.

Précédant le maître gabarier de quelques pas, au bord du quai, le curé de Saint-Simon demeure hiératique, sa bible serrée dans ses mains jointes sur la longue robe noire. Il observe avec circonspection l'assemblée, regrettant qu'elle soit moins nombreuse à ses messes dominicales, et entame malgré tout un vibrant sermon en hommage aux hommes qui ont participé à la construction de ce bel ouvrage et à ceux qui ne vont pas tarder à embarquer à son bord. Le moment est enfin venu de procéder à la bénédiction, le silence se fait total et se maintient quand le constructeur lance un tonitruant « paré et frappez ». Le parrain et la marraine, en l'occurrence le maire et son épouse, jettent avec force une bouteille de champagne qui termine sa course en se brisant sur l'étrave, faisant exploser un flot de mousse, sous les vivats de la foule. Au même moment, un des charpentiers libère le billot qui maintient la gabare. Elle glisse, lentement, solennellement, comme une belle qui sait se faire attendre, elle grince le long des charnières pas assez huilées, effleure l'eau et s'enfonce enfin dans le fleuve, cette Charente qui lui offre son nouveau lit.

Alors que tout le monde s'écarte du quai, son père, mû par un brin de malice, enlace Marius et l'incite à s'approcher au plus près de la gabare. Il ne comprendra qu'après coup la plaisanterie : en s'enfonçant dans les eaux, la gabare provoque à la fois une énorme vague et les rires des spectateurs, amusés de voir ce gamin médusé qui ne comprend pas ce qui lui arrive, alors que la vague l'éclabousse de la tête aux pieds. Passé les premiers instants où il s'est senti très vexé d'être ainsi le centre des moqueries, Marius retrouve très vite son sourire quand son père le prend dans ses bras et lui dit, avec beaucoup de douceur dans la voix : « Te voilà baptisé, mon fils, et pour me faire pardonner, tu m'accompagneras sur le *Patrie* lors de mon prochain voyage. »

Son père tint parole et Marius fit partie de l'équipage du premier voyage qui devait les conduire jusqu'à Rochefort, pour une livraison d'eau-de-vie. Les hommes à bord adoptèrent immédiatement ce gamin chétif, assoiffé d'apprendre. Malgré son apparence d'asticot gringalet, le surnom tout trouvé qui lui avait été donné, Marius d'emblée s'adapta à la rudesse de la vie au sein de l'embarcation. D'instinct, il sut se couler dans ce petit microcosme de gaillards rudes mais joviaux.

Il partageait leur quotidien, observait tout ce qu'il y avait à voir, discrètement, et était heureux comme un poisson dans l'eau. Et en même temps, il apprenait. Très vite ! Il faut croire qu'il avait ça dans le sang.

— C'est dans ses gènes, ma pauvre femme !

Par ces mots laconiques, son père tentait en souriant de rassurer son épouse sur la vocation du fiston.

— Papa, maman, je veux être gabarier.

C'était sans appel. Le père n'en avait pas douté et se rengorgea avec fierté, la mère préféra cacher sa peine et taire ses craintes. Elle fit semblant de se réjouir pour ne pas gâcher la joie du petit. Elle avait longtemps gardé au fond de son cœur l'espoir ténu qu'il choisisse un autre métier, plus sédentaire, parce qu'elle savait bien, elle, l'épouse et la fille de gabariers, que son fils – encore un enfant – s'embarquait vers un métier, certes passionnant, mais ô combien difficile. Mais elle n'était pas dupe, son vœu ne pouvait faire le poids face à toutes les générations passées parties gaillardement naviguer sur les eaux charentaises dès leur plus jeune âge.

— Bah ! Tu t'inquiètes pour rien, t'es bien une femme ! Laisse donc ce gamin mener sa vie, il n'en mourra pas. On en fera un homme. Et va plutôt nous ouvrir une bonne bouteille de cognac, il ne sera pas dit que nous ne fêterons pas cette heureuse nouvelle.

Ben si, justement, certains en mouraient, ne revenaient pas de leurs voyages. Même si les accidents étaient rares, ils existaient. Elle en avait eu vent, sa mère à elle aussi lui en avait raconté.

Mais il devait en être ainsi. Elle avait soupiré, et s'était mêlée ce soir-là à la fête.

11

— Louise, j'ai une lettre pour toi.

Effectivement, son nom apparaissait bien sur l'enveloppe, mais l'écriture lui était inconnue. L'encre, diluée à certains endroits par les gouttes de pluie, masquait quelques lettres sans toutefois laisser place à l'équivoque quant à la destinataire.

P UR LO ISE – Chez les CH IL U

Jeanne étant restée près d'elle, elle enfouit la lettre dans la poche de son tablier pour s'en réserver la lecture quand elle serait seule dans sa chambre. Le soir venu, elle déplia enfin la missive. Abasourdie par la grossièreté du message, Louise relut une deuxième fois les mots tracés en gras pour en renforcer le propos :

ON NE VEUT PAS D'UNE FILLE COMME TOI CHEZ NOUS. VA-T'EN AVEC TA GOSSE.

Mais enfin, qui pouvait bien oser la narguer à son domicile ! A part les Chaillou, elle ne connaissait personne au village. Si, Marius bien entendu. Mais ce ne pouvait être lui.

Bien évidemment, la personne n'avait pas signé ! Indignée par cette violence verbale, Louise jeta l'enveloppe dans les braises de la cheminée, bien décidée à ne pas se laisser gagner par des idées noires.

— Dis-moi, ça te plaît vraiment de faire chaque jour le repassage, le ménage, et tout ça ?

Louise reste le fer à repasser en l'air et se retourne, interloquée. Jeanne, cigarette en main, observait en silence la jeune fille depuis plusieurs minutes.

Le mot reçu quelques jours plus tôt tracassait Louise, elle n'arrivait pas à se le sortir de la tête. L'interrogation subite de Jeanne lui mit la puce à l'oreille.

— Mais voyons, quelle question. Seriez-vous mécontente de mon travail ?

— Non, non, ne t'inquiète pas, ce n'est pas ce que je voulais dire, et loin de moi l'idée de me séparer de toi. C'est juste qu'une idée me trotte dans la tête depuis un moment.

Louise continua son repassage sans répondre, se concentrant sur le pli des manches et le col de la chemise pour éviter les faux plis. Le regard vague, perdue dans ses pensées, Jeanne poursuivit, comme pour elle-même :

— Il faut que je te présente à mes amis, André et Marie Gobin. Ce sont des Vendéens eux aussi, propriétaires d'une exploitation de cognac à Jarnac.

La famille Gobin s'est installée en Charente il y a plusieurs dizaines d'années, comme tant d'autres Vendéens venus chercher du travail dans cette région très demandeuse de main-d'œuvre, notamment dans les vignes. L'intégration ne fut pas toujours évidente auprès de Charentais plutôt anticléricaux ou sinon protestants, qui faisaient des gorges chaudes de ces Vendéens catholiques pratiquants, de surcroît mangeurs de choux ! S'il en est qui rentreront chez eux, faute d'avoir trouvé la bonne fortune souhaitée, d'autres persisteront et finiront par s'établir durablement. Parmi eux, pour mieux se couler parmi la population, des pionniers parviendront à créer des vignobles dans des terres souvent désertées.

André Gobin est un bel exemple de réussite, qu'il doit en partie à ses parents, pionniers parmi les immigrés vendéens, et à son travail acharné pour faire prospérer la propriété viticole familiale.

Jeanne et Auguste se sont liés d'amitié avec eux, lors d'une veillée réunissant la communauté des Vendéens-Charentais.

Louise poursuivait son travail, embarrassée par l'insistance du regard de sa patronne qui continuait à l'observer, entre deux volutes de fumée de sa cigarette.

— Mon amie, Marie Gobin, veut organiser une fête et un grand repas à l'occasion des dix ans de leur petite fille. Elle envisage d'inviter plusieurs notables de la région avec leurs enfants. Et pour cela elle a besoin d'une cuisinière, quelqu'un de confiance qui prendra totalement en charge le repas pour une cinquantaine de convives. Si cette personne fait l'affaire, elle la sollicitera à nouveau pour Noël et la communion de la petite l'année prochaine. Elle m'a demandé conseil car elle désespère de trouver la personne qui lui convienne. Il faut avouer qu'elle est un peu difficile. J'ai pensé immédiatement à toi, car j'ai remarqué que tu avais de fortes dispositions pour la cuisine.

— Mais, voyons donc ! Quelle idée vous avez là !

Louise avait posé un peu trop brutalement son fer.

— Bah non, pas si inconcevable que ça. Je n'ai jamais été aussi sérieuse. C'est une réelle opportunité pour toi. Marie Gobin connaît beaucoup de monde, et de surcroît du monde influent. Si tu leur conviens, c'est la porte ouverte pour d'autres grandes maisons. Tu gagneras l'occasion de te monter un petit pécule intéressant, car ces dames, lorsqu'elles sont satisfaites, n'ont pas des oursins dans les poches. Alors, qu'en penses-tu ?

Louise haussa les épaules.

— J'en pense que vous vous trompez de personne. Il faut être réaliste, je suis bien trop jeune et inexpérimentée pour une telle charge.

— Mais non, tu te sous-estimes, c'est tout. Prends le temps de réfléchir, je ne te demande pas une réponse aujourd'hui, mais ne laisse pas passer cette chance. On en reparle d'ici quelques jours, d'accord ?

— Oh, si vous voulez. Mais le temps ne changera rien à l'affaire.

— Que tu crois ! Je ne vais pas te lâcher aussi facilement. Ce travail est fait pour toi, un point c'est tout. Et Rose, tu l'oublies ? Il faudrait peut-être que tu penses à son avenir.

Sourire aux lèvres, Jeanne s'esquiva sur cette dernière affirmation un brin perfide.

— Bon, bon, je t'ai assez dérangée, je te laisse continuer ton repassage ou bien tu vas finir par me brûler cette chemise sur laquelle tu t'échines depuis quelques minutes !

Cette dernière remarque acheva d'agacer Louise. Evidemment qu'elle n'oubliait pas Rose, inutile de le lui rappeler. De quel droit Jeanne disposait-elle de sa vie ? D'accord, elle lui devait beaucoup, mais pas au point de suivre ses caprices de femme riche. Elle s'acharna sur les plis d'un pantalon, énervée par cette conversation.

12

Les douces journées de septembre s'estompaient au profit du froid et de l'humidité qui, en cette mi-octobre, semblaient vouloir prendre durablement leurs quartiers d'hiver. Un voile brumeux et grisâtre enveloppait les eaux et les abords de la Charente, mais ce temps maussade n'aurait pu contrarier la rencontre programmée de Louise et Marius ce dimanche midi.

Que la nuit lui avait paru longue ! Elle n'était pas parvenue à trouver le sommeil, trop agitée par la perspective du rendez-vous. Les premiers rais de lumière derrière les persiennes, au petit matin, lui avaient offert le prétexte pour se lever.

Il fallait absolument qu'elle se montre à son avantage. La porte de l'armoire grande ouverte, elle contemplait, hésitante, ses quelques vêtements sur cintres ou pliés sur les étagères. Que c'était compliqué de choisir, même avec une garde-robe pourtant peu étoffée. Elle passa la main sous la pile de linge et en dégagea un chemisier en flanelle blanche. Un feston de broderie anglaise bordait l'encolure, des petites fleurs finement brodées à la main s'éparpillaient sur le devant de la chemise. Louise approcha le tissu de son visage et le respira, comme pour en retrouver les odeurs du passé. Elle se rappelait bien le jour où sa mémé le lui avait offert, et lui revenait aussi en mémoire son petit sourire en coin quand celle-ci lui avait fait promettre de ne le revêtir que pour une occasion exceptionnelle. Elle ne pouvait s'empêcher aujourd'hui de penser à elle, le cœur étreint d'une légère pointe de mélancolie, mais certaine en tout cas que cette occasion exceptionnelle était bien arrivée.

Il lui seyait à ravir, la blancheur du tissu avantageait son teint hâlé. Un vrai petit pruneau, comme disait sa mère. Elle tournait, virevoltait, minaudait en soulevant sa jupe noire qui s'arrêtait juste au-dessus des chevilles. Satisfaite de l'image renvoyée, elle admirait son reflet dans le miroir de l'armoire.

Elle eut cependant un petit moment d'hésitation : à y regarder de plus près, ce chemisier ne lui donnait-il pas une apparence trop sage, trop vieillotte ? Elle contempla à nouveau sa silhouette. Mais non, elle était folle. De toute manière, faute de mieux à se mettre, il lui faudrait bien s'en accommoder. Elle se réjouissait d'afficher une taille aussi fine, quelques semaines seulement après la naissance de Rose. Elle approcha son visage du miroir, se lissa du bout des doigts le contour des yeux et sourit à son image.

Marius aussi lui sourit quand il aperçut sa silhouette sautillante qui descendait la venelle Rippe-Cul, tenant à la main un panier ballottant au gré de ses mouvements rapides. Il était arrivé un peu en avance et l'attendait avec une impatience fébrile sur le quai du petit port, en bas du village.

Jeanne avait beaucoup insisté pour jouer les nourrices auprès de Rose, car à force de la titiller, Louise s'était résolue à lui faire quelques confidences sur sa rencontre. Elle venait donc seule au rendez-vous.

Marius avait tout prévu. Il suggéra de lui faire connaître les lieux de son enfance, elle ne demandait pas mieux, d'ailleurs il aurait pu l'amener où il voulait, seule sa présence comptait. Ils s'engagèrent sur le chemin de halage, rendu glissant par les feuilles humides qui le jonchaient et Louise, mal à l'aise dans ses souliers de cuir très peu portés, contournait comme elle le pouvait les flaques stagnantes. Des vastes et ravissantes propriétés aux jardinets en cascades bordaient le chemin, jardins fermés parfois par des grandes grilles ou bien juste rehaussés de murets en pierre. Marius en connaissait bien sûr tous les propriétaires et s'enorgueillissait de jouer les guides. Un kilomètre à peine séparait le hameau de Juac du bourg de Saint-Simon, ils y parvinrent en très peu de temps et remontèrent tranquillement les ruelles. Marius évoluait dans ces lieux comme un poisson dans l'eau. Venelles et maisonnettes au fond d'une impasse n'avaient aucun secret pour lui, il en connaissait tous les habitants et Louise prenait plaisir à découvrir son univers. En passant devant une maison basse aux volets gris délavés, il s'arrêta.

— Voici la maison de mes parents, c'est ici que j'habite. Je te les présenterai prochainement.

Louise tapa des mains, comme une gamine.

— Oh ! C'est vrai ? Si tu savais comme cela me ferait plaisir.

Ils continuèrent la promenade dans le bourg, passèrent devant le chantier de gabares, fermé ce jour-là. Le mauvais temps dissuadait certainement les villageois de sortir de chez eux, pas âme qui vive ne traînait dans les rues désertes. Le long manteau de tergal noir dans lequel Louise s'était emmitouflée masquait ses formes, mais ne dissimulait pas pour autant toute sa féminité, accentuée par le délicieux chapeau cloche lui cachant juste le haut du visage. Quelques mèches rebelles s'échappaient de son chignon resserré par une mantille de dentelle noire et ondulaient gracieusement dans son cou, accentuant son charme et sa fragilité.

Tous deux s'affranchissaient peu à peu de leur embarras du premier rendez-vous et se sentaient gagnés par une aisance qui les rapprochait progressivement. Ils émirent en même temps l'idée de faire la pause pour le déjeuner et s'amusèrent de cette similitude de pensée. Marius connaissait une petite bicoque inhabitée en bas du village, à quelques pas du quai sur le chemin de halage. Ouverte à tous vents, elle servait occasionnellement de refuge aux pêcheurs. Il y conduisit Louise et la laissa seule le temps d'aller ramasser quelques branchages pour allumer un feu dans la cheminée. Louise admirait ses gestes sûrs, elle le regardait s'affairer, le cœur plein de tendresse. Les branches, humides, mirent un peu de temps à prendre, ralenties par le vent qui s'engouffrait, mais Marius parvint malgré tout à faire démarrer le feu. Les flammes s'élevaient, dansant comme des elfes graciles sur les murs décrépis, les petits crépitements contribuaient à adoucir l'ambiance. Ils s'étaient assis sur un banc, face à la cheminée et, sous prétexte de se réchauffer, se rapprochèrent insensiblement l'un contre l'autre. La chaleur s'installant durablement, Louise se dévêtit de son manteau.

Elle posa entre eux deux le pain, ouvrit un bocal de pâté, et, l'appétit aiguisé par leur marche et le froid, ils mangèrent sans se faire prier. Les flammes de la cheminée piquetaient les yeux de Louise de paillettes, Marius lui jetait de temps à autre des coups d'œil furtifs.

Le repas terminé, tous deux maintenant se taisaient. Savouraient l'instant présent pour ne pas en rompre le charme. Marius se rapprocha d'elle, jusqu'à la frôler. Louise frissonna, il s'en aperçut et s'enhardit, lui passa un bras autour du cou. Elle ne tenta rien pour l'en empêcher. Le jeune homme posa une main sur sa joue, la caressa doucement. Elle ne broncha pas, leva sur lui ses yeux qui brillaient d'une flamme intense. Presque une invitation. Qu'il saisit pour avancer son visage et doucement appuyer ses lèvres sur les siennes. Leurs visages ne faisaient plus qu'un, ils s'embrassèrent, longuement, tendrement. Un immense vertige envahit Louise qui se blottit dans les bras de Marius. Il avait glissé ses mains sous ses cheveux et lui caressait la nuque, elle gardait les yeux fermés.

Anesthésiés par la chaleur, ils restèrent ainsi, enlacés pendant de longues minutes. Marius le premier brisa le silence. Le son de sa voix grave aux accents rauques la berçait. Elle lui caressait les mains tout en buvant les paroles qu'il lui murmurait. Elle aimait bien ses mains, chaudes, larges, épaisses, rassurantes. Tout en lui respirait la sérénité, l'apaisement. Elle se releva et le regarda bien droit dans les yeux :

— Je suis bien avec toi, Marius.

Il s'émut d'une telle spontanéité.

— Il faut que je te parle de quelque chose qui me tracasse, reprit-elle. J'aimerais ton avis pour y voir plus clair.

Elle brûlait d'envie de lui confier la proposition de Jeanne qui, petit à petit, avait fait son chemin dans son esprit. Avec franchise, elle lui avoua ses hésitations, ses craintes de ne pas être à la hauteur. Ne trouvait-il pas cette offre étrange ? Elle s'attendait à ce qu'il abonde dans son sens et fut étonnée de voir qu'il n'en était rien. Marius ne comprenait pas ses réticences, il la rabroua, gentiment mais fermement.

— Mais tu te rends compte de la chance que tu as ? Tu vas pouvoir aller dans de grandes maisons, rencontrer du beau monde, c'est quand même plus valorisant que de faire du ménage à longueur de temps. Je ne comprends même pas que tu puisses encore réfléchir.

— Mais si, bien sûr que c'est très séduisant. Mais rends-toi compte des difficultés que je vais rencontrer.

— Quelles difficultés ? Vas-y, explique-moi.

Louise était bien obligée de l'admettre, Marius ne faisait que lui confirmer ce qu'au fond elle voulait entendre. Elle avait beau essayer de se trouver des freins, des raisons sérieuses de refuser l'offre, aucune ne tenait la route. Malgré tout, elle avait encore besoin de temps, de réflexion, tout allait beaucoup trop vite ces derniers jours.

Les flammes s'étaient amenuisées, les bûches quasiment réduites à l'état de cendres, l'humidité reprenait ses droits et envahissait la pièce. Prévenant, Marius recouvrit Louise avec son manteau.

Le moment était venu de repartir, avant qu'il ne fasse totalement nuit. A la sortie du chemin de halage, un peu avant d'arriver aux abords de Saint-Simon, Marius s'arrêta devant le mur de clôture d'une propriété, masqué en partie par le lierre. Il en écarta quelques branches et montra à Louise des gravures réalisées à même la pierre.

— Regarde bien ces dessins, tu les vois ?

Louise distingua des esquisses qui ressemblaient à des gabares, des ancres, et même des vaisseaux de marine.

— Certains datent du siècle dernier, tu imagines ? Ce sont nos ancêtres qui ont laissé ici une trace de leur passage, j'espère moi aussi pouvoir en faire autant un jour prochain.

Il proposa de la raccompagner jusqu'à la maison de Jeanne, elle ne chercha pas à l'en dissuader. Elle repensait à la lettre anonyme reçue dernièrement, mais s'en fichait. Peu lui importait qu'on la juge. Juste avant de le quitter, elle planta ses yeux moqueurs dans les siens :

— Je te l'ai déjà dit, mais je me répète : tu me plais bien, Marius. Alors ne me fais pas attendre, s'il te plaît. Tu as intérêt à revenir me voir le plus vite possible. D'accord ?

Dans un mouvement de coquetterie, elle prit son chapeau dans sa main gauche, le remonta à hauteur du visage de Marius pour se cacher et, se haussant sur la pointe des pieds elle l'embrassa longuement. Puis, tel un elfe volage, elle le laissa en plan et rentra précipitamment dans la maison en claquant la porte derrière elle.

L'excitation était retombée. Allongée sur le lit, elle se sentait honteuse d'avoir agi de manière aussi culottée. N'était-ce pas à lui de prendre l'initiative de la prochaine rencontre ? Elle se persuadait du contraire, déjà trop impatiente de le revoir. Elle repensa également aux propos de Jeanne. Eh bien, puisqu'il le fallait, elle allait prendre son destin en main.

13

— Il est hors de question que cette fille de rien mette les pieds à la maison ! Tu m'entends ? Je ne veux pas la voir ici, je t'interdis de l'amener dans *ma* maison.

Fernande Coupaud affrontait son fils, les yeux exorbités par la colère.

— Si jamais elle franchit la porte de cette maison, c'est moi qui partirai. Tu choisis, c'est elle ou c'est moi.

Le calme apparent de Marius la mit hors d'elle. Il la toisa froidement :

— Mais vous n'en aurez pas l'occasion, ma chère mère, car c'est moi qui vais la prendre, la porte. Vous et vos maudites amies grenouilles de bénitier, vous pouvez bien aller vous répandre en pleurnicheries et prières auprès de votre bon Dieu. A quoi servent vos confessions auprès de votre curé si c'est pour ensuite rejeter une jeune fille dont l'unique défaut à vos yeux est d'être seule avec un enfant de père inconnu ?

Ulcérée, Fernande leva la main, mais Marius l'arrêta dans son élan.

— Cette jeune Vendéenne que vous dédaignez cumule bien des défauts, la pauvre. Fille-mère, elle met le grappin sur votre fils chéri, et tare supplémentaire, elle est catholique, pratiquante de surcroît. Ça ne peut pas se faire, n'est-ce pas ? Vous voilà la risée de tous dans le village. Quant à moi, je vais me consumer dans les flammes de l'enfer pour avoir osé braver des années d'éducation protestante.

Sans se départir de son calme, et sans plus s'émouvoir des larmes de sa mère, Marius continua :

— Allez-y, pleurez, vous ne savez faire que ça. Le père se laisse peut-être berner par vos simagrées, mais moi, vous ne m'impressionnez plus. Ma vie, que ça vous plaise ou non, je la vois avec Louise que vous refusez de recevoir. Je me passerai donc de votre accord et à partir d'aujourd'hui, c'est moi qui ne mettrai plus les pieds dans cette maudite maison.

La porte claqua derrière Marius. Dépitée, Fernande comprit qu'elle venait de perdre la partie.

Fernande n'était pas une mauvaise femme. Mais elle possédait un tempérament impétueux et autoritaire, réfractaire à la moindre contradiction. Les deux hommes de sa vie l'avaient appris depuis longtemps à leurs dépens et s'en accommodaient chacun à leur manière.

Henri, son mari, lassé d'entendre ses jérémiades perpétuelles, fuyait la maison pour se consacrer à sa passion de la pêche. Parti le plus souvent aux aurores, avec pour silencieux mais chaleureux compagnon son fidèle chien, il parcourait inlassablement, et ce par tous les temps, les quelques kilomètres en bord de Charente jusqu'à un petit coin de pêche déniché fortuitement. L'endroit, peu fréquenté car très difficilement accessible, lui offrait enfin une quiétude apaisante, loin des cris de sa femme. Une piètre baraque de bois, abandonnée et camouflée à l'arrière des buissons, lui procurait un abri pour manger tranquillement son casse-croûte. A son retour, Fernande – râleuse mais au fond pas rancunière – l'accueillait avec un large sourire, trop contente de vider les truites et les anguilles de sa besace.

Marius, quant à lui, ne passait guère de temps à terre, absorbé par son activité de gabarier. Par expérience, il préférait éviter les conflits et se pliait sans trop rechigner aux exigences de sa mère. Fils unique, il n'avait jusqu'à maintenant jamais vraiment eu à s'en plaindre. En mère poule attentionnée, Fernande anticipait ses désirs et lui pardonnait bien des écarts de conduite. Peut-être ne s'était-elle pas assez préparée au jour où il quitterait définitivement le cocon familial, en tout cas, elle n'était absolument pas prête à le voir s'amouracher de cette satanée Vendéenne. C'est ce qu'elle ruminait en dépiautant une anguille. Elle admettait avoir été excessive. Par fierté, elle ne l'avait pas retenu, maintenant elle craignait qu'il ne revienne pas de sitôt. Elle le savait orgueilleux, comme elle. Les chiens ne font pas des chats !

Son jugement sans appel concernant Louise lui avait été dicté par ses amies et les voisines. A force de les entendre la dénigrer, cancaner sur son état de fille-mère et ses origines, déverser leur fiel malveillant sur la supposée relation naissante avec son fils, Fernande s'était laissé gagner par une rancune tenace et injustifiée envers cette jeune fille qu'elle ne connaissait pas en réalité. Elle l'avait seulement aperçue lointainement dans le bourg, en quelques rares occasions, et comme beaucoup au village elle s'était étonnée de l'affection que semblaient lui accorder les Chaillou. Cette fois-ci, elle était concernée, Louise entrait dans sa vie comme par effraction et elle en voulait à Marius de lui imposer sa présence. Il aurait suffi au fond qu'il la prépare avec ménagement, qu'il lui demande tout simplement son avis, qu'ils en discutent sereinement. Elle était quand même la mieux placée pour savoir ce qui était bien ou pas bien pour lui.

Ses yeux s'embuèrent de larmes. Et s'il partait vraiment avec l'étrangère ? Petit, lorsqu'elle le grondait parce qu'il avait fait une grosse bêtise, il enfouissait sa tête contre sa poitrine et quémandait son pardon en levant vers elle des yeux si éplorés qu'elle ne pouvait que fondre de tendresse. Mais il n'était plus ce gamin, elle ne l'avait pas vu grandir. Elle s'essuya rapidement les yeux avec son tablier, pas question qu'Henri la voie dans cet état. Elle en était sûre, son fils allait finir par rentrer au bercail, ce n'était qu'une question de temps, elle saurait être patiente.

Marius n'était pas parti bien loin. Poussé par un désir irrépressible, il était venu directement devant la maison des Chaillou dans l'espoir de revoir Louise avant d'embarquer le lendemain matin. Il hésitait, se torturait la tête entre l'envie de frapper à la porte et la crainte de passer pour un benêt. Ils s'étaient vus la veille, comment lui expliquer qu'elle lui manquait déjà sans être ridicule ? Il aurait aimé, pour se redonner le moral, lui caresser à nouveau les cheveux, l'embrasser et respirer son parfum de lavande, plonger son regard dans ses jolis yeux verts. Et s'abreuver encore une fois de son rire, de sa voix douce. Et même lui dire, lui avouer enfin qu'il l'aimait. Il en avait pris conscience, cette fois-ci ce n'était pas une amourette de plus dans sa collection. Non, il était amoureux et prêt à se battre pour l'imposer.

Mais la peur de perdre contenance quand la porte s'ouvrirait sur Jeanne ou Auguste eut raison de ses atermoiements, il préféra faire demi-tour et remonter au village, le cœur serré par la frustration. Il savait pouvoir trouver une partie de ses copains au café de la mère Couturier. Au moins, en leur compagnie bruyante, il parviendrait sûrement à sortir Louise de son esprit.

— Ben alors, Marius, c'est-y que t'avais oublié tes potes ? Ah ! Ah ! C'est sûr qu'elle possède des avantages que nous n'avons pas, la p'tite brunette avec qui tu traînes tes guêtres, raconte-z'ou, elle était bonne cette fricassée de museaux ?

S'il était venu ici pour oublier Louise le temps d'une soirée, voilà qui s'avérait bien compromis.

— Ohhhhh ! Ben voilà maintenant que sa face vire au rouge comme les gratte-culs, ben mon p'tit gars, tô s'rait pas amoureux, toi ?

Le visage de Marius avait certes changé de couleur, agacé d'être ainsi pris à partie devant tout le monde, mais ce n'était rien comparé à celui de l'homme qui l'apostrophait de manière égrillarde. Sa face violacée plus que rougeaude trahissait un goût certain pour la dive bouteille.

L'Anguille était un des piliers du bar de chez la mère Couturier. Il devait son surnom pour une partie à ses talents de pêcheur à la bosselle, mais surtout et principalement pour sa facilité à se couler dans n'importe quelle situation et son aisance naturelle et déconcertante à s'extirper de tous les mauvais pas dans lesquels il s'évertuait à foncer tête baissée.

Marius esquiva la question et lança à la cantonade :

— Je paye ma tournée, les gars, qui veut trinquer ?

Tous applaudirent, l'Anguille vida son verre d'un trait et le présenta à la patronne.

Les conversations reprirent là où elles s'étaient interrompues à son entrée. Les hommes avaient en tête d'autres préoccupations à cause des rumeurs qui se faisaient de jour en jour plus alarmistes quant à l'avenir de la navigation sur la Charente.

— Tu veux que je te dise, Marius, bientôt tu n'auras plus de travail. Fini le transport de marchandises en gabares sur la Charente, et si tu veux transporter ta belle, ce sera sur ces bons dieux de bateaux à vapeur qui traînent le dimanche de Châteauneuf jusqu'à Cognac.

Marius ne pouvait qu'acquiescer. Il ne savait que trop bien à quel point les craintes de tous se justifiaient par une réalité de plus en plus prégnante. Comme tous les gabariers, il continuait à espérer en un sursaut de la batellerie, malgré des événements guère favorables.

Au-delà de la fin du transport fluvial, Marius avait conscience que c'était tout un monde qui allait disparaître en même temps que les gabariers. Que deviendraient les chantiers de construction ? Beaucoup déjà fermaient, celui de Saint-Simon subsistait encore, mais pour combien de temps ? Qu'en serait-il des charpentiers, forgerons, calfats, tout ce petit peuple d'ouvriers qui faisait vivre la région ?

Lui en tout cas n'était pas prêt à subir cette mutation. Il était né pour être sur les eaux, pour naviguer sur la Charente ainsi que l'avaient fait avant lui son père et son grand-père.

Les discussions allaient grand train, le vin échauffait les esprits, les chopines se vidaient, se remplissaient pour à nouveau finir à sec. La mère Couturier fut obligée de mettre dehors tout ce petit monde passablement aviné à une heure très tardive.

Le côté positif de ces discussions peu réjouissantes, c'est que Marius était parvenu à mettre de côté son altercation avec sa mère et à oublier quelque temps Louise. Il prit congé de ses compagnons et s'engagea, légèrement titubant, sur le chemin de halage. Plutôt que de rentrer chez ses parents et se confronter à nouveau à sa mère, il préférait passer la nuit dans la gabare, ancrée à l'écart du quai pour éviter le vol des marchandises.

Affalé sur son couchage et l'abus de vin aidant, il ne tarda pas à tomber dans un profond sommeil.

Au petit matin, en quittant la maison pour partir au chantier, Auguste repéra une enveloppe glissée sous la porte, avec comme inscription : *POUR LOUISE.* Il ne se posa pas de questions, monta l'escalier quatre à quatre et glissa la missive sous la porte de sa chambre. Jeanne la découvrit en se réveillant, une demi-heure plus tard.

TU N'AS PAS COMPRIS LE MESSAGE.
TU ES INDÉSIRABLE À SAINT-SIMON,
RETOURNE EN VENDÉE RAPIDEMENT
OU TU VAS LE REGRETTER.

14

Mais bon sang, pourquoi avait-elle accepté la proposition de Jeanne ! Louise commençait déjà à regretter son inconscience, minée par l'angoisse de ne pas être à la hauteur des espérances de ses employeurs et par là même de décevoir Jeanne qui persistait contre toute attente à lui accorder son entière confiance.

Hélas, il était trop tard désormais pour faire marche arrière. Maintenant elle se trouvait confrontée à une difficulté incommensurable, ce déjeuner à assumer seule pour le repas d'anniversaire de la petite.

Lors de leur dernière rencontre, Marie Gobin avait suggéré à Louise de lui faire des propositions de menu. Depuis, Louise tentait vainement de puiser dans ses souvenirs familiaux, les seules références en lesquelles elle pouvait espérer trouver l'inspiration.

La ferme de son enfance contribuait tant bien que mal à nourrir quotidiennement la famille, il ne lui semblait pas avoir manqué de quoi que ce soit, à un moment ou à un autre. Mais est-ce que des mets aussi simples, aussi rustiques que ceux qu'elle gardait en mémoire pouvaient présenter un intérêt quelconque pour des hôtes de cette classe sociale ? Des odeurs, des images du passé vinrent titiller des émotions à fleur de peau.

Les repas familiaux du dimanche, la fête organisée pour sa communion, le mariage de la fille des voisins... autant d'images, autant d'odeurs. Le cochon à la broche dans la cour de la ferme, des bulles de gras criblent la carcasse du goret, la peau se fendille, la graisse grésille, « flip-flope » en s'écoulant dans une grande bassine placée sous la bête, son père surveille en s'épongeant régulièrement le front, la gronde parce qu'elle s'approche trop près du feu et s'énerve parce qu'elle lui pose trop de questions : « Mais pourquoi vous le faites tourner comme ça le cochon, papa ? Vous allez le rendre malade. »

Elle a toujours été curieuse de tout, bavarde, une vraie pie jacasse, comme disait sa mère avec, selon les jours et les humeurs, une pointe de tendresse ou d'agacement dans la voix. « Mais lâche-moi donc, ma petite bernique », c'est ainsi que son père l'avait surnommée, petite, tant il est vrai qu'elle collait toujours aux basques des uns ou des autres. Et justement, la première fois qu'elle a vu cette bête énorme virer, elle n'a pu détacher son regard de ses grands yeux globuleux qui la fixaient à chaque passage comme pour lui reprocher de se retrouver enferrée au milieu des flammes. Prise de frayeur, elle s'est enfuie en pleurant, sous les quolibets de ses frères, et s'est réfugiée dans le giron réconfortant et affectueux de la mémé :

« Ouh ! La petite bernique qui a peur d'être mangée par le grand méchant goret ! »

D'autres images et effluves s'entremêlent, s'imposent dans une valse gourmande des souvenirs : ce poulet tué la veille du repas par le père ou un de ses frères, plumé et flambé sans attendre par sa mère, aussitôt mis à rôtir dans le four à bois, entouré de quelques pommes de terre, topinambours ou scorsonères. Il cuisait presque toute la matinée, régulièrement sa mère ou la mémé arrosaient la chair avec le jus parfumé par les herbes du jardin. Le jus crépitait dans le plat, jouant une gamme de notes charmeuses, la cuisine s'imprégnait de toutes les senteurs qui s'en exhalaient. La mémé mettait à profit la cuisson du poulet pour préparer le dessert, les caillebottes ou la fiounée, le dessert préféré de Louise : des œufs, ramassés le matin même au poulailler, cassés dans le saladier, le lait cru mis à bouillir et versé encore tiède sur les œufs battus, quelques pierres de sucre à fondre et de la cannelle pour parfumer quand on en trouvait au marché, et hop, elle versait le tout dans un plat en grès posé ensuite sur la plaque chaude du four. Louise aimait y plonger un doigt et le porter ensuite à la bouche pour goûter cette délicieuse crème. Sa mère et la mémé faisaient mine de la gronder, mais s'amusaient en réalité de sa gourmandise chafouine.

A midi, les hommes rentraient à la maison : le père et ses deux garçons. Selon le temps et la saison, soit ils étaient partis à la pêche, soit à la chasse. Ils revenaient rarement bredouilles, les besaces remplies de grenouilles, d'anguilles du marais, ou bien de quelques gardons pour une friture improvisée avec l'omelette du soir. Louise se pourléchait à l'avance, comme une petite chatte, de ces anguilles fricassées dans la grande poêle posée sur un trépied au-dessus de la braise.

De la chasse, ils rapportaient le plus souvent colverts, faisans ou pigeons, lièvres qui finissaient selon les cas en pâtés, rôtis ou daubes.

Mais pourquoi se fait-elle du souci ? A bien y réfléchir, la cuisine de son marais n'a rien à envier à celle des maisons bourgeoises. Elle n'a pas à en avoir honte, et puisque c'est la seule qu'elle connaisse, elle doit pouvoir y trouver la matière nécessaire à son repas. Sur son petit carnet, le crayon à papier court sur les lignes, toute une flopée de mots ou plutôt de mets affluent comme par magie, se couchent avec une facilité déconcertante. Elle hésite encore, en biffe quelques-uns, puis après réflexion les note à nouveau, cette fois-ci sûre d'elle.

Jeanne était ravie de la voir s'investir aussi sérieusement. Elle avait même envie de lui apporter sa contribution. Un soir, elle déposa devant la porte de la chambre de Louise une pile de revues, journaux et aussi un vieux livre de cuisine déniché au grenier. Jeanne aimait lire, et collectionnait livres et revues, comme *Le Petit Echo de la mode* ou *La Veillée des chaumières*.

— Tu vois bien que j'ai eu raison de les conserver, dit-elle un soir à Auguste qui préféra ne pas la contrarier, lui qui s'énervait de voir ces nids à poussière s'agglutiner un peu partout dans la maison.

Elle avait vu juste. Louise se passionna à son tour pour ces magazines. Elle lisait tout ce qui lui tombait sous la main, aussi bien les journaux d'information que ceux qui traitaient de la mode. Tout était nouveau pour elle. Notamment les romans-feuilletons dont elle avait de la peine à se défaire : elle éteignait parfois la lumière fort tard dans la nuit juste pour enfin lire le mot FIN sur une histoire. En tournant les pages des vieux journaux, elle frissonna sur l'affaire Landru. Dans *L'Echo national*, elle découvrit un article évoquant Clemenceau, le Vendéen dont elle avait de rares fois entendu parler par son père. Ce dernier n'était pas prolixe en matière de politique, et n'abordait jamais cette question à la table familiale, mais une fois ou deux il avait évoqué le Tigre, elle s'en souvient fort bien.

Pressée de rattraper tout le temps perdu, Louise ingurgitait les informations avec une boulimie insatiable. Sur ces revues, elle découvrit des recettes de ménagères. Elle adorait cela, prenait des notes compulsives. Peu à peu, le petit carnet se remplit de mets, recettes et ingrédients. Elle était prête, elle en était maintenant convaincue, à tenter cette nouvelle expérience.

15

La nouvelle se répandit comme une traînée de poudre.

— Louise, il n'y a pas un jour sans que l'on me parle de toi. Louise par-ci, Louise par-là, et comment va Louise ? Et attends, je te garde le meilleur pour la fin. Sais-tu le surnom qui t'a été donné ? je l'ai entendu pas plus tard que ce matin à la boulangerie.

Louise redoutait le pire.

— Louise des Cocottes ! C'est joli, tu ne trouves pas ? Le bruit s'est répandu dans les villages alentour, et même jusqu'à Châteauneuf, qu'une cuisinière de grand talent officie chez les Gobin et tous se demandent qui elle est, d'où elle vient. J'en suis fière, figure-toi.

Oui, elle était plutôt satisfaite de sa prestation, tout s'était déroulé sans la moindre anicroche. Le pâté de lapin aux pruneaux, la matelote d'anguilles au pineau, le poulet rôti aux scorsonères et aux pommes de terre, et pour finir le gâteau à la confiture de lait ravirent l'ensemble des convives.

Les derniers plats envoyés, toute la pression de ces derniers jours était retombée d'un coup. Louise, épuisée mais comblée, était sortie pour s'asseoir sur le seuil de la cuisine. Elle s'étirait langoureusement, offrant son visage au soleil, les jambes allongées, douloureuses par la station debout prolongée. Les bras refermés sur Rose qu'elle venait de mettre sur ses genoux, elle observait les ouvriers du chai d'expédition qui s'activaient au fond de la cour. Trois charrettes tirées par des chevaux stationnaient à l'entrée de la cave et attendaient leur chargement que les hommes se passaient de main à main, de lourds tonneaux emplis d'alcool. Les relents écœurants de vapeurs de cognac ou de pineau, elle n'aurait su dire précisément, ne réussirent pas à réprimer son envie de fermer les yeux pour se reposer quelques minutes.

Elle se réveilla brusquement avec le sentiment bizarre d'être observée et eut un mouvement de recul en découvrant l'homme qui se penchait au-dessus d'elle. Un visage ravaudé, creusé par les rides, des petits yeux plissés qui la dévisageaient avec curiosité.

— Ne crains rien, ma jolie. Je ne te veux pas de mal et je ne voulais surtout pas te réveiller. Je ne t'avais jamais vue auparavant, tu n'es pas d'ici, toi ?

— J'habite depuis peu à Saint-Simon, je viens de Vendée. J'ai terminé mon service en cuisine et je me repose.

— Ah ! de Vendée… Je connais un peu, il m'est arrivé d'y séjourner, quand j'étais plus jeune, du côté de Fontenay-le-Comte.

— Vous travaillez ici ?

— Oh ! juste de passage, on fait appel à moi de temps en temps pour dépanner. Je suis distillateur ambulant.

Le vieil homme se pencha au-dessus de Rose pour lui caresser les joues.

— Et c'est ta petite fille ? Tu m'as l'air pourtant d'être toi-même une gamine, bien jeune pour être déjà mère.

— Oui, c'est ma fille et je ne suis plus une gamine.

Il s'esclaffa.

— Oh ! Oh ! De Dieu, je ne voulais pas t'offenser. Mettons que tu ne sois plus une gamine. Hum ! hum ! c'est juste que tu semblais si fragile et touchante dans ton sommeil, un peu comme…

Il se tut brusquement, se lissa pensivement la moustache et reprit :

— Comment t'appelles-tu ?

— Louise.

— Ravi de t'avoir rencontrée, Louise. Moi c'est Séraphin, on m'appelle aussi Jambe de bois, rapport à cette brave dame qui me soutient en silence, et sans râler, elle !

Il venait avec sa canne de donner un coup sec sur une grande pièce de bois qui dépassait de son pantalon.

— Un jour ici, un autre là, mon alambic m'amène où on me demande. J'espère te revoir petite, toi et ta drôlesse, vous me plaisez bien. P't'être que j'aurai à faire à Saint-Simon, un jour prochain, et p't'être bien que je t'y croiserai.

Il lui passa une dernière fois la main dans les cheveux puis retourna à son distillateur, d'un pas claudicant et en chantant :

Elle avait une jambe de bois,
Et pour que ça ne se voie pas,
Elle faisait mettre en dessous,
Des rondelles en caoutchouc[1].

Louise n'avait pas entendu arriver Mme Gobin :

— Ah ! Ce vieux Séraphin, toujours aussi taquin. N'aie pas peur, il n'est pas bien méchant. En tout cas, je tenais à te féliciter, je suis enchantée de ton travail, Louise, et je me félicite de t'avoir fait confiance.

Les invités ébruitèrent la nouvelle aussi vite qu'une traînée de poudre, affirmant que leurs hôtes avaient hérité d'une perle. Les bonnes cuisinières à domicile n'étaient pas légion, et il avait suffi du parrainage d'une famille comme les Gobin pour que d'autres, pour la plupart des viticulteurs ou producteurs de cognac, la sollicitent à leur tour. Son carnet se remplissait de jour en jour. Louise ne rechignait plus et acceptait d'autant plus volontiers que cela lui permettait de se constituer une cagnotte. Elle était partie de chez ses parents sans le moindre sou en poche et, même si Jeanne l'avait accueillie généreusement en lui offrant, à elle ainsi qu'à Rose, le gîte et le

1. *La Jambe en bois* : chanson créée en 1908, paroles de Plébus et Maubon.

couvert en plus de travaux rémunérés, ces rentrées d'argent supplémentaires lui permettaient de gonfler les économies entassées dans une petite boîte en fer.

Parfois, elle se mettait à penser que si sa maman pouvait la voir, elle serait fière de sa fille. Elle s'était organisée de manière à amener Rose lors de tous ses déplacements. Elle pouvait ainsi garder un œil vigilant sur la petite, couchée dans un couffin de paille confectionné par Auguste et en permanence à ses côtés, dans un coin de la cuisine.

Les semaines, les mois filèrent. Noël, Pâques, le premier anniversaire de Rose, autant de fêtes, autant d'occasions pour Louise de travailler sans relâche.

On était au mois d'avril 1923 et Louise prenait conscience qu'une année à Saint-Simon venait de s'écouler. Elle n'avait pas revu Marius depuis leur dernière sortie à Juac. Sans nouvelles de lui depuis six mois, cela lui semblait anormal. Son visage, sa voix demeuraient toujours très présents dans ses pensées, il lui manquait terriblement. Au fil des semaines, la jalousie s'était infiltrée insidieusement dans son esprit, semant le doute. Peut-être avait-il fait connaissance d'une autre fille. Dans ses déplacements il ne devait pas en manquer, certainement des plus jolies qu'elle. Que pouvait-elle espérer, après tout, il ne lui avait rien promis. Mais aussi pourquoi s'était-elle entichée du premier venu ! Alors elle se donnait encore plus à fond dans le travail, et trouvait chaleur et réconfort auprès de Rose qu'elle avait eu le bonheur de voir esquisser ses premiers pas.

Elle revit Séraphin. A maintes occasions, dans le bourg de Saint-Simon où il installait une fois par mois son distillateur ambulant. Chez les Gobin également, lorsqu'elle y était retournée en fin d'année pour le repas de Noël. Cet homme l'intriguait, peut-être parce qu'il s'entourait de mystère et esquivait par une pirouette les questions un peu trop indiscrètes. Elle s'en était enquise auprès de Jeanne, mais celle-ci ne connaissait pas l'homme. Tout juste se souvenait-elle l'avoir aperçu une fois ou deux les jours de marché, sur la place de l'église.

Malgré tout, Louise était heureuse de le retrouver, et lui aussi semble-t-il. Il avait beaucoup voyagé à travers la France. L'Alsace où, selon lui, les anges avaient élu domicile dans les vignes les plus enchanteresses qui puissent exister et qui procuraient un vin diablement gouleyant. Et puis la Bourgogne, les montagnes de Savoie, la Provence, le Périgord. Grâce à lui, Louise découvrait des contrées inconnues et se mettait à rêver elle aussi à de grands voyages. A chacune de leurs rencontres, il lui offrait un cadeau. Une fois un bracelet monté avec des coquillages ramassés sur la plage de La Rochelle, une autre fois une poupée de porcelaine pour Rose, à une autre occasion un magazine de mode ou même une petite fiole de Jurançon. « Tu verras, ma Louise, cet élixir-là est divin. » Quand elle avait voulu refuser un de ses cadeaux, il s'était mis en colère. C'est la seule fois qu'elle le vit irrité. Elle ne refusa plus ses présents.

16

— Ah ! Ah ! Aurais-tu donc peur d'abîmer tes jolies mains, ma pauvre fille ? Dame, c'est pas en caressant les draps comme tu t'y prends qu'ils vont devenir blancs par miracle, et les caresses y a d'autres moments et d'autres lieux pour les faire !

Le visage de Louise s'empourpra, elle baissa la tête et s'échina sur la toile de coton avec son battoir. Les rires fusaient autour d'elle.

C'était jour de bughée, la grande lessive de printemps à laquelle Louise participait, à la demande de Jeanne, afin de rafraîchir le linge entassé dans la buanderie pendant l'hiver.

Des sourires narquois s'affichèrent sur les visages quand elle arriva devant le bateau-lavoir amarré au quai, avec sa brouette pleine à ras bord. Au-dessus des effets entassés pêle-mêle, émergeait la petite tête ronde de Rose, enfouie dans un creux formé au milieu des draps froissés. Louise n'avait trouvé que ce moyen pour l'amener avec elle et se fichait bien des regards en coin qui l'accueillirent, voire des commentaires malveillants glissés furtivement, mais suffisamment fort malgré tout pour qu'elle les entende. Maintenant, la petite reposait sur un coin de verdure, à l'abri du soleil et à proximité de sa mère. La découverte d'une poupée de fortune, confectionnée avec un épi de maïs entouré de quelques feuilles de marronnier accrochées par des épingles de nourrice, semblait la rendre perplexe mais soulageait Louise qui pouvait ainsi vaquer sereinement à son travail.

Les potins et les calomnies allaient bon train.

— Avez-vous remarqué que chez la mère quat'sous, il n'y a plus de serviettes étendues sur le fil depuis plus de deux mois ? M'est avis qu'une naissance se prépare dans la maison !

Ces propos fielleux indignèrent Louise. Chez elle, le linge sale se lavait en famille, qu'il s'agisse au propre des grandes lessives ou au figuré des querelles, inévitables à un moment ou à un autre. Pas question de tout étaler à la face des amis ou des voisins.

— En tout cas, chez elle, on sait au moins qui sera le père du bébé, ce n'est pas comme certaines traînées. Hum ! hum !

— Mais taisez-vous donc, vilaine grosse chouette. Il est vrai que vous êtes plus douée pour les saillies verbales que pour le reste, mais quand on voit votre ventre désespérément vide, on se dit que votre défunt mari, paix à son âme, a dû se trouver un autre lit plus chaleureux pour espérer avoir un drôle.

Les rires s'arrêtèrent net.

— Et j'vais vous dire, vu la largeur de vos jupons, on comprend qu'il ait préféré...

Un savon, accompagné d'un chapelet de jurons, voleta dans les airs et finit son voyage dans l'eau du baquet en arrosant l'arrogante jeune fille qui venait de provoquer la commère. Elle essuya son tablier sans se départir d'un sourire provocant. Les autres femmes durent retenir leur comparse, humiliée, pour que l'esclandre ne tourne pas à la rixe ! Chacune retourna à sa lessive, mais les coups amples et vigoureux de la batte sur le linge en disaient long sur la rage contenue de la cancanière.

La jeune fille s'approcha de Louise, un sourire espiègle aux lèvres, et s'inclina en prenant soin de mettre la main devant le coin de la bouche.

— J'imagine les pauvres sangsues sur les jambes variqueuses de cette vieille bique, elles doivent tomber raides mortes après avoir sucé son sang pourri[1] !

Louise éclata d'un rire franc. Les autres femmes lui jetèrent des regards furibonds. Le visage cramoisi par la honte, elle adressa un sourire complice à la jeune fille.

Un silence pesant s'était installé, à peine troublé par le clapotis de l'eau battue au rythme des brosses. Une des lavandières eut alors la bonne idée d'entonner un refrain :

Frou-frou, frou-frou, par son jupon la femme…

---

1. On soignait autrefois les varices en appliquant des sangsues sur les plaies et on mettait ensuite lesdites sangsues dans du sel pour leur faire rendre le mauvais sang qu'elles avaient sucé.

Ce qui fit diversion et détendit l'atmosphère. Toutes, même Louise, reprirent en chœur :

Frou-frou, frou-frou, de l'homme trouble l'âme
Frou-frou, frou-frou, certainement la femme
Séduit surtout par son gentil frou-frou...[1]

Les rires et les chants prirent le dessus sur les médisances et l'après-midi passa très vite dans la bonne humeur. En cours de lessive, un homme avait eu l'outrecuidance de s'approcher discrètement du groupe pour pincer les fesses d'une femme penchée au-dessus du lavoir, il fut chassé à coups de batte et arrosé copieusement. La bughée était réservée exclusivement aux femmes !

Fourbue, les bras endoloris par les nombreux brassages des draps très lourds, Louise était fière d'avoir redonné au linge sa blancheur originelle. Grâce aux conseils de sa voisine de lavoir, elle parfuma la dernière eau de rinçage avec quelques rhizomes d'iris aux arômes vivifiants.

La lessive se terminait, Rose dormait profondément, tenant serrée dans sa main la petite poupée de maïs. Louise essora les draps une dernière fois avant de les remettre sur la brouette puis emmaillota la petite dans une couverture épaisse pour la coucher sur le linge humide.

---

1. *Frou-frou* : chanson française, paroles d'Hector Monréal et Henri Blondeau, créée sur scène en 1897.

Les autres femmes la saluèrent d'un geste de la main. Elle remontait péniblement la rue de l'église quand le souffle d'une présence derrière elle l'obligea à se retourner. Elle reconnut la jeune fille du bateau-lavoir :

— Vous permettez que je vous raccompagne et que nous fassions un peu connaissance ? Je m'appelle Juliette, et vous c'est Louise, n'est-ce pas ? Ravie de vous connaître, Louise, je sens que nous allons devenir amies toutes les deux, et puis on va se tutoyer, d'accord ?

Profitant de son embarras, Juliette s'empara allègrement d'un manche de la charrette.

— Tu es fatiguée, je le vois bien, et puis d'abord tu es bien trop menue pour porter ça toute seule, non mais tu as vu comme tu es grosse comme un haricot ! T'inquiète pas, j'ai l'habitude ! Et moi je retournerai chercher mon linge plus tard.

Les deux jeunes femmes cheminèrent jusqu'au village, poussant chacune leur côté de charrette, la petite Rose endormie au milieu du linge. Quelques vieillards assis sur des bancs au-devant des maisons laissèrent glisser leurs regards sur leurs silhouettes jeunes et fines. En passant devant eux, Juliette lança à la cantonade :

— Matez ! Rincez-vous l'œil, vieux grigous. A part l'œil, y a plus grand-chose que vous pouvez lever. Et en plus y sont sourds !

Louise s'esclaffait à chacune de ses reparties. Elle se sentait merveilleusement bien en sa compagnie et redécouvrait soudain avec elle l'insouciance de son jeune âge. Que c'était bon !

En arrivant devant la porte des Chaillou, Rose se réveilla et Juliette se mit en tête de lui mimer la grosse femme du lavoir, tordant la bouche pour esquisser des grimaces tout en lui chantant d'une voix très aiguë :

— Sangsue, sangsue ! Je suis une petite sangsue et je vais te sucer tout ton sang.

Rose semblait s'amuser du spectacle tout autant que sa mère, son petit rire résonnait en cascade.

— Eh bien, on ne s'en fait pas ! Je ne vous dérange pas, mesdemoiselles, vous permettez que je me joigne à vous ?

Les deux jeunes filles se retournèrent vivement. Louise avait déjà reconnu la voix et ne put s'empêcher de rougir face à Marius qui la dévisageait en souriant. Son Marius, enfin, pas trop tôt ! Fine mouche, Juliette comprit rapidement la situation et devina qu'il lui fallait céder sa place. Elle embrassa rapidement son amie et ne put s'empêcher de lui glisser effrontément à l'oreille :

— Eh bien, dis donc, ma belle, ne le laisse pas échapper, ce beau gosse, sinon crois-moi, j'aurai tôt fait de rattraper l'oiseau au vol !

Elle continua, tout haut :

— Au revoir, les tourtereaux, et Louise, s'il te plaît, ne m'oublie pas, il faut absolument qu'on se revoie.

Juliette s'en retourna, légère, sautillant comme une petite fille, en chantonnant suffisamment fort pour que Louise et Marius l'entendent :

Tout çaaaaa n'vaut pas l'amour,
La belle amour,
Les p'tits bécots...[1]

Louise dévisageait Marius, se disant que Juliette avait bien raison. Bon sang, il était encore plus beau que dans son souvenir avec son teint hâlé et ce sourire irrésistible qui lui donnait furieusement l'envie de se jeter à son cou. Des rideaux s'écartèrent furtivement dans la maison d'en face. Ils s'en aperçurent et préférèrent s'éloigner. Marius empoigna la charrette et entraîna Louise dans son sillage. Réfugiés à l'abri d'une porte cochère, ils s'étreignirent avec passion. Rose ne semblait pas gênée, plus attirée à vrai dire par le spectacle d'un papillon qui l'agaçait en virevoltant autour d'elle. Qu'il était grand, son Marius ! Se haussant sur la pointe des pieds, Louise avait enfoui son visage dans son cou et s'imprégnait du parfum poivré qui se dégageait de sa vareuse.

Son Marius ! Elle réalisait qu'elle se l'appropriait, tant elle avait furieusement envie d'être sienne.

— Ma Louise, si tu savais comme tu m'as manqué. Nous avons été séparés trop longtemps, mais je vais être pour quelques jours à terre, peut-être même quelques semaines, nous allons pouvoir rattraper tout ce temps perdu. Crois-moi, maintenant que je t'ai retrouvée, je ne veux pas te perdre.

---

1. *Ça ne vaut pas l'amour* : chanson française, 1903. Paroles d'Alexandre Trébitsch.

Elle s'écarta de lui, et répliqua d'un ton bourru :

— Mais où étais-tu passé ? Je me suis vraiment inquiétée ! Comment croire que je t'ai manqué, alors que tu ne m'as donné aucune nouvelle depuis six mois ?

— Je sais, Louise, tu as raison d'être irritée contre moi. Mais tout allait tellement vite, j'ai eu besoin de prendre un peu de recul, de réfléchir. Mais c'est bon, cette fois-ci je suis sûr de moi et je te promets que je ne t'abandonnerai plus aussi longtemps.

Silencieuse, Louise se demandait si elle pouvait le croire. Une petite voix intérieure lui souffla de lui faire confiance.

— Dimanche, il y a fête à Cognac, c'est la frairie du 1er mai. Tu veux bien m'y accompagner ? Nous prendrons le train de bonne heure à Châteauneuf. Dis-moi oui, Louise, je t'en prie.

Il se tourna vers Rose :

— Et nous amènerons la petite, bien entendu, il n'y a pas de raison qu'elle ne soit pas de la fête.

Marius se méprit sur le silence de Louise. Inquiet, il reprit :

— Tu as peur de te montrer à mes côtés, tu ne veux pas venir avec moi ? Tu m'en veux encore ?

Louise ne le laissa pas achever sa phrase, elle se jeta à son cou et s'écria :

— Mais bien sûr que si, grand nigaud. Oh ! que oui, je veux venir à Cognac avec toi !

Il était dit qu'on ne les laisserait pas savourer leurs retrouvailles tranquilles. Une bonne âme charitable, comme par hasard, passa au même moment dans la rue, s'arrêta à leur niveau, au milieu de la route, et fit mine de ramasser à terre un objet fantôme. Les deux jeunes gens n'étaient pas dupes du manège, Marius murmura à l'oreille de sa belle l'heure et l'endroit du rendez-vous pour le dimanche suivant et ils se séparèrent rapidement.

Louise raconta à Jeanne son après-midi au lavoir, les discussions des femmes, sa nouvelle amie, et lui confia qu'elle avait revu Marius et passerait le dimanche suivant en sa compagnie.

Ce soir-là, Louise eut du mal à s'endormir. Le visage mutin de Juliette, en qui elle avait peut-être enfin trouvé une amie, s'interposait avec celui, plus charmeur, de Marius. Il ne lui restait que trois jours avant de le revoir, trois jours et deux nuits à dormir. Elle sourit parce qu'elle comptait comme un enfant qui attend un cadeau promis. Une journée entière à Cognac, le voyage en train, tout ça avec son chéri, qu'il lui tardait d'être au dimanche !

17

Le 28 avril 1923

Louise,

Je serai bref, écrire n'est pas mon fort. Arrête de harceler notre mère avec tes lettres sans queue ni tête. A chaque fois, ça la met dans tous ses états et elle n'a pas besoin de ça, la pauvre. Ta vie en Charente ne nous intéresse pas, inutile de nous la raconter en long et en travers.

Mets-toi dans la tête, une bonne fois pour toutes, que tu n'es plus la bienvenue dans cette maison où tu n'as fait qu'apporter le malheur par ton égoïsme.

Je suis devenu le chef de cette maison, puisque le père nous a malheureusement quittés, je prends donc la seule décision qui me paraisse maintenant la plus raisonnable, celle de t'envoyer ce dernier mot en espérant que tu sauras prendre de ton côté la décision qui s'impose et ne plus nous importuner.

Ton frère, si ce mot a encore du sens pour toi,
Gustave

18

Louise vécut cette journée à Cognac comme un rêve éveillé. De chaque instant, de chaque rencontre, des odeurs, des bruits, elle ne voulait rien perdre, préserver le moindre éclat. Les conserver, les choyer pour qu'ils lui apportent le sourire, les jours où la solitude la rattraperait. Elle avait muré son cœur pour ne pas laisser prise au chagrin provoqué par la lettre de son frère. Mais, en revanche, l'avait grand ouvert pour l'offrir à Marius et profiter avec lui de ce voyage à la ville.

Avec son franc-parler habituel, Juliette lui avait fait la morale :

— Louise, ce gars-là, c'est un gros poisson, crois-en mon expérience. Tu l'as ferré, maintenant tu ne le lâches plus, bordel !

Sur sa lancée, elle avait donné l'estocade :

— Ma fille, les garçons, c'est comme les mouches. Ça ne s'attrape pas avec du vinaigre.

Et pour donner de la réalité à son propos, elle fit la surprise à Louise de lui offrir une de ses robes, mauve clair, parfaitement assortie à ses yeux verts, ainsi qu'elle lui en fit la remarque.

— Je ne peux pas te laisser partir à ton rendez-vous galant avec cette vieille nippe noire qui te fait ressembler à une corneille. On dirait que tu vas bigoter à la messe. Ravissante comme tu es dans cette robe, si le Marius ne te tombe pas dans les bras comme une mouche dans le bouillon gras, je me fais bonne sœur !

Dans la petite maison, ou plutôt la chambre que louait Juliette à une vieille femme, régnait un bazar sans nom. Seule la jeune fille pouvait se retrouver parmi les étoffes posées sur un coin du lit, les bobines de fil ou les mètres de couture traînant ici et là, les patrons découpés dans des revues de mode éparpillés à terre et le coussinet piqué d'aiguilles négligemment abandonné sur une chaise et sur lequel il valait mieux ne pas s'asseoir par mégarde.

— J'oubliais ! Tu me laisses ta fille en garde pour cette journée. J'aimerais bien lui faire son éducation à la petite, car tu me parais avoir la tête un peu trop près du chapeau. A propos de chapeau ! Je te prête celui-ci.

C'était un délicieux canotier en paille, agrémenté d'une passementerie pourpre, finissant en un large nœud sur l'arrière. Il apportait fantaisie à la tenue et affirmait la finesse des traits de Louise.

Au bras de Marius, en descendant du train à Cognac, elle eut une tendre pensée pour sa nouvelle amie qui savait si bien cerner ses sentiments. Les deux jeunes femmes ne se ressemblaient pas physiquement, l'une blonde aux yeux bleus avec un teint de porcelaine, l'autre brune, les yeux verts et le teint hâlé. Mais dans le fond, elles étaient identiques, et peut-être faites pour se rencontrer, songea Louise.

Les deux jeunes gens musardèrent le long des larges artères, prirent le temps de flâner rue des Sauniers ou rue Grande, au cœur de la vieille ville, puis s'attablèrent sur la place François-Ier. Pour le déjeuner, ils firent halte dans une guinguette sur les quais, qui leur permettait de suivre la course annuelle de gabares. La patronne, généreuse à bien des égards, leur apporta une assiette d'anguilles en persillade aussi plantureuse que ses formes.

Le repas fut juste troublé par une rencontre fortuite avec un collègue gabarier de Marius. Constant, une grande gueule avinée, qui s'invita à leur table le temps d'une première, puis d'une deuxième tournée. Il tenta d'amener la conversation sur les incertitudes de leur métier commun. Marius ne voulait pas se laisser gâcher cette belle journée par de telles considérations. Il prêta seulement attention aux propos décousus de l'individu quand celui-ci lança, d'un air entendu :

— T'as pas entendu dire que de l'autre côté de l'océan y a besoin de main-d'œuvre ? Ben oui, mon p'tit, y a pas que la Charente, et même qu'il existe des terres fort avenantes bordées par la mer, où un gars pas fainéant comme moi il aurait vite fait de trouver du boulot. Paraît même qu'on peut y faire fortune.

Marius savait bien où il voulait en venir. Il avait entendu parler lui aussi de ces hommes, de ces familles partis au Canada, avec leurs rêves pour unique bagage. Qu'étaient-ils devenus depuis lors, il n'en avait aucune idée. A part pour un couple de Saint-Simon qui avait tout quitté pour s'y installer et, si on en croyait les cartes envoyées à la famille restée au village, n'envisageait pas le moindre retour.

Marius finit par éconduire Constant. Celui-ci les quitta sur une œillade égrillarde. L'après-midi se poursuivit sans que rien ne vienne entacher la complicité des deux jeunes gens qui prirent plaisir à danser ensemble au petit bal musette de la guinguette.

Quand Louise eut quitté Marius, en fin de journée, elle se précipita chez Juliette. Pour récupérer Rose, mais surtout pour tout raconter à son amie qui ne voulut pas en perdre une miette. Les deux jeunes filles veillèrent fort tard ce soir-là.

19

— Je vous somme de cesser de le voir !

Elle se dressait comme un coq sur ses ergots. Elle devait certainement penser pouvoir mater très vite ce petit bout de femme. Et pourtant cette dernière ne bronchait pas.

— Vous êtes une intrigante. Vous croyez que je n'ai pas compris votre manège, sous vos airs de ne pas y toucher ?

Louise faisait un immense effort sur elle-même pour se contenir. L'autre s'en agaçait et passa à un ton au-dessus.

— Vous avez flairé le poisson, je les connais, les filles comme vous.

— Ah oui, les filles comme moi ?

Son adversaire marqua un temps d'arrêt, légèrement désarçonnée par le sourire narquois et le ton badin.

— Mais oui, vous êtes juste une catin qui s'est fait faire un gamin par un inconnu et qui maintenant cherche un homme pour lui mettre le grappin dessus. Mon fils mérite mieux que vous. Il est hors de question que je vous laisse me le prendre.

— Vous le prendre ?

— Suffit ! Arrêtez de jouer avec moi, vous ne me la ferez pas. Mon fils est faible, beaucoup trop sentimental. Il s'est laissé prendre à vos sourires malins et à votre fausse candeur. Mais moi, j'ai bien pigé votre petit jeu et je vais lui prouver qu'il fait fausse route.

— Et, bien entendu, vous êtes la mieux placée pour savoir ce qu'il lui faut ! Votre statut de maman vous donne tous les droits, n'est-ce pas ? En rentrant, j'imagine que vous allez lui rapporter notre conversation, mot par mot, parce que vous êtes une femme franche, pas comme moi ?

— Vous voyez bien que vous jouez. Vous ne faites que ça, alors prenez votre drôlesse et foutez le camp, on n'a pas besoin de p…

Elle retint juste à temps la parole venimeuse de trop.

— Continuez. Vous voulez que je vous aide ? Voyons voir. Je suis une catin, une putain, une fille de rien, une étrangère. Quel pedigree honteux !

Louise dissimulait tant bien que mal la panique qui commençait à la gagner.

— Cependant, dites-vous bien une chose, madame Coupaud, votre fils est majeur et libre de ses actes. Je ne suis pas allée le chercher, le destin a voulu que nos chemins se croisent. Et je m'en félicite tous les jours. Il a des sentiments pour moi ? Grand bien lui fasse, car voyez-vous, moi aussi. Et il s'est pris d'affection pour Rose ? Mais alors, tout est pour le mieux, je ne m'en plaindrai pas, et je dirai même mieux, je suis la plus heureuse des mamans et des femmes.

— Vous êtes...

— Taisez-vous ! Vous allez encore dire des méchancetés que vous ne pensez pas. Car je suis sûre qu'au fond vous n'êtes pas méchante, vous ne voulez que le meilleur pour votre fils.

Louise s'était radoucie et tentait d'infléchir ses propos. Fernande ne disait mot.

— Si on faisait la paix, toutes les deux ? Ce serait mieux pour Marius et pour vous. Vous n'êtes pas obligée de me croire, mais je suis honnête. J'aime sincèrement votre fils, et je ne cherche aucunement à mettre le grappin sur lui, comme vous l'avez insinué. Vous savez, ce n'est pas facile pour moi non plus.

Fernande dégagea d'un geste vif la main apaisante que la jeune fille venait de lui poser sur l'épaule. Sa colère avait baissé d'un cran, mais elle ne désarmait pas.

— Vous êtes très forte. Mais je ne vois pas pourquoi je vous ferais confiance. Allez-vous-en, je vous ai assez vue.

— Vous savez où me trouver, j'imagine. Alors si vous révisiez votre jugement à mon encontre, ma porte vous serait grande ouverte.

Fernande se retourna brusquement, pour ne pas montrer les larmes qui lui venaient aux yeux.

— Madame Coupaud, attendez, j'ai autre chose à vous dire.

— Oui ?

— Le facteur m'a déposé des lettres, il y a quelque temps. Elles n'étaient pas signées mais une intuition m'est venue en vous parlant et je me demandais…

Les joues soudainement cramoisies de Fernande confirmèrent les soupçons de Louise.

— Très bien. Ne vous inquiétez pas, cette conversation restera entre vous et moi. C'est mieux ainsi, vous ne croyez pas ?

Fernande la regardait fixement, elle essuya rageusement une larme au coin de ses lèvres.

— Oui, c'est mieux ainsi.

Et elle s'esquiva pour de bon.

Fernande était en colère. Contre elle-même parce que cette fille avait une fois de plus gagné la partie. Mais comment pouvait-elle avoir été aussi ridicule ? Ses lettres n'avaient aucun sens. Tout ça parce que quelques femmes parmi ses soi-disant amies lui avaient monté le bourrichon. Pouvait-elle vraiment faire confiance à la jeune fille ? Voilà maintenant que ses fichues lettres se retournaient contre elle et l'obligeaient à pactiser avec cette traînée. Elle remonta chez elle, abattue, démoralisée.

La rue était vide quand l'altercation se produisit en tout début d'après-midi. Il faisait une chaleur caniculaire, exceptionnelle en ce mois de juin. Chacun se claquemurait chez soi, les persiennes bien fermées. Louise était juste sortie faire une course à l'épicerie. Personne donc ne les avait vues ni – elle l'espérait – entendues.

Quelle mouche l'avait donc piquée pour qu'elle ose s'élever contre la mère de Marius ? Faire preuve d'autant de toupet n'était pas dans ses habitudes. Elle en était là de ses réflexions en rejoignant son domicile, quand une voix bien connue l'interpella :

— Louise, attends-moi, s'il te plaît.

Le visage soucieux de Louise alerta Juliette. Elle réagit comme à son habitude.

— Bordel ! Ah ben ça alors, faut qu'elle l'aime son fils, la vieille peau. T'envoyer des lettres anonymes ! Bordel ! Faut vraiment avoir la cafetière qui fume.

— Bah, tu sais, je pense qu'elle est plus malheureuse qu'on ne le pense, et peut-être moins méchante qu'on peut le supposer. Peut-être aurais-je fait la même chose dans la même situation.

— Non mais je rêve ! Tu n'aurais pas fait la même chose, bougre d'andouille, ne lui trouve pas d'excuses, par-dessus le marché. Pffft ! tu es vraiment trop gentille. Bon, c'est pas tout ça, je venais te voir pour te proposer de se prendre un petit bain ce soir, dans la Charente. Tu es d'accord ?

— D'accord, je viendrai en fin de soirée, avec Rose.

La chaleur devenait moins suffocante. Les eaux du fleuve se paraient de teintes plus douces, plus reposantes au fur et à mesure que le soleil se cachait derrière l'horizon.

Les deux jeunes filles se reposaient sur leurs serviettes en sortant d'un bain rafraîchissant pour le corps et l'esprit. La température encore douce incitait au farniente. Juliette avait assis Rose sur ses genoux et s'amusait à effeuiller les pétales d'une marguerite :

— Je t'aime… un peu… beaucoup… pas du tout, zouuuuu !

Elle fourra son nez dans le cou de la petite qui gloussait sous les chatouillis de la fleur frottée sous son pied.

— J'aimerais bien t'accompagner lorsque tu retourneras faire la cuisine chez des viticulteurs du coin. Dis, tu voudras bien m'amener avec toi ?

— Pourquoi ? Ça t'intéresse ?

— Ben, c'est que j'ai envie d'en découvrir un peu plus sur ton univers. D'accord, y a pas plus âne bâté en cuisine que moi, mais je te promets que je saurai me faire toute petite pour ne pas t'occasionner de gêne. Et même je voudrais bien t'aider, apprendre avec toi. Dis, tu veux ?

— D'accord. Mais tu as intérêt à te tenir bien, et je ne veux pas t'entendre jurer. Eh ! Oh ! Lâche-moi, tu m'étrangles.

Juliette venait de lui sauter au cou.

— Ah ! Et puis, tu me présenteras Séraphin aussi, pas normal que je ne connaisse pas c't homme-là, bordel !

— Jul…

— Oui, j'arrête de jurer, promis !

20

L'occasion se présenta très vite de retourner chez les Gobin et Louise tint parole. Juliette aussi, qui ne ménagea pas ses efforts pour châtier son langage. Et pourtant, elle eut bien du mal à se contenir en découvrant la collection de casseroles en cuivre accrochées à l'un des murs. Le large piano en fonte noire, au milieu de la pièce, faillit lui arracher un juron d'admiration, elle se retint à temps en voyant les sourcils froncés de son amie.

Louise progressait en cuisine. Et justement, elle avait de quoi faire ce jour-là puisque l'attendait un panier plein de cèpes.

— Puisque tu veux m'aider, arrête déjà de picorer les castilles[1] comme les groles[2], sinon il ne m'en restera plus pour le dessert. Et commence par me nettoyer ces champignons. Allez, zou, au travail, et tu ne me gâches pas la marchandise, s'il te plaît. Regarde-moi ce drapé, cette finesse. Tu t'imagines

1. Groseilles à maquereau.
2. Corneilles, pies.

juste caresser une pièce de tissu sur l'étal de la mercière et tu fais patte de velours sur ces petites merveilles à la peau aussi fragile que de la soie.

— D'accord, ma petite chef bien-aimée, je ne t'imaginais pas aussi poète. Ma jolie Rose, tu as entendu comme ta maman elle parle bien ?

Rose, assise dans une chaise haute, lança un gazouillis en entendant son prénom pendant que Juliette s'affairait sur les champignons.

— Mes petits cèpes, je vais vous faire la peau.

Pendant ce temps, Louise se lança dans la confection d'un gâteau de foies de volaille, et comme son amie avait terminé les champignons, lui intima l'ordre d'aller chercher une citrouille au cellier pour la réalisation d'un millassou.

— A vos ordres, chef bien-aimée !

Juliette claqua un pied contre l'autre et leva le bras en pointant le bout des doigts sur la tempe.

— Bonjour, mes beautés !

Louise et Juliette se retournèrent en même temps pour découvrir la face hilare de Séraphin qui les observait depuis une minute.

— Vous z'avez pas fini, mes petites diablesses, de nous émoustiller les sens avec d'aussi bonnes odeurs ?

— Tiens, Juliette, ça tombe à pic, tu voulais faire sa connaissance. Eh bien, voici M. Séraphin qui, par l'odeur alléché, laisse poindre le bout de son museau enfariné.

Séraphin minaudait devant les deux jeunes filles. Il souleva son chapeau et tourna sur lui-même en sautillant pour esquisser des pas de gigue. Gêné dans ses mouvements par son boitillement, il trébucha et manqua de peu s'affaler à terre, ce qui provoqua les gloussements de Louise et Juliette.

— Vous n'avez pas honte de vous moquer ainsi d'un vieux monsieur, mes petits cœurs d'amour. Allez, je vous pardonne, apportez-moi deux verres et je vais vous faire goûter la mixture que je viens de distiller.

Elles ne se le firent pas dire deux fois et le suivirent dans la cour près de son alambic. Elles toussotèrent juste un peu à la première gorgée mais enfilèrent leur verre cul sec pour ne pas être en reste devant Séraphin.

— Bordel, que ça fait du bien cette gnôle !

— Mademoiselle, vous avez bon goût. Louise, tu aurais dû me présenter plus tôt ton amie.

— Tsssst ! Tsssst ! Tsssst ! Suffit ce marivaudage qui n'est plus de votre âge. Retournez donc à votre travail. Allez viens, Juliette, tu n'es pas venue là pour te trémousser devant ce vieux machin.

Juliette décocha à Séraphin une œillade malicieuse avant d'emboîter le pas de Louise.

— On se reverra, mon cher Séraphin, vous me plaisez.

L'après-midi touchait à sa fin. Le service terminé, la cuisine avait retrouvé sa brillance de la première heure. L'air s'était attiédi en fin de journée. Louise donnait la becquée à Rose qui venait juste de se réveiller de sa sieste, Juliette, assise sur le pas de la porte, les observait, les yeux emplis de tendresse.

Des hurlements terribles s'élevèrent dans la cour, rompant la quiétude du moment. Louise déposa Rose à terre sur sa couverture et, suivie de Juliette, courut en direction du chai d'où leur semblaient venir les braillements, de plus en plus insupportables. Un attroupement d'ouvriers s'était formé. Elles parvinrent à se frayer un passage et s'arrêtèrent net devant le spectacle terrifiant qui s'offrait à leurs yeux.

Un des hommes leur expliqua en quelques mots ce qui venait d'arriver. La charrette de l'alambic s'était retournée, déséquilibrée vraisemblablement par la perte d'une roue. Un condensateur avait été rattrapé à temps par des ouvriers présents au moment de l'accident. Séraphin avait tenté de retenir la chaudière de cuivre, mais avait été contraint de lâcher prise sous le poids de la machinerie brûlante. Il gisait, coincé sous cette énorme machine bouillante. Et il hurlait, le visage déformé par la douleur. Comble de l'horreur, sa jambe de bois avait été arrachée et reposait sur la terre, misérable et ridicule objet inanimé. Louise voulut s'approcher de lui, un homme la retint brutalement, lui criant que c'était trop risqué en raison de toute la vapeur qui continuait à s'échapper.

Il fallait cependant trouver une solution, on ne pouvait laisser Séraphin continuer à souffrir. Les Gobin et leurs invités étaient sortis, alertés par les cris, tout le monde maintenant s'affolait.

Les ouvriers se regroupèrent et entourèrent l'alambic, formant ainsi une véritable chaîne humaine d'une vingtaine d'hommes. Ils s'accroupirent, se donnèrent le signal et d'un même mouvement parvinrent à soulever l'alambic, bravant la chaleur insoutenable. Ils se stabilisèrent une minute, le temps que d'autres hommes empoignent Séraphin et l'extirpent. Il ne criait plus, il rugissait. Les plaintes d'un loup hurlant à la mort. Terrorisées, Louise et Juliette se tenaient la main sans arriver à détourner le regard de ce spectacle horrible.

Les Gobin donnèrent l'ordre d'amener le blessé à l'abri. En dépit de ses cris de douleur, il fut soulevé doucement par deux ouvriers et porté dans une chambre à l'intérieur du château. Les ouvriers avaient été écartés, seules restaient autour du lit Louise et Juliette qui avaient insisté pour assister leur ami pendant qu'André Gobin allait quérir le médecin.

Sur ses bras et ses jambes gravement brûlés, des cloques énormes commençaient à apparaître. Ses yeux rougis, exorbités, ne voyaient même plus les jeunes filles. Louise discerna un léger mouvement de ses doigts, elle s'agenouilla près du lit.

— Approche-toi un peu plus près.

Sa voix n'était qu'un souffle, Louise pencha son visage jusqu'à le toucher.

— Je ne veux pas mourir avant de les avoir revus.

— Qui voulez-vous revoir, Séraphin ?

— Ma femme... Mes fils...

— Comment ça, vous êtes marié, vous avez des enfants ?

Parler le faisait souffrir, mais il semblait n'en avoir cure :

— Ils me croient morts, je veux que tu me ramènes auprès d'eux. C'est auprès d'eux que je veux finir.

— Mais vous n'allez pas mourir, qu'est-ce que vous dites là !

— Peu importe. N'insiste pas, je sais que je peux compter sur toi... et aussi sur Juliette.

Un léger sourire se termina par une grimace de douleur.

— Tu vas chercher dans ma sacoche. Elle doit être restée dans la cour. A l'intérieur, tu trouveras une petite poche en cuir, fermée par un lacet. Ouvre-la et prends la photo. Au dos il y a une adresse, je veux que tu m'y amènes.

— Eh bien, vas-y, qu'est-ce que tu attends ?! cria Juliette.

Louise courut rejoindre les ouvriers qui avaient réussi à remettre debout tout l'alambic.

— Sa sacoche, la sacoche de Séraphin, est-ce que vous savez où je peux la trouver ?

Un des gars la lui tendit :

— Du calme, mademoiselle, la voici.

L'intérieur du sac dévoila quelques pièces de monnaie, un mouchoir et divers outils. La poche décrite par Séraphin était enfouie sous ce fourbi. La photo s'y trouvait. Un homme, beau, fringant dans son costume de marié, tenait la main d'une jolie femme vêtue d'une longue robe blanche à la traîne interminable, le visage recouvert d'un fin voile de tulle.

— Allez, dépêche-toi, regarde au dos.

A cet instant, le médecin fit son entrée. Louise serra la main de Séraphin et cligna légèrement des yeux pour lui signifier qu'elle avait compris. Elle sortit de la pièce avec Juliette, la photo cachée au creux de sa main.

Dans l'émotion, Louise avait oublié Rose. Heureusement, celle-ci n'avait pas bougé de la cuisine, occupée à jouer avec sa poupée et le chat de la maison.

Juliette et elle contemplaient maintenant la photo. Impossible de reconnaître le vieil homme usé qu'elles connaissaient dans ce jeune homme à l'allure extraordinaire. Louise la retourna. Des noms, une adresse, une date étaient griffonnés :

Joséphine et Séraphin Groisard
Jarnac – 1890

— Que vas-tu faire, maintenant, Louise ?

— Je ne sais pas encore. Il faut le ramener à Jarnac. Il me l'a demandé, Juliette. Je ne peux pas faire autrement.

Au même moment, Marie Gobin l'appela :

— Louise, je ne comprends pas pourquoi, mais Séraphin ne veut pas se faire soigner. Il n'a cessé de souffler au médecin qu'il voulait être ramené près de sa famille au plus vite, et qu'il tenait à ce que ce soit toi qui le fasses. Il a perdu la tête d'autant que le médecin m'a laissé peu d'espoir sur ses chances de survie.

— Non, il n'a pas perdu la tête. Si ce sont ses dernières volontés, je les respecterai quoi qu'il arrive.

Plus que jamais déterminée, Louise ne voulait plus perdre de temps.

— Il me faut au plus vite une voiture à cheval, pour le transporter. Juliette va m'accompagner. Est-ce que vous pouvez me trouver ça rapidement ?

Elle donnait les ordres, à son tour, Marie ne chercha pas à l'en dissuader.

— Mais tu sais conduire cette voiture ? s'inquiéta Juliette.

— Oui !

Dans l'heure qui suivit, une voiture était apprêtée. Le blessé fut assis sur la banquette, recouvert d'une couverture, grelottant malgré ses brûlures, entre Louise et Juliette qui tenait Rose sur les genoux. Louise demanda à Marie de prévenir Jeanne de son absence pendant deux jours.

Elles quittèrent le château, sous le regard incrédule des ouvriers, masse silencieuse devant le portail pour les soutenir avant le départ.

21

Séraphin somnolait, sa tête posée lourdement sur l'épaule de Juliette. La piqûre de morphine soulageait ses douleurs. Louise ne quittait pas le chemin des yeux, bien décidée à rejoindre Jarnac avant la nuit.

La dernière fois qu'elle avait pris les rênes d'une voiture à cheval, c'était pour accompagner ses parents au marché de Challans. Elle devait être âgée d'à peu près douze ans. Léonie avait rouspété, pour la forme car elle savait que Gabriel céderait, comme d'habitude. Elle avait vu juste, il avait fait une place sur ses genoux et montré comment guider le cheval.

— Quelle situation bizarre, tu ne trouves pas, ma Louise ? La vie réserve parfois de drôles de surprises.

— Certes, je n'aurais jamais imaginé que Séraphin puisse avoir de la famille aussi proche.

— Quelle vérole !

— Que veux-tu dire ?

— Nous avons tous nos secrets. Séraphin, toi aussi, j'en suis persuadée.

Juliette caressa la joue rugueuse de leur compagnon et reprit le cours de ses réflexions.

— Il s'appelait Erick, il était beau, grand, mince, des yeux d'un bleu aussi profond que l'océan qu'il avait rêvé de voir. Elle aussi était grande, fine, de longs cheveux blonds qu'elle nouait en un chignon tressé. Je l'admirais, elle était tellement belle. Pour fuir la misère, ils ont quitté leur Pologne natale et immigré dans un premier temps en Belgique.

Louise se retourna vers Juliette, interloquée. Séraphin écoutait lui aussi. Juliette poursuivit :

— J'ai gardé de jolis souvenirs de la Belgique, même si j'étais encore très jeune. Une période heureuse, bien trop courte. Les dimanches, nous allions pique-niquer en bord de Meuse, non loin de Dinant. Maman étalait la couverture, sortait les pistolets – des petits pains préparés à la maison. Je respire encore les odeurs de pain beurré chauffé par le soleil. Je m'amusais pendant des heures, les pieds dans l'eau, à essayer d'attraper des alevins à l'aide d'un pot de confiture. Et je guettais les péniches qui faisaient de grosses vagues sur leur passage.

— Mais tu ne m'avais jamais dit que tu avais vécu en Belgique !

— Comme je te le disais, papa rêvait de vivre près de l'océan. Ils ont quitté la Belgique, mais j'ignore pourquoi ils ont atterri en Charente. Ici ou ailleurs, ils auraient été heureux de toute manière, seul leur importait de rester ensemble, tant ils vivaient une relation fusionnelle. Ils ont vécu des jours heureux. Et puis la guerre est arrivée, et la mobilisation. Il est parti, très loin, avec d'autres. Du temps a passé. Certains sont revenus quelques années après, lui non.

Elle n'a pas supporté, la folie a marqué son esprit de son empreinte indélébile. Elle était fragile, depuis toujours. Le pays lui manquait, sa famille aussi. Elle s'est noyée, quelque part dans la Charente. Je lui en ai voulu… longtemps… de m'avoir abandonnée. Et puis avec le temps, j'ai compris, pardonné, et j'ai survécu.

Louise l'écoutait en silence.

— Chienne de vie ! Aujourd'hui je suis ici. Demain, Dieu seul sait où. Je prends les choses comme elles viennent. Tu sais, Louise, des fois je rêve de franchir l'océan. Je ne passerai pas ma vie ici, j'en suis convaincue. J'ai la bougeotte, l'envie de voir d'autres pays, de côtoyer d'autres gens. Je dois tenir cela de mon père.

Elle s'anima en faisant de grands gestes.

— La famille ? Je n'en ai pas, ou alors peut-être en Pologne, certainement même, mais eux ne me connaissent pas. La vie nous a dispersés. Je ne les rencontrerai jamais et, vois-tu, Louise, ça ne me pose aucun problème de conscience.

Séraphin serra les dents pour tenter de se redresser.

— Donne-moi la gnôle. Allez, dépêche-toi.

Louise comprit l'usage de cette bouteille qu'il lui avait réclamée avant de partir. Juliette lui en fit boire une rasade au goulot.

— Encore !

Il avala d'un trait un quart de la bouteille.

— Buvez, vous aussi, ça vous fera du bien.

Le ton était péremptoire, Juliette s'exécuta la première, Louise ensuite l'imita. Séraphin avait raison, l'alcool coulait lentement dans leurs veines, les réchauffait et leur donnait des yeux brillants de chat dans la pénombre naissante.

— Moi aussi j'avais une famille que j'ai abandonnée.

Séraphin, anesthésié par l'alcool, prenait à son tour la parole.

— J'avais une femme, deux beaux enfants et une belle maison à Jarnac dans laquelle je venais d'ouvrir un cabinet de médecine.

— Vous, médecin ! s'étonna Louise.

— Oui, j'étais médecin et je m'étais déjà constitué une jolie clientèle. Je gagnais bien ma vie et menais grand train en toute insouciance. Il a fallu que cette putain de guerre mette fin à cette vie il faut croire trop heureuse. Tout comme le père de Juliette, je suis parti au front, mais j'écrivais à Joséphine, ma femme, dès que j'en avais l'occasion, espérant un retour rapide. Un obus a mis fin à ces espoirs. Me laissant plusieurs semaines entre la vie et la mort. J'aurais mieux fait de basculer de l'autre côté, d'ailleurs. Lorsque je suis revenu à la vie, j'ai dû m'adapter à celle qui partageait désormais la mienne.

Il tapota sa jambe de bois et reprit :

— Mon orgueil m'a perdu. Je n'ai pas voulu me présenter à Joséphine dans cet état. Ne me regardez pas avec ces yeux ronds, je sais que j'ai fait la plus grande erreur de ma vie et, croyez-moi, il n'y a pas un jour où je ne l'ai pas regretté. Parce que Joséphine et mes enfants me manquent à un point que vous ne pouvez imaginer. Ah ! Ce maudit orgueil. Je ne lui ai plus jamais écrit. Elle a dû me croire mort. Une fois la guerre terminée, j'ai pris des chemins de traverse, faits d'errance, de misère, de petits boulots, il fallait bien manger, survivre. J'ai suivi en Champagne un vieux bouilleur de cru. Il m'a appris le métier. Puis transmis son matériel sur les derniers jours de sa vie.

Il reprit la bouteille, la jaugea.

— Allez, mes jolies, nous allons la finir cette satanée bouteille, pour nous requinquer. Bon, qu'est-ce que je disais ? Ah ! oui, je suis devenu distillateur ambulant. Cela n'avait plus rien à voir avec mon ancien métier, mais j'y ai trouvé de l'agrément. J'ai beaucoup voyagé, à travers la France, et tiré un trait sur le passé. Enfin j'ai tenté. Petit à petit, je me suis rapproché de la Charente, pour terminer finalement à Saint-Simon. Le visage de Joséphine hantait mes nuits, le remords me rongeait. Comment pourrait-elle reconnaître le jeune homme alerte d'avant la guerre dans cet homme usé et handicapé.

— Bordel, Séraphin, vous m'en bouchez un coin.

Les révélations de Séraphin laissaient Juliette songeuse.

— Ma petite, nous avons tous nos jardins secrets. Des chemins qui semblent tout tracés dévient bien souvent de leur trajectoire. Tu en es un bel exemple. Et toi, Louise ?

Il caressa le menton de Rose.

— Bah ! Il n'y a rien d'intéressant à dire, en tout cas rien qui vaille la peine que je vous le raconte. Juste une enfance dans les marais, comme tant d'autres, une vie somme toute heureuse.

— Alors pourquoi es-tu partie ?

— Parce qu'il le fallait, un point c'est tout.

— Un point d'interrogation, avec Rose.

— Un point que je n'ai pas envie d'aborder. D'accord ?

Séraphin n'insista pas et lança un regard complice à Juliette. La route défilait, interminable, et la nuit tombante obligeait Louise à renforcer son attention. Jarnac n'était plus très loin.

— Arrête-toi, s'il te plaît, il me faut me soulager.

— Mais nous n'allons pas tarder à arriver, et il fait déjà nuit.

— Je sais, ce ne sera pas long.

Louise s'arrêta sur un bas-côté. Aidée de Juliette, elle parvint à faire sortir Séraphin de la voiture pour l'amener à proximité d'un fossé. Elles se retournèrent, par pudeur, et attendirent. Quand Séraphin les appela pour leur dire qu'il avait terminé, elles pouffèrent devant l'incongruité de la situation.

A l'entrée de Jarnac, Séraphin les guida et montra des signes d'agitation au moment d'aborder une large avenue bordée de peupliers.

— Arrête-toi immédiatement.

Louise s'exécuta devant une bâtisse bourgeoise très haute, fermée par une grille et un portillon de fer forgé. Un rai de lumière filtrait à travers les persiennes.

— C'est ici, je reconnais.

La voix de Séraphin tremblotait, l'émotion étreignit le cœur de Louise et Juliette.

— Allez, sortez-moi de là et accompagnez-moi.

Le portillon grinça lorsqu'elles pénétrèrent dans la grande allée longiligne, cernée de plates-bandes aux rosiers odorants, qui menait au porche d'entrée. Figés tous les trois devant la porte de la maison, ils se serrèrent une dernière fois les mains pour se donner du courage. Séraphin actionna la sonnette. Un long écho cristallin leur répondit. Le vestibule s'éclaira, une ombre se profila, la porte s'ouvrit.

Allongées dans le même lit, Rose endormie entre elles deux, Louise et Juliette chuchotaient pour se tenir éveillées, encore exaltées par cette situation étrange.

— En rentrant, tu vas la faire baptiser.

Louise ne s'attendait pas à cette remarque.

— Tu sais que je ne suis pas une grenouille de bénitier, mais j'ai des principes.

Une telle affirmation avait de quoi surprendre.

— D'accord, c'est pas flagrant quand on me connaît, mais justement, si, j'ai des principes ! Un bébé doit être baptisé rapidement après sa naissance. Elle a plus d'un an, il est grand temps que tu t'en préoccupes.

Louise pouffa :

— Et tu dis que tu n'es pas une grenouille de bénitier ? Juliette, je t'adore !

— C'est bon, arrête de te moquer.

— J'aurais bien aimé la baptiser, j'y ai déjà pensé, tu t'en doutes, mais…

— Bon, alors c'est décidé : je serai sa marraine. Rien ne sert de reporter à demain certaines choses, il faut jouir pleinement de la vie au jour le jour. Regarde Séraphin…

Séraphin ! Quand Joséphine entrebâilla la porte, elle ne reconnut pas immédiatement son mari et encore moins les deux jeunes femmes avec le bébé. Les larmes ruisselaient sur le visage ridé de l'homme lorsqu'il prononça doucement son prénom :

— Bonjour, Joséphine.

Et là, cette femme sut ce qu'elle avait toujours espéré en son cœur. Il était vivant, son Séraphin était revenu.

Juliette avait raison, à son retour elle ferait baptiser Rose. Même si ce n'était à ses yeux qu'une forme d'attachement à des valeurs qui ne lui paraissaient plus aussi fondamentales. Une force intérieure l'animait, lui murmurait encore plus que jamais qu'elle devait suivre son bonhomme de chemin et profiter intensément des petits bonheurs que la vie lui réservait. Ce voyage en voiture avec Juliette et Séraphin lui avait ouvert l'esprit, montré que d'autres gens pouvaient souffrir et que ses propres malheurs ne représentaient qu'une infime poussière parmi tant d'autres.

Elle pensa à Marius. Ah ! Celui-ci, elle n'allait pas le louper en rentrant, surtout lui dire combien elle l'aimait au cas où il ne l'aurait pas compris. Ne pas laisser filer le poisson, comme lui avait si bien dit son amie. Elle se redressa sur un coude, et chuchota :

— Juliette, laisse-moi le temps. C'est encore trop tôt, mais je te promets qu'un jour je te raconterai. Tu es et resteras mon amie, nous sommes désormais liées toutes les deux.

22

Les cloches tintinnabulèrent pour annoncer la fin de la cérémonie religieuse.

— Ben, le père Coupaud doit pas être à la noce aujourd'hui. Je parierais une chopine de blanc qu'il va se cacher toute la journée dans son repaire de pêche.

Aucun des hommes attablés chez la mère Couturier ne releva le pari de l'Anguille.

On était en septembre. Les cloches avaient annoncé la cérémonie de baptême de Rose. Louise, rayonnante dans la robe portée à Cognac, sortit sur le parvis de l'église avec Rose dans ses bras. Juliette, tout sourire et fière de son rôle de marraine, la suivait. Elle arborait une séduisante robe de coton bleu pétrole qui mettait admirablement en valeur sa blondeur et ses yeux bleus. Auguste tenait orgueilleusement le bras de Louise, pas peu fier lui non plus, engoncé dans sa redingote en gabardine pied-de-poule. Il avait ressorti son costume de mariage, celui des grandes occasions. Il avait encore belle allure, même si la veste lui marquait la taille bien plus qu'à l'époque de ses noces avec Jeanne, et qu'il lui fallait mettre des bretelles pour tenir le pantalon et cacher un embonpoint naissant. Jeanne et Marius les accompagnaient juste derrière. Les autres fidèles se dispersaient lentement, mais quelques groupes épars jasaient en les épiant du coin de l'œil.

Marius avait prévenu ses parents le matin même, et encore, seulement parce que Fernande s'était étonnée de le voir s'habiller comme pour une occasion exceptionnelle. A la pâleur subite de son visage, il devina que la nouvelle l'affectait. Elle s'était mordu les lèvres pour contenir sa colère et fit volte-face sans émettre la moindre remarque.

Le rôle de parrain fut dévolu à Auguste. Quand Louise lui avait fait part du projet de baptême, de son choix de Juliette pour marraine, Jeanne avait tapé des mains et suggéré son mari comme compère. Louise s'en était réjouie.

Après, tout s'était déroulé sans qu'on lui laisse prendre beaucoup d'initiatives. Jeanne, aidée par une Juliette aux anges, décida de l'organisation de la fête qui devait se dérouler à leur domicile. Juliette confectionna la ravissante robe en dentelle et broderie anglaise de la petite, Jeanne et Auguste offrirent une médaille en or sur laquelle ils avaient fait graver le prénom de leur filleule et firent venir un photographe professionnel de Cognac qui immortalisa cette journée. Les parrain et marraine avaient confectionné des petites boîtes de dragées et pralines. Louise se chargea du repas.

En fin d'après-midi, tous savourèrent au salon la vieille réserve de cognac apportée par Marius.

Au moment de se séparer, Juliette glissa à l'oreille de Louise :

— Compte sur moi pour prendre soin de ma petite filleule !

Jeanne arriva derrière elles et les entoura chaleureusement de ses bras. Trois femmes aux vies différentes, que le destin avait réunies, trois femmes heureuses qui n'avaient pas envie de se retourner vers le passé, mais bel et bien d'avancer main dans la main vers l'avenir.

23

— Bo'del maman, bo'del.

— Non mais, tu as entendu, Juliette, ce que vient de dire Rose ?

Juliette éclata de rire.

— Ah ! que je suis contente d'être sa marraine, elle est formidable, cette petite, je le savais. Bordel, je vais lui en apprendre moi, de jolis mots.

Rose approchait de ses trois ans et faisait la fierté de sa mère. Louise était heureuse de la profonde amitié qui l'unissait désormais à Juliette. De même, elle appréciait sa nouvelle relation plus familière avec Jeanne et se plaisait plus que jamais dans cette maison. Tout comme elle se félicitait d'avoir saisi l'occasion d'officier en tant que cuisinière.

Louise des Cocottes avait bien assis sa réputation ! Elle était reconnue dans la région et on faisait régulièrement appel à ses services. Elle se déplaçait aussi bien dans les grandes propriétés ou châteaux que dans des fermes pour des repas de mariage ou des communions. Elle était respectée car devenue une maîtresse femme dans ce domaine.

Elle voyait souvent Marius. Les transports sur la Charente se raréfiaient, l'obligeant à rester à terre beaucoup plus qu'il ne l'aurait souhaité, ce qui le rendait irascible. Contre vents et marées, il s'obstinait à réfuter les oiseaux de mauvais augure.

Un matin, le facteur déposa une lettre. Joséphine les invitait, elle et Juliette, à venir déjeuner le dimanche suivant.

Elles furent frappées par la maigreur de Séraphin. Les brûlures avaient crevassé son visage et tous ses membres. Son torse, brisé par le poids de l'alambic, était maintenu par un corset. Il ne pouvait plus se déplacer et passait la majeure partie de ses journées allongé. Il supportait la douleur grâce à une piqûre de morphine administrée chaque jour.

Ses yeux vitreux et ombragés de larges cernes s'illuminèrent à l'entrée des deux jeunes filles et de Rose.

— Joséphine, je me suis toujours demandé comment vous aviez vécu l'absence de votre mari, pendant ces longues années.

Joséphine n'éluda pas la question de Louise. Dans ses yeux rivés sur Séraphin se lisait infiniment de tendresse.

— J'avais la conviction qu'il était vivant. Beaucoup de mes amis tout comme la famille me croyaient folle.

— Et vos enfants ?

— Eux non plus n'y croyaient plus, ils se sont conformés au sentiment général. J'étais seule avec l'intuition chevillée au corps qu'il m'attendait quelque part. Alors au fil du temps, par lassitude, j'ai simulé la résignation.

— Mais hormis cette intuition, qu'est-ce…

— Vous voyez, vous aussi vous m'auriez prise pour une folle. En fait, j'ai passé des semaines, des mois à le rechercher. J'ai envoyé des lettres à ses officiers, j'ai écrit au ministère de la Guerre, j'ai même adressé un courrier à Georges Clemenceau qui m'a répondu très vite que ses services allaient faire le nécessaire. Et puis plus rien. Du pipeau, que des paroles. Tout juste si j'ai reçu quelques réponses polies mais sans intérêt. Parfois, et même le plus souvent, mes lettres sont restées mortes. Mais je ne me décourageais pas. Le fait que l'on n'ait pas retrouvé son corps me confortait dans mes idées.

— Et moi, pendant ce temps, je parcourais la France du nord au sud, je tentais de me faire oublier et de m'oublier moi-même, sans imaginer tout le mal que je laissais derrière moi. Pourras-tu un jour pardonner mon égoïsme ?

— Tu es là, mon chéri, c'est l'essentiel.

— Et alors ! comment ont réagi vos enfants ?

— Très mal ! Ils m'ont reproché mon silence, mon absence. Ils avaient raison, je ne peux pas leur en vouloir.

— Laisse-leur le temps, un jour ils prendront conscience. Ils sont encore jeunes, impétueux, ne peuvent pas imaginer les souffrances que tu as vécues. Bon, allez, assez parlé du passé, trinquons à nos retrouvailles.

On était en octobre, Louise et Marius se promenaient sur le chemin de halage qui menait à Juac. Louise l'avait senti excité le matin, nerveux plus qu'à son habitude. Elle mit cette attitude sur le compte de ses inquiétudes quant au travail.

Ils tenaient tous les deux Rose par une main et tentaient de guider ses pas encore un peu hésitants jusqu'à la bicoque qui avait accueilli leurs premiers baisers, il y avait deux ans et demi. Après avoir allumé un feu de bois dans la cheminée, Marius versa du vin dans leurs verres et avala le sien cul sec avant de s'en servir un deuxième. Louise l'observait, interloquée. Devenu du coup un peu plus volubile, un peu trop même, il parlait sans lui laisser le temps de placer un mot. Cette exubérance cachait quelque chose.

— Louise, il faut que je te parle.

Il fixait ses chaussures, n'osant pas la regarder en face. Il avait adopté un ton grave qui fit craindre à Louise de mauvaises nouvelles. Fernande aurait-elle encore fait des siennes ?

Il se résolut enfin à la regarder et lui prit les mains. Les siennes étaient moites.

— Louise... Louise...

— Oui ? Je t'écoute. Vas-tu te décider à parler, bon sang ?

— Louise, veux-tu m'épouser ?

Maintenant que son annonce était faite, il se sentit soulagé. Louise, en revanche, le regardait avec de grands yeux ahuris.

— Je t'aime, Louise. Je veux que tu sois ma femme et que nous vivions ensemble, Rose, toi et moi.

Mille pensées se bousculaient dans la tête de Louise. Elle ferma les yeux et revit son père. Longtemps qu'il n'était pas réapparu dans son esprit de manière aussi sereine. Elle pensa à sa mère dont elle était toujours sans nouvelles. Elle ferma les yeux. Elle n'entendait plus Marius, voguait ailleurs, au-dessus de la bourrine du marais.

« Maman, papa, est-ce que vous acceptez de donner ma main à ce jeune homme ? Il est très sérieux, et je l'aime vraiment. Il s'occupe très bien de Rose et je suis sûre qu'il fera un très bon père de famille. Regardez comme il a belle allure. Et vous savez, papa, c'est un travailleur. Pour ça oui, il n'est pas fainéant. Et même que s'il pouvait trouver du travail à terre, je serais plus rassurée, et encore plus heureuse car je l'aurais beaucoup plus souvent avec moi... »

— Louise, Louise, ça va ?

Marius la secouait, inquiet. Elle mit fin à son monologue intérieur, rouvrit les yeux et le fixa, intensément.

— Marius Coupaud, oui, je t'aime, bien plus que tu ne l'imagines. Il faut juste que tu me laisses encore un peu de temps. Je ne fais pas ma mijaurée, mais c'est une décision tellement importante que j'ai besoin de prendre un peu de recul.

Son visage s'assombrit, il poussa un gros soupir et prit Rose dans ses bras.

— Rose, tu as entendu ? Ta maman veut réfléchir alors qu'elle dit m'aimer. Rose, dis-lui, toi, qu'elle a tort d'attendre plus longtemps, sinon je pourrais changer d'avis, dis-lui que tu veux être ma fille.

Louise lui prit la main :

— Marius, c'est juste d'un peu de temps dont j'ai besoin. Je te promets de te répondre très vite. Et puis ne sommes-nous pas heureux comme ça ? Profitons du moment présent.

Rose s'était endormie, emmitouflée bien au chaud dans un châle de laine. Assis sur un plaid déployé à même le sol, devant la cheminée, ils attendaient son réveil pour reprendre le chemin. Louise appuya sa tête sur l'épaule de son compagnon et ferma les yeux. Marius lui caressait le visage, les cheveux. Elle sentit sa main qui glissait, lentement, doucement, et, faute d'opposition de sa part, se faisait plus audacieuse, s'insinuait sous le corsage. Louise maintenait ses yeux fermés. Il se serra un peu plus contre elle, dégrafa son corsage, tout en l'embrassant dans le cou, sur les épaules. Elle soupira, un petit soupir d'aise, bref, mais qui attisa son désir. Ils s'allongèrent, Louise n'avait aucunement envie de résister quand il lui défit sa jupe, elle se laissa aller à la volupté de l'instant présent. Ses doigts s'emmêlaient dans les boutons de son corsage. Impatiente, elle lui prit les mains et l'aida à tout retirer. Elle était nue, il lui caressait le bas du dos, les seins, elle frissonna. Il s'allongea sur elle, elle se cambra. Il craignait de lui faire mal, c'est elle qui l'entoura de ses bras, l'obligeant à la pénétrer. Et au moment le plus intense de sa jouissance, elle le regarda, bien en face. Elle était heureuse, elle avait librement consenti cette union.

Ils rentrèrent tard. La nuit commençait à tomber et ne leur facilitait pas la marche sur le chemin étroit et glissant. Marius tint à s'arrêter devant le mur où il lui avait montré les dessins gravés. A l'aide de son couteau, il esquissa quelques lettres. Quand il eut fini, en s'approchant très près, elle put lire : LMR, et en dessous il avait maladroitement dessiné une petite gabare.

— Voilà, Louise, maintenant nous sommes unis et nous allons naviguer ensemble vers notre nouveau chemin de vie.

24

— Crénom de nom, enfin il s'est décidé le bougre.

— Mais enfin, Juliette, ne me dis pas que tu y pensais ?

— Et alors, quoi ? Depuis plus de deux ans que vous vous fréquentez, je crois qu'il a eu suffisamment de temps pour y réfléchir, bordel. Ah ! Ah ! Je donnerais cher pour voir la tête de sa punaise de mère quand il va lui apprendre la nouvelle.

— Juliette, je n'ai pas encore dit oui et si tu veux que je t'invite au mariage, tu surveilles ton langage et tu arrêtes de jurer comme un charretier.

La tête de Fernande, Louise préférait ne pas la voir. Elle n'eut pas vraiment le temps d'y penser dans les jours qui suivirent car une enveloppe encadrée de noir était arrivée, porteuse d'une mauvaise nouvelle. Joséphine annonçait le décès de Séraphin.

Joséphine ne versa pas une larme lors de la mise en terre, elle préférait conserver le souvenir de ces quelques mois de bonheur extorqués au destin. Ses fils l'accompagnaient, abattus plus que leur mère. Peut-être prenaient-ils enfin conscience du fait qu'ils avaient perdu l'occasion de renouer avec leur père. A la sortie du cimetière, Joséphine s'approcha de Louise et Juliette et leur tendit deux paquets.

— Séraphin tenait absolument à ce que je vous remette ces cadeaux après sa mort.

Dans le train du retour, elles déballèrent leurs présents. Juliette s'enthousiasma en découvrant un nécessaire à couture présenté dans une ravissante boîte en bois laqué exotique. Elle s'extasia devant les petits ciseaux, le dé à coudre, dorés à l'or fin, l'étui à aiguilles. Il y avait même un passe-lacet et un poinçon. Sur une carte de visite, Séraphin avait griffonné ces quelques mots :

Bordel, Juliette, tu arrêtes de râler et tu acceptes ce cadeau comme un gage de ma profonde sympathie pour toi. Je te demande juste de veiller sur Louise, je l'aime comme ma fille et je voudrais qu'elle soit heureuse.

Juliette referma le paquet soigneusement, entoura Louise de ses bras et lui planta un gros bisou sur la joue.

— Cadeau, de la part de Séraphin, et bordel, tu ne dis rien, sinon je vais me mettre à chialer.

A l'intérieur de son paquet, après avoir déplié de nombreuses feuilles de papier journal, Louise découvrit un livre. Tout de cuir rouge, mais ce qui était étrange, fermé sur le côté par une petite clé dorée. C'était en réalité un coffret. Duquel elle sortit une pile de lettres, reliées entre elles par un nœud en soie. Elle commença la lecture d'une, prise au hasard. Séraphin avait consigné au jour le jour les récits de ses voyages à travers la France. Numérotés, datés, il avait tout noté : ses rencontres, les spécialités de chaque région dégustées chez l'habitant, les vins, les coutumes locales. Louise était éblouie devant ce trésor fabuleux, un véritable carnet de voyage extrêmement détaillé et un souvenir inoubliable de son ami. Sur une carte de visite, il avait griffonné :

Pour toi, ma Louise, qui m'as tant apporté par ta sincérité et ta gentillesse non feinte. Prends soin de toi et de Rose. Je te confie ces modestes récits de mes tribulations, je suis sûr que tu sauras en faire bon usage. Bon vent, ma Louise.

Le reste du trajet se passa dans le silence. Leurs pensées à toutes deux allaient vers cet homme trop brièvement côtoyé mais dont le souvenir serait à jamais gravé dans leurs cœurs.

Quelques jours plus tard, Louise revoyait Marius.

— Louise, j'ai bien réfléchi, et il m'est venu une idée.

Elle lui servit un café.

— Puisque j'envisage de t'épouser, je pense qu'il va devenir normal que je rencontre ta famille. J'ai envie de faire leur connaissance, de me présenter à ta maman, tes frères, ta mémé. Nous allons leur faire une visite-surprise.

Abasourdie, Louise ne trouvait pas les mots pour lui répondre.

— Tu ne me feras pas croire que tu n'en as pas envie toi non plus. Je sais qu'ils te manquent et c'est normal. Je t'aime, Louise, il est important pour moi de partager l'univers de ton enfance. Et pour mes parents, j'en fais mon affaire, ma mère n'est pas si méchante que ça dans le fond.

La nouvelle, pour une fois, cloua le bec de Juliette. Mais pas trop longtemps non plus.

— Alors là, tu m'en bouches un coin, vérole !

Louise ne s'attendait pas non plus à cette proposition. La nuit qui suivit, elle fut incapable de trouver le sommeil, tenaillée entre le désir effréné de revoir les siens et la crainte qu'ils lui claquent la porte au nez. Cela faisait trois ans qu'elle était partie sans crier gare, depuis, sa vie avait complètement basculé, elle n'était plus la même. Il lui semblait loin le temps de la jeune Louise, timide, renfermée, celle que son père appelait la petite bernique. Maintenant elle travaillait, elle était indépendante. Elle avait mûri, de toute évidence, et il y avait Rose qui prenait de plus en plus de place dans sa vie.

Au petit matin, sa décision était prise. Elle n'avait pas besoin d'y réfléchir plus longtemps. Elle griffonna quelques mots sur les lignes bien droites du papier à lettres.

Saint-Simon, le 25 octobre 1924

Chère maman,

Il est temps de tirer un trait sur le passé. Vous me manquez terriblement.

Je vais venir vous voir prochainement, vous présenter ma fille, mon futur mari.

A très vite,

Votre fille,

Louise

25

Il tombait des trombes d'eau sans discontinuer depuis plusieurs heures. Un ciel bas, opaque, masquait la Charente. Les hommes restaient vigilants même s'ils connaissaient parfaitement tous les méandres du fleuve, les passages difficiles, les écluses périlleuses.

Depuis toutes ces années au fil de l'eau, le patron avait apprivoisé le *Patrie*. Il ne formait plus qu'un avec sa majestueuse gabare. Unis l'un à l'autre comme un vieux couple que plus rien ne peut séparer, l'amour et la passion du départ avaient laissé place à une infinie tendresse. Il n'était pas aveugle pour autant et se rendait bien compte que l'embarcation accusait des petits signes de faiblesse, alors il la bichonnait pour reculer le jour où il devrait la remiser définitivement.

Une déchirure. Il la sentait, latente, froide comme la mort, inexorable. Cette fin annoncée du transport de marchandises sur la Charente, il l'avait refusée, de toutes ses forces. Et pourtant ce n'était pas faute d'avoir assisté à des réunions de travail avec ses collègues du syndicat. Longtemps qu'ils tiraient la sonnette d'alarme sur la difficulté du métier et les commandes de plus en plus épisodiques. Il fallait se battre désormais pour les gagner. Quelques gars, dégoûtés, avaient abandonné la partie depuis belle lurette. Certains trouvèrent du travail en Charente-Maritime, en Vendée ou en Bretagne, sur des bateaux de pleine mer. D'autres entrèrent dans la marine comme gendarmes maritimes. Une façon comme une autre de garder le pied sur l'eau. Des plus téméraires partirent. Au-delà de l'océan pour rejoindre le Québec. L'attrait d'un ailleurs excitant sans doute, dans une province où les gens avaient la réputation d'être fort accueillants.

Mais lui s'accrochait. Il ne pouvait y avoir d'autre vie que sur la Charente, il avait quitté sa famille pour elle. Il s'en était créé une autre, différente, faite d'amitiés fraternelles, de rencontres au gré des déplacements. La Charente était sa mère nourricière, il la servirait sans relâche.

Ils étaient trois en permanence sur la gabare, Louis le patron, Marius son second depuis près de dix ans et un jeune mousse. Un brave gars que le Marius, il avait pris la suite de son père et Louis ne regrettait pas de l'avoir embauché. C'était un garçon honnête, franc du collier et dur à la tâche. Un garçon en qui il avait totale confiance, celui à qui il aurait voulu céder son affaire. Tous deux avares de grandes phrases, ils se comprenaient d'instinct. Marius anticipait les besoins, il possédait l'âme d'un chef, d'un futur patron.

Puis il y avait François, le mousse d'une quinzaine d'années. Encore novice, fougueux. Avant de l'embaucher, le patron avait tenté de le dissuader en lui expliquant qu'il n'y avait peut-être pas d'avenir pour lui. Du genre corniaud, le petit, il supplia Louis et sut trouver les bons arguments pour l'amadouer. Peut-être qu'au fond il se retrouvait en ce gamin déterminé. Lui aussi avait dû batailler dur pour se faire embaucher comme mousse, contre l'avis de ses parents, des fermiers de Saintes aux pieds bien enracinés dans la terre.

Une rafale de vent cingla Louis de plein fouet. Marius à l'arrière hurlait des ordres à François...

26

Elle la tapait, énergiquement, du plat de la main. Puis la retournait, comme une crêpe, balançait d'un geste élégant et souple un peu de farine et la plaquait à nouveau à même le plan de travail. C'était son plaisir de confectionner la pâte à pain, voir le levain gonfler petit à petit, mettre les mains dans la farine, pétrir encore et encore, autant de gestes appris auprès de sa maman.

Elle tapait encore plus énergiquement que d'habitude, parce qu'elle repensait à la proposition de Marius. Elle n'avait jamais imaginé qu'il exprimerait le désir d'aller voir sa famille. Et pourtant, c'était dans l'ordre des choses pour quelqu'un qui venait de vous demander en mariage. Elle lui était reconnaissante de ce geste qui prouvait son attachement sincère. Sa décision était prise dans sa tête. A leur prochaine rencontre, elle lui dirait enfin ce *oui* qu'il attendait avec tant de hâte.

Impatient, il avait déjà commencé à tout programmer. Ils avaient choisi ensemble d'aller en Vendée pour Noël, un bon jour pour des retrouvailles.

Les premiers jours d'euphorie passés, le doute s'était insinué dans son esprit. Comment allaient-ils l'accueillir ? Elle y pensait, jour et nuit, espérait que le temps aurait apaisé les rancœurs, essayait de s'en persuader. Mais en doutait à d'autres moments. Elle savait ses frères butés. Ils n'étaient pas maraîchins pour rien, de vrais corniauds. Cela la faisait sourire, au fond elle était bien pareille.

Elle ne pourrait jamais oublier ce matin où tout avait basculé. Il y avait eu un avant, il y avait maintenant un après qu'elle assumait totalement. Et qu'elle aimait. Même si elle souffrait terriblement de ne plus voir sa famille, elle se sentait bien sur cette terre qui l'avait accueillie. Elle qui se croyait pourtant profondément attachée à son marais. Toute petite, elle se souvenait avoir fait rire la mémé :

« Mémé, je vous aime très fort, et jamais je ne vous quitterai, je ne me marierai pas parce que les garçons ne sont pas gentils et j'habiterai toujours avec vous. »

Des paroles d'enfant. Elle avait quitté le marais, quitté la bourrine et les siens, et allait se marier. En voilà une promesse d'ivrogne, comme aurait dit son père.

Son père… Il ne revenait plus hanter ses nuits. Elle se souvenait avoir eu envie de mourir, elle aussi, en lisant la lettre où sa mère lui annonçait qu'il s'était noyé. Elle s'en était voulu. Avait ressenti un profond remords de les avoir abandonnés aussi lâchement.

De temps en temps, une petite voix intérieure venait semer le doute. Mais pourquoi *elle* n'avait rien dit, rien fait pour empêcher les événements. Mais est-ce qu'elle était au courant de ce qui se tramait dans la chambre ? Mais non, elle n'en savait rien, sinon elle aurait forcément mis fin à cette situation. Cette question lancinante l'avait longtemps torturée. A chaque fois qu'elle écrivait à sa mère, derrière ses mots, il y avait la même interrogation, latente, en suspens.

Elle donna un dernier tour à la pâte, y enfonça les doigts et la déposa dans un grand plat. Qu'elle repose maintenant. Elle offrirait ce pain à Marius, quand il rentrerait d'ici deux jours.

27

Marius remonta à bord une grosse anguille et une ou deux petites tanches. Une belle pêche, prise sur le vif. Le patron s'en réjouit. Le déjeuner était assuré. Dans une large bassine, les brindilles de bois furent empilées puis une grille calée sur le dessus de l'assemblage, pour permettre de cuire le poisson et le reste de la tambouille.

Il ne pleuvait plus mais le vent s'était levé.

— Allez, les gars, on a bien mérité une trinquette.

Le patron ouvrit une des barriques de cognac et en préleva une chopine. Personne ne lui en ferait le reproche. Les petits « prélèvements sans conséquence » sur les barriques transportées faisaient partie des coutumes de la profession. Personne ne le criait sur les toits, mais cette pratique, de notoriété publique, était tolérée par les gabelous[1] comme par les acheteurs, dans la limite du raisonnable bien entendu.

1. Douaniers.

Ils trinquèrent. Du bien bon cognac, pas question de le gâcher. Les yeux plissés de malice, le patron interpella son mousse :

— Dis donc, gamin, il serait bien temps que tu te fasses dépuceler. C'est de ta faute si la tempête gronde !

Le jeunot rougit à cette raillerie. Marius s'esclaffa. A lui aussi on avait fait cette plaisanterie salace. Désorienté, il s'était senti humilié mais avait fini par en rire quand il avait compris qu'il s'agissait d'un rite de passage. Un jeune mousse se doit d'avoir passé la nuit dans le lit d'une fille de joie au moins une fois avant de monter à bord d'un bateau, sous peine sinon de provoquer une tempête. Une superstition, certainement, mais qui perdurait de génération en génération, et provoquait à chaque fois l'hilarité générale.

Marius, en tout cas, avait bien retenu la leçon après cette humiliation rituelle et il rattrapa le temps perdu auprès des filles. Il n'était pas vraiment un coureur de jupons. Elles venaient à lui, comme des abeilles sur du miel. Certaines ne demandaient rien d'autre qu'une compagnie chaleureuse, un soir de passage. D'autres restaient un peu plus, il les revoyait à chacune de ses escales.

Avec Louise, très vite, il sentit que c'était sérieux. Il avait pourtant partagé le lit de sacrées beautés lors de ses périples, mais Louise ce n'était pas pareil. Il ne pouvait pas l'expliquer. Elle possédait un charme différent de toutes les précédentes, ses beaux yeux verts qui brillaient d'une flamme intense l'ensorcelaient. Mais par-dessus tout il aimait sa douceur, si apaisante.

Jamais auparavant il n'avait envisagé se marier. Il se vantait suffisamment auprès de ses copains de ne pas vouloir s'embarrasser d'une femme.

« Elles sont toutes belles, gentilles au départ, et puis après elle deviennent acariâtres, vous crient dessus parce que vous ne rentrez pas suffisamment tôt à la maison ou que vous traînez au café. »

Sa mère n'était pas prévenue de sa décision. Il le ferait en rentrant. Cette fois elle n'aurait pas d'autre choix que d'accueillir sa future belle-fille. Fernande était plus bougonne que méchante, la douceur de Louise saurait l'amadouer.

Une foule d'autres pensées lui traversaient l'esprit. Une fois mariés, ils allaient devoir se trouver une maison. Louise ne pourrait plus rester chez les Chaillou, même en continuant à travailler pour eux. Ils n'avaient pas besoin de bien grand, avec deux chambres, une pour eux, et une pour Rose. A la rigueur, aux tout débuts, il pourrait installer un petit lit dans la leur, et plus tard il s'arrangerait pour lui aménager un espace juste pour elle. Il adorait la petite et respectait la pudeur de Louise à son sujet. N'empêche qu'une idée lui trottait en tête depuis quelques jours. Il envisageait de demander en mairie les papiers nécessaires pour reconnaître Rose comme sa fille. Ce serait son cadeau de mariage.

Des rafales rugissantes les assaillaient de toutes parts. La Charente sortait de sa léthargie habituelle, excitée par des remous puissants. La gabare chaloupait dans une danse chaotique. Le patron avait essuyé plus d'une tempête au cours de sa carrière, ça ne l'impressionnait plus. Il aurait même pu l'anticiper tant la nature lui envoyait des signaux. Le bruissement inhabituel des arbres, l'étrange ballet des oiseaux dans le ciel, les ombres et lumières baroques, l'odeur mouillée qui se dégageait de la Charente, autant de petits signes avant-coureurs difficiles à expliquer, que lui seul avait apprivoisés.

Dans l'immédiat, l'urgence prévalait. Il lança ses ordres aux gars :

— Vite, rangez le matériel à l'intérieur de la cabine.

28

Juliette passa la soirée avec Louise, car la tempête lui provoquait des angoisses incontrôlables. Tout comme l'orage. Louise, en revanche, ne la craignait pas. Les vents d'ouest balayant les marais faisaient partie de son quotidien. Quand elle était plus jeune, le ronflement des rafales la berçait. Elle se calait sous la couette et s'imaginait mener un combat contre un ogre tout-puissant. Au petit matin, lorsque le soleil filtrait à travers les nuages, elle savait qu'elle avait gagné contre le vilain méchant ogre.

Juliette s'amusa de cette histoire. Elles parlèrent à voix basse de choses et d'autres jusque fort tard dans la nuit, Rose endormie dans le lit d'à côté. Evoquèrent la préparation du mariage, la date à fixer. Sûrement au printemps, ce serait mieux.

— En tout cas, pas au mois de mai !

— Encore tes principes, ma Juliette ?

De toute façon, il fallait attendre les fêtes de Noël et ce voyage en Vendée qui la tracassait. La tempête s'essoufflait quand Juliette regagna son domicile.

Une élégante lumière mordorée embrasait les maisons le lendemain matin. Le calme après la tempête. Louise vaqua à ses occupations et porta comme d'habitude les gamelles aux ouvriers d'Auguste. Elle poursuivit sa matinée par le ménage et le nettoyage de la cour jonchée de feuilles et de branchages. Puis la confection du pain. Après cuisson, la croûte largement éclatée par la grigne dégageait une mie parfaitement aérée et des arômes puissants agréables au nez.

Le soir, dans son lit, Louise lut quelques pages de *L'Illustration* prêtée par Jeanne et s'endormit la revue à la main, vaincue par la fatigue.

De grands coups tambourinés à sa porte la réveillèrent en sursaut. En plein milieu d'un cauchemar. Elle alluma, les yeux encore embrumés. La pendule indiquait cinq heures.

— Louise, ouvre-moi, s'il te plaît.

Le ton de Jeanne, dont elle avait reconnu la voix, était suffisamment ferme pour que Louise obtempère immédiatement. Sa patronne s'assit sur le lit, le teint livide. Et enlaça fiévreusement la jeune fille.

— Louise, j'ai une mauvaise nouvelle…

La nouvelle provoqua la désolation dans le village. Les anciens revenaient sur des accidents identiques, du temps de leur activité. On en parlait au café, à la boulangerie, chez l'épicière, on s'arrêtait dans la rue pour l'évoquer et on prenait part à la douleur de la famille parce qu'il s'agissait d'un enfant du pays.

— Ce n'est pas Dieu possible de mourir aussi jeune. Et vous croyez qu'on retrouvera le corps ? Chienne de vie, ce n'est pas juste.

Le *Patrie* avait coulé. Propre et net. La tempête gagna sa bataille, malgré la lutte sans merci entamée par le patron pour garder la main. Des riverains appelèrent du secours, alertés par des cris en provenance d'une épave dont quelques lames flottaient près de la rive. Ce fut un miracle que le jeune mousse s'en tire. Le lendemain, les pompiers retrouvèrent le corps sans vie de Louis, le patron. Echoué dans la vase, dans un sale état, le visage et les mains lacérés par les ronces et les branches d'arbres. Le jeune mousse les prévint qu'il restait encore Marius à sauver. Il se souvenait s'être agrippé avec lui à l'épave pendant quelque temps, puis il avait dû perdre connaissance. Quand il revint à lui, Marius n'était plus là. Les hommes le cherchèrent durant plusieurs jours. Ils draguèrent la Charente à plusieurs endroits, scrutèrent les rives. Peut-être s'y était-il réfugié. Rien n'y fit.

Louise resta prostrée pendant deux jours. Refusa de s'alimenter, ferma sa porte aux visites. Jeanne prit soin de Rose. A l'aube du troisième jour, la jeune femme sortit enfin de sa réserve, pâle, défaite, le visage creusé par les sillons de ses larmes et s'abandonna dans les bras de Juliette qui la suppliait derrière la porte. Elle s'enquit de son Marius, refusant l'évidence. Ce n'était pas possible, il ne pouvait pas être mort. Deux jours passèrent encore, sans résultat. Les recherches furent abandonnées. Marius déclaré mort.

L'église était bondée. Les habitants du village avaient souhaité s'unir à la peine de la famille Coupaud. Un enfant du coin. Ç'aurait pu être leur fils, ils compatissaient. Jeanne, Auguste et Juliette accompagnaient Louise. Comme absente aux prières du prêtre, elle ne versa pas une larme durant la cérémonie. Son cœur était vide, son corps laminé. Sur le banc, au premier rang, Fernande et Henri se tenaient prostrés, en larmes. Le prêtre entama une émouvante homélie en faveur de ces hommes, pêcheurs, marins, emportés dans leur passion, disparus malheureusement trop tôt.

A la sortie de la messe, Louise attendit que la foule se disperse. Quelques membres de la famille Coupaud demeuraient, entouraient les parents de Marius. Des gens qu'elle ne connaissait pas, des cousins, oncles, tantes, sûrement. Louise aurait aimé leur exprimer sa compassion et sa grande tristesse, mais sa place n'était pas parmi eux. A un moment, Fernande leva la tête et l'aperçut. Les deux femmes se dévisagèrent, Fernande sembla réfléchir un moment, puis elle baissa les yeux, et se retourna pour embrasser à nouveau d'autres proches. Louise se retira à son domicile. Désormais seule.

Juliette et Jeanne l'entourèrent de leur chaleur et leur amitié. Louise vécut les jours, les semaines qui suivirent comme un enfer. Elle s'efforçait de ne pas montrer son chagrin. Pour rester digne. Personne n'était dupe. Alors, elle se jeta à corps perdu dans le travail, chez Jeanne ou dans les maisons bourgeoises de la région. Elle accepta toutes les propositions de repas de famille qui lui permettaient de se vider l'esprit. Elle élargit même son champ d'action. A Saintes, notamment, chez un notaire à qui des amis cognaçais avaient vanté ses mérites. Une autre fois à Jarnac, chez un médecin. Elle prenait le train de bonne heure le matin, toujours avec Rose, revenait de la même manière le lendemain soir. Elle accomplissait parfaitement son travail, ses compétences étaient reconnues. On la redemandait et ceux qui n'étaient pas au courant s'étonnaient du mutisme de cette jeune femme tellement jolie et talentueuse en cuisine.

Oublier, en tout cas tenter d'oublier. Elle n'y parvenait pas, dormait peu, et accusait des signes de fatigue alarmants. Juliette passait régulièrement la voir en semaine ; Louise écourtait ses visites, sous prétexte de fatigue. Mais quand elle se retrouvait seule et qu'elle se mettait au lit, le sommeil refusait de la bercer. Elle ne pouvait oublier Marius, sa tendresse, son amour. Les promesses faites l'un à l'autre.

Elle répugnait à retourner sur le chemin qui menait à Juac. Trop insupportable. De toute manière, elle sortait peu. Une fois, elle descendit sur le chemin de halage, à l'opposé, pour faire prendre l'air à Rose. Mais elle crut devenir folle. Partout où elle passait, les souvenirs l'agressaient avec insolence. Leur premier déjeuner sur l'herbe, leurs promenades. Là ils s'étaient embrassés pour la première fois. Elle haïssait maintenant cette Charente inhumaine et songeait à partir, loin, pour faire table rase du passé.

Elle en vint à imaginer qu'elle était porteuse de malheur. C'était bien à cause d'elle que son père s'était donné la mort, sa mère le lui avait assez reproché. Et maintenant Marius qu'elle avait tant aimé, avec qui elle avait nourri l'espoir de fonder une famille, voilà qu'il disparaissait à son tour. Elle devait avoir le mal sur elle.

Elle n'avait fort heureusement jamais revu Fernande, depuis la cérémonie funèbre à l'église. Qu'aurait-elle pu lui dire ? Et comment aurait-elle réagi si cette femme lui avait balancé ses reproches à la figure ?

Louise avait présumé de ses forces. Six mois après ce funeste jour, elle se leva un matin, prépara le petit déjeuner pour Jeanne et Auguste, et s'effondra dans la cuisine. En larmes. Elle ne pouvait plus endiguer le flot. Jeanne fut soulagée, c'était bon signe. Il fallait que le chagrin sorte une bonne fois pour toutes. Elle la prit dans ses bras sans que Louise n'oppose de résistance. Comme une petite fille qui cherche le réconfort auprès de sa maman. Et Jeanne sut tenir ce rôle, lui caressa tendrement les cheveux, les joues.

Le midi, Jeanne prépara le déjeuner et invita Juliette. La parole se libéra enfin, Louise racontait par petites bribes les moments heureux passés avec Marius. Elles burent un peu, même beaucoup trop. Louise oscillait entre un entrain factice et un chagrin accentué par l'alcool. C'était le début de la résilience.

29

L'été s'effilocha, puis l'automne. On approchait des fêtes de Noël. Des fêtes que Louise redoutait. Liées à trop de souvenirs. Un sentiment d'inachevé, une demande en mariage, une réponse qui avait tardé et ne se réaliserait jamais. Cela faisait un an déjà que Marius avait disparu à jamais. Malgré tout, la vie reprenait ses droits. Parce qu'il le fallait, pour Rose surtout, désormais ce qui lui restait de plus cher.

Elle n'avait pas écrit depuis des mois à sa famille, n'en ressentait pas l'envie et ne savait pas ce qu'elle pourrait leur dire. Elle continuait à travailler, mais se préservait à nouveau quelques moments de liberté. Des moments qu'elle consacrait à Juliette, sa fidèle amie. Et d'ailleurs Juliette affichait un comportement singulier ces dernières semaines. Elle s'était absentée quelques jours, pour aller à La Rochelle. Ce qui était étrange dans la mesure où elle n'y avait pas de famille. Egoïstement, Louise espérait qu'elle ne partirait pas loin d'elle. Elle s'était attachée à elle.

Ils assistèrent tous ensemble à la messe de Noël et se retrouvèrent ensuite chez Jeanne et Auguste. Au pied du grand sapin, dans le salon, chacun trouva son cadeau : un peigne en écaille pour les chignons de Louise, une pochette brodée pour Juliette, une poupée de cire pour Rose et une bouteille de cognac vingt ans d'âge pour Auguste. Louise et Juliette étaient gênées, elles avaient juste apporté des oranges, mais Jeanne les mit à l'aise. Ils traînèrent fort tard et remirent ça le lendemain pour le déjeuner.

Le surlendemain, Juliette revint frapper à la porte de Louise. Le temps était froid, sec, mais réchauffé par un agréable soleil.

— Louise, je te propose une promenade.

Elles cheminaient tranquillement, depuis une demi-heure, sur la petite route de campagne qui sortait du village à travers les vignes. La petite trottinait devant elles. Juliette regardait droit devant elle et prit la parole :

— Tu te souviens de ce que je t'avais dit l'année dernière ?

— Euh ! Tu m'as dit tellement de choses !

— Mais si, tu sais bien. Je t'ai toujours dit que je ne ferais pas ma vie ici.

Louise la dévisagea, soudain inquiète.

— Et toi ? Sois sincère, est-ce que tu te vois rester à Saint-Simon et même en Charente ?

— Où veux-tu que j'aille !

Juliette insistait :

— Mais si, bon sang ! Tu as bien une idée, sois franche, bordel.

Elle persista, un peu plus agressive :

— Ce n'est pas compliqué quand même ! Je te pose une question, tu me réponds, point. Alors faisons plus simple : si demain, je te dis que je pars, est-ce que tu me suis ?

— Mais enfin, Juliette, comment veux-tu que je le sache ! Toi, tu as une idée derrière la tête, je le vois bien. Alors à ton tour d'être franche, dis-moi tout bonnement ce que tu mijotes.

— Très bien ! Je pars au Manitoba. Tu viens avec moi.

Louise s'arrêta net.

— Au quoi ? Qu'est-ce que tu me chantes ?

— Oui, je pars au Manitoba. Pour résumer, c'est au Canada. Je me suis déjà renseignée pour la traversée en paquebot, il faudra à peu près deux ou trois mois pour réunir tous les papiers nécessaires. J'ai pris des renseignements auprès du prêtre de la paroisse qui peut nous recevoir. Il va nous trouver une famille d'accueil. Et j'oubliais, c'est une province française.

— Mais pourquoi aussi loin ? Et pourquoi ton sacré Manitoba ?

— Parce que j'ai envoyé des tas de lettres, à des tas de paroisses francophones. Au Québec, dans un premier temps. J'ai eu très peu de réponses intéressantes. Et il y a un mois, j'ai reçu une proposition du prêtre de Saint-Claude, prévenu par un de ses confrères de Montréal. Il m'a garanti nous fournir gîte et travail.

— Tu es folle, Juliette.

— Non, pas folle, lucide. Je n'ai aucun avenir ici. Et puis, tu te rends compte, il y a tout à faire là-bas, c'est incroyable, c'est une chance inouïe, c'est... c'est...

— C'est bon, n'en dis pas plus, j'ai compris. Tu veux partir, me lâcher.

— Mais puisque je te dis que je veux partir avec toi ! Tu es sourde ou quoi, bordel !

Louise était abasourdie par l'annonce de son amie. Avec obstination, toute à son idée, Juliette insista :

— Tu imagines ? L'avenir nous appartient, ma Louise. Qu'espères-tu ici, dis-le-moi ?

Elle la regardait droit dans les yeux.

— D'accord, tu peux continuer à travailler chez les Chaillou. Tu ne seras pas malheureuse. Mais il y aura toujours le souvenir de Marius. Bon, tu es jolie, jeune, un jour tu te trouveras un mari.

Louise fronça les sourcils.

— Mais en dehors de Jeanne et Auguste, quels sont tes amis ici ? Fernande Coupaud ne te recevra jamais, c'est acquis. Et elle connaît trop de monde pour que tu sois vraiment la bienvenue. On te fera des sourires par-devant, mais par-derrière on jasera.

En son for intérieur, Louise savait que ce n'était pas faux.

— Tu as aussi la possibilité de retourner en Vendée. Mais ça, je devine que tu n'en as plus l'envie, même si tu ne me l'as jamais dit.

Bon sang, comment pouvait-elle aussi bien lire en elle ?

— Alors écoute, ma Louise chérie. En ce qui me concerne, je n'ai pas de famille. Je t'ai toi, j'ai Rose, ma filleule, et c'est énorme. Donc, si tu m'aimes, ce n'est pas compliqué, tu me suis.

Ce n'était jamais compliqué avec Juliette.

Juliette avait semé la confusion dans l'esprit de Louise. Dans un premier temps, elle conclut que son amie divaguait. Il n'était pas question qu'elle quitte ainsi Jeanne, elle n'imaginait même pas du reste lui annoncer la nouvelle. Et puis Juliette ne voyait pas plus loin que le bout de son nez. Louise n'était pas toute seule, elle avait Rose et elle ne pouvait pas faire n'importe quoi, comme ça, du jour au lendemain.

D'un autre côté, Juliette avait raison. Quel était son avenir ici ? Louise des Cocottes trouverait toujours du travail, mais est-ce qu'elle se sentait capable de rester dans le village qui avait abrité ses amours avec Marius ? Retourner à la bourrine, dans sa famille, elle avait compris que c'était devenu impossible. Trop d'années s'étaient écoulées, elle n'était plus la même et les souvenirs du passé seraient encore plus cruels à supporter. Il restait la solution de s'établir dans un autre village. Mais elle ne connaîtrait personne, il faudrait tout recommencer à zéro. Alors, tout pesé, pourquoi ne pas choisir la solution de Juliette ? Quitte à partir, autant que ce soit avec son amie. A deux, elles seraient plus fortes, pourraient se soutenir, et ce serait mieux pour Rose. Louise s'aperçut que l'idée germait dans son esprit. Elle la refoula et essaya de ne plus y penser.

Un mois avait passé. Juliette veillait ce soir-là car il lui fallait absolument mettre la dernière main à une robe pour la livrer à une cliente le lendemain matin. On tapa vigoureusement à sa porte, il était pourtant très tard. Elle ouvrit. Louise, essoufflée d'avoir couru, entra dans la pièce en s'ébrouant.

— C'est oui !

En revenant de chez Juliette, Louise pour la première fois depuis longtemps eut envie de traîner sur le chemin de halage. Elles avaient parlé toute la nuit, élaborant des plans sur la comète. L'aube commençait à se lever. Elle avait le cœur moins serré en parcourant ce chemin si lourd de souvenirs. Elle s'arrêta devant le mur de Juac, le message était toujours là, gravé à tout jamais. Elle passa sa main sur la pierre, la caressa, puis détourna le regard. Cela ne servait à rien de ruminer le passé, il fallait avancer. Elle poursuivit sa marche et se retrouva devant le chantier d'Auguste. Il y avait de la lumière. Elle entra et le trouva occupé à nettoyer l'atelier.

— Mais que fais-tu là à cette heure si matinale, Louise ?

— Si vous avez un peu de café, peut-être pourrions-nous discuter un peu. J'ai à vous parler.

Ils s'installèrent dans la petite cuisine, au fond de l'atelier, qui servait de cantine pour les ouvriers.

— Je m'aperçois, ma chère Louise, que nous n'avons jamais eu l'occasion de nous trouver en tête à tête tous les deux. Je suis heureux que cela arrive, et j'espère que tu n'as rien de grave à me dire. Tu m'inquiètes.

— Je vais partir, Auguste.

Elle sortit sa phrase tout à trac, comme on se débarrasse d'un paquet de linge sale.

— Comment ça, tu pars ?

Louise lui expliqua tout en détail. Auguste était atterré.

— Tu te rends compte du choc que cela va causer à Jeanne ? Tu es tout pour nous, Louise. Je n'ose même pas imaginer le vide que va nous occasionner ton départ. Non, ce n'est pas possible, il faut que tu abandonnes cette idée farfelue.

Il ne parvint pas à la dissuader. Accablé, il comprit que des moments difficiles l'attendaient avec sa femme.

Ce n'était pas dans l'intention de Louise de leur faire du mal. Mais il était trop tard pour faire machine arrière.

30

Le paquebot attendait à quai, une machinerie immense, impressionnante. Des hommes, des femmes, des jeunes, des vieillards se bousculaient, impatients d'emprunter la passerelle d'embarquement. Louise et Juliette hésitaient encore, le cœur oppressé par l'angoisse. Pour tous bagages, elles disposaient chacune de deux gros sacs contenant principalement des vêtements, des affaires de toilette et quelques maigres souvenirs personnels. Jeanne les accompagna jusqu'au dernier moment. Le train les avait amenées jusqu'à La Rochelle et ensuite un taxi loué par Jeanne au lieu d'embarquement.

Cette dernière prit très mal la décision de Louise et entra dans une colère noire, elle pourtant d'un caractère enclin à l'indulgence. Elle était fâchée contre elle-même parce qu'elle avait sous-estimé le mal-être de Louise qui avait provoqué ce choix irrévocable. Et en colère contre Louise aussi. Mais pourquoi n'était-elle pas venue la voir pour lui en toucher deux mots ? Elle aurait compris, elles en auraient discuté posément, de manière sensée. Parce que là cela lui semblait tout sauf raisonnable de partir aussi loin, dans un pays étranger avec à charge une fille en bas âge.

Elle joua sur les sentiments en lui rappelant comment elle s'était occupée d'elle à son arrivée en Charente, totalement désarmée, enceinte de Rose. Elle l'avait fait tout comme une maman. Elle se sentait flouée dans sa confiance et lui en voulait terriblement.

Louise, bien qu'abattue parce qu'elle savait d'avance qu'il serait très difficile de lui faire admettre son choix, ne désarma pas. Oui, elle voulait bien comprendre son raisonnement, mais non elle ne changerait pas d'avis. Cette décision n'avait pas été prise au hasard, elle en avait largement pesé le pour et le contre. D'accord, elle était encore toute jeune, mais pour autant elle n'était plus une gamine et les événements de ces dernières années l'avaient endurcie et fait mûrir.

Jeanne sentit qu'elle perdait tout contrôle sur Louise. A court d'arguments, elle partit en claquant la porte et lui battit froid pendant deux jours. Au matin du troisième, fatiguée d'avoir tout ressassé sans trouver de solution et comprenant que la partie était perdue pour elle, elle baissait les armes.

Pas question en tout cas de la laisser partir dans de mauvaises conditions, Jeanne lui remit une bourse de cuir noir.

— Tu la prends et tu ne dis rien, ma petite Louise. Je fais ça pour toi et pour Rose. A l'intérieur il y a suffisamment d'argent pour ne pas te trouver démunie, une fois sur place. Auguste et moi-même en avons beaucoup trop pour nous tout seuls, et, tu le sais, nous n'avons pas d'héritiers. Voilà, ne dis rien et prends. Et surtout, fais-moi la promesse de me prévenir si tu es dans le besoin.

Le paquebot maintenant s'éloignait. Il glissait doucement sur l'eau et sortit du port en expulsant un lourd nuage de vapeur. Louise avait pris Rose à son cou et toutes deux envoyaient des baisers de la main à Jeanne. Juliette les entourait de ses bras. Elles se tenaient serrées l'une contre l'autre, un long voyage vers l'inconnu les attendait. Jeanne ne pouvait se résoudre à partir, jusqu'au bout elle leur fit de grands signes, jusqu'à ce que le bateau ne soit plus qu'un petit point noir à l'horizon.

— Au revoir, ma Louise, tu vas me manquer. Prends bien soin de toi.

31

Saint-Simon, le 15 mars 1926

Chère maman, chère mémé, mes chers frères,

Quand vous me lirez, je serai déjà très loin, au Canada. Je voulais venir vous présenter mon fiancé et ma petite Rose. Mais le destin en a décidé autrement.

La distance ne fait rien à l'affaire. Vous me manquez, et je sais que là-bas je vais souffrir de votre absence. J'espère encore que vous garderez un petit peu de votre fille, petite-fille, sœur dans votre cœur. Cette idée me réchauffe un peu l'âme.

Louise

32

Assises côte à côte sur un banc de pierre au pied d'une treille de vigne, les deux femmes écossaient des petits pois. Méthodiquement, elles rejetaient les petites boules vertes dans une bassine posée au creux du tablier de la plus ancienne. Le chat, allongé à leurs pieds, offrait sans vergogne son pelage aux rayons du soleil. Ses yeux se frisaient, sa moustache se plissait, il ronronnait.

La grand-mère posa la bassine sur le banc. Toutes deux demeurèrent figées un long moment, dans un silence extatique. L'une, les yeux baissés et les mains croisées sur son tablier, semblait dormir, l'autre demeurait perdue dans ses réflexions, le regard vague. La première ouvrit les yeux et rompit le silence.

— Tu n'aurais pas dû la laisser partir.

— Hum, je sais.

— Sa place était ici, la petiote également.

— Vous avez raison. Inutile de me le rappeler.

— Tu savais, n'est-ce pas ?

— J'espère que le bon Dieu me fera vivre assez vieille pour qu'un jour elle me revienne… et me pardonne.

Le murmure lointain d'une mélodie fit écho à leur conversation. Les deux femmes avaient reconnu les accords enjoués du violon, celui du voisin qui avait pour habitude d'accompagner les veillées. Sur ces petites notes d'espoir, le dos courbé, elles se baissèrent pour entrer dans la bourrine.

Deuxième partie

Aie le courage de partir, et tu trouveras une autre famille pour remplacer la tienne. Et ne me dis surtout pas qu'il est dans la nature des choses que l'on demeure sa vie entière à l'endroit où l'on a vu le jour.

Origines, Amin MAALOUF

33

Halifax – 19 avril 1926

Ils déferlaient, s'engouffrant par vagues successives et houleuses ; un raz-de-marée humain envahit le grand hall du hangar. Ils se dispersaient ici et là, par petits groupes, s'égaillaient derrière des guides qui devaient hurler pour se faire entendre, dans une confusion générale. Les nombreuses fenêtres ouvertes sur l'extérieur ne parvenaient plus à dissiper les remugles d'eaux de Cologne viciées par la sueur.

Elles ne voulaient pas se laisser gagner par l'affolement, mais n'en menaient pas large. Louise serrait fermement Rose contre sa poitrine, Juliette se pressait contre elle et s'agrippait à sa jupe pour ne pas la perdre dans la foule. Une fois débarquées, elles avaient emboîté le pas des femmes de la Croix-Rouge et des congrégations de sœurs qui accompagnaient tous les nouveaux arrivants à l'intérieur du grand hangar, sur le quai 21, le quai d'immigration de Halifax.

Louise chancela, prise d'un vertige. Des hommes, des femmes, des enfants les bousculaient pour se frayer un passage, les esprits s'échauffaient. Une voix nasillarde dans un haut-parleur réussit à s'imposer dans le brouhaha. Annoncé en anglais et incompris par la plupart des gens présents, le message provoqua l'égarement. Louise et Juliette se fièrent au mouvement général pour gagner le fond du bâtiment et pénétrer dans une immense salle parquetée. A l'autre extrémité, des hommes les observaient, juchés sur une estrade ; ils étaient quatre, assis derrière une table basse. Quelqu'un à côté d'elle chuchota :

— Les agents de l'immigration !

Derrière eux flottait un drapeau. Louise reconnut celui de l'Union Jack. Elle l'avait découvert pour la première fois en parcourant les pages d'une encyclopédie, un jour que dans la bibliothèque de Jeanne elle se renseignait sur le Canada. Tout un symbole qui lui faisait comprendre qu'elles venaient bel et bien de mettre les pieds sur un territoire britannique.

Les premiers arrivés se serrèrent sur les bancs mis à disposition, les derniers durent rester debout dans le fond, ce qui était leur cas. Elles s'appuyèrent contre le mur, à proximité de la porte, restée entrebâillée. Rose pesait dans les bras de Louise ; elle la déposa à terre et lui attrapa la main.

L'un des agents prit la parole, le silence s'installa progressivement. Il parlait en anglais, les trois quarts des personnes présentes se regardèrent, affolées. Une dizaine de minutes passèrent, l'homme se recula et laissa la place à un autre qui, cette fois-ci, entama les explications en français. Il leur expliqua calmement le fonctionnement au sein du hangar, les différents services mis à leur disposition : immigration, douane, bureaux de change, restaurant, infirmerie et dortoirs, ainsi que la Croix-Rouge et autres services sociaux qui pourraient les aider dans leurs démarches. Le cœur oppressé, Juliette se retourna vers son amie et esquissa un sourire crispé. Louise, guère plus fière, rongée elle aussi par l'anxiété, voulut lui serrer la main et réalisa soudainement que Rose lui avait échappé. Elle s'inclina, pensant trouver la petite à ses pieds.

— Rose ! J'ai perdu Rose !

— Comment ça, tu as perdu Rose ? Mais tu lui tenais la main tout de suite !

— Mais bon sang ! Tu vois bien que je ne l'ai plus. Je vais devenir folle !

Les voisins se retournèrent, courroucés, et d'un geste peu amène imposèrent à Louise de se taire. Elle s'accroupit et jeta un regard circulaire autour d'elle, gardant l'espoir d'apercevoir la petite au milieu de la rangée.

— Reste calme, elle ne peut pas être bien loin, chuchota Juliette, elle a dû sortir sans que tu y prennes garde.

Elles quittèrent la salle en fermant discrètement la porte derrière elles. Le grand hall, maintenant vide, renvoya l'écho de son cri.

— Rose, Rose, où es-tu ? Rose, reviens !

— Mais ça n'est pas possible, où peut-elle bien êêê...

Louise interrompit son amie en lui pressant fortement le bras. A l'autre extrémité du bâtiment, une femme s'avançait à leur rencontre, tenant la main d'une petite fille qui trottinait gaillardement à ses côtés. Louise avait reconnu Rose. Elle la souleva dans ses bras et l'embrassa avec frénésie, les larmes coulaient sur ses joues.

— Ne me refais jamais plus ce genre de frayeur, tu entends, ma Rose ? Maman n'est pas contente.

— Pas 'ontente, ma'an, répéta Rose.

— Vous êtes bien inconscientes, mesdames. Avec tout ce monde, vous auriez pu la perdre. Ce n'est pas sérieux.

Louise se sentait coupable, cette femme avait bien raison de la sermonner.

— Bon, puisque vous êtes là, je vais m'occuper de vous, reprit-elle d'un ton ferme.

Elle leur serra vigoureusement la main, et se présenta :

— Sœur Marc de Capharnaüm. Notre communauté des sœurs de la Charité est principalement en charge des femmes seules et des enfants qui débarquent à Halifax.

Louise s'étonna d'un tel nom, comme de son accent, mais préféra taire une remarque. Une croix autour de son cou, avec en grosse inscription : « Je suis venue pour vous servir », attira son attention.

— La plupart du temps, on nous appelle les Sœurs grises. Vous aurez compris aisément pourquoi, précisa-t-elle en pointant sa robe et la coiffe qui lui auréolait le visage.

Au même moment, les portes de la salle d'assemblée s'ouvrirent en grand, libérant le flot des immigrants.

— Je vais vous prendre en charge puisque maintenant les présentations sont faites. Vous devez avoir faim, suivez-moi ! Allons à la salle de restauration avant qu'il n'y ait trop de monde. Vous voulez que je vous aide à porter vos bagages ?

— Non, ça ira, merci, ma sœur.

Ce restaurant ressemblait plus à une cantine géante, administrée par toute une équipe de bénévoles de la Croix-Rouge. Sœur Marc leur désigna une petite table libre, près d'une fenêtre. Une jeune femme poussant un chariot avec un grand plateau s'approcha d'elles.

— Prenez le temps de dîner et de vous reposer. Nous vous demanderons une participation minime pour le repas, dans le seul but de couvrir les frais. Comme j'imagine que vous n'avez pas encore eu le temps de passer au bureau de change, vous reviendrez payer dans l'après-midi.

La sœur s'esquiva discrètement pour accueillir d'autres groupes.

— Ma petite Louise, nous n'allons pas nous laisser aller, bordel, trinquons à notre arrivée sur le sol canadien.

Louise n'avait pas vraiment le cœur à la désinvolture. Malgré tout, elle leva le gobelet empli d'une eau colorée étrange. Le repas était composé d'une espèce de ragoût baignant dans une sauce épaisse dans laquelle barbotaient quelques petites pommes de terre, une tranche de pain chacune, un bol de chocolat pour Rose et trois portions de compote de pommes.

La tension du début de matinée chez les immigrants s'estompait ; les murmures s'amplifiaient dans la salle, au fur et à mesure qu'elle se remplissait, et laissaient place à un bourdonnement intense. Les bénévoles servaient et débarrassaient promptement dès qu'une table se libérait.

Louise observait les visages fatigués de ceux qui l'entouraient, des hommes, des femmes, des enfants qui, comme elles trois, débarquaient pour la première fois sur le continent nord-américain. D'où venaient-ils ? De France, de Russie, de Pologne certainement – certains accents le lui avaient suggéré. Que venaient-ils chercher ici ? Du travail, nécessairement ; une vie meilleure à n'en pas douter pour certains qui devaient fuir la misère, si elle en jugeait par leurs vêtements. Et elle-même, qu'allait-elle trouver dans cette région inconnue et lointaine du Manitoba ? Elle repensa à Marius, son visage, sa voix lui revenaient fréquemment à l'esprit, depuis leur départ de La Rochelle. Ce voyage, c'est avec lui qu'elle aurait dû le faire.

Rose avait englouti son chocolat et s'essuyait négligemment le menton du dos de la main. Juliette, décidément, lisait dans ses pensées. Elle lui prit les mains.

— Nous allons réussir, ma chérie, fais-moi confiance. L'avenir nous appartient.

— Il va déjà falloir que nous réglions toutes les paperasses, et là je crois que ça va nous prendre du temps. Et le voyage en train jusqu'au Manitoba qu'il nous faut réserver. Mon Dieu, comme tout cela m'inquiète, pourvu que tout se passe bien.

— Allons, allons, mesdames ! Ne vous avais-je pas dit que je m'occupais de tout ?

Sœur Marc était revenue.

— Je prendrais bien un café avec vous. Et après, hop ! C'est parti. Il n'y a pas de temps à perdre.

Louise et Juliette firent la grimace en avalant le café, une vraie lavasse.

Sœur Marc avait raison. Des files impressionnantes de postulants à l'immigration attendaient leur tour devant les portes de chaque service. Pas d'autre choix que de prendre son mal en patience. Après deux heures d'attente interminable, elles pénétraient enfin dans le dispensaire pour la visite médicale, obligatoire afin d'obtenir un certificat de bonne santé. L'infirmière voulut les séparer, elles insistèrent vivement pour demeurer ensemble. Dévêtues, elles subirent, embarrassées, un contrôle désagréable, réalisé par une femme peu avenante. A sa décharge, elle côtoyait à longueur de jour la misère, avec tous ces immigrants qui défilaient dans son bureau. Elle s'en était émue, à ses débuts, mais au fil du temps, désabusée, elle s'était endurcie pour se protéger.

Quand vint le tour de Rose, Louise se retint de hurler en la voyant soulever sans égard la fillette et l'allonger sur le lit médical pour l'ausculter. Encore dénudées, elles attendaient, frissonnantes, que l'examen se termine. La femme prit place enfin derrière son bureau, leva alors la tête et, devinant leur embarras, d'un signe de la tête leur indiqua qu'elles pouvaient se revêtir. Pendant ce temps, elle apposa un tampon sur trois certificats, puis elle leur remit les documents et les renvoya dans le hall.

Une deuxième longue attente commença, cette fois-ci devant le bureau d'immigration où les accompagna sœur Marc. Beaucoup s'impatientaient dans les rangs. Une grosse femme, la sueur perlant à son visage, tenta de gagner quelques places et se glissa à l'avant de la file ; sa tentative ne passa pas inaperçue. Elle créa un tollé général et fut renvoyée rudement à sa place, c'est-à-dire loin derrière.

Louise levait parfois les yeux sur l'horloge au mur, au-dessus de la porte, et voyait avec inquiétude l'aiguille des minutes tourner, puis une heure et bientôt deux. Une dizaine de personnes patientaient encore devant elles.

Rose s'occupait par des minauderies espiègles offertes aux personnes qui croisaient son regard. Beaucoup s'amusaient de cette gamine facétieuse et lui renvoyaient quelques grimaces qui la faisaient glousser. Puis elle se lassa, peut-être aussi parce que les adultes eux-mêmes ne se retournaient plus sur elle, fatigués d'être debout depuis des heures.

Elle commença à pleurnicher ; devant le stoïcisme de sa mère, tira sur sa main pour tenter de s'en échapper. Sans succès. Elle risqua alors une approche avec Juliette qui ne réagit pas.

— Rose, ça suffit !

Louise avait crié, excédée, et prit la petite dans ses bras. Elle se calma un temps. Pas longtemps ! Cinq minutes plus tard, elle recommençait son cinéma. Louise la planta dans les bras de Juliette.

— Ecoute, prends-la, je n'en peux plus, je crois que je vais en faire de la chair à pâté !

Juliette prit fermement le visage de Rose dans sa main et braqua ses yeux bleus sur elle en adoptant un air sévère :

— Nous-ne-voulons-plus-t'entendre, est-ce compris ?

La fillette la regardait sans mot dire.

— Si tu pleures encore, même une seule fois, c'est bien simple, je te ramène à la vilaine infirmière de tout à l'heure.

Rose se calma jusqu'à ce que s'ouvre la porte du bureau. C'était leur tour. Un homme les accueillit d'un sourire avenant. Il les fit asseoir devant un bureau en bois délavé, envahi de piles de dossiers et requit leurs passeports. Il consulta leurs papiers sans faire de commentaires, se contentant de simples « hum ! hum ! ». Etreinte par l'angoisse soudaine de se faire refouler, Louise n'osait pas regarder Juliette. L'homme releva de nouveau la tête et, les dévisageant l'une après l'autre, leur adressa la parole.

Louise jeta un regard désemparé à Juliette. L'agent avait parlé vite, avec un accent tellement inhabituel qu'elles n'avaient pas saisi ses propos. Il perçut l'incompréhension sur leurs visages et reprit, plus posément, mais avec une pointe d'agacement :

— Pourquoi voulez-vous émigrer au Canada ?

Le visage décomposé, Louise se perdit dans des explications confuses.

— Vous avez de la famille sur place ?

Elles fixaient ses lèvres pour comprendre ses paroles. Juliette lui présenta la lettre d'invitation de son contact, le prêtre de la paroisse de Saint-Claude, au Manitoba, et le certificat d'embauche de la ferme laitière. Elle précisa :

— Nous sommes attendues dans une laiterie où nous aurons toutes les deux un travail rémunéré.

— Vous ne parlez pas l'anglais, n'est-ce pas ?

Louise et Juliette opinèrent. L'homme réfléchit :

— C'est un gros handicap. Vous êtes dans un pays anglophone.

— Oui, nous le savons. Mais notre contact nous a écrit en français et indiqué que nous allions travailler chez une famille francophone.

— Hum ! Oui, mais il va vous falloir apprendre la langue très vite, et vous ne me semblez pas prêtes.

— Oh ! mais si !

Elles avaient répondu en chœur. Louise reprit :

— Notre plus grand souhait est de nous intégrer et de nous adapter.

Juliette approuva :

— Et nous vous promettons de faire ce qu'il faut pour apprendre l'anglais aussitôt arrivées à Saint-Claude.

— Vous auriez dû y penser avant de partir !

Elles baissèrent les yeux, vexées, et attendirent. Des gouttes de sueur perlèrent le long des tempes de Louise.

— J'espère que vous avez bien réfléchi. Je vois que vous n'êtes pas mariées. Deux jeunes filles seules, avec un enfant. Hum ! Sachez, mesdemoiselles, que tout ne sera peut-être pas aussi réjouissant et facile que vous l'imaginez. Vous êtes fort jolies, certes, mais…

Juliette réagit au quart de tour.

— Oh ! Mais nous n'imaginons rien, nous ne sommes pas nées de la dernière pluie et n'avons rien de gigolettes venues chercher l'âme sœur. Nous savons bien que nous allons devoir nous battre, peut-être même deux fois plus que ne le feraient des hommes dans une situation identique, et…

Le regard courroucé de Louise l'arrêta dans sa diatribe.

— Calmez-vous, je vous prie. Je vous crois. Vous avez eu possiblement beaucoup de courage pour partir. Mais il faut surtout énormément d'inconscience pour le faire avec si peu de connaissances du pays. C'est dans mes attributions de tout vérifier. Le printemps est la bonne saison pour entamer votre adaptation. Cependant, les hivers ici sont d'une extrême rigueur, et je ne suis pas certain que vous y soyez habituées. Que vous ne veniez pas pour chercher un mari est une chose, mais que vous puissiez subvenir, une fois sur place, à vos besoins et ne pas trouver la misère en est une autre. Vous avez aussi votre petite fille, une bouche à nourrir, ne l'oubliez pas.

Comment auraient-elles pu l'oublier ! Louise à cet instant perdit toutes ses illusions. L'agent reprit, d'un ton monocorde, avec toujours cet accent particulier qui le rendait si difficile à comprendre :

— Vous avez quelques économies avec vous pour vous aider à démarrer votre nouvelle vie ?

Louise mit la main à son sac, mais il l'arrêta et adoucit sa voix :

— Je vous crois. Laissez, et surtout dissimulez bien cet argent, ce n'est pas le moment de vous le faire dérober. Il y a toujours des canailles à l'affût, sans compter la misère qui engendre parfois, hélas, quelques larcins.

Il réfléchit un instant, et reprit, posément :

— Je m'interroge toutefois sur vos motivations réelles. J'ai peur que vous ne soyez venues sur un coup de tête et que vous ne le regrettiez d'ici peu. Vous savez, nous voyons tellement de drames liés à l'infortune. Votre famille sera loin, vous ne pourrez plus compter sur elle.

Louise tenta de se justifier :

— Mon amie et moi-même n'avons plus de famille en France.

Le silence s'installa de nouveau. Juliette n'en menait pas large, Louise tenait fermement Rose qui commençait à manifester des signes d'impatience.

— Bon ! Vous avez mon autorisation. Je vais étamper[1] votre passeport, faites-en bon usage. Je vous souhaite sincèrement de trouver votre bonheur à Saint-Claude. Qui sait, même si vous vous en défendez, peut-être que des gaillards vous attendent là-bas et ne demanderont pas mieux que d'épouser deux belles jeunes filles comme vous.

Louise pinça fortement Juliette qui s'abstint de toute réponse.

1. Déviation linguistique de l'anglais *to stamp* (tamponner).

— Une dernière petite chose, vous recevrez dans trois mois une convocation pour aller au bureau d'immigration de Winnipeg. Surtout, ne l'ignorez pas, il s'agira juste d'un contrôle de routine pour vérifier que tout se passe bien.

Elles acquiescèrent sans broncher et sortirent rapidement du bureau. Une fois dans le hall, elles se jetèrent dans les bras l'une de l'autre et laissèrent exploser leur joie mêlée de soulagement, en levant bien haut leurs certificats d'entrée sur le territoire canadien.

— J'ai vraiment cru qu'il n'allait pas tamponner nos passeports. Mon Dieu, j'ai pensé mourir sur place.

— Moi aussi, il m'a donné chaud, ce maudit fonctionnaire.

— Alors, mesdames, je vous retrouve bien réjouies. Vos passeports sont donc validés ?

Sœur Marc les étreignit avec beaucoup de bienveillance.

— Il ne faut pas pour autant vous reposer. Rendez-vous au bureau de change dès maintenant, avant qu'il ne ferme. Ensuite je vous montrerai le dortoir où vous pourrez déposer vos sacs, ce qui vous évitera de les trimballer partout avec vous. Conservez juste vos papiers et vos sous, ce n'est pas le moment que vous les perdiez. Pour le reste, ça ne craint rien, nous surveillons.

Après une heure supplémentaire d'attente au guichet du bureau de change, elles rejoignirent sœur Marc au dortoir des femmes. Une salle contiguë offrait des petits lits et des berceaux, mais Louise refusa de se séparer de Rose. Elles trouvèrent deux grands lits côte à côte qui feraient l'affaire pour toutes les trois.

— Pour aujourd'hui, je vais maintenant vous laisser, d'autres immigrants m'attendent. Je pense que vous n'avez plus besoin de moi. Le souper[1] vous attend à la cantine, à partir de six heures. Je vous retrouverai demain matin, au moment du déjeuner, dès sept heures. Je vous guiderai ensuite jusqu'à la gare, qui est toute proche, vous n'aurez plus qu'à prendre vos billets de train et voilà, vous serez armées pour votre nouvelle vie. Ah ! J'oubliais, il y a une malle postale à l'entrée du hangar, pour le cas où vous aimeriez envoyer des nouvelles à vos proches, avant de partir.

1. Au Canada, les repas se décomposent ainsi : déjeuner le matin, dîner le midi, goûter dans l'après-midi, surtout pour les enfants qui rentrent de l'école, et souper en fin d'après-midi.

34

Un petit groupe d'une trentaine de personnes s'était réuni sur la passerelle extérieure du quai 21. Louise et Juliette en faisaient partie, bien trop excitées pour rejoindre le dortoir, malgré la fatigue du voyage et la température glaciale. Fascinée, Rose observait un garçonnet un peu plus âgé qu'elle ; de sa main droite, il lança en l'air un petit os, de la gauche en empoigna deux autres au sol, se retourna sur lui-même et d'un geste vif rattrapa le premier os avant qu'il ne retombe. Voyant l'intérêt de Rose, il déposa les os dans sa petite main en essayant de lui expliquer les règles. Elle écarquilla grand les yeux devant ce garçon qui lui parlait dans une autre langue. Avec beaucoup d'indulgence, il l'entoura de son bras comme pour la rassurer et lui montra patiemment comment jouer aux osselets.

Une bouffée d'émotion submergea Louise. Elle repensa à ses frères qui l'avaient initiée à ce jeu, avec des osselets fabriqués grâce aux petits os de mouton. Elle avait presque le même âge que Rose, mais eux, contrairement au petit garçon de la passerelle, s'étaient impatientés devant ses gestes maladroits et avaient mis fin à l'apprentissage en concluant qu'elle était trop bête et que ce n'était pas un jeu de fille ! Ils s'étaient enfuis en ricanant. Sa mère, occupée à étendre le linge, lui avait rétorqué que ça ne valait vraiment pas la peine de pleurnicher, qu'elle n'avait qu'à jouer avec sa poupée et laisser les garçons tranquilles.

— Tu penses à quoi, Louise ?

— Non, rien.

Au loin, des milliers de lumières étincelaient, tels de minuscules diamants dans le ciel de Halifax. Les dockers s'activaient sur les quais, avant l'arrivée d'un prochain paquebot d'immigrants.

Des voix masculines s'élevèrent, puissantes, chaudes, guidées par les notes d'un joueur de violon. D'abord mélancoliques, les airs montèrent en puissance, se firent plus allègres. Quelques femmes formèrent une ronde. Elles tournoyaient en tapant du pied, leurs robes s'envolaient, dévoilant leurs jambes fines gainées d'épais bas noirs ; de leurs gorges s'échappaient par moments des trilles, des roucoulements guillerets repris gaillardement par les hommes. Encouragées par leurs voisins, Louise et Juliette s'enhardirent et acclamèrent les danseurs et le musicien. D'autres hommes, vêtus de noir, la tête couverte d'un chapeau de feutre de même couleur et encadrée de deux papillotes, se joignirent à la ronde. Rose se trémoussait au son de la musique, la main dans celle du petit garçon qui ne la lâchait plus.

Les danseurs et musiciens s'écartèrent, sous les applaudissements. Ils furent remplacés par un groupe de femmes – deux anciennes et deux jeunes. Le timbre de leurs voix oscillait entre gravité et mélancolie.

— Mais je connais cette chanson ! s'écria Juliette.

Louise se tourna vers elle, étonnée.

— Mais oui, c'est un chant traditionnel polonais. Maman me le chantait, quand j'étais petite.

Juliette fredonnait entre ses dents.

Góralu, czy ci nie żal
Odchodzić od stron ojczystych…

— Les paroles en français veulent dire « Montagnard, n'es-tu pas triste de quitter la terre de tes ancêtres… ». Tu te rends compte, Louise, c'est un peu de mon enfance qui refait surface.

Les chants s'étaient tus. Gagnés par le froid, beaucoup rentrèrent dans le bâtiment. Les deux jeunes filles reculèrent encore un peu le moment de remonter au dortoir. Rose dormait dans les bras de sa mère, emmitouflée dans une couverture. A proximité, une jeune femme retint l'attention de Louise. Ses cheveux d'un noir de jais ondulaient jusqu'à sa taille, encadrant un visage charmant aux traits d'une exquise finesse. Sa peau, très mate, relevait de manière harmonieuse ses beaux yeux gris, en forme d'amande, bordés d'épais et longs cils bruns, traversés par moments d'une étrange lumière.

Assise à même le sol, elle protégeait du froid ses deux enfants, de ses deux bras repliés sur eux : un garçon et une petite fille endormis profondément, allongés contre ses cuisses, recouverts chacun d'un vieux manteau. La petite suçotait le tissu d'une drôle de poupée sans cheveux, faite de bouts d'étoffes rafistolés. Louise ne vit pas d'homme à ses côtés et en conclut que cette femme devait être seule. Elle tenta une approche :

— Ils sont beaux, vos enfants. Vous en avez de la chance.

Et se rendit compte aussitôt de sa bêtise. Quelle chance y avait-il, à être seule avec deux enfants, sur ce quai de débarquement ? Heureusement, elle n'avait pas dû comprendre car elle continuait à contempler ses petits. Louise persista dans son désir d'entamer la discussion. Elle mit la main sur son cœur et récita posément :

— Je m'appelle Louise.

La jeune femme esquissa enfin un léger sourire.

— Moi, Marishka.

Louise lui serra la main affectueusement :

— Bonjour, Marishka.

— Bon-zour, Louise.

Louise sourit, amusée par son léger zozotement.

— Je viens de France. Moi, française. Et vous ?

— Rrromania…

— Romania ? Ah ! Oui, j'ai compris, Roumanie.

— Da, da, Romania.

Louise ne savait plus que dire. Le silence s'installa de nouveau. La jeune Roumaine jeta un regard sur Rose, ses grands yeux gris s'élargirent dans un joli sourire. Elle fouilla dans une sacoche et tendit la main vers Louise.

— Pour vous, pour petite fille. Cadeau.

Louise découvrit un grand châle de laine aux couleurs ocre rouge, bordé de longues franges noires.

— Prenez, cadeau petite fille.

Elle montrait Rose avec tendresse. Gênée, Louise fit un signe de dénégation. La jeune femme insista et glissa le châle sous la tête de Rose.

— Cadeau.

Louise n'avait rien à lui offrir en retour. Elle l'entoura de ses bras pour la remercier et sentit son envoûtant parfum de jasmin. Elles s'étreignirent longuement, gagnées toutes deux par l'émotion. Puis se quittèrent, parce qu'il fallait bien aller dormir.

Aux premières lueurs de l'aube, Louise retourna sur la passerelle. La brume planait encore en quelques endroits et s'estompait peu à peu pour laisser place à une lumière mordorée qui embrasait les maisons. Le soleil formait une boule chatoyante, juste au niveau de l'océan, et s'étirait comme le châle de Marishka, teintant le ciel de couleurs ocre, ourlées par des franges de rayons orangés. Louise aimait les matins, la lueur particulière qui s'en dégageait. Son amie l'avait rejointe, avec Rose.

— Juliette, à partir d'aujourd'hui, notre nouvelle vie démarre vraiment. Nous sommes définitivement liées. Promets-moi que nous ne nous quitterons jamais.

— Mais, ma Louise, nous sommes liées toi et moi comme les cinq doigts de la main, et si je devais te perdre, ce serait une amputation.

— Mais que tu es bête ! Allez viens, tu vas me faire pleurer. Une longue journée nous attend.

35

Dans le train, assises l'une en face de l'autre sur une banquette de bois vétuste et peu confortable, elles regardaient défiler les paysages.

Contrairement à la journée de la veille, la matinée passa très vite. A son grand regret, Louise ne réussit pas à revoir Marishka. Après une toilette sommaire, les deux jeunes filles occupèrent leurs dernières heures à acheter les billets de train et des provisions à la cantine pour les cinq longs jours de voyage. Sœur Marc les conduisit ensuite à Mme Bullock, une fonctionnaire de la division des femmes, au service de l'immigration de Halifax. Cette dernière leur fournit toutes les consignes nécessaires pour le trajet et leur laissa un papier avec les étapes du trajet, principalement le changement à ne surtout pas oublier en gare de Winnipeg, pour se rendre à leur terminus de Saint-Claude.

— Dans le train, une conductrice, responsable des femmes et enfants, viendra vérifier que tout va bien. N'hésitez pas à faire appel à elle, si besoin était.

Sœur Marc leur recommanda :

— N'oubliez jamais, mesdemoiselles : si vous êtes dans la peine, vous pourrez toujours compter sur la communauté des Sœurs grises, dont la résidence provinciale est à Winnipeg. Il m'arrive d'y séjourner de temps en temps, nous aurons, je l'espère, l'occasion de nous revoir. Et maintenant, que Dieu soit avec vous !

Elles n'étaient pas près d'oublier la gentillesse et la générosité de cette femme, la première à leur avoir tendu la main sur le sol canadien. Juste avant de partir, Louise lui confia une enveloppe à déposer dans la malle postale dès qu'elle en aurait l'occasion. Elle avait écrit un petit mot à Jeanne et Auguste pour les rassurer.

En pénétrant dans le hall du hangar maritime de Halifax, une nouvelle page de sa vie s'était ouverte, Louise en avait pleinement conscience. Une page blanche en pointillé, aux accents d'incertitude, déjà ponctuée d'imprévus, de doutes.

Le doute, sournois, s'était insinué à plusieurs occasions, depuis leurs premiers pas à Halifax. Elle s'était employée à le chasser de son esprit et surtout ne jamais l'évoquer avec Juliette. Depuis le soir où, à Saint-Simon, elle était venue annoncer à son amie : « Je pars avec toi », pas une seconde elle n'avait voulu remettre en cause cette décision. Elle n'en avait pas eu le temps non plus, parce que, prise dans le feu de l'action, tout s'était enchaîné très vite.

Mais étaient-ce les questions sceptiques du fonctionnaire de l'immigration qui avaient semé leurs petites graines pernicieuses ? Toujours est-il qu'un malaise récurrent l'oppressait quand elle tentait d'imaginer ce que serait leur lendemain. N'était-elle pas irresponsable, comme il l'avait suggéré, pour entraîner dans son sillage une enfant ?

Le train était plein ; leur wagon rempli d'hommes et de femmes de tous les âges. Ce détail l'avait frappée d'ailleurs, car elle était persuadée qu'il fallait être jeune pour partir, tout quitter. Et là, dans le wagon, elle remarquait des personnes d'un âge très avancé. Elle n'osait imaginer sa mère partir de la bourrine. Ça ne se faisait pas, la terre appartenait à la famille, on ne l'abandonnait pas, tout comme on n'abandonne pas ses parents et grands-parents. Et pourtant, elle l'avait fait. Mais c'était par obligation, se persuadait-elle. Et pourtant ! Si, elle avait eu le choix. Il lui fallait maintenant l'assumer.

Elle releva la tête avec un air de défi et sourit à la vue de Juliette qui, dans son sommeil, la bouche entrouverte, ronflait très légèrement. Rose, quant à elle, observait les gens en suçant son pouce. Une observatrice, sa fille, comme sa mère !

Un jeune homme, assis sur la banquette de droite, expliquait à sa compagne les paysages rencontrés. Louise sympathisa avec eux. Lui faisait ce voyage pour la deuxième fois. Originaire d'un petit village près de Limoges, il était venu seul l'année dernière, pour trouver du travail dans une ferme de la communauté française de Saint-Albert, en Alberta, et s'assurer qu'il pouvait y amener sa famille. Quelques mois plus tard, rassuré, il était alors retourné chez lui, en France, pour chercher sa femme.

Son enthousiasme était communicatif et rendit le voyage plus agréable. Ils quittèrent la province du Nouveau-Brunswick et entrèrent dans celle du Québec. Louise regardait défiler indéfiniment les forêts de pins, bouleaux, érables recouverts de neige.

Le voyage fut long. Aux journées succédaient les nuits où elles essayaient tant bien que mal de trouver le sommeil, malgré l'inconfort des lieux. Il n'y avait pas de couchages pour s'allonger. Louise se réveillait souvent et contemplait alors les petites taches de lumières scintillantes, éclairant faiblement l'horizon, au hasard des hameaux. Des familles dormaient pendant qu'eux roulaient vers leur destination. Quand elle traversait certaines villes et des passages à niveau, la locomotive rompait le silence par un long sifflement.

Un poêle à charbon, à l'extrémité du wagon, refoulait par moments des flux écœurants, mais réchauffait malgré tout les nuits excessivement froides. La conductrice, dont leur avait parlé Mme Bullock à Halifax, leur apporta quelques couvertures qui leur permirent de se prémunir de l'humidité. En journée, a contrario, régnait une chaleur étouffante, accentuée par les allées et venues des voyageurs.

Des amitiés éphémères se nouèrent entre les voyageurs. Chacun racontait son histoire, ses origines. Tous caressaient le même rêve d'un eldorado qu'ils espéraient bien trouver, quelle que soit la province qui les accueillerait. Ils déjeunaient ensemble, partageaient parfois leurs pitances, échangeaient un petit verre de vin. Louise et Juliette goûtèrent ainsi à un délicieux jambon offert par leur voisin limougeaud.

Les au revoir de la main sur les quais, à ceux dont le voyage s'arrêtait, créaient déjà des pincements au cœur, un sentiment de solitude.

Au quatrième jour, Rose se fit turbulente.

— Oh ! Des bisons ! s'écria un homme sur une banquette à l'arrière.

— Tu les vois ces gros animaux, Rose ?

Louise tapota du doigt la vitre pour montrer à sa fille des bêtes énormes, au pelage très sombre, éparpillées dans le lointain.

— Eh bien ! si tu continues à bouger dans tous les sens, maman va t'abandonner avec eux, et pfft ! tranquilles, marraine Juliette et moi !

Le regard de Rose essaya de capter le soutien de Juliette. Cette dernière fronça les sourcils et en rajouta une couche, sur un ton très théâtral :

— Hum ! Ils vont bien se régaler les bisons. Miam ! Miam ! Oh ! Comme elle doit être tendre et bonne à manger, cette petite fille pas sage !

Le visage de Rose se crispa.

— Non, gentille, Rose.

Louise enfouit son visage dans le cou de la petite. Elle comprenait combien ce pouvait être long pour une enfant de cet âge et s'en voulut de son manque de patience. Sa petite Rose, contrainte de subir tant de changements profonds, ne devait pas endurer sa mauvaise humeur.

— Tu veux que maman te raconte une histoire ?

D'une voix fluette, presque enfantine, Louise entama son récit.

— Il était une fois une petite fille, qui devait avoir ton âge, ma Rosinette. Elle vivait avec sa maman, puis son papa, ses deux frères et sa mémé dans la plus jolie des maisons. On appelait ça une bourrine. Toute blanche, avec un toit en roseaux, construite par son papa au bord des marais.

— C'est quoi des roseaux, maman ?

Louise allongea les mains :

— Ce ne sont pas vraiment des fleurs, mais ça y ressemble. Tu sais, on dirait des petites quenouilles, marron, très allongées, sur de fines tiges vertes.

Elle pinça affectueusement le nez de Rose entre ses deux doigts et lui dit en riant :

— Et je ne veux pas t'entendre me demander ce que sont les quenouilles !

Le museau de Rose se plissa de malice.

— Les roseaux bordent les étiers, les rives des marais. Il faudrait que tu les entendes et les voies quand ils bruissent et se ploient joliment sous la brise. Avec sa mémé, la petite fille en cueillait pour faire de jolis bouquets qui, une fois séchés, pouvaient durer tout l'hiver.

— Elle s'appelle comment cette petite fille, maman ?

Louise réfléchit :

— Elle s'appelle Louise.

— Comme toi, maman !

— Donc Louise avait des cheveux très bruns, tout comme toi et moi, et la peau mate aussi. Sa maman l'appelait « mon petit pruneau ».

Rose répéta, joyeusement :

— Petit pruneau ! Petit pruneau !

— Elle faisait beaucoup de bêtises avec ses frères, ça fâchait tout rouge sa maman. Tu aimes le début de mon histoire, Rose ?

— Oh, oui ! Tu me racontes la suite ?

— Alors, je te raconterai plus tard, Rose. Là, maintenant, tu vas dormir un peu. D'accord ?

— Oui, Rose va dormir avec petit pruneau.

Dans la province de l'Ontario, le train longea sur plusieurs kilomètres un très grand lac. Puis de manière très brutale, le paysage changea. Aux forêts se substituèrent des plaines, des prairies, d'une immensité incroyable et d'une platitude déconcertante. Un bouleversement remarquable après les paysages ondulés des montagnes et des lacs. Un ciel bleu, légèrement moutonneux, dont on ne voyait pas la ligne d'horizon, immense lui aussi, donnait l'impression que le ciel et la terre se confondaient. Les grandes prairies s'étalaient à perte de vue. Elles étaient arrivées au Manitoba.

Le voyage touchait à sa fin. Suivant les conseils de sœur Marc, elles descendirent à six heures du matin en gare de Winnipeg. Du calme relatif à l'intérieur du train, elles se retrouvèrent plongées au milieu d'une masse grouillante de voyageurs, dans une ambiance surchauffée et étouffante. Un haut-parleur communiqua ses annonces en anglais. Elles ne savaient où se diriger et n'entendaient pas le moindre mot en français autour d'elles. Le découragement gagna Louise qui posa sa valise à terre, s'assit dessus avec Rose sur les genoux.

— Je n'en peux plus, Juliette, nous n'allons jamais y arriver.

— Suis-moi. Nous allons bien trouver quelqu'un pour nous renseigner.

Elles marchaient vite, dans le sillage de la foule, longèrent le quai pendant quelques mètres, s'engagèrent dans un tunnel sombre sur plusieurs mètres pour enfin pénétrer dans un très grand hall baigné de lumière, en forme de rotonde. Perdue devant l'immensité du bâtiment, Juliette, jusqu'ici sereine, montra des signes d'inquiétude. Où aller, quel guichet choisir ? Louise prit les choses en main.

— Reste là, près de ce banc. Tu gardes Rose avec toi et je te retrouve ici. Pendant ce temps, je vais me renseigner.

En bout de la première file d'attente venue, elle attendit une demi-heure son tour. L'homme, assis derrière un guichet tout en bois, souleva une vitre et l'interpella :

— *What d'you want*[1] ?

Comme elle restait bouche bée, l'agent s'impatienta ; Louise pointa son billet pour Saint-Claude. Il y jeta un bref regard :

— *Platform number three*[2] !

---

1. Que voulez-vous ?
2. Quai numéro 3.

Il leva trois doigts.

— Quelle heure, s'il vous plaît ?

L'agent n'avait pas compris. A ce moment, une femme derrière elle s'interposa :

— *She wants to know at what time is the departure for Saint-Claude*[1].

L'agent écrivit sur un papier le numéro du quai et l'horaire. La femme qui faisait office d'interprète le lui tendit et la fit s'écarter pour laisser la place aux autres.

— Votre train part dans une heure. Vous avez le temps de vous rendre jusqu'au quai correspondant. Vous n'avez qu'à suivre les panneaux, en hauteur. Bon voyage.

Grâce à ces indications, elles parvinrent sans trop de difficultés à trouver le quai indiqué par l'agent, la locomotive pour Saint-Claude y était déjà accostée.

---

1. Elle veut savoir à quelle heure part le train pour Saint-Claude.

36

Terminus ! Gare de Saint-Claude. Un employé de la Canadian Pacific les libéra de leurs bagages. Seuls quelques marchands et représentants en provenance de Winnipeg descendirent du train en même temps qu'elles.

La locomotive repartit, les enveloppant au passage d'un nuage opaque et étouffant de vapeur. Elles se retrouvèrent désorientées, sur le quai quasiment vide. Saisie par le froid glacial, Louise referma son manteau tout en dévisageant son amie.

— Si tu te voyais, avec ta figure recouverte de suie !

— Oh ! Mais tu n'es pas mieux, grommela Juliette en époussetant sa robe et prise de frissons elle aussi.

En effet, les vapeurs de la locomotive avaient nappé leurs visages et leurs vêtements d'une fine pellicule grisâtre. Le regard de Louise se perdit sur les bâtiments de bois sombre alentour. A l'arrière de la station de chemin de fer, une bâtisse circulaire surmontée d'une toiture en croupe prenait de la hauteur et dominait tout le site. De grosses lettres blanches s'étalaient sur son flanc : Saint-Claude. Louise fit la moue.

— Brrr ! C'est très moche ici, dis donc, renchérit Juliette qui avait deviné ses sentiments. Et en plus, il fait très froid.

— Mossche ! Mosssche ! répéta Rose en zozotant. Maman, il est méchant le gros oiseau ?

Elle tendait le doigt vers une machinerie énorme, ressemblant à un immense chevalet fait de ferraille, surmonté de grandes ailes déployées. Elle n'aurait su lui expliquer ce que c'était, mais malgré tout elle la rassura :

— Non, ce n'est pas un oiseau, ma chérie, ne t'inquiète pas, il n'est pas méchant.

Sur une voie latérale à celle de la locomotive, des hommes chargeaient des stères de bois dans un wagon à l'arrêt. A quelques centaines de mètres, sur un autre rail, d'autres poussaient des bœufs à l'intérieur du wagon, à grand renfort de cris. Personne ne semblait se soucier des nouvelles arrivantes.

— Bon, nous voilà bien ! Maintenant que nous sommes arrivées, que faisons-nous, Louise ?

— Aucune idée !

— Maman, envie pipi.

— Rose, ce n'est vraiment pas le moment !

— Restons calmes, nous allons bien trouver quelqu'un pour nous renseigner.

— Vous êtes les Françaises, vous autres ?

Elles se retournèrent dans un même mouvement. Un géant, se dit Louise en son for intérieur, en découvrant l'individu qui les interpellait, le visage mangé par une barbe épaisse et de longs cheveux fins d'un noir profond, laissant tout juste entrevoir deux yeux sombres et perçants.

Rose continuait à geindre :

— Pipi culotte, maman.

Exaspérée, Louise lui donna une petite calotte sur les fesses qui intensifia les pleurs.

— Suivez-moi, lança l'inconnu.

Il empoigna leurs sacs et les envoya valdinguer à l'autre bout de sa charrette.

— Oh ! Oh ! Doucement, s'il vous plaît, ce ne sont pas des bottes de ppppaail...

Le géant ne laissa pas à Juliette le temps de finir. Il lui serra la taille dans ses mains et en deux temps trois mouvements la souleva et la déposa sans ménagement à l'intérieur de la charrette. Deux secondes plus tard, Louise finissait de la même manière aux côtés de son amie et enfin Rose, bien la seule à s'amuser de la situation. Installé sur la banquette avant, l'homme prit calmement le temps d'allumer une pipe, la cala entre ses dents et intima enfin au cheval l'ordre de partir par un petit mouvement sur les rênes. Juliette, tout en se massant les côtes, se pencha et chuchota à l'oreille de Louise :

— Mais quelle brute ! Il sort d'où, ce sauvage ?

— Tu voulais voir du pays, partir ailleurs ? Te voilà servie, chère amie !

Elles se turent pour observer le paysage. La charrette traversa d'abord le village, avec sa grande rue le long de laquelle s'alignaient, sur un seul côté, des bâtisses en bois ; des commerces, des maisons d'habitation, un garage devant lequel stationnaient quelques voitures et un camion de livraison. Louise était désabusée, un sentiment de tristesse se dégageait de ces bâtiments sombres, renforçant la première impression éprouvée à la gare. Peu d'activité sur leur passage. Seule une vieille femme, accompagnée d'une petite fille, les salua d'un geste de la main. Ils passèrent l'église, le cimetière, et se retrouvèrent enfin sur un chemin hérissé de ronces, creusé par les ornières et cabossé par les caillasses. Habitué, semblait-il, l'homme les contournait. La charrette emprunta une route un peu plus carrossable pendant quelques mètres et bifurqua sur une grande allée sombre, bordée de peupliers. Puis l'allée s'évasa pour laisser entrevoir une large cour, ceinte d'un bâtiment étagé en bois gris.

Aussitôt alertée par le bruit, une femme, occupée à donner à manger à des poules, accourut à leur rencontre.

— Ah ! Vous voilà, comme je suis ben contente de vous voir.

Leur guide sauta de la charrette et tendit les bras vers elles pour les aider à descendre.

— C'est bon, j'y arriverai toute seule !

Il se recula et attendit, les bras croisés. Louise crut déceler un soupçon d'ironie dans son regard, tandis que Juliette soulevait sa robe pour essayer d'enjamber le rebord de la charrette. Une charnière griffa son bas et érafla son mollet.

— Bordel, j'y arriverai toute seule !

L'homme n'avait pas bougé un sourcil, mais cette fois-ci, Louise était sûre d'avoir entrevu une petite pointe moqueuse dans son œil noir.

— Dame alors ! Vous ignorez peut-être qu'on ne sacre pas ici, mademoiselle ! s'écria la femme d'une voix courroucée.

Juliette grommela – Louise espéra être la seule à l'avoir entendue siffler un mot pas très tendre –, mais elle finit par sortir de la charrette, non sans avoir déchiré le bas de sa jupe.

— Voyons, Tobie, sois fin[1] et aide cette jeune fille.

Louise ne se fit pas prier et ne broncha surtout pas quand le fameux Tobie la prit dans ses bras pour la déposer à terre. Il fit de même avec Rose et descendit leurs valises.

— Je me présente : Gabrielle Boisvert.

Gabrielle ! Un prénom qui – même au féminin – venait lui rappeler celui de son père.

Leur hôtesse joignit le geste à la parole, d'une poignée de main extrêmement énergique.

— Bienvenue dans notre ferme laitière, et très heureuse de vous accueillir à Saint-Claude, mesdemoiselles. J'espère que vous n'êtes pas paresseuses, car je vous préviens, ici, ce n'est pas le travail qui manque. Je vous laisse la soirée pour vous reposer et dès demain nous visiterons les lieux. Suivez-moi, nous allons à votre chambre pour que vous y déposiez vos malles.

1. Gentil.

Louise apprécia son ton affable. Tobie repartit dans sa charrette.

— Ne faites pas attention à Tobie. C'est un bon gars. Vous apprendrez à le connaître.

Après avoir contourné l'aile droite de la ferme, elles arrivèrent dans une courette en terre battue, très ensoleillée à cette heure de la matinée. Rose lâcha la main de sa mère pour courir vers le gros matou, dont on apercevait le petit museau chafouin, parmi les herbes drues parsemées de taches de neige blanche.

— Reviens ici, Rose !

— C'est le chat de la maison, il n'est pas du tout sauvage comme vous pouvez le voir, la petite ne craint rien.

Gabrielle poussa la porte et s'effaça sur le côté pour les laisser entrer.

— Je n'ai pas eu le temps de faire le ménage depuis que notre dernier garçon de ferme est parti. Le rangement n'était pas son fort.

Louise et Juliette n'observèrent pas vraiment de désordre et furent plutôt agréablement surprises par la chaleur ambiante.

— C'est une pièce unique, mais vous devriez avoir suffisamment de place pour vous trois. Vous avez là un grand lit pour vous autres, jeunes filles. J'ai installé à côté de vous un couchage pour la petite, sur un matelas.

— Oh ! Mais c'est parfait.

— Très bien alors ! La grande table ne devrait pas beaucoup vous servir puisque vous prendrez les repas avec nous en semaine. Le dimanche vous aviserez, vous avez de quoi cuisiner ici avec le poêle à bois qui peut aussi vous servir de *stove*[1]. Vous êtes nourries, logées, et vous recevrez votre salaire chaque fin de semaine. Mon mari, Léon, a rechargé le poêle car les températures sont encore basses. Mais vous n'aurez pas froid, croyez-moi. Je vous ai aussi sorti les draps et les couvertes[2]. Voilà, je pense n'avoir rien oublié. Et si c'était le cas, surtout ne vous gênez pas avec moi.

— Merci beaucoup, madame.

Louise et Juliette avaient répondu en chœur.

— Ne me dites pas merci. Ça me fait plaisir de recevoir des Françaises. Peut-être avez-vous faim ?

— Non, ça ira. Nous avons pris un casse-croûte dans le train.

— Ah ! Une dernière chose, les bécosses sont dans la cour principale. Vous n'aurez pas de peine à trouver la cabane près du gros chêne.

— Les bécosses !

— Les lieux d'aisances, si vous voulez. On ne dit pas comme ça chez vous ?

Gabrielle leur lança un petit clin d'œil malicieux et expliqua :

— Mon mari y a prévu deux trous côte à côte : un gros pour adultes et un moins large pour des petites fesses comme celles de votre gamine. C'est pratique quand des envies subites vous prennent en même temps.

---

1. Fourneau de cuisine, dans la langue anglaise.
2. Couvertures.

Gabrielle montra la grosse horloge de bois, dans le coin de la pièce :

— Bien ! Alors, vous avez le temps de vous promener dans le village si vous voulez découvrir les lieux, mais ne vous annuitez pas[1] et soyez revenues pour six heures. Nous prenons nos repas à heures régulières. A tout à l'heure, jeunes filles.

— Pffouuu ! Je n'arrive pas à réaliser. Tu te rends compte que nous sommes à Saint-Claude, au Manitoba, au Canada, c'est-à-dire à des milliers de kilomètres de Saint-Simon ou de ta Vendée ?

— Eh ! Dis donc, il va falloir s'habituer à parler en milles et non plus en kilomètres ! Au fait, tu as remarqué les mots bizarres qu'elle a employés, Gabrielle ?

— Ah ah ! Les bécosses, quel joli mot pour désigner les petits coins !

— Oui, je ne sais pas ce qu'est le « steauve » dont elle a parlé, je n'ai pas osé demander, mais je suppose qu'elle a voulu dire qu'on pourrait y faire la cuisine. A part ça, ne me dis pas que tu regrettes déjà. Pas toi quand même, ma Juliette !

— Penses-tu ! Il n'est pas né celui qui me fera changer d'avis, pas même cet âne de Tobie que j'aimerais bien envoyer ruer dans les brancards de sa charrette, la prochaine fois que je le croise !

Louise prit son élan et se jeta sur le lit, les jambes en l'air :

1. S'annuiter : se faire avoir par la nuit, dans le parler populaire canadien français.

— A nous le Manitoba, à nous la nouvelle vie !

Dans un grand fou rire, Juliette la rejoignit d'un bond et lui plaqua deux bises sur les joues. Elle hissa Rose entre elles deux. Le chat, d'un saut, s'étala à leurs pieds.

Le froid les réveilla. Elles avaient dormi jusqu'en milieu d'après-midi. Louise fit un brin de toilette à sa fille qui hurla lorsqu'elle l'aspergea de l'eau glaciale du broc. Juliette avait défait les malles et rangeait soigneusement le linge, les vêtements et les objets personnels de chacune. Une étagère pour elle, une pour son amie, et une pour Rose. Louise fixa, songeuse, le livre qu'elle venait de sortir de son sac et caressa la couverture de cuir : *Voyage au centre de la Terre.*

— Il doit sûrement nous regarder, de là-haut, tu ne crois pas ? Ah ! Ce cher Séraphin, comme il me manque lui aussi. Je vais lui dédier ce voyage que nous démarrons ensemble, ma Juliette. Ce sera notre voyage de l'autre côté de l'océan pour Séraphin.

— Pour sûr ! Ah ! Tiens, mais j'y pense, je vais me servir de sa trousse de couture pour réparer ma jupe.

— Tu feras ça après dîner, changeons-nous et ne faisons pas attendre Gabrielle.

37

Elles pénétrèrent, intimidées, dans la grande cuisine.

— Allez, allez, entrez ! N'ayez pas peur.

Gabrielle, occupée à tourner la soupe, les fit asseoir sur un banc près de la table. Au même moment, la porte fut poussée brutalement. Une grosse voix à l'intonation bougonne s'écria :

— Alors, elles sont où, ces jeunes Françaises ? Hum ! Hum ! Hum ! J'ai besoin de chair fraîche.

— Léon, sois pas beîte[1], tu veux bien, cesse de les achaler ! Ne faites pas attention, c'est mon mari, faut toujours qu'il fasse des plaisanteries de mauvais goût !

Léon s'approcha d'elles d'une démarche légèrement claudicante et les serra tour à tour si fort dans ses bras épais qu'elles crurent étouffer.

— Eh bien ! Vous êtes gâtées, mes pauvres filles, entre ce bum[2] de Tobie et mon ogre de mari, vous allez vous faire une belle idée des hommes d'ici.

1. Bête, avec l'accent savoyard jurassien, voire suisse, propre à certains habitants de Saint-Claude qui prononcent les *e* « êi ».

2. Mot familier au Canada, de l'anglais *bum* qui veut dire « clochard ». Dans ce contexte, personne aux manières insolentes.

Gabrielle fit les présentations des autres personnes que les jeunes filles n'avaient pas encore eu le temps de saluer :

— Voici les aînés de la maison, Adrienne et Lucien, mes parents. A côté, les deux jeunes garçons se nomment Georges et Henri, tous les deux travaillent à la ferme et à la laiterie. Maintenant, à table !

Louise et Juliette furent distraites par le spectacle insolite que leur offrit Léon avant de se mettre à table. Il s'arc-bouta sur sa jambe gauche, contre un mur, pour empoigner à pleines mains la jambe droite, et lui impulsa une violente rotation, provoquant un long grincement qui fit se retourner Gabrielle. Léon continuait, sans se soucier des yeux emplis de colère de sa femme.

Il tira d'un mouvement sec sur sa jambe ; elle pendait, lamentable, entre ses mains. Il la posa alors lentement à terre, et sautillant en prenant appui sur une canne, il prit place près de Louise puis souleva sa jambe valide pour la glisser sous la table.

Il exultait, content de la surprise provoquée auprès des deux jeunes filles. Il empoigna la main de Louise qui était assise à ses côtés, puis la posa sur son genou. Louise poussa un cri horrifié en touchant un petit objet de métal très froid. Elle s'écarta brusquement. Enfin satisfait, Léon lui lâcha la main. Le visage rouge de colère, Gabrielle le tança :

— Tu es content de toi maintenant que tu as bien effrayé ces jeunes filles ? Léon, tu n'es qu'une vieille ganache stupide, et tes plaisanteries ne font plus rire personne.

Elle déposa une large soupière au centre de la table et versa à chacun plusieurs louches d'une épaisse soupe dans laquelle trempaient des tranches de pain.

— J'espère que vous aimez les pois cassés. La petite en mangera-t-elle aussi ?

— Oui, oui, vous pouvez en servir aussi à Rose, elle mange de tout.

Le silence se fit autour de la table. Léon, enfin sérieux, prit la boule de pain dans ses mains. A l'aide de son couteau, il entailla le dos en forme de croix, puis en rompit plusieurs morceaux qu'il offrit à la ronde. Ce fut comme un signal, tous commencèrent seulement à manger leur soupe. Louise était heureuse de retrouver cette coutume qu'elle avait vu faire chez ses parents. Elle aida Rose à manger.

Les assiettes vidées, Léon remplit les verres des hommes de ce qu'elle crut être du vin pétillant. « C'est de la racinette[1] », lui expliqua Gabrielle.

— A votre santé, et à votre arrivée parmi nous, jeunes filles ! Maintenant que mon estomac est plein, vous ne craignez plus rien !

— Léoooon, ce que tu peux être tannant !

Léon avala son verre de vin en lançant une œillade à ses gars.

— Je vous ai prévenues, soupira Gabrielle, et dire que je le supporte depuis maintenant plus de trente ans.

— Donne-nous la suite, ma femme, au lieu de dire des bêtises. Tu vas les effrayer.

1. Boisson gazeuse sans alcool, aux arômes de sassafras et salsepareille.

— C'est moi qui vais les effrayer ! Ah là là ! Il vaut mieux entendre ça qu'être sourde !

Gabrielle grommelait en rapportant la soupière dans la bassine de l'évier. La main devant sa bouche pour se faire discret, Léon expliqua aux jeunes filles :

— Elle râle à longueur de jour, mais dans le fond c'est une brave bonne femme.

— Léon, je t'ai entendu, pas la peine de cacasser dans mon dos !

Léon éclata d'un gros rire tonitruant, les jeunes garçons de ferme ricanaient. Gabrielle servit la suite du repas, des choux verts à la crème que Louise et Juliette trouvèrent délicieux. Puis vint un fromage :

— Fait à la ferme, s'enorgueillit Léon.

Et enfin une tarte avec de drôles de petits fruits bleuâtres.

— Ce sont des poirettes. Goûtez-y, vous m'en direz des nouvelles !

Louise en mit un petit morceau dans la bouche de Rose. Elle grimaça en observant sa mère et fit mine de vouloir le recracher mais s'abstint devant ses sourcils froncés. Elle avala la deuxième bouchée sans rechigner.

— Tu nous as bien gâtés ce soir, ma femme. Il faudrait que nous ayons des nouveaux arrivants plus souvent !

Gabrielle haussa les épaules et entreprit de débarrasser la table. Adrienne l'avait suivie, Louise et Juliette les accompagnèrent pour essuyer la vaisselle. Les hommes restèrent attablés à fumer et bavasser.

Gabrielle expliqua :

— En semaine, nous sommes peu autour de la table, ça dépend du va-et-vient saisonnier des employés de la ferme. Par contre, quand arrive le samedi soir, nous avons l'habitude de recevoir pour des veillées. A la prochaine, vous ferez connaissance de quelques voisins et commerçants du village. Le père Joseph, revenu de son séjour à Winnipeg, sera présent lui aussi, et bien sûr, vous reverrez Tobie.

— Vous avez déjà rencontré ce brave Tobie ?

Léon caressait le chat qui venait de bondir sur ses genoux.

— Oui, c'est lui qui nous a amenées de la gare à chez vous, commenta Louise.

— Alors, vous avez eu droit au voyage dans sa charrette, c'est un honneur, je vous le garantis !

Le visage de Juliette se contracta, Louise lui décocha sous la table un coup de pied. Gabrielle s'expliqua :

— Ce que veut dire Léon, c'est que cette charrette tient beaucoup de place dans l'esprit de Tobie. Elle appartenait autrefois à ses grands-parents, des Métis originaires d'un petit village au nord de la rivière Rouge. Cette charrette leur servait, à cette époque-là, à transporter les viandes, peaux de bison et autres marchandises dans la prairie.

— A propos de bisons, justement nous en avons aperçu lors de notre voyage en train.

— Bah ! Ça n'était certainement pas des bisons, car il n'y en a plus du tout depuis bien longtemps. Les bisons sont devenus aussi rares qu'une merde de pape, affirma Léon. Peut-être à la rigueur des orignaux ou des caribous, mais ma foi, ça ne ressemble en rien aux bisons.

Gabrielle s'approcha de Léon et donna une petite claque sur le flanc du chat pour le déloger de ses genoux.

— Sapristi ! Quand comprendras-tu que je ne veux pas de ce chat à table !

— Et toi, quand comprendras-tu que Monsieur de La Vérendrye est libre d'aller où il veut en toute liberté ?

Léon empoigna le chat par le cou et le cala dans ses bras repliés, comme pour défier sa femme.

— Je n'ai pas bien entendu le nom de votre chat.

Gabrielle se retourna vers Louise :

— Pfft ! C'est encore une lubie de mon mari, en hommage à La Vérendrye…

— Monsieur de La Vérendrye ! Je te prierai de bien vouloir respecter ce grand homme à qui nous devons la découverte des terres manitobaines.

— Louise et Juliette, vous devez être fatiguées, surtout d'écouter les bêtises de mon homme. Partez dormir. Et venez pour sept heures, demain matin, prendre le petit déjeuner. Léon et les gars seront déjà au travail, vous serez plus tranquilles.

Sur le pas de porte, Gabrielle chuchota discrètement :

— Ne soyez pas troublées par l'attitude de mon mari. Un obus lui a brisé la jambe lors de la dernière guerre. Il se sent diminué, alors la seule parade qu'il ait trouvée, c'est d'en plaisanter grossièrement. Ça l'amuse d'impressionner les nouveaux arrivants avec sa jambe de bois.

Louise ne parvenait pas à trouver le sommeil. Elle s'était relevée, prenant garde à ne pas réveiller Juliette et Rose qui dormaient à poings fermés. De sa boîte à souvenirs, comme elle l'appelait – une simple boîte en fer-blanc – grande ouverte sur la table, elle sortit un à un tous ses petits objets si chers à son cœur.

Les photos du baptême de Rose. Tellement attendrissante dans sa jolie robe de dentelle ! Il y avait aussi celle-ci, prise juste avant de l'habiller. Allongée sur une couverture, nue comme un ver, elle soulevait ses petites jambes potelées et riait aux éclats. A la vue des autres photos, son cœur se serra. Ils étaient tous là, qui l'entouraient alors qu'elle tenait Rose dans ses bras : Auguste, Juliette, Jeanne et, juste derrière elle, dépassait la tête de Marius. Louise porta la photo à ses lèvres et la reposa aussitôt.

Le peigne en écaille, cadeau de Jeanne pour le dernier Noël. Tiens, elle le mettrait pour la veillée de samedi prochain.

Et puis la lettre de sa mère, et enfin la dernière de son frère.

Les autres objets lui ramenèrent le sourire. Ce bracelet en coquillages, de Séraphin. Tout comme cette fiole de jurançon pas encore ouverte. Pas sûr qu'elle l'ouvre un jour, d'ailleurs, tant pis si le vin s'altérait ; elle voulait la conserver comme souvenir. Et aussi le coffret contenant toutes les lettres et cartes postales accumulées par Séraphin durant ses nombreux voyages à travers la France. C'était le dernier cadeau reçu de sa part, après sa mort, hélas. Elle repensa à Joséphine, son épouse, et songea qu'elle n'avait pas pris de ses nouvelles depuis longtemps.

Elle dénoua le nœud qui refermait son petit carnet personnel. Elle n'avait pas eu le courage d'écrire depuis la disparition de Marius. Ses derniers mots remontaient au baptême. Le moment était venu de poursuivre. Elle s'en sentait capable. Elle prit le crayon dans le fond de la boîte, approcha la lampe à pétrole au plus près d'elle, et commença à écrire…

« Le paquebot s'éloigne, je ne distingue presque plus Jeanne, et je sais que lui, je ne le reverrai plus… »

Louise écrivit pendant encore une heure. Quand elle se glissa sous la couette, elle ne s'aperçut pas que Juliette venait juste de fermer les yeux et simulait l'endormissement. Elle l'observait depuis bien longtemps déjà, en silence.

38

Pour la première fois, Louise dut se résoudre à se séparer de sa fille. Pas question d'amener un enfant à la laiterie. La grand-mère Adrienne proposa de s'en occuper.

La savoir en bonne compagnie et bien gardée par les aînés de la maison atténuait ses craintes, sans lui retirer totalement le nœud au ventre.

Elle fut bien la seule à s'angoisser. En ouvrant la porte de la cuisine, le soir, elle s'attendait à voir Rose lui sauter au cou. La petite ne daigna même pas se retourner, occupée qu'elle était à puiser des fèves[1] dans une bassine, les tendre à la grand-mère qui les effilait au fur et à mesure, sous l'œil attendri du grand-père.

Adrienne et Lucien s'étaient réjouis d'accueillir Rose. Leurs petits-enfants, maintenant adultes et eux-mêmes parents, avaient quitté le Manitoba quelques années plus tôt, un pour le Québec, les deux autres pour la Saskatchewan.

1. Haricots verts, au Canada.

Les deux jeunes Françaises aidèrent à la traite des vaches ; Louise y était habituée, l'ayant pratiquée chez ses parents, dans la ferme du marais, mais ce ne fut pas une mince affaire pour Juliette qu'elle entendit fulminer plusieurs fois. Elles rapportèrent ensuite tout le lait dans des jarres en fer-blanc à l'intérieur de la salle de la laiterie. Gabrielle leur expliqua tout ce qu'elles auraient à faire ; d'abord mettre le précieux lait en bouteilles et préparer les commandes ; puis passer le lait non distribué dans l'écrémeuse, le verser dans les jarres et le donner aux livreurs qui devaient le déposer à la City Dairy de Saint-Boniface. Le travail de distribution sur les communes de Saint-Claude et Haywood était plutôt réservé aux hommes, mais il pourrait arriver occasionnellement qu'on leur demande leur aide. La courte pause du midi leur offrit l'occasion de se retrouver en compagnie des patrons et des deux garçons de ferme venus les rejoindre.

Louise caressait le tablier en coton grossier, de couleur grise, et la coiffe blanche qui lui recouvrait les cheveux. Elle remua ses pieds dans ses bottes de cuir un peu trop grandes pour elle.

— Ne sommes-nous pas belles ?

Juliette acquiesça en souriant. Assises sur des bidons de lait, elles déjeunèrent de quelques pommes de terre et d'un morceau de lard rôti et burent une boisson composée d'un peu de sirop d'érable dilué dans de l'eau. En fin de repas, Adrienne leur porta une bouilloire de café. Puis le travail reprit, jusqu'au soir.

Une nouvelle journée en chassa une autre. Et encore une, et la fin de semaine arriva. Le rythme de travail ne permettait pas les temps morts. Le soir venu, quand elles regagnaient leur chambre après le dîner à la table commune, les deux jeunes filles ressentaient tellement de fatigue qu'elles n'avaient pas envie de discuter et, après s'être délassé leurs pieds endoloris dans une bassine d'eau froide, elles s'endormaient aussitôt sous la couette.

Elles virent arriver le samedi avec soulagement. Gabrielle leur rappela qu'elles étaient attendues à la table pour la veillée. Louise aurait bien aimé profiter de cette soirée avec Rose et Juliette, mais il était difficile de refuser l'invitation. Pour se rendre utile, Louise, la veille, avait proposé de confectionner le dessert.

— Je vais vous préparer une échaudisse, un gros gâteau comme on en fait chez moi, dans les marais.

— Mais ça n'est pas de refus, j'accepte bien volontiers. Nous vous attendrons à la brunante[1].

Les invités arrivaient petit à petit. Louise et Juliette se tenaient dans un coin de la pièce, intimidées.

— Ah ah ! Elles ont peur d'être mangées. C'est bien vrai, ma femme, que je commence à avoir faim, ma foi.

— Léon, vous ne changerez jamais, et il serait bien d'ailleurs que vous veniez plus souvent à l'église pour vous faire pardonner certains écarts de langage.

— Vous savez ce que je pense de vos bondieuseries, alors m'embêtez pas avec ça !

1. A la nuit tombante.

Celui qui venait d'apostropher ainsi Léon était vêtu d'une longue robe noire. A son cou pendait une chaîne terminée par une croix en bois. Un chien tournait autour de lui en jappant.

— Tais-toi, Médor, ça suffit !

Le chien obéit instantanément à son maître, se coucha près du poêle et ne bougea plus. L'homme s'était retourné vers Louise et Juliette :

— Je suis heureux de vous rencontrer enfin, jeunes filles, et de voir que vous êtes bien établies chez les Boisvert. Mais de cela, je ne doutais pas. Ce sont des gens bien, malgré la rustrerie du sieur ici présent, plus bête que méchant. Je me présente : père Joseph.

Et ce faisant, il leur serra chaleureusement la main.

— J'imagine, bien entendu, qu'il vous a fait le coup de la jambe de bois ?

Gabrielle prit soin de faire les présentations : Guillaumette et son mari Edouard Arbez, les propriétaires du grand magasin, George Staples, le médecin, Fernand Bruneau, l'ancien boucher maintenant à la retraite, Gustave Bériau, l'hôtelier, Edouard Jobin, le casseur de grain.

Tobie, en habitué des lieux, s'attabla sans en demander l'autorisation à la maîtresse de maison. Celle-ci enjoignit aux autres de faire de même.

Les conversations autour de la table allaient bon train, Juliette elle-même semblait bien s'amuser des plaisanteries de son voisin, médecin du village. Les mots parvenaient à Louise dans un brouhaha. Un sourire aux lèvres, elle écoutait sans entendre, l'esprit ailleurs. De l'autre côté de l'océan, dans sa bourrine de

Vendée. Cette grande tablée lui rappelait celles de son enfance. Déjà, petite, lors des repas de famille ou des veillées, son esprit s'évadait pendant les discussions des adultes. Elle arrondissait le dos comme Grisette, leur petite chatte ; faisait patte de velours pour passer inaperçue et se pelotonnait dans son monde à elle.

— Alors, Louise et Juliette, racontez-nous un peu la France. A vous de gabouler[1].

Tirée brutalement de ses pensées, Louise sursauta et faillit renverser le verre qu'elle avait à la main.

— Ma femme, cette fois-ci, tu ne pourras pas m'accuser ! s'écria Léon dans un grand éclat de rire. Monsieur le curé, il va falloir que vous manifestiez plus de douceur dans vos paroles si vous voulez que ces jeunes ouailles posent leurs juvéniles derrières sur les bancs de votre église.

— Eh bien, justement, je me disais que demain matin, vous pourriez peut-être venir poser le vôtre, plus gras et certes moins juvénile, mon cher ami. Vous m'en verriez fort aise, et vous pourriez ainsi accompagner ces jeunes filles, ce qui vous éviterait de blasphémer et vous ferait le plus grand bien, vil mécréant que vous êtes !

Juliette grimaça, Léon s'en aperçut.

— Ah ah ! Je crois que vous allez avoir fort à faire, elle me plaît, cette petite. Gardez vos sermons pour d'autres, je me porte fort bien comme je suis, tudieu ! A votre santé, monsieur le curé, que votre bon Dieu vous garde le plus longtemps possible en vie et en

1. Bavarder.

bonne santé, car je vous aime bien, ma foi. Mais le jour où vous me verrez asseoir mon postérieur dans votre église, les orignaux auront des ailes et voleront au-dessus de nos têtes.

Tous s'esclaffèrent, sauf Gabrielle que les calembredaines de son mari ne faisaient plus rire.

Chacun maintenant mangeait sa soupe en silence. Le père Joseph en réclama.

— Chère Gabrielle, ce bouillon gras est trop bon, serait-ce trop vous demander d'en avoir encore un peu ?

Léon remuait bruyamment sa soupe avec sa cuillère, raclant ce faisant les bords de l'assiette. Gabrielle relança la première la conversation :

— Vous savez, il y a beaucoup de personnes originaires de l'ouest de la France, dans les villages d'ici. Peut-être, de votre côté, pourriez-vous passer une petite annonce sur *La Liberté* pour retrouver des colons originaires de votre pays. Vous vous sentiriez moins seules, vous ne croyez pas ?

— Oh oui ! c'est une très bonne idée. Qu'en penses-tu, Juliette ?

Celle-ci ne réagit pas.

— D'ailleurs, il me semble bien que l'on m'a parlé d'un couple de Vendéens qui possèdent une boulangerie à Saint-Boniface.

— Vous avez raison, Guillaumette, lança le père Joseph à celle qui venait de parler.

Et se retournant vers Louise et Juliette :

— Je pourrai aussi vous mettre en contact avec des congrégations, il y en a certainement de Charente, et j'en connais pour sûr qui sont originaires de Chavagnes-en-Paillers, en Vendée.

— Nous avons une origine presque commune, car mes grands-parents venaient de Bretagne, dit Guillaumette à son tour.

Léon, qui ne s'était pas encore manifesté, lança :

— Ah ! La France, si belle, si accueillante : Vimy, Arras, Lens… Et puis Boulogne aussi.

Il tapota sa jambe de bois :

— Boulogne, Joinville-le-Pont, assurément j'y fus bien accueilli !

Le père Joseph posa sa cuillère et, avec un grand soupir de lassitude :

— Léon, ce n'est vraiment pas le moment de remuer le couteau dans la plaie en évoquant ces batailles de la dernière guerre que ces jeunes filles ne peuvent pas connaître.

— Oui, le couteau dans la plaie… Comme vous dites, vous avez toujours le mot juste, père Joseph.

Son visage se plissa et afficha un petit air finaud. Sa voix se fit singulièrement mielleuse :

— Mais, dites-moi, le Tigre, c'était bien un Vendéen, si je ne m'abuse ? Ah ! Voilà un grand homme. Clemenceau, le Père la Victoire…

— Léon ! Vous ne pouviez trouver mieux que cet anticlérical viscéral, cet anarchiste, ce gauchiste ? Parlez-moi plutôt du maréchal Foch, dont le buste trône au-dessus du cénotaphe.

Léon jubilait et répondit au prêtre avec des minauderies dignes d'un tartuffe :

— Mais, mon très cher père Joseph, c'est bien pour cela que ce très cher Clemenceau était et restera toujours un très grand homme. Quelle triste époque nous vivons, qui ne sait pas reconnaître ses génies !

Il poussa un profond soupir, comme habité par une infinie tristesse. Puis se redressa brusquement et, portant la main à son cœur, déclama d'une voix tonitruante, en parodiant Emile Zola dans son article du journal *L'Aurore* :

— J'accuse ! Je vous accuse de ne plus avoir toute votre tête pour refuser de voir la vérité en face et considérer Môôôô-ssssieur Clemenceau comme celui à qui nous devons la victoire lors de la dernière guerre.

Rouge de colère, le prêtre se leva lui aussi et bafouilla :

— Mais comment… comment…

— Cette fois, ça suffit, Léon ! Tu arrêtes immédiatement de beugler et d'abîmer[1] le père Joseph.

— Mais ma brave femme, je n'ai vraiment rien dit de ben mal ! s'écria Léon d'un air faussement affecté.

— Et moi, je te dis de te taire.

— Comme tu voudras !

Il avait repris sa place. Son visage affichait un air des plus candides quand il se tourna vers Louise et Juliette :

— Vous m'êtes témoins, jeunes filles, que…

— Léooooooooon !

Comme tout le monde maintenant se taisait, Guillaumette choisit ce moment pour faire diversion.

1. Injurier.

— Je propose que l'on chante. Vous connaissez cette chanson, mesdemoiselles ?

C'est dans Paris y a-t-une brune,
qui est plus belle que le jour
C'est dans Paris y a-t-une brune,
qui est plus belle que le jour.
Elle avait une belle servante
qui aurait bien voulu
Etre aussi belle que sa maîtresse,
mais elle n'a pu...

La soirée s'écoula de manière très agréable et tout le monde apprécia le gâteau de Louise au dessert.

— La prochaine fois, je vous préparerai des caillebottes.

— Ah ça, il faudra que tu me dises comment tu les fais, Louise, et tu verras, moi aussi je t'apprendrai des recettes de chez nous.

— Je ne demande pas mieux. Ce n'est pas bien compliqué, à vrai dire, on fait juste cailler le lait.

— Cailler ? Comment ça ?

— Ben, on le fait tourner, quoi. Avec de la chardonnette ou bien au froid. Comme lorsque vous faites du fromage.

— Ah ! Je croyais que vous vouliez faire dormir le lait[1] !

1. Cailler signifie s'endormir dans le parler populaire des Canadiens français, d'où la confusion de Guillaumette.

— Ne va pas me la débaucher, Guillaumette. J'ai besoin d'elle et de Juliette à la crémerie, houspilla Gabrielle.

— Pour ce qui me concerne, vous ne craignez rien, précisa Juliette. Je suis autant faite pour la cuisine qu'une grenouille pour se pavaner au bal. Mais si vous avez besoin de travaux de couture, là je ne demande pas mieux.

— Ah ! Mais tu m'intéresses, ma jolie. Père Joseph, vous avez bien fait de nous amener ces deux jeunes filles au village, elles vont nous insuffler un vent de nouveauté dont nous avions bien besoin.

Disant cela, Guillaumette pencha la tête en arrière et avala la dernière gorgée de racinette au fond de son verre. Léon en profita pour lorgner l'échancrure de son décolleté légèrement ouvert. Gabrielle lui balança sa serviette à la figure.

L'un des convives venait de se lever, tenant un violon à la main. Il posa son pied droit sur la chaise, cala l'instrument entre son bras et le menton et glissa l'archet sur les cordes tout en tapant du pied gauche. Les invités répondirent en claquant vigoureusement les mains sur leurs genoux et sur la table. Prises dans la liesse, enthousiasmées par les accents enlevés de la musique, Louise et Juliette firent de même. Léon enserra la taille de sa femme et l'obligea à se lever. Elle ne se fit pas prier, comme si elle n'attendait que ça, et tous deux entamèrent une danse effrénée, bientôt imités par deux autres couples. Le spectacle de Léon qui se trémoussait comme un beau diable et sautait agilement en faisant tourner sa partenaire avait de quoi réjouir. Guillaumette se pencha vers les deux jeunes filles et leur expliqua :

— C'est un rigodon, vous voulez que je vous apprenne ?

— Une prochaine fois ! s'écria Juliette. Cette fois-ci, nous allons nous contenter de regarder.

La danse terminée, Léon s'affala, essoufflé, sur sa chaise.

— Je crois bien que je vieillis, je ne suis plus aussi alerte qu'il y a quelques années.

Silencieux depuis le début, Tobie choisit ce moment de répit où les corps fatigués se reposaient pour démarrer un chant. Au début, une plainte, douce, à peine audible, puis sa voix prit de l'ampleur, devenant rauque. Le silence se fit autour de lui, tous l'écoutaient religieusement. Louise le regardait, subjuguée. Juliette le fixait elle aussi avec de grands yeux ronds, éblouie par sa voix chaude et intriguée par les sonorités de cette langue inconnue.

La montagne Tortue ki-ka-itohtâ-nân
En charrette ki-ka-itotâpaso-nân
La viande pilée ki-ka-mîciso-nân
L'écorce de bouleau ki-ka-misâo-nân

— C'est le langage métchif[1] et cette chanson traditionnelle métisse dit en gros qu'ils vont à la montagne

1. Le métchif (ou *michif* en anglais) est issu de deux langues, le cri et le français, et parlé par certaines communautés métisses au Canada et dans le nord des Etats-Unis.

Tortue, qu'ils vont à la Rivière-Rouge en charrette, qu'ils mangent du pemmican et qu'ils s'essuient avec des écorces de bouleau.

Tobie s'était tu. Ses yeux embués croisèrent le regard de Louise. Il se retourna pour masquer son émotion.

On ne l'entendit plus du reste de la soirée.

39

Le dimanche étant jour de relâche, Louise et Juliette décidèrent de partir à la découverte du village et de la campagne. Gabrielle leur confia un petit panier de pique-nique avec quelques restes de la veille.

De construction récente, la disposition de Saint-Claude ne devait rien au hasard, comme beaucoup d'autres villages et villes au Manitoba dont le développement s'était fait en fonction de l'évolution du chemin de fer dans l'Ouest canadien, à partir de 1870.

A cette même période, les chemins de fer nécessitaient, pour avancer, des réserves d'eau et de charbon situées à intervalles réguliers tout au long de la voie, afin de permettre une bonne distribution des biens et des services, notamment le blé vers Winnipeg. C'est ainsi que naquit la Sixty Miles Tank, une gigantesque tour à eau située à une soixantaine de milles de Winnipeg pour relier la ligne jusqu'à Souris. Des familles métisses et quelques colons français s'y établirent entre 1887 et 1892. En 1893, Dom Benoît, chanoine originaire du Jura, en France, et fondateur de Notre-Dame-de-Lourdes, décida d'y créer une nouvelle paroisse et fit ériger une église à proximité de la Sixty Miles Tank et donc de la voie ferrée. Le nom de Saint-Claude lui fut accordé en référence aux origines jurassiennes de sa communauté religieuse et à quelques-uns des premiers colons venus s'établir avec lui sur ces terres. Ce nom fut approuvé par la Canadian Pacific Railway qui l'inscrivit sur la gare. La compagnie procéda ensuite à l'arpentage des lots lui appartenant afin d'établir les premières rues du village.

D'autres pionniers rejoignirent les premiers colons, venant de Notre-Dame-de-Lourdes, le village voisin, du Québec, de France – Jura, Savoie, Bretagne, Deux-Sèvres – et même de Belgique. Ils achetèrent à la CPR des *homesteads*, terres offertes ou vendues pour une dizaine de dollars aux colons afin de leur permettre de s'installer.

En 1926, au moment de l'arrivée de Louise et Juliette, le village était composé d'environ cinq cent soixante-dix Sanclaudiens à majorité francophones, hormis quelques anglophones venus depuis l'Ontario.

Louise et Juliette gagnèrent le village à pied, un peu moins de deux milles, par le même chemin découvert le premier jour dans la charrette de Tobie. Les plaques de neige s'évanouissaient petit à petit sous les rayons du soleil et laissaient entrevoir les champs qui retrouvaient progressivement leur verdure. Leur première vision désagréable fondait elle aussi, les amenant à considérer le paysage d'un œil plus bienveillant. Troupeaux de bœufs et moutons évoluaient dans la prairie ; le ronflement d'un tracteur lointain rompait le silence matinal.

Le village se résumait en une rue principale, la First Street, parallèle à la gare jusqu'à remonter sur la route 240, et quelques rues transversales : les avenues Aspen, Birch, Cypress ou Bériault. Un quadrillage plutôt déroutant pour les jeunes filles, peu habituées à ces perspectives rigoristes. Louise préférait la petite place centrale du village charentais de Saint-Simon, ceinte de maisons et commerces, avec ses adorables venelles pavées qui descendaient à pic sur la Charente et les quais, plutôt que ces rues sagement alignées de Saint-Claude.

Elles découvrirent les édifices : l'église, le presbytère, un couvent de religieuses – les chanoinesses des Cinq-Plaies, et enfin l'école. Puis quelques commerçants ; une boucherie qui ressemblait à une maison d'habitation, avec une avancée en forme de préau soutenue par des poteaux ; un grand magasin, chez Hince Bros, surprenant avec sa toiture pentue sur un côté et le reste de la façade en bois gris délavé s'élevant sur un étage ; un autre magasin qui vendait de la sellerie et à l'arrière, elles aperçurent des chevaux ; un hôtel, un magasin général avec une remise à bois, un entrepôt pour farine et un casseur de grain, un garage et enfin le bureau de poste. Près de la gare, les énormes silos à grain Ogilvie's Flour & Feed et United Grain Growers, ainsi que la tour à eau, déjà entrevus à leur sortie du train, leur offraient une vue guère attrayante. Plus surprenant, elles aperçurent une prison. Et une enseigne retint particulièrement leur attention : Séraphin Savard, barbier. Toutes deux eurent la même pensée pour leur ami, enterré en Charente.

Les maisons se mêlaient aux commerces et surprenaient avec leurs petites barrières de bois qui entouraient les enclos de jardins, offrant finalement une vision plus charmante.

Elles ne passèrent pas inaperçues. Quelques femmes vinrent à leur rencontre pour les saluer et leur souhaiter une bonne accoutumance au village. Tout le monde savait déjà qu'il y avait des petites nouvelles chez les Boisvert.

Elles firent halte au bord d'une rivière pour déjeuner, se déchaussèrent et se trempèrent les pieds dans l'eau glaciale, au milieu des petits poissons qui venaient les taquiner.

La nuit commençait tout juste à tomber quand elles rentrèrent, à temps pour la soupe. Elles s'arrêtèrent, interloquées, devant la porte. Celle-ci était bloquée par un gros objet, recouvert en partie d'une couverture de laine. Juliette approcha sa main et repoussa la couverture. Une odeur de bois chaud s'exhalait dans la brume tombante.

— Mais c'est un lit pour enfant !

— Tu as raison, ce doit être pour Rose, je suppose. C'est peut-être Léon. Nous allons le savoir très vite.

Gabrielle terminait de préparer la soupe quand elles entrèrent.

— Ce doit être ce brave Tobie qui vous a fait ce lit, je l'ai vu passer avec sa charrette.

Décidément, elle n'était pas au bout de ses surprises avec le Métis. Très touchée par cette attention, Louise se promit de le remercier dès qu'il reviendrait.

— Léon, termine ta partie de cartes et va vite installer le lit qui est devant la porte de ces demoiselles, car m'est avis qu'elles n'y parviendront pas toutes seules.

Louise profita de l'absence de Léon pour questionner Gabrielle.

— Vous allez penser que je suis bien curieuse, mais Tobie m'intrigue.

— C'est vrai qu'il a un comportement étrange. Tobie ne parle pas ben beaucoup, mais il écoute, et je dirais même qu'il est à l'écoute de chacun de nous. C'est un garçon généreux. La preuve !

— Il habite aussi au village ?

— Non, il passe l'hiver tout seul dans une petite maison en bordure de la rivière Boyne, aux Ilets-de-Bois, près de Saint-Daniel, et descend à Saint-Claude seulement aux premiers jours du printemps. Il séjourne chez nous, et en échange, aide mon mari à la ferme, participe aux travaux de coupe du bois à l'automne. Ce gars-là est un sacré abatteux d'ouvrage. Il a de qui tenir ! Ses grands-parents étaient des Métis de la rivière Assiniboine venus s'établir près de la montagne Pembina.

Gabrielle s'interrompit car Léon s'approchait.

— Allez, passons à table, mon diable de mari n'aime pas attendre !

Le souper terminé, Léon partit à l'étable avec ses gars pour surveiller la naissance prochaine d'un veau. Juliette s'esquiva le temps de coucher Rose. Louise s'affairait auprès de Gabrielle.

— Ah ah ! Je vous vois venir à tournicoter autour de moi comme les poules qui attendent le bon grain !

— Oui, vous avez éveillé ma curiosité.

— Bon, je reprends. Les grands-parents de Tobie ont construit leur *log cabin* sur quelques arpents de terre octroyés aux colons par le gouvernement du Manitoba.

— C'est quoi, un *log cabin* ?

— Une cabane faite de billots de bois ronds. Ils l'ont élevée en lisière de forêt, à proximité de la rivière. Tout était à faire à cette époque, sur des terrains principalement marécageux qui faisaient la joie des castors et des rats musqués. Le village de Saint-Claude démarrait tout juste lui aussi.

Louise grimaça à l'évocation des rats musqués.

— C'était une belle époque assurément, avec un véritable esprit communautaire parmi les colons. Des prêtres sont arrivés dans le même temps, ont bâti la paroisse. Les Métis ont participé à la construction de l'église, puis de l'école. Les années ont passé, les grands-parents voyaient leurs enfants devenir adultes et leurs petits-enfants grandir. Puis de nouveaux colons sont arrivés, anglophones en majorité.

— Parce que ce n'était pas le cas auparavant ?

— Durant ces années où les Métis se sont installés, ils pratiquaient le bilinguisme, aussi bien dans la vie courante que dans les écoles. Avec l'arrivée de ces derniers colons, l'anglais est devenu obligatoire. Des terres, occupées par ces familles, furent arrachées à leurs occupants pour les donner à ceux qui venaient de l'Ontario.

— Mais c'est horrible !

Gabrielle s'émut du cri du cœur de Louise.

— Oui, tu as raison.

Elle tutoyait maintenant la jeune fille.

— Tobie devait avoir cinq ou six ans quand les événements terribles se sont produits. Des colons irlandais étaient arrivés depuis peu. De viles canailles. Arrogants, gros buveurs, pas de grands travailleurs, ils ont immédiatement méprisé les familles métisses. Ils venaient les narguer jusque devant leurs portes, et quand ils étaient bien chauds par l'abus d'alcool, ce qui était malheureusement fréquent, ils s'amusaient à tirer des coups de feu, la nuit, pour leur faire peur, menaçant de les évincer à la première occasion.

Gabrielle se mit à essuyer la table. Louise la suivit, le torchon à la main.

— Et alors ? Que s'est-il passé ?

— Un soir, n'en pouvant plus, le père de Tobie est sorti, avec son fusil. Ils ont bien ri. Il a tiré un premier coup en l'air. Un des Irlandais s'est approché de lui pour le défier. Le père de Tobie a voulu l'arrêter avec la crosse de son fusil. Le coup est parti, en provenance d'un comparse resté en arrière.

— Oh non !

— Le père de Tobie est mort sur le coup. Le grand-père est sorti à son tour, alerté par les bruits et les cris de sa belle-fille. A la vue de son fils à terre, il s'est jeté sur ces bums d'Irlandais qui le raillaient. Et puis soudain, ils l'ont vu tituber et flancher. Son cœur lâchait. Il s'est effondré.

— Oh ! Mon Dieu.

— Oui, c'est très triste. D'autant plus que Tobie a tout vu. Caché dans la remise, derrière la porte entrebâillée, rien ne lui a échappé. Suite à cela, les Irlandais ont été arrêtés, mais ils n'ont même pas été condamnés. Ils ont quitté malgré tout la région. La maman de Tobie est restée seule avec son fils. Toute la communauté est venue à son aide, mais quelque chose était mort en elle. Certains diront que la folie l'avait gagnée. C'est possible, et on peut le comprendre. Tobie, du haut de son jeune âge, faisait tout ce qui était possible pour l'aider. Elle a tenu ainsi cinq années, puis s'est éteinte doucement, minée par les crises consécutives de chagrin et de folie.

Gabrielle s'allongea dans le rocking-chair devant le poêle.

— Viens, assieds-toi là à mes côtés.

— Et alors, Tobie, que devint-il ?

— Il refusa de quitter la maison familiale. Cessa d'aller à l'école et travailla à droite et à gauche, pour subvenir à ses besoins. La charrette dans laquelle il vous a amenées, toi et Juliette, appartenait à son grand-père et à son père qui l'utilisaient pour faire le commerce de la viande de bison, entre les terres de chasse et les villes de commerce. Il l'a retapée de nombreuses fois et la conserve comme une relique. Puis, un jour, il a disparu. Plusieurs années pendant lesquelles personne ne l'a revu ni n'a entendu parler de lui. Les habitants de Saint-Daniel l'ont cru mort et ont fini par l'oublier.

— Je comprends mieux maintenant.

— Et un beau jour il a refait surface. Sans donner aucune explication sur son absence. Il était devenu un grand et beau jeune homme. Le *log cabin* de ses parents ayant bien entendu été récupéré par des colons anglais, il s'en est construit un autre, isolé du village. Quand il est descendu quémander du travail à Saint-Claude, il y a deux ans, il était impossible de lui donner un âge, avec son allure sauvageonne et son visage mangé par la barbe et les cheveux. Avare de paroles dès cette époque et toujours aujourd'hui ! Je ne pourrais te dire pourquoi, mais j'ai eu envie de lui faire confiance, contre l'avis de Léon. Nous ne l'avons jamais regretté, même si nous avons dû nous habituer à ses absences répétées. C'est ainsi avec Tobie, il peut hiberner dans sa maison de la montagne durant des semaines sans donner signe de vie et revenir ensuite, aux rênes de sa charrette, comme si de rien n'était.

— Mais il me vient une question après vous avoir écoutée. Comment êtes-vous au courant de cette histoire ?

— Ta question est légitime. C'est le père Joseph qui me l'a confiée le jour où nous l'avons accueilli.

Louise remercia Gabrielle.

— Il faut que je te fasse confiance, ma fille, pour t'avoir raconté ces faits que je n'ai jamais galvaudés. Cela doit demeurer un secret entre nous.

Sensible à cette attention, Louise planta rapidement une bise sur la joue de Gabrielle qui esquissa un petit sourire de satisfaction.

Juliette l'attendait, occupée à lire de vieux exemplaires de *La Liberté*. Rose dormait dans son lit tout neuf.

— Tu en as mis du temps, dis donc !

Louise prit un papier, un crayon et vint s'allonger à ses côtés.

— Tu te rends compte, ma Louise. En même temps que nous arrivions au Canada naissait Elisabeth, la fille du roi George VI. C'est un bon présage, je te le dis.

Cette idée amusa Louise. Le dos calé contre l'oreiller, elle commença à écrire sur son journal.

40

Les jeunes filles avaient reçu une convocation au bureau d'immigration de Winnipeg. Elles se réjouissaient de découvrir enfin la grande ville.

La gare de Winnipeg bouillonnait en ce milieu de matinée. Alors que Louise relisait l'adresse sur la convocation, Juliette héla un policier. Celui-ci ne semblait pas insensible au sourire de Juliette et leur fournit toutes les explications.

— Si vous ne traînez pas, vous en aurez pour à peu près une demi-heure de marche. Ce n'est pas très loin.

Juliette, d'un petit geste mutin, se retourna pour lui envoyer un léger baiser de la main avant de suivre Louise dans la direction indiquée.

L'agent ne leur avait pas menti, trente minutes plus tard elles arrivaient devant le bâtiment. Sur le mur, une plaque de cuivre, à côté d'une large porte pleine, portait l'inscription en anglais : *Immigration Office – Main Floor.* Elles pénétrèrent dans un vaste hall, en firent le tour et s'arrêtèrent devant la seule porte où il y avait une plaque avec une inscription en anglais : *Welcome – Please, knock and wait*[1].

Louise se hasarda à toquer deux petits coups. Faute de réaction, elle frappa de nouveau. Elles entendirent des pas précipités, la porte s'entrouvrit pour montrer le visage agacé d'une femme :

— *You read ? Knock and wait, please*[2].

Elle referma derrière elle. Louise et Juliette hésitaient sur la conduite à tenir et finirent par s'installer sur le banc mis à leur disposition. Une dizaine de minutes plus tard, la porte extérieure s'ouvrit pour laisser entrer un jeune homme. Il posa son regard sur les deux jeunes filles et leur sourit franchement. Louise lui trouva belle allure et se dit qu'il était plutôt agréable à regarder.

Sentiment partagé, semblait-il, par Juliette, qui lui décocha un coup de coude dans les côtes.

— Aïe ! Tu m'as fait mal.

— Tu as vu ses yeux ?

Elle avait chuchoté mais Louise, au coup d'œil narquois qu'il leur jeta, se demanda s'il ne l'avait pas entendue. Elle se pencha vers Juliette et lui glissa à l'oreille :

— Oui, oui, j'ai vu, inutile d'insister et sois discrète, veux-tu.

— Ça va, je peux quand même admirer le menu, crotte !

Louise pouffa.

---

1. Bienvenue – S'il vous plaît, frappez et patientez.
2. Vous avez bien lu ? Frappez et attendez, s'il vous plaît.

— Tu as raison, je prends tout, de l'entrée au dessert.

— Ben, dis donc, tu te dévergondes ?

La porte du bureau s'ouvrit, mettant fin à leur chamaillerie.

— Louise *and* Rose Guilbaud ?

Louise se leva :

— Je souhaiterais passer en même temps que mon amie, Juliette Wojzik, si vous n'y voyez pas d'inconvénient.

— *Would you please speak english*[1] *?*

Le visage de Louise se décomposa. Elle avait l'impression de revivre l'arrivée à Halifax.

— *Please, I'll translate for them if you don't mind*[2].

Louise se retourna vers le jeune homme.

— Pierre Lavoie, journaliste stagiaire à *La Liberté*. Laissez-moi vous aider, je vous accompagne et je ferai la traduction.

L'agent manifestait des signes d'impatience. Louise comprit qu'il valait mieux accepter rapidement la proposition.

— Pourriez-vous insister pour que mon amie entre en même temps que moi, s'il vous plaît ?

L'arrivée de Pierre Lavoie les sauva de la catastrophe. Dans une très grande salle, aux belles boiseries apparentes, des femmes installées derrière une ligne de bureaux tapaient sur leurs machines à écrire et ne levèrent même pas la tête.

1. Pourriez-vous parler anglais, s'il vous plaît ?
2. Je traduirai pour elles si vous n'y voyez pas d'inconvénient.

Elles suivirent l'agent vers son bureau, au bout de la pièce.

— *Please, sit down*[1].

Un silence s'ensuivit, pendant que la femme étudiait leurs passeports.

A partir de ce moment, Pierre Lavoie prit le relais. Elles durent justifier de leur travail à la laiterie et montrèrent les certificats signés par Gabrielle et Léon. L'agent s'enquit de nouveau de leurs motivations, les agaça avec des questions plus intimes, sur leurs familles et leurs projets d'avenir. Elles n'esquivèrent aucune des questions pour faire preuve de bonne volonté.

Rose s'agitait. Une chaleur inhabituelle s'était infiltrée au travers du tissu de la jupe de Louise et lui mouillait maintenant la cuisse. Elle fronça les sourcils, observa la fillette assise sur ses genoux et, affolée, comprit qu'elle venait de faire pipi. Stoïque, et honteuse en même temps, elle pria pour que l'entretien se termine au plus vite.

Une heure plus tard, elles sortaient enfin, épuisées mais avec la validation de leur séjour.

Louise remercia vivement Pierre et s'excusa de l'avoir importuné.

— Mais je vous en prie. Je suis journaliste au journal *Le Devoir* depuis quelques mois et je fais en ce moment un stage complémentaire au journal *La Liberté*. Son rédacteur, Donatien Frémont, m'a demandé d'écrire un article sur les immigrants. Je

1. Asseyez-vous, s'il vous plaît.

savais en trouver ici. Je suis ravi d'avoir pu vous aider et à votre tour, vous allez pouvoir m'apporter des renseignements pour mon dossier. Je vous suggère de jaser sur le sujet autour d'un thé ou d'un chocolat.

Ce faisant, il tourna sur lui-même et se pencha vers les jeunes filles en balançant son chapeau dans un grand mouvement.

— Je vous promets que je ne vous mangerai pas, je ne suis pas le loup-garou, ajouta-t-il avec un petit sourire malicieux. Tenez, ma carte vous prouve que je dis vrai.

Louise prit l'initiative, séduite plus qu'elle ne voulait le laisser paraître par le sourire du jeune homme.

— Très bien, j'ai envie de vous faire confiance. Tu es d'accord, Juliette ?

— Oh oui !

Louise s'en serait doutée.

— Je dois d'abord régler quelques petits soucis avec ma fille. Vous savez s'il y a ici un cabinet de toilette ?

Pierre lui indiqua une porte et elle s'éclipsa avec Juliette qui serait bien restée avec le beau journaliste. Elle frotta sa jupe avec un peu d'eau et déshabilla Rose pour la nettoyer.

— Ah ! Ma pauvre Rose, nous t'en faisons vivre des aventures !

Le jeune journaliste les fit monter dans un taxi et leur indiqua :

— Je vais vous amener chez la Grande Dame. Vous allez être surprises.

Grisées par l'animation, elles admiraient les immeubles le long des boulevards, les vitrines des grands magasins, la foule qui se pressait sur les trottoirs, le tramway électrique. La circulation automobile, intense, impressionnante, leur causa quelques frayeurs lorsqu'ils croisèrent de trop près d'autres véhicules motorisés ou des piétons traversant au dernier moment. Winnipeg offrait un contraste saisissant avec Saint-Claude et les espaces dénudés de la prairie. La ville présentait des espaces verts agréables, avec ses arbres plantés tout au long des avenues et du parc Fort Garry.

Non loin de la gare, le taxi s'arrêta devant un grand bâtiment cossu, sur plusieurs étages, offrant l'apparence d'un château. Le chauffeur descendit du véhicule pour les aider à sortir. Pierre tendit le bras :

— Voilà la Grande Dame, n'est-elle pas superbe ? Je vous ai pas mal taquinées, car c'est le nom que nous donnons ici, à Winnipeg, à ce magnifique hôtel Fort Garry qui dispose d'un restaurant, d'un bar, et même d'une salle de bal. Cet endroit très prestigieux fait notre fierté. C'était le plus haut bâtiment de la ville lors de sa construction, il y a plus d'une dizaine d'années.

La Grande Dame leur réserva bien des surprises et les éblouit, dès les premiers pas dans le hall d'accueil, par ses ornements d'un luxe inouï. La comparaison avec un château n'était pas usurpée, tant l'intérieur relevait du féerique. Des couples, des hommes seuls, vêtus de manière très élégante, se pressaient sur le carrelage de marbre blanc traversé d'une mosaïque en damier noir et blanc. Un lustre, grandiose, éclairait la salle d'une lumière mordorée. Tout autour, on apercevait des colonnes surmontées d'ogives, et à l'étage, des balcons avec une galerie offraient une vue magnifique sur le hall.

Pierre les guida vers la salle de restaurant. Profonde, large, éclairée par de nombreux plafonniers, elle disposait de plusieurs rangées de petites tables, recouvertes chacune de nappes blanches impeccables. Sur des dessertes, en avant de chaque rangée, reposait l'argenterie. A l'extrémité, d'immenses palmiers déployaient leurs feuillages devant des portes-fenêtres ceintes de lourdes tentures, maintenues de chaque côté par des embrasses.

Un serveur leur proposa une table. La magnificence des lieux impressionnait Louise et Juliette qui se sentaient ridicules dans leurs tenues très simples, au milieu d'un tel raffinement. Le journaliste comprit leur gêne et les rassura en expliquant que l'endroit était fréquenté par une clientèle très variée. Il commanda du thé et quelques pâtisseries.

— Bien, à nous maintenant, vous allez tout me raconter.

Il tournait les pages d'un carnet de moleskine grise.

— Je suis sûr que vous n'avez pas tout dit à la fonctionnaire de l'immigration. A moi, vous pouvez tout confier.

Son regard s'attarda sur leurs mains, vierges de toute bague, et il attendit, le crayon en suspens. Les deux jeunes filles s'observaient, ne sachant laquelle devait commencer. Louise prit l'initiative ; elle se sentait à l'aise, en compagnie de ce journaliste plutôt séduisant. Elle se cala contre le dossier moelleux de son fauteuil et planta son regard dans les yeux gris du jeune homme :

— Vous risquez d'être déçu, car il n'y a que du banal à vous dire, pas de quoi alimenter votre rubrique. Deux femmes, deux amies. Juliette – elle lui prit la main – et ma petite Rose. Je suis originaire d'un petit village de Vendée, dans les marais. Juliette, elle, vient de Charente, où nous nous sommes rencontrées. Saint-Simon, un village sur les rives du fleuve, animé par les gabariers.

Elle baissa les yeux, sembla réfléchir quelques secondes et reprit :

— Pour des raisons personnelles qui n'intéresseront pas vos lecteurs, nous avons eu l'envie toutes les deux de fouler une terre nouvelle et construire un avenir qui nous semblait meilleur loin de chez nous. Il se disait que beaucoup de familles avaient trouvé fortune par-delà l'océan. On nous vantait de nombreuses réussites. Alors, pourquoi pas nous ? Tout nous semblait possible. Nous en avons rêvé à notre tour, et nous l'avons fait.

— Seules ?

— Juliette, Rose et moi, oui !

Pierre n'insista pas.

— Et pourquoi le Manitoba ?

— Un pur hasard.

Juliette prenait à son tour la parole.

— Le Canada, c'était décidé, mais nous n'avions pas de point de chute précis. Or, il se trouve qu'à cette date, le curé de Saint-Claude prit contact avec des paroisses de Charente, dans le but de rechercher de la main-d'œuvre. Nous avons d'abord échangé des correspondances, et très vite nous nous sommes mis d'accord sans rien connaître sur le pays. Nous savions que beaucoup partaient au Québec, mais Québec ou Manitoba, c'était un peu comme si vous nous parliez de Charente et Vendée.

— Il nous semblait que peu de kilomètres séparaient ces deux régions, poursuivit Louise.

— On dit milles, ici, mademoiselle. Il va falloir que vous appreniez ces différences linguistiques. Et vos familles respectives n'ont pas cherché à vous retenir ?

— Nous sommes adultes et assumons nos décisions.

Pierre se le tint pour dit.

— Vous appréciez votre famille d'accueil ?

— Ce sont des gens charmants.

— Mais ?

— Mais rien, voyons ! Nous sommes là depuis trois mois, nos journées sont très occupées par le travail à la laiterie, nous n'avons guère eu le temps de rêvasser. Finalement, notre venue à Winnipeg aujourd'hui nous offre l'occasion, pour la première fois, de sortir du village. Et c'est très agréable.

— Votre travail vous suffit pour subvenir à vos besoins ? Vous ne manquez de rien ?

— Mais non, qu'allez-vous chercher là !

— Je vous en prie, je ne voulais pas vous blesser ni être indiscret. Et d'ailleurs, tant que j'y pense, l'agent tout à l'heure n'a pas évoqué toutes les formalités nécessaires, tous les services qui existent dans le pays pour les immigrants. Avez-vous fait le choix d'une banque pour y déposer votre épargne ?

Le choix d'une banque ? Louise se tourna vers Juliette, le regard interrogateur. Sa moue sceptique lui fit comprendre qu'elle non plus n'avait pas songé à cette préoccupation. Et pourtant, à bien y penser, l'idée n'était pas ridicule. Jusqu'à présent, elles s'étaient contentées de mettre leur argent, jour après jour, dans une petite boîte de fer. Jeanne, au moment de quitter la France, avait fait don d'une somme importante. Louise cachait ce pécule dans leur chambre, mais était-ce sérieux ? Ne valait-il pas mieux le mettre en sécurité ?

— Je m'en serais douté ! A quelle heure est votre train ?

— Quatre heures.

— Eh bien ! Nous avons un peu de temps devant nous. Je vais vous conduire à la Banque canadienne nationale. Le directeur est un ami.

Tout allait trop vite pour les jeunes filles.

— Mais nous n'avons rien apporté !

— Ne vous inquiétez pas, ce sera juste une première prise de contact pour collecter les informations nécessaires.

Le serveur disposa devant elle plusieurs petites viennoiseries encore chaudes et une tarte aux pommes surmontée d'un épais dôme de crème fouettée. Elles se régalèrent, savourèrent cette délicieuse collation pendant que la conversation avec leur compagnon, charmant et plein d'humour, prenait un ton plus léger.

En sortant, Pierre leur proposa un petit détour. Le taxi emprunta un pont au-dessus de la rivière Rouge qui séparait Winnipeg de sa voisine, Saint-Boniface. La population, ici, se composait principalement de Franco-Manitobains, contrairement à Winnipeg, surtout anglophone, comme leur expliqua Pierre, assis à l'avant. En passant devant la cathédrale, majestueuse, il s'emballa :

— Savez-vous que l'origine de cette cathédrale est française ? C'est l'ancien archevêque, monseigneur Langevin, qui l'a fait construire sur le modèle de celle qu'il avait visitée et tant aimée à Angoulême.

— Ah ! Mais Angoulême, c'est près de chez moi ! s'écria Juliette avec enthousiasme.

— Et dans le cimetière, à côté, poursuivit Pierre, il y a la tombe de Louis Riel.

— Louis Riel ?

La question fusa, en chœur. Pierre sourit :

— Je prendrai le temps de vous expliquer une prochaine fois, ce serait trop long.

Pierre demanda à parler en personne au directeur de la banque. Jean Arpin les reçut dans son bureau, une imposante pièce remplie de meubles en acajou. Il les conseilla avec beaucoup de bienveillance et sut les rassurer sur les formalités. Pendant une heure, les agents défilèrent pour leur présenter divers documents à signer. Le directeur suggéra à Louise que, si elle le souhaitait, elle aurait loisir d'ouvrir aussi un compte pour sa petite fille. Quand elles sortirent, elles tenaient en main leur premier reçu de compte à la Banque canadienne. Un pas de plus vers une liberté par laquelle Louise se sentait gagnée petit à petit.

Le moment était venu de rejoindre la gare. Elles s'y rendirent à pied, en compagnie de Pierre. Il promit de leur faire parvenir son article et les quitta en faisant à chacune un délicat baisemain.

Le contrôleur dut les secouer pour les réveiller, à leur arrivée à la gare de Saint-Claude. Seule Rose resta éveillée et amusa sa voisine, une vieille dame, séduite par les bavasseries et les sourires de cette adorable petite fille assise sur les genoux de sa mère.

41

Le mois de juillet fut marqué par les cérémonies du 14 Juillet. Louise s'étonna auprès de Gabrielle que l'on célèbre la Révolution française de ce côté-ci de l'océan.

— Ça s'explique parce que les Métis qui ont fondé la colonie de la Rivière-Rouge et participé ensuite à la création du Manitoba avaient pour beaucoup des origines françaises. Par la suite, de nombreux colons continuèrent à arriver de différentes régions de France, apportant avec eux leurs traditions. A Saint-Claude, nous avons commencé à fêter le 14 Juillet en 1896. Beaucoup des colons s'ennuyaient de leur mère patrie. Cette fête leur donna l'occasion de se réunir autour d'un projet commun, en célébrant les hommes partis au combat, durant la dernière guerre mondiale. De nos jours, la manifestation est gérée par La Gauloise, une société de bienfaisance destinée à venir en aide aux Français installés au Manitoba et reconnue comme association patriotique.

Dans la matinée, Louise accompagna Gabrielle à la messe. Sans Léon, bien entendu, mais avec Rose et Juliette.

— C'est la première et la dernière fois que je vais à l'église, Louise. Dis-toi bien, bordel, que je le fais, d'une par amitié, et de deux par simple curiosité.

— Mais bien sûr, ma Juliette chérie. Et tu diras une prière pour te faire pardonner tes gros mots. D'ailleurs, à ce sujet, tu vas vraiment devoir changer tes habitudes, car Gabrielle m'a encore fait remarquer que c'était un sacrilège d'entendre une femme sacrer.

— Compte là-dessus, grommela Juliette entre les dents.

Elles ne passèrent pas inaperçues ! Juliette, dans la semaine précédente, s'était lancée dans des séances d'essayage. Lorsque Louise eut revêtu devant elle la fameuse robe, étrennée lors de sa journée à Cognac avec Marius, elle fronça les sourcils, soupesa l'étoffe, fit l'essai de relever la jupe, puis se gratta les cheveux, perdue dans ses réflexions. Pas pour longtemps ! Devant son amie affolée, à l'aide de ses gros ciseaux de couture, elle effectua une sévère découpe dans le bas. Jugeant que les cinq centimètres retirés n'étaient pas suffisants, elle en élimina cinq autres. Puis remonta le haut de la jupe, des hanches à la taille, supprimant du même coup la ceinture large, ce qui ramena la robe au niveau des genoux. Grâce à ce coup de ciseaux magique, le tomber du plissé gagnait en fluidité. Il dégageait les mollets, mettant encore plus en valeur la finesse et le délié des jambes de Louise.

— Ah ! C'est déjà mieux, nom de nom ! Cesse donc de gigoter, bon sang ! Je n'ai pas terminé et je vais finir par te piquer !

Elle marmonnait avec les épingles entre les dents et les piqua une à une dans le tissu.

— Mais tu es folle, Juliette !

— Non ! Je me tiens au courant de la mode, figure-toi, ma chérie. Les robes serrées aux hanches par les ceintures, c'est du passé. Tu es fine, une allure à la garçonne t'ira comme un gant.

Tant qu'elle y était, pourquoi s'arrêter en si bon chemin ! Les manches trois quarts furent supprimées et remplacées par une belle échancrure et le décolleté largement évasé. Louise s'était résignée.

— Bien, je vais maintenant pouvoir faire la même chose pour celle de Rose, et ensuite ce sera mon tour.

Les regards convergèrent vers elles dès leur arrivée sur le parvis de l'église. L'œil avisé des dames jaugea tout de suite la modernité des tenues, le regard des messieurs s'attarda plutôt sur les jambes et les bras joliment dessinés.

Juliette jubilait, elle qui avait déclaré avant de partir :

« Tant qu'à faire d'aller à la messe, autant se faire belles pour honorer ton bon Dieu et rendre jalouses les grenouilles du village, je suis sûre qu'il doit y avoir ici un nid aussi important qu'à Saint-Simon. »

Elles ne s'y attendaient pas, mais une petite surprise leur fut réservée, un cadeau de bienvenue en somme. Une fois tous les fidèles assis, et avant que le curé ne commence son sermon, l'organiste entama à l'orgue un air, repris en chœur par tous :

M'en revenant de la Vendée
Ça va-t-y monter ma roulé,
Dans mon chemin, j'ai rencontré
Guidiyap Sam,
Ça va-t-i monter ma roulett',
Guidiyap Sam,
Ça va-t-il monter ma roulé ?

De nombreux autres couplets suivirent, l'organiste changeant d'une fois sur l'autre le mot Vendée par Charente. Quand la chanson fut terminée, Juliette se leva pour applaudir. Louise tira sa jupe vigoureusement et chuchota :

— Assieds-toi, voyons, ça ne se fait pas !

— Ben, pourquoi ? Il faut bien la remercier, non ?

Louise soupira et préféra ne pas répondre, d'autant que finalement, contrairement à ses *a priori*, tous les fidèles firent de même et applaudirent l'organiste. Juliette lança une œillade narquoise à son amie.

— C'est Lucille, une amie que je vous présenterai, souffla Gabrielle aux jeunes filles. Elle aime accueillir les nouveaux arrivants à sa façon, et elle joue divinement bien.

Le curé lui-même, dans son sermon qui suivit l'introït, le chant d'introduction, présenta les deux jeunes filles en leur souhaitant une bonne accoutumance dans la paroisse et remercia les Boisvert de les avoir accueillies, incitant les autres familles à faire de même pour le bien de la communauté.

— N'oubliez pas, mes chers amis, que nous avons besoin de main-d'œuvre, toutes les bonnes volontés doivent être encouragées. Je compte sur votre générosité pour les recevoir charitablement et leur offrir votre amitié.

Tous les visages se tournèrent vers elles, Louise aurait voulu disparaître sous terre, Juliette elle-même fanfaronnait moins qu'à son arrivée.

— Et je compte aussi sur vous, mesdemoiselles, pour nous offrir votre présence tous les dimanches.

A la sortie, une heure plus tard, un défilé se forma et rejoignit le cénotaphe, distant d'une centaine de mètres de l'église. Le curé marchait en tête, entouré de deux enfants de chœur, pour servir la traditionnelle bénédiction aux disparus pendant les combats de la dernière guerre. Derrière lui, suivaient la fanfare de l'escadron de l'aviation, venue spécialement de Winnipeg, et des habitants de la paroisse voisine de Notre-Dame-de-Lourdes, invités chaque année. L'événement tourna hélas à l'esclandre.

Tout avait pourtant bien démarré. Le prêtre, comme à son habitude, débuta la cérémonie en bénissant le monument et rendit hommage aux hommes morts à la guerre. Un groupe d'anciens combattants, en costumes militaires, s'approcha pour déposer une gerbe de fleurs. Tous se signèrent et observèrent une minute de silence. Elle ne dura pas trente secondes ! Un rugissement s'éleva des rangs des spectateurs. Léon s'approcha du cénotaphe en boitillant et frappa de sa canne la tête de l'homme en avant du groupe d'anciens combattants. Celui-ci levait les bras pour se protéger le visage pendant que Léon s'emportait :

— Félix, espèce de vieille baderne, veux-tu t'en aller, ta place n'est pas icitte !

Le curé tenta comme il put de retenir son bras.

— Léon, tu arrêtes de me fiche la honte ou tu ne remets plus les pieds à la maison, pantoute !

Gabrielle était sortie de la foule et, en dépit de sa petite corpulence, réussit à stopper le bras de Léon qui s'en trouva déséquilibré et tomba à la renverse sur l'herbe.

— Maudite bonne femme, j'aurais mieux fait de rester à la maison plutôt que d'assister à ce simulacre de célébration. Donne-moi ma canne que je me relève !

— T'as vraiment pas de bon sens, tu te ridiculises ! Va t'excuser auprès de Félix !

— Pas question de serrer la main de cet usurpateur !

— Alors, va au diable !

— Laissez, Gabrielle, ça n'est pas la peine de faire un scandale, il n'a pas toute sa tête, lança Félix.

Ce ne fut pas du goût de Léon qui avait réussi à se relever et s'approchait de lui, prêt à le frapper de nouveau. Deux hommes le retinrent à temps, et Félix en profita pour s'éclipser discrètement.

— Tu me mets la honte, Léon, je ne veux plus te voir à cœur de jour[1].

1. De toute la journée.

La foule était hilare. Un homme proche de Louise ironisa :

— Ah ! Ce vieux Léon, quel couillon ! Tous les ans, il nous joue son pitoyable spectacle.

Le curé reprit sa bénédiction là où il l'avait arrêtée. Puis la fanfare entonna *La Marseillaise*. Des fleurs furent déposées. Les rubans autour des gerbes affichaient les souvenirs des communautés présentes à Saint-Claude : Bretons, Savoyards, Jurassiens et Suisses se recueillirent en hommage à leurs morts. Une fois la cérémonie terminée, la foule s'égailla pour faire la fête.

— Bonjour, mes belles, venez avec moi, je vous offre un verre.

Guillaumette leur passa familièrement le bras autour du cou et les entraîna vers le champ à proximité. Une grande table y avait été dressée à l'entrée. La foule déjà s'y pressait.

— Servez donc un petit verre à ces demoiselles, la messe nous a donné soif, n'est-ce pas ?

Comme si de rien n'était, Léon leur tendit un verre empli d'un liquide à la couleur jaunâtre peu attirante. Elles grimacèrent.

— Allons donc, faites pas les mijaurées, mes jolies, ça n'est pas du bon vin de France mais, dame, ça nettoie bien le gosier.

— C'est du vin de pissenlit, mais faites attention tout de même, ça tourne vite la tête, les prévint Guillaumette. Vous allez venir déjeuner avec nous. Nous avons préparé un pique-nique, il y en a suffisamment pour tous.

A la buvette, ragaillardis par plus d'un verre de vin de pissenlit, les hommes s'égosillaient à pleins poumons.

Guillaumette héla Gabrielle et d'autres femmes que Louise et Juliette n'avaient encore jamais vues. Lucille, l'organiste, les rejoignit. Une grande nappe fut étalée sur l'herbe. Chacune des femmes s'était réparti les tâches en cuisine : Guillaumette, une terrine de pâté, une énorme miche de pain et un poulet rôti découpé en petits morceaux ; Gabrielle, un rôti froid et des choux mijotés au beurre apportés directement dans leur marmite ; Lucille, enfin, un appétissant gâteau aux canneberges recouvert d'une belle couche de confiture.

Gabrielle expliqua, un peu gênée, pourquoi son mari s'était emporté. Léon et Félix avaient des relations délétères depuis une dizaine d'années, une vieille rancune datant de la fin de la guerre. C'est surtout Léon qui entretenait les hostilités et reprochait à son comparse de se mêler aux anciens combattants alors qu'il s'était fait exempter, en 1916, en ayant acheté une ferme pour se lancer dans l'agriculture. L'argument suffisait à cette époque pour qu'un homme reste chez lui et contribue à l'effort de guerre, grâce aux récoltes qui servaient à nourrir la population. Léon ne lui pardonnait pas ce qui à ses yeux représentait une lâcheté : propriétaire lui aussi d'une ferme, et malgré ses trois enfants à nourrir, il avait tenu à servir vaillamment son pays. Cela lui avait coûté sa jambe. La jambe de la discorde depuis ce jour entre les deux hommes.

— Tu sais, Louise, pour nous les femmes qui sommes restées au village pour élever les enfants et continuer tant bien que mal les travaux de la ferme, ce ne fut pas non plus une période facile, même si à cette date nous avons obtenu le droit de vote.

— Vous avez le droit de voter ?

Louise et Juliette s'étaient étonnées toutes les deux d'une même voix.

— Eh oui ! Nous l'avons acquis de longue lutte, en 1916, grâce à des associations de suffragettes. A dire le vrai, ce fut un cadeau empoisonné de Borden, le Premier ministre canadien. Il a organisé un référendum pour la conscription de 1917. Il voulait à tout prix faire passer son projet et il a même octroyé pour cela le droit de vote aux soldats déjà au front. En clair, il nous fallait mettre un bulletin dans l'urne pour envoyer nos hommes, maris et fils, se faire tuer peut-être. Vous imaginez notre dilemme ?

— Et qu'avez-vous voté, alors, Gabrielle ?

— J'ai voté contre.

— Ah ça, moi aussi ! s'écria Guillaumette.

Cette fête renforça les liens amicaux, notamment avec Guillaumette, une femme délicieuse et pleine de fantaisie. Rose, également, se fit des petites copines de son âge, pour le plus grand plaisir de sa mère.

Louise avait eu le loisir d'observer Tobie pendant l'après-midi. Il passa beaucoup de temps avec les hommes, à la buvette ou lors des jeux, mais souvent son regard se posait sur Rose, parfois tendre, en d'autres occasions inquiet lorsque celle-ci se lançait dans des roulades périlleuses, pour épater les autres fillettes. Il avait fait un effort, ce jour-là, pour raser un peu sa barbe et nouer sa longue chevelure dans un ruban noir. Il s'en trouvait rajeuni, la finesse de ses traits se distinguait enfin.

Le soir venu, Léon, rond comme une queue de pelle, fut attrapé à bras-le-corps par Tobie qui le chargea sans ménagement dans sa charrette, sur les ordres d'une Gabrielle furieuse de le voir dans cet état, et sous les quolibets de ses copains, à vrai dire pas beaucoup moins chauds que lui. Le lendemain, il avait tout oublié. Il put compter sur son épouse pour retrouver la mémoire !

42

Quatre mois de présence déjà au Manitoba, cependant, pour Louise, le sentiment que cela faisait bien plus longtemps.

Malgré l'accueil chaleureux, elle avait beaucoup de mal à totalement s'épanouir dans cette nouvelle vie. L'absence de Marius ravivait un sentiment de mal-être. Tout était allé beaucoup trop vite depuis leur départ de France. Le débarquement à Halifax, l'arrivée en train à Saint-Claude, la prise en charge par les Boisvert, le travail, et déjà le sentiment de s'enfoncer dans une certaine forme de routine.

Le travail également, fatigant, pesant, presque une corvée certains matins. Elle sortait rarement, la majeure partie de ses tâches se déroulant dans l'atelier, sombre et peu aéré. Elle s'acquittait de ce qu'on lui demandait avec bonne volonté, pour satisfaire au mieux sa patronne. Les débuts furent un peu difficiles, en raison du rythme à soutenir. Le soir, elle rentrait fourbue, les jambes endolories et se dépêchait de souper à la table de ses hôtes car elle n'avait qu'une hâte, se mettre au lit et dormir. Elle ne profitait guère de Rose et les moments de complicité avec Juliette, elle-même tout aussi lasse, se faisaient rares.

Heureusement, il y avait eu la journée à Winnipeg et la cérémonie du 14 Juillet pour apporter un peu de divertissement dans ce train-train monotone. Les dimanches, après la messe, elles se consacraient à leurs travaux de ménage et lessive, s'accordaient quelques balades dans la prairie, se reposaient un peu.

Le soir, à la lueur de la lampe à pétrole, Louise se plongeait parfois dans la lecture, recréant l'illusion d'être chez Jeanne et Auguste, à Saint-Simon, dans la grande bibliothèque où elle aimait tant farfouiller pour en extraire un livre rare. Saint-Simon avait été une étape dans sa vie. Combien d'autres en aurait-elle désormais ?

Elle s'enthousiasma pour le *Voyage au centre de la Terre* de Jules Verne, offert par Séraphin. Et en découvrant le nom du héros, elle comprit pourquoi le brave homme avait appelé son chien Axel.

Elle écuma aussi les articles de *La Liberté* et du *Devoir*, des journaux prêtés par Léon, pour se tenir au courant des événements dans le monde et s'ouvrir à ce vaste pays qui se limitait pour l'instant, dans sa vision, au village de Saint-Claude, à Winnipeg et Saint-Boniface.

Ces derniers temps, Juliette, si volubile et enjouée, offrait un visage renfrogné et se montrait peu loquace. Louise mit cela sur le compte de la fatigue, mais finit par s'en inquiéter, ça n'était pas dans ses habitudes.

Un soir, après souper, Juliette prétexta l'envie d'aller marcher et insista pour ne pas être accompagnée. Une heure passa, puis deux. L'inquiétude gagnait Louise, qui décida de sortir pour chercher son amie.

Rose dormait déjà, elle ne courait pas de risques. Après avoir vérifié qu'elle n'était pas dans la cour, Louise s'engagea sur le chemin en direction du village. Arrivée aux premières maisons, elle ne l'avait toujours pas trouvée et se sentit gagnée par une réelle angoisse. Elle tenta de réfléchir posément et se persuada que son amie devait être revenue entre-temps. Il ne lui restait qu'à faire demi-tour et rentrer bien vite avant qu'à son tour Juliette s'inquiète de voir Rose toute seule. Cette pensée la rasséréna. Elle s'apprêtait à passer l'église quand une intuition lui vint à l'esprit. Mue par un pressentiment irraisonné, elle s'approcha de la grande porte et la poussa pour vérifier si elle était fermée. Elle grinça en s'entrebâillant. Aucune lumière ne filtrait, mais Louise devina une présence. Des petits gémissements lui parvinrent aux oreilles, ce ne pouvait pas être le père Joseph, elle en était convaincue. Elle remonta la travée. Sur le banc, au premier rang, elle l'aperçut, assise, la tête sur ses genoux, le dos secoué de sanglots convulsifs. Louise posa une main sur ses cheveux. Elle sursauta et leva vers elle un visage ravagé par les larmes.

Ce fut comme une fulgurance pour Louise. Jamais, depuis qu'elle la connaissait, elle n'avait vu son amie pleurer. Juliette, si vaillante, tellement audacieuse ! Louise se sentit ébranlée dans ses convictions et réalisa que depuis leur arrivée, elles n'avaient pas eu beaucoup de temps pour se retrouver toutes les deux. Elle se serra tout près d'elle et chercha à sécher ses larmes. Mais rien ne semblait pouvoir arrêter le chagrin de Juliette. Louise lui caressait les cheveux, le visage, en silence. Petit à petit, les pleurs s'espacèrent. Juliette reprit ses esprits, et entre deux hoquets, elle se tourna vers Louise :

— Pardonne-moi, j'ai dû te procurer bien des frayeurs. Comment m'as-tu trouvée ?

— Une simple intuition. Mais que se passe-t-il, ma petite Juliette, dis-moi ?

— Louise, je me sens si seule, si tu savais. Toi, ce n'est pas pareil. Même si tu ne les as pas revus depuis longtemps, tu as ta maman, ta grand-mère, tes frères. Jeanne et Auguste aussi, qui sont plus tes amis que les miens. Et moi, que me reste-t-il donc ? Je n'ai plus de parents, plus de famille ! A Saint-Simon, tout le monde a dû m'oublier. Je n'en peux plus, Louise, je suis épuisée. Tout me semblait tellement facile au début, Gabrielle et Léon sont adorables. Nous avons du travail, au moins l'agent de l'immigration ne peut pas nous le reprocher. Mais je ne peux pas t'expliquer pourquoi, le doute m'a envahie. Je me sens seule.

Louise comprenait enfin. Elle concevait d'autant mieux la détresse de son amie qu'elle-même avait plus d'une fois été submergée par les doutes.

— Tu aurais dû m'en parler. Tu n'es pas seule, ma chérie. Je suis là, je suis ton amie.

Louise la rassura en lui expliquant ses propres peurs, depuis leur arrivée à Halifax. Sa réaction était saine, normale.

— Tu te rends compte que jamais tu n'avais craqué jusqu'ici. Je découvre une autre Juliette, émotive, sensible. Je n'en doutais pas et je suis fière que le destin m'ait mise sur ton chemin. Tu es une fille formidable, ne l'oublie jamais. Allez, poulette ! Si on rentrait, avant que Rose ne se réveille et n'ameute toute la maison ?

Depuis ce jour, Louise devint plus vigilante. Chaque soir, une fois que Rose s'était endormie, elles se ménageaient de petits moments juste pour elles deux. Elles devisaient de tout et de rien, revenaient sur leur journée de travail ou sur le passé à Saint-Simon. Juliette avait retrouvé sa bonne humeur. Elle reprit même quelques petits travaux de couture. Elle s'était débrouillée pour se procurer chez Guillaumette des chutes de tissu à petit prix, et s'amusait à confectionner de menus colifichets ou des passementeries qui donnaient à leurs tenues un petit air de nouveauté.

Cela n'avait pas échappé à cette futée de Guillaumette qui débarqua un dimanche matin, comme un coup de vent.

— Je vous ai préparé des biscuits. Faites donc bouillir un peu d'eau, je prendrais bien une tisane.

Sa nervosité évidente mit la puce à l'oreille de Louise. Son instinct lui disait que cette visite inopinée n'augurait rien d'agréable. Elle s'affaira néanmoins à faire macérer les feuilles de pissenlit pendant que Juliette questionnait :

— Qu'est-ce qui vous amène donc ici ? C'est la première fois que nous vous voyons dans notre petite chambre.

Guillaumette secoua la tête et ne chercha même pas à détourner la question :

— Ben, je ne vais pas y aller par quatre chemins, y a, il est vrai, quelque chose qui me chicote depuis quelques jours ! Juliette…

Et elle regarda cette dernière droit dans les yeux :

— … Juliette, j'ai besoin de vous. C'est pas compliqué, je viens vous demander de travailler chez moi.

Louise manqua s'ébouillanter en lâchant la casserole qu'elle s'apprêtait à déposer sur la table.

— Attendez ! Attendez ! Je m'explique. Juliette, vous êtes incroyablement douée pour la couture. Je suis épatée par ce que vous arrivez à créer avec de simples bouts de tissu peu dispendieux. J'ai un atelier de couture, à côté du magasin de mon mari. Les dames du village me demandent parfois des robes sur mesure, mais je n'arrive pas à fournir. Jusqu'à présent, je me cantonnais aux travaux de raccommodage, de rapiéçage. Ça n'est pas suffisant, je perds des clientes qui sont obligées d'aller à Saint-Boniface pour trouver leur bonheur. Avec vous, le problème est réglé. Elles auront enfin des robes à la dernière mode, et je vais même plus loin, des robes à la mode parisienne. C'est fabuleux, non ?

— Mais…

— Vous n'avez pas entendu les gens jaser, lors des fêtes du 14 Juillet ? Bon sang, vous avez fait de sacrées envieuses avec vos jolies robes, mes coquines, laissez-moi vous le dire.

— Ah bon ?

— Ne faites pas semblant de l'ignorer. Alors voilà, j'ai pensé à tout. Je sais que vous êtes très liées toutes les deux, et je n'ai pas envie de vous séparer.

— Encore heureux !

Agacée par la tournure de la conversation, Louise avait rétorqué sèchement.

— Je sais, je sais. Mais j'ai aussi besoin de Juliette à domicile. Alors voilà ma suggestion. Juliette, vous venez juste passer la semaine à la maison où j'ai une chambre disponible, ça vous évitera des allers-retours fatigants. Et le samedi midi, vous pourrez rentrer ici.

Elle prit une voix doucereuse :

— Un tout petit peu plus de cinq jours seulement par semaine, et je vous laisse ensuite retrouver votre amie.

Elle s'était levée et arpentait la pièce en faisant de grands mouvements de bras :

— J'imagine déjà : je vous installerai dans le magasin un emplacement qui vous servira d'atelier et permettra de recevoir les clientes. Ah ! Et puis, Edouard me confectionnera une enseigne : Chez Juliette aux doigts de fée.

Elle parut songeuse, juste quelques secondes, et reprit :

— J'oubliais, je vais aussi prévenir Gabrielle pour qu'elle ne m'en veuille pas de lui retirer son employée. Et...

— Holà ! Holà ! Mais vous êtes en train de disposer de moi, Guillaumette ! J'ai peut-être mon mot à dire ?

— Oh ! Oui, vous avez raison, je fais toujours tout trop vite, soupira-t-elle. Edouard me l'a souvent fait remarquer. Le bon Dieu m'a faite ainsi ! Je vous assure que c'est une vraie proposition, sincère et honnête. Réfléchissez, Juliette, j'attendrai le temps qu'il faudra. Enfin, pas trop ! J'ai hâte de vous avoir avec moi. Je saurai être généreuse et vous recevrez chaque fin de semaine vos gages, plus une commission supplémentaire sur chaque robe livrée.

Le silence s'installa dans la pièce.

— Bon, alors, on se la prend, cette tisane ?

Maintenant délestée du poids de son annonce, Guillaumette affichait un sourire béat. Elle était bien la seule : Louise montrait un visage renfrogné. L'étonnement rendait Juliette muette, elle avala sa tisane sans dire un mot.

— Je vous laisse, mes jolies. Je reviendrai en fin de semaine, d'accord ? Au reeeevoir !

Guillaumette s'esquiva en esquissant une révérence auprès des deux jeunes filles.

— Bigre ! Alors là, j'en tombe de l'armoire ! Si je m'attendais à ça, c'est vraiment incroyable.

Louise ne répondit pas. Elle débarrassa la table et l'essuya sans un mot.

— Tu ne dis rien, Louise ? Pourquoi tu fais cette tête ?

— Ah ! Mais je ne fais pas la tête, tu vois bien que je suis occupée.

— Pfft ! Garde ta salade pour d'autres, je te connais, toi. Tu n'aurais pas avalé de travers les propos de Guillaumette, par hasard ?

— Mais non… C'est juste que…

— Que quoi ?

— Ah ! Mais tu m'agaces à la fin !

Louise avait balancé rageusement son torchon à l'autre bout de la pièce, il atterrit pile sur l'évier. Elle s'allongea sur le lit après avoir empoigné au passage le journal, l'ouvrit grand devant ses yeux pour se cacher le visage et grommela :

— Allez, vas-y, puisque tu en meurs d'envie. Pars chez Guillaumette, tu devrais même être derrière elle pour la rattraper et la prévenir que tu es disponible quand elle veut.

— Non mais, c'est quoi cette mauvaise foi ? Tu étais bien contente, il me semble, quand Jeanne t'a suggéré de devenir cuisinière dans les maisons bourgeoises. Et tu ne l'as pas regretté, mademoiselle Louise de la cocotte mal embouchée.

— Ça n'a rien à voir et je n'ai pas envie de discuter.

— Comment ça, rien à voir ! Ah ! Et puis, la barbe, tu es vraiment trop assommante ce matin ! J'ai pas envie d'ergoter, je sors prendre l'air.

— C'est ça, va-t'en, bon débarras !

Juliette sortit en claquant la porte derrière elle.

Le silence qui s'ensuivit vrilla les entrailles de Louise. L'envie de courir après son amie pour s'excuser lui traversa un instant l'esprit, mais elle resta sottement sur le lit, anéantie. C'était la première fois qu'elle s'emportait contre Juliette. Elle revit son amie, en pleurs dans l'église, elle se souvint de ses propos et s'en voulut d'avoir réagi de manière aussi impulsive. La proposition de Guillaumette avait éveillé en elle la crainte de perdre celle qui comptait plus que tout au monde, avec Rose bien entendu. Ce n'est pas parce qu'elles s'étaient juré, sur la passerelle de Halifax, de ne jamais se quitter qu'il fallait s'aliéner l'une à l'autre. Elle s'en rendait compte maintenant.

Elle devait se montrer raisonnable. Juliette ne partait pas bien loin, donc ça ne changerait pas grand-chose à leur vie, si ce n'est qu'elles se verraient un peu moins. La belle affaire ! Et puis ! Elle s'inquiétait peut-être pour rien ; si ça se trouve, Juliette n'accepterait pas la proposition et alors, tout serait réglé.

Elle balança son journal à l'autre bout du lit, se leva et se mit en tête de faire le ménage. Elle frottait avec vigueur, presque avec hargne. Trop petite, elle monta sur un tabouret pour atteindre le haut de l'armoire. Son chiffon dégagea un nuage de poussière qui la fit tousser.

La poussière était partie, pas ses mauvaises pensées qui revinrent s'incruster dans son esprit. Et ce tic-tac lancinant de la pendule qui l'énervait encore plus et lui donnait mal à la tête. Assise sur le tabouret, elle se cacha la tête entre les mains et fondit en larmes, secouée par de gros sanglots.

Elle sentit soudain le parfum connu d'une petite main qui se glissait entre ses doigts pour tenter de les écarter.

— Pourquoi tu pleures, maman ?

Elle avait oublié Rose. La petite était descendue toute seule de son lit. Elle renifla bruyamment et la prit sur ses genoux.

— Maman a fait une grosse bêtise, tu sais, ma Rosinette. Elle n'a pas été gentille et marraine Juliette n'est pas contente.

— Elle est partie, Juliette ?

— Non, ne t'inquiète pas, elle va revenir. Et tu sais quoi, si on lui préparait des crêpes !

Rose tapa dans ses mains.

— Alors, va demander des œufs à Gabrielle et tu les rapportes sans les casser, d'accord ? Tu t'en sens capable ?

— Je suis grande, moi.

Deux heures après, Louise avait déjà confectionné une douzaine de crêpes, enveloppées dans un torchon pour les conserver au chaud. Une odeur de graisse roussie flottait dans la pièce. Impatiente, Rose tenta de chicaner sa mère pour les goûter.

— On attend le retour de Juliette et on les mangera ensemble.

Celle-ci se faisait attendre, Louise s'en inquiéta.

Elle se leva d'un bond quand, en fin d'après-midi, Juliette poussa la porte aussi brutalement qu'à sa sortie. Elle s'attendait au pire et pourtant, sans attendre sa réaction, Juliette se jeta dans ses bras. Rose, debout à côté d'elles, suçotait un mouchoir. Leurs étreintes s'éternisaient un peu trop à son goût. Elle avait faim et envie de le faire savoir. Finaude, elle tira sur leurs jupes, se plaqua les mains sur la taille et cria suffisamment fort :

— Les crêpes pour marraine Juliette, maman !

Elles n'abordèrent pas le sujet de la soirée et engloutirent toutes les crêpes, délicieuses, garnies du sirop d'érable offert par Gabrielle.

Dès le lendemain, après une discussion plus raisonnée avec Louise, Juliette fit savoir à Guillaumette qu'elle acceptait sa proposition. Cette dernière dut cependant jouer de diplomatie avec Gabrielle, bien moins conciliante et surtout très vexée que son amie lui soustraie une employée.

43

La canicule régnait en ce mois d'août, inhabituelle selon les habitants. Les journées de travail devenaient très éprouvantes. Louise en souffrait, d'autant plus que Gabrielle n'avait pas remplacé Juliette, désormais absente en semaine. Elle n'était pas la seule à ne pas supporter ces températures : les fortes chaleurs épuisaient Rose. Léon vint à la rescousse et dégota un gros fût en bois. Il ne fallut pas longtemps à Tobie pour le scier dans sa largeur et le transformer en un baquet qui fut rempli avec de l'eau puisée dans la rivière. Rose barbotait tous les après-midi dans cette baignoire de fortune installée à l'ombre d'un érable, au milieu de la courette, et s'inventa de nouveau jeux. Eclabousser le pauvre Monsieur de La Vérendrye la faisait rire aux éclats. Ecraser méticuleusement les fourmis, nombreuses en raison de la chaleur, et les noyer consciencieusement la plongeait dans un abîme de perplexité.

— Plus vite courent les fourmis, plus vite grimpe le mercure, avait prédit Léon quelques jours auparavant.

Et les fourmis couraient, c'est sûr, mais surtout pour échapper à la mort certaine promise par leur cruelle prédatrice.

Tobie prit l'habitude de venir jouer de temps en temps avec elle. Pour la freiner dans sa destruction des insectes, il lui apprit à respecter les coccinelles, ces bêtes à bon Dieu si jolies. Rose obéit, elle avait assez à faire avec les fourmis, et cela l'amusait de voir les *cossinelles* courir sur sa main. Son rire tintinnabulait dans toute la cour, amenait une fraîcheur inhabituelle dans la ferme.

Tobie était en adoration devant Rose qui le menait par le bout du nez. Pas un jour ne se passait sans qu'il lui offrît un petit cadeau. Il lui avait d'abord sculpté finement, dans du bois d'épine-vinette, un ravissant canard, rejoint bientôt par toute une ménagerie que Rose s'amusait à faire flotter dans son eau de bain. Elle n'avait qu'à exiger un nouveau jouet, il s'exécutait. Louise houspilla sa fille pour mettre fin à ses caprices, en lui faisant comprendre que ce n'était pas bien d'abuser ainsi de Tobie.

« Oui, maman », avait-elle promis avec un petit sourire enjôleur qui semblait dire « cause toujours ».

Et il est vrai que c'était peine perdue, car Tobie allait de toute manière au-devant de ses désirs.

On était le 15 août. La chaleur ne faiblissait pas. Louise se leva aux aurores pour profiter un peu de la fraîcheur de la nuit. Rose sommeillait encore, Juliette également. Elle s'assit sur le seuil de la porte, replia ses jambes en les entourant de ses bras, et se cala le menton entre les genoux. Comme lorsqu'elle était petite. Elle aimait bien cette position. Pas un bruit ne troublait le silence de la ferme, même si, elle en était sûre, Gabrielle et Léon étaient levés depuis longtemps. Un petit vent, très léger, fit voler une feuille de l'érable qui termina son voyage sur le canard en bois, dans la baignoire de Rose. Les objets inanimés flottaient à la surface de l'eau.

Louise ne pouvait s'empêcher de penser à l'hiver qui arriverait peut-être plus vite qu'elle ne l'imaginait. Elle le craignait, ne pouvant oublier les paroles des agents d'immigration qui les avaient alertées sur les conditions difficiles de ces longs mois à venir. Et Léon avait été formel : les pelures d'oignon, épaisses plus que de coutume cette année, donneraient un hiver très rude. Son père disait la même chose autrefois.

Son père : elle n'y avait pas pensé depuis si longtemps. Depuis son arrivée au Manitoba, son souvenir s'était estompé.

Louise ferma les yeux et secoua la tête pour évacuer cette pensée. Il faisait beau, elle se sentait bien, pourquoi gâcher ce moment de quiétude ?

Le ronflement d'un klaxon la tira du sommeil léger auquel elle s'était abandonnée.

L'écho d'un deuxième coup résonna dans la cour. Curieuse, elle se leva et fit le tour de la bâtisse. Près de la charrette de Tobie, en plein milieu de l'allée, elle aperçut une voiture. Un homme descendait du marchepied, mais il était trop loin pour qu'elle puisse discerner son visage. En s'approchant, elle vit Léon saluer l'individu qui se retourna sur la jeune fille. Alors seulement elle le reconnut. Il l'accueillit d'un sourire charmeur.

— Bonjour, Louise.

Stupéfaite, Louise n'eut même pas la présence d'esprit de lui répondre. Pierre, le journaliste de Winnipeg ! Mais que faisait-il là, bon sang ?

— Louise, ce monsieur me dit venir pour toi et Juliette. Tu le connais ?

— Euh ! Oui...

Elle avait dit oui tellement bas que Léon lui fit répéter :

— Tu es sûre ?

— Oui, oui, pas de problème. Je suis juste surprise de vous retrouver là, Pierre. Qu'est-ce qui vous amène ?

Juliette les avait rejoints. Elle entoura Louise d'un bras, et tendit une main à Pierre.

— Eh bien, l'article que je vous ai consacré est publié, il a été imprimé hier, et j'ai pensé qu'il était plus simple de vous apporter le journal directement, que vous puissiez le lire en avant-première. Et par la même occasion, je me disais que, par cette belle journée, vous auriez peut-être accepté une promenade dans la prairie. Qu'en dites-vous, mesdemoiselles ?

— Vous êtes venu exprès de Winnipeg pour nous donner ce journal et nous proposer une balade ?

— Mais oui, et pourquoi pas ? Y voyez-vous un inconvénient ?

— Non... Non... c'est juste que...

Louise cherchait ses mots et bafouillait.

— Vous n'avez à vous occuper de rien. J'ai préparé le panier de pique-nique et je vous amène en bord de rivière Salle. Toutes les trois, bien sûr !

— Mais allez-y, mes jolies, vous avez bien mérité de sortir un peu, et le 15 août, on ne travaille pas à la ferme. Vous n'avez rien vu du pays depuis que vous êtes à Saint-Claude.

Gabrielle elle-même insistait. Elle avait deviné qui était ce jeune homme dont les jeunes filles lui avaient parlé, à leur retour de Winnipeg.

— Très bien, laissez-nous juste le temps de nous préparer.

— Venez vous installer à la cuisine, jeune homme, ces températures sont achalantes[1]. Ma femme, va préparer un café à ce monsieur, veux-tu !

Léon tâtait les ailes d'un bleu brillant de la voiture.

— Vous avez là une bien belle voiture, mon garçon. C'est la première fois que j'en vois une de ce modèle. En bleu et blanc, tudieu ! elle a de l'allure !

— Une Cleveland, de chez Chandler, six cylindres, trente chevaux. Je l'ai acquise depuis peu et j'en suis satisfait, le moteur est très costaud.

Avec beaucoup de délicatesse, Pierre flatta de la main la carrosserie de son véhicule. L'intérêt montré par Léon accrut son orgueil ; il déploya la capote, dévoilant ainsi l'intérieur. Le « oh ! » spontané et émerveillé de Léon fit naître un large sourire de fierté sur son visage.

1. Fatigantes.

Un quart d'heure plus tard, les jeunes filles les rejoignirent dans la cuisine où ils étaient attablés à boire le café et discutaient moteurs et carcasses de voitures comme deux amis de longue date.

Un problème survint cependant quand il s'agit d'asseoir Rose sur la banquette arrière. Sans raison particulière, elle se mit à hurler. Les cris s'accrurent, encore plus aigus, quand Louise tenta de la raisonner.

— Je ne veux pas monter dans la voiture !

Elle se démenait dans tous les sens.

— Enfin, ce n'est pas toi qui décides, Rose ! Tu vas te calmer ou je me fâche pour de bon !

Alerté par les pleurs, Tobie s'était approché.

— Laissez-la-moi, je vous promets de m'en occuper et ainsi vous serez plus tranquille.

Louise le regarda, interloquée. Il insista :

— Faites-moi confiance, je vous assure qu'elle est en de bonnes mains, et Gabrielle et Adrienne veilleront sur elle elles aussi. Et puis, sérieusement, avec cette chaleur, ce n'est vraiment pas le moment d'amener une enfant de cet âge dans un véhicule ouvert à tous vents comme celui-ci.

Ce dernier argument la décida à accepter. Elle n'avait pas envie de tergiverser, trop séduite par l'idée de passer une journée avec Pierre. Tobie avait empoigné Rose, descendue toute seule sur le marchepied. Comme par enchantement, elle ne pleurait plus et lui dédia sa plus charmante moue boudeuse :

— Veux jouer dans l'eau avec Tobie !

Louise soupira et l'embrassa en lui recommandant d'être sage.

Juliette et elle s'installèrent toutes deux à l'avant et Pierre démarra fièrement. Louise s'était retournée pour faire des signes à Rose, mais celle-ci lui tournait déjà le dos, peu chagrinée de voir partir sa mère. En revanche, le regard étrange que lui jeta Tobie la rendit mal à l'aise.

La voiture filait à vive allure. Les roues charriaient les cailloux des chemins endurcis par les fortes chaleurs, tressautaient sur les ornières et dans les creux. Les jeunes filles offraient sans pudeur leur visage aux caresses du vent et aux voluptueux effleurements des rayons du soleil. Elles s'abandonnaient, lascives, sur la banquette de cuir et admiraient, éblouies, les paysages. Leurs yeux se perdaient sur les prairies, immenses, un canevas grandeur nature tapissé de teintes vert tendre ou jaune doré, auréolé parfois de taches jaunâtres causées par les brûlures du soleil. Comme égarés au milieu de ces espaces infinis, un silo à grain, une ferme venaient parfois rompre la monotonie des champs à perte de vue. Le Manitoba montrait enfin son visage. Un petit coup d'œil furtif à son amie fit comprendre à Louise qu'elle n'était pas la seule à savourer la découverte.

Les champs de blé ou de sarrasin flamboyaient, les tournesols livraient leurs pétales au soleil et agrémentaient la prairie de couleurs chatoyantes.

Ils roulaient depuis presque une heure quand enfin ils arrivèrent à proximité d'une rivière. Une halte bienvenue, et une vue sublime avec les verdoyants érables en forme de cônes de chaque côté de la rivière. Juliette sortit la première de la voiture et étira longuement ses muscles fatigués par le long trajet assis, sous les yeux amusés de Pierre.

Attirée par la rivière, Louise s'en approcha et se déchaussa. L'envie était trop forte de se tremper les pieds. Elle ne put résister et, soulevant légèrement sa jupe, avança prudemment un pied. L'eau n'était pas très froide, mais son pied s'enfonçait dans de la vase. Elle finit par se stabiliser, s'enhardit et plongea le deuxième pied. Elle ne bougeait plus. Le regard perdu vers les plaines lointaines, au-delà de la rivière, tenant fermement sa jupe dans ses deux mains, elle prit une profonde inspiration et souffla, comme pour chasser toute la tension accumulée en elle. Puis elle ferma les yeux et inclina son visage vers le soleil.

Juliette venait de la rejoindre et se mit en tête de l'arroser. Louise se pencha pour en faire autant, mais elle trébucha sur un branchage enfoncé dans la vase. Elle serait tombée en arrière sans le secours de Pierre qui se trouvait derrière elles deux et la retint à temps. Un trouble étrange l'envahit en respirant son parfum, une odeur musquée, sensuelle. Elle se dégagea brusquement et rejoignit Juliette, déjà sortie de l'eau.

Il avait tout prévu pour séduire les deux jeunes filles : petits pâtés en croûte, crêpes roulées farcies de crabe, biscuits aux poirettes. Il déboucha d'abord une bouteille de vin pétillant maintenue au frais avec un pain de glace et remplit les verres.

— A vous, belles jeunes filles, et à l'article que j'ai pu faire grâce à votre complicité !

Louise trempa les lèvres dans le vin de racinette. Il était doux, légèrement fruité, et lui chatouilla agréablement le palais. Elle posa le verre sur l'herbe et plongea son regard dans celui de Pierre :

— Je m'interroge, pourquoi faites-vous tout ça ?

La question avait fusé, directe. Louise voulait comprendre, elle n'aimait pas quand la situation lui échappait.

— J'avais très envie de vous revoir.

Louise rougit violemment.

— Je voulais aussi vous remercier. Grâce à vous, j'ai réalisé un article qui a enthousiasmé mon directeur et m'a valu des félicitations sur mon rapport de stage. N'est-ce pas là une raison suffisante ? Figurez-vous qu'il veut vous rencontrer.

— Qui donc ? Votre directeur ?

— Absolument. Donatien Frémont dirige *La Liberté* depuis trois ans. Quand il a lu que vous étiez originaire de Vendée, Louise, il exultait. Il m'a avoué être né à Herblay. Vous connaissez ?

— Herblay ? Non, ça ne me dit rien.

— C'est en Loire-Inférieure, donc pas très loin de chez vous. L'article l'a fait replonger dans ses souvenirs d'enfance, il s'est remémoré de lointains cousins dans le bocage vendéen. Il serait vraiment heureux de jaser du passé avec vous.

— Hum ! Pourquoi pas !

Pierre les interrogea sur leurs conditions de vie à la ferme, s'enquit de savoir si elles s'étaient bien acclimatées, leur posa plein de questions auxquelles elles répondirent sans réticence.

La route leur avait ouvert l'appétit et les arômes endiablés des petits pâtés excitaient leurs papilles. Ils déjeunèrent de bon cœur et dans la bonne humeur, car Pierre n'était pas avare de belles histoires et d'anecdotes. Le temps passait décidément très vite en sa compagnie. Trop vite même. Ils s'allongèrent au bord de la rivière. Grisées par la température délicieusement douce, la légèreté de la brise et les clapotis de l'eau, Louise et Juliette fermèrent les yeux. Les mots de Pierre les berçaient... Riel... Métis... Manitoba...

Juliette se réveilla la première et, honteuse, se leva d'un bond devant Pierre qui souriait en mâchonnant la tige d'une pâquerette.

— Louise, Louise, debout !

Il les rassura.

— Vous savez, moi aussi j'ai fait une petite sieste. Puis, comme vous sommeilliez toujours, j'ai préféré vous laisser vous reposer et j'en ai profité pour marcher un peu le long de la rivière. Mais je pense qu'il serait temps que nous reprenions la route maintenant, si nous voulons arriver avant la nuit.

Le retour fut ponctué par leurs chants. Pierre leur apprit quelques chansons traditionnelles à répondre du répertoire canadien. Avant de les quitter, il leur remit enfin le journal *La Liberté*. Elles n'y avaient pas pensé et réalisèrent qu'elles n'avaient même pas encore pris connaissance de l'article.

De la Vendée et de la Charente au Manitoba, il n'y a qu'un océan, elles l'ont franchi.

Louise et Juliette sont deux jeunes Françaises, venues rejoindre récemment le flot des colons attirés par le Canada. Louise a amené avec elle sa petite fille de quatre ans.

Qu'est-ce qui pouvait bien pousser deux jeunes femmes à tout quitter pour venir s'expatrier dans des terres aussi lointaines ? De leur passé à toutes trois, nous n'en saurons pas plus. Il faut, en tout cas, une belle dose de courage mêlée à une petite part d'inconscience, et surtout beaucoup de culot pour s'installer en pays inconnu quand on est une femme.

Elles l'ont fait et assument pleinement leur choix. Ce sont des femmes entières, de caractère.

Je les admire ! Ces femmes forcent le respect. Elles m'ont ému parce qu'elles sont animées par la rage de s'en sortir et de survivre dans ce pays dont elles connaissent bien peu de chose. C'est dans la paroisse de Saint-Claude qu'elles ont posé leurs valises. Les propriétaires de la laiterie locale leur ont offert le gîte, le travail et leur sympathie. Merci à la famille Boisvert et au père Joseph d'avoir prouvé par leur attention de tous les jours que ce pays sait accueillir les immigrés.

Je vous propose que nous les suivions, semaine après semaine, et je reviendrai jaser auprès de vous pour vous narrer leur adaptation, en espérant que les durs mois d'hiver ne viennent pas refroidir leur belle ardeur.

Elles s'étonnèrent de faire l'objet de tant d'attentions. Pierre voulait suivre leurs pérégrinations dans le pays ? Tiens donc, grand bien lui fasse ! Ceci expliquait certainement sa présence aujourd'hui. Louise ressentit une petite pointe d'amertume, elle avait bêtement espéré que c'était pour le plaisir de les revoir. Mais après tout, c'était un journaliste, il n'avait fait que son boulot, pour lequel il était payé et avait même obtenu une promotion. Il ne pouvait donc y avoir d'autre motivation.

Elles n'étaient pour lui qu'un cas d'école, voilà tout. Il s'intéressait à elles essentiellement pour leur expérience d'immigrées françaises, jeunes, et mère célibataire pour ce qui concernait Louise. Elle soupira, mais devina sur le visage de Juliette la même déception.

44

— Louise, j'aimerais m'entretenir avec vous de choses importantes, vous voulez bien m'accorder un peu de temps ?

Louise laissa entrer le père Joseph et lui servit un café. Médor se cala sagement aux pieds de son maître.

Le départ de Juliette, en début de semaine, provoquait un vide immense que n'arrivaient pas à combler les journées intenses de travail à la laiterie. Ses rires, ses gros mots lui manquaient terriblement et lui faisaient mesurer la part importante qu'elle occupait dans sa vie. Bien plus qu'une amie, Juliette était un peu la grande sœur qu'elle n'avait jamais eue.

— Je vous écoute, mon père.

— J'irai droit au but. Vous êtes bien intégrée dans notre communauté depuis cinq mois déjà. Les paroissiens vous apprécient et je sais que les Boisvert sont enchantés de votre travail.

— Vous m'inquiétez, père Joseph, continuez.

— Comprenez, nous sommes dans un petit village, alors tout se répète, vous pensez bien.

— Oui ?

— Louise, sur votre passeport, concernant la naissance de Rose, il est indiqué « de père inconnu ». Alors…

— Mais comment savez-vous ça ?

— Vous oubliez que je suis en rapport constant avec les services d'immigration et les sœurs de la Charité. Il est de mon devoir de m'assurer que je ne place pas de mauvaises personnes dans les familles d'accueil. Vous êtes seule avec un enfant, une belle jeune fille de surcroît, même si j'ai bien vu que vous ne cherchiez pas à aguicher les hommes. Vous savez ce que c'est, ça jase un peu.

La conversation prenait une tournure qui n'était pas du goût de Louise.

— Ça jase ? Allons donc ! A quel propos ?

— C'est mon rôle d'homme d'Eglise. Certains de mes paroissiens se posent des questions fondées sur le bon sens des gens de la terre et se chagrinent de vous voir à l'église alors que…

Il toussota :

— Il y aurait bien une solution pour faire taire les mauvaises langues.

Il toussota à nouveau.

— Louise, je pense qu'il serait temps de vous trouver un mari. Justement, je connais un homme qui vous conviendrait.

Le visage de Louise s'empourpra.

— Je ne veux pas vous mettre dans l'embarras. Mais vous alerter sur une situation qui ne pourra pas non plus s'éterniser. Il y va aussi bien de l'intérêt de votre petite fille, qui serait certainement heureuse de trouver un père attentionné et aimant, que du vôtre. Je voudrais vous présenter...

Louise l'interrompit.

— Ecoutez-moi bien, père Joseph, et ne venez surtout pas me parler de ce qui est mon intérêt. Vous avez pu remarquer que j'étais très fidèle à l'église et que je ne manquais aucune de vos messes auxquelles je n'assiste pas par obligation, mais bien par conviction. Quant à mon travail, il semble satisfaire les Boisvert. Tout est parfait, vous ne croyez pas ? J'ai rempli mon contrat moral avec eux et avec vous. Pour le reste, cela fait partie de mon intimité. Rassurez-vous, je saurai trouver, le moment venu, celui qui deviendra mon mari et un bon père pour Rose.

— Comme vous voulez, ma fille. Je ne voulais pas vous blesser, et pardonnez-moi ma franchise. Par contre, il y a un deuxième point sur lequel je voudrais vous alerter.

— Oui ?

— Si j'en crois l'acte de naissance de la petite, elle a maintenant dépassé largement ses quatre ans. Elle est certes encore bien jeune, mais je me disais qu'il serait peut-être opportun de la mettre à l'école.

Louise réalisa que cette fois-ci, il avait raison.

— Les enfants du village ont commencé lundi dernier, il n'est donc pas trop tard. Réfléchissez bien à ma proposition, et pensez que ce serait commode pour faciliter l'intégration de Rose. Et d'ailleurs, cela soulagerait aussi la grand-mère Adrienne, vous ne croyez pas ? Ce n'est pas non plus son rôle de garder la petite.

Il avait fait mouche. Après le départ de Juliette, il lui fallait donc envisager aussi celui de son enfant ? Le père Joseph devait avoir un sixième sens, car il enchaîna :

— Vous êtes au travail toute la journée, Louise, vous ne remarquerez même pas son absence, et vous la retrouverez chaque soir.

Louise prit sur elle pour ne pas fondre en larmes.

— Laissez-moi y réfléchir. Je ne saurais m'engager dès maintenant, mais je vous promets de vous donner une réponse très vite.

— Parfait, je compte sur vous.

Au moment de s'esquiver, le père Joseph remarqua sur la table le livre de Séraphin, *Voyage au centre de la Terre.*

— Vous aimez la lecture, Louise ?

— Oui, énormément. J'ai déjà terminé celui-ci et je n'ai plus rien à lire, hormis les journaux.

— Mais nous avons tout ce qu'il faut pour vous ! J'ai mis à disposition de tous une bibliothèque à l'entrée du presbytère. Elle est accessible directement par une porte extérieure, sans obligation de passer par l'église. Je suis certain que votre amie Juliette apprécierait, précisa-t-il avec un sourire ironique.

Le père Joseph était né en France, en 1872, dans un petit village des Vosges où il avait grandi au sein d'une famille de viticulteurs très prospères. L'appel de la foi, chez celui qui s'appelait encore à cette époque Stanislas, fut plus fort que l'odeur des vignes auxquelles son père l'aurait bien destiné. Certes, il boirait du vin, mais ce serait celui de la messe. Dès dix-huit ans, il entrait au monastère jurassien de Saint-Claude et adoptait un an plus tard le patronyme de Joseph.

A cette même époque, sous le gouvernement de Jules Grévy, les congrégations religieuses subissaient de nombreuses persécutions. En 1889, les lois dites laïques, votées dès 1880 et interdisant les congrégations religieuses en France, furent mises à exécution, contraignant de nombreuses communautés à quitter le pays.

Au cours de cette même année, le destin de Joseph bascula. Il décida de quitter son monastère jurassien de Saint-Claude pour répondre à l'appel de monseigneur Taché, archevêque du diocèse de Saint-Boniface au Manitoba, et suivre une communauté de colons catholiques français et suisses en partance vers le Canada. Il poursuivit ses études de théologie dans la paroisse manitobaine de Notre-Dame-de-Lourdes et, en 1897, fut nommé diacre dans la toute nouvelle colonie de Saint-Claude, baptisée ainsi en hommage au protecteur de la communauté jurassienne d'origine. Depuis lors, il n'était jamais retourné dans sa région natale.

Du Jura, et de son enfance au milieu des vignes, il avait conservé malgré tout le goût du bon vin. Il se disait au village qu'il le fabriquait lui-même. Ce n'était pas une légende ! Il commença à le produire dans la paroisse de Notre-Dame-de-Lourdes, les chanoines de Dom Benoît lui ayant confié cette tâche. Autant offrir au Seigneur du vin non frelaté ! Il continua cette activité à Saint-Claude, et ma foi, les bienheureux qui avaient la chance de goûter son breuvage – les enfants de chœur et les visiteurs de passage – ne s'en plaignirent jamais. Son vin, à base de raisins en provenance de Californie, avait la réputation d'être un fameux nectar, comparable à un vin de Porto selon les initiés.

45

Louise rumina toute la nuit les propos du père Joseph. Le fait que certains habitants du village aient pu émettre des réserves sur sa vie privée l'irritait profondément. Pour ce qui est de Rose, elle n'admettait pas l'idée de l'envoyer à l'école. Quatre ans et demi ! Mon Dieu ! Il y a quatre ans et demi, elle venait d'arriver à Saint-Simon. Elle se souvenait de sa naissance ; elle revoyait Jeanne la tenir avec précaution dans ses bras et allonger délicatement ce petit bout de femme sur sa poitrine. Elle n'oublierait jamais le bonheur intense, une fulgurance, au contact de sa peau encore toute chaude.

En y réfléchissant bien, mettre Rose à l'école était pourtant une idée pleine de bon sens. Elle songea que la meilleure solution était de demander conseil à Gabrielle. De fait, celle-ci trouva les bons mots pour la rassurer.

— Dis-toi que ta petite Rose est un oisillon qu'il faut laisser voler de ses propres ailes. La nature fait bien les choses. Comme tous les oiseaux, elle reviendra bien vite picorer au nid et poser son petit bec sur la joue de sa maman.

Contre toute attente, Juliette lui tint le même discours, deux jours plus tard. Louise attendait son avis, sa réaction conforta sa décision. Mais, prudente, elle évita de lui narrer les racontars qui couraient dans le village sur sa situation maritale.

Louise avait souhaité rencontrer l'institutrice, une religieuse. Celle-ci la reçut avec bienveillance et lui fit faire le tour de l'école pour la rassurer. C'était un grand bâtiment, sur deux étages, éclairé par de nombreuses fenêtres. Sœur Marie-Octavie lui montra le sous-sol avec les toilettes et les espaces de jeux séparés entre garçons et filles. Au rez-de-chaussée, de l'entrée on accédait à une grande salle qui faisait office de cuisine pour le personnel et ensuite les salles de classe du rez-de-chaussée et du premier étage, et enfin le second palier qui servait à l'entreposage des livres, meubles et matériels scolaires. Rose demeurait au rez-de-chaussée, avec tous les élèves de première année.

La salle de classe était chauffée grâce à une chaudière à bois, au sous-sol du bâtiment. Au fond, la sœur sur son estrade avait en ligne de mire les tables alignées de chaque côté. Contrairement à sa mère, Rose se réjouissait d'aller à l'école. Juliette lui confectionna un tablier et un petit chapeau cloche comme le demandait le règlement.

Gabrielle avait décidément raison, l'oisillon prenait son envol.

Louise se laissa convaincre que ce soit Tobie qui amène sa fille à l'école tous les matins et la ramène en fin d'après-midi, dans sa charrette. Le Métis avait tout prévu : dans le fond de la charrette, il fixa un petit banc et cloua dessus un coussin de cuir épais. Rose adopta cette place dès le départ.

— Au revoir, maman, je vais à l'école avec Tobie.

Louise l'accompagna à pied jusqu'au bout de l'allée et continua à lui faire de grands signes de la main, jusqu'à ce qu'elle ne soit plus visible. Alors seulement, elle sécha ses larmes et s'en retourna à la laiterie.

— Alors, Rose ! Raconte-moi comment ça s'est passé à l'école.

Juliette était curieuse de savoir comment s'était comportée sa filleule.

— La maîtresse est très gentille. Elle m'a dit que j'étais une mignonne petite fille.

Louise avait déjà entendu ce refrain enthousiaste de nombreuses fois, depuis le début de la semaine.

— J'ai beaucoup de cahiers tu sais, marraine Juliette. La maîtresse va m'apprendre à compter, à lire et écrire avec un syllabaire. Je vais même apprendre l'anglais.

— Ah ! C'est bien ça, tu nous l'apprendras ensuite, alors !

Rose était tout émoustillée :

— Et puis, je me suis fait plein de copines. Euh… il y a Léa, Lavina, et aussi Olive.

— C'est bien, ma Rose, tu seras bientôt plus instruite que nous ! s'écria Juliette en lui faisant des chatouilles.

Rose se tourna vers sa mère.

— Il est où mon papa, dis, maman ?

Juliette, occupée à faufiler la jupe d'une cliente, leva la tête, curieuse d'entendre la réponse de son amie.

— Dis, maman, c'est qui mon papa ? insista la petite.

— Il est parti très loin, dans le ciel, mon ange. Pourquoi tu me demandes ça ?

— C'est la maîtresse qui nous a demandé. Moi j'ai dit que j'avais une maman, mais pas de papa. Tout le monde a ri, mais la maîtresse a tapé sur la table.

— Mais si, tu as un papa. Et je suis sûre qu'il veille sur toi de là-haut et surveille si tu fais des bêtises. Tiens, si je te chantais une chanson ? Tu veux bien, ma Rosinette chérie ?

Trois petits lapins dans la lune
Qui mangeaient des prunes
La pipe à la bouche
Le verre à la main
En disant : Mes dames
Versez-moi du vin
Jusqu'à demain maaaaa-tin...

Louise avait fait diversion. Rose oublia pour un temps sa question. Sa mère la borda et lui déposa un bisou sonore sur la joue. Combien de temps encore continuerait-elle à éviter le sujet ?

46

Dans la semaine qui suivit, Louise reçut deux courriers.

Un de Jeanne, les premières nouvelles de sa part. Trois pages dans lesquelles elle lui narrait les petites histoires de Saint-Simon, la famille Gobin qui regrettait Louise des Cocottes, les rhumatismes d'Auguste, elle-même qui se languissait depuis leur départ. Rien à propos des Coupaud et c'était très bien comme ça. En revanche, dans le dernier paragraphe, elle tenait des propos décousus qui alertèrent Louise. Elle insistait trop lourdement sur le destin, cruel et injuste, elle lui demandait de bien prendre soin de Rose, de profiter de la vie, d'essayer d'être heureuse et d'oublier. Louise en avait bien conscience, pourquoi donc remuer le couteau dans la plaie. Quand elle fut arrivée à la dernière ligne, elle eut l'impression que Jeanne avait voulu lui dire quelque chose, mais s'était retenue au dernier moment, et ce sentiment lui laissa un goût amer dans la bouche.

La seconde lettre lui ramena le sourire. Elle émanait de Pierre Lavoie qui invitait les deux jeunes filles à venir passer le dimanche suivant à Saint-Boniface.

Juliette préféra décliner l'invitation. Elle veillait tous les soirs très tard pour finir ses travaux de couture, soucieuse d'être efficace et de faire plaisir à Guillaumette. La fin de semaine venue, elle était trop épuisée pour prendre le train.

— Vas-y toute seule, Louise, je ne me sens pas la force de faire le voyage. Mais laisse-moi Rose, veux-tu. L'entendre jaser de ses petites copines à l'école et de sa maîtresse délassera ma tête fatiguée.

En son for intérieur, très égoïstement, Louise se réjouit d'aller seule au rendez-vous, d'autant que Pierre avait émis la suggestion de les emmener au théâtre.

Il l'attendait à son arrivée à la gare de Winnipeg et, très prévenant, vint au-devant d'elle, le chapeau de feutre à la main. Il était décidément fort séduisant dans son costume de cotonnade fine. Juliette en aurait apprécié la coupe élégante et fluide. Il lui passa le bras autour de l'épaule, elle reconnut son parfum musqué si agréable.

Les matinées étaient déjà plus fraîches en ce milieu de septembre, mais le soleil se maintenait et parvenait encore à réchauffer les mi-journées. Par pure coquetterie, Louise n'avait pu se résoudre à mettre des vêtements plus chauds. Tout juste s'était-elle contentée de poser un châle sur sa petite robe légère. Pour l'heure, tout au plaisir de retrouver Pierre, la fraîcheur était bien la dernière de ses préoccupations. Il ne se formalisa pas de l'absence de Juliette et, en sortant de la gare, ils traversèrent le boulevard pour aller prendre un chocolat au bar de l'hôtel Fort Garry. Un homme jouait au piano une musique d'ambiance. Louise repoussa son châle et pencha légèrement la tête en arrière pour boire la dernière goutte de chocolat. En reposant sa tasse, elle croisa le regard de Pierre attardé sur ses épaules dénudées.

Ils se rendirent ensuite au domicile de Donatien Frémont, le directeur du journal *La Liberté*.

— Enchanté de vous rencontrer, mademoiselle, et de discuter avec une compatriote.

Donatien parla longuement de sa famille restée à Herblay. Il évoqua la Vendée, ses cousins qui vivaient dans un petit village, près de Montaigu.

— Le pays ne me manque pas tant que ça. J'aurais cependant préféré que ma famille me suive.

Il proposa à Louise un verre de gin. Pierre le tança.

— Vous allez la dévergonder, Donatien. Heureusement que nous ne sommes pas dans un restaurant ou un café, vous auriez eu une amende pour alcool donné à une femme, de surcroît mineure.

— Vous avez raison. L'émotion de parler du passé me fait oublier les préséances.

Sa dernière remarque laissa penser à la jeune fille qu'il était peut-être plus nostalgique de son pays qu'il voulait bien le dire.

Il lui raconta son parcours depuis ses études supérieures à Nantes, puis son choix d'émigrer au Canada, sur l'initiative d'un prêtre recruteur. L'arrivée à Montréal, et ensuite la Saskatchewan pour travailler dans des fermes. Ce n'était pas fait pour lui. Il saisit au bond l'opportunité d'un poste de rédacteur au journal *Le Patriote de l'Ouest* et ainsi démarra sa vocation de journaliste, confortée quelques années plus tard quand il prit la direction de *La Liberté*, qui venait de fêter ses dix ans.

— Vous savez, Louise, que je m'intéresse beaucoup à la langue française, dont je souhaite défendre le bien parler ; mais aussi aux Français qui ont émigré dans l'Ouest canadien. Mon rêve serait de publier un ouvrage où je recenserais les expériences des familles. Dès que j'en ai l'occasion, je m'entretiens avec des immigrants et je note toutes ces conversations point par point. C'est pour ça que je suis curieux d'échanger avec vous. Votre cas est plutôt rare, je n'ai jamais conversé avec des jeunes femmes seules accompagnées d'un enfant en bas âge.

Louise n'aimait pas qu'on lui rappelle cette situation.

— Vous me disiez tout à l'heure que votre petite fille avait intégré l'école de Saint-Claude cette semaine ?

— Oui, et c'est incroyable, elle s'est adaptée avec une facilité déconcertante.

— Ah ! Vous savez, les enfants sont beaucoup plus détachés que nous des considérations matérielles et émotionnelles. Je suis heureux pour elle, et pour vous. J'imagine combien ce doit être un soulagement. Vous a-t-on mise au courant de la particularité du système scolaire manitobain ?

— Comment ça ? Je ne vois pas de quoi vous voulez parler.

— Hum ! Je crois que je vais devoir vous expliquer. Les faits remontent à 1738, date à laquelle M. de La Vérendrye a atteint le site de Fort la Reine, près de Portage la Prairie.

Louise sourit intérieurement : elle comprenait pourquoi Léon avait donné ce nom à son chat !

— A la suite de La Vérendrye, de nombreux francophones, venant du Québec ou de France, sont venus découvrir ces nouvelles terres et s'y sont installés. Ils se sont mariés avec des Amérindiennes et ont créé la nation métisse et plus tard, la colonie de la Rivière-Rouge, aidés par des prêtres et des colons canadiens. Saint-Boniface est alors devenue la capitale catholique et francophone de cette nouvelle colonie.

Voilà qui éclairait sur les origines de Tobie !

— Vous m'arrêtez, Louise, si je vais trop vite.

— Non, continuez, je vous en prie, c'est passionnant.

— Donc, je disais... Oui, un chef métis est devenu très populaire à cette époque, Louis Riel. Il s'est battu pour faire exister ce pays et a obtenu que la colonie de la Rivière-Rouge devienne le Manitoba, en 1870, au sein du Canada, passé sous dominion britannique. La constitution manitobaine prévoyait un système d'écoles publiques confessionnelles, c'est-à-dire des écoles séparées pour les catholiques et les protestants, comme il en existait déjà dans la province du Québec. Dans la pratique, les écoles catholiques étaient francophones et les écoles protestantes anglophones. On dénombrait alors un nombre égal d'immigrants francophones et anglais, ce qui pouvait parfaitement fonctionner. Sauf que par la suite, cette tendance s'est inversée ; l'immigration britannique, en provenance de l'Ontario, a pris le dessus.

« Par la suite, en 1890, et à cause de fortes pressions de la communauté anglophone, le gouvernement manitobain a aboli la loi de 1870 et fait de l'anglais la seule langue officielle, à la fois dans les écoles et dans la législature, rejetant par la même occasion la dualité confessionnelle. En 1896, après trois procès en six ans, le règlement Laurier-Greenway fut adopté, qui stipulait que l'école publique était maintenue tout en tolérant une instruction religieuse et un enseignement en français ou dans une autre langue que l'anglais, là où le nombre d'élèves le justifiait. Vous imaginez, Louise, la complexité pour gérer cette tolérance ?

— Oui, j'imagine très bien.

— Hélas, en 1916, le gouvernement appliquait la règle initiale : la scolarité est devenue obligatoire au Manitoba, et l'enseignement maintenu dans la seule langue anglaise. C'est à cette même date, pour contrer cette décision, qu'un comité de vigilance s'est créé à Saint-Boniface, sur l'initiative de quelques élites laïques. On l'appela l'Association d'éducation des Canadiens français du Manitoba.

— Je commence à comprendre.

— L'AECFM a incité les mères et épouses francophones à désobéir civilement et à pratiquer le bilinguisme. Et cela continue toujours depuis dix ans, même si ce n'est pas officiel. Tout cela pour dire qu'à Saint-Claude, votre enfant va être confrontée à ce problème, ou plutôt c'est vous en tant que maman qui allez devoir y faire face. J'imagine que vous tenez à ce que votre petite fille reçoive une éducation en langue française, donc il va vous falloir accepter ces règles mais rester discrète.

— J'ignorais ces faits et je vous remercie de m'en avoir informée.

— Tôt ou tard, le prêtre de Saint-Claude vous en aurait parlé. Je le connais très bien. Elle a quel âge, votre enfant ?

— Quatre ans et demi seulement.

— C'est bien jeune, dites donc. A mon avis, il devait avoir besoin d'une élève supplémentaire pour maintenir une classe catholique.

Louise tiqua à cette remarque.

L'entretien avec Donatien terminé, Pierre la conduisit au Walker Theatre. Le bâtiment, de couleur grise, la déçut par sa forme cubique et sa petite façade, très éloignée de celle du luxueux hôtel Fort Garry. L'intérieur lui fit réviser son jugement. Des affiches de spectacles recouvraient les murs dans le hall. Louise les regarda une à une. Son regard en capta une, très colorée. Pierre lui expliqua :

— *How the Vote Was Won* est une pièce créée en 1914 par la Political Equality League, une puissante organisation de suffragettes fondée par un groupe de femmes écrivains et journalistes qui se sont battues pour que les femmes obtiennent le droit de vote.

Le sujet le captivait.

— Le Premier ministre de l'époque était fermement opposé à ce qu'il justifiait ainsi : le suffrage briserait le foyer et jetterait les enfants dans les bras des bonnes. Il considérait que le droit de vote pour les femmes opposerait les membres d'une famille les uns aux autres, mènerait à l'indépendance des femmes et détruirait le mariage.

Pierre haussa les épaules.

— N'empêche que Nelly McClung, metteur en scène de la pièce et puissante suffragette au sein de la ligue, a obtenu une belle vengeance le soir de la première de cette pièce qui montrait ce que serait le monde si les femmes votaient à la place des hommes. Elle y jouait elle-même le rôle du Premier ministre. Ironiquement, et pour caricaturer les propos de celui-ci, elle a déclaré que la politique déréglait les hommes, et que des hommes déréglés signifiaient factures non payées, meubles cassés, vœux non tenus et divorce. La pièce a fait scandale dans le milieu politique, mais a connu un succès retentissant auprès du public.

A l'intérieur de la salle de spectacle, Pierre pointa le magnifique plafond, en forme de voûte. Les arches immenses, sur les murs de côté, conféraient un style un peu pompeux. Un grand rideau rouge cachait la scène.

Déjà, des personnes se pressaient pour rejoindre les bancs de bois du balcon le plus haut. Pierre lui expliqua que ces bancs, qui ressemblaient à ceux que l'on pouvait trouver dans les églises, permettaient de faire asseoir beaucoup de monde et étaient réservés aux détenteurs de billets bon marché, pour répondre au souhait du directeur de ce théâtre d'ouvrir la culture à toutes les classes de la société.

Bras dessus, bras dessous, ils rejoignirent la première rangée et se faufilèrent tout au milieu. Un emplacement idéal qui fit frémir la jeune fille d'excitation. Pierre se pencha vers elle, et pendant que les spectateurs prenaient place, lui fournit quelques renseignements sur la troupe qui allait jouer devant eux.

Le Cercle Molière était une toute jeune troupe d'amateurs, créée à Saint-Boniface l'année précédente par trois passionnés de théâtre, un libraire québécois originaire de France, un douanier canadien, et un professeur de français d'origine belge. Les trois hommes avaient fondé cette compagnie dans le but de faire connaître la culture aux anglophones et francophones réunis, ceci afin de créer des liens.

Louise apprit ainsi que le clergé, déjà opposé au cinéma, considéré comme une source de dévoiement, ne voyait pas d'un bon œil une activité culturelle à Saint-Boniface. Les acteurs étaient donc obligés de jouer dans des salles de Winnipeg. Leur première pièce, présentée au prestigieux théâtre Dominion, avait connu un tel succès qu'ils continuaient à la donner aujourd'hui au théâtre Walker. Ils fourmillaient de projets ambitieux, dont *L'Arlésienne* d'Alphonse Daudet.

Le rideau s'écarta enfin de chaque côté, dévoilant la scène, très vaste. Un homme s'avança sur le devant, tout près de Louise et Pierre. Il remercia le public d'être venu et présenta la pièce : *Le monde où l'on s'ennuie*, une comédie en trois actes d'Edouard Pailleron. Puis il s'éloigna, la lumière se tamisa ; les trois coups furent tapés ; les acteurs montèrent sur scène.

Louise vécut ce moment théâtral comme une parenthèse enchantée. Elle s'amusa et rit avec les spectateurs en découvrant le monde pédant évoqué. Son regard suivait les acteurs dans leur jeu de scène, leurs allées et venues. Quand le rideau se ferma, elle fut déçue. Déjà terminé ? Non, ce n'était que l'entracte. La pièce reprit ensuite très vite et provoqua pendant une heure la joie du public, hilare devant les situations souvent très cocasses. Elle raffola du spectacle et ne tarissait pas d'éloges sur le jeu des acteurs. Il avait fallu qu'elle vienne au Canada pour vivre ça, se disait-elle avec un petit sentiment d'exaltation.

Ils arpentaient maintenant le boulevard Provencher. L'humidité commençait à descendre, Louise frissonna, juste un instant, mais suffisamment pour que Pierre le remarque et lui remonte son châle sur les épaules. Il resserra un peu plus l'étreinte de son bras pendant qu'ils poursuivaient leur promenade. Arrivés à proximité du pont Broadway qui enjambait la rivière Rouge, un attroupement au milieu de la passerelle attira leur attention. Quelqu'un devant eux s'écarta et leur libéra un passage. Dressée sur la pointe des pieds, Louise tentait de regarder par-dessus les épaules d'un homme qui lui bouchait la vue. Autour, les gens commentaient, en anglais ou en français.

— Pauvre femme, et quel malheur pour ces pauvres enfants…

Elle fronça les sourcils et poussa l'homme sans trop de ménagement. Un corps était allongé sur le sol, recouvert aux trois quarts d'une couverture. Près d'elle, elle remarqua deux enfants, enveloppés eux aussi dans des couvertures, petites formes repliées sur elles-mêmes dont on ne discernait pas non plus les figures. A terre, un objet bizarre, écrasé, parmi un assemblage de tissus très sales. Et maintenant qu'elle s'était approchée, un parfum s'exhala qui lui rappelait quelque chose… ou quelqu'un. Un parfum de jasmin. Louise soudain se sentit vaciller. Elle avait reconnu cette femme. Un hurlement sortit de ses entrailles. Pierre la regardait avec des yeux inquiets.

— La poupée ! Sa petite fille !

— La petite fille de qui donc, Louise ?

Elle ne répondit pas, hagarde. Un policier s'approcha d'elle.

— Vous la connaissiez, mademoiselle ?

— Oui… Non…

— Oui ou non ?

— Oui. Elle s'appelle Marishka. Je l'ai rencontrée sur les quais de Halifax, il y a six mois, à mon arrivée de France. Ses enfants dormaient contre elle. Mon Dieu ! Ce n'est pas possible. Je me souviens encore, elle m'avait offert un châle pour Rose. Celui que j'ai aujourd'hui ! Je ne l'ai jamais revue ensuite. Que s'est-il passé ?

— Un suicide, hélas ! Des passants sont arrivés trop tard pour la retenir. Nous n'avons trouvé aucun papier sur elle, et impossible de faire parler ses enfants.

Louise sanglotait, effondrée.

— Laissez-moi approcher, je veux la voir.

Une religieuse l'en empêcha.

— Non, je vous en prie, c'est inutile.

— Mais les enfants, que vont-ils devenir ? Laissez-moi les approcher !

Elle repoussa brutalement la main de Pierre.

— Ne vous inquiétez pas pour les enfants, notre communauté va les prendre en charge et ils seront certainement plus heureux qu'ils n'ont dû l'être depuis leur arrivée.

Le policier hocha la tête :

— Un drame supplémentaire de l'immigration, de la misère, ce ne sera pas le dernier avec l'hiver qui arrive. Estimez-vous heureuse, mademoiselle, si vous avez réussi à vous en sortir. Allez, écartez-vous, il n'y a plus rien à voir.

La foule se dispersa, Louise et Pierre furent contraints d'en faire autant. L'image de Marishka, sans vie sous la couverture, la hantait tout comme la vision des enfants et de la poupée. Cette poupée que la petite suçotait, dans les bras de Marishka, sur la passerelle de Halifax, un soir d'avril.

Louise s'était un peu calmée, mais elle n'avait plus le cœur à rire et s'amuser. Elle pria Pierre de la ramener à la gare et le quitta rapidement sur le quai, trop bouleversée pour éterniser les au revoir. Le visage appuyé contre la vitre, elle l'enfouit dans le châle pour essayer de retrouver ce parfum de jasmin, et lorsque le train démarra, elle ne chercha plus à contenir ses larmes.

47

Elles le redoutaient, appréhendaient sa venue depuis quelques semaines. Il surgit sans crier gare. Les deux dernières semaines de septembre avaient pourtant été marquées par de fortes pluies qui laissaient déjà présager un changement à venir et les températures chutèrent considérablement. Louise et Juliette durent se résoudre à sortir les gilets de laine. Mi-octobre, l'hiver faisait son entrée en fanfare, bombardant le paysage de gros flocons blancs. Léon avait prédit que l'hiver serait rude, mais pas que la neige arriverait aussi tôt dans la saison.

Rose fut bien la seule à se réjouir de ces gros flocons. Louise s'enthousiasma beaucoup moins en découvrant, au petit matin, l'amas de neige derrière la porte. Mais déjà Tobie arrivait avec une pelle et il dégagea un passage en un rien de temps. Rose, surexcitée, avait déjà enfilé toute seule les bottes achetées quelques jours auparavant chez Hince Bros. Elle repoussa la main de sa mère qui voulait l'aider à marcher dans la neige.

— Toute seule, maman, je suis grande.

Gênée par ses bottes, un peu trop grandes pour elle, et son sac de classe accroché dans le dos, elle progressait dans la neige en se dandinant d'un pied sur l'autre. Elle se releva d'une première chute en riant aux éclats.

— Sois prudente, je t'en prie.

Louise aperçut Rose câliner les joues râpeuses de Tobie avec ses mains recouvertes de mitaines, puis la charrette devint invisible en tournant dans le chemin.

A son retour de Winnipeg, quelques semaines auparavant, Louise était allée trouver le père Joseph.

— Mon père, j'ai eu récemment une discussion très intéressante avec Donatien Frémont, que vous connaissez très bien, n'est-ce pas ?

— Oui, absolument. C'est un très vieil ami, nous partageons beaucoup de valeurs.

— Il m'a mise au courant du fonctionnement de l'Association pour l'éducation française. J'ignorais complètement le problème.

— Vous avez raison, Louise, c'est à la fois un sujet important et très compliqué dans le contexte politique de ces dernières années. Je reconnais que j'aurais dû l'aborder avec vous.

— Cela me gêne de devoir vous le demander, car j'ai beaucoup de respect pour vous.

— Comme a dû vous l'expliquer Donatien Frémont, je suppose, le gouvernement manitobain a supprimé le bilinguisme dans les écoles et nous impose de donner les cours essentiellement en anglais. Les cours de français ne peuvent donc désormais se faire qu'après les heures officielles.

Il s'éclaircit la voix et reprit :

— Louise, comprenez bien : la langue française est la gardienne de la foi. Si les Canadiens français perdent leur système scolaire francophone, ils abandonneront leur foi chrétienne. J'ai parfaitement conscience que j'exige de vous une désobéissance civile. Mais nous sommes obligés de résister pour conserver la langue de nos ancêtres. Dans les faits, et notamment dans la classe de Rose où il n'y a que des enfants francophones, les cours sont maintenus en français même pendant les heures officielles.

Il se racla la gorge puis poursuivit :

— Les institutrices dans les villages francophones ont l'habitude. Si un inspecteur doit passer, elles cachent les livres en français pour mettre en évidence ceux en anglais.

— Mais vous vous rendez compte de ce que vous me demandez ? Je suis une immigrée, en situation instable, et vous voulez que j'enfreigne les règles ?

— C'est un secret de polichinelle ! Je suis persuadé que les hautes sphères politiques sont au courant et ferment les yeux. De toute façon, vous ne risquez absolument rien, seule l'Association est responsable de ses actes.

Le problème dépassait Louise et lui posait un cas de conscience, aussi bien par rapport à ses obligations citoyennes que pour la part importante que prenait l'Eglise dans sa vie. Ses parents lui avaient donné une éducation chrétienne, certes ; mais elle craignait une ascendance trop grande du père Joseph et ne voulait pas faire de sa fille une grenouille de bénitier, comme l'aurait souligné Juliette avec aplomb. Elle se demandait ce qu'aurait fait sa mère, en pareille situation. Celle-ci lui manquait tellement, l'éloignement était devenu irréversible.

— Laissez-moi réfléchir, vous voulez bien. La nuit porte conseil, je viendrai vous donner ma décision très vite.

La fin de semaine venue, Louise exposa à Juliette le problème de l'école. Celle-ci parvint à convaincre son amie, avec beaucoup de philosophie, qu'il n'existait pas d'alternative.

L'hiver était bien installé, mais Tobie ne semblait pas décidé à vouloir rejoindre sa maison dans la montagne. Pour la plus grande joie de Louise, qui ne savait pas comment elle aurait fait pour amener Rose à l'école. Tobie avait d'ailleurs recouvert sa charrette d'une large bâche en cuir, fermée sur les côtés pour se protéger des intempéries.

Passé les premiers jours du plaisir de la découverte, Louise se rendit bien compte qu'elles n'étaient pas au bout des difficultés. Léon l'avait prédit, l'hiver serait ardu. Les pelures d'oignon n'avaient pas menti, le froid se renforçait.

Elles piochèrent dans leurs économies pour s'acheter des chaussures de neige. Juliette confectionna à la hâte des capes et des caleçons de laine.

Ces économies, Louise y veillait précieusement. Chacune d'elles déposait ses gages dans deux boîtes séparées, en attendant de les placer à la Banque canadienne. Il avait fallu payer les livres, en français et en anglais, les cahiers, les crayons pour Rose. Heureusement, l'Association pour l'aide à l'éducation française en avait pris une partie en charge.

Elle se réveillait parfois la nuit, minée par l'angoisse de ne pas réussir à survivre. Il n'y avait pas lieu de s'inquiéter pour l'instant, mais elle gardait en tête l'image de Marishka et ses enfants, sur le pont de Broadway.

Avec l'hiver reprirent les longues veillées. Les hommes jouaient au whist, les femmes discutaient entre elles. Guillaumette était présente et se félicitait d'avoir embauché Juliette. Le magasin avait, comme elle l'espérait, gagné en clientèle. Juliette s'épanouissait et s'investissait tellement dans son activité qu'elle prenait même des initiatives auprès des clientes et jouait parfois les patronnes, ce qui ne gênait nullement la vraie, bien au contraire. Elle avait assez à s'occuper avec le magasin de son mari, à côté.

Le premier dimanche de novembre, les équipes de hockey sur glace de Saint-Claude et de Notre-Dame-de-Lourdes s'affrontaient pour la compétition annuelle. En début de matinée, Pierre débarqua à la ferme. Louise ne l'avait pas revu depuis la fin août. Elle eut du mal à cacher sa joie devant son amie, qui ne fut pas dupe. Elle aussi appréciait de revoir ce beau jeune homme toujours élégant, encore plus dans sa tenue décontractée et sportive.

— Je suis venu faire un article sur la compétition de hockey, et cela me permettra aussi de vous interroger sur ce début d'hiver. Donatien s'en est inquiété.

Louise aurait préféré qu'il lui avoue venir pour elle. Et regretta aussitôt cette pensée égoïste.

La patinoire se trouvait en plein air, le long de la First Street. Des bancs, installés en escalier de chaque côté, permettaient au public de ne rien manquer du spectacle.

Les deux jeunes filles vibrèrent avec les joueurs locaux et les encouragèrent avec autant de véhémence que la foule d'habitués. L'équipe de Saint-Claude gagna de justesse.

— Ils nous ont offert un beau spectacle, pour des amateurs. Evidemment, ils ne pourront jamais atteindre le niveau des Falcons de Winnipeg.

— Qui sont ces Falcons, Pierre ?

Il lui répondit comme si c'était une évidence :

— Mais voyons, ce sont les premiers joueurs de hockey canadiens à avoir remporté la Coupe Stanley et ensuite la médaille d'or lors du premier tournoi olympique en 1920 à Anvers, en Belgique. Bien que tout jeune dans le métier, j'ai eu la chance de couvrir l'événement avec mon directeur. L'équipe était constituée de joueurs d'origine islandaise qui ont longtemps été victimes de discrimination, car issus de l'immigration. Cette victoire en a fait des héros nationaux !

Le match terminé, Pierre les raccompagna à pied jusqu'à la ferme et remplit son petit carnet de notes en leur posant quantité de questions. Avant de reprendre la route, il prit à part Louise.

— J'aimerais vous inviter à faire du patin à Saint-Boniface.

— Mais je ne sais pas patiner et je n'ai pas de chaussures.

— Ne vous préoccupez pas de cela. Je vous enverrai un mot prochainement pour vous confirmer le jour. Nous en profiterons pour aller voir Donatien, et ensuite j'aurai tout le loisir de vous apprendre. D'accord ?

— Je ne vous promets rien.

— Je vais vous faire un aveu, vous m'avez manqué durant ces deux mois.

Enfin ! Il lui disait ce qu'elle attendait.

— Je viendrai, Pierre, vous m'avez manqué aussi.

Allongée dans le lit, le dos tourné à Juliette, Louise repensait à Pierre. Elle s'était laissé aller à lui confier qu'il lui avait manqué et regrettait son impulsivité.

Et pourtant, elle devait bien l'admettre, le visage du jeune journaliste se substituait désormais à celui de Marius.

Juliette se retourna et lui souffla à l'oreille :

— Profite, ma chérie, ne laisse pas passer ta chance.

Etait-elle donc un peu sorcière pour avoir deviné ses pensées ?

— Tu as le droit d'être heureuse, n'oublie jamais cela.

— Mais j'ai honte, ma Juliette. Honte de déjà penser à un autre homme que Marius, honte de te laisser seule pour courir, si cela se trouve, après une illusion.

— Quelle histoire ! Vis le moment présent et prends ce qu'il y a à prendre, foi de ton amie Juliette qui t'aime. Et dis-toi bien que tu n'es pas la seule à avoir ce genre de pensées. Je n'ai pas fait un aussi long chemin à travers l'océan pour enfiler les chapelets à l'église du père Joseph, moi j'te l'dis ! Je te fais le serment, ma petite Louise, de trouver rapidement un beau Canadien. Bordel ! Il m'attend quelque part, j'en suis sûre ! Un homme très grand, très costaud, avec des bras larges comme une armoire charentaise qui me soulèveront pour me faire passer la porte de la maison de rondins construite spécialement pour moi. Bien sûr, nous aurons beaucoup d'enfants et tu seras la marraine du premier. Et pour les autres, on verra !

Elles s'esclaffèrent en se cachant sous le drap pour ne pas réveiller Rose.

48

Mi-décembre, Léon annonça à table qu'il irait le dimanche suivant pêcher les poissons des petits chenaux avec Edouard, le mari de Guillaumette, et Tobie. Juliette questionna :

— Comme c'est mignon, ce nom. Qu'est-ce que c'est exactement ?

— Ce sont des poulamons que l'on pêche sous la glace, quand celle-ci est très dure. Normalement, l'ouverture de la saison se fait plus tard, fin décembre ou janvier, mais l'hiver est précoce cette année et la couche de glace suffisamment épaisse.

— Oh ! Mais c'est formidable, ça. Vous allez m'amener, dites, Léon ? J'aimais bien aller voir les pêcheurs sur la Charente.

Léon leva les yeux au ciel.

— La pêche sur la Charente ! Comme si c'était comparable ! Et puis de toute façon, vous autres, les créatures[1], vous n'avez pas d'affaire là[2].

1. Les femmes, dans le parler populaire des Canadiens français.

2. Votre place n'est pas là.

— Et pourquoi donc, booô… ?

Juliette retint à temps le sacre.

— Mais… mais… Parce que c'est ainsi, tudieu ! Et parce qu'en principe c'est une pêche qui se fait de nuit !

— Eh bien ! J'insiste, je souhaite vous accompagner !

Il la regarda avec de gros yeux ronds, tâta un instant sa jambe de bois.

— Vous êtes bien insolente, demoiselle.

— Et vous aimez bien ça, monsieur !

Gabrielle avait suivi leur joute oratoire d'un œil amusé.

— Je vois que tu as trouvé aussi corniaud que toi, mon homme ! Et pourquoi tu ne l'amènerais pas à la pêche, cette jeune fille ? Donne-moi une bonne raison pour ça.

Léon bougonna :

— Tu sais bien que nous avons de la route à faire pour aller jusqu'au lac. Et pi ! occupe-toi donc de la maison au lieu de te mêler de ce qui est une affaire d'hommes.

Les mains sur les hanches, Gabrielle se campa devant lui et le regarda droit dans les yeux :

— Léon, ça n'est vraiment pas une bonne raison, à c't'heure. Alors, sais-tu quoi ? Dimanche, vous les amenez à la pêche, j'en ai décidé ainsi.

Juliette ajouta, d'une petite voix, inquiète de la réaction qui allait suivre :

— Il y aura Rose aussi avec moi, puisque Louise va à Winnipeg, et que je lui ai proposé de garder sa fille.

Léon s'était levé, furieux, mais Gabrielle le fit rasseoir d'une main ferme sur son épaule.

— C'est une très bonne idée. Il est temps que les choses changent dans cette maison. Donc c'est décidé, vous irez pêcher tous les cinq. Ça fera du bien à Juliette de sortir, et pour la petite, elle va respirer un bon air. C'est excellent pour la santé. Vous avez intérêt à m'attraper pas mal de poissons pour la friture du soir, vous autres !

C'est tout excitée que Juliette monta dans la voiture d'Edouard, le dimanche matin. Léon avait tenté de l'en dissuader en lui expliquant qu'il faudrait partir de bonne heure pour rejoindre le lac Swan. Ce n'était pas une heure pour qu'une femme et une enfant se lèvent. Mais, à cinq heures, Juliette l'attendait de pied ferme dans la cuisine. « Abrillez-vous chaudement », avait conseillé Gabrielle. Louise insista sur les recommandations d'usage :

— Tu ne lâches pas la petite, surtout. Je compte sur toi. Et tu veilles à ce qu'elle n'ait pas froid.

Louise avait entière confiance en Juliette. Une heure plus tard, elle prenait à son tour le train pour Winnipeg. Elle retrouva Donatien avec beaucoup de plaisir.

— Acceptez de prendre un verre avec nous, ma chère Louise. Je sais qu'en France, les femmes ont le droit d'accompagner les hommes dans les bars, mais hélas, au Manitoba, vous n'aurez pas loisir de le faire, la prohibition américaine et les ligues bien-pensantes ont fait des ravages qui ont du mal à disparaître. Mais chez moi, il n'y a point de prohibition qui tienne devant le plaisir de partager un bon vin avec des amis. Je vous ai préparé un petit malbec argentin dont vous me direz des nouvelles. Vous savez que ce vin est issu d'un cépage originaire de France, de Cahors précisément ? On l'appelle le raisin français.

Il pouvait bien lui dire tout ce qu'il voulait, Louise ne connaissait absolument rien au vin. Du vin, elle connaissait juste celui que son père diluait dans beaucoup d'eau, le dimanche midi, en ayant coutume d'affirmer :

« Bois ça, ma fille, le vin est bon pour la santé et ça te donnera les joues roses. »

Elle aurait volontiers préféré s'abreuver de limonade aux bulles si rafraîchissantes, ce qui était hélas plus rare, car réservé aux jours de fête. Par la suite, avec Marius, elle en avait bu, non dilué cette fois-ci. Elle aima la sensation étrange de cette première gorgée de vin qui s'écoulait lentement dans la gorge, savoura plus intensément à la deuxième gorgée la chaleur du liquide, ses notes aromatiques sensuelles. Décidément, ce malbec était bien ensorcelant. Ou était-ce la présence de Pierre qui ne la quittait pas des yeux ?

Donatien la fit parler sur sa famille, son enfance.

— Mon Dieu, Louise, que me rappelez-vous là ! Les fritures d'anguilles, mais c'est toute mon enfance. J'avais oublié et voilà que vous m'en redonnez le goût à la bouche. Toutes fraîches pêchées du matin, le cousin Marcel les faisait griller sur des sarments de vigne et nous les mangions avec les mains en accompagnant la descente d'un petit verre de gros-plant ou de muscadet.

Elle s'appuya plus qu'il ne fallait au bras de Pierre quand il s'agit de rejoindre la patinoire, en début d'après-midi, et ce n'était pas seulement dû à la chaussée rendue glissante par la neige. Chaussée de jolies bottines achetées au magasin d'Edouard, elle voulait surtout éviter de s'étaler devant le journaliste !

Voitures et vélos continuaient à circuler. L'agitation était toujours aussi intense qu'en été, peut-être plus même.

Sa surprise fut grande devant la patinoire. Géante était le mot qui la caractérisait. Aussi loin que ses yeux pouvaient regarder, elle apercevait des couples, des enfants évoluer sur la glace de la rivière Assiniboine transformée en piste de patinage. Un spectacle pittoresque, bigarré, créé par les circonvolutions rapides et aisées des patineurs.

— Tenez, prenez ces chaussures, Louise. Elles devraient vous aller, je pense, je les ai empruntées à ma sœur.

Louise ignorait qu'il avait une sœur et en conclut que, tout compte fait, elle ne savait rien de lui. Les patins étaient un peu grands pour elle, mais en serrant bien les lacets, cela faisait l'affaire.

Déjà Pierre lui avait empoigné le bras et la poussait vers les côtés de la piste glacée. Elle poussa des petits cris effarouchés :

— Eh là ! Pas si vite, je vais tomber !

— Mais non, je vous tiens, accrochez-vous bien à moi.

Ah çà ! Elle s'accrochait ! Il était impossible de tenir debout avec ces fichues chaussures ! Les autres patineurs les frôlaient parfois dangereusement. Très à l'aise, Pierre essayait de prendre de la vitesse ; elle manqua de peu glisser et tomber en arrière.

— Pliez vos genoux, Louise. Ne restez pas en arrière, penchez-vous plutôt vers l'avant pour garder l'équilibre.

Elle l'écoutait à peine, obnubilée par l'idée de ne pas tomber. Mais la peur n'évite pas le danger et elle se retrouva à ses pieds. Honteuse ! Lui plié de rire ! Elle essaya de se relever mais dut accepter l'aide du jeune homme. L'exercice l'agaçait, elle lui lâcha le bras dans un mouvement d'énervement.

— Laissez-moi faire, je vais y arriver toute seule.

Et de fait, un quart d'heure plus tard, après deux nouvelles chutes, elle parvenait à se maintenir droite sur les patins et à évoluer sur la glace.

— Regardez, Pierre, j'y arrive. Je glisse, c'est magnifique !

Il l'entraîna vers le centre. Elle se laissa guider et réussit même progressivement à prendre un peu de vitesse. Pierre avait lâché sa main et entourait sa taille de son bras. Ils avançaient presque à la même vitesse que les autres couples. De son corps svelte et souple, il faisait rempart contre les patineurs qui parfois passaient un peu trop près. Elle était toute petite à côté de lui, les vibrations de son corps à chaque mouvement lui procuraient un plaisir oublié, enfoui au plus profond de son cœur. Le vent, glacial, lui fouettait le visage. Ses joues avaient rougi, et ce n'était plus l'effet du malbec. Il faisait froid, mais elle ressentait au contraire une douce chaleur.

Plus tard, alors qu'elle s'apprêtait à monter dans le wagon, Pierre la retint :

— Louise, attendez.

Il prit son visage dans ses deux mains et lui déposa un baiser furtif sur les lèvres. Elle l'attendait, elle l'espérait tant, ce baiser. Elle s'abandonna sans résister. Quand elle rouvrit les yeux, quelques secondes plus tard, elle s'aperçut qu'il y avait du monde derrière les vitres du train à les observer en souriant ; elle s'écarta, gênée, et sauta sur le marchepied. Une place l'attendait près d'une vitre, lui permettant de suivre le jeune homme du regard. Quand la machinerie se mit en mouvement, l'enveloppant d'un nuage de vapeur opaque, elle put lire sur ses lèvres :

— Revenez vite, Louise… Je crois bien que je vous aime.

Elle ne cessa d'y penser pendant tout le voyage du retour. Mais comment pouvait-il l'aimer alors qu'ils se connaissaient depuis si peu de temps ? Plus elle se torturait à tenter de trouver une réponse à cette question, plus elle était obligée d'admettre qu'elle aussi sentait naître des sentiments troublants. Elle appréciait la désinvolture du jeune homme, son élégance, sa douceur mélangée à une aisance naturelle. Le visage de Marius s'interposa. Avait-elle le droit de l'oublier aussi vite ? Elle ferma les yeux et s'abandonna à la plénitude de cette relation naissante.

49

Louise avait prévu, comme d'habitude, de remonter à pied jusqu'à la ferme des Boisvert. Cela représentait à peine deux kilomètres, soit un peu plus d'un mille si elle calculait en distances canadiennes. Dans la neige, elle mettait un peu plus de temps, il lui faudrait à peu près trois quarts d'heure pour retrouver Juliette et Rose, qui seraient peut-être rentrées avant elle et auraient sûrement plein de choses à lui raconter après leur journée de pêche. Elle aussi avait hâte de relater sa rencontre avec Pierre.

Elle avait à peine posé le pied sur le quai que Tobie courait à sa rencontre :

— Tobie ? Vous êtes déjà de retour ? Mais que faites-vous là ? J'étais bien capable de rentrer seule et...

Elle s'interrompit. Le visage du jeune Métis n'était pas habituel. A ses traits ravagés, elle vit qu'il avait pleuré.

— Qu'y a-t-il ? Il s'est passé quelque chose ?

Il ne répondit pas tout de suite et l'aida à monter dans la charrette. Son silence oppressa Louise.

— Mais enfin, Tobie, allez-vous parler ? Vous me faites peur !

— Gardez votre calme, le médecin est arrivé, tout va bien se passer.

— Le médecin ? Quel médecin ? Que se passe-t-il ?

Cette fois, elle ne contrôlait plus ses nerfs.

— Rose ? Juliette ?

Il lui effleura les genoux, dans un geste apaisant. Elle le repoussa violemment, provoquant un mouvement de côté de la charrette. Il regardait droit devant lui, elle entendit sa voix, comme dans un cauchemar, lui souffler :

— C'est Rose…

Elle eut l'impression que tout s'écroulait autour d'elle et le regarda sans comprendre.

— Ne me dites pas que…

— Le médecin est auprès d'elle, ne vous inquiétez pas. C'est juste un accident.

Louise ne l'entendait déjà plus, elle poussa un long cri de détresse et quand la charrette contourna l'allée devant la ferme, elle était déjà descendue à terre. Elle courut vers la maison, comme une folle, dut se relever plusieurs fois après être tombée dans la neige. Son visage dégoulinait de sueur quand elle poussa la porte d'un coup brutal.

Ils s'écartèrent en silence et la laissèrent passer. Elle tomba à genoux devant le lit où reposait Rose. Le visage de la fillette était livide, ses paupières hermétiquement fermées. Pas un mouvement n'animait son petit corps recouvert de la couette. Louise l'entoura de ses bras, se pencha sur elle et posa son oreille sur sa poitrine pour essayer d'entendre les battements de son cœur. Elle attendait, guettait un souffle, rien qu'un petit souffle. Le bon Dieu avait dû l'entendre, le miracle se produisit, elle l'entendit enfin et poussa un cri de douleur et de joie mêlées.

— Elle vit, je l'ai entendue, elle vit, ma petite Rose, ma petite chérie.

Le docteur Staples s'était approché d'elle :

— Oui, mademoiselle, et je vais tout faire pour la remettre sur pied. Mais il faut que vous me laissiez faire mon travail.

— Non, je ne partirai pas d'ici. C'est ma faute, je n'aurais jamais dû l'abandonner.

La voix de Juliette s'éleva derrière elle, tremblotante :

— Non, Louise, tu n'as rien à te reprocher. C'est moi qui suis responsable par mon inattention. Je ne me le pardonnerai jamais.

Louise ne l'écoutait pas et berçait tout doucement sa fille :

— Rose, c'est maman qui te parle. Tu m'entends ? Je vais te chanter ta chanson préférée, tu veux bien ?

Un petit cochon,
Pendu au plafond,
On lui tire la queue,
Il pondra des œufs...

— Louise, il faut vraiment que tu la laisses se reposer. Fais confiance au médecin.

Gabrielle essayait à son tour de calmer la jeune fille. Léon, effondré dans le fond de la pièce, se tenait le visage dans les mains et sanglotait. Tobie tenait le bras de Juliette, elle aussi défigurée par les larmes.

— Mais que s'est-il passé ? Je veux savoir !

Tout avait pourtant commencé sous les meilleurs auspices quand ils étaient montés dans la voiture d'Edouard, aux premières heures de la matinée. Rose ne tenait pas en place, réjouie d'aller pêcher avec ses tontons Léon et Tobie. Depuis quelques jours, la fillette avait décidé, de manière péremptoire, que les deux hommes faisaient partie de sa famille, pour la plus grande joie des tontons en question qui se seraient damnés pour un seul de ses battements de cils coquins.

Seuls ses yeux brillants et bien ouverts malgré l'heure matinale apparaissaient au milieu de la montagne de châles, lainages et manteaux dont l'avait recouverte sa mère pour la protéger du froid. Douillettement calée contre la bedaine de Léon, elle s'amusait fort d'un nouveau jeu très excitant pour elle : tirer les bretelles du pantalon de son tonton qui, tel un gros matou que l'on caresse sur le ventre, affichait un sourire béat.

Le lac où ils avaient prévu de pêcher était entièrement gelé. Les trois hommes avaient l'habitude et savaient précisément les gestes qu'il fallait faire. Ils dressèrent une petite cahute en toile sur la rive, posèrent au sol une bâche et y abandonnèrent momentanément Juliette et Rose, le temps qu'eux-mêmes aillent creuser à la hache un trou dans la glace. Ils avaient le geste sûr, et ne mirent pas longtemps à extraire un bloc épais de glace pour dégager un cercle d'environ un mètre de diamètre.

Le vent du nord balayait la poudreuse tout autour de la tente. L'air piquait les yeux. Juliette serra Rose contre sa poitrine et l'enveloppa de sa grande cape, prêtée par Gabrielle. La petite tête de Rose arrivait juste sous son menton, leurs deux visages camouflés en partie par les cache-nez ne laissaient apercevoir que les yeux rougis par le froid. Le soleil commençait juste à se lever, éclairant les hommes d'un mince halo jaunâtre.

Rose n'arrêtait pas de questionner :

— Il fait quoi, tonton Léon ?

— Tu vois bien, il a creusé un trou pour y mettre sa canne.

— Et c'est quoi, une canne ?

— Eh bien, c'est ce qui sert à pêcher le poisson.

— Ah bon ? Et le poisson, il est sous la glace ?

— Mais oui, ma chérie.

— Ben alors, ils doivent avoir drôlement froid, les poissons… Pi, ils doivent être tout gelés au bout de la canne… Faudrait les réchauffer, marraine Juliette.

— Mais non, ils sont habitués, les poissons, ils n'ont pas froid.

Peu convaincue, Rose afficha une moue boudeuse, tout en continuant d'observer le manège des pêcheurs.

— C'est gentil, un poisson ?

— Bah oui ! Quelle question !

— Alors pourquoi on les mange ?

— Ah ! Bordel, tu arrêtes un peu de me poser des questions, Rose !

— Gabrielle a dit que c'était pas bien de sacrer.

— Tais-toi, Rose, tu vas faire peur aux poulamons. Ils ne viendront pas et Tobie et Léon nous gronderont. Nous ne pourrons plus revenir avec eux.

L'argument eut l'air de faire son effet, Rose se tut.

Les hommes avaient relié l'extrémité en bois de leur canne à des poids très volumineux qui reposaient sur la glace. Les cannes, ainsi maintenues, ne bougeraient plus. Sauf si un poisson, attiré par la crevette au bout du fil, s'y faisait prendre. Ils quittèrent provisoirement leur coin de pêche et rejoignirent la cahute. Juliette était frigorifiée, mais n'aurait en aucun cas voulu le montrer devant eux, de crainte qu'ils raillent son manque d'endurance.

— Y s'rait p't'être temps qu'on s'en mette une sous la langue, à c't'heure ! Ça m'a donné soif et faim, ce voyage.

Juliette les regarda avec dégoût, vu l'heure matinale, boire à même la bouteille de vin. Malgré tout, l'air frais lui avait ouvert l'appétit. Gabrielle leur avait préparé un bouillon de choux à la graisse de cochon, versé ensuite dans un récipient à double paroi de fer-blanc pour le maintenir au chaud. Ce liquide leur réchauffa le gosier, même Rose ne se fit pas prier pour en avaler. Léon, Tobie et Edouard s'allumèrent une pipe et, assis à même la neige hors de la tente, sans se préoccuper de l'humidité, observèrent de loin le trou qu'ils avaient creusé, dans l'espoir de voir bouger les cannes. Juliette avait repris un peu de couleurs, Rose aussi, qui jouait avec la neige. Le soleil se levait, sans pour autant réchauffer la température.

Les hommes retournèrent surveiller la pêche.

— Je vous accompagne, décréta Juliette. Rose, tu ne quittes pas la tente, je te surveille.

La petite la regardait de travers, d'une moue annonciatrice de larmes de crocodile.

— C'est un ordre ! Pas la peine de pleurer. Je n'en ai pas pour longtemps, je reviens avec toi après, d'accord ?

— D'accord !

Juliette tenait maladroitement sur la glace, mais elle réussit à se laisser glisser jusqu'au trou. Pour l'instant, rien ne bougeait, aucun signe de vie sous la couche glacée. Les hommes gardaient le silence, habitués à ces parties de pêche. Ce n'était pas le cas de Juliette qui n'avait pas imaginé que cela se passerait ainsi et se disait que, finalement, la journée risquait de paraître bien longue.

Deux heures passèrent sur le même rythme, immuable. La pêche ne donnait rien. Juliette avait rejoint la petite et l'occupait en montant un gros bonhomme de neige.

— Regarde, Rose, on dirait Léon.

Rose s'esclaffa. Léon n'avait pas saisi les paroles, mais il chuchota à l'oreille de Tobie :

— Je te dis, moi, que c'est à cause de ces bondiou de créatures si les poissons y viennent pas mordre. Elles auraient été bien mieux à la maison plutôt qu'à bardasser ici dans le froid. C'est pas un endroit pour des femmes.

Tobie ne répondit pas. Peut-être n'en pensait-il pas moins, mais il ne le laissa pas voir.

Ils n'étaient pas loin de s'assoupir, quand soudain Tobie, le premier, distingua des mouvements sur le fil de la canne. Léon l'attrapa à pleines mains et la releva d'un geste ample.

— On en tient un, on en tient un !

Juliette se releva, et comme la petite la regardait avec un grand sourire d'envie, elle ne résista pas :

— Bon, tu viens avec moi, Rose, mais tu ne lâches pas ma main et c'est moi qui vais te pousser sur la glace.

La prise était belle. Un gros poulamon, la gueule accrochée à l'hameçon, dardait sur eux ses yeux globuleux. Rose, assise, près de l'échancrure de glace, fit la grimace :

— Il a mal, le poisson.

— Mais non.

Léon empoigna le poulamon par le milieu du corps et le dégagea de l'hameçon d'un bref petit tour de main. La bête atterrit dans le seau. Les hommes le regardaient frétiller avec convoitise en imaginant déjà le beau rôti du soir ; Juliette était moins convaincue par la beauté du geste et l'observait avec une petite grimace, partagée entre le dégoût et la curiosité.

Penchés tous les quatre au-dessus du seau, ils avaient relâché leur attention auprès de Rose. La vision du poisson accroché par la bouche au bout du fil terrorisait la gamine. Ils n'étaient pas gentils, tous, peut-être que c'était une maman poisson et qu'elle avait des petits dans le trou. Elle décida qu'il fallait les protéger et se mit en tête de retirer sa cape pour recouvrir la plaie béante pleine d'eau. Dans le mouvement elle glissa, beaucoup trop près du trou. En quelques secondes seulement son petit corps plongea dans les profondeurs de l'eau glacée.

Ils se retournèrent en même temps, alertés par le bruit des éclaboussures, et découvrirent horrifiés le spectacle. Rose cherchait à se débattre, mais le froid l'engourdissait et sa tête s'enfonça dans l'eau.

Juliette hurlait. Léon et Edouard demeuraient tétanisés. Tobie prit aussitôt l'initiative. Il s'agenouilla au bord du trou et plongea son bras pour attraper la fillette. Malheureusement, Rose portait des vêtements beaucoup trop grands pour elle. Par l'effet du poids de la gamine qui s'enfonçait, une partie de ceux-ci étaient remontés à la surface. La main de Tobie s'entremêla dans la cape ; il s'énerva, la sortit rapidement avant de la jeter plus loin et s'allongea de tout son long sur la glace. Il put alors plonger les deux bras. Des cheveux lui balayèrent la main. Il imprima un petit va-et-vient des deux mains et réussit enfin à trouver la tête de Rose. Il passa une main sous son épaule puis fit de même avec l'autre. Il l'avait et, dans un grognement effrayant, il l'extirpa violemment de l'eau. Léon avait déjà retiré son manteau, par anticipation. Aidé de Juliette, hystérique, il ôta les vêtements mouillés de Rose et l'enroula dans le manteau sec.

Ils rejoignirent la rive et l'allongèrent sur la bâche. Tobie ouvrit légèrement le manteau et colla sa joue sur la poitrine de l'enfant. Le souffle était ténu.

— Vite, il faut rentrer à la ferme et appeler le médecin.

Le visage de Rose était violacé ; son corps complètement rouge. Le trajet leur parut interminable jusqu'à la ferme. Durant tout ce temps, Juliette et Edouard se relayèrent pour frictionner la fillette et la maintenir en vie.

50

Léon sortit de la chambre sans que personne n'y prenne garde. Tous les autres étaient restés au chevet de Rose après le départ du médecin.

Son visage grimaçait de douleur et de colère en même temps que ses bottes s'enfonçaient dans la neige ; ses gémissements s'élevaient au plus profond de la nuit, comme la complainte d'un loup sauvage. Il connaissait parfaitement le chemin, et malgré l'absence de lumière et ses difficultés pour marcher, il ne lui fallut pas longtemps pour rejoindre les abords du village.

La porte du presbytère n'était pas barrée ; il l'ouvrit pourtant d'un grand coup d'épaule et arrivé dans l'entrée, en bas de l'escalier, il s'arrêta quelques secondes, essoufflé. Son hurlement résonna entre les parois de bois.

— Joseph, satané curé, vous allez venir, sacrebleu !

Le père Joseph s'était réveillé en sursaut. Il n'avait pas pris le temps de s'habiller, et vêtu seulement d'une camisole de toile blanche, il descendit promptement l'escalier, tenant à la main une lampe à pétrole.

— Léon ? Mais vous n'avez pas honte de venir blasphémer dans la maison de Dieu à une heure aussi indue ?

Léon l'attrapa par les épaules et le secoua brutalement.

— Vous vouliez que j'aille à l'église ? Eh bien ! je vous fais la promesse d'y mettre les pieds, si votre bon Dieu me sauve ma petite Rose !

— Calmez-vous, Léon ! Sauver Rose de quoi ?

Le père Joseph le poussa fermement vers la cuisine où régnait encore une douce chaleur grâce à la cuisinière à bois.

Léon lui débita toute l'histoire. Arrivé à la fin, il éclata en gros sanglots convulsifs. Le prêtre le regardait, étonné. Mais soulagé aussi, au fond de lui-même, de voir la carapace de cet homme rustre et grossier se fissurer enfin pour montrer sa vraie sensibilité.

— Ce n'est pas juste, vous comprenez. S'il y en a un qui doit mourir, c'est moi. J'ai assez fait d'erreurs et de bêtises dans ma vie, mon heure est venue. Je donne ma vie en échange de celle de la petite. Regardez-moi cette satanée jambe de bois.

— Pas de sacres, Léon, je vous prie.

— Et alors ! C'est pourtant vrai que je ne suis plus bon à grand-chose. La preuve, c'est que par ma négligence, je vais peut-être perdre cette gamine, et ça je ne peux une seconde l'envisager. Ma pauvre femme me le dit tous les jours et elle a bien raison : je suis un imbécile.

— Léon, si j'ai bien compris votre histoire, vous n'êtes pas seul responsable. Vous avez tous les trois fait preuve de négligence. Mais il ne sert à rien de vous fustiger après coup. Qu'en pense le médecin ?

— Il a dit qu'elle devrait survivre, mais je ne lui fais pas confiance.

— Bon, vous voyez bien qu'il ne faut pas s'alarmer.

Léon lui prit les deux mains dans les siennes et les serra fort jusqu'à lui faire très mal.

— Vous le savez bien, vous, mon père. Vous l'avez deviné que je ne suis pas juste un vil mécréant. Je souffre tellement depuis mon retour de cette maudite guerre. Les cauchemars surgissent la nuit, sans crier gare, je revois des visages maculés de boue et de sang, des corps écartelés. Les cris de bête des blessés dans les tranchées martèlent mon esprit et m'empêchent de dormir. Je me réveille parfois, en sueur, parce que je crois entendre exploser près de moi une marmite, le nom donné aux obus par les poilus français. Soulagez-moi, père Joseph, éclairez-moi de votre lumière. Si votre Dieu n'est que bonté, comme vous l'enseignez au catéchisme et lors de vos prêches du dimanche, pourquoi a-t-il envoyé à la guerre tous ses enfants ? Et vous pouvez m'expliquer pourquoi, dans son immense générosité, il a laissé mourir de façon si atroce ces jeunes pères de famille partis défendre le pays ?

Le prêtre soupira. Expliquer que Dieu n'était pas maître du destin des hommes, qu'il les laissait juges de leurs actes ? Il s'était senti impuissant pour la première fois en essayant de soulager la souffrance des hommes qui revenaient brisés après des mois passés sur les fronts de guerre, en France ou à Salonique, ou la détresse des femmes dont les maris ou fils ne rentreraient plus.

— La foi, je l'avais aussi dans mon pays. J'ai accepté de le défendre par conviction. Et pourtant il nous avait trahis en 1916, en retirant à nous autres francophones notre droit à l'enseignement de la langue française, la langue de nos ancêtres. La langue était gardienne de la foi, vous nous l'aviez enseigné, n'est-ce pas ? Eh bien, la foi, je l'ai perdue en même temps que la langue, père Joseph.

Léon abordait là un débat douloureux.

— Quel adon[1] ! m'a-t-on dit à mon retour au village. Tout ça parce que j'étais revenu vivant, contrairement à d'autres. Vous parlez d'une chance. Je me suis moi-même retrouvé dans un bataillon avec des chefs, des soldats qui ne parlaient que l'anglais, dont j'étais incapable de comprendre les ordres. Ah ! Vous pensez bien que les petits francophones, on n'allait pas les regrouper entre eux, cela aurait été trop simple. Au lieu de ça, non, pfft ! dispersés, disséminés, oubliés. Alors, père Joseph, vos belles paroles ne pourront jamais laver cet affront ni soulager le désespoir des soldats sacrifiés dont j'ai fait partie. Et je pense avoir suffisamment payé mon tribut à la guerre.

Il donna un coup bref sur sa jambe invalide et poursuivit :

— Cette gamine, c'est la vie, c'est l'avenir auquel je crois. Je ne veux pas la voir partir. Je vous en fais

1. Effet du hasard, de la chance, dans le parler populaire des Canadiens français.

la promesse, croyez-moi, je ne reviendrai pas sur ma décision : si votre bon Dieu guérit Rose, mon postérieur se posera sur le banc de votre église.

Le prêtre sourit.

— Eh bien ! Nous allons arroser cela, et cochon qui s'en dédit, mon fils !

Il y avait, sur le côté d'un pan de mur, une porte en bois. Le père Joseph la tira vers lui et descendit un escalier. La curiosité poussa Léon à le suivre. Il ne fut pas déçu du spectacle : des dizaines, ou plutôt des centaines de bouteilles, recouvertes pour certaines de poussière, s'étalaient tout autour de ce qui était une cave.

— Ah ! Ben ça alors, il se disait bien chez les copains que vous fabriquiez votre vin de messe, mais j'ignorais que vous aviez de quoi abreuver tout le village pendant des mois.

— Vous oubliez que j'ai des origines jurassiennes et que je suis né dans une famille de vignerons. Chez nous, le vin, c'est une vraie religion.

Le père Joseph déboucha une bouteille avec d'infinies précautions, passa le culot sous son nez et respira en fermant les yeux. Puis il en versa dans un petit verre à pied pour Léon :

— Sentez-moi cet arôme, n'est-ce pas un cadeau divin ?

Léon l'avait déjà avalé d'un trait, avec force déglutitions. Le prêtre s'indigna :

— Mais vous êtes un païen ! Un rustre ! Un animal ! Ce vin se déguste lentement, il est l'expression de l'infinie générosité de notre Seigneur. Vous n'êtes même pas capable de l'apprécier. Je n'aurais jamais dû vous l'offrir.

Léon baissa la tête piteusement.

— Bon, passons pour cette fois, je mets ça sur le compte de votre peine. Je vous en sers un deuxième et surtout, vous prenez le temps de savourer chaque gorgée de ce nectar.

Léon ne se le fit pas dire deux fois. Il prit une première gorgée de vin, gonfla un peu les joues et le fit rouler dans son palais, ainsi qu'il avait vu faire son copain Edouard qui se disait grand amateur. Puis il le déglutit en essayant d'en conserver la saveur.

Il posa son verre et, les yeux étirés de plaisir, adressa un grand sourire au père Joseph.

— Mon père, votre vin, c'est un péché de ne pas le partager.

— Mais je le partage, mon fils ; seulement avec ceux qui osent venir pousser la porte du ministre de Dieu.

Léon allait répondre vertement, il se retint, car il n'avait pas oublié sa promesse. Il regardait maintenant le prêtre avec un petit air inquisiteur. Celui-ci comprit le message et lui servit un autre verre.

— Le dernier, et vraiment parce que je ne veux pas vous laisser partir bancal.

— Ah ! Ah ! J'aime votre humour, mon père. Bancal, je le suis, et pour longtemps encore si votre Dieu me prête vie. Mais il a intérêt à prêter vie encore de nombreuses années à ma petite Rose, sinon je vous garantis que…

— Tsss ! Tsss ! Taisez-vous, vous allez dire des bêtises plus grosses que vous, et pourtant c'est une chose qui ne doit pas être aisée !

Léon sourit lui aussi, cette discussion autour d'un verre l'avait déridé. Il quitta le brave prêtre avec une puissante et chaleureuse accolade et reprit le chemin du retour.

Quoique ! Une intuition lui traversa l'esprit. Le curé aurait-il répandu sur lui son aura de générosité ? Il fit demi-tour et se dirigea vers l'une des dernières maisons, à la sortie du village en direction de la gare. Point de lumière, bien entendu. Il frappa à la porte. Pas de réponse. Il frappa plus fort, se recula un peu et leva la tête :

— Félix ! Félix ! Ouvre-moi ! C'est moi... Léon.

La fenêtre s'ouvrit au bout de quelques minutes.

— Léon, mais que fais-tu ici ?

— Félix, tu ne me croiras pas, mais j'ai été transpercé par le bon Dieu !

— ...

— Ne rigole pas, c'est vrai. Et pas question que je rentre chez moi sans m'être excusé de ce que je te fais subir tous les ans, à la cérémonie du 14 Juillet.

— Bouge pas ! Je descends.

Léon termina sa nuit dans la cuisine de Félix. Le vin n'était pas aussi bon que celui du curé, mais cela ne les empêcha pas de vider une bouteille pour sceller leur nouvelle amitié.

Léon leva une main cérémonieusement, l'autre sur le cœur :

— Félix, je te promets sur la tête de ma bonne femme que jamais plus je ne te ferai reproche de t'être défilé pour la conscription.

— Bondiou, je ne me suis pas défilé et je l'ai payé chèrement puisque j'ai failli crever de la grippe espagnole pendant que tu étais à la guerre.

— C'est vrai ! Ce maudit père Joseph a raison, les voies du Seigneur sont décidément bien impénétrables. Je ne sais pas si y a un bon Dieu sur terre, mais m'est avis qu'y a quand même une justice.

Quand au petit matin Gabrielle sortit de la chambre où elle avait veillé Rose toute la nuit, avec Louise, Juliette et Tobie, elle trébucha sur le corps de Léon. Il gisait de tout son long, la tête dans la neige. Elle le retourna, affolée ; il lui répondit par un ronflement chargé d'une haleine avinée insoutenable. Elle le lâcha rudement, sans qu'il se réveille.

— Léon, je ferais mieux de t'envoyer à la prison finir la nuit et cuver ton vin comme tous les hommes chauds de ton espèce. Tu es vraiment un gros cochon.

Elle n'avait pas tout à fait tort, cette nuit-là Léon était devenu copain comme cochon avec Félix !

51

Rose avait-elle une constitution très solide, ou le Seigneur avait-il eu foi dans les promesses de Léon ? Dans la journée qui suivit, son visage reprit progressivement quelques couleurs rassurantes. Et quand elle ouvrit les yeux, en découvrant Juliette et Louise penchées au-dessus d'elle, ses premières paroles, d'une voix enrouée, furent :

— Les bébés poissons, faut pas les laisser dans l'eau froide. Ils vont mourir.

Juliette caressa le front de la fillette :

— Ne t'inquiète pas, Rosinette, Léon a remis la maman poisson dans le trou et comme ça, elle a pu s'occuper de ses petits.

— Tu es sûre ?

Juliette mit une main sur son cœur et avança l'autre vers l'enfant :

— Croix de bois, croix de fer, si je mens, je vais en enfer.

Rose lui dédia un petit sourire rassuré et referma à nouveau les yeux. Son sommeil était entrecoupé de toux caverneuses, mais le médecin leur certifia qu'elle était tirée d'affaire. Elle en était quitte pour une bonne bronchite. On avait évité la pneumonie. Louise la veilla le premier jour, puis la grand-mère Adrienne prit le relais pendant qu'elle travaillait à la laiterie. Juliette n'arrivait pas à se remettre de sa frayeur et refusa de dormir chez Guillaumette dans la semaine qui suivit. La santé de Rose s'améliorait de jour en jour. Elle ne fut jamais autant choyée que durant cette période.

La grand-mère lui préparait chaque matin un chocolat chaud avec le lait de la première traite. Gabrielle lui déposait sur sa table de chevet des crêpes au sirop d'érable. En soirée, avant qu'il ne passe à table, Léon lui rendait visite, fier de venir se faire tirer les bretelles par sa petite protégée.

Et il y avait Tobie. Oh ! Il lui avait bien sculpté une famille poisson plus vraie que nature pour laquelle Rose lui avait offert un « merci, tonton Tobie » entrecoupé de quintes de toux. Mais surtout, il venait lui raconter des histoires, et la petite, c'était bien le cadeau qu'elle préférait. Un soir, Louise le trouva assis à même le sol à côté du lit de Rose, les jambes repliées sous lui. Rose buvait ses paroles, captivée, avec un regard plein d'attention. Discrètement, elle l'avait écouté elle aussi.

— Je vais te raconter l'histoire de la Prairie du Cheval blanc. Tu veux bien ?

— Oui, raconte, tonton Tobie.

— Il était une fois un chef assiniboine qui avait une fille d'une très grande beauté. Elle était aussi jolie que toi, Rose. Tellement belle que tous les jeunes hommes voulaient l'avoir pour femme. Deux la courtisaient plus que les autres : un chef cri, et un chef sioux, les deux étaient rivaux du chef assiniboine. Finalement, le papa assiniboine décida que ce serait le chef cri qui épouserait sa fille, car celui-ci, en retour, lui offrait un magnifique cheval blanc, extrêmement rare. Un très grand trésor, tu sais, c'était un cheval que tout le monde convoitait, personne n'en avait jamais vu d'aussi beau. Donc arriva le jour du mariage. La jeune fille s'était parée de ses plus beaux atours, et je t'assure qu'elle était encore plus jolie et éblouissante que d'habitude. Le jeune homme, lui, est arrivé sur un cheval gris, mais il tenait par le licol le fameux cheval blanc. Et il y a eu une fête incroyable. Tous étaient heureux : les mariés, le père, les invités. Hélas, la fête fut gâchée. Les Sioux, figure-toi, n'ont pas du tout apprécié qu'un des leurs ne soit pas l'élu pour épouser la jeune fille et ils ont décidé de se venger en attaquant par surprise pendant les festivités. Et ils arrivaient de partout, tu aurais vu ça, c'était horrible. Heureusement, les mariés ont réussi à se sauver : le jeune homme sur le cheval gris, la jeune fille sur le cheval blanc. Ils ont erré longtemps, pendant des heures, et les Sioux les poursuivaient, et tu aurais vu les nuages de poussière que ça faisait, ma petite Rose. Impressionnant !

Tobie reprit son souffle, et sa voix se fit plus sourde.

— Les Sioux ont fini par les rattraper. Ils les ont visés avec leurs flèches et ont tiré. Ils les ont tués. Tous les deux. Seuls les deux chevaux échappèrent et galopèrent dans les plaines pour échapper aux méchants Sioux. Le cheval gris fut attrapé. Mais ils ne réussirent pas à avoir le magnifique cheval tant convoité. Et depuis ce jour, personne ne l'a jamais attrapé. Certains parfois l'ont aperçu errer, solitaire, dans les plaines. Il se dit que l'âme de la belle jeune fille assiniboine serait passée dans le corps du cheval blanc et que c'est elle qui erre à travers la prairie.

— Oh ! C'est triste, tonton Tobie.

— Je sais, Rose, mais les contes ne sont pas toujours gais.

En sortant, Louise ne put s'empêcher de lui demander pourquoi il faisait tout ça. Il éluda la question d'un geste et s'éloigna sans avoir répondu.

Rose récupérait ses forces et sa voix chaque jour un peu plus. Le dimanche suivant, les fidèles prirent place sur les bancs pour la messe. Le père Joseph vérifia, comme à son habitude, qu'aucune de ses ouailles ne manquait. Il allait commencer quand la porte s'ouvrit, en grinçant. Tout le monde se retourna sur Léon qui s'acheminait à pas furtifs, tout penaud, vers le banc du fond. Un rien malicieux, le père Joseph prit la parole devant tous et le héla :

— Mais je vous en prie, Léon, avancez devant. C'est un honneur que vous nous faites, autant que vous soyez au plus près du Seigneur pour communier avec nous tous.

Léon supporta le sarcasme en serrant les poings et lança une œillade complice au prêtre quand celui-ci but le vin de messe.

52

L'année 1927 démarrait. La première semaine de janvier, en fin d'après-midi, alors qu'elle s'apprêtait à rejoindre sa chambre après le travail à la laiterie, Louise fut appelée par Gabrielle.

— Demain, il faudra que tu sois au standard téléphonique du Telephone Office à douze heures précises. Germaine, la standardiste, est passée me dire que quelqu'un t'avait demandée depuis la France.

Louise resta interdite. Qui pouvait bien l'appeler ? Gabrielle n'en savait pas plus et ne fut pas en mesure de la rassurer. La jeune fille n'en dormit pas de la nuit. Elle pensait à sa mère, peut-être ses frères. Pourvu qu'il ne leur soit rien arrivé ! A moins que ce ne soit Jeanne ? La matinée fut interminable et Tobie lui proposa de l'amener au village dans la charrette pour gagner du temps.

A douze heures, elle attendait fébrilement à l'intérieur du bureau de standard. Derrière l'accueil, les deux préposées, Madeleine et Germaine, l'observaient avec curiosité.

Quand la sonnerie se fit entendre, elle entendit Germaine dire à la personne à l'autre bout du fil :

— Je vous la passe.

Puis elle cria à Louise :

— Décrochez et parlez, c'est pour vous.

Elle entendit une voix lointaine :

— Louise, c'est toi ?

Elle ne reconnaissait pas la voix.

— C'est Jeanne qui t'appelle, bonjour, Louise.

C'était donc elle ! Elle était à la fois soulagée et inquiète.

— Ce que vous m'avez fait peur ! Mais que se passe-t-il, il y a un problème ?

— Le courrier met trop longtemps à parvenir. Je veux juste te prévenir que j'ai pris un billet de bateau pour vous rejoindre à Saint-Claude.

— Nous rejoindre ?

Louise avait répondu si fort que les deux standardistes levèrent la tête derrière leur guichet.

— Oui, ce serait trop long à t'expliquer. Je viens vous retrouver au Canada !

— …

— Je sais que cela doit te paraître invraisemblable mais, Louise, il le faut. Et il faut que je t'avoue quelque chose… J'ai une surprise pour toi…

— Une surprise ?

— Oui, mais je ne peux pas t'en dire plus maintenant.

— Mais enfin, Jeanne, je vais m'inquiéter désormais.

— Non, non, il ne faut pas, je t'assure. Ce sera ton cadeau pour cette nouvelle année. Je te laisse, Louise, car la ligne passe mal. Je serai à Saint-Claude mi-février. Et ne t'inquiète pas pour mon logement, la standardiste m'a déjà dit qu'il y avait un hôtel sur place.

Louise n'eut pas le temps de répondre, un bip-bip la prévint que la conversation avait été coupée.

53

Louise se sentait envahie d'une immense tristesse depuis le début de l'année. Noël et le jour de l'An avaient pourtant été source de belles réjouissances qui avaient permis de définitivement clore le pénible accident de Rose. Trop intenses certainement, ces fêtes, tant il avait régné une agitation fébrile inhabituelle, pendant plusieurs semaines, entre les veillées chez les Boisvert, la préparation du repas de Noël avec Gabrielle, et les guignolées. C'était leur premier Noël sur le sol canadien, au lieu de s'en faire une fête, elle se sentait étrangère à ce branle-bas de combat.

Et pourtant, elle ne pouvait oublier les yeux pétillants de bonheur de Rose quand, avec Juliette, toutes les trois étaient montées dans les traîneaux pour rejoindre l'église et assister à la messe de minuit. Les flammes des bougies alignées sur le parvis éclairaient la neige d'une lumière irisée magique qui s'éparpillait en myriades de lueurs éphémères. Rose s'était émerveillée devant la crèche qu'elle voyait pour la première fois.

Pour le lendemain midi, c'est un vrai banquet que Gabrielle avait préparé avec, entre autres, les gibiers chassés par Tobie. Tourtières au cochon, poules d'eau en bouillon, un étonnant gigot d'orignal, purées de pois et gratins de choux, fromage frais de la ferme et enfin gâteau de Noël, un gros biscuit nappé de sirop d'érable.

Elle avait participé aux guignolées, cette généreuse et drolatique coutume qui consistait à faire en traîneau le tour des maisons du village en chantant sur le seuil pour quémander aux habitants quelques dons en nature destinés aux nécessiteux.

Et le 1er janvier, comme tout le monde, elle souhaita les vœux traditionnels de santé et bonheur, embrassa Gabrielle, Léon, les grands-parents, Tobie et les garçons de ferme. Et même les amis, venus pousser la porte et boire le petit verre de la nouvelle année. Pour Louise et Juliette, ce jour-là revêtait une autre signification. Ce 1er janvier 1927 ancrait de manière définitive leur présence sur le sol manitobain. Elles étaient plus que jamais animées par la rage de réussir, mais ne se cachaient pas la vérité. La route serait laborieuse. Pour l'instant, elle était pavée de neige et elles ne s'y adaptaient pas. Ce n'était pourtant pas faute d'avoir été prévenues. Mais pouvaient-elles imaginer la rudesse des tempêtes de neige, l'âpreté du vent, cinglant comme une gifle administrée à toute volée, les difficultés pour sortir de la maison, le matin, quand des congères en bloquaient la porte, les contrariétés perpétuelles pour se déplacer sur les chemins difficilement praticables où il leur arrivait encore trop fréquemment de se retrouver les fesses dans la neige. Les températures extérieures les affolaient en atteignant des – 40 °C.

A part dans la maison où le poêle assurait une chaleur constante, elles avaient toujours froid ; empilaient les chemises de corps, les bas, les caleçons et avaient même dû commander des vêtements plus chauds sur le catalogue Eaton. Quand elle y réfléchissait, il semblait à Louise que l'hiver n'était porteur que de tristesse et d'amertume. Juliette partageait son sentiment et allait même plus loin en comparant, selon ses mots, cette froideur de crotte, triste comme un jour sans pain, à l'austérité rigide de Fernande Coupaud, la mère de Marius.

Dès qu'elle avait sorti cette plaisanterie, elle s'était rendu compte de sa bêtise. Mais Louise en avait ri, et du coup, cela l'avait soulagée.

Seule Rose se trouvait dans son élément. A croire qu'elle était née dans des terres enneigées. Ce début d'année ramena à Louise la pensée de Marishka. Elle se demandait très souvent ce qu'il avait pu advenir de ses deux malheureux enfants. Cela l'attristait profondément et en même temps décuplait sa détermination. Elle avait fini par raconter à Juliette comment elle avait retrouvé la jeune Tsigane sur le pont entre Winnipeg et Saint-Boniface.

— Chienne de vie et bordel de crotte ! Je te le dis, ma Louise, ce ne sont pas les petits cochons manitobains qui nous mangeront, nous aurons leur peau, foi de Polonaise !

Juliette n'avait jamais évoqué ses racines polonaises depuis Halifax.

Avec elle, il fallait s'attendre à tout, elle n'était pas à une contradiction près et, alors qu'elle affichait un profond dédain pour l'Eglise et ses cérémonies, en ce 1er janvier, elle insista pour aller brûler un cierge.

— C'est juste de la superstition, et ne te réjouis pas trop vite, je ne le ferai qu'une fois par an.

Juliette s'épanouissait vraiment chez Guillaumette, en qui elle avait trouvé plus qu'une patronne. Pas vraiment une amie, parce que pour elle il ne pouvait y en avoir qu'une : Louise, mais une personne bienveillante, un tempérament de feu, un caractère bien trempé et une franchise à toute épreuve qui lui convenaient parfaitement. Son travail lui permettait en outre de déposer une obole non négligeable dans leur petite boîte d'économies commune.

Quelque temps plus tard, Louise reçut une lettre. Sur l'enveloppe, elle avait déjà reconnu l'écriture aux jambages si déliés. Pierre lui présentait ses vœux pour la nouvelle année et l'invitait à nouveau.

— Juliette, je crois bien que je vais faire une très grosse bêtise.

— Oh oui ! J'aime ça, raconte !

— Tu ne peux pas être sérieuse au moins une fois ?

— Mais je le suis et je t'écoute.

— Pierre veut me revoir.

— Et alors ? Où est le problème ?

— …

— Je sais, moi, ce qui te turlupine ! Ce garçon-là, il t'a plu dès le premier jour. Faut dire qu'il est beau comme un dieu ! Et avec ça, intelligent, enjoué, un petit côté artiste qui, j'en suis sûre, doit te plaire… Et puis voyons…

Juliette fit semblant de réfléchir :

— … Et puis, parlons clair, tu as envie de partager avec lui un peu plus qu'une partie de patinage ! Je me trompe ?

Les joues de Louise virèrent de couleur.

— Et alors ? Y a pas de mal à ça, ma petite, c'est la vie ! Envoie au diable ta fichue morale chrétienne !

Louise se sentait mal à l'aise, mais au fond elle savait bien que son amie avait vu juste sur tous les points. Elle se leva et parcourut la pièce à grandes enjambées :

— Mais oui, j'ai une envie folle d'aller le retrouver. Et je crois bien que j'ai envie aussi qu'il me prenne dans ses bras. J'aime son odeur, son parfum…

— Ah oui, je te l'accorde, il sent fichtrement bon, et encore, j'ai pas fourré mon nez dans son cou !

— Et en même temps, quelque chose me retient…

— Ah ! Mais tu es compliquée, ma Louise. Il te plaît, tu lui plais, y a pas à ergoter. Punaise, le jour où j'en trouve un, je t'assure que je saurai l'accrocher serré pour pas qu'il aille fricoter avec d'autres poissons des petits chenaux !

— Tu crois ?

— Ecoute, cela fait deux ans maintenant. De l'eau a coulé sous les ponts si je peux me permettre, et je pense qu'il serait temps que tu fasses ton deuil de Marius.

Louise l'avait écoutée avec intérêt. Elle ouvrit la porte de l'armoire et se planta devant la glace.

— Viens là près de moi, Juliette !

— ...

— Regarde comme nous sommes jeunes et belles ! 1927 va être l'année de tous les changements, foi de Maraîchine et de Polonaise ! Juliette, tu as toujours raison, je devrais le savoir !

54

Une nouvelle tempête de neige mit fin provisoirement à ses projets. Les routes étaient totalement bloquées, et la circulation en train rendue très difficile. Le mois de janvier passa sans que Louise ait eu la possibilité de se rendre à Winnipeg.

Juliette s'était réjouie elle aussi de l'arrivée prochaine de Jeanne, mais se demandait bien ce qui pouvait motiver un tel voyage, long et onéreux. Les deux jeunes filles commencèrent à compter les jours quand démarra le mois de février. L'impatience renforçait leur excitation. Le 15, le 16, le 20 février, toujours personne.

Un répit de quelques jours dans les températures laissa espérer une accalmie après plusieurs semaines de tempête. Cette rémission fut de courte durée ; les vents reprirent avec encore plus de violence leur course frénétique. Cet hiver ne finirait donc jamais.

Un après-midi, Gabrielle vint trouver Louise à la laiterie.

— Laisse ton travail et va plutôt aider la grand-mère Adrienne en cuisine.

Louise s'étonna de son ton autoritaire, mais elle n'avait pas pour habitude de discuter les ordres. Le cache-nez remonté, elle affronta de face la fureur des bourrasques, à leur paroxysme. Un tourbillon de vent et de neige s'enroulait autour de son visage, de son corps, retardant sa marche vers la maison, pourtant distante de seulement une cinquantaine de mètres de la laiterie.

La chaleur de la pièce était apaisante, elle retira son bonnet en entrant et s'ébroua les cheveux. Seulement à ce moment, elle s'aperçut que la grand-mère Adrienne était accompagnée d'une autre personne qui s'avança vers elle, les bras tendus.

— Jeanne !

Louise n'imaginait pas ressentir un tel bonheur en la revoyant.

Le soir même, Juliette les rejoignait. La tempête de neige n'empêchait pas les nouvelles de se propager très vite ! Guillaumette lui avait donné congé un peu plus tôt.

Elles avaient tellement de choses à se dire ! Jeanne voulait tout savoir sur leur nouvelle vie, leurs amis, leur travail. Rose ne quittait pas ses genoux et s'excitait en lui parlant pêle-mêle de l'école, Tobie, les bonshommes de neige, la charrette, et Jeanne s'extasia devant la justesse de son langage.

Louise osa enfin la question :

— Mais pourquoi avez-vous donc fait tout ce voyage ?

Jeanne répondit avec embarras ; les deux jeunes filles sentirent qu'elle n'avait pas dit toute la vérité :

— Vous me manquiez, n'est-ce pas une bonne raison ?

— Vous avez parlé de surprise au téléphone ?

— Oui, oui... Mais ça peut encore attendre, d'accord ? Une surprise, ça se ménage.

Elles soupèrent toutes les quatre dans la chambre pour mieux profiter de leur intimité, et Jeanne, fatiguée par le long voyage en train, prit congé de bonne heure afin de rejoindre l'hôtel où Tobie la déposa avec sa charrette.

Dans la nuit, le temps se calma enfin, les vents s'éloignèrent pour disparaître complètement au petit matin. La journée démarra sous un beau soleil.

Jeanne avait rapporté plein de petits cadeaux : une poupée pour Rose, des revues françaises de couture et des patrons dernière mode pour Juliette, un collier de perles pour Louise.

— Ce collier était à ma grand-mère, je ne le mets jamais. Il t'ira beaucoup mieux qu'à moi.

— Vous avez prévu de rester combien de temps ?

— Je dois reprendre le bateau à Halifax fin mars, dans un mois exactement.

Un mois à passer ensemble ! Les jeunes filles s'en réjouirent à l'avance. Plusieurs fois, Juliette titilla Jeanne, tournant autour du pot pour savoir ce qu'était la surprise, sans obtenir de réponse.

Louise prépara des crêpes. Rose, à genoux sur sa chaise, les tartinait de sirop d'érable et Jeanne les dégustait avec des hum ! et des ho ! gourmands.

— Assez, Rose ! Si j'en mange encore une, tu pourras t'amuser à me rouler dans la neige, je serai ronde comme une boule !

Jeanne souhaitait partir de bonne heure, en début d'après-midi. Elle prétexta avoir mal dormi la nuit précédente et les quitta en leur promettant de revenir dès le lendemain matin.

Rose et Juliette jouaient dehors, après le départ de Jeanne. Louise commençait à griffonner quelques notes sur son journal. Soudain, elle aperçut un sac sur le lit de Rose. C'était celui de Jeanne. Zut ! Elle l'avait oublié.

Elle continua à noircir les pages de son journal pendant une heure. Son regard se porta à nouveau sur le sac. Et si elle le rapportait à Jeanne ?

— Ne t'inquiète pas, Juliette, je vais juste au village et je reviens avant la nuit.

Gustave, à l'accueil, lui expliqua :

— Vous montez au premier et c'est la dernière porte à droite.

Louise monta les marches quatre à quatre. Elle était heureuse de créer à son tour la surprise. Elle frappa, il lui sembla entendre des voix dans la pièce. Mais Jeanne était-elle bien seule ? Elle fronça les sourcils, entendit des pas sur le parquet, la porte s'ouvrit. Le visage de Jeanne s'interposa dans l'entrebâillement, affolé. Louise porta son regard à l'intérieur de la pièce. Elle avait raison, il y avait bien quelqu'un d'autre. Elle distingua dans l'embrasure de la fenêtre une ombre, une forme. La personne s'avança.

Louise vacilla, prise d'un étourdissement. Jeanne l'entoura de ses bras et referma la porte derrière elles.

55

Jeanne s'approcha de Louise, prostrée sur le lit. La jeune fille la repoussa énergiquement mais regretta immédiatement son geste d'humeur et s'excusa :

— Pardon, pardon ! Mais pourquoi ? Pourquoi m'avoir laissée dans l'ignorance ?

L'homme s'agenouilla à ses pieds, et enfouit son visage dans son giron. Marius ! Marius était dans cette chambre ! Elle l'avait aussitôt reconnu, il n'avait pas changé. Si, maintenant qu'elle l'observait, il avait maigri, ses joues s'étaient creusées. Mais ses yeux, ses yeux noirs tant aimés qui l'avaient fait chavirer, étaient toujours les mêmes et la fixaient maintenant avec acuité, dans l'attente d'un geste de sa part.

Elle ne pouvait pas ! Etait dans l'incapacité même de le toucher, lui caresser les joues, les cheveux, la main, alors que ses yeux à lui imploraient un geste tendre. Tétanisée par la douleur, tout en elle se refusait aux effusions. Elle s'était murée dans le silence, le visage totalement hermétique. Cette attitude avait le don d'agacer sa mère quand elle était petite.

« Laisse-la donc bouquer, disait-elle à son mari, ça lui passera avant que les poules aient des dents. »

Mais non, elle ne bouquait pas. Les grands ne comprenaient jamais. Elle voulait retourner à l'état de bébé, avait envie de se replier comme un fœtus dans le ventre de sa mère. Retrouver la douceur bienfaisante du liquide amniotique et se laisser flotter ; pour oublier, chasser l'évidence.

Cette évidence l'anéantit : Marius n'était pas mort. Il était même bien vivant et se tenait là, devant elle, le visage grave. Elle ne comprenait plus rien. Elle avait bien assisté à la messe donnée en sa mémoire pourtant.

Les larmes perlèrent au coin des paupières, elle leva une main, doucement, frôla ses cheveux et sursauta à leur toucher.

Elle hésita juste une seconde, ses yeux croisèrent le regard implorant de Jeanne. Elle enfonça enfin ses doigts dans la chevelure épaisse de Marius, appuya sa tête contre la sienne et ne chercha plus à maîtriser son émotion.

Entre-temps, Juliette s'était inquiétée de ne pas voir revenir son amie. Craignant qu'il ne lui soit arrivé quelque chose en chemin, elle laissa Rose aux bons soins d'Adrienne et rejoignit le village sans l'avoir croisée. Elle se rendit directement à l'hôtel.

— Votre amie est là-haut, vous pouvez monter, lui lança Gustave.

Son soulagement fut de courte durée ; la stupéfaction à la hauteur de la surprise qui l'attendait dans la chambre. Non, ce n'était pas une hallucination !

Elle crut défaillir et s'accrocha au chambranle de la porte. Jeanne s'approcha d'elle, lui prit la main fermement :

— Laissons-les, Juliette, je pense qu'ils ont beaucoup de choses à se dire.

Louise et Marius étaient seuls, mais ni l'un ni l'autre ne trouvaient les mots ni ne savaient comment rompre le silence.

Comment Marius pouvait-il expliquer l'impensable ? Des mois pourtant qu'il l'envisageait, retournait les mots dans sa tête. Il y aurait tant à lui dire, tellement à raconter à sa bien-aimée. Parce que pas un instant il n'avait douté qu'il finirait par la retrouver. Cette évidence l'avait aidé à vivre, à surmonter les douleurs, les souffrances. Et là, maintenant qu'il était devant elle, l'émotion prenait le pas et l'empêchait de parler.

Les images de la tempête, du naufrage du *Patrie* resteraient à jamais gravées en lui. Certaines nuits, il lui semblait encore entendre les rafales infernales. L'obsédaient encore et toujours les yeux grands ouverts de Louis, le patron, quand son corps s'était enfoncé dans l'eau bouillonnante, pour ne plus remonter à la surface. François, le jeune mousse, avait lui aussi disparu, alors que tous deux tentaient de s'accrocher à une planche qui flottait. Il ne se souvenait pas de l'avoir vu couler, tout juste était-il sorti de son champ de vision.

La carcasse de la gabare s'était fendue en deux en heurtant un chêne tombé au milieu du fleuve, sous la démence frénétique du vent. Ces mêmes assauts qui l'avaient bousculé, entraîné à son corps défendant. Il avait roulé comme un vulgaire tonneau, sa tête avait cogné un objet contondant. Il avait ressenti une douleur fulgurante, le sang coulait sur son visage. Il avait bien essayé de se redresser, mais une autre rafale de vent l'avait jeté à terre. L'eau gagnait du terrain à l'intérieur du bateau. Au prix d'un effort surhumain, se battant à la fois contre le vent et l'eau, il s'était à nouveau relevé, avait tenté de gagner l'avant. Une rafale plus forte que les autres anéantit sa volonté et le balança violemment contre l'un des coffres. Sa jambe droite se retrouva coincée au milieu de la coque, béante comme la gueule d'un animal. Les lames de bois acérées lui broyaient les chairs ; il n'arrivait pas à s'extirper malgré tous ses efforts pour se soustraire de l'étau. Il appela à l'aide, mais il était seul, perdu au milieu des éléments en fureur. Le petit mousse ne donnait plus signe de vie, peut-être avait-il coulé comme le patron. Il sentit petit à petit ses forces diminuer ; la douleur, insupportable, lui laminait le corps. Il fallait résister, coûte que coûte. Il tenta de concentrer ses pensées sur Louise qui devait l'attendre au village. Il l'avait demandée en mariage, elle avait souhaité prendre le temps de la réflexion. Il savait bien que ce n'était pas par coquetterie, elle était incapable de simagrées et n'aurait pu simuler ses sentiments. Non, il y avait une retenue autre, liée à son histoire. Ce n'était qu'une question de temps, il saurait bien obtenir son oui et irait avec elle à la rencontre de sa famille vendéenne. Cette idée l'avait ragaillardi. Et puis la douleur était revenue, plus forte et plus insidieuse. Elle prenait le dessus, ne lui laissait plus de répit, l'empêchait maintenant de penser. La gabare s'enfonçait progressivement, il ne pouvait plus bouger et n'en avait plus la force ni la volonté. Quand elle sombra et que l'eau lui eut recouvert tout le visage, sa dernière pensée fut pour Louise.

Il revenait à la vie. Un visage, penché au-dessus de lui, lui souriait, lui parlait. Etait-ce un rêve, une hallucination ?

Plusieurs semaines s'étaient écoulées depuis l'accident. La gabare, en sombrant, s'était désintégrée et avait libéré sa jambe prisonnière. Les eaux tempétueuses de la Charente entraînèrent son corps sans vie, le refoulèrent d'une rive à une autre ; il fut ballotté, bousculé avant que ses vêtements ne s'accrochent au branchage mort d'un saule, retenant alors sa course folle. Cela le sauva. La tempête s'apaisait, elle avait assez grondé ; elle ne fut bientôt plus qu'un souffle, et on aurait presque pu l'oublier s'il n'y avait eu les ravages qu'elle avait provoqués sur son passage. Les eaux baissèrent, les rives retrouvaient leur visage serein. Le corps de Marius avait échoué dans un buisson de roseaux. Il n'aurait su dire combien de temps il y resta. C'est un gamin, venu pêcher, qui le trouva fortuitement. Affolé, il partit quérir de l'aide auprès de son père.

Marius n'avait pas de papiers sur lui. Son corps avait dérivé sur des kilomètres, entraîné par le flux. Il se trouvait du côté d'Angoulême, personne ne reconnut ce grand gaillard au visage bien amoché. Il resta dans le coma plusieurs semaines, on ne donnait pas cher de sa vie. Mais celle-ci prit le dessus, son heure n'était pas venue. Sauf qu'il ne se souvenait plus de rien. La presse locale passa un entrefilet, dans l'espoir d'alerter des proches, mais personne ne se manifesta. On le voyait souvent errer sur le port de l'Houmeau, comme attiré par les gabares qui accostaient le soir venu. Parfois, il discutait avec les hommes. De choses et d'autres, il les questionnait, semblant trouver beaucoup d'intérêt à leur activité.

C'est un marin de Saint-Simon qui le reconnut, dans un troquet du port.

— Mais on dirait bien le gars Coupaud, celui qu'a disparu il y a quelques mois !

Marius leva un œil intéressé. Il accepta de le suivre à Saint-Simon où on l'accueillit comme un miraculé. Ses parents ne se tenaient plus de joie. Il se laissa entourer, porter, reprit goût à une vie dont il n'arrivait pas à retrouver les souvenirs anciens.

Son retour anéantit Jeanne, elle qui avait mené Louise au port de La Rochelle seulement quelques semaines plus tôt. Elle le fit venir chez elle régulièrement, et s'obstina à renouer les fils de l'écheveau. Tout n'était que confusion dans l'esprit de Marius ; mais au fil des jours, des semaines, grâce à l'obstination sans faille de Jeanne, quelques images jaillirent, des flashs au départ et, avec le temps, de véritables réminiscences de son passé qui s'ancrèrent définitivement. Quand enfin il parvint à évoquer le souvenir de Louise, Jeanne sut que la guérison n'était pas loin.

Vint alors le temps de la reconstruction, Jeanne dut lui apprendre le départ de Louise. Il n'eut plus qu'une idée en tête, la rejoindre. Ce ne sont pas les larmes de Fernande, sa mère, qui le retinrent ; même à des milliers de kilomètres, l'étrangère lui prenait à nouveau son fils. Elle la voua aux gémonies pour toujours.

Louise écouta tout le récit sans broncher, sans réagir. Le petit matin les trouva tous les deux dans la même position. Marius sommeillait, la tête toujours au creux des genoux de son aimée. Louise lui caressait tendrement les cheveux, le visage, l'esprit et le regard perdus dans le vague.

56

Elle repartit à la laiterie à la première heure. Parce qu'il le fallait bien. Et puis, Juliette devait s'inquiéter, Rose la réclamer. Elle effectua son travail telle une somnambule.

Forcément, la nouvelle s'était répandue comme une traînée de poudre dans le village. Tous jasaient sur ce couple de Français à peine arrivé. Le jeune homme devait être le fils de la femme, certainement, vu la différence d'âge apparente. Et si c'était lui le père de la petite Rose ? Les rumeurs allaient bon train et mirent Juliette dans une colère indescriptible quand elle les entendit la première fois, dans l'atelier de Guillaumette.

Louise retrouvait Marius tous les soirs. Ils apprenaient à se redécouvrir et avaient tant de choses à se dire. Jeanne aussi venait les retrouver, et Juliette prit l'habitude de rentrer tous les soirs, malgré le mauvais temps.

Tous sentaient confusément – sans se l'avouer – que rien ne serait plus comme avant. Quand Rose revit Marius pour la première fois, elle ne le reconnut pas. C'était lointain dans sa mémoire, confus. Elle était encore trop jeune quand il avait disparu. Elle s'exclama à table, devant tout le monde :

— C'est vous mon papa, Marius ?

Louise, gênée, la reprit :

— Mais non, qu'est-ce que tu vas chercher là, Rose ! Je t'ai déjà dit que ton papa était mort.

— Oui, mais Marius, il était mort aussi, et maintenant il est plus mort.

Juliette, fidèle à son franc-parler, aborda son amie de front, à un moment où elles se trouvaient seules toutes les deux.

— Tu vas reprendre la vie comme avant, avec Marius ?

Louise ne répondit pas. Juliette poursuivit sa pensée :

— Je comprends que ce soit un choc pour toi, tu sais. Et puis, il y a Pierre ?

Mais bon sang, on ne pouvait rien lui cacher, à cette satanée Juliette.

— Bah ! Laisse couler le poisson dans la rivière. Pendant ce temps, il est dans son élément et il ne fait pas de mal. Le jour viendra bien assez vite où ton instinct te dira comment et qui tu dois ferrer.

— Mais enfin, Juliette, tu es cynique ! Tu as vu en quels termes tu parles de Marius et de Pierre !

— Ben oui, je sais bien, mais il faut regarder la réalité en face. Ton cœur commençait juste à ressentir quelques petits battements timides pour Pierre quand Marius, celui pour qui il a battu intensément, réapparaît. Donc, là, il est perdu et ne sait plus à qui se vouer. C'est comme un métronome dont on a arrêté le mouvement et que l'on veut faire repartir. Rose a bien résumé la situation : il était mort Marius, puis plus mort. C'est immoral, je te l'accorde, mais c'est ainsi.

Elle soupira longuement et conclut :

— En tout cas, moi à ta place, je ne saurais pas quoi faire !

Louise n'arrivait plus à trouver le sommeil. Bien sûr qu'elle était heureuse de savoir son Marius en vie, de le serrer à nouveau dans ses bras. Mais elle avait l'impression que son cœur ne pouvait plus vibrer comme avant, quelque chose était mort en elle. Que faire ? A qui demander conseil ? Ah ! Si sa mère avait pu être là. Seule une maman connaît ces choses-là, elle en était sûre. Mais comment lui expliquer tout cela par courrier, pourrait-elle comprendre alors qu'elle n'avait jamais vu Marius ?

Le dimanche arriva et, comme un fait exprès, aggrava la situation. Ils étaient tous réunis autour de la table, dans la chambre de Louise, et discutaient à bâtons rompus. Il devait être midi. Juliette préparait le café, Rose s'amusait avec la poupée offerte par Jeanne. Aucun d'eux n'avait entendu la voiture s'arrêter dans la cour. Ni le coup, léger, frappé à la porte. Pierre entra et posa un regard étonné sur l'assistance, il s'attarda sur Marius dont le bras entourait l'épaule de Louise. Les deux hommes se toisèrent, l'un et l'autre avaient compris. Pierre, avec élégance, s'excusa :

— Pardonnez-moi, je suis venu sans avoir prévenu de ma visite. Je passais juste dans la région, et j'avais envie de vous saluer. Je ne vous dérange pas plus.

Louise se leva et voulut le retenir :

— Mais restez donc prendre un café avec nous, Pierre.

— Non, non ! Je vous laisse avec vos amis.

Il se pencha vers elle, et discrètement, lui glissa à l'oreille :

— Louise, je serai toujours là pour vous. Vous savez où me trouver.

Et il s'éclipsa. On entendit cette fois-ci le moteur de la voiture, puis plus rien. Le silence ; à l'extérieur comme à l'intérieur.

57

C'était la première fois que Louise se trouvait en tête à tête avec Tobie. Il passa un soir, par surprise. Juliette était chez Guillaumette et Marius et Jeanne à l'hôtel.

— Venez dehors, Louise, nous serons mieux pour parler. Couvrez-vous bien.

Louise le regarda, étonnée. C'était bien la première fois que Tobie souhaitait engager une conversation avec elle. Rose dormait à poings fermés. Louise le suivit.

Ils contournèrent la laiterie et s'engagèrent vers un petit chemin, à l'arrière, bordé de chaque côté par des haies buissonnières. Leurs pieds s'enfonçaient dans la neige, la nuit était déjà tombée, mais Tobie semblait connaître parfaitement les lieux. Ils arrivèrent devant un étang dont la surface, brillante, laissait penser qu'il était complètement gelé. Sur le côté droit, elle distingua une petite cabane, faite de rondins. A l'intérieur de cette bicoque, elle découvrit tout un bric-à-brac de matériel de pêche et deux rocking-chairs recouverts de plaids poussiéreux. Tobie les sortit sur la terrasse, invita Louise à s'asseoir sur l'un des deux et prit place sur l'autre. Il alluma une pipe, en tira une longue bouffée et souffla lentement, les lèvres pincées, la tête penchée en arrière. Ils se balançaient, face à l'étang, emmitouflés dans les couvertures. Le grincement des fauteuils résonnait curieusement dans le silence de la nuit ; un croissant de lune éclairait le ciel constellé d'étoiles. Tobie ne disait rien. Louise non plus, qui se demandait bien pourquoi il l'avait fait venir ici.

— Vous êtes triste, Louise.

Elle tourna vers lui un visage étonné.

— Je n'aime pas vous voir triste comme ça.

Il poursuivit :

— Je ne suis pas aveugle. Tobie voit tout, même ce qui est caché. Votre cœur est chaviré parce que vous ne savez pas quelle direction prendre.

— …

— Et pourtant, la décision, elle est en vous, vous ne savez pas écouter votre cœur, Louise.

— Pourquoi dites-vous ça ?

— Vous avez envie de fuir, mais la fuite n'est pas toujours la solution. Ou alors, il faut la réfléchir, la raisonner, et qu'au bout du compte elle soit porteuse de solutions. Moi aussi, je me suis posé beaucoup de questions quand j'étais enfermé dans ma cellule du pensionnat autochtone. J'étais comme un sauvageon dans une cage. Et c'était bien le cas d'ailleurs.

— Mais de quoi parlez-vous, Tobie ?

— Vous ne connaissez rien de ce pays, ou si peu, Louise. J'avais dix ans, ils avaient tué mon père, ma pauvre mère était morte par leur faute. Ils sont venus me chercher dans ma maison, au pied de la montagne Pembina, près de la rivière des Ilets-de-Bois. Ils voulaient s'occuper de moi, disaient-ils, m'envoyer à l'école. Ils m'ont emmené avec eux, traîné de force, je n'entendais rien à ce qu'ils disaient. Ils m'ont mis dans un train, je ne pouvais m'échapper car surveillé constamment par des gardes. Le voyage a duré une journée. Au bout, il y avait l'enfermement. Dans une école. Vous parlez d'une école ! Oh ! certes, je n'étais pas tout seul, il y avait plein d'enfants comme moi, plus ou moins jeunes. Mais comme je l'ai su après, tous des Indiens ou des Métis.

— Mais qui étaient ces gens-là qui vous ont enlevé ?

— Des gens qui voulaient me faire perdre ma culture. J'ai su plus tard que j'étais dans une école résidentielle de Fort Alexandre, tout près de Saint-Georges, Powerview, un village qui se trouve à environ quatre-vingts milles au nord de Winnipeg. Des religieux catholiques tenaient l'établissement, mais je suis persuadé que le gouvernement fédéral était au courant car d'autres centres existent toujours un peu partout dans le pays, je l'ai appris depuis. On nous interdisait de communiquer dans nos langues maternelles. Avec mes parents, je parlais le métchif, la langue métisse. Avec d'autres enfants, on m'a passé à l'eau de Javel. Pour blanchir ma peau ! Et il y a eu les sévices, les coups. Sévices moraux, sévices corporels quand certains professeurs venaient rejoindre les enfants, le soir, dans les lits.

— Tobie, mais que me racontez-vous là ?

— Je vous le jure sur l'honneur de mes ancêtres. Nous étions des centaines dans cet établissement. Je rêvais de m'évader. Il y a eu plusieurs tentatives, avortées, qui m'ont valu encore plus de coups. Alors j'ai écouté mon cœur. Je savais que malgré tous les sévices, l'âme de Tobie était toujours intacte. Ma culture, mes racines, ils n'ont jamais pu me les enlever. Je les ai gardées au fond de moi, bien profondément. Et quand j'avais trop mal, dans la solitude de mes couvertes grises, je pensais à ma maman et je lui demandais conseil. Et je l'entendais, elle me disait : « Patience, Tobie. Attends, ne dis rien, ton temps viendra. » J'ai écouté sa petite voix, et j'ai attendu. Quelques années. Je devais avoir quinze ou seize ans quand ils m'ont renvoyé parce que j'étais arrivé à l'âge limite. J'ai vite regagné ma montagne Pembina. Je me suis construit une petite maison parce que d'autres colons s'étaient approprié la mienne, vous pensez bien, et j'ai tenté d'oublier. Mais une chose est sûre, je savais toujours qui j'étais. Tobie, un Métis, né de Nokonis, une mère amérindienne, et de Pierre Duchemin, un Français du Québec. Nokonis veut dire fille de la lune. Je suis moi aussi un enfant de la lune, Louise. Voyez comme elle nous regarde, elle nous protège de là-haut.

Louise leva le regard vers le ciel. Le croissant de lune n'avait pas bougé de place.

— Ecoutez votre cœur, Louise, écoutez votre instinct et décidez vous-même de votre vie. Ne laissez personne d'autre le faire à votre place. Qui paie le violon choisit la musique. Vous avez payé de votre personne pour venir au Manitoba, choisissez votre chemin de vie, laissez-vous guider par votre petite musique intérieure.

Louise était bouleversée. Tant par l'histoire tellement personnelle qu'il lui avait racontée que par ce qu'il avait deviné d'elle.

— Un jour, je vous amènerai dans ma maison, là-haut dans la montagne. Je montrerai les ours bruns à Rose. Je lui apprendrai à ne pas en avoir peur ; nous irons dans les marais, à la tombée de la nuit, et nous guetterons les castors ; je vous apprendrai, ainsi qu'à Juliette, à discerner et écouter le vol des oies bernaches dans le ciel, lors de leurs migrations à l'automne et au printemps. J'aimerais aussi vous faire découvrir, plus au nord, la rivière Rouge, l'Assiniboine, les lacs Winnipeg ou Manitoba ; les couchers de soleil magnifiques sur la rivière des Ours, les réveils par les geais bleus ou les carouges à épaulettes avec leurs jolies taches rouges qui viennent chanter à vos oreilles et picorer dans votre assiette. J'ai tellement parcouru le pays, avec mes parents, lorsque j'étais à peine plus haut que Rose. J'ai tellement d'images dans la tête, j'aimerais les partager avec vous, Louise, avec Juliette, avec votre gamine que j'aime tant, vous avez dû vous en apercevoir.

Louise se laissait bercer par ses mots et le balancement du rocking-chair. Il se tut et tous deux restèrent un long moment silencieux. L'humidité la fit frissonner.

— Rentrons, vous allez prendre froid.

Louise resta éveillée toute la nuit. Le lendemain, sa décision était prise. Elle travailla toute la journée sans rien dire, et le soir, se dépêcha de rejoindre Jeanne et Marius à leur hôtel.

— Vous repartez quand en France, Jeanne ?

— Dans trois semaines. Mais Marius reste ici, bien entendu, n'est-ce pas, Marius ?

— Jeanne, je rentre avec vous et Rose.

Elle déclencha une véritable tempête. Marius était effondré ; Juliette fut prise d'angoisses. Jeanne ne savait que penser. Ils tentèrent de l'infléchir, mais rien n'y fit. Elle les rassura :

— Marius, je suis tourneboulée depuis ton retour. C'est trop d'émotions d'un seul coup. J'ai besoin de retourner à la source, de comprendre certaines choses pour revenir ensuite plus forte. Juliette, ne t'inquiète pas ; il est hors de question que je vous abandonne. Je vous aime tous. Vous avez ma parole : je serai revenue pour l'été prochain.

Juliette pleurait.

— Je t'en fais la promesse, Juliette. Je n'ai qu'une amie, foi de Maraîchine. Tu ne vas pas te débarrasser de moi comme ça, bordel !

Troisième partie

S'attacher à un lieu, se souvenir de ses racines, retrouver dans une halte les ingrédients de la grande recette, celle des origines.

Et puis s'arracher, repartir, avec des regards à la fois devant et derrière comme un métronome obstiné.

Je suis de nulle part :
Sur les traces d'Ella Maillart,
Olivier WEBER

58

Elles étaient descendues du train à la gare de Challans. C'était un mardi, jour de marché. Une animation particulière régnait sur le quai, entre les belles dames à ombrelle venues de La Roche-sur-Yon pour dénicher de nouvelles étoffes, les marchands de volaille avec leurs caisses de poulets et canards, les petites vieilles munies de leurs paniers d'œufs, de beurre ou de fromage.

Personne ne fit attention à elles ; Louise ne remarqua aucun visage connu. C'était mieux ainsi. Tout le monde se dispersa, la plupart des voyageurs rejoignaient les halles, dans le centre-ville. Elles remontèrent à pied l'avenue de la Gare, puis tournèrent vers la rue Gambetta. Quelques mètres plus loin, Louise aperçut la façade d'un petit troquet. Le Café de la Chapelle ! Mon Dieu, que cela lui rappelait des souvenirs, elle y avait accompagné son père à plusieurs reprises certains jours de marché. Elle pressa le pas car elle n'avait pas envie de croiser celle que tous ses clients appelaient la mère Gisèle, la patronne des lieux. Cette dernière n'aurait pas manqué de la reconnaître et lui poser des questions indiscrètes.

Elles bifurquèrent pour prendre la sortie vers le petit village de Soullans. Louise savait qu'il lui faudrait deux bonnes heures avant d'arriver à la bourrine, mais cela ne l'inquiétait pas. Elle l'avait déjà fait bien des fois à pied, avec sa mère, quand elle était petite. Rose, pour l'instant, ne manifestait pas trop de fatigue. Elles empruntèrent les chemins de marais que Louise connaissait si bien. Après avoir quitté la neige et le froid du Manitoba, elle retrouvait ici une température printanière agréable, même si une petite brise un peu frisquette rappelait que l'on était encore en avril.

Louise marchait vite. Elle se sentait pousser des ailes en retrouvant à chaque pas des odeurs, des sensations, des bruits familiers. Elle respirait à pleins poumons le parfum de l'herbe qui leur chatouillait les mollets, encore humide à cause de la rosée matinale ; elle observait les haies pleines de jeunes pousses d'épine que l'on pourrait dans quelques semaines cueillir pour en faire le vin ; elle s'arrêtait devant un étier et tendait l'oreille pour faire écouter à Rose le coassement d'une grenouille, les soubresauts d'une anguille prise dans la nasse d'un pêcheur.

— Regarde là, Rose. Vois-tu la petite bécassine, au milieu des ajoncs ? Tu as vu comme elle a un long bec ? Un peu comme toi, quand tu me dis des menteries !

— C'est encore loin, maman ? J'ai mal aux pieds !

— Non, nous sommes bientôt arrivées. Tiens, on va faire une pause, tu veux bien ?

Louise avait remarqué un chemin creux dont elle se souvenait fort bien pour l'avoir maintes fois emprunté avec ses frères, autrefois. Un de ces chemins creux tellement rares dans ces terres du marais, aussi plates que les grandes prairies du Manitoba, mais beaucoup moins vastes. Un petit chemin enserré de chênes et de peupliers dont les hautes branches se ployaient harmonieusement jusqu'à former une épaisse protection de frondaisons. Quand le vent, joueur, faisait voler les feuilles, le soleil arrivait seulement à percer et tachetait le chemin de flaques de lumière. Boueux et difficile d'accès en hiver, peu large, il fallait faire attention où l'on mettait les pieds à la belle saison, car des racines épaisses traversaient et bosselaient les terres endurcies. Louise retrouva ses gestes de petite fille, quand elle aimait venir s'y cacher, à l'abri du soleil et de la chaleur, les jours de plein été. Elle sautillait à droite et à gauche entre les racines ; instinctivement, et par jeu, Rose l'imitait dans tous ses mouvements. En bas du chemin, l'étang était toujours là. Immuable, bordé par les aulnes, les roseaux, les premiers iris jaunes et mauves et dans les taillis à l'arrière, les grands sureaux dont elle aimait bien venir cueillir les ombelles au printemps, pour en faire ensuite de la limonade avec la mémé.

Elle trouva un endroit sec au pied de l'étang où elle put étaler sa veste. Assises les jambes allongées au soleil, mère et fille mangèrent chacune leur quignon de pain avec un bout de fromage et une pomme.

Il fallait maintenant repartir.

— Allez ! Ouste, ma Rosinette. On y va !

— Ouste, maman !

Lorsqu'elles abordèrent la charraud[1], Louise sut que leur voyage touchait à sa fin. Son pas rapide et assuré ne trahissait pas l'angoisse qui, petit à petit, commençait à la gagner.

La toiture de roseaux avec ses figuiers de Barbarie et les pieds de misère alignés sur la ligne de faîtage apparut en même temps que les murs chaulés. Louise craignait de se trouver face à ses frères. Elle s'arrêta à une centaine de mètres de la maison, prit une profonde inspiration. Elle se revit cinq ans plus tôt, alors qu'elle empruntait le chemin inverse, le ventre arrondi et pesant.

Elle regarda Rose avec ses petites joues rebondies et rougies par l'effort. Une vision fugace lui vint à l'esprit ; il fallait donc qu'elle soit revenue dans son marais pour qu'enfin il revienne dans sa pensée, lui ; le père.

Son sac dans une main, la main de Rose dans l'autre, elle se redressa fièrement et parcourut les derniers mètres.

1. Chemin de terre, dans les marais.

59

La cour s'offrit à son regard. Le soleil baignait les massifs de rosiers au pied du mur de la maison. Une brouette débordante de choux verts était garée devant la porte principale, légèrement entrebâillée. Il semblait n'y avoir personne. Louise voulut s'approcher, mais une voix derrière elle, qu'elle aurait reconnue entre toutes, s'écria :

— Vous cherchez quelqu'un ?

Elle se figea sur place. Rose se retourna, obligeant Louise à en faire autant. Elle n'avait pas eu besoin de la voir pour deviner que c'était Léonie, sa mère. Celle-ci s'était approchée, le visage froncé par la curiosité, et s'arrêta net, sous l'effet de la surprise, lorsque l'évidence lui sauta enfin aux yeux. Elles se faisaient face, sans mot dire. Rose, au milieu, tournait son visage vers l'une ou l'autre, guettant une réaction. Ses yeux fureteurs observaient avec étonnement cette femme vêtue entièrement de noir qui, à ses yeux de petite fille, ressemblait à une grande pie toute sombre, comme celles que sa mère lui avait montrées en chemin, en lui expliquant que c'étaient des gnasses. Sa tête était protégée par une drôle de coiffe blanche qui retombait de chaque côté des joues. Rose remarqua que ses yeux ne souriaient pas. Elle fut prise d'une peur irraisonnée, accentuée par le silence de sa mère ; ses yeux et ses lèvres se plissèrent et grimacèrent comme pour annoncer les larmes.

— Que viens-tu faire ici ?

— Vous voir, mère. Et vous présenter votre petite-fille.

Elle ramena Rose devant elle, entoura son visage de ses bras et tapota un peu ses joues pour calmer le chagrin.

— Et alors ! Tu comptes les laisser là en plein soleil ? Entrez, les enfants !

Ni l'une ni l'autre n'avaient prêté attention à la grand-mère, sortie sur le pas de la porte lorsqu'elle avait entendu les éclats de voix. Ses petits yeux malicieux dans son visage rieur creusé par les rides démentaient le ton dur et autoritaire qu'elle avait adopté pour les interrompre.

La mère passa devant, sans un regard. Louise et Rose suivirent.

Ce fut un choc intense pour Louise. Rien n'avait changé, comme si elle était partie seulement la veille. Où que son regard se porte, elle retrouvait chacun des objets ou meubles familiers de son enfance. Le gros chaudron noir pendu à la crémaillère, dans la cheminée ; les bancs de pierre de chaque côté de l'âtre ; le grand lit à quenouilles dans un angle ; au pied, le coffre en noyer et sur un pan de mur, l'armoire avec ses fiches de cuivre toujours aussi rutilantes, la pendule dont le tic-tac rythmait toutes ses journées. Et la table, sous la petite fenêtre. Cette table où elle avait déposé sa lettre, ce fameux matin.

— Mais pose donc ton sac, ma petite feille. Vous devez avoir faim à c't'heure. Léonie ! Qu'est-ce que tu attends ? Va chercher des œufs au poulailler et prépare-leur une omelette.

Léonie s'exécuta. Penchée sur sa canne, le dos voûté, presque cassée en deux, la grand-mère s'approcha de Rose. Elle la regardait d'un œil bienveillant et ses lèvres s'élargirent dans un grand sourire, laissant apparaître une bouche tout édentée qui effraya Rose.

— Je te fais peur, petite. N'aie crainte, je ne vais pas te manger. Je suis ta mémé et si tu savais comme je suis contente de te voir !

Elle fixa intensément Louise.

— Merci. Merci, ma petiote.

Léonie rentra, son tablier replié et tenu par les bords creusé par une douzaine d'œufs tout frais. Assise près de la table, avec Rose sur ses genoux, Louise ne savait comment entamer la conversation et l'observait battre et faire mousser les œufs avec une énergie décuplée par le tourment qui l'habitait, le visage parcouru de tics nerveux.

La grand-mère prit la parole :

— Tu es chez toi, Louise. Tu sais où sont les assiettes. Mets donc le couvert, nous allons déjeuner ensemble. Depuis le temps que j'attendais ce moment. Et puis mets les verres aussi, je prendrais volontiers un peu de vin.

Louise prépara la table ; pendant ce temps, sa mère ciselait quelques brins d'appétit[1] qu'elle ajouta à l'omelette. Léonie posa la grande poêle sur la cuisinière, y laissa fondre un peu de saindoux et quand il se fut éclairci, y jeta les œufs. Louise la regardait faire, et malgré elle, son visage s'illumina devant cette scène qui lui rappelait tant de souvenirs.

— Alors c'est ta fille ?

— Oui, maman.

— Elle est bien mignonne.

— Qu'est-ce que tu as dit, Léonie ?

Un peu sourde, mais peut-être aussi avec un peu de malice, la grand-mère la fit répéter.

— Je disais que cette petite est mignonne.

— Mais bien sûr qu'elle est meugnounne ! Comme on peut l'être à son âge, comme l'était ta petite Louise qui n'a pas changé et est encore plus jolie maintenant. Hum ! Hum ! Elle te ressemble un peu, cette petiote, elle a pris des airs de famille.

Louise s'était fait la réflexion plusieurs fois, elle trouvait elle aussi que Rose ressemblait par moments à Léonie. Cette dernière la toisa et lança :

— On dirait que tu as réussi, ma fille, si j'en crois tes vêtements. Tu ressembles aux belles dames à la foire de Challans.

Louise rougit un peu et remercia mentalement Juliette. Elle se réjouit du terme « ma fille », une brèche dans la dureté affichée de sa mère.

1. L'appétit est la ciboulette en Vendée et dans certaines autres régions.

— Je vais te préparer ton lit. Tu restes chez nous quelques jours ?

Louise s'enhardit à cette question :

— Je pensais rester demain samedi et dimanche. Je reprends le train lundi matin pour La Rochelle.

— Bien ! Bien ! La mémé va venir dormir avec moi. Tu prendras son lit.

— Et mes frères ?

— Le jeune est parti faire son service militaire il y a un an. Gustave est toujours là et heureusement qu'il n'est pas parti, lui.

Louise ne broncha pas à cette dernière remarque, sur le « lui » fortement appuyé.

— C'est lui qui s'occupe de la ferme et y a fort à faire. Mais il a de bons bras et n'est pas fainéant.

— Ses bras, il ferait bien de les mettre autour d'une fille. Il y en a pourtant pas mal qui vezounent près de lui.

— Bah ! Il a bien le temps, laissez-le donc tranquille avec ça, la mémé.

— Non, il devient vieux garçon et ça lui ferait du bien au corps comme à l'esprit, té, de se dégourdir avec une jeunette, ce grand bedas.

Léonie ne répondit pas et alla préparer la chambre.

— Rose, tu vas aller faire une sieste. Regarde, tu as un grand lit pour toi.

Rose le regarda dans un premier temps avec inquiétude, à l'idée de se retrouver aussi haut, puis finalement, elle se laissa gagner par le plaisir de la nouveauté d'un lit de grande personne. Et comme elle était fatiguée de leur longue marche du matin, il n'y eut pas besoin de la bercer pour qu'elle s'endorme.

Louise passa l'après-midi avec la mémé, pendant que Léonie travaillait au potager et que Rose dormait. Elle retrouvait dans cette vieille femme cette même tendresse immuable, comme si les années n'avaient rien changé.

En début de soirée, elle aida sa mère à nettoyer les légumes et prépara avec elle le bouillon pour la soupe. A sept heures tapantes, Gustave poussait la porte. Il reconnut sa sœur et lâcha un énorme juron.

— Qu'est-ce qu'elle fait là cette… cette… Avec sa… Vous n'allez pas la garder, j'espère ?

— Gustave, tu te tais, tu t'assois et tu parles autrement de ta sœur et de ta petite nièce dans cette maison. Ici, c'est moi qui donne les ordres, jusqu'à preuve du contraire, elles resteront tant que j'en aurai décidé ainsi !

Gustave resta estomaqué par la remarque de sa mère. Il se lava les mains et vint s'installer à un bout de la table, gardant un peu de distance avec sa sœur. Il ne proféra pas un mot durant le repas, et une fois celui-ci terminé, prit sa pipe et sortit fumer dehors, les laissant seules.

Louise aida à ranger. Puis, fatiguée elle aussi par le voyage, elle demanda à aller se coucher avec Rose.

60

Le coq la réveilla aux aurores. En se retournant dans le grand lit, elle réalisa alors seulement qu'elle était bien dans la maison de ses parents.

Son bol était sur la table, avec ses petites fleurs roses peintes sur la faïence délavée, et son ébréchure. Un autre bol avait été posé près du sien : elle devina que c'était pour Rose. Une odeur agréable de pain grillé et de café chaud flottait dans l'air. La motte de beurre, réservée normalement aux dimanches, attendait dans le beurrier de terre, au centre de la table, avec un petit bocal de confiture. Elle tourna le couvercle, respira les arômes ; un sourire inonda son visage. Elle avait reconnu la confiture de figues, celle qu'elle préférait quand elle était petite. Léonie était partie aux champs, mais la mémé lui servit le café à la chicorée et versa le lait chaud dans le bol de Rose. Comme elle était heureuse de boire un vrai café, bien corsé et non pas celui, pâlot et insipide, qu'elle avait l'habitude d'avaler maintenant au Manitoba. Elle tourna le bol, comme lorsqu'elle était gamine, pour ne pas boire du côté ébréché, l'entoura de ses deux mains et le porta à ses lèvres. Ce café avait le goût d'un plaisir ancien, un plaisir retrouvé. Elle le lapait par petites succions, tout comme Rose qui se régalait de son lait jusqu'à s'en faire des moustaches.

L'après-midi, Louise alla trouver sa mère au potager pendant que Rose faisait la sieste.

— Maman, vous ne pensez pas qu'il serait temps que l'on se parle ?

— Se parler de quoi ? Tu es là, ma foi, tu m'en vois bien contente.

— Et c'est tout ?

— Que veux-tu que je te dise d'autre ?

— Vous le savez bien, mère.

Elles arrachaient les choux, les poireaux. Le silence s'était installé. Louise reprit la parole, en essayant de ne pas s'énerver :

— Je ne suis pas venue pour vous montrer mes beaux habits ; pas plus pour vous aider au potager.

— Mais tu peux aller te reposer, va ! Je suis capable de ramasser les légumes toute seule.

— Maman, ce n'est pas ce que j'ai voulu dire, vous avez très bien compris. J'ai besoin de savoir, après toutes ces années, vous me devez bien ça. Vous étiez au courant, n'est-ce pas ?

— Qu'est-ce que tu vas remuer la merde, tu ne crois pas que tu as assez provoqué de mal comme ça ?

— Provoqué ? Comment osez-vous dire cela ? Vous le savez bien que je n'ai rien provoqué, et je veux vous l'entendre dire. Une fois, vous entendez. Juste une fois !

Louise avait parlé fort. La mémé s'approchait, mais comme elle était à moitié sourde, elle n'avait rien entendu.

— Venez donc prendre une limonade, mes filles, vous avez assez travaillé comme ça.

L'intermède était bienvenu. Elles rejoignirent la grand-mère sur le banc de pierre, près de la porte d'entrée, et burent leur limonade en silence. Rose s'était réveillée et s'amusait à courir après les mouches et les attraper.

— Elle est marrante, cette petite, un rien l'amuse, lança la mémé. Et elle a du caractère qui promet. Elle a refusé net que je l'habille tout à l'heure, elle voulait à tout prix le faire seule.

— Bah oui, elle a de qui tenir, ne put s'empêcher de répondre Louise.

Sa mère lui jeta un regard noir. Le silence reprit. Louise en avait plus qu'assez de ces silences, elle explosa :

— Je n'ai pas fait tous ces kilomètres pour rien, bon sang ! Il va bien falloir que l'on s'explique, entre quatre z'yeux !

— Oui, elle a raison, ta fille, il faut que vous vous expliquiez.

— Ah çà, par exemple, vous êtes sourde quand ça vous arrange, la mémé !

Léonie regretta aussitôt ses paroles peu amènes et s'en excusa.

— Je me disais que tu pourrais m'aider, Louise, à préparer le repas pour demain midi, dimanche. Je m'en vais attraper un beau poulet et on va le plumer ensemble.

A petits gestes saccadés, elles retiraient les plumes une à une.

— Je le sais, moi, au fond, que vous le voyiez quand il quittait son lit pour venir trouver ma couche. Même que vous le guettiez, quand il rentrait, parce que vous ne dormiez pas. Vous faisiez semblant.

Léonie sursauta, elle ne s'attendait pas à une attaque aussi frontale. Elle s'acharna sur les plumes du pauvre poulet, qui ne pouvait plus se défendre maintenant qu'il avait été occis.

— Je suis sûre que vous deviez être triste. Parce que vous n'aviez pas voulu cela. Parce que vous aussi, vous avez dû subir cette situation malgré vous.

— Ça suffit ! Rentrons. Je vais mettre ce poulet au frais. Viens m'aider à préparer le pâton de pain et faire le gâteau de millet.

Son dessert préféré ! Elle releva cette nouvelle attention et n'insista pas dans l'immédiat. Le soir, Gustave rentra plus tôt que de coutume, elles n'eurent donc pas le loisir de reprendre la discussion.

Louise s'en inquiétait. Il ne restait plus qu'une journée, elle craignait de repartir sans avoir la réponse à ses questions.

Le lendemain, elle était levée dès cinq heures. Elle n'avait pas dormi de la nuit, le regard fixé sur le dail[1] cloué au mur en face du lit ; un souvenir des guerres

1. Faux, utilisée par les paysans vendéens.

de Vendée que son père avait gardé du grand-père. Combien de fois lui en avait-il parlé, lui énumérant tous les républicains que ce dail avait piqués aux fesses. Elle se leva sans faire de bruit pour ne pas réveiller Rose. Gustave était déjà assis à la table, il prenait son café en lisant son journal à la lueur d'une lampe à pétrole. Il maugréa en la voyant et sortit dans la cour avec son bol et son journal.

— Maudit Maraîchin, pesta Louise, suffisamment fort pour qu'il l'entende. Comme si tu allais voir quelque chose dehors alors que le jour n'est pas levé !

Il ne releva pas et la toisa d'un regard dédaigneux. Il était à peine sorti que Léonie se levait à son tour. Louise lui servit son café. Elle se souvenait que sa mère l'aimait à peine tiède, alors qu'elle-même le préférait très chaud. Léonie la remercia d'un petit signe de tête et d'un sourire. Louise appréciait se trouver ainsi, en tête à tête avec sa mère, à ce moment de la journée où, à peine sorti du sommeil, on était encore ouvert aux effusions simples. Elle avait la tête enfouie dans le bol, quand la petite phrase arriva et la désarçonna.

— Oui, je le savais.

Louise posa son bol brusquement sur la table, et fixa Léonie. Elle n'y avait pas prêté attention jusqu'ici, mais sa mère avait les traits tirés de quelqu'un qui a pleuré une bonne partie de la nuit.

Les yeux de Léonie s'embuèrent, elle faisait visiblement un effort surhumain pour retenir ses larmes.

— Je le savais, et je n'ai rien dit.

Louise se leva et entoura sa mère de ses bras. Par pudeur, celle-ci voulut se dégager, mais Louise la serrait bien fort.

— Continuez, maman…

Léonie hésita et reprit :

— Je l'ai vu, dès le premier soir ; je l'ai entendu se lever alors qu'il me croyait endormie. Je l'ai vu, par la porte entrebâillée, monter sur ton lit, je l'ai vu te… Oh ! Louise, je ne peux pas raconter, ce sont des souvenirs trop horribles et qui me font mal. Je t'ai maudite, c'est vrai. Lui, encore plus. Chaque fois qu'il te rejoignait, je le haïssais, le méprisais. Mais je n'osais rien dire, car je redoutais sa réaction. Si tu savais comme j'ai souffert et comme je souffre encore. Est-ce que tu peux me pardonner ? Louise, je t'en conjure, je t'aime, ma fille. Pardonne-moi, et pardonne-lui, il ne savait pas ce qu'il faisait.

Combien de fois l'avait-elle entendue, cette petite phrase ! Il ne sait pas ce qu'il fait, pardonnez-lui, mon enfant. C'est ce que lui avait dit à de nombreuses reprises le curé de Challans. Si à cette époque, elle leur en avait voulu, aussi bien à son père lorsqu'il abusait d'elle qu'au prêtre parce qu'il cautionnait malgré lui cette situation, maintenant elle était prête à tourner la page. Le temps du pardon était venu. Parce que sa mère, enfin, reconnaissait les faits et lui ouvrait son cœur.

La mémé s'était réveillée. Elle n'avait pas tout entendu, mais elle comprit l'essentiel en les voyant dans les bras l'une de l'autre.

— Une belle journée s'annonce. C'est moi qui vais aller lever mon arrière-petite-fille. Je ne veux pas mourir avant de vivre ce plaisir-là.

Simplement vêtue de sa chemise de nuit en toile grossière, elle se dirigea vers la chambre où dormait Rose. Celle-ci commençait doucement à se réveiller.

— Alors, on dit bonjour à sa mémé Marcelline et on l'embrasse très fort ?

Rose la regarda, un brin éberluée par sa drôle de tenue qui lui faisait penser qu'un gentil fantôme venait la sortir du lit. La mémé l'entoura de ses bras et lui planta deux bécots sur les joues. Aussitôt, la petite s'essuya, d'un air dégoûté :

— Vous piquez, mémé Ma'celline ! Et vous êtes toute mouillée !

Léonie et Louise s'étaient approchées discrètement. Les trois femmes éclatèrent de rire en même temps.

Gustave était rentré dans la cuisine. Aussitôt, Léonie l'alpagua :

— Puisque tu ne sais pas quoi faire, tu vas aller nous pêcher des anguilles dans le marais. Et tu as intérêt à nous en rapporter une quantité suffisante pour le repas de ce midi.

Gustave ne jugea pas opportun de discuter l'ordre.

Léonie et Louise allèrent ensemble dans le fournil, au fond de la cour. Louise l'aida à glisser le pain sur la sole du four à bois.

Pendant que le pain cuisait, elles posèrent quelques pommes de terre sur une grille au-dessus des cendres de bouses séchées et les laissèrent toute la matinée pour que les patates grâlent[1] doucement.

Gustave rentra sur les coups de midi. Il avait fait une belle pêche : une vingtaine de petites anguilles, bonnes pour la friture.

— Va nous chercher une bouteille à la cave, c'est pas tous les jours que nous aurons ta sœur avec nous.

Il revint avec une bouteille de muscadet et une autre d'un vin rouge qu'il fabriquait lui-même avec les quelques raisins d'une vigne partagée entre voisins.

Ce fut un repas de roi. Léonie avait ouvert un bocal de pâté de cochon pour l'entrée qu'ils dégustèrent avec le pain tout chaud sorti du four. Puis elle posa sur la table un reste de fressure froide que Louise aimait tant lorsqu'elle était petite. Et ce fut le tour des anguilles baignant dans une friture de beurre.

— Pas question de mettre de la margarine, c'est fête aujourd'hui, ma fille.

Ils avaient encore de la place dans l'estomac pour le poulet rôti, les pommes de terre et l'embeurrée de choux que la mémé avait tenu à préparer elle-même. Une salade fraîchement cueillie au jardin accompagna le fromage et enfin le millet pour le dessert.

— Eh bien ! ma chère sœur, quel festin nous avons droit grâce à ta visite !

Louise le prit comme une parole enfin aimable. Sur sa lancée de gentillesses, il ouvrit l'armoire et en sortit une bouteille d'eau-de-vie.

1. Grillent.

— Une petite rincette pour fêter ça. A ta santé, Louise, et à Rose, ma nièce !

Louise sentit les larmes lui monter aux yeux. Elle toussa en avalant son verre cul sec.

La journée touchait à sa fin, le soleil déclinait. Léonie, Louise et la mémé étaient assises sur le banc et observaient d'un œil attendri Gustave qui jouait à la balle avec Rose. Un miracle.

— Parle-moi un peu de ta nouvelle vie, Louise. Tu es heureuse, là-bas, dans ton pays enneigé ?

Louise leur avait déjà raconté son travail à la laiterie, comment les Boisvert les avaient accueillies, elle et Juliette, son amie si chère. Elle leur avait parlé des grandes prairies, de Tobie.

Et puis, entre deux conversations, elle avait évoqué, de manière banale, la rencontre avec Pierre. Avant de finir par expliquer comment Marius avait réussi à la retrouver, alors que tout le monde le croyait mort.

— Ça ne me dit pas si tu es heureuse, ma petite.

Louise hésitait à répondre.

— Tu es tellement jeune, Louise. Vingt ans, tu te rends compte ! Réfléchis bien avant de t'engager. Et choisis toi-même ton avenir.

Louise la regarda, étonnée.

— Tu sais, ce n'est pas moi qui ai choisi ton père. Mes parents me l'ont imposé, parce que c'était le fils d'un ami de la famille, et qu'il semblait un brave gars, bien travailleur. Celui-ci ou un autre, je me suis laissé prendre à ses avances. Il était plutôt beau garçon, ton père.

Oui, Louise se souvenait d'un homme de belle prestance.

— Et puis, je n'ai pas été trop malheureuse. Même si... Je me souviens quand nous nous sommes mariés. J'étais pleine de confiance en l'avenir. J'avais voulu m'habiller à la maison plutôt que chez la cousine de Challans, et comme le marais était inondé, mon père a dû me prendre dans ses bras pour m'asseoir dans la yole de messe.

Léonie se tut quelques instants, et reprit :

— Cette même yole qui a amené ton père au cimetière. Je l'ai deviné tout de suite, moi, que sa mort n'était pas naturelle. Je l'ai caché parce que sinon, le prêtre n'aurait pas voulu l'accompagner dans sa dernière demeure pour qu'il ait une sépulture digne. Tu sais, beaucoup appréciaient ton père ; aussi, le cortège de yoles de nos voisins fut bien long pour suivre celle du prêtre avec l'enfant de chœur, quand ils sont venus bénir le corps à la maison.

Léonie évoquait devant sa fille des souvenirs qui leur faisaient mal à toutes deux.

— Mais bon, arrêtons de remuer les vilaines choses. Louise, il faut que tu laisses parler ton cœur. Et si tu n'es pas prête à faire un choix, ne force pas le destin. Tu le sauras le moment venu, je te l'assure.

La grand-mère prit à son tour la parole :

— Louise, tu m'as fait le plus grand des cadeaux. Grâce à toi et à Rose, la lumière est entrée à nouveau dans cette maison. Je peux mourir maintenant, je suis en paix.

Gustave venait de les rejoindre et fumait sa pipe en les écoutant distraitement. Louise l'interpella :

— Mon frère, il y a une chose qui me ferait plaisir. C'est que tu m'amènes faire un tour en yole.

Avant qu'il ne réponde, Léonie avait déjà parlé :

— Bien sûr qu'il va le faire, et sans rechigner même.

Il ne rechigna pas et le fit avec un plaisir évident. Rose était restée avec Léonie et son arrière-grand-mère. Louise se trouvait maintenant seule avec son frère et savourait ce moment de bonheur pendant qu'il guidait la yole avec sa ningle, sur les eaux verdâtres. Elle observait pensivement les libellules, aperçut un rat musqué qui se cacha dans les herbes hautes dès que la yole se fut approchée. La fraîcheur et l'humidité commençaient à retomber, mais elle était bien, les épaules recouvertes d'une pèlerine de laine. Ce n'était que silence, à part quelques vanneaux ou un halbran égaré qui faisaient bruire les buissons ; son frère, debout en bout de yole, balançait le bâton entre la terre ferme de la rive et les fonds boueux du marais. Ses mouvements étaient réguliers, il avait l'habitude. Soudain, Louise fut prise d'une inspiration.

— Arrête-toi là, Gustave.

— Ici, en plein marais ?

— Oui ! Tu te souviens quand nous étions petits, nous sautions les fossés à la ningle ? Eh bien, je veux le refaire ce soir !

— Mais tu es folle, Louise.

— Oui, folle, et j'aime ça.

Dans un soupir, Gustave poussa sa barque vers la rive, la maintint avec le bâton pour permettre à Louise de descendre sur l'herbe sans tomber et sauta prestement à terre lui aussi.

Louise avait déjà saisi la ningle avant qu'il ait le temps de réagir. Elle se recula de quelques pas en arrière de la rive ; remonta un peu sa jupe et la noua sur les côtés, ce qui lui donnait une allure peu élégante, mais elle s'en fichait. Puis elle cracha dans ses mains en regardant effrontément Gustave ; elle prit son élan en tenant à pleines mains la ningle et s'élança dans les airs, dans un élégant mouvement de demi-cercle au-dessus de l'étier. En dix secondes, elle était de l'autre côté et riait à gorge déployée.

— Alors, Gustave, tu vois bien que je n'ai pas perdu la main et que j'ai toujours la guibole légère !

Mis au défi, il ne restait plus à Gustave qu'à faire de même. Elle lui balança la ningle, il l'attrapa d'un geste sûr. Tout comme Louise, il se recula pour bien prendre son élan, se jeta au-dessus du marais grâce à la force du bâton et atterrit aux côtés de sa sœur, dans un grand rire de satisfaction.

Ils rentrèrent à la tombée de la nuit. Léonie et la grand-mère Marcelline les virent arriver bras dessus, bras dessous et s'en félicitèrent.

61

Elles partirent dès le lever du jour. C'était un matin comme les autres. Encore un matin qui annonçait un départ. Mais Louise avait l'habitude, maintenant.

Une dernière fois, elle embrassa la pièce du regard. Enfouit dans sa mémoire tous ces objets du passé, comme le petit chapeau rond en feutre noir de son père, avec son ruban qui tombait sur l'arrière, qu'il ne portait que pour les fêtes et les grandes occasions. Accroché à une patère à l'entrée de la maison, un souvenir ultime que sa mère avait conservé de son époux.

Une dernière fois également, elle embrassa Léonie, la mémé, son frère.

— Ecris-nous, Louise, et promis, cette fois-ci, je te répondrai.

Alors que la charrette de Gustave, qui avait insisté pour les conduire à la gare, s'éloignait sur la charraud, Louise entendit une dernière fois sa mère lui crier :

— Sois heureuse, Louise, et je le serai à mon tour.

Heureuse, elle l'était. La vie avait repris son cycle normal, elle pouvait retourner au Manitoba pour construire son avenir. Elle s'était enfuie une première fois, par la petite porte. Aujourd'hui elle repartait, cette fois-ci par la grande porte, l'esprit apaisé. Pas une seconde, elle n'avait envisagé de rester au marais, elle savait que sa nouvelle vie était désormais là-bas, dans la grande prairie où devaient l'attendre Juliette, Marius, Pierre...

62

C'était jour de fête pour la Saint-Jean. Un feu de bois brûlait sur la place du village, autour duquel tous avaient beaucoup dansé et chanté, accompagnés du violoneux. La nuit tombait et apportait la fraîcheur avec elle.

Louise et Juliette s'étaient mises à l'écart de la foule. La musique leur parvenait aux oreilles, assourdie. Louise leva son verre de vin de pissenlit et entrechoqua celui de son amie.

— Juliette, jusqu'à présent, nous nous sommes contentées de subir, parce que nous n'avions pas le choix. A partir de maintenant, cela va changer.

Juliette la regarda, l'œil inquisiteur.

— Tu sais, je fais des rêves parfois. Je m'imagine avec une auberge, au bord de la rivière Rouge. Une auberge tout en bois, toute blanche avec des tables recouvertes de nappes en tissu. On y viendrait de loin pour déguster les truites, les rôtis, les gigots, les tourtières et les choux farcis de Louise des Cocottes.

— Nooooon !

— Si ! J'imagine encore plus loin ! D'un côté, le restaurant de Louise, de l'autre l'atelier de couture de Juliette, la fée aux doigts d'or. D'ailleurs, sur l'enseigne, on pourrait écrire en grosses lettres : Chez Louise et Juliette.

— Et Marius ? Et Pierre ?

— Je ne sais pas encore, Juliette. J'aime Marius, mais je ne suis pas prête pour l'instant à franchir le pas. Je sais que je prends un risque, que je peux le perdre définitivement, mais je veux me laisser guider par mon instinct, attendre le moment où une petite voix me dira ce que je dois faire. Je suis sereine. J'ai mon guide, là-haut, qui me suit.

Juliette sourit, les yeux dans le vague.

— Et toi, dis-moi. Quand vas-tu me l'amener, ce beau Canadien costaud qui te prendra dans ses bras pour te faire franchir la porte de sa maison en bois ?

— Qui te dit que je ne l'ai pas déjà trouvé pendant que tu étais en France ?

Louise se releva, l'œil soudain allumé.

— Qui donc ? Raconte-moi.

— Mais que tu es bête, ma chère Louise. Et aveugle de surcroît.

Louise suivit le regard de son amie, et aperçut Tobie au loin, occupé à discuter avec Marius. Il se tourna un instant, le temps d'alimenter sa pipe avec un peu de tabac, et leva son visage vers elles.

— Non !

— Si !

Louise éclata de rire :

— Juliette, le passé est derrière, j'ai foi en l'avenir. Le destin ne nous a pas fait venir ici pour rien, je t'en fais serment. Tu les entends, les violons ? Ils jouent pour nous leur petite musique, celle de la Rivière-Rouge. Cette terre nous a adoptées, nous allons y semer tous nos rêves, les nourrir et les faire grandir pour qu'ils nous mènent sur notre nouveau chemin de vie.

63

Le soleil s'adonnait à un jeu de saute-mouton avec les nuages.

Rose ignorait manifestement mes appels prolongés, attisait mon agacement en prolongeant un cache-cache taquin auquel je ne trouvais pas matière à m'amuser.

L'électricité régnait dans l'air et dans mon humeur, l'orage grondait ! Des gloussements peu discrets à hauteur des bécosses m'alertèrent. Je m'approchai à pas furtifs et tirai brusquement la porte vers moi. Rose et Juliette, assises côte à côte, jambes pendantes, les jupes retroussées, levèrent toutes deux un visage outragé au-dessus des journaux qu'elles compulsaient : *Lisette*, pour l'une, *La Revue moderne*, pour l'autre. Monsieur de La Vérendrye, le gros chat noir lové juste à leurs pieds, ne bougea même pas un poil de sa tête calfeutrée au creux de ses pattes. Rose secoua vivement la fine frange de cheveux qui lui mangeaient les yeux et me lança avec effronterie :

— Maman, vous z'êtes vraiment pas ben fine de v'nir nous déranger icitte !

Juliette haussa les épaules et surenchérit :

— Ben oui, quoi, c'est vrai que t'es pas ben fine. Tu vois bien que nous sommes occupées !

Prise de court, je n'eus pas le temps de préparer une riposte ; la porte me claquait au nez. Je partis en pestant.

Rose va sur ses cinq ans et demi et me surprend chaque jour un peu plus par sa maturité et sa capacité d'adaptation. Elle s'est coulée dans le mode de vie manitobain avec une aisance déconcertante et suit son petit bonhomme de chemin en toute sérénité. Pour Juliette et moi, c'est un peu plus compliqué. Nous redoutons ce deuxième hiver canadien et ce ne sont certainement pas les récits des aînés, les soirs de veillée, qui vont calmer nos angoisses.

A les écouter, la violence foudroyante du blizzard ressemble à un infernal ballet démoniaque. Ils nous assurent que nous sommes loin d'avoir tout vu, l'année précédente, ce qui n'est pas fait pour nous rassurer. Pour Rose, ce sont des légendes sorties tout droit d'un livre de contes dont elle se repaît avec délectation. Contrairement à nous, le sentiment de déracinement, elle l'ignore. La mélancolie n'obscurcit pas son esprit et ne l'empêche pas d'évoluer dans ce nouveau monde. Celui qui ne connaît pas notre passé pourrait presque supposer qu'elle est née ici.

Elle entame sa deuxième année à l'école, y fait des progrès constants et, d'instinct, par son caractère enjoué, a réussi à s'attirer la sympathie d'autres enfants de son âge. Je suis surprise de constater à quel point son parler s'est métissé au contact des différentes communautés du village. Il s'enrichit de vocabulaire québécois, breton, savoyard et même d'anglais qu'elle apprend avec une grande facilité grâce à la petite Mary MacDonald, la fille de Neil le forgeron. Chaque jour apporte son lot nouveau de mots ou expressions dont elle use à satiété, avec une avidité de chaton affamé de savoir. Fort heureusement, Juliette a abandonné ses sacres, du moins en public, ce qui évite à Rose de s'aventurer dans cet apprentissage.

Pour l'instant, je n'ai pas envie de rire de sa plaisanterie, d'autant que le ciel obscurci laisse présager l'imminence d'une averse. Je m'empresse de ramasser le linge étendu sur le fil et rentre vite à la maison. J'ai le ventre noué, à cause de ce fichu courrier tout juste déposé devant la porte, et dont je viens de prendre connaissance. Marius veut s'en aller pour un long voyage dans le Grand Nord du Manitoba. Il me laisse le temps de la réflexion. Assure m'aimer toujours mais ne plus supporter cette situation équivoque. A moi de décider s'il part ou s'il reste.

Au lieu de me précipiter, voilà que je ressasse une fois de plus les bonnes et mauvaises raisons de le retenir. Suis-je donc capable d'aimer ? Est-ce que je vais enfin être honnête avec moi-même ? Admettre que Pierre Lavoie, le jeune journaliste de Saint-Boniface, s'est trop vite substitué à Marius ?

Trois mois après mon retour de Vendée, je me sens toujours aussi tiraillée. Entre Marius, mon premier amour, dont la présence me rassure, m'apaise. Et entre Pierre, si brillant, tellement séduisant. Marius, à l'attitude réfléchie, raisonnable, ou Pierre, chez qui je devine un caractère plus imprévisible et un grain de folie très excitant, voilà où j'en suis encore aujourd'hui. Il a suffi que le journaliste débarque dans ma vie pour que d'une pichenette soient balayées toutes mes certitudes.

Au fond, je ne suis sûre que d'une chose. Je veux prendre mon temps avant de m'engager, profiter de cette nouvelle liberté qui m'est offerte ici au Manitoba. Seulement voilà, Marius s'est lassé d'attendre et maintenant il est parti. Rien ne le laissait pourtant présager, ce dernier dimanche, lorsqu'il m'a accompagnée à la fête des moissons au village de Haywood.

Les rires de Juliette et Rose m'ont tirée de mes réflexions. Je les ai fustigées du regard.

— Ben, fais pas cette tête-là. Nous voulions juste nous amuser, y a pas de quoi fouetter un chat.

Je n'avais pas envie de discuter. J'ai dénoué mon tablier et je suis sortie en bougonnant, les laissant toutes deux interloquées. De lourds nuages assombrissaient le ciel, mais je n'y ai pas prêté attention, trop préoccupée par ce que j'allais pouvoir dire à Marius pour le retenir. J'en étais convaincue, il fallait qu'il reste à Saint-Claude.

J'ai besoin de lui, de sa présence à mes côtés, je dois le persuader de retarder son départ. Je courais presque sur le chemin et ne jetai même pas un regard à Tobie lorsqu'il m'a dépassée avec sa charrette. Arrivée au village, je suis entrée en trombe dans l'hôtel, sans prendre le temps de saluer son propriétaire derrière le comptoir et j'ai gravi l'escalier jusqu'au palier. Il m'a fallu faire une courte pause, le temps de retrouver ma respiration. Mes quelques coups brefs à la porte ne trouvèrent pas d'écho. J'entrai sans plus attendre.

La courtepointe étendue impeccablement sur le lit, les rideaux tirés devant la fenêtre close, le dessus du petit bureau totalement dénudé : tout laissait à penser qu'il n'y avait plus d'occupant dans la chambre. Louis, le nouvel hôtelier qui venait tout juste de racheter l'établissement, m'a fait tressaillir en me donnant une petite tape sur l'épaule.

— Si c'est le jeune Français que vous cherchez, il est parti il y a une quinzaine de minutes, mademoiselle. Il se rendait à la gare pour prendre le train et je pensss...

Je ne l'ai pas laissé terminer sa phrase. Déjà je dévalais deux par deux les marches de l'escalier.

A une centaine de mètres, aux abords du quai, la locomotive bourdonnait. Le chef de gare leva le bras et agita son drapeau au-dessus de la tête. J'accélérai ma course.

— Attendez-moi, attendez-moi !

Un long sifflement m'a répondu. La machine s'ébranla lentement, pendant que le chef de gare se reculait. Puis elle fut secouée de spasmes discontinus, hoqueta une volée de vapeur grisâtre et finit par cracher un nuage de sécrétion épaisse et sombre qui enveloppa momentanément les quelques ouvriers présents sur le quai. Les essieux crissèrent sur les rails, poussèrent une plainte exaspérante, aussi douloureuse que mon chagrin. J'étais arrivée trop tard pour empêcher le train de démarrer sa fuite en avant.

Je me sentis ridicule, les bras ballants, le regard perdu vers la locomotive qui s'estompait à l'horizon, emportant celui que je n'aurais jamais dû laisser partir. J'étais en rage contre moi-même. Je venais de perdre Marius pour la deuxième fois. Et cette fois-ci, j'en étais la seule fautive.

Juliette montrait à Rose le maniement de l'aiguille à repriser pour réparer une déchirure sur la robe de sa poupée. Toutes deux levèrent les yeux de leur ouvrage lorsque j'entrai, et voyant ma tête des mauvais jours, se gardèrent bien de toute remarque.

Pour me vider l'esprit, je me suis affairée à préparer la pâte à crêpes. J'avais promis à Gabrielle d'en apporter pour la veillée du soir. Peu à peu, ma tension baissa d'un cran. Rose approcha son museau gourmand de la table.

— Ce n'est pas la Chandeleur, mais si on faisait quand même sauter la première crêpe avec une pièce de monnaie, qu'en penses-tu, ma Rosinette ?

Ses yeux de chatte affamée m'apportèrent la réponse. Dans le buffet, j'ai cherché la boîte en fer où Juliette et moi entreposons notre argent pour le mois. Sous les billets, traînaient quelques sous qui tintèrent avec peu d'écho.

— C'est bizarre, Juliette. J'étais persuadée qu'il nous restait des petites pièces de un cent, et je ne les retrouve plus. Tu ne les aurais pas prises, par hasard ?

— Bah non, je ne suis pas allée faire les courses au magasin général depuis un bon moment. Mais tu as dû te tromper. Tu sais, elles se ressemblent tellement, toutes ces pièces.

— Oui, c'est possible. Tu as sûrement raison.

La graisse chantonnait au fond de la poêle, m'invitant à y couler délicatement la pâte. La préparation fluide se fondit avec des petits crépitements dans le roussi dont elle chipa la couleur dorée.

— Vous me laissez faire, maman ? Je voudrais lancer la première.

— Non, la poêle est trop lourde pour toi.

Rose plissa le nez, têtue :

— Je vais la tenir avec vous, s'il vous plaît, maman !

La bourrique ! Sa petite main toute chaude s'est glissée en catimini sous la mienne, autour du long manche de la poêle ; ses doigts menus ont trouvé le chemin du sou pour l'emprisonner.

Nous avons toutes les trois fermé les yeux quelques secondes, le temps d'un vœu. Puis, d'un geste assuré, j'ai impulsé un coup sec à la poêle, la crêpe s'est envolée dans les airs sous les yeux écarquillés de Rose, avant de se retourner à mi-parcours et de retrouver exactement sa place initiale.

Juliette et Rose applaudirent. J'ai souri, toute contrariété envolée avec la crêpe. Celle-ci fut partagée en trois portions égales, englouties en un rien de temps.

Louis, l'hôtelier du village, faisait partie des convives à la table des Boisvert. Je lui adressai un regard sombre, sans équivoque, pour lui montrer que je ne souhaitais pas parler de Marius quand nous les avons rejoints.

Les Arbez fanfaronnaient devant un auditoire subjugué par leur dernière acquisition d'un poste de radio à galène. Léon ouvrait de grands yeux ronds emplis de convoitise qui exaltaient l'orgueil des nouveaux propriétaires.

— Passez à la maison quand vous voudrez, Léon, je serai ravi de vous le montrer.

— Hum ! C'est pas de refus. Mais comment donc qu'ça peut parler ? C'est pas Dieu possible, cette affaire.

— Inutile d'invoquer Dieu dans cette affaire qui n'a rien de chrétien !

Léon ignora la remarque du père Joseph.

— Racontez encore, Edouard ! Qu'avez-vous entendu dans cette radio ?

Edouard parut gêné de cette question.

— Ben... Vous savez, ça ne fonctionne pas toute la journée... et puis... c'est un peu compliqué à entendre, car nous n'avons pas encore bien installé l'antenne de réception. L'émission se fait depuis les Etats-Unis, alors vous comprenez c'est surtout en anglais...

— Ah bon ?

— Seule la CKY de Winnipeg a une programmation francophone de quelques heures qui nous permet d'écouter de la musique classique.

Léon se gratta le menton, perdu dans une intense réflexion.

— Tu vois, ma femme. Si tu faisais un peu de rangement, on pourrait lui trouver de la place à cette radio, là sur le dessus du buffet où tu laisses traîner toutes tes affaires. Tu imagines un poste qui cause et nous donne des nouvelles du monde entier ! C'est-y pas ben fin ?

— Ah ! tu as ben le beau verbe, tiens donc. Toujours à vouloir danser plus vite que le violon ! Mais explique-moé avec quels sous qu'on le paierait, mon gros nigaud ? J'ai ben assez de toi à causer, sans en rajouter avec ce maudit appareil qui en plus ne parle même pas not' langue à nous autres.

Léon soupira. Il s'attendait à cette réponse.

— Et pi va pas me mettre un attrape-poussière supplémentaire, j'ai assez à faire à la laiterie et à la maison.

J'imaginais sans peine qu'il n'était pas question de faire entrer un poste de radio à l'acquisition beaucoup trop dispendieuse pour leurs faibles revenus, alors qu'ils avaient du mal à joindre les deux bouts.

— Léon, occupez-vous donc de la laiterie, de vos vaches, de vos champs de blé et de maïs. Si vous voulez des nouvelles du monde en français, lisez *La Liberté*, ça suffira amplement pour votre culture personnelle et votre esprit parfois étroit. Cet engin démoniaque ne pourra qu'être source de discorde dans la famille. Voyez donc, vous ne le possédez pas encore et déjà il attise votre jalousie. Dieu bénisse votre brave femme qui, elle au moins, sait raison garder.

Léon se contenta de hausser les épaules d'un air furibond, vexé d'être remis en place. Le prêtre réfléchit un instant et reprit, tempérant quelque peu ses propos :

— Vous savez, Léon, je ne suis pas forcément contre cet appareil. J'espère seulement qu'il puisse un jour diffuser des émissions en langue française, je vais même vous l'avouer, je souhaite de tout mon cœur que Dieu me fasse connaître ce bonheur. Ce jour-là, vous qui êtes là, moi, nous tous, nous pourrons entendre notre belle langue parlée ailleurs que dans nos maisons, nos écoles ou églises. Croyez-moi, ce serait alors un gros pas en avant dans l'acceptation de notre langue par le gouvernement.

Je l'aimais beaucoup, Léon, il était un peu comme un père pour moi et Rose, mais ce qu'il pouvait parfois être capricieux. Quand il avait une idée ancrée dans la tête, il ne la lâchait pas ainsi.

Fort heureusement, un des gars de la ferme choisit ce moment pour attaquer quelques mesures au violon pendant que le carré se formait et qu'un des hommes appelait les premières figures de la danse câllée[1].

Tobie vint chercher Juliette, Léon empoigna ma main. Je ne me suis pas fait prier, j'avais pris le démon de la danse depuis mon arrivée chez eux ! Les planches du parquet craquèrent sous nos sautillements effrénés. Suivirent des gigues échevelées, rigodons, polkas syncopées, et même une valse. Les

---

1. Anglicisme tiré du verbe « to call » qui veut dire « appeler ». Désigne une danse où un des exécutants appelle les figures.

couples tournoyaient et s'abandonnaient au plaisir de leurs pas comptés, sous l'œil indigné du prêtre, hostile à cette dernière danse qu'il jugeait scandaleuse. Il observait d'un œil critique nos corps qui se rapprochaient et ne pipait mot, mais n'en pensait pas moins !

Je m'étais familiarisée avec les danses traditionnelles et maîtrisais maintenant parfaitement le quadrille avec ses six contredanses bien définies : le pantalon, l'été, la poule, la pastourelle, la galope et la finale.

C'est sous une lune bien pleine et brillante que nous avons regagné notre chambre, les pieds en sang d'avoir trop dansé !

64

Je me réjouissais de ce repos imprévu en pleine semaine. Gabrielle m'avait accordé exceptionnellement le congé en fin de matinée, pour me remercier d'avoir travaillé d'arrache-pied ces derniers jours, à la suite d'un surcroît d'activité.

Juliette travaillait et logeait en semaine au village, chez Guillaumette. Rose était à l'école, Tobie ne la ramènerait qu'en fin d'après-midi. Ma première impulsion me commanda de faire un peu de travaux ménagers, mais laissa vite place au désir de m'abandonner momentanément à la paresse. Mes jambes, endolories par les piétinements prolongés, devenaient pesantes. Je me suis laissé choir nonchalamment dans la berceuse, les pieds meurtris relevés sur un tabouret. Je feuilletais avec envie les pages d'un magazine de mode. Mon Dieu ! Que cette robe noire était belle ! A travers le papier, ma main caressait le satin de soie frangée, mes yeux émerveillés admiraient la coupe tellement gracile créée par la couturière parisienne Jeanne Lanvin. Cette collection datait de l'hiver précédent mais n'avait rien perdu de son charme.

Mes paupières sont devenues lourdes, mon esprit s'est évadé.

Mon compagnon me tient tendrement le bras. Un groom s'empresse de nous ouvrir la porte du restaurant de l'hôtel Fort Garry de Winnipeg, dès notre sortie du taxi, et s'efface pour nous laisser entrer dans le vaste hall illuminé de lustres aux breloques de strass rutilantes. Je me sens infiniment légère, vêtue tout simplement d'une robe de satin noir qui épouse voluptueusement mes formes. Les gens s'écartent sur notre passage, dans un murmure d'admiration. Je leur adresse un sourire mutin et, prise d'une irrésistible envie de séduire, je tourne sur moi-même pour faire virevolter les franges de ma robe, sous le regard envieux des femmes qui ont bien reconnu le dernier modèle de la célèbre couturière. Un bouquet de notes florales enveloppe alors les airs d'un nuage parfumé, jouant avec les fragrances suaves d'Arpège. J'ai relevé les bras, ployé légèrement les genoux et esquissé une révérence ainsi que j'ai déjà vu faire les visiteurs devant le roi, sur la photo d'un magazine.

Je lève enfin la tête vers mon compagnon qui m'entoure la taille et me force à me redresser. Comme il est beau, son parfum me captive. Je suis flattée par le regard empli de fierté qu'il a posé sur moi, en m'entraînant vers la salle de restaurant. Un mouvement de foule s'est créé derrière nous. Je frissonne. Est-ce le bonheur d'être avec lui ? Je l'ai fixé intensément et j'ai froncé les sourcils en essayant de fouiller dans ma mémoire pour retrouver son prénom. Juliette s'est approchée de moi et m'a soufflé discrètement à l'oreille :

— Bordel, Louise, il serait temps que tu te décides à faire ton choix !

Un frisson parcourut à nouveau mon corps. J'ai voulu répondre à mon amie qu'on ne sacrait pas au Manitoba. Le froid m'a tirée brutalement de mon sommeil, le magazine ouvert sur mes genoux tomba à terre, brisant mon rêve !

Le poêle menaçait de s'éteindre, quelques bûches dans le foyer relancèrent aussitôt une flamme pétillante. Au même moment, la pendule sonna deux coups. J'avais froid soudain, et me suis couvert les épaules avec le grand châle rouge de Marishka.

Ce rêve m'a affectée plus qu'il ne devrait. Il me fallait trouver un dérivatif. Et si je partais chercher Rose à l'école ? Je me suis levée d'un bond, ravie de lui faire cette surprise. Depuis qu'elle a commencé à aller à l'école, Tobie a pris l'habitude de l'amener tous les matins au village et il la récupère en fin d'après-midi. Rose est fière de s'asseoir dans la charrette à côté de son tonton Tobie.

Pour une fois que je pouvais enfin reprendre mon rôle, pas question de laisser passer cette occasion. Il faisait encore doux dehors, bien meilleur qu'à l'intérieur de la maison, malgré le ciel gris et très bas. Ce mois d'octobre nous offre des journées automnales jusqu'à présent exceptionnelles et la beauté exaltante d'une campagne magnifiée par la douceur persistante, une fois les petites étoiles argentées des givrées matinales époussetées. Je n'avais jamais rien vu d'aussi joli que cette terre soudainement embrasée ; les courges orangées, énormes, plantureuses, jonchent le sol des jardins ; les meules de foin, dorées et grillées par le soleil, roulées et alignées par les hommes dans un ordre parfait, s'invitent à l'infini dans les champs, quel que soit l'endroit où l'œil se pose ; les feuilles dans les arbres se colorent chaudement de tons tantôt ocre, tantôt rougeoyants ; le ciel, démesurément bleu, à la fois proche et lointain, embrasse paisiblement la plaine de son immensité, ne faisant qu'un avec l'horizon.

Je crois que si l'on me demandait de le décrire, j'en serais incapable. C'est unique. Un spectacle fascinant, des paysages étranges, une prairie tout à la fois morne dans sa platitude et féerique par les compositions changeantes qui l'ornent selon les saisons. Il fallait en profiter, car d'ici quelques semaines, les premières neiges allaient tomber et là, ce serait une autre histoire. Il faudrait sortir les manteaux épais, si peu attrayants, les tuques et les mitaines, les bottes et les bas de laine. Bref, rien de bien réjouissant.

En passant près d'un champ, j'ai aperçu Léon sur son tracteur fraîchement acquis auprès de la coopérative ; derrière, Tobie et les garçons de ferme menaient les bœufs en les interpellant pour les faire avancer. J'ai hélé mon ami métis, en zigzaguant entre les pieds de maïs désormais vierges de leurs épis pour aller à sa rencontre et le prévenir que je partais au village attendre Rose à la sortie de l'école.

Je marchais depuis une dizaine de minutes. Un sentiment désagréable d'être suivie m'a alertée, je me suis retournée. Un homme, un inconnu au premier abord, se trouvait à quelques pas de moi. Surpris à son tour, il a arrêté net son avancée. Son visage ne me rappelait personne mais son regard insistant ne me disait rien qui vaille. Je dus lever la tête sur sa haute taille pour voir dans son visage ses yeux se plisser d'un sourire insolent. Il me déplut immédiatement. Il a soulevé sa casquette d'une main, son long corps qui flottait dans une gabardine trop grande pour lui s'est incliné dans un mouvement obséquieux.

— Exc-cusez-moi si je vous ai f-fait peur. Je vous ai v-vue de loin, si jeune et tou-toute seule, je voulais juste v-vous proposer de v-vous accompagner jusqu'au village.

Mal à l'aise, je me suis reculée de quelques pas.

— Je suis bientôt arrivée et n'ai pas besoin de vous. Je vous remercie, monsieur, au revoir.

Sans attendre sa réponse, j'ai repris mon chemin en accélérant volontairement le pas. Lorsque les premières maisons m'apparurent à l'entrée du village, seulement alors je m'arrêtai quelques secondes afin de retrouver ma respiration. D'un regard furtif en arrière, je constatai sa disparition.

La cour de l'école était encore vide, il devait rester une bonne demi-heure avant que la cloche ne retentisse pour annoncer la fin de la journée. Je disposais du temps nécessaire pour me rendre au magasin tricolore. Ce magasin général était appelé ainsi car géré par des Français, Guillaumette et Edouard Arbez – une famille de colons bretons. Guillaumette employait Juliette dans son atelier de couture adjacent, j'avais prévu d'y faire une halte avant de repartir.

Mais d'abord, je voulais réserver un petit cadeau à Rose en lui achetant une poignée de bonbons. J'étais certaine de la surprendre agréablement car elle savait que je me refusais à dilapider nos maigres économies avec du superflu. Une fois n'était pas coutume !

Edouard Arbez, derrière son comptoir de bois, finissait de s'occuper d'un client. Son magasin est un véritable bazar hétéroclite, un peu comme la quincaillerie de Challans où je me rendais avec maman, les jours de marché. On y trouve aussi bien de l'outillage que des vêtements, des souliers ou même de la vaisselle. Les enfants ne sont pas oubliés. Je soupçonne Edouard d'avoir pactisé avec le diable pour mettre à hauteur de leurs regards de telles tentations sucrées auxquelles il est difficile de résister. Sur un coin du comptoir, trop haut pour la plupart d'entre eux, une enfilade de bocaux transparents, parfaitement alignés, les fait se pâmer de bonheur, les obligeant à se hausser sur la pointe des pieds pour parvenir à coller sur le verre leurs yeux emplis d'émerveillement. Les visages sont tellement proches du bocal que le souffle de leur bouche l'enveloppe d'une nuée opaque. Edouard les houspille pour les chasser, ils s'égaillent comme une nuée de petits oiseaux avides de picorer les miettes de pain laissées à leur intention et qui reviendront aussitôt le dos tourné. Lui seul a le droit de plonger sa main épaisse dans les bocaux pour y puiser des bâtons de sucre d'orge, des billes à la réglisse et quantité d'autres confiseries de toutes les couleurs.

Pour l'heure, j'essayais de me concentrer afin de faire mon choix parmi toutes ces friandises affriolantes. Edouard, maintenant libre, s'approcha de moi, le visage éclairé par un grand sourire amical.

— Eh bien ! Ma chère Louise, quelle surprise de vous voir ici à cette heure de la journée.

— Gabrielle m'a libérée plus tôt, alors j'en profite pour venir chercher quelques bonbons pour Rose. Pouvez-vous m'aider ? Je ne sais lesquels choisir, vous avez vraiment trop de choix, Edouard.

— Ah ! Mais moi je sais ce qu'elle aime !

J'ai levé un œil interrogateur.

— Comment ça ?

— Ses préférés sont les petites billes à la réglisse, que voici. Elle les adore car elles lui font la langue toute noire et…

— Ses préférées, vous dites ?

— Oui, elle vient en acheter une fois par semaine avec les pièces que vous lui donnez.

— Les pièces que je lui donne ?

L'embarras se lut sur le visage d'Edouard.

— Ne lui donnez-vous pas quelques sous pour la remercier quand elle vous aide à la maison ?

Devant mon malaise évident, Edouard changea de sujet.

— Est-ce que je vous mets quelques billes ?

— Euh ! Oui ! Oui ! Mettez-en une petite poche, ça ira. Merci, Edouard.

— Il faudra revenir d'ici quelques semaines avec votre fillette, j'aurai reçu les papillotes de Noël, ça devrait lui plaire, j'en suis sûr.

— Oui, oui, bien entendu, je n'y manquerai pas.

Dans ma précipitation de me rendre à l'école, j'oubliai de passer saluer Juliette et Guillaumette. Déjà, une ribambelle d'enfants sortaient des classes et s'éparpillaient dans la cour, en piaillant comme des moineaux.

J'ai repéré ma fille, aux côtés de Mary et une autre gamine et l'interpellai par de grands signes de la main. Le visage de Rose passa de la surprise à l'affolement. Sa joue affichait une bosse singulière qui ne m'a pas échappé, pas plus que sa déglutition rapide. Enfin, ses yeux noirs se plissèrent de joie et elle courut se jeter dans mes bras.

— Oh, maman, quelle surprise de vous voir icitte !

Je ne me laissai pas berner par sa subtile manœuvre pour faire diversion. Quand elle voulait m'amadouer, elle usait abondamment de mots manitobains qui lui paraissaient plaisants. Je ne répondis pas et l'embrassai plutôt froidement. Sa petite main serrée dans la mienne, nous avons pris le chemin du retour. Tout un tas de pensées tournoyaient dans ma tête.

— Alors, c'était bien l'école aujourd'hui ?

— Oh oui ! Je sais maintenant lire tout l'alphabet et la maîtresse m'a fait écrire plusieurs mots au tableau.

— Tant mieux.

— Je me suis fait une nouvelle copine, Zoé. Elle est très gentille. Et puis, Mary elle nous a invitées, Zoé et moi, à venir chez elle samedi prochain. C'est son anniversaire et sa maman va nous préparer un cranachan aux bleuets. Mary m'a dit que c'était un gâteau aux myrtilles que faisait sa grand-mère en

Ecosse. Et vous savez, son père lui a fait une glissoire dans leur jardin. J'aimerais tant l'essayer. Vous voudrez bien que j'y aille, dites ?

Je voyais bien qu'elle tentait de noyer le poisson.

— On en reparlera plus tard. Et sinon, tu n'as rien d'autre à me dire ?

Rose m'a jeté un regard où se mêlaient l'inquiétude et l'interrogation.

— Fais-moi voir ta langue !

— Mais, maman, ça ne se fait pas de tirer la langue.

— Fais-moi voir ta langue et cesse de répondre !

Rose affichait une mine boudeuse, contrariée, et continua à marcher sans obéir à mon injonction, tout en faisant des mouvements incessants de bouche dont je n'étais pas dupe. Je me suis arrêtée net, j'ai empoigné brutalement son bras pour la faire pivoter. Elle a grimacé, j'ai pris son menton dans la main.

— Maintenant, tu vas me faire voir ta langue, c'est un ordre !

Une petite langue noirâtre s'insinua discrètement entre ses lèvres crispées. Elle continuait néanmoins à me regarder droit dans les yeux, comme par bravade.

— Comment tu expliques ta langue noire ?

— Mary m'a donné de la confiture de pembinas à la récréation, j'ai dû en manger trop.

— Tu mens mal et il ne me semble pas t'avoir appris à mentir, si ?

— Mais je ne mens pas, maman.

— Si ! Tu mens et, pire, tu persistes. Et comme si cela ne suffisait pas, tu voles !

Rose perdait de son assurance. Elle baissa les yeux sur ses chaussures.

— Très bien, on s'expliquera plus tard.

Elle fronça les sourcils, soudain piteuse, mais ne répondit pas. Le retour à la maison se fit dans le silence le plus complet.

Tout en faisant ses devoirs, elle me jetait par moments des regards inquiets. Après le repas, je l'ai mise au lit sans l'embrasser, contrairement à mon habitude. Sa mine était déconfite, les larmes pointaient au coin des paupières. J'ai pris sur moi pour ne pas me laisser attendrir. Elle s'est enfouie sous les draps, seule sa tête dépassait. Voyant que je ne céderais pas, elle s'est retournée sur le côté. Quelques minutes plus tard, son souffle régulier m'indiquait qu'elle dormait profondément.

Je l'ai abordée de front dès le réveil, anesthésiée par le manque de sommeil.

— J'ai bien réfléchi, Rose. Je n'aime pas les menteuses et encore moins les voleuses. Tu as volé des sous que ta marraine Juliette et moi-même économisons avec beaucoup de peine. Tu m'as menti effrontément. Donc, tu l'as compris, je suis obligée de te punir. A double faute, double punition.

Dans son regard, je lisais la peur.

— Pour commencer, il est hors de question que tu ailles chez ton amie Mary, samedi prochain. Je m'expliquerai avec sa mère, elle comprendra.

Si elle était déçue, en tout cas elle n'en laissa rien paraître.

— D'autre part, je vais en parler au père Joseph. Je suis persuadée qu'un petit tour par le confessionnal te fera le plus grand bien.

Rose grimaça, l'idée d'aller à confesse ne semblait guère la réjouir.

— Ce n'est pas tout !

Elle releva les yeux, alarmée par la gravité de mon ton.

— Tu as volé, il te faut une punition à la hauteur de cette mauvaise action, une sanction qui te porte à réfléchir sur les conséquences de tes actes. Tu vas donc passer une journée et une nuit entières à la geôle du village, derrière les barreaux. J'espère bien que la compagnie de tous les brigands et les arsouilles du village te remettra les idées en place et que cela t'ôtera définitivement l'envie de recommencer. Edouard Arbez, en tant que maire de Saint-Claude et responsable de la prison, aura la charge de te conduire lui-même dans ta cellule. Et si par hasard il me suggérait que tu répares ta faute en aidant les brigands à nettoyer les bords de chemins, je lui donnerais volontiers mon accord.

Mon intention n'était certainement pas d'envoyer ma fille en prison pour qu'elle côtoie les voleurs et ivrognes de tous poils, j'espérais surtout marquer un grand coup et provoquer sa peur. Sa réaction immédiate me surprit. Elle descendit du lit en hâte, attrapa ses vêtements sur la chaise et s'habilla toute seule, sans même attendre mon aide comme à son habitude.

— Mais enfin, que fais-tu ?

Elle m'offrit un regard candide :

— Eh bien, je m'habille pour aller à la geôle. Je suis tellement contente. Merci, maman.

J'ai cru qu'elle allait me sauter au cou ! Se moquait-elle de moi ? Décontenancée, je l'ai observée longuement pour réaliser qu'elle était vraiment sincère. Il m'a fallu réfréner une subite envie de rire. Bon sang ne saurait mentir ! Ma fille avait bien un tempérament de Maraîchine, une vraie cagnote[1] !

— Dépêche-toi au lieu de dire des bêtises et bois vite ton lait. Tobie va t'attendre.

Le comportement de Rose m'avait désarçonnée. Je me rendais bien compte que j'allais devoir montrer plus de fermeté et d'autorité pour parfaire son éducation et contrer son caractère d'une force indéniable. Cela me contrariait de constater qu'elle avait pu chaparder en douce des pièces dans notre boîte d'économies, et, en même temps, je ne pouvais m'empêcher de m'amuser devant sa roublardise évidente. Elle voulait aller à la geôle ! Vraiment, cette gamine était déroutante.

J'ai tenu bon pour l'invitation chez Mary. A la place d'un repas d'anniversaire avec ses copines, je l'ai amenée au presbytère et obligée à confesser ses fautes auprès du père Joseph. Le prêtre la retint plus d'une heure dans son confessionnal et poursuivit la pénitence ensuite à la cure. Quand elle sortit, après avoir passé une matinée entière avec lui, elle avait perdu un peu de sa superbe. Je n'abordai plus le sujet et ne revins

1. Ane, dans le patois maraîchin de Vendée.

pas non plus sur la punition envisagée de la geôle, espérant que la leçon ait porté suffisamment ses fruits.

En fin de semaine, Juliette nous rejoignit, comme à son accoutumée. Elle s'extasia du toupet de sa filleule.

— Bordel ! Si je n'étais pas sûre que ce soit ta fille, je dirais qu'elle aurait pu être la mienne !

— Tu ne vas pas la défendre, non plus !

— Non, bien sûr. Mais faut admettre qu'elle a du culot, la petite !

— Ne va pas lui dire, d'accord ? Car cette fois c'est moi qui aurai du caractère pour t'étriper !

Il m'a semblé que le moment était enfin venu de lui avouer la rencontre manquée avec Marius, son départ précipité. Juliette m'a confessé être déjà au courant.

— Tu sais, parfois je me dis que c'est moi qui devrais aller faire un tour à la geôle pour me mettre enfin les idées au clair !

— Tu n'as qu'à accompagner ta fille, vous serez bien toutes les deux sous les verrous, je viendrai vous dire bonjour tous les matins !

— Moqueuse ! Tiens, au fait. Ça n'a rien à voir, mais je voulais te prévenir que j'ai mis à la poste un courrier destiné à la communauté des Sœurs grises de Winnipeg pour demander un entretien avec sœur Marc.

Juliette applaudit à l'idée.

— Nous irons ensemble, tu veux bien ?

— Hum ! Oui, oui, bien sûr. Voir sœur Marc, et puis peut-être aussi voir un jeune frère beau à se damner…

— De qui tu parles ?

— Fais pas ta mijaurée ! Ne me dis pas que tu ne veux pas revoir le beau Pierre !

— Eh bien oui ! Là, tu es contente ?

— Si tu veux apprendre l'honnêteté à ta fille, il faudrait peut-être que tu montres l'exemple, tu ne crois pas ?

— Et toi, tu en es où avec Tobie ?

Juliette parut troublée, à son tour.

— Tout doucement. Je suis sûre que je lui plais, même s'il ne me l'a pas dit. Il y a des regards qui ne trompent pas.

— Et toi qui disais qu'il fallait ferrer les poissons !

— Mais justement, je ferre et j'apprends la patience. Tu me connais, ce n'est pas mon fort. Demain je l'accompagne pêcher. Sa compagnie suffit à me rendre heureuse.

Si ma fille ne cessait de me surprendre, je dois reconnaître qu'il en était de même avec mon amie. J'espérais en mon for intérieur qu'elle n'échafaude pas de faux espoirs avec Tobie que j'appréciais énormément, mais dont la nature solitaire et introvertie ne me permettait pas de juger ses sentiments, si sentiments il avait envers Juliette. Elle était tellement entière, impulsive. Plus dure serait la chute en cas de déception.

65

Sœur Marc répondit rapidement et nous proposa une rencontre début décembre. C'était parfait ! J'espérais que la météo ne nous empêcherait pas de prendre le train pour aller à Winnipeg.

Nous étions déjà à la Toussaint. Le 2 novembre, lors de la cérémonie au cimetière pour la célébration de la fête des morts, les morsures du froid nous piquaient à travers nos vêtements, confirmant que l'automne s'en était définitivement allé. Il ne fallut que quelques jours pour que l'hiver se rappelle à notre mauvais souvenir.

Le blizzard siffla une bonne partie de la nuit dans de longues et bruyantes rafales ; elles s'envolaient, giflaient bruyamment la porte, les volets, semblaient s'essouffler puis repartaient de plus belle. Toujours plus fort. Au plus haut de ce tumulte, lentement un fléchissement s'amorça. Petit à petit le vent s'affaiblit, perdit de son intensité. Les bourrasques agonisèrent jusqu'à complètement s'éteindre. S'ensuivit un silence anormal qui me tint éveillée jusqu'au petit matin. Une absence de bruit déconcertante, un calme ouaté après la tempête, presque angoissant. Rose dormait pourtant à poings fermés. Je m'enfonçai dans le lit, cherchant le réconfort dans la chaleur douillette des couvertures.

J'aurais dû pourtant le deviner. C'était notre deuxième hiver au Manitoba, et voilà que je me laissais surprendre comme une novice. En voulant quitter la maison pour aller à la laiterie, je me trouvai aux premières heures du jour face à une énorme congère qui obstruait la porte. Munie d'une pelle, je me suis efforcée de tout évacuer, mais au lieu de dégager l'amas neigeux, je le faisais choir dans la maison. De plus, le froid cinglant me mordait le nez et me brûlait le bout des doigts que je n'arrivais plus à bouger. Rose se faufila à mes côtés et, à l'aide d'un petit râteau en bois que lui avait confectionné Tobie, elle voulut apporter sa contribution.

— Tu rentres tout de suite dans la maison ! Non, mais ça ne va pas de sortir comme ça, sans ta pèlerine !

— Mais je voulais vous aider, maman. Et puis vous non plus, vous n'êtes pas couverte.

La voix de Léon nous interrompit :

— Ne bougez pas, Louise, je vais vous libérer.

Une dizaine de minutes plus tard, son visage rougi par l'effort nous est apparu. Tobie arriva sur ces entrefaites :

— Ça va être compliqué d'amener la petite à l'école. Il est tombé trop de neige cette nuit, la route pour le village n'est pas praticable avec la charrette, il faut attendre que l'employé municipal passe déneiger avec sa charrue.

Rose exultait.

— Ne vous inquiétez pas, maman, je peux rester toute seule à la maison.

Elle fit une mimique suppliante :

— Et je vous promets que je ne ferai pas de bêtises.

En effet, depuis l'incident de l'argent volé, Rose ne savait plus quoi faire pour m'aider, prévenir mes moindres désirs.

Juliette semblait anormalement excitée quand elle revint à la maison quelques jours plus tard.

— Eh bien ! C'est la neige qui te met dans cet état ?

— Lis ça !

Juliette me mit devant le nez le journal ouvert en sa page centrale.

— Allez ! Lis l'article, là !

Elle pointait du doigt une rubrique dont j'entamai la lecture. Le titre en était : « Grand-mère vous répond. »

Chère grand-mère,

Je ne sais pas bien écrire, alors j'ai demandé l'aide à une grande de la classe. En échange, j'ai promis de lui donner la part de gâteau que maman met dans mon sac tous les jours. J'habite Saint-Claude avec ma maman et ma marraine, et je suis française.

J'ai relevé la tête. Juliette s'est impatientée :

— Continue !

Il y a quelque temps, j'ai fait une très grosse bêtise. Vous allez sûrement me gronder comme maman, parce que j'ai volé de l'argent dans sa boîte à sous pour m'acheter des bonbons. Je sais que ce n'est pas bien et je ne le referai plus. Je l'ai promis à monsieur le curé et à maman. Elle voulait même m'envoyer en prison, puis après elle a dit non et c'est bien dommage, car j'aurais bien aimé y aller, moi, dans la geôle. Ça doit être très drôle surtout que j'aurais été la seule de la classe à y avoir passé une nuit.

Ma vraie mémé, elle est en France, alors c'est trop loin. Ma copine Zoé m'a dit que vous aidiez tous les petits enfants du Manitoba, c'est pour ça que j'ai pensé à vous, même si je suis française, parce qu'une mémé, c'est fait pour ça, m'a dit ma copine.

J'ai besoin de cents pour rembourser ceux que j'ai volés, parce que maman et ma marraine travaillent dur pour les gagner. Vous pouvez peut-être me dire comment trouver du travail ?

Je sais faire la vaisselle, les crêpes, je redresse mon lit toute seule le matin et je sais passer le balai et sincer[1]*. Surtout, ne leur répétez pas ce que je vous dis, parce que sûrement je me ferais encore gronder. Peut-être même que cette fois-ci maman m'enverra vraiment dans la geôle ?*

Merci, grand-mère, je vous promets que je resterai une petite fille très sage et je vous fais confiance pour m'aider. Excusez-moi si je ne vous donne pas mon prénom. Je ne veux pas que ma maman me reconnaisse car il lui arrive de lire ce journal. Dans votre réponse, vous n'aurez qu'à m'appeler Zoé, c'est le nom de ma copine.

---

1. Passer la serpillière, dans le patois vendéen.

Je m'arrêtai, bouleversée.

— Tu as lu la réponse de la grand-mère ?

— Non, pas encore.

— Alors, vas-y, continue ta lecture.

Chère Zoé,

Ta lettre repose sur de bons sentiments, même si je ne sais pas trop comment je peux t'aider.

Tu as raison, ce n'est pas bien de voler de l'argent, d'autant plus à sa maman. Je pense que tu as compris la leçon et que tu ne recommenceras plus. Tu ne m'as pas dit ton âge, mais j'imagine que tu dois être bien jeune. Certainement trop pour travailler. Si tu veux aider ta maman, continue à être une gentille petite fille, et ne fais plus de bêtises. Et comme tu le proposes dans ton courrier, apporte-lui plutôt ton soutien dans les travaux ménagers : vaisselle, cuisine, ménage. Elle t'en sera reconnaissante, et tu sais, l'amour d'une maman ça n'a pas de limites.

N'oublie jamais tout ce qu'elle fait pour toi. Quand tu seras un peu plus grande et que tu commenceras à gagner ta vie, je te demande une chose en espérant que tu ne l'oublieras pas : offre-lui tes premiers cents. Ce sera un beau cadeau, crois-moi.

Voilà, ma chère petite Zoé, j'espère que tu sauras tirer profit de mes conseils. Mais je suis confiante, je devine à travers tes lignes une gentille âme.

Mère-Grand

— Pauvre petite biquette ! Tu l'as traumatisée, voilà le résultat.

— C'est ça, défends-la ! Non, mais c'est le monde à l'envers !

— Mais non ! Ne t'énerve pas, c'est juste que je trouve sa démarche émouvante, pas toi ?

Je ne voulais pas lui avouer que ce message m'avait mis la larme à l'œil, mais ma voix éraillée trahissait mon émotion.

— Toi qui sais tout, que me conseilles-tu de faire, maintenant ?

— Alors là, ma cocotte, c'est toi sa mère !

— C'est bien ce que je pensais ! Tu es tout en goule quand il s'agit de prendre la défense de ma fille, mais dès qu'il s'agit de donner un avis objectif, là tu te défiles !

Je sentis la chaleur des bras de Juliette autour de mon cou.

— Si tu veux mon avis, laisse passer quelque temps. Ne dis rien dans l'immédiat et attends.

Bien ! C'était finalement ce que j'avais envie d'entendre. J'entourai à mon tour la taille de mon amie :

— Tu avoueras que ta filleule, et par la même occasion ma fille, a un fichu caractère.

— Ah, tu l'as dit ! Et c'est tant mieux. C'est plus pratique pour avancer dans la vie.

Je soupirai. Elle avait certainement raison, en tout cas je l'espérais. Mais en attendant, ça promettait du fil à retordre.

J'eus l'occasion d'aborder la question avec Gabrielle, quelques jours plus tard, alors que nous étions seules dans la cuisine. Gabrielle, finalement c'est un peu ma maman de substitution, celle qui remplace la vraie, à des milliers de kilomètres.

Elle s'amusa beaucoup lorsque je lui racontai mes mésaventures avec Rose. Mais elle convint qu'il fallait resserrer la vis et surtout être très vigilante. Rose s'épanouissait, elle était à un âge où la personnalité se construit.

— C'est une petite anémone qui s'éveille à la nature, ta fille, Louise. Surveille-la pour éviter qu'elle ne devienne une fleur sauvage, assure-toi qu'elle se tienne bien droit et ne ploie pas du mauvais côté.

Elle prêchait une convaincue ! Je me ralliai à son avis, identique à celui de Juliette, quand elle me conseilla de ne pas faire allusion à l'article de *La Liberté*.

— Elle est très intelligente. C'est une chance, je suis sûre qu'elle ira loin, vu son sacré tempérament.

— Je veux y croire, Gabrielle. Je me demande toujours comment, moi, si peu instruite, j'ai pu mettre au monde une enfant aussi précoce.

— Voyons, ne te dévalorise pas. Je le sais, moi, que tu es intelligente.

J'étais étonnée de sa remarque. Moi, intelligente ? La petite Maraîchine qui n'est allée à l'école que pendant deux années ? Malgré les nombreux jours d'absence à cause des inondations dans le marais ou du travail à la maison, je n'ai eu de cesse d'apprendre consciencieusement mes leçons. Je recopiais avec peine mes pages d'écriture, mais il suffisait que papa me voie faire pour qu'il entre en furie et m'arrache le cahier. Il ne voulait pas que je m'instruise. Pourquoi ? Selon lui, ce n'étaient que des balivernes qui ne me mèneraient à rien dans la vie. Une fille n'avait pas besoin de savoir lire et écrire pour s'occuper de la maison, cuisiner, faire la couture. Je me rebiffais pourtant comme une petite chatte, toutes griffes dehors. Je n'avais hélas jamais le dernier mot, maman préférait se ranger du côté de son mari pour avoir la paix. Finalement, je m'aperçois que le caractère de Rose n'a rien à envier au mien !

Malgré tout, je me suis accrochée et ça a payé. Peut-être aussi parce que la maîtresse avait remarqué mon application, mon zèle. Elle avait compris que, dans ces marais isolés, enseigner à des enfants dont les parents ne voyaient pas l'importance de l'instruction se révélerait une tâche compliquée, même si, comme elle nous le rappelait régulièrement, Jules Ferry avait rendu l'école obligatoire. Les filles étaient faites pour aider à la maison, les garçons pour travailler aux champs. Je peux aujourd'hui lui rendre grâce. Au bout des deux ans, je savais lire et maîtrisais plutôt bien l'écriture.

Dès mon arrivée chez Jeanne et Auguste, en Charente, j'ai poursuivi mon éducation en lisant beaucoup, grâce à leur bibliothèque très fournie. Je parcourais, avec une boulimie étourdissante, tout ce qui me tombait sous la main. Je n'ai pas perdu cette habitude, et même maintenant, j'éprouve autant de plaisir à parcourir les magazines et les journaux qu'à lire les livres empruntés à la bibliothèque du père Joseph, au presbytère.

— Merci, Gabrielle, de votre soutien. Mais cessons de parler de moi. Je vous trouve soucieuse ces derniers temps, est-ce que je me trompe ?

— Ah ! Tu vois bien que tu es intelligente !

— Non, simplement lucide ! Je vous aime beaucoup, vous êtes un peu plus qu'une patronne pour moi, Gabrielle.

— Tu es décidément très futée, ma chère Louise. Moi aussi, je t'aime beaucoup et, pourtant je suis avare de compliments.

Elle fit une pause quelques secondes, ses yeux me regardaient sans me voir.

— Je suis tannée de toujours devoir me battre, sauver les apparences, sais-tu !

Elle s'interrompit. Je n'osai, par pudeur, la questionner.

— C'est compliqué. Les emprunts, le loyer. Et ce que nous devons aux commerçants.

Je la regardai avec de grands yeux incrédules. Les Boisvert, des problèmes d'argent ? Cela me paraissait impensable. Le fait qu'ils soient propriétaires d'une grande ferme, qu'ils aient du personnel, reçoivent beaucoup chez eux, me semblait être un gage de richesse. Et voilà que Gabrielle m'assurait le contraire !

— Tu ne le sais pas, mais nous ne sommes pas propriétaires de nos terres.

Eh bien voilà, j'avais déjà faux sur ce point.

— C'est un Anglais de Brandon qui nous les loue. Son père, un colon fortuné et avisé, avait acheté pour une poignée de dollars de nombreuses parcelles en friche, un peu partout dans l'Ouest canadien. De la pure spéculation, car bien évidemment les prix ont grimpé depuis cette époque des premiers immigrants au Manitoba. Il en a hérité et vendu certaines. Oh bien sûr, il serait prêt à nous vendre la nôtre, mais il en demande un prix beaucoup trop dispendieux. C'est un cercle infernal, car nous payons un loyer fort élevé. Mais nous n'avons pas le choix. Alors, tu penses bien qu'acheter un poste de radio, comme ce bum de Léon le demandait l'autre soir, n'est pas prévu pour demain !

Je lui demandai, d'une voix peu assurée :

— Mais la laiterie vous rapporte bien ?

— Tu es encore jeune, Louise. Tu n'as pas conscience de la valeur de l'argent. La ferme et la laiterie nous coûtent cher en entretien. Et, tu as pu t'en apercevoir, le climat n'est pas tendre avec nous. Il suffit d'un hiver prématuré ou au contraire d'un printemps tardif, de pluies trop abondantes comme nous en avons déjà connu pour que cela mette en péril nos récoltes de blé et d'avoine. Tiens ! j'allais oublier les invasions de sauterelles. Ben, ma chère, je ne te souhaite pas de connaître ça, car c'est pas ben fin !

Des invasions de sauterelles ? Rien que ces mots m'affolèrent, et la vision de milliers de d'insectes dans le ciel me fit frémir de dégoût.

Gabrielle se pencha vers moi et reprit, presque en murmurant :

— Ne le répète pas, mais nous avons beaucoup de dettes chez les commerçants au village. Je ne dis pas tout à Léon, car tu as dû t'en apercevoir, il a le sang chaud. Je gère toute seule les questions d'argent, mais ça me tanne. L'année dernière, nous avons acheté le tracteur à la société coopérative de Saint-Claude. Il fallait bien en passer par là pour améliorer les rendements. L'année d'avant c'était le séparateur de crème, supposé comme le disait le slogan sur le catalogue Eaton nous faire augmenter le nombre de bêtes et rendre plaisante une activité autrefois paisible ! Pffft ! du vent ! Y a ben aussi le magasin général des fermiers qui nous loue à moindre prix pas mal de matériel. Mais je suis bien obligée de faire travailler les autres commerçants, et les notes de crédit s'accumulent chaque mois.

Gabrielle soupira.

— Heureusement, Charles Gaudette, le propriétaire de la Crémerie de Saint-Boniface, m'achète tous les mois nos productions d'œufs et de volaille. Mes poules, coqs et dindes grasses rapportent des dollars supplémentaires qui me permettent d'améliorer un peu l'ordinaire.

Gabrielle dut se méprendre sur mes pensées, car elle insista :

— Ne t'inquiète pas, il y aura toujours du travail pour toi. Et puis je ne suis pas la seule fermière à avoir des dettes chez les commerçants. Ce qui me rassure un peu, c'est que cette année, la récolte de blé et d'avoine est florissante, ce que confirme le bureau fédéral de la statistique qui affirme que ce serait la plus abondante depuis 1923. Alors, il faut que j'arrête de me plaindre.

Cette discussion avait fortement ébranlé mes convictions et me fit comprendre combien il ne fallait pas s'attacher à la futilité des seules apparences. La faute à mon éducation. Mes parents m'ont élevée dans le respect des Grands Messieurs et Grandes Dames. Pas question de mélanger les classes. J'entends encore la voix cassante de maman et son ton catégorique, quand nous croisions les notables au marché ou à la sortie de la messe :

« Ce ne sont pas des gens de notre monde, Louise, mais n'oublie jamais de les saluer, d'être polie avec eux. »

Rien n'aurait pu l'en faire démordre ! Dans l'esprit logique de maman, les riches restaient avec les riches, les pauvres le demeuraient toute leur vie et ne fréquentaient pas les riches. Que penserait-elle aujourd'hui, si elle me voyait parler, de manière aussi familière, à cette femme qui était ma patronne ? Toutes ses idées reçues tomberaient d'un coup, comme les miennes en découvrant que Gabrielle et Léon n'étaient pas les gens fortunés que leur statut de patrons pouvait laisser supposer.

Une chose était sûre, et s'affirmait de jour en jour dans mon esprit. Rose avait droit à un autre avenir que celui, médiocre, promis par mes parents. Elle était intelligente ? Tant mieux ! Peut-être devais-je y voir un cadeau du Seigneur qui souhaitait la faire sortir de cette condition misérable. De ce moment, je me promis de mettre tout en œuvre pour débarrasser ma fille de ce carcan de préjugés afin de lui offrir une vie meilleure.

66

La fièvre de Winnipeg nous frappa de plein fouet, dès la sortie de la gare Union. Le contraste avec le calme et la sérénité de Saint-Claude était saisissant. Cette ville affichait une effervescence permanente, un intense bouillonnement de cultures, et il me semblait même que, d'une fois sur l'autre, la frénésie sur les grandes artères s'accentuait. Venir à Winnipeg me procurait les jours qui précédaient énormément d'excitation. J'allais à la capitale ! Retourner à Saint-Claude, en fin de journée, après m'être mêlée à la foule bruyante de tous ces anonymes, m'apportait un apaisement ineffable.

Chacune de nos visites nous offrait cependant de nouvelles découvertes. A chaque coin de rue, Rose trouvait matière à s'émerveiller, des calèches tirées par des chevaux aux voitures plus récentes, jusqu'aux devantures des magasins.

— Oh ! Maman, regardez cette drôle de charrette ! Elle est bien plus belle que celle de Tobie.

« Maman ! Maman ! Vous avez vu la grosse voiture noire ? Je vais le dire à Léon, il n'en a pas une belle comme ça.

« Maman, regardez le chapeau de la dame, devant nous ! Ça vous irait bien.

— C'est bon ! J'ai des yeux pour voir, moi aussi, Rose. Arrête, tu me fatigues. Et je t'ai déjà dit cent fois que ce n'est pas poli de montrer les gens du doigt.

Mais elle ne m'écoutait pas, continuait à ouvrir de grands yeux sur tout ce qu'elle croisait, en pointant ses sujets d'émerveillement.

— Maman, regardez. Le train, il est tiré par des fils ! On va monter dedans, dites, vous voulez bien ?

Le train tiré par des fils, c'était le tramway. Il était hors de question que nous le prenions. J'invoquais le coût que cela représentait pour réfuter fermement l'idée de monter à bord de cet engin. En réalité, j'ignorais comment me déplacer dans cette grande ville dont je ne connaissais même pas les noms de rues et l'idée de devoir demander des explications, alors que presque tout le monde parlait anglais, m'angoissait.

A Winnipeg, la langue représentait un véritable barrage. Bizarrement, je ne m'en étais pas tellement aperçue, lors de ma première visite avec Juliette, certainement parce que ce jour-là nous étions plus préoccupées par la validation de nos papiers au bureau d'immigration. Mais maintenant, cela m'apparaissait de manière flagrante et m'oppressait. En déambulant le long des rues, j'entendais principalement parler anglais. Exceptionnellement, il m'arrivait de capter quelques bribes de mots français ou des mots dans une autre langue, qui instinctivement me faisaient tourner la tête pour voir celui qui les avait émis. Je ne sais pourquoi, mais j'aurais juré qu'il s'agissait d'immigrants, comme Juliette et moi. Ça se voyait dans les vêtements, se devinait dans les regards peu assurés. Nous étions des émigrées parmi d'autres qui tentions de nous fondre dans la masse, parmi cette foule cosmopolite où gravitaient Anglais, francophones aux différents accents, Polonais, Ukrainiens et bien d'autres nationalités.

Autre fait étonnant, il suffisait que nous traversions le pont Provencher, au-dessus de la rivière Rouge, pour qu'immédiatement la tendance s'inverse. A Saint-Boniface, j'entendais parler français, et l'inquiétude qui ne me quittait pas dans les grandes artères de Winnipeg s'évanouissait dès que j'arrivais dans ce que j'appelais, en mon for intérieur, mon petit coin de France. Comme me l'avait déjà expliqué Donatien Frémont, le directeur du journal *La Liberté*, les francophones constituaient la majorité de la population à Saint-Boniface, contrairement à la grande capitale principalement habitée par les anglophones et des immigrants venus d'Europe de l'Est. Un pont séparait les deux agglomérations, mais la barrière linguistique, je m'en rendais compte, opposait bien plus les populations que l'imposant ouvrage de ferraille.

— Sœur Marc va nous attendre si nous ne pressons pas le pas. Nous allons aller dès maintenant à la résidence des Sœurs grises et je vous réserve ensuite une petite surprise.

— Une surprise ? Laquelle ?

— Eh bien, si nous ne sortons pas trop tard de notre entretien chez les sœurs, nous irons au magasin Eaton.

Mon offre fut reçue par une explosion de joie. Juliette et Rose, bras dessus bras dessous, entamèrent une petite ronde en chantant :

— Nous allons chez Eaton, tra-la-la-lère, nous allons chez Eaton…

— Arrêtez donc vos bêtises, vous allez nous faire remarquer !

Comme aurait dit Gabrielle, nous étions de bonnes trotteuses à qui la marche ne faisait pas peur. Quand nous fûmes arrivées du côté de Saint-Boniface, alors seulement je me hasardai à demander à une jeune femme le chemin de la résidence des Sœurs grises. Elle n'était pas très éloignée, à proximité de la cathédrale, le long de l'avenue Taché.

Il ne nous fallut pas longtemps pour y parvenir. Le bâtiment faisait face à la rivière Rouge. Une belle bâtisse, très étendue à ce que nous en vîmes dans un premier temps, à l'arrière d'un agréable parc arboré. Une façade charmante, faite de bois blanc, enjolivée par des volets de couleur vert foncé. Au milieu, une avancée ressemblant à une véranda constituait l'entrée principale.

Une religieuse nous accueillit et nous conseilla d'attendre le retour de sœur Marc, occupée présentement à l'hôpital avec des malades. Le temps passait, plus personne ne se préoccupait de nous.

— Maman, quand est-ce qu'on va chez Eaton ?

— Ça suffit ! Inutile de t'énerver, nous attendrons quoi qu'il en soit.

Rose voyait déjà s'évanouir son beau rêve et se lança dans une série de longs soupirs désespérés.

Enfin, sœur Marc arriva. Son ombre fluette se dessina, tout au bout du grand couloir. J'eus un choc et me sentis propulsée plus d'une année en arrière. Nous n'étions plus dans cette résidence des Sœurs grises, mais dans le hall du quai 21, à Halifax. Une ombre grise s'avançait vers nous, tenant la main d'une petite fille. Instinctivement, je serrai très fort la main de Rose, pour me rassurer. Elle était bien là, à mes côtés.

Je reconnus son visage, auréolé d'un immense sourire. Les émotions me submergeaient, des odeurs confuses me revinrent en mémoire, liées au souvenir de nos premiers instants sur le sol canadien. J'observai Juliette et constatai son trouble quand elle s'avança, bras ouverts, vers la religieuse.

Le bureau dans lequel sœur Marc nous fit entrer était naturellement éclairé par une large fenêtre. L'endroit respirait la sobriété. Peu de meubles, hormis un petit bureau de bois surmonté de piles de papier et un prie-Dieu dans un angle, sous une croix surmontée d'un chapelet. Seul objet imposant, accroché au mur derrière la table de travail, un tableau représentant le portrait austère d'une femme en tenue de religieuse, les mains posées à plat sur la couverture d'un livre. Une étrange douceur se dégageait de son visage, entouré d'une capuche sombre, et devait certainement fasciner quiconque l'observait. Rose ne parvenait pas à la quitter des yeux, impressionnée subitement par cette présence anonyme. Sœur Marc perçut son inquiétude et commenta :

— N'aie pas peur, ma petite. Elle veille sur nous. Vous voyez là le portrait de Marie-Marguerite d'Youville, notre très chère fondatrice de la communauté des Sœurs grises.

La conversation s'envola ensuite, à bâtons rompus. La sœur s'enquit de ce que nous avions pu devenir ; nous avons tout raconté, sans rien omettre. Nous étions fières de lui montrer notre attachement sincère au Manitoba, mais nous n'avons pas caché non plus nos moments de doute, nos incertitudes et les manques du pays qui nous avaient assaillies depuis notre arrivée. Je pense qu'elle nous sut gré de notre sincérité, cette femme très entière aurait certainement douté d'un portrait trop lisse.

Pour une fois, Rose se tenait sagement assise sur sa chaise, troublée par le regard de la religieuse dans son tableau. Elle dut se soumettre à quelques questions de la sœur et s'y prêta de bonne grâce, ravie de narrer son apprentissage à l'école, ses copines Mary et Zoé, ses tontons Tobie et Léon, sa partie de pêche sur le lac l'hiver dernier, ce qui amusa grandement son interlocutrice. Elle fit l'impasse sur le larcin pour lequel je l'avais punie. Je confirmai que Rose me donnait toute satisfaction.

Sœur Marc était heureuse, elle aussi, de nous retrouver. Notre bonne intégration représentait à ses yeux une réussite, alors que tant d'autres immigrants connaissaient la misère et se voyaient contraints de retourner dans leur pays d'origine.

— Vous avez beaucoup de courage, jeunes filles. Il va falloir maintenant penser à vous marier, nous lança-t-elle d'un ton taquin, mais ferme.

Juliette comme moi étions soudains gênées. Elle n'était pas la seule à nous faire remarquer notre situation, le père Joseph s'y était déjà risqué il y a longtemps.

— Ne vous méprenez pas, j'admire votre persévérance. Vous me faites penser aux quatre sœurs de la charité de Montréal venues établir à Saint-Boniface leur première mission dans l'Ouest canadien. Vous avez fait le voyage bien au sec, dans un paquebot, mes chères filles. Mais imaginez que ces femmes sont arrivées de nuit à Saint-Boniface, par la rivière Rouge, après cinquante-huit jours de voyage depuis Montréal, et ce par tous les temps et sous toutes les conditions misérables que vous pouvez imaginer pour cette époque.

Elle s'était levée, fit quelques pas, soudain tout agitée.

— C'étaient de véritables pionnières, venues avec pour vocation principale enseigner et soigner. Elles ont beaucoup œuvré pour venir en aide aux femmes de la colonie de la Rivière-Rouge et aux misérables. Ce sont elles qui ont créé le premier hôpital de l'Ouest canadien.

Juliette et moi étions loin de partager autant de certitudes et de foi chrétienne, mais la comparaison qu'elle faisait avec notre parcours me parut plutôt flatteuse.

Je sentis que Rose commençait à s'agiter, la seule idée d'aller chez Eaton l'animait pour l'instant ! Il était temps de mettre fin à l'entretien et nous fîmes à sœur Marc la promesse de revenir.

Une fois dehors, Rose poussa un énorme soupir de soulagement.

— Tu as su te tenir convenablement. Bien, maintenant nous rentrons à la maison.

— Oh ! non, vous aviez promis d'aller chez Eaton !

— Moi, j'avais promis ? Juliette, tu m'as entendue promettre quelque chose ?

— Ah ! oui alors, je t'ai entendue, bordel, et chose promise à ma filleule chérie, chose due.

— Si vous vous liguez toutes les deux contre moi, je ne peux plus rien faire, soupiré-je d'un ton faussement las. Allons don' chez Eaton !

J'avais prononcé la fin du nom volontairement à la française, pour les faire rire. Mais elles m'avaient déjà lâchée, marchant hâtivement à quelques mètres devant moi, bras dessus bras dessous comme deux amies. Je les rejoignis et toutes les trois, nous forçâmes le pas en chantonnant des paroles improvisées :

— Nous allons chez Eaton, sacré nom de nom, nous allons chez Eaton et c'est drôlement bon…

Le magasin Eaton se situait sur la plus grande rue de Winnipeg, l'avenue du Portage.

— Regardez, maman, c'est la rue dont nous a parlé tonton Tobie.

Rose avait bonne mémoire et déjà repéré le nom indiqué sur une plaque. Je me réjouis intérieurement de voir que son apprentissage scolaire portait ses fruits. Comme moi, elle se passionnait pour les histoires de Tobie, surtout quand il nous racontait la vie de ses ancêtres métis. A l'occasion d'une veillée, il avait évoqué les charrettes de la Rivière-Rouge qui transportaient au siècle précédent diverses marchandises, viandes et peaux de bison entre autres, depuis les plaines de l'Ouest jusqu'aux Etats-Unis. L'avenue du Portage avait été construite suffisamment large pour pouvoir permettre à quatre charrettes de rouler de front.

Et de fait, elle était immensément large. Avec en son milieu la ligne de tramway, certainement inexistante à l'époque des charrettes de Tobie, de chaque côté les véhicules motorisés ou à cheval qui circulaient à longueur de journée et la foule de piétons, il fallait être exercé pour la traverser sans se faire renverser ou bousculer.

Le drapeau canadien flottait sur le toit de l'immeuble Eaton en face de nous, je reconnus aussi les stores au-dessus des vitrines. J'ai empoigné les mains de Juliette et Rose et nous avons franchi l'avenue en nous mêlant à la foule qui, pour une fois, nous a paru un giron rassurant.

Jusqu'à présent, de Eaton nous connaissions surtout le gros catalogue donné par Guillaumette à chaque début de saison. Cet énorme ouvrage n'en finissait pas de nous faire rêver. On y trouvait de tout, depuis les étoffes les plus récentes, les nouvelles collections de robes, chaussures et vêtements pour la neige en passant par la décoration, les nouvelles voitures et même des maisons ! Il suffisait que je tourne les pages pour voyager dans un autre monde et brûle de convoitise pour ce qui me paraissait impossible à acquérir. Dans mes rêves les plus fous, se dessinait une grande maison en rondins, comme cela se fait ici au Manitoba. Juliette viendrait l'habiter avec nous, bien sûr, je ne l'imaginais pas autrement. Nous pourrions la décorer avec des meubles récents, modernes. Dans la cuisine, je voyais déjà un beau fourneau en porcelaine, comme celui du catalogue. Hélas, la réalité reprenait vite le dessus dès que le prix s'affichait en gros sous mes yeux désabusés : 79,50 dollars. La réclame incitait à l'acheter pour 4 dollars par mois, mais l'idée d'un tel crédit ne m'effleurait même pas l'esprit. Ce fourneau ne serait jamais dans ma cuisine, pas plus que cet incroyable robot, le Thoro-Mix, supposé tout préparer à ma place et même battre le pain. Non, ce n'était pas pour moi. Dans l'immédiat, je vivais dans une petite chambre qui nous était offerte en échange du travail. Je n'avais pas à me plaindre. Et à défaut d'envisager d'accéder un jour à ce rêve inaccessible, je me servais du catalogue pour apprendre l'anglais. Mon vocabulaire se développait avec de nouveaux mots : *dress, coat, shoes, boots, bed sheets, blankets, snow, stove*[1]…, des vocables avec lesquels je peinais encore à faire des phrases complètes.

Une fois entrées dans le magasin, nous fûmes en proie aux premières questions. Devant, sur les côtés, des comptoirs de marchandises s'offraient avec orgueil à nos yeux animés de convoitise. Il me sembla que nous n'aurions jamais le temps de tout voir, compte tenu de la démesure du lieu. Juliette proposa que l'on

1. Robe, manteau, chaussures, bottes, draps de lit, couvertures, neige, cuisinière.

fasse le tour, méthodiquement, comptoir par comptoir. C'était la meilleure des solutions, mais je lui fis remarquer que j'étais fatiguée et lui proposai qu'on se repose quelques minutes avant d'attaquer la visite du magasin.

— Tu n'es pas bien ? Comment veux-tu qu'on ait le temps de tout voir si déjà on se repose !

— Cinq minutes ! Je te demande juste cinq petites minutes. J'ai mal aux pieds.

Son regard se focalisa sur mes chaussures. Elle fit la moue, pas du tout convaincue.

— Toi, tu me caches quelque chose !

— Mais non, voyons, qu'est-ce que tu vas chercher !

J'avais rougi malgré moi.

— Ne restons pas là, mets-toi au moins sur le côté. Tout le monde nous regarde, nous sommes ridicules.

Effectivement, les vendeuses du comptoir d'eaux de Cologne, parfums et savons nous observaient avec un sourire hautain qui me déplut. J'avais honte de me donner en spectacle. Nous nous sommes retirées à l'écart, contre le mur.

Les effluves des eaux de Cologne nous envoûtaient. Mon regard furetait un peu partout dans les allées du magasin. Rose me tira la main, impatiente elle aussi.

— Maman, on y va !

— Oui, deux secondes enfin !

J'avais répondu brutalement. Juliette ouvrit des yeux interloqués devant tant d'insistance de ma part. Elle s'apprêtait à ouvrir la bouche mais une voix derrière nous l'interrompit avant qu'elle n'ait le temps de renchérir.

— Bonjour, chères demoiselles. Quel plaisir de vous trouver ici !

Mes joues devinrent cramoisies ! J'avais reconnu cette voix et je voyais en même temps dans les yeux pétillants et moqueurs de mon amie qu'elle venait de comprendre ma supercherie.

Pierre Lavoie nous faisait face et mon cœur d'un seul coup se mit à battre comme un tambour. Juliette lui tendit les mains et avec un petit sourire espiègle lui répondit :

— Quelle agréable surprise ! Si nous nous attendions à vous trouver ici !

Son ton persifleur ne me fit pas illusion. Pierre ne se laissa pas démonter et nous serra chaleureusement la main.

— Mais je ne veux pas vous déranger. Vous alliez certainement faire des achats dans le magasin ?

— Mon amie Louise a dû se blesser aux pieds, car voyez-vous elle ne peut plus marcher.

Je lui jetai un œil furibond ce qui, je le vis bien, accentua son amusement.

— Et moi qui voulais vous proposer de vous accompagner. Si ma présence ne vous importune pas, bien sûr. Un homme avec deux jeunes filles, je ne voudrais pas que cela porte à confusion.

— Je vais mieux, je vais pouvoir marcher maintenant.

— Tiens donc !

Je balançai un coup de pied à Juliette. Je devinai au mouvement de ses lèvres qu'elle étouffait un « bordel ».

— Bon, alors on y va ?

— Rose, ta mère n'a pas fini de me surprendre ! Allez, c'est parti.

Oui, j'avais tout prévu en adressant un courrier à Pierre, il y a quelques semaines, lorsque nous avions eu confirmation du rendez-vous avec sœur Marc. Je lui avais sciemment proposé cette rencontre chez Eaton. L'audace de mon initiative m'avait exalté l'esprit et pas un moment je n'avais regretté mon geste. Je n'osais imaginer la tête du père Joseph, il m'aurait certainement prise pour une gourgandine effrontée s'il avait eu vent de mon courrier.

La présence de notre compagnon avait cela de rassurant qu'elle nous donna une forme d'aisance que nous n'avions pas en entrant dans le magasin. J'eus l'impression que la vendeuse du comptoir me regardait avec moins de dédain, mais peut-être était-ce le fruit de mon imagination.

Pierre connaissait parfaitement les allées de chez Eaton. Il sut nous guider en fonction de nos envies, et chacune de nous trois trouva de quoi s'extasier devant les étals opulents. C'était encore mieux que sur le catalogue ! La légèreté et la délicatesse des dessous féminins au rayon lingerie nous subjuguèrent mais nous n'avons pas osé nous arrêter devant les corsets, soutiens-gorge et chemises de nuit, gênées par la présence de Pierre. Nous avons passé plus de temps devant les accessoires, chapeaux et sacs, les robes, les chemisiers. Je trouvai fort jolie et certainement agréable à porter en toutes occasions, comme l'assurait le panneau de réclame, une robe de guizan quadrillé noir et blanc au prix de 1,95 dollar. Le comptoir des manteaux proposait à l'envi vestes de fourrure, manteaux en peaux de mouton, tricots de laine, cirés. Un magnifique pardessus à carreaux, sur un mannequin homme, retint mon attention par sa splendeur. L'étiquette indiquait « Burberrys – Imported from England » et affichait le prix extravagant de 82 dollars. Chez Eaton, les prix s'envolaient de façon considérable et pouvaient faire le grand écart d'un comptoir à l'autre. C'est au rayon tissu que nous avons fait une dernière halte. Des rouleaux de dentelles fines, de crêpes de soie moirés et brodés de perles d'une extrême élégance s'étalaient devant nous et une nouveauté que j'avais déjà repérée sur le catalogue, le crêpe-satin, étoffe à la mode chez les Parisiennes selon la réclame. Les lainages aux couleurs chatoyantes côtoyaient de magnifiques fourrures. Je n'avais jamais vu de fourrures avant d'arriver au Canada, aussi, enrouler une étole autour du cou me paraissait le comble du luxe et de la volupté ! Aucun des articles n'affichait de prix mais nous n'aurions certainement pas voulu entamer une discussion avec les vendeuses, d'autant qu'elles parlaient anglais la plupart du temps. Ce luxe n'était pas fait pour nous !

Je me sentais frustrée de partir sans rapporter un petit souvenir. Avant de quitter le magasin, je me suis arrêtée devant le comptoir des eaux de parfum. J'avais remarqué des savons aux odeurs très entêtantes. La vendeuse me fixait, attendant que je prenne la parole, mais je baissais le nez sur les différents modèles sans me décider. Elle devait me trouver bien insolente. N'étant pas capable d'entamer une discussion en anglais, je fixai rapidement mon choix sur un savon dont les petites violettes dessinées sur l'emballage me firent deviner le parfum. Avant que j'aie demandé quoi que ce soit, la vendeuse me le prenait des mains et l'emballait dans un papier charmant et tout enrubanné. J'étais heureuse de faire cette surprise à Rose qui ne devait pas se douter que je l'avais acheté pour elle. C'était mon premier achat futile à Winnipeg et je venais de dépenser 30 cents pour un seul savon alors que j'en avais vu une réclame pour un lot de trois à 25 cents au magasin général de Saint-Claude ! Juliette, tout comme moi, se décida pour un savon au chèvrefeuille. Nous ne sommes pas sorties les mains vides de chez Eaton, et d'un seul coup je me sentis un peu plus riche.

Pierre ne s'était pas départi de sa courtoisie coutumière, durant notre tour du magasin, et se prêta à toutes nos demandes avec bonne grâce. Et pourtant, Rose s'était comportée à certains moments d'une manière qui m'avait paru à la limite de l'hostilité. Déjà, quand il nous avait rejointes au tout départ, elle l'avait observé avec une insistance insolente. Je la rabrouai. Pierre s'en amusa :

— Ne vous inquiétez pas, voyons, Louise. C'est une enfant.

— Non, je ne suis plus une enfant, répliqua-t-elle immédiatement avec un air boudeur.

— Rose, ça suffit ! Si tu continues, on rentre à la maison tout de suite.

Son attitude m'agaçait, je ne comprenais pas son comportement vis-à-vis de Pierre, alors que ce n'était pourtant pas la première fois qu'elle le rencontrait.

Un peu plus tard, alors qu'elle était trop petite pour parvenir à voir des poupées de porcelaine sur un comptoir de jouets, elle repoussa le jeune homme qui voulait la soulever. Pressentant que j'allais la disputer, elle s'éloigna prudemment en serrant la main de Juliette qui n'avait pas remarqué la scène.

Nous étions sortis du magasin et je voulais profiter encore du peu de temps qu'il nous restait avec le jeune homme. Ça tombait bien, car il proposa de nous raccompagner jusqu'à la gare. Cette fois-ci, mes pieds étaient vraiment blessés par le piétinement continu chez Eaton. Je fis de gros efforts pour ne pas ralentir la marche et masquer mon boitillement ! En me quittant sur le quai de la gare, Pierre se pencha et me glissa discrètement à l'oreille :

— Vous permettez, Louise, que je vous écrive prochainement ?

Oh oui, je le permettais et je l'espérais même. Je tus cette dernière remarque mais lui donnai mon assentiment avec un grand sourire.

67

— Rose, il faut qu'on se parle toutes les deux !

Silence prolongé de l'intéressée qui faisait mine de ne pas m'avoir entendue et continuait à écrire consciencieusement sur son cahier de devoirs.

— Je t'écoute !

Elle se décida enfin à lever la tête. Son regard croisa le mien. La petite renarde tenta de la jouer finaude et esquissa une mine contrite de circonstance.

— Tu peux m'expliquer pourquoi tu t'es comportée de manière aussi odieuse avec Pierre, samedi dernier chez Eaton ?

Elle baissa à nouveau les yeux, sans répondre.

— Regarde-moi quand je te parle ! J'attends tes explications.

Son visage avait perdu sa mine chafouine. Ses lèvres tremblotaient, dans une quête puérile d'explications.

— Je ne sais pas, maman.

— Si tu ne sais pas, ce n'est pas moi qui le saurai à ta place !

Elle fronça les sourcils, se concentra pour réfléchir et lança tout d'une traite :

— C'est parce que j'avais les vers qui me mangeaient le ventre.

Alors là, celle-là je ne l'attendais pas ! Devant mon air perplexe, elle reprit de l'assurance et poursuivit son assertion sans se départir de son aplomb :

— Vous savez bien que j'avais les vers. Vous m'avez obligée à boire du bouillon de chou à l'ail pour les faire sortir. I z'ont pas dû aimer, comme moi, alors i' sont montés à la tête. Elle me l'a bien dit Mary, ma copine, et même tonton Tobie il a assuré lui aussi que les vers ça peut rendre fou parce que c'est le diable qui est dans le ventre et veut nous rendre pas gentils.

Je réprimai tant bien que mal une envie de rire.

— Donc si je comprends bien et si je résume la situation, tu as été désagréable avec Pierre seulement à cause des vers et de mon bouillon de chou à l'ail, et pas pour une autre raison que j'ignore ?

— Oui, maman !

Une envie de juron à la sauce Juliette me traversa l'esprit. Je me retins.

— Pardon, maman. Je vous promets de boire encore plus de bouillon si les vers ils reviennent dans mon ventre, parce que je ne veux plus qu'ils montent à ma tête.

— C'est une chose. Mais encore ?

— …

— Je vais t'aider ! La prochaine fois qu'on reverra Pierre, tu te montreras gentille, polie, telle que j'aimerais voir ma petite fille bien élevée ?

Ses lèvres s'élargirent dans un grand sourire, ses yeux pétillaient :

— Oui, maman.

— Promis ?

— Je le jure sur la tête de tonton T...

— Tsst ! Tsst ! Tsst ! On ne jure pas sur la tête de quelqu'un ! C'est bon, je te crois et je pardonne pour cette fois-ci. Mais je te préviens, si ça devait se reproduire, je serais intransigeante. Allez, continue tes devoirs. On n'en parle plus.

Bien trop contente d'échapper à une punition, pendant l'heure qui suivit Rose se concentra en silence sur sa lecture. Je l'observais à la dérobée ânonner un à un les mots de son syllabaire.

Ce travail terminé, elle se cala au fond de la berceuse, la chaise à bascule. Bien que trop profonde et trop haute pour elle, elle l'avait élue comme son terrain privilégié de jeu et adorait se balancer tout en triturant une des innombrables poupées fabriquées par Tobie. Je continuai mon repassage.

— Quand est-ce qu'il revient, Marius ?

Je lâchai le fer chaud, surprise par la question. Une odeur de brûlé me rappela à l'ordre.

— Et crotte ! J'ai failli trouer la chemise. Je suis occupée, laisse-moi tranquille, tu me fais faire des bêtises.

Elle insista :

— Je l'aime bien, Marius.

Avec application, elle lissait consciencieusement les cheveux de laine de sa poupée, en s'aidant des pointes d'une fourchette.

Sa question m'avait mise mal à l'aise. Sans aucune nouvelle de Marius depuis son départ, il y avait un peu plus d'un mois, j'étais bien incapable de dire où il se trouvait en ce moment même.

Le soir, au moment du coucher, alors que je m'apprêtais à la border, Rose m'enlaça le cou avec ses deux bras.

— Vous m'aimez encore, maman ?

— Mais oui, je t'aime, ma petite chatte. Même quand tu fais des bêtises ! Enfin, faudrait voir quand même à pas trop les accumuler, sacré nom d'une pipe en bois !

Je m'amusai à la chatouiller dans le cou, comme lorsqu'elle était bébé, ce qui provoqua une cascade de rires.

— Bon, allez, suffit ! Maintenant, elle dort, la petite chatte. Je veux l'entendre ronfloter !

Elle rabattit les draps jusque sous son nez. Seuls ses yeux dépassaient et me fixaient avec intensité.

— Je vous aime très fort, maman, je ne vous quitterai jamais même si j'ai un amoureux. Et quand je serai grande je m'occuperai de vous comme la mémé de Vendée.

— Voyons, voyons, qu'est-ce que tu dis là ! D'une, tu as le temps de changer d'avis, et de deux, je ne suis pas pressée d'être vieille. Allez, dors !

Quelques jours plus tard, un courrier arriva, mais pas celui auquel je m'attendais. Je fus émue en parcourant la lettre de maman qui m'écrivait pour la première fois, depuis mon retour de Vendée. Elle écrivait enfin les mots que j'avais envie d'entendre, me soutenait dans mon choix de vie, ne tarissait pas d'éloges sur Rose et m'accompagnait dans ses prières pour que je trouve l'épanouissement auprès d'un homme bon qui saurait m'aimer. A son écriture laborieuse et souvent maladroite, je devinai qu'elle avait fait un gros effort pour écrire elle-même plutôt que de confier cette tâche à Gustave.

Sinon, elle se chagrinait pour Gustave qui ne lui ramenait toujours pas de femme à la maison ; Petit Louis, le plus jeune de mes frères, devait rentrer de son service militaire au printemps prochain, deux bras de plus à la ferme ne seraient pas de trop pour soulager son aîné. La mémé souffrait de plus en plus de ses rhumatismes et ne pouvait plus marcher. Le médecin était bon à rien pour la soulager, alors elle allait demander au rebouteux de passer.

Mes pensées parcouraient les marais humides de mon enfance. Il m'arrivait encore certaines fois d'être envahie par la nostalgie du pays, un vague à l'âme qui me laissait fébrile et me donnait la nausée, surtout quand je repensais à Marius. Tout aurait pu être si simple s'il n'avait pas eu son accident, si j'étais allée le présenter à ma famille comme nous l'avions envisagé, nous nous serions mariés malgré la désapprobation de sa mère… si… si… Avec des si, j'aurais fait tant de choses.

Le samedi après-midi nous ramena Juliette en même temps que le blizzard. Je ne l'attendais pas, car la tempête de neige soufflait sans discontinuer depuis la nuit précédente. Les rafales de vent balayaient la plaine, saupoudraient le ciel de nuages de poudreuse et plaquaient la neige au sol. Circuler à pied devint complexe, rouler en charrette ou voiture quasi illusoire.

Elle s'ébrouait comme un chiot. Une flaque se forma sous ses bottes.

— Tu es complètement folle, Juliette !

— Quoi, tu n'es pas contente de me voir ?

— Mais tu as vu les risques que tu as pris ! Nous ne t'attendions pas, vu le temps.

Rose lui sauta dans les bras en criant de joie.

— En voilà au moins une à qui ma venue fait plaisir.

Je grommelai qu'elle était bête et lui retirai son manteau pour le mettre à sécher devant le poêle. Ses cheveux mouillés dégoulinaient le long de ses joues. Debout sur une chaise, Rose se mit en tête de lui frotter vigoureusement la tête avec une serviette et je lui servis un chocolat chaud.

— Doucement, tu me fais mal !

— Faut souffrir pour être belle, marraine Juliette !

— Alors tu vois, ma petite Rose, rien que pour t'entendre dire tes bêtises, je suis très contente d'être rentrée au bercail.

— Marraine, tu sais que je joue au *hopscotch* avec les grandes de troisième année !

— Le hop… quoi ?

— Mais oui, tu sais bien, on dessine par terre des cases avec la craie. Et il faut sauter à cloche-pied dedans et…

— Ah ! D'accord. La marelle quoi !

— Non, le *hopscotch*, je te dis !

Je me sentais dépassée quand Rose mêlait son vocabulaire de mots anglais. Elle le faisait tellement naturellement, alors que pour ma part, seul le catalogue Eaton me servait de livre d'apprentissage !

Elle remonta la manche de son tricot et montra son bras à Juliette.

— Tu vois, là, le petit carré ?

— Oui ?

— La sœur infirmière m'a frotté le bras avec un grattoir, pour me vacciner contre la grande picote. Ça faisait mal mais je n'ai même pas pleuré. Mary m'a dit que j'étais drôlement courageuse.

— Très bien ! Mais c'est quoi la grande picote ?

Juliette me regardait avec un œil interrogateur.

— La rougeole tout simplement. Va falloir s'habituer à toutes les langues ou patois ici, ce n'est pas gagné d'avance, je te le dis !

Plus tard, je parlai à Juliette de mon travail à la laiterie, des tâches qui à mon grand désespoir ne variaient pas vraiment d'une semaine sur l'autre. Je lui rapportai ma discussion avec Gabrielle. Je fus surprise qu'elle me confirme les propos de cette dernière, à savoir que les Boisvert, comme beaucoup d'agriculteurs de Saint-Claude, cumulaient des notes de crédit souvent importantes chez les commerçants du village.

— J'ai entendu une conversation entre Guillaumette et Edouard à propos des difficultés que rencontrent les paysans. Ils s'entraident énormément entre eux, les commerçants restent solidaires.

Cela me peinait malgré tout et j'espérais naïvement que leur situation s'améliore.

— As-tu vu Tobie, cette semaine ?

Elle répondit avec une fausse désinvolture.

— Oui, bien sûr, puisqu'il soupe avec nous tous les soirs à la table de Gabrielle. Il envisage de partir passer quelques jours chez lui, dans sa maison de la montagne Pembina, une fois que tout le bois aura été coupé pour l'hiver. Peut-être après Noël.

— Hum ! Hum ! C'est bien, j'espère le voir avant de repartir.

Une idée farfelue me vint.

— Et si nous l'invitions à souper avec nous ? Qu'en penses-tu ? Je ne sais pas si cela fait partie des convenances habituelles que deux jeunes filles invitent un jeune homme chez elles, mais j'imagine que tu te fiches de la bienséance comme de ta première chemise.

— Non ! Tu ferais ça ? Oh ! que oui, je m'en fiche ! On l'invite pour ce soir ?

— Hop ! Hop ! Hop ! Tu vas un peu trop vite. D'abord, je ne sais pas s'il est là, laisse-nous le temps de le convier et s'il est d'accord, de préparer ce qu'il faut pour le repas. Tant qu'à faire, autant le recevoir convenablement, tu ne crois pas !

— Oh ! oui ! Oh ! oui ! Je t'aime, ma Louise !

— Voilà bien un amour qui sent bon l'intérêt !

— Mais quand même, si on l'invitait pour demain soir ? Comme ça je partirais lundi matin d'un meilleur pied chez Guillaumette.

Je capitulai ! Avec au fond plus de plaisir que je ne voulais le montrer. Cette tempête me fichait le bourdon, j'avais besoin de me changer les idées. Et puis ça faisait tellement longtemps que je n'avais pas préparé un vrai repas. Depuis Saint-Simon à vrai dire, à l'époque où je cuisinais pour les familles bourgeoises de Cognac. Une petite pointe de nostalgie de la Louise des Cocottes d'alors me pinça le ventre.

— Bien ! Alors faisons les choses dans l'ordre. Qui se charge de l'inviter ?

— Moi !

— Moi !

— Rose, tu ne sortiras pas d'ici, tu vas attraper froid.

— Allez, laisse-la donc m'accompagner, nous allons juste faire le tour de la ferme, il ne devrait pas être bien loin.

Pendant leur absence, je réfléchis à ce que je pourrais bien concocter. Je calmai mes ardeurs en me disant que ce n'était pas un repas de famille bourgeoise mais juste un souper entre bons amis. N'empêche, j'étais fière de recevoir pour la première fois chez moi. Mon intuition me souffla qu'avec Tobie il valait mieux rester simple.

Environ un quart d'heure plus tard, quelques coups furent frappés à la porte. Elles avaient envie de jouer ? Très bien, moi aussi. Je ne répondis pas. Deux autres coups résonnèrent à nouveau.

— Ça suffit, les filles, je sais bien que c'est vous !

La porte s'entrebâilla et, à ma grande confusion, le père Joseph entra en refermant rapidement derrière lui pour ne pas laisser prise à la tempête.

— Pardonnez-moi, mon père, j'étais persuadée que c'étaient Juliette et ma fille qui voulaient jouer.

J'étais étonnée de le voir passer à l'improviste, surtout par ce temps. Il devança mes questions.

— Je ne serai pas long. Je soupe chez Gabrielle et Léon et j'en profite pour venir vous saluer.

Je n'aimais pas ses visites impromptues. Sa dernière m'avait laissé un goût amer. Un mauvais pressentiment me laissait penser que celle-ci, une fois de plus, ne devait rien au hasard.

— Asseyez-vous, père Joseph. Vous prendrez bien un chocolat chaud ?

— Bien volontiers, ma chère Louise.

Je lui servis son chocolat et m'assis en face de lui, attendant qu'il prenne la parole.

— Votre petite fille est vraiment adorable, Louise. Vous savez qu'elle s'adapte parfaitement à l'école et apprend avec beaucoup de facilités. Sa maîtresse ne tarit pas d'éloges.

Je le savais, mais doutais qu'il ait fait ce chemin simplement pour me parler des progrès de Rose. Mon intuition se vérifia rapidement. Il sortit une enveloppe d'une poche de sa cape et me la tendit.

— Prenez et lisez, c'est pour vous.

— Maintenant ?

— Ce serait bien. L'expéditeur m'a chargé de lui ramener votre réponse.

Je décachetai avec curiosité l'enveloppe sur laquelle était simplement écrit en lettres majuscules : *POUR LOUISE*, et dépliai lentement le billet. C'est ce moment que choisirent Juliette et Rose pour revenir.

— Il a dit oui !

Le cri de joie de Juliette s'assourdit quand elle aperçut le père Joseph. Elle le salua, Rose également. Je leur fis signe de rester à l'écart, elles se retirèrent au fond de la pièce sans demander d'explications.

Chère Louise,

Je suis un rustre peu habitué à écrire aux jeunes filles, encore moins à leur parler en face à face. Vous comprendrez alors pourquoi je passe par l'entremise du père Joseph.

Même si vous ne me connaissez pas, moi je n'ignore rien de vous, la jeune Française avec sa petite fille, comme disent les gens au village. Je n'irai pas par quatre chemins, vous me plaisez. La vie ne doit pas être commode quand on est aussi jeune avec une enfant à charge. Vous êtes belle, ça attise les convoitises d'hommes malintentionnés. Ce n'est pas mon cas. Je veux vous offrir un toit et une vie plus facile. Je vous promets de prendre soin de vous et de votre enfant comme doit le faire tout mari. Je suis besogneux, je possède suffisamment d'argent pour faire vivre honorablement une femme et une petite fille et je pense ne pas être trop vilain garçon.

Louise, je vous demande donc d'être ma femme. Griffonnez seulement un oui sur un papier et confiez-le au prêtre. Vous ferez le plus heureux des hommes, et je ne doute pas que la raison l'emportera dans votre décision.

Silas

— C'est une plaisanterie, mon père ?

— Non, non ! Je vous assure que ce jeune homme a toutes les qualités requises pour faire un bon mari. Sa demande peut vous paraître hâtive, mais il m'a fait une bonne impression et je me porte garant de sa bonne conduite dans la communauté.

A ce mot, Juliette releva brusquement la tête.

— Mais je ne le connais même pas !

— Vous ne pouvez rester indéfiniment seule. Il est temps que vous preniez une décision, et vraiment vous feriez là le meilleur des choix.

La colère bouillonnait en moi. Par respect pour sa dignité de prêtre, je réussis néanmoins à me contenir et repliai lentement le papier en inscrivant sur le dessus, en très grosses lettres, le mot NON.

— Je pense vous avoir déjà dit le fond de ma pensée l'hiver dernier. Ma position sur le sujet n'a pas varié, je déciderai moi-même de mon avenir. Merci, mon père, vous pourrez confier à l'intéressé ma réponse.

La discussion était close. Je devinai sa déception. Il se leva pour prendre congé mais abandonna l'enveloppe sur la table.

— La nuit porte conseil. Conservez cette lettre et prenez le temps de réfléchir, ma fille. Je pense que vous n'avez pas bien mesuré les difficultés qui vous attendent. Je reviendrai vous voir dans quelques jours.

— J'en doute ! Bonsoir, mon père, passez une belle soirée chez Gabrielle et Léon. J'ai du travail qui m'attend, je ne vous retiens pas.

Il avait à peine refermé la porte derrière lui que Juliette accourait. Je lui montrai le billet. Elle éclata de rire après en avoir terminé la lecture.

— Qui c'est ce guignol ! Tu le connais ?

— Mais non ! Tu penses bien que je t'en aurais parlé, autrement.

— Eh bien, ma belle, tu attires les convoitises des hommes toi, dis donc ! Je vais finir par être jalouse, aucun monsieur ne m'envoie de mots doux, à moi.

— Tu ne perds pas grand-chose ! Dès demain, je rapporterai au père Joseph ce courrier avec ma confirmation de refus.

Rose s'était approchée.

— Qu'est-ce qu'il voulait, le père Joseph, maman ?

— Ça ne te regarde pas, ce sont des affaires de grandes.

Elle pinça les lèvres, vexée. Je lui pris le bras pour la ramener vers moi.

— Tu as les mains drôlement froides, ma puce, viens que je te réchauffe.

Je soufflai en même temps sur ses doigts frigorifiés.

— J'ai la bibite[1] aux doigts, maman.

— Eh bien ! Tant que tu ne l'as pas dans les cheveux, c'est déjà ça !

Nous partîmes dans un grand éclat de rire et cela mit fin à ce mauvais intermède.

1. Avoir la bibite aux doigts : avoir froid, avoir une onglée. Les bibites dans les cheveux sont les poux et plus généralement les insectes.

Juliette, ravie, m'annonça qu'elle avait trouvé Tobie à l'étable et qu'il avait fini par accepter l'invitation.

— J'ai bien vu qu'il était gêné, mais tu me connais, je ne lâche pas comme ça l'affaire.

Ah çà oui, je la savais dotée d'une grande force de persuasion.

La maison, dès le lendemain matin, bourdonnait comme une ruche. Le bouillon de chou aux haricots et au pain mijotait sur le feu, la pâte pour la tourtière au lard reposait sous un linge. Juliette et Rose s'activèrent ensemble à préparer un gros gâteau garni à la confiture de poirettes.

Elles confectionnèrent un bouquet fait de branchages ramassés dans la cour, qui, placé dans un pichet rempli de terre, était du plus bel effet. Rose dispersa quelques-uns de ses petits animaux en bois au centre de la table.

— Ça fera plaisir à tonton Tobie, c'est lui qui me les a offerts. Et ça décore la table, vous ne trouvez pas ?

Cela partait d'une bonne intention, je la laissai faire. Tout était prêt maintenant, il ne manquait plus que notre invité.

68

Et dire qu'il nous avait donné l'impression d'un rustre, lors de sa première apparition en gare de Saint-Claude. L'homme que nous avons reçu confirma ce que nous avions décelé depuis longtemps, il n'avait absolument rien d'un grossier personnage. Ce soir-là, Tobie nous offrit un pan méconnu de sa personnalité, charmant, plein d'humour, bavard, jovial, bref, autant de qualificatifs dont nous ne l'aurions pas gratifié jusqu'à présent.

Je crus que Juliette et Rose allaient se battre pour lui retirer son pardessus, elles tournaient autour de lui comme des mouches. Radieuse encore plus qu'à son habitude, Juliette avait particulièrement soigné sa tenue. Un châle bleu turquoise, assorti à ses iris, enveloppait ses épaules. Ses cheveux blonds, très fins, lissés et ramenés dans un chignon, dégageaient sa nuque, seules quelques petites mèches récalcitrantes effleuraient son cou de manière charmante. Rose avait adopté la même coiffure. Ces derniers temps, elle faisait tout comme sa marraine.

Les parfums des savons achetés chez Eaton, et dont nous nous étions aspergées plus que de raison, emplissaient la pièce de leurs effluves. Le chèvrefeuille et la violette se mêlaient aux odeurs de la soupe au chou et de la tourtière au lard !

Ce fut assurément une soirée délicieuse. Je repensai au brave père Joseph qui voulait me marier à cet inconnu et me dis – avec un brin d'insolence – qu'il avalerait son bréviaire de travers s'il nous voyait recevoir un jeune homme de manière aussi peu conformiste.

Rose fit le service comme une grande, avec beaucoup de cérémonial et d'emphase, ce qui provoqua notre amusement. Assise à la gauche de Tobie, elle lui lançait de temps en temps des coups d'œil presque énamourés.

Le souper terminé, je préparai une tisane avec quelques feuilles de thé des bois. J'avais découvert cette plante dans le jardin, grâce à Tobie. Il disait que chez les Métis on l'appelait oreille de castor, à cause de la forme arrondie de ses feuilles, et que sa maman, autrefois, l'utilisait pour soulager ses rhumatismes. Nous abusions de cette tisane délicieusement fruitée, même sans avoir les articulations douloureuses. Et avec les petites baies rouges, nous avions pris l'habitude de confectionner des bocaux de confiture ou des tartes.

Rose disposa une couverture sur la chaise à bascule et, d'un ton ferme qui ne supportait pas la réplique, elle invita Tobie à prendre place sur ce qui était

– lui expliqua-t-elle de la manière la plus sérieuse du monde – sa chaise préférée.

— Je te la prête parce que je t'aime beaucoup.

Je croyais rêver !

— Tu ne bouges pas, tonton Tobie, lui ordonna-t-elle en lui collant son index levé devant le visage.

Elle déposa son oreiller de lit à terre juste devant lui, s'y assit en recroquevillant ses jambes sous elle et planta ses prunelles dans les yeux du jeune homme.

— Tu veux bien nous chanter une chanson ?

— Hum ! Hum ! Oui, si tu veux... Laisse-moi réfléchir... Mais je te préviens, ce n'est pas une chanson pour enfants. C'est une chanson d'un monsieur qui s'appelait Louis Riel.

— Je veux l'écouter quand même, je suis grande.

— Très bien, comme tu voudras, ma jolie.

Tobie se racla la gorge, et sa voix chaude s'éleva.

C'est au champ de bataille,
J'ai fait écrir' douleurs.
On couche sur la paille,
Ça fait frémir les cœurs.
Or, je r'çois t'une lettre
De ma chère maman.
J'avais ni plum' ni encre
Pour pouvoir leur z'écrire...
Quand ell' r'cevra cette lettre
Tout c't' écritur' en sang.
Ses yeux baign'ront de larmes,
Son cœur sera mourant.
Mourir, s'il faut mourir,

Chacun meurt à son tour ;
J'aim' mieux mourir en brave
Faut tous mourir un jour[1].

Tobie s'était arrêté, et se balançait, songeur.

— Qui était donc ce Louis Riel ?

— C'est notre père à tous, au Manitoba.

Il poursuivit après une petite pause songeuse :

— Et surtout à nous, les Métis. C'est un héros, il est mort en martyr, pendu par ces maudits soldats canadiens. Il était né métis lui aussi, au milieu de siècle dernier, il s'est battu toute sa vie pour faire reconnaître nos droits.

— La maîtresse nous en a parlé à l'école.

— C'est bien, Rose. Quand la Compagnie de la Baie d'Hudson a voulu vendre au Dominion du Canada certains territoires du Nord-Ouest, dont les terres de Rupert où était établie la colonie de la Rivière-Rouge, qui ne s'appelait pas encore Manitoba, Louis Riel a créé le Comité national des Métis pour défendre notre cause et notre culture. Nous étions là avant eux, il ne faut pas l'oublier ! C'est lui aussi qui a négocié l'entrée de cette nouvelle province du Manitoba dans la Confédération canadienne. Il s'est rebellé jusqu'au bout.

— Pourquoi tu es métis, Tobie ?

---

1. *Sur le champ de bataille*, également connue comme *La chanson de Louis Riel*, est une chanson attribuée à Louis Riel, qui l'aurait composée lorsqu'il était prisonnier à Regina en 1885. Elle fait partie de la riche tradition orale et folklorique des Métis du Manitoba et de la Saskatchewan.

— Voyons, Rose, on ne pose pas de telles questions. C'est malpoli.

— Ne vous inquiétez pas, Louise, cela me fait plaisir de lui expliquer.

Par jeu, Tobie imposa à Rose un peu de patience en prenant tout son temps pour préparer et allumer sa pipe. La petite ne le quittait pas des yeux et suivait chacun de ses mouvements avec grand intérêt. D'une blague en cuir marron usagée, il pinça une prise de tabac et la déposa dans le culot, puis il réitéra deux autres fois cette opération avant de tasser le tout avec son pouce. Enfin il gratta une allumette, fit rougeoyer le tabac et tira une première bouffée en lançant un clin d'œil complice à Rose. La coquine lui répondit par un sourire patelin. Tobie se cala profondément dans le fauteuil.

— Ma maman était une Amérindienne de la communauté des Cris. Mon papa était né d'un Français et d'une Amérindienne.

Rose fronça les sourcils. Tobie reprit une bouffée de sa pipe.

— Je suis un sang-mêlé parce qu'issu de ces deux nations différentes, né d'un métissage entre deux communautés. Tu comprends ce que cela veut dire ?

Rose fit une moue dubitative.

— Oui, je crois.

— On nous appelle aussi les Bois-Brûlés. Mes frères de la communauté des Saulteux nous ont donné ce surnom parce que notre peau à nous autres métis est plus pâle. Notre peau, ben elle est ni pâle ni foncée. Mais t'sais, je suis très fier de qui je suis parce qu'il faut toujours être fier de qui l'on est, ptchite fleur. N'oublie jamais ça.

Rose gloussa. Après avoir retroussé une manche de sa chemise, perplexe, elle glissa ses doigts sur sa peau.

— Tu sais, toi, maman, si je suis une Bois-Brûlée ? Moi je sais pas si je peux être fière de qui je suis. Je connais pas mon papa. Tu crois que c'est embêtant, tonton Tobie ?

Tobie me jeta un coup d'œil furtif.

— Mais non, t'intchiète pas, ptchite fleur curieuse.

— Et pourquoi tu parles bizarrement des fois, avec des drôles de mots ?

Tobie s'esclaffa, amusé par la question.

— Wow girl ! Ti vutchi que je t'explique ?

Il poursuivit, malgré le silence de Rose.

— C'est le métchif, la langue des Métis. Petit, je suis allé dans une école où il m'était interdit de parler métchif. Je le parle seulement avec d'autres Métis ou avec les personnes qui me sont chères.

La dernière remarque fit naître un sourire béat sur les lèvres de Juliette.

— Je tchaime fort, tonton Tobie, moi je veux être pour toujours ta tchite fleur ! s'écria Rose avec spontanéité.

Nous éclatâmes de rire.

— Ptchite fleur ! Répète !

Rose s'endormit paisiblement dans les bras de Tobie. Il se balançait pour bercer la petite tout en nous contant, sur un ton feutré, d'autres légendes métisses qui nous gardèrent éveillées jusque fort tard dans la nuit.

Juliette buvait littéralement ses paroles. Quand il nous quitta, Tobie l'étreignit un peu plus longuement qu'à son habitude.

Les lendemains de fêtes sont difficiles. La tête nous pesait, mais notre cœur n'avait jamais été aussi léger. Je partis travailler à la laiterie avec insouciance, Tobie amena Rose et Juliette au village dans sa charrette, l'une pour l'école, l'autre à l'atelier de couture de Guillaumette. Une nouvelle semaine démarrait, la vie reprenait son cours habituel.

69

Il gelait à pierre fendre, mais je m'étais mis en tête de rentrer suffisamment de bois sans avoir à déranger Léon ou Tobie. Le chemin d'accès à la porte n'étant pas suffisamment dégagé pour que je puisse rouler la brouette, je dus faire plusieurs voyages depuis l'abri jusqu'à la maison, distante d'une cinquantaine de mètres, les bras chargés de grosses bûches de chêne.

Je n'avais décidément pas le pied neigeux ! Mes bottes s'enfonçaient dans l'épaisse masse poudreuse et, malgré mes mitaines, le froid m'engourdissait douloureusement les doigts. J'attaquai avec soulagement le dernier tour, alourdie plus qu'il ne fallait de bûches.

— At-tendez, mademoiselle, j-je vais v-vous aider !

Je sursautai, la voix, le bégaiement ne m'étaient pas inconnus. Je pivotai un peu trop rapidement pour jeter un œil sur la personne qui m'interpellait, et dans le mouvement impromptu mon pied se contorsionna, m'arrachant un petit cri de douleur. Déséquilibrée, je basculai à plat ventre dans la neige, le tas de bois toujours dans les bras. Dans la chute, mon menton avait heurté l'extrémité d'une bûche. J'étais sonnée !

Allongée dans cette position inconfortable, je n'aperçus que ses bottes épaisses, lorsqu'il s'approcha de moi. Gênée, je fis un effort pour soulever légèrement la tête et sentis alors le sang affluer à mon visage. J'avais reconnu l'homme croisé il y a quelques semaines, sur la route du village.

— Laissez, ne b-bougez pas, je v-vais vous aid-der à v-vous relever.

Je n'avais que faire de ses remarques, mais une douleur lancinante envahit tout mon corps et me tétanisa. J'étais trop loin de la maison de Gabrielle pour l'appeler, Léon et Tobie devaient être occupés à l'étable et ne m'entendraient pas. A contrecœur, je dus accepter l'aide de cet homme. Il m'empoigna sous les aisselles et réussit sans peine à me remettre debout.

— Je vais maintenant y arriver toute seule, je vous remercie.

Je le repoussai sans trop de ménagement. Je pensai bêtement me rendre à cloche-pied jusqu'à la maison, pour éviter d'avoir à poser au sol mon pied douloureux, mais réalisai ma stupidité en raison de la neige abondante. Il ne me laissa pas le temps d'opposer plus de dénégations, me souleva dans ses bras et, sans plus de solennité, m'emporta jusqu'à la maison où, après un rapide regard circulaire pour inspecter la pièce, il m'assit sur le fauteuil à bascule.

D'un coup de pied, il poussa la porte pour la refermer, et darda sur moi un regard acéré. Le silence s'installa, durant quelques secondes interminables. Je ne savais comment me débarrasser de lui.

— Pourq-quoi vous ne v-voulez p-pas de moi ?

Sa question m'avait déstabilisée.

— Comment ça ?

Il colla une enveloppe sous mes yeux.

— Et ça, v-vous v-vous rapppelez ?

Je blêmis en reconnaissant mon écriture. J'avais donc en face de moi ce fameux Silas qui m'avait demandée en mariage par l'entremise du père Joseph !

— C-comment osez-vous ref-fuser ma demande ?

J'entrepris une explication très maladroite.

— Mais enfin, je ne vous ai jamais vu avant. Il faut d'abord que nous apprenions à nous connaître. On ne se marie pas ainsi, entre gens civilisés.

— V-vous v-voulez dire q-que j-je ne s-suis pas c-ci-v-vi-l-lisé ?

— Non, ce n'est pas ça. Laissez-moi juste un peu de temps pour m'habituer.

— Non, j-je v-veux une r-rép-ponse là, maintenant, t-tout de s-suit-te !

— Mais je ne peux pas, voyons !

Je criais, la panique me gagnait.

— T-très b-bien ! V-vous l'aur-rez voul-lu !

Il secoua la tête, ses yeux fuyaient mon regard. Un rictus sournois déforma ses traits. Un frisson d'inquiétude me parcourut tout le corps. Je vis avec effroi son bras s'approcher de moi et, rapide comme l'éclair, il me frappa violemment au visage ainsi que dans le bas-ventre, me coupant totalement le souffle. Puis ce fut le trou noir.

Je tentais de m'extirper d'un long sommeil nébuleux. Un marteau-piqueur me pilonnait la tête, je me sentais nauséeuse. Mes paupières tremblaient, lourdes comme du plomb. Je voulus bouger mes membres courbatus. Je clignai à nouveau des yeux avec l'impression de prodiguer un effort surhumain et parvins enfin à les entrouvrir. Une foule de pensées assaillirent mon esprit confus. J'écartai un peu plus les paupières et réalisai que j'étais allongée sur un lit.

Je ne reconnaissais pas ma maison. Je me frottai la tempe dans l'espoir de calmer la douleur et soudain des bribes me revinrent en mémoire. Je me redressai, apeurée. L'obscurité m'empêchait d'apercevoir quoi que ce soit. Je voulus plier les jambes pour me lever mais un élancement lancinant m'arracha un gémissement.

— Alors ! On f-fait moins s-sa m-maligne maintenant !

Je retrouvai d'un coup tous mes esprits et aperçus les contours de sa silhouette qui s'approchait de moi. Sa main effleura ma joue. J'entendais sa respiration saccadée, je retins mon souffle. Son haleine empestait un mélange d'alcool et de tabac froid qui me souleva le cœur. Il s'assit sur le lit à mes côtés. Son visage était à hauteur du mien ; dans l'obscurité, ses pupilles brillaient, menaçantes. Soudainement, sa bouche se plaqua durement sur la mienne. Je gigotai dans tous les sens, gémis sous ses lèvres qui m'écrasaient et me mordillaient le visage. Je tentai vainement de le repousser mais la force me manquait. Il me cloua sur le lit et prit place au-dessus de moi, à califourchon. Comme je criais, il m'administra une gifle magistrale. Je me tus mais ne pus réfréner un frisson d'angoisse. Peut-être prit-il cela pour une invitation. Il déboutonna lentement son pantalon, le rabaissa sur ses jambes. A nouveau il pencha son visage vers moi, insinua de force sa langue entre mes lèvres. Une vague de douleur m'envahit. Cela ne cesserait donc jamais. L'histoire recommençait.

70

Tobie déposa Rose devant la maison, comme à son habitude, après l'avoir cueillie à la sortie de l'école. Il la quitta sur une œillade complice, avec la formule désormais usuelle qui scellait leur affection commune :

— A demain, ma ptchite fleur, rentre bien te mettre au chaud.

Gabrielle débarrassait la table du souper. Léon et les garçons de ferme tenaient conversation autour d'un dernier verre de vin de pissenlit. Un craquement faible derrière la porte alerta Adrienne, la grand-mère.

— J'ai l'impression que le chat veut rentrer. J'ai entendu gratter. Tu devrais aller voir, Gabrielle.

— Bah ! Il peut bien se mettre au chaud dans l'étable. T'inquiète pas pour lui.

Léon se redressa, agacé :

— Tu ne vas quand même pas laisser ce chat dans le froid, ingrate. Je vais lui ouvrir, si tu n'es pas capable de te bouger.

— C'est bon ! C'est bon ! J'y vais.

Le grattement s'accentuait.

— Même pas patient, ce maudit chat !

Elle entrebâilla légèrement la porte pour ne pas laisser prise au froid, certaine que l'animal allait se faufiler. Mais pas de chat. La porte allait se refermer, quand une voix fluette s'éleva dans l'obscurité :

— C'est moi !

— Rose ! Mais que fais-tu là toute seule dans le noir. Entre, voyons !

La petite restait immobile, les bras ballants, les larmes coulant le long de ses joues. Gabrielle lui caressa les joues avec tendresse et essuya ses pleurs. Le silence s'était soudain installé, les hommes cessèrent leur discussion, pressentant qu'il se tramait quelque chose d'anormal.

— Calme-toi, ma chérie. Dis-moi où est ta maman.

— Je ne sais pas.

— Comment ça tu ne sais pas ?

Léon se rapprocha en boitant et entoura la fillette de ses bras.

— Elle est où, Louise, petite ?

Rose essuya ses joues avec la manche de son gilet.

— Tobie m'a ramenée de l'école et maman n'était pas là. J'ai attendu, mais elle n'est toujours pas rentrée. J'avais peur, toute seule dans le noir. Aussi, je suis venue vous voir.

Gabrielle reprit, alarmée :

— Tu veux dire que ta maman n'est pas rentrée depuis ton retour de l'école ?

— Non, je ne l'ai pas vue.

Rose se remit à pleurer de plus belle. Léon la posa à terre, elle fila immédiatement dans les bras d'Adrienne. Gabrielle et Léon évaluèrent rapidement le problème.

— A quelle heure a-t-elle quitté la laiterie ?

— Ben il devait être quatre heures, elle m'a dit vouloir rentrer un peu de bois. T'sais, toi, comment elle est ben têtue ! Alors je n'ai pas insisté. Je ne l'ai pas revue après, puisque sa journée de travail pour moué était terminée.

Léon comprit qu'il ne fallait plus perdre de temps.

— Reste avec la p'tite ! Moi, je vais faire le tour de la maison avec les gars.

Munis de lampes à pétrole, ils bravèrent blizzard et tempête de neige et choisirent de faire leurs recherches chacun de son côté. En passant devant la dépendance où logeait Tobie, Léon l'appela à la rescousse. Le jeune Métis, affolé, se joignit à eux immédiatement. Les flammes des torches, évanescentes et fragilisées par les attaques du vent, menaçaient à tout moment de s'éteindre. La neige, tombant dru, ne leur facilitait pas le travail. Pendant plus d'une heure, ils draguèrent l'ensemble des bâtiments, y compris ceux pour les animaux, ainsi que la cour et les jardins. Ils scrutaient la neige, espérant y trouver des traces de pas, tâche impossible à cause de la tempête qui effaçait tout sur son passage. Ils se retrouvèrent devant la maison principale sans avoir aperçu la jeune femme.

Gabrielle ne tenait plus en place. Tobie courait dans tous les sens, excité comme un jeune loup. L'angoisse prenait le dessus.

— Calme-toi, Tobie ! Il n'y a qu'une chose à faire, demander l'aide du maire, Edouard Arbez.

Chaussés de raquettes, ils se rendirent au village. Pas âme qui vive dans les rues, bien évidemment. Tobie tambourina à la porte d'Edouard. Une fenêtre s'ouvrit à l'étage. Le maire sortit la tête :

— Que se passe-t-il ?

— Louise a disparu depuis plusieurs heures. Nous avons cherché partout autour de la maison sans la trouver. Nous ne savons plus que faire.

Edouard descendit aussitôt, suivi quelques minutes plus tard par Guillaumette et Juliette, alarmées par les éclats de voix. Juliette défaillit en apprenant la mauvaise nouvelle. Sa patronne prit tout de suite les initiatives.

— Messieurs, vous allez quérir le renfort de tous les hommes du village pour faire une battue. Pas de temps à perdre ! Moi, je retourne avec Juliette chez vous, Léon, pour prendre soin de la petite Rose. Allez, dépêchez-vous.

Ils firent halte à toutes les maisons et constituèrent ainsi une équipe d'une cinquantaine d'hommes. Soudain pris d'une inspiration, Félix éleva la voix juste au moment où ils allaient s'éparpiller avec des instructions bien précises.

— Il me revient un détail. En milieu d'après-midi, j'ai croisé Silas le bégueux sur le chemin qui mène à ta maison, Léon. Sur le coup, cela m'a surpris car normalement il aurait dû être à travailler à la ferme du gars Emberley.

Le père Joseph, qui les avait rejoints, releva ces mots avec une pointe d'inquiétude dans la voix.

— Silas... C'est lui qui m'a transmis une demande de mariage pour Louise, il y a quelques jours. Elle la lui avait retournée avec un refus catégorique. J'espère que...

— Mais pourquoi ne l'avez-vous pas dit plus tôt ! Il loge où, le bégueux ?

— Chez Bob Emberley.

La ferme de l'Irlandais Emberley se trouvait à quelques milles au nord de chez les Boisvert. Il fallut presque une heure à l'équipée pour y parvenir. Edouard hurla :

— Bob ! C'est moi, Edouard, le maire. Lève-toi, il y a une urgence.

En même temps, quelques hommes frappèrent de grands coups à la porte. Bob descendit à la hâte, ayant juste eu le temps d'enfiler une veste par-dessus son pyjama.

— Il loge où, ton gars Silas ?

— Silas ? Il doit dormir. Sa chambre est dans la dépendance, derrière la maison.

— Amène-nous à lui tout de suite !

Bob les accompagna jusqu'à la chambre de son ouvrier. Il tambourina à la porte, mais Léon et Tobie n'avaient pas attendu et avançaient leurs lampes à pétrole dans la pièce. En découvrant le lit non défait, ils eurent vite fait d'évaluer la situation.

— Est-ce que vous savez, Bob, où votre gars pourrait s'être réfugié ?

Bob se gratta la tête, fouillant dans sa mémoire.

— Il est arrivé chez moi à la fin de l'été et m'a dit venir de la Saskatchewan. Je ne sais rien de plus sur lui. Ses références m'ont paru sérieuses, il était besogneux, je l'ai embauché tout de suite. A ma connaissance, il n'a pas de famille dans le coin.

— Eh bien, nous n'avons pas le choix, il ne nous reste plus qu'à draguer partout à plusieurs milles alentour.

La traque reprit. Inlassablement, durant toute la nuit, ils écumèrent toutes les fermes de la région. Parcoururent le moindre champ, les abords des étangs. Rien, aucune trace de Louise.

Hagards, épuisés, frigorifiés, ils virent le petit matin se lever après une longue nuit de recherches infructueuse.

Gabrielle, Juliette, Guillaumette et Adrienne comprirent qu'un malheur était arrivé.

71

Non ! Je n'étais plus la petite fille du marais innocente. Cette fois-ci, je ne subirai pas. Une petite voix intérieure me glissait que peut-être mon salut viendrait de son bégaiement, son seul signe apparent de faiblesse. Je n'avais maintenant plus rien à perdre. Folle d'inquiétude pour Rose, je pensai aussi à mon amie Juliette et bien que la situation ne s'y prêtât pas, j'imaginai cette dernière fanfaronner : « Bordel, Louise ! Qu'est-ce que t'attends pour lui montrer que tu as des couilles ! »

La ceinture de son pantalon abaissé me blessait les chevilles mais je n'étais plus à une douleur près. Il avait soulevé ma jupe, déchiré violemment mes bas et baissé ma culotte. Je sentis son sexe se poser sur mon ventre et ne pus retenir un frisson de dégoût. Il haletait bruyamment, se démenait comme un beau diable pour parvenir à une excitation qui se refusait à lui. Jusque-là, j'avais évité son regard. Animée par l'énergie du désespoir, je plantai mes yeux dans les siens. Un sourire narquois plissa mes paupières et mes lèvres, je pris sur moi pour simuler le dédain, une supériorité teintée d'insolence. Je jouais là un quitte ou double.

Il n'y prêta pas attention immédiatement, tout occupé qu'il était à s'agiter, mais très vite l'acuité de mon regard le désarçonna. Une lueur de crainte traversa ses yeux qui suivirent alors une autre trajectoire que la mienne. Mon cœur battait à tout rompre. J'avais la bouche sèche.

Progressivement, ses mouvements de va-et-vient perdirent de leur intensité. Son souffle rauque s'affaiblit. Il retrouvait ses esprits en même temps qu'une respiration plus régulière. J'eus l'impression qu'une éternité se passait. Je ne bougeais plus, malgré l'engourdissement de mes membres alourdis par son poids et, lorsqu'il tourna à nouveau son regard vers moi, je le toisai avec suffisance.

Il leva la main, comme pour me frapper à nouveau. Mes paupières ne cillèrent pas d'un millimètre. Dans ses yeux, passa une lueur furtive d'inquiétude. Il avait perdu sa superbe, son regard trahissait un profond débat intérieur. Alors il se redressa, descendit du lit et remonta son pantalon sans mot dire. Il se mit à tourner dans la pièce, en proie à de fiévreuses réflexions, marmonnant des mots inintelligibles. Puis il s'arrêta. Je discernais seulement sa silhouette, appuyée contre le mur à l'opposé du lit. Son corps s'affaissa à terre, ses mains enserraient son visage. Dans une plainte convulsive, il me supplia :

— P-part-tez ! J-je n-ne v-veux pl-lu-us v-vous v-voir !

Je ne me le fis pas dire deux fois. Rhabillée à la hâte, je cherchai fébrilement mes chaussures et aperçus mes bottes au pied d'une chaise où se trouvait aussi, en chiffon, mon pardessus. Je ne pus l'éviter en sortant. Ma jupe frôla son pantalon mais il ne fit pas un geste pour me retenir.

Une bourrasque de blizzard, tranchante comme la lame d'un couteau, me fouetta le visage. Je n'en avais cure, je voulais partir loin de là. La peur m'aiguillonnait, la fureur du vent aiguisait ma propre colère. Devant moi, se dessinait une vaste étendue de neige dont je ne voyais pas l'horizon, j'ignorais où j'étais mais je courais droit devant.

L'obscurité compliquait ma progression. Mes bottes s'enfonçaient dans la neige. Plusieurs fois je trébuchai, glissai, me relevai aussitôt, la douleur anesthésiée par la volonté infaillible de retrouver au plus vite ma petite Rose.

Je sentis un mouvement à proximité, une ombre s'évanouit aussi vite qu'elle était apparue à quelques mètres de moi. A la forme, je devinai que c'était un orignal, aussi craintif que moi.

Le blizzard se déchaînait, ses lames survoltées s'envolaient, tournoyaient frénétiquement, enveloppaient le silence oppressant de la nuit d'envolées fanatiques. Je fatiguais, mon rythme diminuait d'intensité en même temps que je perdais mon souffle, les douleurs se faisaient brûlantes à chacun de mes pas. Mes mains n'étaient que blocs de glace. J'eus une petite pensée pour Rose qui m'aurait dit que j'avais les bibites aux doigts. Cela me fit l'effet d'un coup de fouet.

Depuis combien de temps je marchais ainsi ? L'épuisement m'avait gagnée. Soudain, je la vis. Vacillante, faible, ténue. Une petite lumière, au loin. Etait-ce une illusion ? Un regain d'énergie m'électrifia le corps, je criai à tue-tête :

— Au secours ! A l'aide !

Je n'avais pas rêvé. Toute fatigue envolée, j'ai couru à perdre haleine. Bizarrement mes pieds ne s'enfonçaient plus. La petite flamme s'est rapprochée, a grossi et là je les ai enfin vus. J'ai su que j'étais sauvée quand Edouard Arbez m'a prise dans ses bras. Je sanglotais, tremblais de tous mes membres. Il m'a recouvert les épaules avec son manteau. A ses côtés, Gustave l'hôtelier me frottait le dos. Les gerçures crevassaient et brûlaient mes lèvres sèches.

— Rose ! Comment va ma fille ?

— Ne vous inquiétez pas, Louise ! Juliette et mon épouse prennent soin d'elle. Vous croyez que vous pouvez encore marcher ? Sinon, j'envoie Gustave chercher une luge.

Je hurlai :

— Non, je veux revoir ma fille au plus vite.

L'aurore se levait et nacrait la neige d'une lueur incandescente. L'obscurité effaçait son lugubre linceul pour laisser place à une lumière diaphane, celle de la vie. Jamais, je crois, je n'avais ressenti un tel sentiment d'apaisement, de calme après la tempête. J'étais saine et sauve, ma petite fille devait attendre avec inquiétude sa maman. Aux abords du village, nous avons croisé d'autres groupes d'hommes et très vite la nouvelle s'est répandue que la jeune Louise de chez les Boisvert avait été retrouvée. Mon cœur s'est soulevé de bonheur quand m'est apparue la ferme. Juliette est sortie, avec Rose. J'ai couru, elles se sont précipitées vers moi, nos cris s'entremêlaient :

« Maman ! Louise ! Ma petite fille chérie ! »

La chaleur de son petit corps serré contre le mien m'enveloppa d'une onde de bonheur. Il fallait que je l'embrasse, encore et encore, que je sente l'odeur de ses cheveux, de sa peau, et que j'entende encore et toujours sa voix. Elle seule pouvait me laver de toute cette saleté qui m'entachait. Juliette me serra elle aussi, sans parler. Nous avons pleuré ce matin-là des larmes de bonheur.

J'étais encore trop bouleversée pour remercier comme il fallait les hommes. J'aurais le temps de le faire plus tard. Juliette fit chauffer la bouillotte sur le poêle à bois, l'enfouit sous les draps et nous nous sommes serrées ensemble dans le même lit. Rose recroquevillée entre nous deux, nous nous sommes tenu la main, simplement et je me suis endormie, vaincue par la fatigue, mais sereine.

En fin d'après-midi, le docteur Staples est venu m'ausculter. J'avais une bonne entorse au pied, plus de nombreuses contusions sur le corps et au visage. A sa gêne, je compris son questionnement et le rassurai. Non, je n'avais pas été violentée. Il me donna des onguents, me fit un bandage et me prescrivit le repos. Gabrielle, venue prendre des nouvelles, m'intima l'ordre de garder le chaud jusqu'à la fin de la semaine. Je protestai pour la forme, trop heureuse de rester avec ma fille. Exceptionnellement, Rose n'alla pas à l'école et Juliette apporta ses travaux de couture à la maison.

Nous ne revîmes plus jamais Silas le bégueux. Retourna-t-il en Saskatchewan ou se réfugia-t-il dans un autre village du Manitoba ? Edouard Arbez avait alerté les maires des villages environnants mais l'individu ne donna plus signe de vie. Je sus plus tard qu'il m'avait amenée dans une bâtisse isolée dans la prairie, à une dizaine de milles de Saint-Claude. Cette baraque servait parfois d'abri pour les chasseurs ou bûcherons. Je n'y retournai pas, je préférais l'oublier.

72

La fin de l'année est arrivée, avec son lot de réjouissances habituelles, et notamment les guignolées, puis la veillée de Noël et le jour de l'An. Des étoiles plein les yeux, Rose déballa ses présents, après la messe de minuit.

Ensuite, le quotidien reprit son cours, dans une morosité accentuée par les températures, à leur point culminant de rigueur. Heureusement, les veillées hebdomadaires prolongeaient un peu les festivités.

Et enfin, à la mi-janvier, j'ai reçu la lettre que j'attendais depuis si longtemps. Je sautai de joie en découvrant le nom de Marius Coupaud à l'arrière de l'enveloppe.

En quittant Winnipeg, après une halte à Lower Fort Garry, un ancien poste de traite de fourrure appartenant à la Compagnie de la Baie d'Hudson, il avait pris le train en direction du nord près du lac Winnipeg. Il séjournait donc à Saint-Georges où il s'était fait embaucher dans une scierie. Il me disait apprécier ses compagnons de chambrée, originaires de France, d'Irlande ou d'Ukraine, et travaillant pour certains à l'usine de pâte et de papier de Pine Falls.

J'étais tellement heureuse que j'embrassai l'enveloppe. Merci ! Oh, merci, Marius, de penser encore à moi ! J'étais maintenant ben crinquée, comme aurait dit ce brave Léon, pour aborder du bon pied la nouvelle année !

Quelques jours plus tard, Germaine, la postière, me fit prévenir que j'étais attendue au Telephone Office à quatre heures, pour un appel en provenance de Winnipeg.

En milieu d'après-midi, je partis au village avec Tobie, et pendant que celui-ci récupérait Rose à l'école, j'allai donc au bureau téléphonique.

— Bonjour, Louise, c'est moi, Pierre.

Pierre ! J'en avais eu le pressentiment.

— J'ai une urgence à vous communiquer de la part de Donatien Frémont. Louise, vous nous aviez bien dit que vous étiez cuisinière dans des familles bourgeoises, en France ?

La question me surprit.

— Oui, effectivement.

— C'est bien ce qu'il me semblait. Pouvez-vous venir à Saint-Boniface samedi prochain ?

— Vous voulez dire cette fin de semaine ?

— Oui, c'est ça !

— Mais quelle est donc cette urgence ?

— Louise, des amis de Donatien qui habitent dans une très grande propriété du centre de Saint-Boniface cherchent une femme de confiance, suite au départ de leur vieille cuisinière. Tout de suite nous avons pensé à vous. Vous êtes exactement celle qu'il leur faut !

L'incongruité de la proposition me rendit muette.

— Louise, répondez-moi ! Qu'en pensez-vous ?

— Que voulez-vous que je vous réponde ! J'ai mon travail à la laiterie, vous le savez bien.

Germaine leva la tête en entendant parler de la laiterie.

— Oui, mais je sais aussi que vous êtes lasse de ce travail.

Il n'avait pas tort, mais ce n'était pas une raison.

— Bien entendu, vous venez au rendez-vous accompagnée de Rose. Ces gens-là sont déjà au courant et prêts à vous recevoir pour en discuter. Alors, c'est oui ?

Je ne sais ce qui me poussa à lui répondre aussi vite, en baissant toutefois le ton pour ne pas me faire entendre de Germaine.

— C'est oui pour que je vienne m'entretenir avec eux samedi, mais laissez-moi le temps de prendre ensuite ma décision posément. Inutile de me brusquer !

— Oui, je comprends. Alors je vous attends à la gare de Winnipeg samedi à dix heures. *Oh ! My God !* Nous pourrons ainsi nous voir plus souvent. Je suis tellement heureux pour vous, Louise.

Comme il y allait ! Je raccrochai, sonnée. Tobie et Rose m'attendaient dans la charrette, tous les deux en grande conversation. Ils ne prêtèrent pas attention à moi et cela m'arrangeait bien.

Durant tout le trajet, je me triturai le cerveau pour savoir comment annoncer une telle nouvelle à Juliette. D'un autre côté, je n'avais pris encore aucune décision, tout cela était prématuré. Mes réflexions allaient bon train. Partir travailler à Saint-Boniface voulait dire que Juliette et moi allions nous séparer, car je ne la voyais pas quitter Guillaumette. Qu'en penserait Rose ? Il faudrait la changer d'école, elle ne verrait plus ses petites copines Mary et Zoé, ni son grand ami Tobie. Comment pourrais-je lui causer le chagrin supplémentaire d'un éloignement des seules gens qu'elle aimait. Ce serait une perte de repères trop importante pour elle…

En même temps, une voix intérieure diablement séduisante trouvait bien alléchante cette aubaine de travail en ville.

Comme un fait exprès, Juliette rentra dès le vendredi après-midi au lieu du samedi, les bras chargés de travaux de couture à terminer. Elle me connaissait suffisamment bien pour deviner assez rapidement que je lui cachais quelque chose.

— Allez, accouche ! Toi tu as un truc de caillé sur le jabot, je le vois bien.

Alors je lui exposai tout d'un bloc. Sa réaction ne se fit pas attendre.

— Tu vas refuser, bien sûr !

— Et pourquoi donc ?

— Ne te fais pas plus sotte que tu es, bordel !

Je m'y attendais.

— Je te signale que j'ai eu la même réaction quand tu es partie travailler chez Guillaumette, et que tu m'as fait remarquer mon égoïsme.

— Ce n'est pas pareil, tu le sais bien !

— Ah bon ? Et pourquoi ?

— Guillaumette, c'est à deux milles d'ici. Saint-Boniface, c'est à combien, dis-moi ?

Elle avait relevé le menton, d'un air provocant. Je ne répondis pas.

— Ah ! Tu te rends compte que c'est ridicule ! Tu as pensé à Rose ? Tu penses à Gabrielle et Léon qui nous ont accueillies dès notre arrivée au Manitoba ? Et Tobie qui est fou dingue de Rose ?

Je ne faisais que ça, d'y penser ! Elle mettait en doute mes sentiments et piqua mon amour-propre. De plus, j'étais quand même assez grande pour savoir ce que j'avais à faire.

— Ecoute-moi, Juliette, j'irai à ce rendez-vous demain, quoi qu'il en soit ! Et on en reparle après, d'accord ?

Elle leva les yeux au ciel et me tourna le dos en fulminant :

— Tu es complètement folle, ma pauvre fille. Folle et inconsciente.

Elle m'avait agacée mais je ne revins pas sur ma décision et nous n'en avons plus parlé.

Ainsi qu'il l'avait promis, Pierre nous attendait à la gare de Winnipeg.

Alicia et Robert Landry habitaient une immense propriété sur le grand boulevard Provencher, à Saint-

Boniface. Issu d'une famille aisée d'avocats originaires de Bordeaux, Robert avait tout quitté en France, contre l'avis de ses parents, pour venir faire fortune au Canada où, à force de travail, il était devenu un avocat reconnu de la Couronne dans la ville de Québec. Doté d'un esprit aventureux, après son mariage et la naissance d'un premier enfant, il avait vendu pour tout recommencer dans les grandes plaines du Manitoba. Après l'achat d'une grande maison à Saint-Boniface, il ouvrit un cabinet à Winnipeg et entama une carrière politique en devenant maire de Saint-Boniface. Parallèlement, il menait une activité intense au sein de nombreuses associations dont l'Alliance française, tout en ambitionnant sérieusement un avenir plus politique au sein du parti fédéral.

Son épouse Alicia gérait leur grande maison et s'occupait de l'éducation de leurs jumeaux, deux garçons de huit ans. Disons qu'elle laissait cette tâche à l'ensemble du personnel ! Quand elle n'était pas en vacances dans sa résidence secondaire de l'île d'Orléans à Québec, elle recevait chez elle avec grand train ses amies, des femmes d'hommes politiques ou de banquiers, dans l'espoir d'assurer l'avenir de son mari. Alicia entretenait patiemment le terreau de l'ambition familiale.

Quand Rose aperçut la façade de la maison, elle s'écria :

— Comme c'est beau ! C'est grand comme le château de la reine dans *Alice au pays des merveilles.*

Voyant ma perplexité, elle s'expliqua :

— Mais si, vous savez bien, maman, c'est le livre que m'a prêté Mary.

Une gouvernante nous reçut et nous proposa d'attendre dans un petit salon aux murs recouverts de tableaux. La maîtresse de maison se présenta quelques minutes plus tard. Une grande et très belle femme. Elle m'impressionna immédiatement, mais je masquai ma timidité. Alicia méprisait les personnes faibles, je l'appris plus tard, et apprécia mon attitude. Pierre fit les présentations et je suggérai à Rose de m'attendre dans le hall.

Je restai sidérée en découvrant la grande cuisine qui servait donc à préparer les repas de la maison. J'avais devant et tout autour de moi, grandeur nature, une page du catalogue de chez Eaton. Le concentré de mes rêves ! Le large fourneau en fonte et cuivre et une imposante table de chêne occupaient à eux seuls la moitié de la pièce. Il y avait même le fameux robot Thoro-Mix, celui pour lequel j'aurais dû emprunter à la banque durant de longs mois.

Alicia alla droit au but et m'exposa ce qu'elle attendait de moi. Gérer entièrement la cuisine, soit les repas quotidiens familiaux et ceux des réceptions.

— Vous aurez de l'aide, bien entendu, lorsque cela sera nécessaire.

Elle mettait à notre disposition une chambre très confortable et m'assurait les repas en cuisine avec le reste du personnel. De plus, elle m'offrait des gages plutôt généreux qui me firent écarquiller les yeux. Je travaillerais tous les jours avec quelques heures de liberté dans l'après-midi.

— Très bien ! Vous pouvez commencer quand ?

Je la regardai avec des yeux ronds.

— J'ai besoin de vous dès le mois prochain, pour faire le relais avec Albertine avant qu'elle nous quitte. C'est bon pour moi, j'espère que cela l'est pour vous. Donatien vous a recommandée, je n'ai pas envie de perdre mon temps à recevoir d'autres personnes.

Pierre m'encouragea d'un hochement de tête. Je pensai à Rose, à Juliette à laquelle j'allais devoir me confronter.

— Dépêchez-vous, j'ai une réception.

Je pris une longue inspiration, fermai à demi les yeux et, d'une voix mal assurée, répondis :

— C'est oui !

Je repoussai à plus tard les conséquences de ma décision. Alicia nous raccompagna dans le petit salon où Rose nous attendait, sagement assise au fond d'un fauteuil deux fois trop grand pour elle. Je songeai avec angoisse que le plus difficile m'attendait maintenant.

Je provoquai une tempête, un blizzard qui souffla tout sur son passage. Si j'avais espéré, désespérément, que les choses se passent au mieux, il n'en fut hélas rien. Ç'eût été trop facile !

Je me heurtai à un mur d'incompréhension de la part de tous. Juliette bien entendu qui me traita d'ingrate et de tous les noms d'oiseaux de son vocabulaire, très étendu dans ce domaine. Rose, elle, se mura dans une profonde tristesse. Gabrielle et Léon firent montre d'une immense déception, à la hauteur des grands espoirs qu'ils avaient misés sur moi, me considérant comme la fille de la maison. Je leur faisais un affront en partant à la ville, dans une famille de riches notables. Tobie ne faillit pas à ses habitudes et se garda de toute remarque.

Je ne me suis jamais sentie aussi démunie qu'en cette période de mon existence où je pris, seule contre tous, une décision importante. L'avenir, ensuite, prouverait que j'avais fait le bon choix, mais sur l'instant je fus harcelée de doutes, avec le sentiment de n'être qu'une égoïste.

Les esprits se calmèrent au fil des jours et je pus m'expliquer posément. Juliette accepta l'idée à contrecœur, mais je vis bien qu'entre nous s'était creusé un fossé et cela me fit mal.

— Juliette, ma chérie, tu sais bien que nous sommes unies envers et contre tout. Ce n'est pas parce que nos chemins se séparent de quelques milles que nous allons ne plus nous voir. Dis-moi que tu me comprends.

Je ne l'avais pas convaincue.

— Juliette, je t'en prie. J'ai vraiment besoin de toi.

— Mais alors, pourquoi tu nous abandonnes ?

— Non, je ne t'abandonne pas, tu le sais très bien. Mets-toi à ma place ! Tu n'ignores pas non plus que je ne me plaisais pas à la laiterie.

Je lui pris les mains et la forçai à soutenir mon regard :

— Juliette, toi et moi c'est à la vie, et ce ne sont pas quelques milles qui y mettront un terme. C'est une étape de ma vie, mais je suis convaincue que ce n'est pas la dernière. J'ai toujours un rêve. Tu te souviens ? Une auberge au bord de la rivière Rouge ? Toi, moi, Rose…

J'avais touché la corde sensible et lui extorquai un sourire timide.

— Tu sais, ma Juliette, c'est grâce à toi que je suis là, au Manitoba. Tu m'as fait franchir un pas incroyable que je n'aurais jamais été capable de faire seule. Alors que je sois à Saint-Boniface ou à Saint-Claude ne change rien à l'affaire. Je t'aime, un point c'est tout. Tu es mon amie, ma seule et véritable amie.

Avec Gabrielle, ce ne fut pas simple non plus. Elle capitula devant ma détermination et exigea, c'est le mot, que Rose vienne passer toutes les vacances scolaires chez eux, sans parler des fêtes occasionnelles. Je promis, d'autant plus que cela faisait plaisir aussi à ma petite fille qui était rassurée de pouvoir continuer à voir ses tontons Tobie et Léon.

J'assurai Rose de lui consacrer beaucoup plus de temps parce que nous serions toutes les deux ensemble et que de nombreuses opportunités nous seraient ouvertes en ville. Je lui promis d'ailleurs, pour la convaincre, de l'emmener voir les pièces du Cercle Molière dans de grandes salles de théâtre, chose qu'elle n'aurait jamais pu faire à Saint-Claude. Je n'imaginais pas lui faire autant plaisir, sa joie enfantine atténua mon malaise.

Je n'oubliai pas d'adresser un courrier à Marius, pour lui communiquer ma nouvelle adresse.

Les derniers jours filèrent comme dans un rêve. J'étais tiraillée, une fois de plus, entre ma joie d'aborder ce nouveau travail et ma détresse d'abandonner ceux que j'aimais. Saint-Claude avait été pour moi une étape, mon intuition me guidait ailleurs. Je voulais croire en l'avenir.

Au moment de prendre le train, une surprise nous attendait sur le quai. Guillaumette, Edouard, Gustave, Félix, Tobie, le docteur Staples, Léon et Gabrielle bien sûr, Juliette et quelques autres villageois étaient là, venus jouer, chanter et danser pour nous plusieurs airs traditionnels. Je compris à quel point cette communauté était soudée et reçus leur présence comme un cadeau d'au revoir, une invitation à revenir au plus vite. Au moment de nous quitter, Tobie me remit un paquet.

— Ne l'ouvrez pas maintenant, Louise. Ce sont deux porte-bonheur, pour vous et pour Rose. Gardez-les précieusement, ces attrape-rêves vous porteront chance tout au long de votre existence. J'ai foi en vous et je comprends votre décision. Partez à la recherche de vous-même, vous finirez par vous trouver. Ce jour-là, vous nous reviendrez, je le sais. En attendant, je serai toujours là pour vous, à tout moment, en toutes occasions. Au revoir, ma ptchite Louise, prenez bien soin de ma chère ptchite Rose. Je vous aime fort.

Quand le train démarra, alors seulement je m'écroulai. La silhouette de Juliette s'éloignait jusqu'à ne devenir plus qu'une ombre. Celle imposante du gros élévateur à grains ne bougeait pas, immuable, point de repère des voyageurs qui arrivent à Saint-Claude. Deux ans plus tôt, elle avait impressionné Rose, aujourd'hui, celle-ci n'y prêtait plus attention. Deux petites mains caressèrent mes joues et essuyèrent les pleurs.

— Je suis là, maman, ne vous inquiétez pas. Je ne vous abandonnerai pas. Nous serons bien, j'en suis sûre, dans le château de la reine de cœur.

Je souris à travers mes larmes et serrai la valise dans laquelle s'étaient accumulés des souvenirs supplémentaires.

Quatrième partie

Quand donc ai-je pris conscience pour la première fois que j'étais, dans mon pays, d'une espèce destinée à être traitée en inférieure ? Ce ne fut peut-être pas, malgré tout, au cours du trajet que nous avons tant de fois accompli, maman et moi, alors que nous nous engagions sur le pont Provencher au-dessus de la Rouge, laissant derrière nous notre petite ville française pour entrer dans Winnipeg, la capitale, qui jamais ne nous reçut tout à fait autrement qu'en étrangères. Cette sensation de dépaysement, de pénétrer, à deux pas seulement de chez nous, dans le lointain, m'était plutôt agréable, quand j'étais enfant. Je crois qu'elle m'ouvrait les yeux, stimulait mon imagination, m'entraînait à observer.

La Détresse et l'Enchantement (autobiographie),
Gabrielle Roy, franco-manitobaine

73

Saint-Boniface – Winnipeg – 1928-1930

Tobie aurait-il eu raison ? En venant vivre à Saint-Boniface, j'ai enfin trouvé ce à quoi j'aspirais depuis longtemps. La liberté.

Toute la tendresse que m'avaient offerte si naturellement Léon et Gabrielle n'était pas parvenue jusque-là à effacer totalement un sentiment de frustration, de rêve inassouvi. Ici, le mot liberté m'apparaît dans toute sa lumière, sa magnificence. Je revis, tout simplement.

Saint-Boniface, la canadienne-française de cœur et d'âme. J'aime cette ville, ses boulevards, ses larges avenues bordées de maisons hautes, d'hôtels particuliers et d'édifices surprenants. L'hôtel de ville, monté sur trois étages de brique rouge, en impose avec sa tour en beffroi qui ne ressemble pas du tout à ce que j'ai pu apercevoir jusqu'ici dans la Province. L'hôtel de la poste lui fait face, construit dans le même style. Un peu plus loin, un Club belge accueille une communauté originaire de Belgique. L'admirable église-cathédrale et son clocher m'attirent, je vais souvent m'y recueillir. Nous passons régulièrement devant le parc Whittier, où se déroulent des courses de chevaux, mais je n'ai jamais osé y pénétrer, car il me semble que cela est réservé à une clientèle fortunée. Et il y a celle que tous appellent ici la Rouge. La rivière qui sépare Saint-Boniface de Winnipeg est devenue mon repère.

Rivière Rouge, comme Miskwagamiwisipi dans le langage amérindien, ce qui signifie rivière à l'eau rouge. Un nom trop compliqué à répéter pour Rose ! Lors d'une veillée, Tobie nous avait conté son origine, la légende d'une guerre entre tribus amérindiennes qui aurait fait couler énormément de sang dans les eaux de la rivière.

Tobie ! Il m'accompagne souvent dans mes pensées et le cadeau qu'il m'a remis, en gare de Saint-Claude, figure en bonne place dans ma chambre. Deux petits anneaux circulaires accrochés au-dessus de notre lit ; une tresse enroule ses fils en leur milieu, telle une toile d'araignée, mais celui de Rose se différencie par l'ajout d'une fine plume blanche. Ces deux anneaux sont supposés éloigner nos mauvais rêves et nous préserver de pensées malsaines. Tobie me l'a assuré avec solennité. Je n'ai pas voulu lui faire offense en lui disant que c'était à mes yeux de la superstition, et au fond, en est-ce vraiment une ?

La présence si proche de la Rouge me rassure. Les températures encore négatives maintiennent l'épaisse couverture de glace qui habille ses eaux pendant plusieurs mois. Quel que soit le lieu où me ramènent mes souvenirs, l'eau en est toujours un élément indissociable ; mes marais vendéens, la Charente. Et maintenant, ces rivières du Manitoba qui constituent mes horizons, mon quotidien. Avec Rose, le dimanche après-midi, les pieds chaussés de raquettes, nous pouvons marcher à proximité de la berge pendant des heures. Nous couler anonymement parmi les promeneurs nous procure un plaisir infini. Je l'accompagne sur l'immense patinoire à ciel ouvert de la rivière Assiniboine. Le ballet des patineurs et des joueurs de hockey est à lui seul un spectacle magnifique. J'ai pris de l'assurance, maintenant je me débrouille plutôt bien. Rose et moi avons retrouvé une complicité. Elle me raconte ses journées à l'école, me questionne sur mon nouveau travail. Elle minaude telle une petite chatte curieuse et finaude, ses mains se font alors aussi douces que des pattes de velours pour effacer les traces de fatigue de la semaine et m'inciter à parler.

C'est avec appréhension que j'ai commencé à travailler chez mes nouveaux maîtres. Alicia Landry ne possède pas une once de la bonhomie de Gabrielle, ce qui ne facilite pas l'intégration. Ces deux femmes-là sont aux antipodes l'une de l'autre. Chez Gabrielle, j'avais trouvé immédiatement bienveillance et cordialité, des sentiments dont la nature ne semble pas avoir pourvu Alicia. Heureusement, je la côtoie très peu souvent, et encore moins Robert, son époux, bien trop occupé par ses affaires. Elle passe épisodiquement donner ses consignes, et ensuite me laisse carte blanche. Albertine, la vieille cuisinière, m'a dit qu'il ne faut pas se fier à son apparent désintérêt.

— Soyez sûre, ma jolie Louise, que si elle était mécontente, vous en seriez avisée séance tenante.

Croyez-en mon expérience, il vaut mieux éviter de provoquer sa colère.

Albertine va quitter définitivement la demeure dans quelques jours. Je redoute de me retrouver seule aux commandes des cuisines de cette grande maison.

— Je ne me fais aucun souci. Vous allez y arriver, vous êtes faite d'une étoffe qui ne se froisse pas, ma petite fille.

Elle me fait rire, Albertine. Cependant je vois bien qu'elle quitte à regret cette maison, surtout la cuisine, pièce centrale devenue sienne au fil du temps et symbole de la confiance accordée par sa patronne. Chaque casserole, chaque poêle ou marmite garde l'empreinte de cette femme à la personnalité si forte, qu'on pourrait croire qu'elle est elle-même la maîtresse de maison. En tout cas, elle le fut dans la cuisine, imposant le respect autour d'elle, parmi les autres employés, même s'ils moquèrent souvent son caractère un peu revêche.

— Vous viendrez me voir avec votre petite, quand je ne serai plus là. Ce n'est pas bien grand chez moi, mais dame je serai bien contente de vous offrir un chocolat ou le thé.

Ce n'est pas une question, mais bien une invitation qui ne supportera pas le moindre refus !

Je sais par les racontars des gens de la maison qu'Albertine ne s'est jamais mariée. J'ai appris bien d'autres secrets à son sujet. Dans les temps de sa jeunesse où elle était fraîche comme un coquelicot, elle s'amouracha d'un jeune homme, chasseur, bûcheron et un temps commis à la Compagnie de la Baie d'Hudson. Un homme aussi buveur que hâbleur et volage. Elle n'ignorait pas que d'autres femmes partageaient son lit, mais comme il était beau et surtout beau parleur, elle lui pardonnait tous ses écarts. Sauf qu'à la suite d'une beuverie où il l'avait violentée, elle se retrouva enceinte. Lorsqu'elle lui apprit la nouvelle, persuadée qu'il ne manquerait pas à son devoir, le scélérat se carapata en douce, suffisamment loin pour se faire oublier. Désespérée, et honteuse de son état, elle alla quérir les services d'une faiseuse d'anges qui mit fin à sa grossesse, en de douloureuses conditions, aussi bien physiquement que moralement. Ce fut pour elle un grand bouleversement, son corps et son âme en furent affectés et meurtris, elle ne s'en remit jamais vraiment. Le lendemain de ce geste fatal, la superbe chevelure rousse flamboyante qui avait attiré le malandrin devenait totalement blanche. Ou plutôt grise, terne, sans éclat. De manière aussi irréversible que l'infortune qui l'avait occasionnée.

Toute sa vie elle regretta d'être allée voir cette faiseuse d'anges et nourrit un manque affectif qu'elle essayait de combler en offrant la tendresse dont elle débordait aux enfants des autres. Elle était devenue une petite femme, voûtée par des années de travail intense, aux formes aussi généreuses que sa personne, dont les cheveux gris ne choquaient plus. En l'occurrence, elle gâtait outrageusement Rose que cela arrangeait bien ! Tout était prétexte pour lui glisser discrètement un reste de gâteau, de crème ou des bonbons que la petite maligne acceptait avec un air faussement débonnaire, allant jusqu'à me faire la morale quand je la houspillais.

« Voyons, maman, vous savez bien que ça lui fait plaisir. Je ne voudrais pas la blesser en refusant des cadeaux qu'elle m'offre si gentiment. »

En observant ma fille, et en réfléchissant au destin d'Albertine, je réalisais ma chance d'avoir ma Rose et mesurais combien j'avais eu raison de ne pas céder à la tentation, moi aussi, de mettre fin à cette petite âme qui ne demandait qu'à vivre.

Albertine fit preuve de beaucoup de bienveillance et de patience durant ce mois où elle m'enseigna absolument tout ce que je devais savoir sur les habitudes de la maison. Tout y passa, depuis l'approvisionnement dont elle s'occupait elle-même, chez quelques commerçants de Saint-Boniface qu'elle me présenta, jusqu'à la pratique des recettes et l'entretien du matériel. Etant beaucoup plus jeune et moins expérimentée qu'elle, je redoutais de ne pas être à la hauteur. De plus, je ne pouvais me départir d'un sentiment de timidité, d'infériorité en face d'Alicia et n'étais pas sûre de pouvoir faire montre de caractère comme Albertine.

Le dernier jour de présence de la vieille cuisinière, ses maîtres réunirent tout le personnel, soit les deux femmes de ménage, la gouvernante des enfants, le jardinier et les deux chauffeurs. Il nous fut offert un délicieux goûter composé d'un assortiment de petits gâteaux très raffinés commandés au restaurant de l'hôtel Fort Garry. Robert puisa dans sa cave, pour l'occasion, un merveilleux vin doux portugais très ancien. Albertine ne cherchait même plus à contenir son émotion. Les larmes inondaient ses joues. Ce moment intime me rapprocha un peu de mes nouveaux maîtres et me fit espérer une bienveillance que leur attitude austère ne laissait pas supposer.

Désormais démarrait véritablement ma condition de cuisinière de la famille, ainsi qu'une nouvelle vie. Au moment de nous quitter, alors que je l'embrassais et lui souhaitais tous mes vœux pour une retraite heureuse, Albertine me remit un paquet enveloppé maladroitement dans du papier journal et fermé par une ficelle de cuisine.

— C'est à vous, Louise, je vous l'offre, il vous sera désormais plus utile qu'à moi. Faites-en bon usage et n'oubliez pas la vieille Albertine.

Le soir venu, de retour dans ma chambre, je parcourus l'épais cahier à la couverture cartonnée délavée et tachée en plusieurs endroits. Sur la première page intérieure, était écrit :

1882 – 1928
Le carnet de mes recettes
Albertine Turcotte
Cuisinière à Saint-Boniface

En feuilletant toutes les pages écornées où Albertine avait consciencieusement répertorié ses recettes, tours de main, listes de marchandises, menus au jour le jour selon les saisons, je saisis toute l'importance et la valeur émotionnelle de ce cadeau et en conçus encore plus d'affection pour cette femme admirable.

74

La maison des Landry est encore plus grande que je ne l'avais imaginé lors de ma première visite. Elle ne comporte pas moins de dix-huit pièces sur deux étages et demi. Demi parce que le dernier est mansardé et offre très peu de volume. C'est là que nous avons notre chambre.

L'aspect de la demeure surprend au premier regard, avec ses nombreux dénivelés de toiture et surtout la tourelle en façade principale qui lui confère cette allure de château de conte de fées. Je comprends mieux pourquoi Rose l'avait comparé à celui d'*Alice au pays des merveilles*, le conte que j'ai fini par lire en l'empruntant à la bibliothèque du presbytère, à Saint-Claude.

Même exiguë, notre chambre présente un luxe que je n'ai jamais connu jusqu'à présent. Ce qui nous a tout de suite frappées, c'est que la maison possède l'électricité. Plus de lampes à pétrole, désormais il nous suffit d'appuyer sur un petit bouton au bout d'une poire en bois pour déclencher automatiquement la lumière des ampoules du lustre. Un raffinement qui nous émerveille. Confort suprême inouï, nous disposons sur le palier inférieur d'une pièce équipée d'une baignoire sabot en fonte, d'un lavabo et de toilettes. Plus de bécosses ! Je ne peux m'empêcher de penser à Gabrielle qui rêve de tout ce confort en feuilletant les catalogues Eaton.

Il en est de même dans la cuisine où je me sens telle une princesse en son palais. Alicia ne lésine pas sur les moyens. Monter dans la société implique de paraître et d'impressionner ses invités, et dans ce domaine, elle n'est pas avare de moyens. Rien n'est trop beau ni trop cher à ses yeux. L'immense fourneau, en fonte émaillée vert pâle, avec ses six brûleurs, ses deux fours et le gril vertical est tel que je l'avais déjà repéré sur le catalogue Eaton ; une merveille sur laquelle cuisiner devient un plaisir de petite fille qui s'amuse avec son jouet.

Je dispose même d'un réfrigérateur électrique, une des dernières nouveautés dont Alicia n'est pas peu fière.

Sur les conseils d'Albertine, j'ai inscrit Rose à l'Académie Saint-Joseph, une école de filles francophone très réputée, située à seulement une dizaine de minutes à pied de notre nouvelle maison. Rose peut ainsi y aller seule, même si cette idée me tracasse.

« Mais enfin, maman, je suis une grande. Je peux quand même me débrouiller, ce n'est pas ben loin ! »

Je n'aime pas la savoir seule alors qu'elle n'a pas encore six ans. A Saint-Boniface, pas de Tobie pour l'amener dans sa charrette. Je suis certaine qu'il lui manque, même si elle ne le dit pas. Les enfants de la famille, Jean et Simon, des jumeaux à peine plus âgés que ma fille, sont scolarisés à l'Institut collégial Provencher, sur l'avenue de la Cathédrale, à proximité de l'école de Rose, mais il ne me viendrait même pas à l'idée de leur demander de l'accompagner.

Alicia nous a accordé au jardin un espace restreint, fermé par une haie d'épinettes et de caraganiers qui forment un écran végétal contre la neige et le vent. Rose peut y jouer en toute tranquillité et cela nous permet d'avoir un lieu privatif extérieur, isolé en même temps du reste du jardin réservé aux propriétaires. Ainsi, petit à petit, Rose et moi trouvons nos repères. Je mesure le chemin parcouru pour en arriver là et me félicite d'avoir fait ce choix. Seules ombres au tableau, ma chère Juliette que j'espère n'avoir pas froissée et Marius dont j'attends anxieusement des nouvelles.

75

L'autobus parcourt la plaine encore enneigée, nous emmenant Rose et moi vers Saint-Claude. Nous sommes aussi fébriles l'une que l'autre à l'idée de revoir enfin Juliette, Tobie et les Boisvert. Leur enthousiasme, lorsque je les ai prévenus par téléphone de notre venue prochaine, m'a réjouie et rassurée en même temps.

Alicia m'a accordé mes deux premiers jours entiers de liberté, elle-même partant séjourner chez des amis qui possèdent une maison à Sainte-Anne, sur les bords de la rivière Seine. Je savoure pleinement cette relâche.

Cette fois-ci, nous avons délaissé le train pour l'autobus. Avec les premiers beaux jours, j'apprécie ce nouveau mode de transport, un peu plus long mais plus agréable pour mieux admirer la beauté du paysage. Çà et là, des anémones sauvages ont percé le tapis neigeux de leurs frêles bourgeons et écarquillent sous les rayons du soleil printanier leurs délicats pétales blancs. L'immense ciel bleu, qu'aucun nuage ne traverse, ne forme plus qu'une seule ligne d'horizon avec la grande plaine et recouvre la neige de fines paillettes étincelantes. Le chauffeur fait quelques haltes dans des villages aux noms étranges : Starbuck, Fannystelle, Culross, Elm Creek. Chaque étape nous apporte son lot de nouveaux voyageurs.

La veille, nous sommes allées au magasin de nouveautés, le bazar de Jean-Baptiste Leclerc, sur la rue Dumoulin, et nous y avons acheté deux cadeaux. Rose a choisi un petit vase rond en terre cuite pour Juliette et un bol en faïence pour Gabrielle. On trouve de tout dans ce magasin. Le propriétaire a la plaisanterie facile et était tout heureux de faire la connaissance de Françaises.

Une boule me serre le ventre lorsque j'aperçois les ailes de l'éolienne et la tour du silo à grain. Nous approchons et, déjà impatientes, Rose et moi nous sommes avancées à l'avant du car. Tout le long du trajet, ma fille n'a pas cessé de jacasser, ce qui a bien fait sourire les passagers.

— Vous pensez, maman, que tonton Tobie il va nous attendre avec sa charrette ?

— Je ne sais pas, ma Rosinette, je le découvrirai comme toi, et sinon nous irons à pied jusque chez Gabrielle.

Ses yeux pétillèrent de malice.

— Moi je crois que vous mentez, maman ! Je vois votre nez s'allonger comme celui de Pinocchio.

Oh ! La chipie !

— Vous n'devez pas ben vous ennuyer 'vec vot' fille, ma p'tite dame ! s'exclama le chauffeur.

Certes non ! Rose trépignait en tapant dans ses mains.

— Ils sont là ! Je les vois ! Oh, maman, je suis tellement contente !

Les passagers nous saluèrent d'un petit signe de main amical à notre sortie de l'autobus. Rose courut au-devant de Juliette et Tobie, me laissant en plan avec mon sac.

Ma Juliette ! Comme elle était belle ! Je la redécouvrais, longiligne dans une nouvelle robe bleu pâle cintrée. Le soleil accentuait le doré de ses cheveux et lui donnait une certaine fragilité.

— Bordel ! Louise, tu m'as manqué !

Sa blondeur diaphane contrastait avec son langage toujours aussi coloré. Moi aussi, j'avais souffert de son absence. Il me semblait l'avoir quittée depuis si longtemps.

Tobie, fidèle à ses habitudes, resta silencieux devant nos embrassades mais son sourire épanoui en disait long sur le plaisir qu'il avait de nous retrouver. Comme à notre première rencontre, le jeune Métis nous souleva chacune notre tour pour nous déposer dans sa charrette. Le temps s'était arrêté. Juliette cette fois-ci n'émit aucune réserve et le gratifia d'un sourire reconnaissant, bien loin de l'appellation de sauvage dont elle l'avait affublé à cette époque.

Gabrielle nous attendait elle aussi lorsque Tobie entra dans la cour de ferme.

— Louise ! Rose ! Quel plaisir de vous revoir, mes petites ! Venez, je vous ai préparé votre chambre.

C'était un sentiment étrange de revoir ces lieux, où nous étions encore il y a peu. Rien n'avait bougé. Tout était à la même place. Comme si elle avait deviné mes pensées, Gabrielle se crut obligée d'expliquer.

— Je n'envisage pas de prendre d'autres employées à la laiterie. Cette chambre ne servira donc plus que pour vous et Rose, à chacune de vos venues.

Ces deux jours nous offrirent une parenthèse exquise dans notre quotidien. Je retrouvai en soirée les veilleux habituels. Le père Joseph s'enquit de notre devenir à Saint-Boniface. Léon resta égal à lui-même, et tel que nous l'aimions, avec sa mauvaise foi et ses prises de parole intempestives.

J'aurais aimé retenir le temps mais, en bonne compagnie, il file hélas deux fois plus rapidement dans le sablier. J'étais partie de Saint-Claude avec un sentiment d'amertume. Ce retour me rassérénait sur les sentiments de mon amie et des Boisvert. A notre départ, nous sommes remontées dans l'autobus un peu plus riches de ces amitiés précieuses qui nous accompagneraient tout au long des semaines à venir. Ce n'était qu'un au revoir.

Mes premiers jours à officier seule en cuisine me laissèrent désorientée. Ecouter, observer Albertine, calquer ses gestes et tours de main m'avait rassurée. En sa présence, je ne prenais aucun risque. Dès qu'elle fut partie, je dus assumer seule en m'affranchissant de mes craintes et doutes. Alicia ne supportait pas les valses-hésitations. Je l'appris à mes dépens dès la fin de la première semaine.

— Eh bien, Louise. Si j'ai fait appel à vous, c'est parce que j'avais confiance en votre force de caractère, malgré votre jeune âge. Ne me faites pas regretter mon choix ! Il m'a été répété que les commerçants profitaient de votre manque d'assurance, il faut absolument que vous repreniez la main. C'est vous la chef de la cuisine, pas eux. Sinon, ils vont en profiter pour vous vendre n'importe quoi.

Bien que vexée d'être prise en défaut, je ravalai ma contrariété et me le tins pour dit. Elle avait raison, je ne pouvais le nier. Je retins la leçon et, petit à petit, réussis à m'affirmer pour marquer la cuisine de mon empreinte personnelle.

Le carnet de recettes d'Albertine me fut d'une aide précieuse à mes débuts, même s'il fallut me familiariser avec les unités de mesure telles que les tasses, gallons, pintes et quarts. Je ne cherchai pas à improviser et, afin de faciliter la gestion de mes achats, je reproduisis mes menus selon les siens, répertoriés au fil des saisons. Mes patrons m'accordaient un budget quasiment sans limites, pour l'acquisition de marchandises à la qualité irréprochable. Malgré tout, j'étais frileuse devant certains coûts. Dès mon deuxième mois, et après les remontrances d'Alicia, j'avais compris que beaucoup des commerçants, devenus des habitués de la maison, profitaient exagérément de l'état de grâce accordé par la grande fortune des Landry. Mon atavisme familial, lié à ce qui me paraissait du bon sens et un souci d'économie, m'amena progressivement à négocier des prix qui me paraissaient abusifs.

Dans un premier temps, les vendeurs jouèrent les offusqués et m'accusèrent de vouloir ruiner leur commerce. Après que je leur eus assuré vouloir changer de fournisseurs s'ils ne faisaient pas d'efforts, leurs jérémiades cessèrent aussi vite que les prix fondaient comme neige au soleil. Les pêcheurs n'osaient plus me proposer deux fois le prix pour les poissons de rivière du jour, même chose pour les chasseurs de gibier ou pour Sasha, l'Ukrainien dont la boutique regorgeait d'épices incroyables. Ce dernier me saluait désormais d'un respectueux « bonjour *páni* Louise » – madame Louise dans sa langue natale – dont le ton exagérément révérencieux me faisait à chaque fois sourire.

Les propos d'Albertine me revinrent en mémoire quand, un soir, Alicia vint me féliciter. La vieille cuisinière ne m'avait pas menti. La propriétaire des lieux gardait sans conteste un œil sur l'intendance de la maison.

Avec tout ce travail, et l'attention que je mettais à bien faire, je délaissais un peu Rose. Elle avait commencé ses cours à l'Académie Saint-Joseph et, comme elle ne se plaignait pas, j'étais convaincue que tout se passait pour le mieux.

Tout comme à l'école de Saint-Claude, elle ne bénéficiait selon la loi que d'une heure d'enseignement de français, en fin de journée, obligatoirement après les cours habituels. Si les mathématiques, l'histoire du Canada, les sciences, la littérature anglaise entraient dans les matières imposées par le Department of Education, donc dispensées en langue anglaise, l'histoire sainte et le catéchisme s'enseignaient en français. Bravant les interdits, les sœurs assuraient énormément d'heures supplémentaires pour parfaire l'éducation des filles en langue française, notamment en littérature. Je fermais les yeux par connivence, lorsque Rose me répétait que certains livres de français circulaient en classe, même pendant les heures officielles. Tout cela au nez et à la barbe des inspecteurs, devant lesquels tout le monde faisait bonne figure lors des contrôles.

Le rythme de nos journées nous laissait à l'une et à l'autre peu de répit. Je descendais en cuisine tôt le matin pour préparer les petits déjeuners de mes employeurs. Pendant ce temps, Rose faisait sa toilette, s'habillait avec les vêtements que je lui avais mis de côté. Puis elle venait me rejoindre pour prendre son bol de lait et sa tartine et partait aussitôt à l'école avec son panier pour le repas du midi. Elle revenait à la maison en milieu d'après-midi, vers cinq heures, prenait une légère collation en cuisine et remontait à la chambre faire ses devoirs. Peu après six heures, et juste avant que je ne fasse le service des maîtres de maison, nous soupions avec le personnel et ensuite elle partait se coucher. Quand je montais à mon tour dans la chambre, une fois toute la cuisine bien rangée et nettoyée, en général vers les neuf heures, elle était déjà endormie.

Ainsi s'écoulaient les semaines.

Un soir, au retour de la classe, alors qu'elle venait de terminer sa collation, Rose me tendit une enveloppe.

— C'est pour vous, maman. La supérieure de l'école m'a demandé de vous la remettre.

Occupée à nettoyer et vider les truites pour le dîner organisé par les Landry, je la renvoyai dans sa chambre.

— On verra ça tout à l'heure, pour l'instant j'ai autre chose à faire.

Elle pinça les lèvres et sortit de la cuisine en traînant les pieds. Je n'y pensai plus durant tout mon service, et c'est seulement au moment de quitter la cuisine que je remarquai l'enveloppe sur la table. Fatiguée, je remontai à la chambre sans prendre le temps de l'ouvrir. Rose, contrairement à son habitude, ne dormait pas.

— Voyons, ma Rosinette, tu ne pourras pas te lever demain. Allez, ferme-moi tout de suite ces petits yeux.

— Vous ne venez pas m'embrasser, maman ? Vous ne m'aimez plus ?

Je l'embrassai rapidement et remontai sa couverture pendant qu'elle se tournait sur le côté.

Je me calai au fond du fauteuil, retirai mes chaussures pour délasser mes pieds endoloris et décachetai enfin l'enveloppe.

Académie Saint-Joseph
Saint-Boniface
à Madame Louise Guilbaud

Chère madame,

Je souhaiterais vous rencontrer le plus rapidement possible pour discuter avec vous de votre fille, Rose, dont le comportement ne cesse de nous inquiéter.

Nous vous proposons un rendez-vous ce vendredi 25 avril à quatre heures, ce qui vous permettra de récupérer ensuite votre fille à la sortie du cours de catéchisme.

Je compte vivement, chère madame, sur votre présence.

Votre très dévouée,
Sœur Luc d'Antioche
Directrice

Je jetai un coup d'œil à Rose, mais elle dormait profondément. J'eus beaucoup de mal à trouver le sommeil, alarmée par ce courrier. Le lendemain matin, pendant qu'elle buvait son lait, je la questionnai sur les raisons de cette convocation sans obtenir de réponse satisfaisante.

— Je ne sais pas, me répondit-elle.

Son regard en biais me confirma qu'elle mentait.

Sœur Luc d'Antioche m'accueillit chaleureusement dans son bureau. Les mains jointes devant elle, elle me dévisageait maintenant en silence. Dans son visage, entouré d'une grande coiffe blanche qui retombait sur sa robe noire, on était immédiatement happé par ses yeux qui vous transperçaient lorsqu'ils se posaient sur vous. Elle était réputée pour diriger de main de maître cette académie prestigieuse, dans le seul but de donner une éducation et un enseignement exceptionnels aux jeunes filles. Bien que sa nature la poussât vers la modestie, elle pouvait pourtant se prévaloir de diplômes impressionnants : baccalauréat, maîtrise en art de l'université du Manitoba et doctorat en philosophie de l'université de Chicago. J'appris tout cela un peu plus tard, de la bouche d'Albertine.

Dans l'immédiat, son regard, déstabilisant, ne me quittait pas. Ses traits se détendirent légèrement et sa voix se fit très douce en m'interpellant :

— Votre enfant ne va pas bien, vous en êtes-vous rendu compte ?

— Euh ! Non… Il ne me semble pas. Je n'ai rien remarqué.

— Vous n'avez rien remarqué ?

Elle soupira.

— C'est bien ce qu'il me semblait. Il va falloir que vous lui accordiez un peu plus de votre temps, ma fille. De toute évidence, vous êtes trop occupée par ailleurs pour n'avoir pas décelé que Rose, de son côté, s'inquiétait pour vous.

Je notai avec agacement une forme de reproche dans ses propos. Je devais bien admettre que ces dernières semaines j'avais négligé mon enfant.

— Pouvez-vous m'en dire plus ?

— Votre fille est très intelligente. Les sœurs qui lui donnent des cours ne tarissent pas d'éloges sur ses qualités d'écoute et l'application qu'elle porte à ses leçons. Mais une chose les inquiète. Rose est très sensible, à mon avis même beaucoup trop. Ses maîtresses ont pu noter un changement dans son comportement dès qu'arrive le début de l'après-midi, après la pause du déjeuner. Elle n'est alors plus la même, son esprit part ailleurs et elle ne songe qu'à quitter la classe si l'on en juge par ses coups d'œil incessants à la pendule. Sœur Marie-Archange l'a maintes fois questionnée et s'est heurtée à un mur de silence. J'ai donc dû me résoudre à la faire venir dans mon bureau. Et là, avec moi, elle s'est confiée.

Sœur Luc d'Antioche marqua une courte pause. Je me liquéfiai sous son regard, dans la crainte de ce qui allait suivre.

— Je ne sais pas ce qui s'est passé dans votre vie, et je ne veux pas le savoir. Je ne suis pas là pour vous juger. Cependant, sachez que votre petite fille vit dans l'angoisse de ne pas vous retrouver quand elle rentre le soir de l'école. Elle n'a qu'une hâte, qu'un besoin : s'assurer de votre présence, et ça, voyez-vous, ce n'est pas une attitude normale. Vous comprendrez que nous ne pouvons nous contenter d'une matinée d'intérêt scolaire, alors que nous avons décelé chez elle des capacités admirables pour les études.

J'étais abasourdie, et en même temps, j'avais beau chercher, je ne voyais pas ce qui pouvait motiver de telles angoisses chez Rose.

— Profitez des deux jours qui viennent pour en discuter avec elle. Je compte sur vous pour que votre petite retrouve l'énergie de ses débuts.

— Je vous le promets, ma sœur.

— Je vous fais confiance. Ah ! Tant que j'y pense, j'avais autre chose à vous dire. Le Département de l'instruction publique a mis en place un concours oratoire qui se déroulera durant la semaine de Pâques. Il faut d'autant plus souligner l'initiative qu'il est ouvert aux élèves de langue française, en dépit de la loi qui proscrit le français dans les écoles manitobaines. L'Association d'éducation s'y associe cette année et invite nos écoles à se confronter aux grandes institutions de la Province. Votre petite Rose a une très bonne élocution et sa maîtresse envisage de la faire concourir.

— Je suis vraiment flattée. Rose ne m'en a pas parlé, est-elle au courant ?

— Non, pas encore. Elles sont trois à être sélectionnées dans l'école, c'est la seule de sa classe. Je devine chez cette petite des aptitudes pour parler en public.

A ces mots, mon cœur de maman se gonfla de fierté. Ma fille allait participer à un concours de langue française au Manitoba ! Je me retins de pleurer devant la supérieure.

La cloche sonna, annonçant la fin des cours. Les enfants sortirent en silence, alignées dans une file indienne irréprochable. J'aperçus Rose parmi les autres, émouvante dans son costume d'écolière, la robe protégée par un austère tablier noir, adouci par le petit col blanc et rond. Toute sa fragilité me sauta aux yeux. Je remarquai seulement ses joues creuses, ses traits émaciés. Comment avais-je pu être aussi aveugle ? Quand son regard vide croisa le mien, en quelques secondes ses yeux s'illuminèrent. Elle se jeta dans mes bras.

— Oh, maman, comme je suis heureuse de vous voir !

Le sourire en coin que me lança la sœur au même moment en disait long sur ses pensées. Je la remerciai de son aide, et Rose et moi quittâmes l'Académie serrées l'une contre l'autre, main dans la main.

J'attendais le moment propice pour aborder le problème. Je le provoquai dès le samedi après-midi en proposant à Rose d'aller nous promener à Winnipeg.

— Je t'amène, ma Rosinette, au grand magasin de la baie d'Hudson.

Elle sauta immédiatement de joie.

— Vous allez avoir le temps, maman, avec votre travail ?

— Ne t'en soucie pas, j'en fais mon affaire. Et puis, vois-tu, comme il ne fait pas beau, et aussi pour gagner du temps, nous allons exceptionnellement emprunter le tramway. Tu veux bien ?

— Oh oui ! maman, je vous aime très fort.

— Mais tu as intérêt !

La neige tombait effectivement sans discontinuer quand nous montâmes à bord du tramway. Je ne l'avais jamais pris, par souci d'économie, préférant faire à pied le trajet jusqu'à Winnipeg. Une fois n'était pas coutume et d'ailleurs la rame était bondée, certainement à cause du mauvais temps. Ce court voyage me permit de découvrir la ville sous un autre jour en empruntant des avenues différentes.

Nous sommes descendues à l'arrêt le plus proche et avons marché jusqu'au magasin HBC – Hudson Bay Company –, dont les devantures surmontées de grandes bannes s'étalaient généreusement entre l'avenue du Portage et le Mémorial Boulevard. Ce magasin rivalisait en grandeur et en luxe avec

Eaton et son opulence ostentatoire, tant à l'extérieur qu'à l'intérieur, nous frappa. Il y régnait une chaleur étouffante, accentuée par la foule de badauds. Comme chez Eaton, d'impressionnants comptoirs de marchandises s'alignaient à perte de vue. Nous nous sommes glissées dans le premier ascenseur disponible pour rejoindre le premier étage.

Un espace entier dédié aux tissus s'offrait à nos yeux. Un univers très sensuel, chargé en odeurs de flanelles, effluves ouatés et feutrés des fourrures, organzas et soieries. Les comptoirs nous attiraient de manière très charnelle, communiquaient un irrépressible besoin de palper, sentir, toucher dès que nous approchions un rouleau de ces étoffes luxueuses.

— Comme c'est beau, maman ! Quel dommage que marraine Juliette ne soit pas avec nous, vous ne croyez pas ?

Je lui caressai la joue, attendrie par la sensibilité de sa remarque.

— Nous y retournerons avec elle, je te le promets.

Je marquai un arrêt devant un étal d'étoffes dont les couleurs et les motifs s'adressaient davantage aux enfants.

— Est-ce qu'il y a un tissu qui te convient, parmi tout ça ?

Rose me regardait sans comprendre.

— Tu choisis celui qui te plaît, ma chérie. Ce sera ton cadeau d'anniversaire, avec un peu d'avance. Nous l'apporterons à Juliette pour qu'elle te confectionne une robe.

Ses yeux se mirent à briller.

— Pour moi ? C'est vrai ? Oh, ce que je suis contente, vous êtes la plus gentille des mamans.

— Donc, si je comprends bien, ma gentillesse se mesure aux cadeaux que je te fais !

Elle répondit par une flatterie digne d'une petite chatte.

— Mais non, ma chère maman, vous savez bien que je vous aime grand comme ça et que je vous aimerai tout le temps, tout le temps ! Toute ma vie !

Ce faisant, elle avait ouvert ses bras aussi largement qu'elle pouvait pour me faire mesurer l'étendue de son amour. Nous avons ri toutes les deux.

— Bien ! Alors choisis-le vite, ce tissu, avant que je ne change d'avis, petite canaille. Mais attention, tu regardes seulement, et tu ne touches pas.

Son regard furetait parmi les rouleaux. Finalement, elle s'arrêta devant une pièce de coton bleu vif, imprimée de petits motifs champêtres aux tons écrus et noirs.

— Je veux celui-ci.

— Déjà, on ne dit pas *je veux*, mais j'aimerais !

Je cherchai l'étiquette du prix. La vendeuse, que nos allées et venues semblaient agacer, se pencha au-dessus du comptoir. J'étais sûre qu'elle nous avait entendues parler en français, néanmoins elle m'aborda en anglais. Je levai les bras en guise d'incompréhension et élevai la voix.

— Français ! Vous parlez français, s'il vous plaît ?

Elle grommela entre ses dents et je compris que je lui faisais perdre son temps. Elle héla une autre vendeuse à l'autre bout du comptoir et me laissa en plan.

— Oui ! Que puis-je pour vous ?

— Quel est le prix de cette étoffe, s'il vous plaît ?

— Un dollar et vingt cents le yard. Vous en voulez combien ?

Je dus lui paraître stupide car je la regardai sans comprendre.

— Un dollar et vingt cents la verge[1], si vous préférez.

Je n'avais toujours pas compris et me lançai alors dans une explication de ce que je voulais confectionner pour ma fille.

— Bien ! Une verge et un pied et demi devraient vous suffire.

Je lui fis confiance et ravalai en même temps mon embarras quant au prix que je trouvais onéreux.

— Tu es sûre de ton choix, Rose ? Ce n'est pas un peu criard pour toi, cette couleur ?

— Oh ! Maman, c'est le plus joli. Alice en a une comme ça. Je veux... pardon, j'aimerais bien avoir la même.

Décidément, toujours la référence à *Alice au pays des merveilles*. La vendeuse m'apostropha, tout juste aimable.

— Alors, vous le prenez ou pas ?

Je réfléchissais au métrage qu'il me faudrait. Heureusement, Rose n'était pas bien grande.

— Oui, je le prends. Je voudrais aussi du ruban pour assortir.

---

1. La verge, yard en anglais, est une unité de mesure de longueur utilisée au Royaume-Uni, aux Etats-Unis et au Canada. Elle se divise en pieds et en pouces.

J'ajoutai à mes achats un ravissant galon de dentelle ajourée de petites fleurs écrues qui s'harmoniserait parfaitement avec la robe et m'acquittai au total de un dollar quatre-vingts.

Quand elle me sauta dans les bras pour me remercier, je sus qu'à défaut d'être la plus gentille des mamans, j'étais vraiment la plus comblée, en dépit de ma petite folie !

Nous avons repris l'ascenseur pour descendre au rez-de-chaussée. Le temps tournait vite, il fallait penser à rentrer avant qu'il ne fasse nuit.

— Louise ! Quel plaisir de vous voir ici.

Pierre ! J'avais reconnu sa voix. Je me retournai brusquement et constatai qu'il n'était pas seul. Une très belle et élégante jeune femme lui tenait le bras et m'observait avec beaucoup de curiosité. La surprise de cette rencontre devait m'avoir donné un air stupide que je m'empressai de masquer en le saluant un peu précipitamment.

— Pierre, présente-moi donc ton amie !

Sa compagne avait parlé d'une voix ferme, mais avec une bienveillance qui se lisait à la fois dans ses yeux et dans son attitude chaleureuse.

— Volontiers. Sarah, voici Louise, une amie. Louise, je vous présente Sarah, ma chère sœur.

Sa sœur ! Mais oui, c'est vrai, j'avais oublié. Sarah nous gratifia d'un large sourire, me donna une franche poignée de main et, se penchant légèrement, fit de même avec Rose qui l'observait avec de grands yeux curieux.

— Vous savez que mon frère m'a beaucoup parlé de vous et qu'il ne m'a pas menti en me disant avoir fait la rencontre fortuite d'une jeune et jolie Française et de sa petite fille...

Elle s'arrêta quelques secondes et lança une œillade à Rose.

— De sa non moins jolie petite fille.

Rose resta de marbre. Je bredouillai quelques remerciements de circonstance. Heureusement, Pierre reprit la parole :

— Vous alliez partir, je pense. Je vous invite à prendre un thé et une pâtisserie au *tea room*, la salle de thé à l'étage supérieur.

Le corps de Rose se raidit. Sa main n'avait pas quitté la mienne et resserra son étreinte. J'hésitai quelques secondes.

— C'est vraiment très gentil de votre part, Pierre. J'aurais été infiniment heureuse de partager un moment avec vous, mais j'ai promis à ma fille de lui accorder cet après-midi.

Je ressentis dans le creux de ma main une grattouille.

Sarah prit la parole, sur un ton énergique :

— J'aimerais bien vous revoir, vous m'êtes sympathiques. Dimanche prochain, la troupe du Cercle Molière joue *L'Arlésienne* d'Alphonse Daudet. Un auteur français, vous connaissez peut-être, Louise ?

J'esquivai la réponse, honteuse de ne pas connaître cet auteur.

— Vous serez mes invitées, c'est au théâtre Walker. Ne dites pas non, je serais vexée !

Elle nous adressa un clin d'œil complice.

— Moi aussi, je peux aller au théâtre ?

Le visage de Rose s'était soudain illuminé.

— Mais évidemment ! A moins que ta maman y soit opposée ?

Rose se tourna vers moi avec des yeux implorants.

— Oui, ce sera avec plaisir, Sarah. Je vous remercie pour cette invitation.

— Pierre, tu voudras bien jouer notre chaperon, si la compagnie de trois jolies femmes ne te dérange pas.

L'intéressé s'inclina vers nous dans une profonde révérence et répondit en riant qu'il serait comblé de sortir en si charmante compagnie.

— Eh bien, nous passerons vous prendre en début d'après-midi.

Rose se sentait coupable.

— Vous auriez préféré rester avec Pierre et Sarah, n'est-ce pas ?

— Mais non, que vas-tu chercher là ! C'est notre journée rien que pour nous. Que je sois transformée en petite cochonne si je ne tiens pas ma promesse !

Nous avons repris le chemin du retour en appréciant encore plus le tramway, les pieds fatigués d'avoir tant piétiné. Les Landry étant invités à souper, nous pouvions profiter de la soirée. Le repas terminé, je me lançai enfin.

— Rose, à ton tour maintenant d'être gentille avec moi.

Elle me regarda avec curiosité.

— La directrice de l'Académie m'a beaucoup parlé de toi. Je me fais du souci, tu sais.

Elle raclait le fond de son assiette avec la cuillère, sans répondre.

— N'aie pas peur, je ne te gronderai pas. Je veux juste comprendre et t'aider. Dis-moi ce qui te tracasse.

— Eh bien... ! je... vous...

— Oui ?

Quelques larmes perlaient au coin de ses yeux, elle éclata en pleurs. Je la pris sur mes genoux et la dorlotai, comme lorsqu'elle était petite.

— Mais non, ma Rosinette. Il ne faut pas pleurer comme ça, voyons. Allez, dis-moi ton gros chagrin et tu verras, après ça ira mieux.

Elle hoquetait entre deux sanglots, fixa son regard dans le mien et m'entoura de ses bras.

— J'ai peur que le monsieur revienne pour vous enlever.

— Mais de quel monsieur tu parles ?

— Vous savez bien, celui qui vous a amenée dans sa maison l'hiver dernier. Nous vous avons cherchée partout, et vous avez réussi à vous sauver.

Silas ! Enfin je comprenais. C'était donc là sa crainte. Comment n'y avais-je pas pensé plus tôt ?

— J'ai tellement peur qu'il vous enlève à nouveau pour de bon.

— Ecoute-moi, ma puce, tu n'as pas de raisons d'avoir de telles frayeurs. Je suis contente que tu m'aies confié tes craintes, mais maintenant tu ne dois plus me faire de cachotteries comme ça, d'accord ?

Silas, il est parti très très loin. Et je te promets qu'il ne reviendra plus.

— C'est vrai ? Vous en êtes vraiment certaine ?

— Sûre et certaine ! Allez, sèche-moi ces pleurs et embrasse-moi. Ça va mieux maintenant que tu m'as parlé ?

Elle sourit timidement à travers ses larmes.

— J'insiste, je ne veux plus qu'il y ait de secrets entre nous. D'accord ?

— D'accord !

— Et maintenant, tu me promets aussi de recommencer à travailler normalement à l'école ?

Elle hocha de la tête.

— La directrice m'a dit que tu étais très intelligente. Je veux continuer à être fière de toi.

Elle m'entoura de ses bras :

— Je vous promets que vous ne le regretterez pas.

Elle réfléchit un instant, un doigt sur ses lèvres, et me regarda avec un sourire moqueur.

— Quand allons-nous à Saint-Claude pour que Juliette me fasse la robe de mon anniversaire ?

— Toi, tu ne perds pas le nord !

En soirée, alors que nous lisions toutes deux au lit avant de nous endormir, Rose leva le nez de son livre, comme prise d'une inspiration subite, et me demanda :

— Elle est vraiment très gentille, Sarah, vous ne trouvez pas ?

— Oui, j'aime beaucoup sa franchise. Elle me paraît être une jeune fille toute simple. Comme Juliette.

— Je partage votre avis.

Elle m'amusait tellement quand elle employait des mots d'adulte.

— Vous allez revoir Pierre, aussi ?

— Eh bien oui ! Au théâtre Walker, dimanche prochain.

— Oui, ça, je sais…

J'attendais la suite.

— Mais vous le reverrez peut-être encore par la suite ?

— Peut-être que oui, je ne sais pas encore.

Elle m'observait, les sourcils froncés dans une profonde réflexion.

— Vous êtes très jolie, maman. Vous êtes la plus jolie des mamans de ma classe.

Je l'embrassai, émue par sa remarque. Nous reprîmes chacune nos lectures. Cinq minutes plus tard, Rose posait à nouveau son livre :

— Il était comment, mon papa ? Plutôt beau comme Pierre ou bien comme Marius ?

Elle me mettait une fois de plus dans l'embarras, mais attendait très sérieusement que je lui réponde.

— Il était beau comme ton papa, tout simplement, je ne peux pas comparer. Il avait les cheveux bruns et la peau brune comme toi… et comme moi aussi.

Je détournai le regard pour cacher ma gêne et me levai pour éteindre la lumière.

— Allez, on a assez parlé et lu comme ça. Il est tard, dodo, ma fille maintenant.

Combien de temps encore parviendrais-je à lui cacher la vérité ? Elle grandissait, voulait comprendre, et c'était logique. Un jour ou l'autre, elle me mettrait devant le fait accompli. Pourrais-je alors lui taire une fois de plus le secret de sa naissance ? On n'en était pas encore là, heureusement. Je l'embrassai doucement dans le cou, elle dormait déjà avec l'insouciance de l'enfance.

Je fermai les yeux pour forcer le sommeil. Rose avait raison, Sarah me paraissait très sympathique, et j'avais vraiment envie de la revoir. Je pensai aussi à Juliette. Elle me manquait décidément beaucoup plus que je ne l'aurais imaginé. J'avais hâte de retourner à Saint-Claude.

Je mesurai combien j'avais sous-estimé la sensibilité de ma fille et m'en voulus de l'avoir à ce point négligée pendant toutes ces dernières semaines. Je n'aurais jamais pensé que le malheureux épisode de Silas puisse l'avoir traumatisée à ce point. Je me promis d'être vigilante à l'avenir et surtout moins égoïste.

Ma dernière pensée avant de m'endormir fut pour Marius. Trois mois sans nouvelles de sa part me paraissaient interminables. Oui, il me manquait terriblement, je l'admettais enfin !

76

Quelques jours plus tard j'eus le bonheur de recevoir une lettre de Marius. Il se dirigeait tout au nord, vers la baie d'Hudson, en remontant le lac Winnipeg pour rejoindre le port de Churchill, sur la baie. Il rêvait d'y admirer les aurores boréales, les plus belles que l'on puisse imaginer à ses dires. Il semblait heureux de son périple et n'envisageait pas un retour rapide. A mon grand regret.

Le samedi suivant notre sortie au grand magasin, en fin de matinée, Alicia vint me chercher en cuisine.

— Louise, on vous demande à l'entrée.

Instinctivement je retirai mon tablier et recoiffai un peu mes cheveux ébouriffés. Je traversai le long vestibule avec hâte et poussai la porte qui donnait sur le hall.

— Juliette !

J'avais crié son nom, surprise de voir mon amie en ces lieux.

— Mais que fais-tu là ?

— Tu me manquais trop, ça me tourneboulait. Et puis, je n'ai pas oublié que c'est l'anniversaire de ma filleule lundi. Alors me voilà ! Eh bien ! Tu en fais une tête, tu n'es pas contente de me voir, bordel ?

— Bien sûr que si, voyons ! C'est juste que je ne m'attendais pas du tout à ta visite. C'est Rose qui va être heureuse, je te le garantis, quand elle va te voir. On va lui faire la surprise. Tu es venue en train ? Tu repars quand ?

— Ben je me disais que j'aurais peut-être pu ne rentrer que demain après-midi. Tu crois que je pourrais passer la nuit avec vous ?

— Nous avons juste un lit, mais nous nous serrerons. Je vais demander à ma patronne. Au pire, tu pourrais peut-être dormir chez Albertine, l'ancienne cuisinière. Mais j'avoue que je préférerais t'avoir avec moi.

Je fus reconnaissante à Alicia d'accepter immédiatement. Mon service ne se terminant pas avant deux bonnes heures, j'accompagnai donc mon amie jusqu'à notre chambre, et afin de réserver la surprise à Rose, je frappai à la porte.

— Entrez, maman, ce n'est pas la peine de frapper.

Je recommençai à nouveau.

— Vous êtes vraiment fine de vouloir jouer.

J'avais poussé Juliette devant moi lorsque Rose ouvrit la porte. Elle resta quelques secondes sans réagir, figée par la surprise, et finit enfin par lui sauter au cou. Je les laissai toutes les deux à la joie de leurs retrouvailles pour aller mettre la dernière main à mon repas.

La visite de Juliette nous amena une fabuleuse bouffée d'oxygène. Dès la fin de mon service du midi, nous partîmes toutes les trois à la découverte de la ville. Rose lui montra avec fierté son école. Quant à moi, je lui présentai mes petits commerçants, notamment Sasha, l'épicier. Ce dernier me surprit par sa soudaine timidité et l'empressement qu'il mit à saluer Juliette. Adoptant un vocabulaire poétique un tantinet maniéré, il se répandit en compliments, comparant la blondeur de ses cheveux à un champ de blé en Ukraine et ses yeux aux eaux limpides du Danube. Il lui avait pris les mains et ne les lâchait plus, subjugué par le charme de mon amie. Au moment où nous nous apprêtions à le quitter, il s'échappa dans ses réserves et revint avec un paquet, enveloppé de papier fin.

— Vous le dégusterez toutes les trois ce soir en pensant à moi. C'est un koulitch, une brioche que nous avons l'habitude de faire pour Pâques, en Ukraine. Ce sera mon cadeau pour vous, jolie *páni.*

Juliette joua de coquetterie et lui claqua deux bises sur chaque joue. Sasha arborait un visage rubicond. La cloche de son magasin tintinnabula quand nous franchîmes le seuil, et une fois hors de sa vue, nous éclatâmes de rire. Rose imita l'épicier, en prenant une petite mine chafouine :

— Juliette, vos cheveux sont blonds comme les champs d'Ukraine et vos joues aussi rebondies que la miche de mon koulitch.

— Ah ! Ah ! Tu es décidément très drôle, ma chère filleule. De qui tiens-tu cela ? Certainement pas de ta mère !

En riant, je lui donnai des petites tapes affectueuses.

— Je ne sais pas si elle est drôle, mais en tout cas elle a des talents oratoires certains et me paraît fin prête pour le concours des écoles.

Nous avons poursuivi notre promenade, gaies comme des pinsons. Je n'oubliais pas que le lendemain nous avions rendez-vous avec Pierre et Sarah. J'en fis part à Juliette et lui proposai de nous accompagner au théâtre. Elle eut une moue boudeuse quand nous lui eûmes assuré que Sarah semblait être une chic fille qui ferait à coup sûr une bonne amie. Je devinai sa jalousie et la rassurai sur notre propre amitié, la première, l'unique, indéfectible.

En fin d'après-midi, je les ai laissées à la chambre, le temps de mon service pour le souper et, seulement après, nous avons fini la soirée ensemble. Nous nous sommes repues des restes du repas, soupe aux pois et jambon avec de belles tranches de pain que j'avais confectionné moi-même, pour finir sur le fameux koulitch de Sasha, dont l'évocation du nom nous fit une fois de plus pouffer comme des gamines.

Fidèle à sa ponctualité, Pierre nous attendait en bas de l'immeuble des Landry, en tout début d'après-midi. Il se réjouit de la présence de Juliette et je notai avec soulagement que cette dernière avait immédiatement adopté Sarah, dont le tempérament volcanique n'était finalement pas si loin du sien.

Je retrouvai avec infiniment de plaisir le théâtre Walker, où déjà une foule impressionnante se pressait au guichet pour cette représentation de *L'Arlésienne*. Ainsi que nous l'expliqua Sarah, la troupe du Cercle Molière la présentait à Winnipeg depuis déjà plusieurs mois et, le succès aidant, envisageait pour l'année suivante de faire une tournée dans les villages francophones du Manitoba.

Rose, calée au fond de son fauteuil, exultait pour sa première au théâtre. Plusieurs fois pendant la représentation, je l'observai. Son visage arborait toutes les expressions selon les sentiments exprimés par les acteurs. Je ne sais si elle comprenait toutes les subtilités de la pièce, mais je voyais qu'elle la vivait avec intensité.

Cette pièce magistrale emporta le public, et, lorsque le rideau se ferma sur les acteurs, après le salut, nous étions tous émus aux larmes, à la fois par le jeu de la troupe et le thème de l'histoire. Je ne sais par quelle association d'idées, mais à plusieurs reprises, quand Jan, le personnage principal amoureux de l'Arlésienne avait pris la parole, mon esprit s'était évadé vers Marius.

Il restait une petite heure avant le train du retour de Juliette. Bien que leur compagnie soit agréable, nous nous sommes séparés de Pierre et Sarah, préférant consacrer ce peu de temps pour rester entre nous.

Nous sommes remontés à pied jusqu'à la gare, déjà tristes de voir se terminer cette journée. Pour la plus grande joie de Rose, je lui promis qu'elle irait passer les vacances de Pâques, deux semaines plus tard, à Saint-Claude. Cette nouvelle atténua quelque peu la peine de mon amie.

77

La vie reprit son cours. J'avais acquis confiance en moi et renforçais naturellement une autorité qu'Alicia ne me contestait pas. Les cahiers d'Albertine ne me servaient maintenant que très occasionnellement et, bien au contraire, je remplissais désormais le mien avec les menus élaborés au jour le jour.

J'imposai à mes employeurs un métissage de cuisine, héritage de recettes collectées auprès de Tobie, de ma famille, ou des maisons bourgeoises pendant mon séjour en Charente. Et comme le budget octroyé m'offrait des possibilités innombrables, je m'en donnais à cœur joie.

J'appris à cuisiner le riz sauvage. Je m'approvisionnais chez le boucher de Saint-Boniface en gigots d'agneau qui rôtissaient à la broche pendant des heures, à tout petit feu.

Je découvris l'usage des graines de tournesol. Une fois parsemées de sel et rôties au four, j'en remplissais des sachets destinés aux jumeaux et à Rose qui s'en régalaient à l'école, entre les cours. Les Landry en servaient à leurs invités, à l'occasion de leurs cocktails, et moi-même je devais me faire violence pour ne pas en picorer à tout bout de champ lorsque je les préparais.

Mes employeurs appréciaient quand je leur cuisinais du poisson. Je négociais à soixante-dix sous la douzaine les sardines du Brunswick, encore trop chères à mon goût. Elles finissaient boucanées au fumoir puis accompagnées de pommes de terre à l'eau nappées de beurre persillé.

Le corégone, pêché dans le lac Winnipeg, cuisait doucement au four, son ventre garni d'une abondante farce de pain rassis, de bleuets et d'herbes, arrosé pour le service d'une sauce à la crème sure. Une crème un peu aigre, que Rose avait dédaignée au début, pour finir par s'y habituer et même en tartiner son pain.

Quand Sasha me proposa du *goldeye* fumé, je fronçai les sourcils, n'ayant jamais vu un tel poisson.

— Vous avez tort, c'est bon, le doré. On l'appelle aussi la laquaiche aux yeux d'or. Comme ceux de votre amie.

Je souris. Le nom me parut certes plus poétique mais ne me convainquit pas pour autant. L'épicier ukrainien tenta de faire tomber mes dernières réticences en m'assurant, sur un ton cérémonieux, que même le prince de Galles, Edouard VIII, en raffolait. Cela ne me fit ni chaud ni froid. Je finis de guerre lasse par accepter de tenter l'expérience et grand bien m'en prit, car accompagnée d'une vinaigrette aux herbes et à la crème, la chair de ce petit poisson fumé se révéla d'une grande finesse.

Sasha, toujours, me montra comment façonner des pierogi, de drôles de pâtes originaires d'Ukraine, fourrées à la purée de pommes de terre et fermées comme des petits chaussons. Cuits à l'eau, on les accompagne d'oignons frits. Il me confia que sa maman agrémentait parfois la pâte de pruneaux. Mais je n'ai pas encore réussi à trouver ces derniers à Winnipeg ou Saint-Boniface.

Je cuisinai pour la première fois du homard, à l'occasion d'un repas où mes employeurs avaient invité des amis. Je n'en avais jamais vu auparavant et ne savais comment me dépêtrer de cette bestiole dont les pinces me faisaient reculer de frayeur. Le cahier d'Albertine déclinait une recette de homard rôti ; l'ouvrage québécois, *Les Secrets de la bonne cuisine* de sœur Sainte-Marie Edith, directrice de l'Ecole ménagère de Montréal, n'en faisait pas mention ; finalement c'est dans le guide Escoffier, un manuel de cuisine venant de France, que je trouvai la recette du homard thermidor. Ce plat demeura une de mes grandes réussites. Pour flamber la chair du crustacé, j'avais eu recours à un whiskey de la cave de Robert. Ce dernier me félicita vivement pour ce mets dont ses invités s'étaient délectés de la sauce.

En d'autres occasions, je confectionnais des recettes confiées par Tobie : tourtières au lard ; galettes bannock ; salades de chou rouge aux baies sauvages ; sagamité, une soupe très complète liée à la farine de maïs et composée de blé d'Inde lavé dans une grande bassine, de morceaux de courges et de truites des rivières, de viande d'orignal et de grosses fèves rouges ; autant de plats traditionnels issus de la culture amérindienne dont Tobie me parlait souvent, lorsque lui prenait l'envie d'évoquer son enfance.

Côté desserts, je n'étais pas en reste et prenais plaisir à préparer de succulentes tartes au sucre roux, aux poirettes, pommes ou bleuets ; les œufs au lait exhalaient des effluves de vanille et cannelle. A la première heure, chaque matin, je sortais du four une plantureuse brioche à la peau toute mordorée et à la mie parfumée de fleur d'oranger que la famille effilochait encore chaude avec le café du petit déjeuner. Pour les anniversaires et dîners de fête, j'étais passée maître dans l'art de confectionner des gâteaux à étages, garnis de crème au beurre et enveloppés de pâte d'amande que je parfumais avec des infusions de menthe, verveine, citronnelle ou autres selon l'envie du moment.

Guidée par une soif permanente de connaissances et le désir d'impressionner Alicia, je me plongeais dans les ouvrages culinaires dès que j'avais un moment, afin d'en apprendre les bases que j'aimais bien détourner. Et cela portait ses fruits, car à maintes occasions elle vint me féliciter.

Et pourtant, les premières semaines, j'avais eu l'occasion de me faire du souci, du moins en ce qui concernait les jumeaux. Hormis pour les desserts qui soulevaient à coup sûr leur assentiment, les assiettes revenaient en cuisine la plupart du temps encore pleines. De viande ou de poisson, ils ne voulaient pas mettre le moindre morceau dans la bouche. Tout juste consentaient-ils à manger le riz sauvage et les pommes de terre, quel que soit leur apprêt. Je m'en étais ouverte auprès d'Alicia qui m'avait encouragée à ne rien changer dans mes habitudes et même à persévérer.

J'avais pu me rendre compte, le temps passant, du manque d'éducation de ces enfants, généralement livrés à eux-mêmes, entre un père très peu présent en raison de ses activités professionnelles, et une mère rigoriste, mais plus occupée par l'image qu'elle renvoyait à l'extérieur et sa boulimie de paraître dans la grande société winnipegoise.

Ils adoptaient à mon encontre, le plus souvent en l'absence de leur mère, une attitude très condescendante qui avait le don de me mettre hors de moi, mais je me contenais, ne voulant pas importuner Alicia. La situation s'inversa pourtant, d'une manière fort déroutante.

Cet après-midi-là, de retour à la maison après leurs cours, comme à leur habitude Jean et Simon étaient entrés en coup de vent dans la cuisine, sans bien entendu prendre la peine de dire bonjour. Après s'être emparés chacun d'une galette de bannock, ils les avaient reniflées avec dédain et jetées à même le sol.

— Ces galettes sont de la nourriture de sauvages, tout juste bonne pour les cochons, m'asséna Simon avec un sourire sarcastique.

Je serrai les poings avec la furieuse envie de leur coller à chacun une gifle bien méritée. Je me tournai vers mes fourneaux pour cacher mon exaspération. C'est alors que j'entendis une voix fluette, reconnaissable entre toutes :

— Vous n'êtes que des gosses de riches pas ben fins. Vous avez manqué de coups de pied au cul, ça c'est sûr !

Rose ! Les yeux noirs plissés par la colère, un bras en travers de la porte pour leur barrer le passage et un doigt rageur pointé vers les jeunes garçons, elle asséna froidement, sans se démonter :

— Vous allez ramasser ces galettes, bordel !

Je frissonnai ! Outrée par l'ordre qu'elle venait de donner aux enfants de mes employeurs, le sacre qu'elle venait de prononcer et l'énormité de la scène ; mais surtout, angoissée à la vue de la forme qui s'était approchée derrière Rose, sans que celle-ci ne la voie. Les jumeaux, eux, l'avaient bien aperçue et maintenant ils arboraient un sourire de contentement, certains que la situation allait tourner en leur faveur.

Un silence pesant s'installa pendant de longues secondes où je vis Alicia en proie à une intense réflexion. Je retenais mon souffle.

— Simon, Jean ! Rose vous a parlé, exécutez-vous sans tarder. Ramassez vos galettes et montez les manger immédiatement dans vos chambres où vous resterez consignés jusqu'à nouvel ordre.

Les garçons, décontenancés, se tenaient d'un air piteux mais ne bougèrent pas.

— Faites immédiatement des excuses à Louise et que je ne vous entende plus tenir de tels propos dans cette maison, ni agir de cette manière. C'est bien compris ? Levez la tête pour regarder Louise et excusez-vous !

— Mais, maman, c'est elle qui…

— Taisez-vous !

Ils n'eurent pas d'autre choix que d'obtempérer. J'étais tétanisée, et Rose livide. Alicia l'observa avec un petit sourire moqueur.

— Tu as raison, Rose, mes garçons ont manqué de coups de pied au cul !

Je devais être cramoisie de honte, mais Alicia, continuant sur sa lancée, apostropha Rose :

— Je ne t'en veux pas de les avoir remis à leur place, et je te remercie au contraire de cette leçon que tu m'as donnée.

Puis se tournant vers moi :

— Vous avez une bien gentille fille, Louise, et je suis bien chanceuse de vous avoir trouvée pour remplacer Albertine.

Sur ces mots, elle quitta la place, suivie de ses deux garçons au visage mortifié.

De cette histoire, je retins en tout cas qu'il faudrait que je fasse attention à mes propos devant Rose, car les reproches lancés aux jumeaux, elle les avait entendus de la bouche même de Juliette quand celle-ci était venue nous retrouver !

Cette période restera dans ma vie comme empreinte de folle frénésie. Jouir d'autant de liberté me donnait le tournis, détenir le privilège de cuisiner une variété aussi riche de produits me grisait. Je n'étais plus la petite Louise timide des marais, pas plus que la Louise des Cocottes encore hésitante des débuts à Cognac mais une femme qui s'affirmait de jour en jour.

Alicia passait maintenant me voir plus souvent, elle prenait le temps de s'arrêter pour me dire un petit mot gentil ou prendre des nouvelles de Rose. Je n'avais pas vis-à-vis d'elle les élans d'amitié et d'affection que j'avais eus avec Jeanne ou Gabrielle, mais je commençais malgré tout à mieux l'apprécier.

Albertine, elle aussi, avait pris l'habitude de me faire des visites. « Pour tuer le temps », m'avait-elle dit la première fois, avec un soupir de désespoir à fendre l'âme. Elle s'ennuyait ferme dans sa nouvelle vie, et désormais tous les jeudis après-midi, je la conviais à venir me rejoindre. Nous passions deux heures délicieuses ensemble, en dégustant les petits biscuits que je confectionnais pour elle. Nous parlions souvent cuisine, je lui racontais aussi mes souvenirs de France, elle s'épanchait sur sa jeunesse. Malgré notre différence d'âge, nous ressentions l'une pour l'autre une grande affection. Ni l'une ni l'autre n'aurait pu désormais se passer de ces après-midi qui servaient à bien plus que tuer le temps.

Rose se portait comme un charme. Elle avait perdu ses angoisses, retrouvé son entrain à l'école et maintenant, sur ses cahiers, je relevais souvent des appréciations très élogieuses de sa maîtresse. Elle termina deuxième au concours oratoire des écoles et en conçut une vive déception. Je la rassurai en lui assurant que pour une première tentative, c'était une véritable réussite et que l'année suivante elle gagnerait à coup sûr. Son tempérament ambitieux avait tout pour me plaire.

Saint-Claude, nous y retournions régulièrement. Rose y passait toutes ses vacances scolaires. Les fins de semaine où je n'étais pas de service, nous prenions l'autobus toutes les deux et rejoignions nos amis du village. Je notais avec plaisir que les relations entre Juliette et Tobie prenaient un tour de plus en plus tendre, même si cette dernière attendait avec impatience une véritable déclaration.

— Mais bordel, quand va-t-il donc se décider à me demander en mariage, mon cher sauvage ?!

Elle l'appelait ainsi, avec infiniment de tendresse, en souvenir de son attitude lorsque nous étions arrivées la première fois en gare de Saint-Claude.

— Avant le mariage, il y a les fiançailles, ma chérie.

— Pfft ! Formalités, perte de temps et balivernes que tout ça. Il me demande, j'accepte, on se marie car je ne suis pas une grisette parisienne qui court plusieurs lièvres à la fois et...

Elle hésita quelques secondes, et reprit :

— ... et on fait plein d'enfants, car je veux de la marmaille autour de moi pour ranger la maison, faire la cuisine, le ménage, bref, tenir la maison à ma place !

Tout finissait par la plaisanterie avec Juliette, et cela me réjouissait.

— Et toi, tu continues à faire la grisette entre Pierre et Marius ?

Sur ce point, elle n'avait plus tout à fait raison.

Pierre nous avait accompagnées en plusieurs occasions pour des promenades dominicales le long de la rivière Rouge ou de l'Assiniboine. L'attitude faussement polie de Rose, ces jours-là, ne me bernait pas. Je voyais bien, à sa moue boudeuse, qu'elle n'appréciait pas se retrouver en sa compagnie. En revanche, elle arborait un véritable sourire de contentement quand Sarah se joignait à nous, et moi-même j'estimais beaucoup la franchise de cette jeune fille pour laquelle j'éprouvais une vive sympathie. Quand elle était présente, nos balades prenaient tout de suite un ton beaucoup plus enjoué. Il n'était pas rare que, l'humeur primesautière, nous délaissions le pauvre Pierre, dépité derrière nous, pour cheminer toutes les trois bras dessus, bras dessous ! Pour nous faire pardonner, la promenade terminée, Sarah et moi minaudions en réclamant un thé au Fort Garry ou au Café Olympia, près d'Eaton, un lieu beaucoup plus simple que le premier, un peu trop luxueux à mon goût. Rose, elle, ne minaudait jamais avec le jeune homme ; elle ne savait pas faire !

Je profitais des absences de ma fille à Saint-Claude pour suivre Pierre chez Donatien Frémont. Par Sarah, j'appris qu'il avait perdu durant l'été son épouse, morte des suites d'une maladie. A ma grande surprise, je découvris que c'était elle qui signait les rubriques *Mère-Grand* dans *La Liberté*.

Ainsi donc, Annette Frémont, comme elle s'appelait, était la journaliste qui avait répondu – sous un pseudonyme – à ma petite Rose lorsque celle-ci avait avoué son larcin dans une lettre mémorable ! J'en conçus de la tristesse pour cette femme qui avait su trouver les mots afin d'apaiser Rose et préférai taire cette information à ma fille qui en aurait été chagrinée certainement.

Les rencontres avec Donatien tournaient parfois à des joutes verbales et me procuraient beaucoup de plaisir. Les conversations avec cet homme érudit me comblaient, m'ouvraient l'esprit. Je me surprenais moi-même à aborder avec lui des sujets économiques et sociétaux.

Son projet d'écrire un ouvrage sur les Français dans l'Ouest canadien le passionnait et lui prenait beaucoup de temps. Il pouvait m'en parler pendant des heures et aimait me questionner sur mes sentiments d'immigrée.

— Votre témoignage m'est très utile, ma chère amie. Il est important pour moi de savoir comment vous vous intégrez parmi la population locale.

Cet homme à l'esprit tout le temps en alerte fourmillait d'idées et avait le don de travailler sur plusieurs projets à la fois. Il envisageait d'écrire des biographies d'hommes célèbres et venait de commencer celle de monseigneur Alexandre-Antonin Taché, afin d'évoquer la naissance du Manitoba. Tout cela en continuant d'assurer la direction du journal *La Liberté* et en écrivant régulièrement des chroniques dans ce même journal.

— Savez-vous qu'un jury américain a désigné les douze plus grands hommes actuellement vivants, et on y trouve en quatrième position Georges Clemenceau, un Vendéen ! Mussolini est en tête de liste, ensuite viennent Einstein et George B. Shaw. Un classement aussi hétéroclite me paraît bien singulier.

Il se lissait la moustache d'un air pensif.

— Mussolini me fait peur et je m'étonne que ce jury américain – dont on ne sait pas à vrai dire qui le compose – ait pu le considérer comme le plus grand homme du moment. Vous voyez où mène le socialisme ! A la dictature, avec son Parti national fasciste où il règne en maître absolu, imposant aux Italiens un culte de la personnalité invraisemblable. Tout comme son ami Hitler en Allemagne, d'ailleurs. Propagande tout ça, qui finira mal, je le crains. Je ne comprends pas que les représentants de l'Eglise ne bougent pas plus.

Je ne savais s'il avait raison, mais je l'écoutais avidement, dans ma soif d'apprendre, pour pouvoir me forger ensuite ma propre opinion.

— Et voilà que maintenant les femmes se targuent de vouloir faire de la politique. Heureusement que la Cour suprême du Canada a débouté la demande d'Emily Murphy et ses activistes. Manquerait plus que les femmes entrent au Sénat[1] !

— Et pourquoi pas ?

— Ne me dites pas que vous allez vous laisser dévoyer par le féminisme ? Vous me décevriez, ma

---

1. Donatien Frémont fait référence à l'affaire « Personne ». Cinq activistes féminines ont milité pour être reconnues sur le plan juridique comme des « personnes », ce qui était réservé aux hommes dans l'AANB (l'Acte de l'Amérique du Nord britannique). Le 18 octobre 1929, la Cour suprême du Canada conclura que « le terme "personnes" utilisé dans l'article 24 inclut les femmes et que les femmes peuvent donc être nommées au Sénat du Canada ». Cairine Wilson sera la première femme, le 15 février 1930, à prêter serment en tant que première sénatrice du Canada.

chère amie. Le rôle d'une femme est d'être à la maison, de choyer ses enfants et son mari, et de veiller au bon ordre de la maison. L'Eglise est assez ferme sur la question.

— Voyons, Donatien, je vous aurais cru posséder une plus grande ouverture d'esprit. Pourquoi cela ne changerait-il pas ? Nous sommes quand même au XXe siècle. Et les femmes, il me semble, possèdent autant de compétences que les hommes pour faire de la politique.

Il me regarda avec suspicion, étonné de ma prise de position. Ses réactions à l'emporte-pièce parfois m'agaçaient et je prenais suffisamment d'assurance pour tenter de lui tenir tête.

— Cela n'a pas de sens. Notre ami Donatien a entièrement raison. Ces femmes-là ne sont que des dévergondées et vous devenez déraisonnable, Louise.

La réplique de Pierre acheva de m'agacer.

— Alors, si je vous suis, votre sœur est une dévergondée ? Car je la sais favorable au rôle de la femme dans la vie politique, nous en avons suffisamment discuté pour qu'elle m'ait gagnée à son avis sans peine.

Je l'avais déstabilisé. Je l'obligeais à prendre part à la discussion, lui qui jusqu'à présent avait gardé ses distances, préférant siroter son whisky et nous écouter d'un air distrait. Je n'aimai pas le ton précieux et pédant qu'il prit pour me répondre.

— Je pense effectivement que Sarah ferait mieux de se trouver un mari, pour calmer ses ardeurs activistes et mettre fin à une oisiveté qui n'est pas de bon conseil à sa petite personne.

— Ah ! Ah ! Vous n'êtes pas à une contradiction près. Vous ôtez aux femmes, comme la plupart de vos congénères, le droit d'être une personne quand il s'agit d'entrer au Sénat, mais vous leur reconnaissez ce statut dès qu'il s'agit de s'occuper de vos rejetons.

Le sang m'était monté au visage. Le silence soudain dans la pièce me convainquit que j'étais allée trop loin, et je me calmai, honteuse de m'être autant emportée.

J'avais réagi davantage par esprit de contradiction que par totale conviction. Jusqu'à présent je ne m'étais guère préoccupée des mouvements activistes, à part en lisant les infos dans le journal et en échangeant avec Sarah sur le sujet. Mais je ne supportais pas la réponse hautaine de Pierre et tenais à le lui faire savoir.

Celui-ci avait bien changé ces derniers mois. Après la fin de son stage au journal *La Liberté* qui lui avait permis de se familiariser avec les grands dossiers nationaux, comme celui de l'immigration traité par Donatien Frémont, il avait intégré *Le Devoir*, quotidien dont le siège est à Montréal, au Québec. Depuis, il effectuait seulement des piges de-ci de-là, et attendait désespérément d'être intégré définitivement au sein de l'équipe. Il regrettait *La Liberté*, mais ne pouvait malheureusement espérer un emploi dans ce dernier journal, dont le personnel était composé en majorité de pères oblats de Marie-Immaculée. Etait-ce cette frustration qui le rendait plus agressif, moins à l'écoute ? Ou moi qui avais enfin ouvert les yeux ? En tout cas, je ne reconnaissais plus le jeune homme qui m'avait charmée au tout début.

Le cheminement s'était fait tout seul dans mon esprit. Entre l'hostilité évidente de Rose qui se tenait systématiquement à l'écart du jeune journaliste et l'inconstance de ce dernier lors de nos rencontres, je me rendais bien compte que finalement je n'étais pas prête à lui réserver une place dans mon cœur. Plus je le voyais, et plus je le trouvais fade, insignifiant. Son arrogance, en certaines occasions, m'horripilait. Avait-il vraiment tous ces défauts dont je l'affublais ? Je n'en suis pas si sûre, je pense surtout que c'est moi qui avais changé. Plus je m'émancipais dans mon nouveau cadre de vie, plus m'apparaissait clairement que je m'étais bercée de chimères.

C'est à ce moment que j'ai pleinement pris conscience de ma lâcheté. J'ai eu honte d'avoir délaissé Marius à son retour, honte de l'avoir obligé à partir une nouvelle fois, alors qu'il avait fait tout le voyage depuis la France pour me retrouver. Juliette avait raison, je m'étais comportée en grisette frivole. Mais il ne servait à rien que je me lamente, ça ne le ferait pas revenir plus vite. C'était à moi maintenant de le reconquérir.

L'année s'écoula hélas sans m'apporter plus de nouvelles de sa part. Je m'étais ouverte librement à Sarah sur mes sentiments. Sa réponse fut sans équivoque :

— Mon frère ne te mérite pas, c'est un bon à rien. Il fait son crâneur, il flambe dans sa belle voiture alors qu'il n'est qu'un petit journaliste sans avenir au *Devoir*. Il n'a absolument pas la trempe d'un Donatien Frémont et il ne t'arrive pas à la cheville. J'avais des scrupules à t'en parler, je suis soulagée qu'enfin tu ouvres les yeux. Et si tu ne veux plus de mon falot de frère, j'espère que tu accepteras toujours ma compagnie. Je devine les liens qui t'attachent à Juliette, mais si tu pouvais me garder une petite place comme deuxième amie, j'en serais flattée et infiniment heureuse.

Oh oui ! Je le voulais. Et Rose aussi, qui l'avait définitivement adoptée.

L'année 1928 se terminait. Une année déterminante pour moi. Je regardais vers 1929 avec confiance dans l'avenir. Des projets fourmillaient dans ma tête, je me sentais forte et déterminée. Mon travail me passionnait, Rose me donnait entière satisfaction. J'étais parvenue à maintenir mon amitié avec Juliette, je me faisais d'autres amies, Sarah et Albertine, tout allait pour le mieux. J'abordai les fêtes de fin d'année avec joie, entourée par ceux qui nous avaient accueillies aux premiers jours, la petite communauté de Saint-Claude dont je me sentais toujours aussi proche malgré la distance.

Quelques jours avant Noël, je reçus enfin la lettre que j'espérais tant. Quand je la dépliai, une feuille d'érable séchée s'échappa et glissa sur mes genoux. Je la retournai et découvris une inscription, gravée finement, avec des caractères un peu maladroits : *Pour Louise.*

Marius était cette fois-ci à Thomson. Il travaillait désormais pour la Canadian National Railways afin de terminer la ligne de chemin de fer de la baie d'Hudson jusqu'à Churchill. Il côtoyait des Canadiens et des Russes, des communautés huttérites de Tchécoslovaquie et d'autres islandaises.

Il m'inquiéta beaucoup plus quand il me narra sa rencontre avec Isha, un jeune Amérindien dans une réserve. Celui-ci lui avait présenté toute sa famille, dont sa sœur, Aponi – ce qui veut dire papillon. La façon dont il m'a décrit ses longs cheveux bruns et fins comme de la soie m'a serré le cœur dans un étau de jalousie, et quand il a poursuivi en expliquant qu'elle se déplaçait avec la grâce et la légèreté des demoiselles bleues, les libellules de marais, je crois que j'aurais étranglé la demoiselle en question si je l'avais eue sous la main !

En revanche, ses propos étaient plus décousus pour évoquer les soirées au cours desquelles Isha préparait des mélanges de plantes que tous deux fumaient. Dans ces moments-là, Marius me disait s'évader, son esprit se détachait de son corps, et il survolait la ligne verte de la forêt d'où il pouvait contempler les ours blancs.

Au lieu de me rassurer, cette lettre me plongea dans la souffrance et l'angoisse de ne plus revoir l'homme que j'aimais. Je l'imaginais rester dans le Nord, auprès de cette communauté amérindienne, et je passais mon temps à me lamenter.

Heureusement Juliette, l'amie de toujours, me secoua et sut trouver les mots pour m'encourager à ne rien abandonner et garder l'espoir.

Elle avait entièrement raison ! Je ne savais pas de quoi serait fait demain, mais je me battrais bec et ongles pour reconquérir mon cher Marius et ne le laisserais certainement pas à cette Aponi papillon dont l'évocation du seul nom me mettait en colère. S'il le fallait, j'irais le chercher jusque dans son Grand Nord.

Je fixai la feuille d'érable au-dessus de mon lit, à côté du talisman de Tobie. J'étais sûre qu'elle allait me porter bonheur.

J'avais vingt-deux ans, une petite fille de six ans déjà, mais lorsque je me regardais dans le miroir, celui-ci me renvoyait l'image d'une jeune femme toujours jolie et, je l'espérais, encore plus attirante. Mon visage et mes traits s'étaient affinés, mon corps avait minci, et grâce aux doigts de fée de Juliette, je portais de coquettes robes que l'on aurait pu croire sorties d'un catalogue de chez Eaton, à l'opposé des vêtements noirs et ternes de mon enfance. J'avais toujours dans mon armoire le chemisier blanc de dentelle, porté lors de ma première rencontre avec Marius, mais maintenant, il me paraissait bien démodé et ne quittait pas son étagère où il demeurait sagement plié.

L'aube de 1929 s'élevait dans le ciel… en même temps que les grands vents de l'histoire.

78

Octobre 1929... Comment oublier cette date qui sonna implacablement le glas de toutes mes espérances et la fin de ce que je devais considérer plus tard comme ma période insouciante ?

L'écho de ce jeudi 24 octobre funeste résonna douloureusement et secoua le monde entier, une semaine plus tard, le mardi 29 octobre. En même temps, se levait un vent infernal qui balaierait tout sur son passage pendant plusieurs années.

Par Donatien Frémont, j'appris que la Bourse de New York venait de s'effondrer, et dans la foulée celles de Montréal et d'autres capitales. Absolument pas au fait du monde de la finance, un milieu que mes yeux néophytes jugeaient très obscur, ce krach m'était tout aussi inexplicable. Je ne me sentais pas concernée. A la mine lugubre d'Alicia, dans les jours qui suivirent cette annonce, je compris cependant que cet événement laissait présager une catastrophe certaine et je m'angoissai à l'idée d'y être entraînée malgré moi. Et pourtant, dans un communiqué dans les journaux, le Premier ministre canadien, William Mackenzie King, rassurait la population, expliquant que l'économie n'avait jamais été aussi solide. Si un ministre nous garantissait que tout allait bien, alors pourquoi s'inquiéter ?

Le temps était anormalement doux et sec en ce mois d'octobre. Seul un vent incessant brisait cette quiétude lénifiante qui ne me paraissait pas annonciatrice de mauvaises nouvelles. Quand je sortis commander les courses chez Sasha, je me rassurai en voyant l'animation habituelle des voitures, du tramway et des promeneurs. Rien n'avait changé.

Enfin, presque ! Robert, le mari d'Alicia, que je ne voyais auparavant qu'en de rares occasions, était rentré au domicile qu'il ne quittait que pour des rendez-vous professionnels, à Winnipeg, dont il revenait à chaque fois affligé. Ses traits tirés témoignaient de sa grande fatigue, liée à une inquiétude qui le rongeait face aux récents événements.

Alors que nous approchions de la mi-décembre, l'ambiance de la maisonnée n'était pourtant pas à la fête et, fait tout aussi exceptionnel, Alicia n'avait pas encore mis en place le traditionnel sapin de Noël. Elle trahissait une fragilité inhabituelle alarmante. Egoïstement, j'espérais malgré tout qu'elle me libérerait pour la fin de l'année, afin que je puisse partir à Saint-Claude retrouver Juliette.

Une fin d'après-midi, peu avant Noël, Robert entra dans la cuisine où je préparais le souper. Assis à ma table de travail, il triturait ses mains, sans mot dire.

Je l'observai longuement et fus étonnée de découvrir que toute trace d'orgueil avait quitté le visage de cet homme, habituellement si fier, pour laisser place à une extrême lassitude. Je n'aurais su dire pourquoi, je me sentis prise de pitié. Des larmes coulaient sur ses joues, qu'il ne cherchait même pas à contrôler. Dépassée par la situation, je me sentais incapable de réagir face à sa détresse. Il releva un visage fissuré par les traces de pleurs et me dévisagea avec beaucoup de douceur.

— Pardonnez ma faiblesse. Je suis désolé de vous prendre à témoin.

Je ne sus que lui répondre, et lui proposai bêtement un bol de chocolat qu'il refusa.

— Vous êtes une belle jeune femme, à tous points de vue. Vous avez su conserver votre innocence, votre fraîcheur, et vous êtes intelligente. Ne changez pas, Louise, continuez à rester vous-même, ne vous laissez pas manipuler dans ce monde misérable où tout n'est qu'apparence. Que n'ai-je pas élevé mes enfants comme vous savez si bien le faire avec votre petite fille !

— Mais vous avez deux garçons charmants et…

Il m'interrompit :

— Ne mentez pas, je vous prie. Je ne suis pas dupe. Mon père m'avait tout donné. J'ai tout perdu. Je ne transmettrai rien à mes enfants. Même pas le goût du travail et de la famille.

Il prit le pot de farine sur la table, le retourna et laissa s'écouler la poudre. Les yeux dans le vide, il récita doucement des paroles que j'avais déjà entendues, prononcées par le père Joseph, lors de la messe à Saint-Claude :

— C'est à la sueur de ton visage que tu mangeras du pain, jusqu'à ce que tu retournes dans la terre, d'où tu as été pris. Car tu es poussière et tu retourneras dans la poussière.

Un long silence s'installa dans la pièce. Robert se releva, et le dos voûté, s'apprêta à quitter la cuisine. Au moment d'ouvrir la porte, il lança d'une voix à peine audible :

— J'ai été heureux de vous rencontrer. Je vous souhaite une longue vie et beaucoup de bonheur.

A ces mots, l'angoisse m'étreignit l'estomac. Ses paroles résonnèrent lugubrement jusque tard dans la soirée et j'eus bien du mal à trouver le sommeil.

Une longue plainte assourdissante brisa le silence de la nuit. Je me réveillai en sursaut et allumai la lumière. Rose s'était redressée elle aussi et se frottait les yeux.

— Reste au lit et rendors-toi, ce n'est pas encore l'heure de se lever.

Je la forçai à s'allonger et lui caressai les joues pour calmer l'inquiétude que je lisais dans ses yeux.

— Je vais aller voir d'où vient ce bruit, tu ne bouges pas d'ici.

Je refermai la porte. La plainte se transformait en hurlements sporadiques qui me semblaient provenir de l'étage inférieur, réservé aux maîtres de la maison. Je descendis rapidement. Simon et Jean, réveillés eux aussi par le bruit, ouvrirent la porte de leur chambre au même moment et me regardèrent avec des yeux encore embrumés par le sommeil. Je ne sais par quelle présence d'esprit je leur intimai l'ordre de retourner se mettre au lit plutôt que de prendre froid, pieds nus et vêtus seulement de leurs pyjamas. Ils m'obéirent sans rechigner, impressionnés par la fermeté de mon injonction.

Aux cris succédait maintenant un silence oppressant qui acheva de m'angoisser. Je longeai plusieurs portes fermées sur le palier et m'arrêtai devant celle, légèrement entrebâillée, du bureau de Robert. De la lumière s'en échappait. J'approchai mon oreille, faisant preuve d'une totale indiscrétion. Je n'entendais plus rien, mais l'instinct me fit pousser légèrement la porte.

Je ne pourrai jamais oublier la scène qui s'offrit alors à mes yeux.

Tout d'abord je ne la vis pas. Lui seul retenait mon regard. Je ne pouvais en détacher mes yeux et, figée sur place, je le fixais avec indécence, sans comprendre l'absurdité de la situation. J'étais à la fois subjuguée et terrifiée par cette vision cauchemardesque. Comment ne pas reconnaître dans ce corps sans vie, cette masse informe qui se balançait misérablement du plafond, celui qui était venu me trouver en cuisine, la veille au soir. Ses pieds pendaient, sans la toucher, au-dessus d'une chaise renversée. Je baissai le regard, et là, enfin je l'aperçus. Alicia gisait à terre. Je la crus morte elle aussi et m'approchai lentement, en jetant au défunt un regard habité par la terreur qu'il puisse se détacher et tomber sur moi.

Je m'accroupis, approchai mon visage du sien et entendis sa respiration. Elle devait être évanouie. En même temps, j'entendis des petits pas provenant du palier. Les enfants ! Il ne fallait pas qu'ils voient un tel spectacle. Je sortis précipitamment, juste à temps pour leur bloquer le passage avec mon corps afin qu'ils ne puissent apercevoir l'intérieur du bureau et d'un ton autoritaire, leur ordonnai de retourner se coucher immédiatement. Leurs visages à tous les trois reflétaient l'inquiétude. En temps normal, je me serais attendrie mais l'heure n'était pas à la compassion.

— Qu'est-ce que je vous ai dit déjà, tout à l'heure ? Allez, ouste ! Retournez dans vos chambres. Je ne veux plus vous voir ici.

Le cliquetis des portes m'assura de leur obéissance et je rentrai à nouveau dans le bureau où Alicia reprenait ses esprits.

Je compris alors les derniers mots de Robert, dans la cuisine. Par les indiscrétions du chauffeur, j'appris ce qui avait provoqué ce geste funeste, et mesurai enfin la signification et les conséquences du krach.

Robert avait tout perdu dans ce jeu de la spéculation que je continuais à trouver occulte. Je savais seulement que de sa grande fortune, héritée de son père et entretenue ensuite grâce à son travail, ses relations et surtout ses placements en Bourse, il ne restait plus rien. Il n'était, hélas, pas le seul dans ce cas. Nombre d'hommes d'affaires perdirent ainsi tout leur argent, comme je le découvris par la suite. Tous n'eurent pas recours à ce geste ultime, pour échapper à la honte de cette déchéance, même si de nombreux cas similaires me furent rapportés par Donatien Frémont.

Je me croyais à l'abri, moi la petite employée de maison. Cette crise ne pouvait pas me concerner. Donatien me conseilla cependant de prendre rendez-vous à la banque où j'avais déposé mes économies ainsi que celles de Juliette, depuis notre arrivée au Manitoba.

La foule attendait sur le trottoir lorsque je me présentai avec Rose pour vérifier l'état de mes placements. Hélas, les portes de l'établissement restèrent désespérément closes. Des hommes et des femmes hurlaient leur colère, leur désespoir, mais rien n'y fit. C'était le chaos total.

J'appris rapidement que la banque avait fait faillite, avec pour conséquence immédiate la perte de nos maigres économies, épargnées petit à petit ces derniers mois. Il ne nous restait plus rien ! Tous nos projets, nourris de nos rêves communs, s'évanouissaient dans les méandres nébuleux de ce krach boursier. Mes sentiments alternaient entre la consternation et la rage contre cette institution financière qui avait volé sans vergogne tant de petits épargnants. Je songeai au maigre larcin de Rose dans notre cagnotte, et le jugeai alors bien dérisoire au regard de ce qui nous avait été extorqué. Mais là, personne n'adresserait une lettre à la Mère-Grand de *La Liberté* pour quémander le pardon !

Une bouffée de chaleur me monta subitement au visage, je fus prise de vertige. J'étouffais parmi cette foule qui criait sa colère et me sentais prise dans un étau.

— Maman, maman, ça ne va pas ?

J'entendis Rose comme dans un brouillard. Je voulus lui répondre mais n'arrivai pas à émettre un mot. Mes jambes flageolèrent et je me sentis partir.

— Maman, maman, réveillez-vous !

Je reprenais conscience peu à peu, incommodée par une odeur entêtante. La petite voix apeurée de Rose acheva de me faire reprendre mes esprits, tout comme le mouchoir imprégné d'un parfum capiteux qui m'était passé sur le visage. J'étais maintenant adossée au mur d'un immeuble et regardais sans comprendre la jeune femme qui me tapotait les joues.

— Eh bien ! Vous avez mal choisi votre moment pour tomber dans les pommes, ma petite dame. Heureusement que je passais par là.

Je fronçai les sourcils, intriguée par son accent très chantant. Elle me tendit la main :

— Madeleine Constant ! Je suis française comme vous. Ne faites pas cette tête, c'est votre fille qui me l'a dit.

En jetant un regard par-dessus son épaule, j'aperçus la foule toujours aussi importante devant la banque, et me rappelai enfin pourquoi je me trouvais là.

— Dites-moi où je peux vous accompagner, je ne vais pas vous laisser partir comme ça.

Je me levai, complètement remise. Rose ne lâchait pas ma main et m'observait avec inquiétude.

— Ne vous inquiétez pas, ça va aller. Je vais prendre le tramway.

— Vous allez où ?

— A Saint-Boniface, boulevard Provencher.

— Mais c'est pas très loin de chez moi. Alors je ne vous lâche pas. Regardez-moi ça, vous êtes encore toute blanche. Je vous raccompagne chez vous.

Je me sentais trop lasse pour refuser, et cette jeune femme me semblait plutôt sympathique, en plus d'être très bavarde. Durant le trajet, elle m'informa être originaire de Marseille ce qui expliquait son accent prononcé. Pour ma part, mise en confiance, je lui expliquai brièvement ma situation. A l'arrêt du tramway, elle insista pour me suivre jusqu'à la demeure des Landry et, au moment de nous quitter, me confia :

— Mon père est gérant d'une fabrique de pâtes alimentaires, rue Dumoulin. Présentez-vous à l'accueil dès que possible et demandez-moi. Si vous êtes dans le besoin, nous vous trouverons du travail, je vous le promets. Entre compatriotes, nous pouvons tout de même nous entraider.

Je lui en fis la promesse. Les jours qui suivirent achevèrent leur travail de destruction du passé. L'écheveau s'obstinait à dévider son fil de mauvaises nouvelles sans que rien ne puisse en maîtriser le déroulement infernal.

Alicia découvrit rapidement les conséquences de son revers de fortune. Par courtoisie hypocrite, quelques-unes de ses amies l'appelèrent au téléphone pour la plaindre avec force gémissements de pitié, mais aucune ne se déplaça pour venir la réconforter et lui proposer de l'aide. Bientôt, le téléphone ne sonna plus.

Je n'avais jamais assisté à une cérémonie religieuse aussi bâclée, l'église ayant fait part de son hostilité à célébrer la mort d'un homme qui s'était suicidé. Alicia n'avait plus rien de la femme forte et autoritaire que je connaissais. Assise sur un banc derrière elle, je pouvais voir son dos voûté, secoué de sanglots. Simon et Jean ne semblaient pas avoir compris la gravité de la situation et tournaient sans cesse leur regard à droite et à gauche, cherchant quelque réconfort dans des amis hélas peu nombreux. A un moment je croisai les yeux apeurés de Simon. J'y lus une détresse infinie qui me broya le cœur et je dus réfréner mon instinct de maman pour ne pas courir vers lui et le prendre dans mes bras.

La fragilité de cette femme et ses enfants, désormais seuls face à l'adversité, me fit de la peine. Albertine m'avait accompagnée, et très choquée elle aussi, ne cessa de pleurer durant toute la messe. L'écho de l'*ite missa est* résonna dans l'immense cathédrale. A l'invitation du prêtre, la veuve et ses enfants la quittèrent par la petite porte de côté, et non le grand portail central. L'église ne leur reconnaissait plus ce droit.

Suite aux pertes financières de son mari, Alicia se retrouva sans aucune ressource. Les décisions s'imposèrent d'elles-mêmes. La maison fut mise en vente et trouva rapidement un acquéreur, pour une somme dérisoire au regard de sa valeur réelle. Mais la veuve de Robert était pressée de quitter ces lieux, où tout lui rappelait son défunt mari, pour rejoindre la maison de l'île d'Orléans.

Je fus congédiée, ainsi que le reste des employés, et quittai avec regret cette demeure où j'avais réussi à m'épanouir. Sans grande conviction, j'envisageai un moment de retourner chez les Boisvert à Saint-Claude. Je savais bien qu'ils m'auraient ouvert grand leur porte mais n'étais pas enthousiaste à l'idée de revenir au point de départ. Finalement, une offre inattendue vint d'Albertine qui sut prêcher la bonne parole pour nous exhorter à venir vivre dans un premier temps chez elle. L'opportunité séduisait Rose, pourtant partagée entre celle-ci et le désir de retrouver ses amis au village et sa marraine. J'étais pour ma part soulagée de pouvoir la maintenir dans la même école plutôt que de lui imposer à nouveau un changement. Il me restait maintenant à trouver rapidement du travail, car je n'envisageai à aucun moment d'abuser de la générosité d'Albertine.

Je rejoignis Saint-Claude seulement pour le 31 décembre. Cette année-là, Rose ne courut pas la guignolée. Juliette ne décolérait pas contre la banque. Quant à moi, le décès de Robert m'avait trop marquée et prenait le pas sur ce qui représentait à mes yeux une injustice. J'avais encore du mal à effacer de ma mémoire la vision cauchemardesque de cette nuit fatale.

Cette fin d'année 1929 marquait un bouleversement profond dans la société. La dépression, qui allait plonger le Canada dans une anémie profonde pendant quelques années, étalait son marasme tentaculaire, tant à la ville qu'à la campagne.

Une importante mutation s'effectuait dans nos habitudes, nous en avions conscience. Depuis que je vivais en ville, j'avais pu mesurer les différences de niveau de vie par rapport aux petits villages, d'autant que Winnipeg et Saint-Boniface bénéficiaient depuis le début du siècle d'une pleine expansion avec notamment l'arrivée du tramway, les gares ferroviaires, les nombreux commerces, de nouvelles industries, des écoles prestigieuses, des hôpitaux, tout ce qu'on ne trouvait pas encore dans les campagnes.

Je n'étais pas aveugle. La pauvreté existait aussi dans les deux cités. Cependant, mon passage chez les Landry m'avait confinée dans un certain confort lénifiant où je m'étais complu.

A Saint-Claude, point d'électricité. Chez Léon et Gabrielle, on ne tournait pas le robinet pour faire couler l'eau. On allait la chercher, par tous les temps, dans le puits à l'extérieur, et l'hiver il fallait casser la glace qui figeait l'eau dans les brocs.

Je me faisais du souci pour l'avenir, l'année 1930 ne me disait rien qui vaille. Malgré tout, grâce à la présence de Juliette, Tobie, les Boisvert et leurs proches, le passage à cette nouvelle année se fit dans la chaleur d'une communauté bienveillante et sincère. Je songeai à maman et mes frères en Vendée, à Jeanne dont je n'avais pas eu de nouvelles depuis longtemps, j'eus peur pour eux aussi et profitai de ce moment de répit pour leur adresser un petit mot.

J'avais définitivement tiré un trait sur Pierre, tout en continuant à voir Sarah épisodiquement. L'absence de Marius se faisait cruellement sentir et contribuait à ma morosité. Je provoquai une rencontre seule à seule avec Tobie et lui avouai que j'avais su trouver la clé qu'il me manquait pour avancer.

Avec beaucoup de tendresse, il me serra fort les mains :

— Je ne doutais pas de vous, Louise. Vous avez fait votre cheminement, vous serez maintenant plus forte et déterminée pour avancer vers le destin qui est le vôtre.

— Hélas, je ne suis plus si sûre des sentiments de Marius. Son dernier courrier me laisse craindre qu'il soit tombé amoureux d'une autre jeune fille. Et en supposant qu'il revienne, comment pourra-t-il me retrouver, alors qu'il me croit toujours chez Alicia et Robert ? Et moi je ne recevrai plus ses lettres, et…

Tobie interrompit ma litanie.

— Tsst ! Tsst ! Tsst ! Si vous êtes liés l'un à l'autre, comme les arbres sont liés à la terre, votre amour portera le fruit de belles et nombreuses saisons.

— C'est beau ce que vous venez de dire.

— C'est ma maman qui disait cela. J'entends encore sa voix. Il faut que je vous avoue quelque chose, Louise, à mon tour…

A ses mains qu'il triturait maladroitement, je devinai sa confusion et eus un pressentiment heureux.

— J'aurais besoin de vous car je ne sais pas comment m'y prendre.

Il hésita un instant, son visage était devenu tout rouge. Je l'encourageai :

— Allez-y, Tobie, je crois savoir ce que vous voulez me dire.

— Ah bon ?

Il m'observait, interloqué.

J'éclatai de rire et lui rétorquai d'un ton triomphant :

— Mon cher Tobie, vous êtes peut-être très doué pour deviner les sentiments chez vos amis, mais vous êtes décidément bien maladroit quand il s'agit de votre propre personne. Bon, alors, quand allez-vous vous décider à avouer que vous êtes amoureux de Juliette ? Parce que je vous garantis qu'elle n'attend que ça de son cher sauvage, comme elle vous appelle !

Je fus happée dans ses bras jusqu'à ne plus pouvoir respirer.

— Ma ptchite Louise, je vous aime tant.

— Conservez donc votre amour pour votre ptchite Juliette. Bordel ! Ce qu'elle va être contente !

Par bonheur, peu avant son déménagement les derniers jours de l'année, Alicia intercepta une lettre qui m'était destinée et qu'elle déposa chez Albertine. Elle était de Marius. Il me racontait qu'il était arrivé à Churchill et comptait y rester jusqu'au printemps pour finir les travaux de la ligne de chemin de fer. Enfin il me communiquait une adresse ! Tobie aurait-il eu raison ? Ma réponse fut sans équivoque.

Saint-Boniface, le 2 janvier 1930

Mon très cher Marius,

Je t'aime, je te veux pour mari, je te veux comme papa pour Rose.

Reviens vite, je t'en prie. Je n'en peux plus de t'attendre.

Marius, mon cher gabarier de Charente, voulez-vous prendre pour épouse une jeune inconstante vendéenne qui fait la promesse de ne chérir que vous jusqu'à la fin de sa vie ?

Louise

79

Dès mon retour à Saint-Boniface, je me rendis au 254 de la rue Dumoulin, à l'adresse communiquée par Madeleine. Elle n'avait pas menti, il y avait bien une fabrique au fronton de laquelle je découvris en grosses lettres : Excelsior Macaroni Co.

Je patientai en observant avec intérêt toutes les affiches de réclames collées au mur qui présentaient les différentes variétés de pâtes. Dire que j'en avais cuisiné chez Alicia sans savoir qu'elles étaient fabriquées à proximité, de plus par des Français ! Je n'attendis pas longtemps. Madeleine arriva quelques minutes plus tard, avec un large sourire qui me rassura sur la promesse qu'elle m'avait faite.

— Je suis vraiment contente de vous voir. J'avais peur que vous ne veniez pas.

Je ressortis euphorique, avec la promesse de démarrer mon nouveau travail dès le lendemain matin.

Je me plus immédiatement dans cette entreprise et m'adaptai rapidement aux tâches avec l'aide bienveillante de Madeleine. Nos âges identiques nous rendaient très complices.

Ce travail rémunéré me permit de participer aux frais chez Albertine, malgré le refus de cette dernière. Rose effectuait sa quatrième année scolaire à l'Académie Saint-Joseph et je n'avais que des félicitations de la part de ses institutrices. Elle venait d'avoir huit ans. Comme j'aurais aimé retenir le temps, la conserver bébé. Les mois s'écoulaient beaucoup trop vite, ma petite fille s'épanouissait comme les blés des grandes plaines et me procurait au quotidien des plaisirs sans cesse renouvelés. Elle fêta doublement son anniversaire, cette année-là. Chez Albertine qui lui confectionna un magnifique gâteau et à Saint-Claude avec Juliette, chez les Boisvert.

Un courrier de Jeanne gâcha cependant la joie de cette fête familiale. Auguste avait été victime d'une crise cardiaque au cours de l'hiver et n'avait pas survécu. Jeanne était désormais seule dans sa grande maison de Saint-Simon où elle trouvait le temps bien long.

A la ville ainsi qu'à la campagne, les effets du krach boursier devenaient dévastateurs au même titre que le vent qui s'était levé en ce début de décennie[1]. Le Manitoba dépendant du Canada pour exporter son blé, et les marchés étant directement touchés par la baisse des stocks dans les bourses mondiales, les agriculteurs subissaient de grosses pertes financières.

1. Le *dust bowl*, nom anglais donné aux fortes tempêtes de vent, frappa les Etats-Unis et le nord-ouest du Canada durant les années 1930, provoquant une catastrophe écologique.

Et comme si ces peines ne suffisaient pas, des tempêtes d'une puissance inouïe charriaient dans les plaines manitobaines, depuis la Saskatchewan voisine, des nuages de poussière. Les orages violents grondaient, fomentés par la sécheresse. Les funestes chardons de Russie, une mauvaise herbe, prospéraient sur les terres rendues arides par le manque d'eau. Le mauvais sort décidément s'acharnait. Les invasions de sauterelles, la rouille et les vers menaçaient les récoltes de blé. Le fourrage n'allait pas tarder à manquer.

Je me souvenais des paroles de Léon, quelques mois auparavant, qui déplorait le recours trop fréquent aux labours : « Ce n'est pas ben raisonnable de surlabourer de telle façon. Nous finirons par le payer un jour. Les terres s'érodent. »

Des paroles prophétiques, mais hélas le mal était fait. Pour contrer les vents, comme d'autres agriculteurs, il commença à planter des arbres faisant office de barrières naturelles. Et pour tenter d'éviter les invasions de sauterelles, lui pourtant peu enclin à la superstition, il se prêtait, tout comme les paroissiens de Notre-Dame-de-Lourdes et d'autres villages de la Province, à d'étranges cérémonies de conjuration.

Pour l'instant, Juliette avait encore du travail chez Guillaumette. J'en étais soulagée pour elle. Tobie lui avait enfin avoué ses sentiments. Dans l'immédiat, il avait regagné pour quelque temps la montagne Pembina, afin de remettre un peu d'ordre dans le *log cabin* de ses parents. Tous deux commençaient à envisager le mariage. Cela me rendait à la fois heureuse et en même temps m'attristait car, de mon côté, je n'avais pas de nouvelles de Marius, suite à ma dernière lettre.

A Winnipeg, j'étais frappée par la misère qui s'affichait dans les rues. Des attroupements de sans-abri et de mendiants, de plus en plus nombreux, se formaient à proximité des bureaux des administrations. Les files d'attente se prolongeaient devant des locaux où des bénévoles distribuaient la soupe populaire.

Saint-Boniface était touché de la même manière, les commerçants avaient du mal à survivre. Sasha, lorsque j'allais au magasin, se perdait en lamentations.

Je voyais moins souvent Donatien. Il supportait mal la situation économique.

— Vous comprenez, Louise, tous ces immigrants nous prennent des emplois qui en ces temps difficiles seraient bien utiles aux enfants du pays. Au lieu d'aller à la campagne, dans les fermes, comme le faisaient les colons il y a quelques années, ils viennent en ville et augmentent le flux des sans-travail. Il conviendrait mieux qu'ils partent aider nos agriculteurs aux travaux de la ferme plutôt que d'errer désœuvrés dans les rues.

Je le trouvais de mauvaise foi, car après tout, lui aussi était un immigrant qui avait préféré s'établir à la ville plutôt qu'à la campagne, et je me disais que j'étais à mettre dans cette même catégorie moi aussi.

Je m'inquiétais pour d'autres raisons. Je savais les écoles de l'Association d'éducation des Canadiens français du Manitoba en réel embarras pour financer les formations des enseignantes. Dans toute la province, des écoles étaient obligées de fermer leurs portes, faute de moyens depuis les débuts de la dépression. A l'Académie Saint-Joseph où Rose poursuivait ses études, des coupes furent effectuées dans le personnel. L'établissement réussit heureusement à faire face aux difficultés financières, les religieuses reçurent des promesses de paiement de leurs émoluments.

En dépit de son jeune âge, Rose était marquée par cette misère qui s'étalait devant nos yeux. Je ne cherchai pas non plus à l'en éloigner, la prise de conscience des réalités de la vie faisait partie de son éducation.

Sarah débarqua un jour chez Albertine pour mon plus grand plaisir, car je ne l'avais pas revue depuis plusieurs semaines.

— J'ai trouvé un local vide, à Winnipeg, que le propriétaire me laisse provisoirement sans loyer en contrepartie, sous réserve que je l'utilise pour donner à manger aux sans-abri. Je peux me procurer des légumes, du pain. Veux-tu m'aider à préparer et servir la soupe aux gens dans le besoin ?

J'acceptai avec empressement, Albertine nous accompagna. Et même Rose.

— Moi aussi, maman, je vais venir avec vous.

— Ce n'est pas vraiment ta place.

— Et pourquoi donc ? C'est vous qui m'avez dit que je ne devais pas fermer les yeux face à la misère.

Elle avait raison. Notre équipe s'agrandit avec Madeleine et certaines fois Juliette qui fit le voyage jusqu'à Winnipeg. De violents élans de compassion m'assaillaient, face à la détresse de ces hommes et femmes privés de travail et de moyens. Sarah et Madeleine usèrent de leurs relations et connaissances de la ville pour trouver des logements provisoires à certaines familles. Une goutte d'eau, certes, dans un océan, mais nous rentrions chez nous avec le sentiment d'avoir procuré un petit peu de plaisir à tous ces inconnus. Avec chaque bol rempli de soupe fumante que je tendais, j'offrais en même temps un sourire réconfortant, afin de réchauffer le cœur de ces miséreux qui avaient bien besoin qu'on leur accorde un peu d'affection.

L'homme attendait devant moi, la tête baissée. Comme à mon habitude, je mis dans ses mains le bol de soupe. Il le serrait de ses doigts émaciés. Je lui souhaitai bon appétit et ne pus m'empêcher de l'observer avec curiosité. Lui aussi ne me quittait pas des yeux. Je fronçai les sourcils, cherchant dans ma mémoire à qui ou quoi pouvait me ramener ce visage.

— Merci, mademoiselle.

Même cette voix me parlait. Il se tourna pour laisser la place à la personne derrière lui et tout en servant cette dernière, je continuais à faire fonctionner ma mémoire vacillante.

Ma louche resta en l'air, je venais enfin de trouver.

— Monsieur, monsieur ! Revenez, s'il vous plaît.

J'avais dû crier pour qu'il m'entende dans le brouhaha. Il fit volte-face. Je fourrai la louche dans la main de Rose.

— Remplace-moi quelques minutes, j'ai à faire.

Je m'approchai du jeune homme qui n'avait pas bougé et me regardait avec une lueur d'étonnement dans les yeux.

— Asseyez-vous, nous serons mieux pour parler !

Je pris place à ses côtés et lui serrai les mains en approchant mon visage du sien.

— Vous ne me reconnaissez pas ? Rappelez-vous ? Il y a quatre ans, dans le train d'immigrés depuis Halifax. J'étais avec mon amie et ma petite fille, vous nous avez fait goûter du jambon. Vous veniez d'où, je ne me souviens plus ?

— Limoges…

J'aperçus une larme perler à ses paupières. Je continuai, sur ma lancée, sans réfléchir.

— Vous aviez une compagne, il me semble bien ?

Je le vis fondre en larmes.

— Pardonnez-moi si je vous ai blessé.

Les larmes maintenant inondaient ses joues creuses. Il frissonnait. Je remarquai alors ses vêtements usagés.

— Vous avez un toit pour vous abriter ce soir ?

Il ne répondit pas. J'évaluai aussitôt la situation.

— Ne bougez pas d'ici, je reviens !

Je retournai près d'Albertine et lui glissai à l'oreille :

— Vous voyez le jeune homme là-bas, est-ce que ça vous ennuie de l'héberger au moins pour cette nuit ? Je le connais, faites-moi confiance.

— C'est oui !

Je lui sautai au cou.

— Albertine, vous êtes un amour. Je vous aime très fort.

Elle me gratifia d'un immense sourire.

Il s'appelait Antoine. Il faisait partie du même train d'immigrants qui nous avait conduits depuis Halifax jusqu'à nos provinces de destination, il y a quatre ans.

Il avait rejoint le village de Saint-Albert en Alberta, confiant en un avenir qui lui promettait travail et vie bien meilleure que dans son petit village limougeaud. La colline verdoyante avec la blanche cathédrale dominant la rivière Esturgeon à proximité du lac des Œufs l'avait immédiatement séduit, lui rappelant les riantes vallées de son Limousin natal.

Aux premiers jours de l'hiver, il apprenait qu'il allait être papa. Hélas ! Sa jeune femme fit une fausse couche, à quelques semaines du terme. Affaiblie, en plein cœur de l'hiver, elle attrapa une pneumonie et fut emportée par la maladie.

Par désespoir, Antoine décida de quitter cette province maudite qui lui avait pris la vie de sa femme et de son bébé. La Saskatchewan voisine recrutait de la main-d'œuvre. Il reprit le train et descendit à Saint-Brieux, un village fondé par des Bretons en 1904. Il estima que, dans cette communauté de marins venus chercher fortune comme lui dans les grandes plaines, il pourrait peut-être redémarrer une nouvelle vie. La crise boursière chamboula ses projets. La chute des cours du blé, gagne-pain des agriculteurs, avait malmené leurs revenus. La grande sécheresse et les tempêtes achevèrent le travail de destruction.

— Jamais, de toute ma vie, je n'avais vu de telles tempêtes de poussière. Une impression de fin du monde, lorsque le ciel s'obscurcissait en matinée, comme si le bon Dieu voulait punir l'homme de son orgueil. Le sol n'était plus qu'un immense tapis aride, balayé par les vents et recouvert de ces satanés chardons de Russie que les animaux étaient contraints de manger, faute d'autre nourriture. Moi l'athée, je me suis surpris à prier avec mes hôtes, pour que cesse cette infortune.

Puis la plaine s'embrasa. Un bûcher de la colère dans des champs déjà mis à mal. Les habitants des fermes alentour durent fuir et réussirent de justesse à sauver leurs bêtes avant que les flammes n'engloutissent tout dans leur gueule brûlante. Un feu de prairie hélas devenu fréquent avec la sécheresse et les vents.

— Mes amis bretons sont partis pour Prince-Albert, plus au nord de la Saskatchewan, afin de se reconstruire dans des terres au climat plus favorable. Ils avaient vendu quelques bêtes et, avec l'argent perçu, louèrent des wagons-trains où ils s'entassèrent tous avec chèvres, moutons et veaux. Deux chevaux étaient attachés à un des wagons. Tout ce qui restait de leur vie de labeur se résumait en ces animaux. Je les ai quittés pour venir à Winnipeg, parce que j'avais lu dans le journal qu'il y avait du travail dans cette grande ville.

Antoine dormit chez Albertine, où nous lui avons installé un matelas de fortune dans la cuisine. Il était hanté par un retour au pays.

— Je n'ai plus rien qui me rattache ici. Mes rêves sont partis en fumée comme les maisons de la prairie. Il faut se rendre à l'évidence, j'ai le mal du pays, même si je m'attends à être la risée de tout mon village. Parti faire fortune et revenu sans un sou en poche, plus pauvre qu'avant. Je n'oserai même pas affronter la famille de ma pauvre femme.

— Vous n'avez que faire du qu'en-dira-t-on, votre vécu est aussi votre richesse, Antoine. Vous allez en sortir grandi et croyez-moi, si médisances il y a, elles finiront par s'estomper avec le temps.

En attendant, il fallait qu'il se refasse un peu d'argent pour payer son billet de retour. Le dimanche suivant, je l'amenai avec moi à Saint-Claude où je me rendis directement chez le père Joseph.

— Mon père, il faut que vous m'aidiez à trouver du travail pour cet homme qui est à la rue.

— Mais vous n'ignorez pas, ma fille, que les agriculteurs de Saint-Claude vont très mal depuis les événements d'octobre dernier. Beaucoup licencient leurs garçons de ferme, ont du mal à payer leurs échéances et les dettes s'accumulent plus que jamais chez les commerçants. A la laiterie, il en est de même, les difficultés des Boisvert ne vous ont pas échappé. Dans ces conditions, je vois mal comment je vais pouvoir faire quelque chose.

— Il le faut pourtant ! Je fais appel à votre charité et à votre connaissance de vos paroissiens.

Et cela fonctionna ! Antoine trouva du travail ici et là et se reconstitua un pécule.

80

En septembre, je perdis mon emploi chez les Constant. Le manque de travail lié à des commandes sérieusement à la baisse obligea Madeleine à se séparer de moi.

Mon intuition me commanda de retourner voir sœur Marc, à la résidence des Sœurs grises. Les événements récents, la misère en ville comme à la campagne, m'incitaient à trouver un emploi au service des autres. Offrir des bols de soupe, le soir et le dimanche, ne me suffisait pas.

J'y allai au culot pour demander à être employée comme aide-soignante à l'hôpital. Je ne possédais aucun diplôme, mais par Sarah, je savais les religieuses et infirmières débordées.

Je ne m'étais pas trompée ! Sœur Marc accepta avec grand enthousiasme ma proposition, trop contente de renflouer sa main-d'œuvre.

Je n'étais pas préparée à tout ce que je vis durant cette période, mais je sais que cela renforça mon caractère. A la pouponnière, je venais parfois en assistance aux sages-femmes, et si je félicitai nombre de mamans épanouies avec leur bébé allongé sur le ventre, j'en réconfortai aussi plus d'une, seule, désespérée, obligée d'abandonner son petit dès la naissance. J'aurais voulu adopter tous les enfants abandonnés.

Je passais quotidiennement dans les salles communes des hommes comme des femmes, en compagnie certaines fois des dames patronnesses. Je pratiquais les soins les plus basiques et je distribuais les plateaux lors des repas. Souvent, les hommes me chahutaient, m'apostrophaient gentiment. Je feignais d'ignorer leurs propos parfois un peu coquins, mais jamais méchants ou désobligeants. Ils préféraient ma visite à celle des dames patronnesses !

Albertine et Rose s'inquiétaient quand je rentrais souvent très tard à la maison.

— Maman, vous n'allez pas attraper une maladie contagieuse, vous êtes sûre ?

— Mais non, ma chérie, ne t'inquiète pas. Je suis immunisée !

— Ça veut dire quoi, immunisée ?

La fin de l'année approchait et je n'avais toujours aucune nouvelle de Marius. Je savais pourtant, grâce à *La Liberté*, que les derniers rails de la ligne de chemin de fer de la baie d'Hudson, reliant Le Pas à Churchill, étaient posés depuis quelques mois. Etait-il toujours là-bas ? Que devenait-il ? Autant d'interrogations sans un début de réponse.

« Patientez ! » me disait Tobie.

Je n'en pouvais plus d'attendre, mais jamais je ne fis part de mes angoisses à Rose et Albertine. Un dimanche que je sortais avec Sarah d'une distribution de soupe, nous tombâmes nez à nez avec Pierre, au bras d'une très jolie jeune fille.

Sarah me regarda avec inquiétude. Je ne ressentis pas la moindre vibration en le voyant, même quand il m'eut fait un baisemain que je jugeai prétentieux et affecté. Non, il n'y avait qu'un homme dans ma vie, désormais, et dussé-je devenir vieille fille, je ne me marierais avec aucun autre.

A l'hôpital, je n'avais pas le temps de me morfondre en lamentations puériles. Près de dix mille patients, ça donnait du travail plus qu'il n'en fallait. Il m'arrivait occasionnellement d'apporter mon aide à la cuisine centrale, mais finalement j'aimais encore plus le contact avec les malades auxquels j'avais à cœur d'apporter un peu de réconfort.

Nous étions à une semaine de Noël. Comme l'année précédente, je n'avais pas l'esprit à faire la fête, même si nous étions invités cette fois-ci encore à le passer chez Gabrielle et Léon. Antoine serait avec nous pour son dernier Noël sur la terre canadienne puisqu'il avait enfin pu acheter son billet de retour en France. Rose se réjouissait de retrouver Juliette et Tobie, ainsi que ses copines Mary et Zoé avec qui elle espérait bien courir la guignolée.

En fin d'après-midi, je fis mon tour des chambres comme à mon habitude, afin d'apporter les repas aux malades, accordant à chacun une remarque appropriée en réponse à leurs petits mots gentils. Dans le dernier lit, le malade était tourné sur le côté. Je supposai qu'il dormait et, ne voulant pas l'importuner, je déposai le plateau sur la petite table près de la couchette. J'allais quitter la salle sans un mot de plus mais il me retint.

— Vous pouvez emporter votre plateau, je ne peux pas manger.

De saisissement, je restai figée sur place. Cette voix, ce n'était pas possible ! Je contournai le lit, soudain livide. De son visage entouré de bandelettes on ne voyait que les yeux, mais des yeux que j'aurais reconnus entre tous. Lui aussi me regardait, les pupilles dilatées par la surprise. Mon Dieu ! Des mois que j'espérais ce moment, que je l'attendais avec ferveur, et voilà que celui qui était l'objet de tous mes rêves se trouvait dans un lit d'hôpital, près de moi. J'étais comme anesthésiée par la stupeur. Le silence s'était fait dans la salle. Les autres malades avaient compris qu'il se passait quelque chose d'inhabituel. Il me fallut quelques secondes pour réagir. Enfin je m'agenouillai devant le lit, appuyai mon visage contre les bandes râpeuses sur ses joues et me mis à sangloter sans pouvoir me contrôler.

Marius ! Il était là, à côté de moi, et je ne l'avais pas su. En fait, il était arrivé depuis deux jours, et les tours de garde différents m'avaient empêchée de le voir plus tôt. Il ne pouvait bouger son corps, maintenu dans un corset. Je m'en inquiétai, mais il me rassura. Une simple bagarre dans les rues de Winnipeg, selon lui. Une altercation effectivement qui avait mal tourné avec une bande de malfrats qui essayaient de soutirer de l'argent à un commerçant.

Il avait voulu s'interposer, mal lui en avait pris. Les gredins l'avaient roué de coups jusqu'à le laisser pour mort.

Je ne pouvais rester plus longtemps, hélas. Il me fallait continuer ma tournée, mais je lui promis de revenir très vite. Je quittai la salle, les joues en feu, sous les applaudissements des autres malades !

Par la suite, je changeai mes tours de garde et obtins de venir régulièrement dans la salle où il se trouvait. Je ne pouvais guère rester longtemps à ses côtés pour ne pas alerter les religieuses et les médecins mais ces quelques moments grappillés me rapprochaient de lui. Il m'expliqua que, après la fin des travaux à Churchill, il avait poursuivi son séjour à la découverte de la toundra où il demeura dans une communauté d'Inuits. Avec eux, il apprit des techniques de pêche et de chasse ancestrales, se nourrit de poissons crus ou grillés, de viande d'ours et de phoque séchée et des baies de raisin d'ours, bleuet et canneberge.

Depuis peu il était rentré à Winnipeg et serait venu à ma recherche s'il n'avait pas été agressé. Il n'évoquait pas mon courrier et je n'osais lui demander s'il l'avait reçu.

J'annonçai la bonne nouvelle à Rose. Elle sauta de joie. Albertine aussi, qui se réjouit devant mon bonheur.

Le dernier soir avant qu'il ne quitte l'hôpital, après que le dernier tour de garde des infirmières fut effectué, subrepticement je montai à l'étage des hommes. Dans le dortoir commun, toutes les lumières avaient été éteintes, la plupart des malades dormaient déjà. Je cheminai à pas feutrés jusqu'au lit de Marius où j'entendis son souffle régulier. Les bandelettes avaient été retirées de son visage qui portait encore quelques cicatrices, lui donnant une forme de vulnérabilité attachante. Je tirai les rideaux de chaque côté de manière à isoler complètement le lit, me déchaussai et me glissai sous les draps. Je sentais la chaleur de son corps, il se raidit sous l'effet de la surprise. Je m'allongeai sur le côté pour mieux l'apercevoir dans la pénombre et lui caressai doucement les joues. Je pris mon temps en déboutonnant un à un sa chemise de pyjama. Il ne bougeait plus, mais à son souffle court je devinai son émotion. J'embrassais maintenant son torse, ses épaules et lui me serrait convulsivement dans ses bras. Il me força à lever le visage, je sentis ses lèvres chaudes qui emprisonnaient les miennes. Ses mains descendirent, remontèrent à la hâte ma jupe. Ses caresses devenaient pressantes et me procurèrent un tel plaisir que je dus me mordre les lèvres pour ne pas soupirer. Il se redressa et je sentis le poids de son corps sur le mien. Il me murmurait des mots doux à l'oreille, je l'embrassais frénétiquement. Lorsque je sentis son sexe dans le mien, je n'opposai aucune résistance. Il me pénétra, lentement, avec douceur en même temps qu'une onde de volupté me submergeait. Je me retins pour ne pas hurler. J'aurais voulu que cela ne s'arrête jamais. Il me couvrait maintenant le visage de baisers, je sentis son corps partir en convulsions pendant quelques secondes puis il retomba doucement sur moi.

Nos respirations courtes s'entremêlaient, nous reprenions petit à petit nos esprits. J'avais envie de rire devant l'incongruité de cette scène tellement rapide, Marius aussi qui me glissa doucement à l'oreille :

— Oui, je veux bien vous épouser, ma petite coquine bien-aimée.

81

C'est le premier jour de l'été mais c'est aussi jour de mariages à Saint-Claude. Ce 21 juin 1931, le père Joseph unit deux couples : Juliette et Tobie, Louise et Marius.

Je suis tellement heureuse. Rose, resplendissante dans sa robe d'*Alice au pays des merveilles* dont il a fallu diminuer les ourlets pour la rallonger, car elle a beaucoup grandi, me tient la main. L'église est pleine. Léon et Gabrielle sont là, bien sûr, Guillaumette et son mari également, Zoé et Mary, les petites copines de Rose avec leurs familles respectives, mais aussi mes amies de Saint-Boniface, Albertine, Madeleine, Sarah.

Juliette rayonne au bras de Tobie, tout gêné de se trouver le centre de tant d'attentions. Je ne quitte pas Marius, je ne le lâche plus. Il est à moi, enfin.

Je suis sereine. Enfin. Tout n'est pas rose, la dépression continue plus que jamais à sévir, le vent à s'acharner sur la prairie, mais j'ai confiance en l'avenir car je ne suis plus seule. Il aura fallu toutes ces années pour qu'enfin Marius et moi nous retrouvions unis pour de bon. C'était nécessaire. Nous n'étions pas prêts jusqu'à présent. Maintenant, nous pouvons marcher main dans la main et élaborer des projets.

La table est longue et joliment présentée dans la grange de chez les Boisvert pour accueillir tous les convives. Albertine a participé au repas, je n'ai pas eu mon mot à dire, elle a tout organisé avec Gabrielle. Léon sert le vin et, après en avoir goûté un verre, je le soupçonne d'avoir mis un peu d'alcool dans la racinette. Mais c'est jour de fête, personne ne va se plaindre. Tourtières, gigots et purée de pois, laitages, salades de fruits, gâteaux abondent. Les musiciens sont là, les violoneux qui commencent déjà à taper du pied pour battre la mesure d'un quadrille.

Edouard Arbez a apporté son appareil photo et immortalise la journée. Nos deux couples avec Rose devant moi qui me tient la main. Et une photo avec tous les invités. Nos sourires sont un peu figés, mais notre bonheur sincère.

En fin de soirée, Juliette et moi nous éloignons de la table pour nous retrouver un peu seules. J'aperçois Rose, les bras écartés devant une meule de foin. Elle sourit à Zoé, elle est heureuse.

Je caresse mon ventre et regarde Juliette avec un sourire espiègle. Elle me répond par un clin d'œil complice. Je n'ose imaginer la tête du père Joseph s'il savait que j'ai fêté Pâques avant les Rameaux.

La nuit à l'hôpital a porté ses fruits. J'attends un heureux événement. Un petit frère ou une petite sœur pour Rose qui a hurlé de joie quand je lui ai appris la nouvelle.

— Maman, c'est le plus beau cadeau que vous pouviez me faire !

J'espère que ma chère Juliette connaîtra elle aussi très vite ce bonheur. Avec Tobie, elle forme enfin une famille et j'ai la conviction qu'elle sera heureuse.

Nos pensées à toutes deux vont vers ceux qui ont jalonné notre vie. Mes parents, ma grand-mère, mes frères, qui n'ont hélas pas pu faire le voyage. Ensuite Jeanne, les parents de Marius dont nous avons reçu un message de félicitations. Eux non plus n'ont pu se déplacer.

Nous évoquons Séraphin, parti en d'autres cieux. J'ai toujours conservé la petite boîte avec ses carnets de voyage ainsi que le livre de Jules Verne. Nous sourions au souvenir de cet homme qui nous aura marquées à une époque qui nous paraît si lointaine maintenant. Joséphine, son épouse, est toujours dans nos pensées, même si nous n'en avons plus de nouvelles. C'est normal. La vie éloigne ou rapproche selon son bon vouloir.

J'avais commencé en ce temps-là mon journal. Je l'ai toujours poursuivi, je sais maintenant que de nouvelles pages s'ouvrent vers une aurore emplie de promesses exaltantes.

82

Rose
Avril 1935

Le train roule à vive allure. Les paysages défilent. La dernière fois que j'ai voyagé en train sur les routes de France, c'était avec maman, mais je n'en ai que de vagues souvenirs. Elle retournait dans sa famille. C'était il y a sept ans. Cette fois-ci, j'y reviens avec marraine Juliette. Sans maman ! Pour mieux connaître cette famille qui est aussi la mienne.

Ce voyage, je l'ai préparé depuis des mois. D'abord avertir tante Jeanne à Saint-Simon pour qu'elle nous accueille à notre passage. Puis progressivement, petit à petit comme un jeune chat rusé, faire patte de velours avec Juliette pour la gagner à ma cause. Lui expliquer que j'ai besoin de comprendre, de chercher mes racines et de trouver moi-même certaines réponses que maman se refuse à me donner lorsque je la questionne. Bien entendu, tout cela en toute discrétion.

— Mais enfin, Rose ! Tu te rends compte de ce que tu me demandes, bordel ! Tu m'obliges à mentir à ta mère.

— Ça n'est pas vraiment un mensonge, ma chère marraine d'amour. Juste une petite omission pendant quelques mois. Je te demande simplement de garder ta langue, ce qui je sais est compliqué pour toi...

— Petite peste !

— C'est pour ça que tu m'aimes. On est pareilles toutes les deux. Mais tu sais bien que, si je l'informe dès à présent de mes intentions, maman va me refuser ce voyage. Elle a déjà suffisamment de travail comme ça sans se faire du souci pour moi.

— Oh ! Oh ! Que d'obligeance ! Et tu comptes le financer comment ? En piochant dans la boîte en fer qui contient les économies de ta mère ?

— Arrête avec ça ! C'est du passé. Non, j'ai tout prévu, figure-toi. Jeanne était tellement heureuse que je vienne en France qu'elle m'a proposé de me payer le voyage. Je ne lui ai pas tout dit sur mes motivations, je l'avoue, mais de toute façon je la rembourserai dès que je commencerai à travailler.

— Hum ! Autant dire quand les poules auront des dents.

Je lui passai les bras autour du cou et frottai mon visage contre ses joues.

— Toi seule peux me comprendre. Je sais bien que tu as toujours regretté de ne pas connaître ta famille polonaise. Alors tu peux comprendre que j'ai envie de connaître un peu mieux la mienne.

Elle éclata de rire :

— Tu es vraiment une rouée, prête à tout pour arriver à ses fins !

— Et si cela peut te rassurer, je préviendrai maman, mais au dernier moment comme ça elle n'aura pas le temps de refuser.

— Mais encore heureux que tu vas l'en informer. Tu n'auras pas le choix car tu es mineure et qu'il te faudra son autorisation pour quitter le pays ! Ah ! Tu vois que dans ta petite tête de fouine tu ne penses pas à tout ! Et d'ailleurs, comment je vais faire avec Aimé ?

— Oh ! Je suis sûre qu'Albertine sera ravie de s'en occuper et ainsi cela soulagera Tobie et maman.

— Tu as vraiment réponse à tout !

Mes craintes étaient justifiées. Maman entra dans une grande colère, m'accusant de mal choisir mon moment pour aller passer des vacances en France alors qu'il y avait tant à faire au restaurant et à la maison avec mon petit frère. J'avais rusé, une fois de plus, arguant que ma grand-mère et la mémé étaient très âgées et que, si je voulais les revoir, il valait mieux ne pas attendre. Puis j'avais dû en venir aux explications sur le voyage payé par Jeanne en trouvant les arguments qui ne l'alertent pas trop.

Je ne suis pas bien sûre qu'elle ait tout gobé, mais heureusement Juliette a pris ma défense.

— De toute façon, Rose peut bien te demander tout ce qu'elle veut, tu accours comme un toutou dès qu'elle te siffle, lui a rétorqué maman.

— C'est pas gentil !

— Pardonne-moi, ce n'est pas ce que j'ai voulu dire.

Même Marius avait intercédé en ma faveur, ce qui l'avait encore plus agacée.

— Vous vous liguez tous contre moi, je vois bien. Et toi, Rose, quel besoin d'aller là-bas toute seule ? Tu ne m'aimes plus, c'est ça ? Tu es vraiment injuste avec moi qui t'ai tout sacrifié.

Et voilà, ça finissait toujours comme ça ! Au final, maman avait capitulé, mais j'avais bien senti qu'elle se faisait du souci. Marius l'avait rassurée en lui disant que, finalement, ce voyage partait sur de bons sentiments, et qu'il eût été dommage de m'empêcher de revoir une grand-mère que je n'avais pas vue depuis des années.

— Moi non plus, je ne l'ai pas revue depuis longtemps !

— Je sais, ma chérie. Mais je te promets que le prochain voyage en France nous le ferons tous les deux, car moi aussi je veux revoir Saint-Simon. Et tu sais quoi ? Je t'amènerai sur la pierre où j'avais gravé nos prénoms. Sur le chemin le long de la Charente, à l'entrée du bourg, tu te souviens ?

Son visage s'était soudainement éclairé et ils s'étaient embrassés tendrement. J'aime les voir ainsi.

Marius n'est pas mon père, mais je l'aime de la même manière. Enfin, je suppose, car je ne sais pas ce que c'est d'avoir un vrai papa. Lui et maman sont mariés depuis quatre ans. Ça n'a pas été simple leur histoire, car maman s'était amourachée, je me demande bien pourquoi, d'un drôle de bum, qui moi ne me plaisait pas. Elle ne m'avait pas demandé mon avis, ce qui est bien dommage, elle aurait moins perdu de temps. Enfin, heureusement, ils se sont retrouvés. Quand ils se sont mariés, maman avait déjà mon petit frère dans le ventre. Il paraît que ça ne se fait pas, et il avait fallu le cacher au père Joseph. Pffft ! Celui-ci, pour l'avoir vu de mes yeux mettre du vin à la place du mélange d'eau de pissenlit dans sa préparation de messe, je peux assurer que lui aussi il se moque des interdits.

J'ai donc un petit frère. Qu'ils ont appelé Noël, parce qu'il a été conçu peu de temps avant les fêtes et qu'il représente le cadeau de leur vie à tous les deux. Pour moi aussi, c'était le plus beau cadeau qu'ils pouvaient m'offrir. Il est tellement mignon. Marius en est complètement fou, ce qui parfois énerve maman.

— Ce drôle va te rendre gaga.

Ils se sont mariés le même jour que marraine Juliette et tonton Tobie. Tobie, c'est pas vraiment mon tonton, mais je l'aime tout comme, même beaucoup plus, puisque mes vrais oncles qui sont en France je ne les connais pas.

Je dis tout à tonton Tobie. Lui seul me comprend vraiment sans que j'aie besoin d'en raconter des tonnes. C'est un Métis, parce que sa maman était indienne et son papa canadien français du Québec. Enfin je crois que c'est ça, c'est un peu compliqué. Forcément, je l'ai mis au courant de mon désir de partir en France. Il n'a pas dit non, a juste souri, ce qui est le signe chez lui qu'il me comprend. Ou alors qu'il est un peu sorcier, ce que je soupçonne parfois.

— Ma ptchite Rose, j'avais déjà dit à ta maman, il y a plusieurs années, qu'elle finirait par se trouver. Il en est de même pour toi, ce voyage, j'en suis certain, te permettra de relier ton âme et ton corps.

Je ne comprends pas toujours tout ce qu'il me dit, mais l'essentiel est qu'il soit d'accord avec moi.

Nous habitons maintenant à Saint-Pierre-Jolys, un petit village près de la rivière aux Rats. Tobie et Marius ont construit eux-mêmes un grand *log cabin* où nous vivons tous ensemble. Enfin, ils ont quand même fait une séparation pour nos deux familles. Il y a un côté pour Tobie, Juliette et Aimé, le petit garçon qu'ils ont eu il y a trois ans. Je suis sa marraine et j'en suis folle, il est tellement *cute*[1].

Une deuxième partie nous abrite tous les quatre, maman, Marius, Noël et moi.

Et enfin une grande pièce à côté sert d'auberge pour maman. Elle a fini par réaliser son rêve, puisqu'elle dispose d'une cuisine, d'une salle pour recevoir les clients et d'une terrasse l'été. Elle a appelé l'auberge *Chez Louise des Cocottes*. Comme c'est la dépression depuis quelques années, elle prépare des repas pas trop dispendieux pour les ouvriers du moulin, de la coopérative et les éleveurs de renards et de visons qui se sont installés ici récemment. Juliette l'aide au service et propose des travaux de couture. Je ne regrette pas Saint-Claude, car je continue à aller de temps en temps chez mon tonton Léon et Gabrielle.

1. Mot anglais (prononcer « kioute ») entré dans le langage canadien-français qui veut dire « mignon, gentil ».

Ils ont vendu la ferme à leur fils qui est revenu de la Saskatchewan et maintenant ils se reposent.

Moi, j'ai pris ma décision, je veux être infirmière. Pour ça, je vais à l'école de Saint-Boniface la semaine, et c'est Albertine qui m'héberge. Maman s'est étonnée de mon choix, mais je crois que c'est d'avoir vu tous ces gens misérables à Winnipeg qui m'a donné l'envie de m'occuper des malades. Elle m'a dit que les études coûtaient cher et que j'avais intérêt à avoir mon diplôme. Pour ça, je l'aurai ! Je lui prouverai que c'est vraiment ma vocation car je veux qu'elle soit fière de moi. Tout autant que je suis fière d'elle. Je ne le montre pas toujours mais je l'aime plus fort que tout parce que toutes les deux nous avons vécu ensemble des moments pas toujours faciles.

Nous avons reçu récemment une carte d'Antoine qui la remerciait de lui avoir donné le courage de retourner dans son Limousin. Il s'est remarié l'année dernière et nous a annoncé la naissance de sa fille. Il a voulu l'appeler Louisette. Comme c'est gentil de sa part. Je suis contente pour lui qu'il s'en soit sorti.

Le train est arrivé en gare de Challans. J'ai beau fouiller dans ma mémoire, je ne la reconnais pas, alors que pourtant j'y ai fait escale avec maman il y a quelques années. J'étais trop jeune, je suppose. Je me rappelle juste que nous avions fait la route à pied à travers les marais pour rejoindre la bourrine de grand-mère.

Cette fois-ci, tonton Gustave nous attend et nous fait un signe de la main avec un sourire que je trouve un peu crispé. Il est debout devant sa charrette qui immédiatement me fait penser à celle de Tobie. Juliette a dû avoir la même association d'idées car elle me lance en douce un clin d'œil.

Je le sens tout gêné quand il nous serre la main, encore plus quand moi je lui saute au cou en lui disant que je peux bien l'embrasser puisque je suis sa nièce. Il nous fait asseoir à ses côtés, à l'avant.

Nous empruntons d'abord la grande route et ensuite les chemins de marais. Gustave n'est pas bavard ; ça tombe bien, je n'ai pas envie de parler. Je l'observe discrètement et cela me fait une drôle d'impression de me dire que c'est mon oncle. Et de plus, le frère de maman. Il ne lui ressemble pas. Petit, un peu trapu, et très brun, il me fait l'effet d'un gros ours noir, de ceux que j'ai eu l'occasion de rencontrer une fois que je me trouvais dans la forêt avec Tobie et Marius. Nous n'avions pas bougé comme nous l'avait recommandé Tobie, et la maman ours et son petit s'étaient enfuis entre les arbres. J'espère que lui ne va pas nous abandonner pour fuir à travers les marais, nous n'aurions pas l'air bien fines. Pour l'instant, il semble plutôt occupé à chiquer son espèce de mégot à l'odeur nauséabonde.

Je ne regarde pas vraiment les paysages car je suis toute à mes pensées et je m'inquiète un peu de la tournure des événements, une fois que nous serons arrivés. Je pousse un long soupir. De satisfaction parce que je suis enfin là où je voulais être, avec ma chère Juliette qui est presque ma deuxième maman. Elle me jette un regard anxieux. Je lui prends la main et lui fais un petit gratouillis dans le creux qu'elle me rend avec un immense sourire. Elle est tellement belle quand elle sourit. Quand je serai grande, si j'ai une fille, je voudrais qu'elle soit tout comme elle, avec ses beaux cheveux blonds et ses yeux bleus. Moi, j'ai les cheveux très bruns et des yeux marron que je ne trouve pas très jolis, mais maman me dit sans cesse que je suis la plus belle des petites filles avec mes joues pivelées comme un œuf de dinde. Elle m'appelle son petit pruneau, ce qui m'énerve encore plus.

Nous pénétrons enfin dans la cour de la ferme. Mais qu'est-ce donc que cette maison au drôle de toit ? Jamais nous ne pourrons y pénétrer, tant elle me paraît incroyablement petite. Tiens, ça me fait penser à la maison du lapin blanc dans *Alice au pays des merveilles*. Tonton immobilise la charrette d'un grand coup sur le harnais du cheval et pour la première fois ouvre la bouche pour nous dire que nous sommes arrivées. Je m'en serais doutée ! J'ai le cœur qui bat la chamade et surtout pas envie de faire ma fière. Juliette s'en est aperçue qui me passe le bras autour de l'épaule et me glisse à l'oreille :

— Hue, ma petite cocotte ! Je ne t'abandonne pas.

Nous avons à peine mis le pied à terre qu'une vieille femme vêtue de noir s'approche de nous. Elle semble aussi gênée que son fils à la gare.

— C'est pas Dieu possible ce que tu as grandi ! Tu permets que je te prenne dans mes bras, ma petite ?

Je suis embarrassée tout comme elle. Heureu-sement, elle n'attend pas ma réponse et je me retrouve serrée contre sa poitrine, dans ses bras qui m'étreignent.

— Je suis tellement contente de te voir, ma petite-fille.

— Moi aussi…

Je ne sais comment l'appeler. Elle le devine et me répond d'un air taquin :

— Comment ça, tu as oublié mon nom ? Appelle-moi grand-mère Léonie et je vais t'amener voir ta mémé Marcelline qui est impatiente de te revoir.

J'entre dans la maison. Juliette me suit et pousse un petit cri. Elle n'avait pas vu qu'il fallait se pencher pour passer la porte et vient de se cogner le front. Je devine au mouvement de ses lèvres qu'elle a étouffé son « bordel » familier et cela me ragaillardit.

La mémé est assise sur le bord de la cheminée. Etonnamment, je la reconnais au premier coup d'œil. Je ne saurais dire pourquoi, mais j'avais toujours gardé dans ma mémoire l'image de cette vieille femme au visage creusé de rides. Finalement, elle a peu changé, tout juste s'est-elle un peu rapetissée.

— Je vois, ma petite feille, que mes poils au menton et ma bouche édentée ne te font plus aussi peur que lorsque tu étais petite.

Elle évoque là un épisode que j'avais oublié, ce qui détend l'atmosphère. J'embrasse la pièce du regard. Tout me paraît dérisoirement petit, comme une maison de poupée. Mes yeux furètent avec curiosité dans les moindres recoins, les meubles, les objets accrochés aux murs ; cela ne réveille aucun souvenir en moi. Je me sens penaude et toute triste. A ce moment, je regrette l'absence de maman, sa tendresse et sa chaleur me manquent. Juliette se rapproche et me caresse le cou avec sa main toute chaude. Serait-elle devenue sorcière comme Tobie ?

Malgré la fatigue du voyage en train, j'ai eu du mal à dormir cette nuit-là. Trop de pensées se cognaient dans ma tête ; j'ai tenté de mettre en place un plan pour les jours à venir. J'étais venue ici avec une idée bien précise, bien loin des motivations fournies à Juliette et maman. Et en même temps, un sentiment de crainte commençait à me tirailler l'estomac. Il était trop tard pour faire machine arrière. Je réussis à m'endormir sur le petit matin et c'est grand-mère Léonie qui vint me réveiller. Juliette, déjà levée, tenait compagnie à Gustave qui, dans la cour, préparait la charrette pour nous amener à la messe au bourg de Soullans.

Une surprise m'attendait sur la table : un joli bol de porcelaine écrue à petites fleurs rouges sur lequel était écrit en grosses lettres mon prénom. Je fus touchée de cette attention et embrassai grand-mère pour la remercier. Elle fit griller dans la cheminée une large tartine de pain, étala dessus le beurre et ensuite une épaisse couche de confiture.

— Dame ! I va falloir que tu manges, ma p'tiote, sinon ce sont les petits cochons qui le feront. O l'est pas Dieu possible d'être aussi maigrichonne, tu dois pas manger beaucoup dans ton Canada.

Sa façon de parler et son accent m'amusaient. Je ne comprenais pas tout mais n'en dis rien pour ne pas la vexer. Je fis honneur au café et à la tartine. Bon sang ! Qu'il était bon ce beurre, même le café était meilleur qu'à la maison. Il faudrait que je le dise à maman en rentrant.

Grand-mère Léonie portait une coiffe de dentelle blanche, sur ses cheveux lissés et tirés en arrière dans un chignon. J'avais l'impression qu'elle les avait recouverts de colle tant ils brillaient. Sa robe noire en revanche n'inspirait pas la gaieté ; seul détail un peu plus flatteur, une chaînette qui pendait de son cou jusqu'à la ceinture du tablier où il était attaché. Cette façon de se vêtir me rappelait certains anciens dans les familles bretonnes de Saint-Claude, qui s'habillaient ainsi les jours de kermesse. Pendant que je finissais ma toilette, je la vis retirer ses sabots, les laisser à l'entrée et passer d'épaisses chaussures vernies noires. Une pensée me traversa l'esprit : maman s'habillait-elle ainsi quand elle était petite ?

Tonton aussi avait mis de beaux habits, dont un chapeau rond en feutre noir avec un ruban qui pendait dans le dos. Qu'il avait l'air apprêté !

Le parvis de l'église était plein de monde à notre arrivée et je remarquai qu'on nous regardait d'une drôle de façon. Une heure plus tard, la messe se terminait. A la sortie, Léonie nous entraîna énergiquement au milieu d'un attroupement de femmes, pendant que tonton partait au Café des Sports avec d'autres hommes. Juliette et moi sommes alors devenues le centre des attentions.

— Alors, Léonie, c'est la ptiote Américaine ? C'est la fille à Louise, c'est ça ? Dieu qu'elle ressemble à ton défunt mari. Elle est pas bien faillie, la pauvrette, on doit pas manger de bonne nourriture en Amérique.

J'aurais pu me croire sur la scène du Cercle Molière à Saint-Boniface tant j'eus l'impression de jouer une pièce de théâtre. Je me prêtai avec bonne grâce à ce jeu de pantomime, serrai un nombre incalculable de mains, embrassai tout autant de joues jeunes ou fripées et ne fus pas avare de mes sourires. Au fond, j'étais plutôt fière d'assurer le rôle de la petite-fille canadienne, cela m'entourait d'une certaine aura et par là même me donnait de l'assurance. Juliette me glissa à l'oreille :

— Tiens-toi droite, ma filleule, salue et souris à tous ces braves gens. C'est le final ! Tu en es la reine.

Quand je disais qu'elle était un peu sorcière !

On me présenta des filles et garçons de mon âge ou presque, qui me regardaient avec curiosité, comme si j'étais une bête de marché. Certains se disaient mes cousins. Un mot qui, jusqu'à présent, ne faisait pas partie de mon vocabulaire. C'était incroyable, maman ne m'en avait jamais parlé et pourtant je me découvris ce jour-là un nombre incalculable de cousins de tous âges. Les filles m'observaient, tout en chuchotant et gloussant entre elles. Les garçons tournaient autour de moi comme des abeilles sur le miel. J'étais l'attraction du moment.

Je portais une jupe bleu marine à petits pois blancs qui découvrait totalement mes jambes et un chemisier de coton blanc à manches courtes. Juliette affichait elle-même une allure printanière charmante avec sa jupe plissée bleu ciel et le polo à rayures sur le même ton qui lui seyait à merveille. Nous détonnions parmi ces jeunes filles et femmes pour la plupart dans leurs tenues traditionnelles.

Un couple à la tenue très distinguée passa à proximité de nous. Juliette l'avait remarqué, qui jeta un œil d'experte à la jolie robe de la dame. Grand-mère aussi, car elle se précipita à leur rencontre et se pencha cérémonieusement devant eux.

— Je vous présente Rose, la fille de ma Louise, vous savez, celle qui vit en Amérique. Voyez comme elle est belle.

L'homme et la femme sourirent et, était-ce pour faire plaisir à ma grand-mère ou vraiment par sincérité, ils approuvèrent tout haut, de manière que tout le monde les entendît.

— Vous avez de quoi être fière, madame Guilbaud. Vous avez une charmante petite-fille que beaucoup doivent vous envier.

Grand-mère rougit sous le compliment. Un peu plus tard, elle me révéla que l'homme était notaire dans le village et, dans un soupir d'aise, affirma que c'étaient décidément des gens pas fiers. Je notai chez elle, à cet instant, une pointe d'orgueil, comme si elle triomphait que ces gens lui aient serré la main devant tout le monde.

Au retour, tonton se révéla plus loquace. Son haleine me laissa penser qu'il n'avait pas dû avaler du vin de pissenlit. Finalement, je le trouvais plus sympathique, le vin le rendait gaillard. Grand-mère affichait elle aussi un visage serein, je crois qu'elle était fière de moi. Juliette restait en retrait, se contentant d'observer le paysage. Je m'en voulus de l'avoir entraînée dans un voyage qui ne devait pas être passionnant pour elle.

A la bourrine, mon autre tonton nous attendait pour le déjeuner. Le deuxième frère de maman, Louis, que tous appelaient P'tit Louis, avec son épouse Adeline et leur bébé de deux ans, Justine. Encore une cousine, ça n'arrêtait pas !

Le déjeuner dura une bonne partie de l'après-midi. Grand-mère avait préparé du pâté de cochon. Ensuite nous eûmes droit à une fricassée d'anguilles qui ne me disait rien qui vaille car j'avais vu tonton Gustave dépiauter ces bestioles qui se tortillaient comme des serpents. Ma grimace ne passa pas inaperçue.

— Alors, ma nièce, on fait sa zirouze ? La p'tite Américaine a la goule fine ?

J'en pris, une première fois avec dégoût, et finalement j'en redemandai tellement je me régalais. Comme tout le monde, je les mangeai avec les doigts et m'en mis plein la figure.

Le plat suivant était une poule en pot au feu servie avec des haricots blancs appelés mogettes. Je ne connaissais pas non plus, et j'ai beaucoup aimé. Tonton Louis s'est moqué en disant que j'allais faire du vent le soir dans mon lit. Je n'ai pas compris ce qu'il voulait dire, mais en tout cas ça a fait rire tout le monde, même Juliette. Il y eut plusieurs desserts. Des œufs au lait d'abord. Maman en fait souvent à la maison, elle appelle ça la fiounée. Ensuite vinrent les caillebottes et après un gros gâteau au beurre, une échaudisse. Au deuxième dessert, je calai !

Grand-mère se fâcha tout net ! Au départ, je crus que c'était pour rigoler, mais je constatai que mon refus la vexait pour de bon, alors j'acceptai malgré mon estomac au bord de l'explosion ! Pendant le repas, tonton Gustave nous mit un peu de vin dans le fond du verre qu'il finit de remplir ensuite avec de l'eau.

— Bois, ma nièce ! Ça ne pourra pas te faire du mal et ça te donnera des joues un peu plus roses.

Je n'avais jamais bu de vin rouge jusqu'à présent, mais mélangé à l'eau je trouvai que ça n'avait pas grand goût. Je préférais le vin de pissenlit de Léon.

Après le repas, j'aidai grand-mère à débarrasser la table et faire la vaisselle, Adeline et Juliette nous accompagnèrent pendant que les hommes s'installaient pour jouer aux cartes, une partie d'aluette. Je fus étonnée de voir que mémé Marcelline se joignait à eux. Malgré son vieil âge, et le fait qu'elle soit sourde, elle criait autant que les hommes pour manifester son entrain au jeu.

En fin de journée, la partie de cartes terminée, grand-mère remit la table pour le souper. Et moi qui croyais que c'était terminé ! Elle avait réchauffé le reste de bouillon du midi et nous en servit à chacun plusieurs louches dans les assiettes creuses. Puis tonton Gustave se leva pour faire griller dans la cheminée de larges tranches de pain. Grand-mère y étala du beurre et la mogette froide.

— Mange ça, ma petiote. Quand tu raconteras à ta mère ton repas, pour sûr elle t'enviera.

J'aurais aimé refuser tant mon estomac criait qu'il n'en pouvait plus, mais je grignotai petit bout par petit bout de cette tartine de mogette que mon estomac saturé eut du mal à apprécier.

Le lendemain matin, après une nuit réparatrice, j'appréciai le petit déjeuner et le dévorai comme si je n'avais rien mangé depuis belle lurette, sous l'œil satisfait de la mémé. Grand-mère ensuite nous proposa de venir avec elle ramasser les petits pois au cabote, avant que le soleil ne tape trop.

— C'est quoi, le cabote ?

— Le jardin, voyons ! Ta mère ne t'a donc rien appris ?

Nous partîmes donc toutes les trois au cabote. Je savourai la légère brise qui voletait dans l'air, rendant l'atmosphère très agréable. Quel doux contraste avec le maudit vent qui soufflait sur la plaine depuis quelques années. Ce que j'aurais pu prendre pour une corvée devenait du coup un petit moment de bonheur partagé avec ma grand-mère et Juliette. Enfin, je prenais mes aises. Nous étions toutes les trois penchées au-dessus des rangées de haricots et remplissions méthodiquement le panier posé au milieu de l'allée.

— Dites-moi, grand-mère, vous avez dû connaître mon papa avant qu'il meure ?

Grand-mère laissa tomber à terre sa poignée de haricots. Mais elle ne me répondit pas, et reprit le travail. Je ne m'avouai pas vaincue pour autant.

— Maman m'a dit qu'il était mort à ma naissance, et comme elle n'a pas de photos, je me disais que vous en aviez peut-être ici. Peut-être les a-t-elle oubliées quand elle est partie au Canada.

Juliette me donna un grand coup de coude qui me fit pousser un cri. Je lui jetai un regard outré et poursuivis sur ma lancée. Cette fois, je m'étais redressée, et d'un ton songeur, je poursuivis :

— Une dame à l'église a dit que je ressemblais à mon grand-père. Vous en pensez quoi ?

J'avais dû poser la question de trop. Elle se releva et me regarda d'un air courroucé :

— J'en pense que tu poses trop de questions ! Je ne sais pas si tu ressembles à ton grand-père, mais pour sûr tu es aussi cabocharde que ta mère pour vezouner autour de ton monde et asticoter jusqu'à obtenir ce que tu veux. Tu crois que je ne t'ai pas vue, là, à babinoter de la goule dans ton coin.

— Mais vous ne m'avez pas répondu.

— Cette fois, ça suffit ! Tu dépasses les limites et deviens effrontée. Ramasse les haricots et tais-toi !

J'obéis provisoirement, certaine de revenir à la charge.

Dans l'après-midi, grand-mère accompagna les hommes aux champs. Juliette avait envie de se promener dans les marais. J'étais un peu fatiguée et insistai pour rester avec la mémé que mon initiative rendit très heureuse.

Je l'observai pendant qu'elle faisait sa sieste. Assise sur le banc devant la cheminée, une place qu'elle quittait rarement dans la journée, elle dormait, la bouche un peu entrouverte, la tête penchée, les mains sur son tablier noir. Elle laissait échapper avec régularité de légers ronflements, aussi doux que ceux du chat ; parfois, un ronflement un peu plus fort la faisait toussoter et tressauter, sans que cela ne trouble pour autant son sommeil.

Je contemplai son visage creusé par les rides et caressai le mien. Est-ce que moi aussi j'allais devenir comme elle dans quelques années ? J'essayai, sans y parvenir, d'imaginer maman vieillir de cette manière. Comme j'étais seule, j'en profitai pour inspecter la pièce.

Le grand lit, d'abord. Tout près de la cheminée. Identique à celui que j'occupais avec Juliette dans la deuxième chambre, il était surélevé sur des pieds. Un portrait était accroché au-dessus, sur le mur. Il représentait un couple ; elle portait une robe sombre qui lui descendait jusqu'aux chevilles. Un châle de dentelle recouvrait ses épaules, et une coiffe blanche ses cheveux. Elle tenait la main d'un homme, très raide dans son costume qui me fit penser à celui qu'avait tonton Gustave dimanche à la messe.

Je n'aurais su donner un âge à la femme, mais elle était toute menue et plutôt jolie. L'homme ne souriait pas, je lui trouvai un air très sévère. Je me demandais si c'était grand-mère avec son mari. Il faudrait que je lui pose la question. J'aperçus une autre photographie représentant deux jeunes garçons et une petite fille d'environ quatre ou cinq ans. Maman ! J'en étais sûre. Au regard et au sourire, je l'aurais parié. Cette découverte m'émut.

Je ne poursuivis pas plus loin mon inspection car j'entendis la mémé bouger. Je lui proposai de l'amener au soleil, sous la treille devant la maison. Je dus répéter en élevant la voix car elle ne m'avait pas entendue.

— Tu es une brave petite. Un peu de jeunesse pour me tenir compagnie, ça fait du bien.

Une fois assise sur le banc dehors, je cherchai vainement comment entretenir la conversation. Elle vint à mon aide.

— Tu es aussi jolie que ta maman quand elle avait ton âge.

— C'est vrai, mémé ? Et vous qui l'avez bien connu, vous pouvez me parler de mon père ?

Aucune réponse, aucun signe de sa part. Je me rappelai qu'elle était sourde, et réitérai ma question en approchant mon visage au plus près du sien. Cette fois, j'avais fait mouche. Elle tressaillit.

— Petiote, tu poses beaucoup trop de questions. Il y a des discussions qui ne sont pas de ton âge. Tu n'auras qu'à demander à ta mère.

— Vous m'agacez tous à ne pas vouloir me répondre.

Je n'avais pourtant pas crié, mais elle avait dû percevoir mon énervement car elle me posa la main sur l'épaule.

— Ça ne sert à rien de remuer le passé. Regarde comme tu es belle, meugnounne et fraîche comme un glajou[1] sur les bords de marais.

---

1. Dans le patois maraîchin du Nord-Ouest vendéen, les glajous sont les iris jaunes sauvages sur le bord des étiers au printemps.

Elle riait en disant cela et, à mon grand effarement, venait de poser la main sur ma poitrine.

— Oh ! Les jolies petites pommes d'amour. Mais c'est que tu es déjà formée comme une jeune fille. Tu dois avoir un amoureux ? Raconte à ta mémé.

Je rougis fortement, à la fois gênée par l'impudeur de son geste et la question.

— Tu es timide, tu n'oses pas. Tu sais, ta maman l'était aussi. Ah ! Elle me manque. Vous êtes tellement loin maintenant.

Elle soupira longuement.

— Maman va venir vous voir certainement l'année prochaine avec Marius. Elle me l'a dit avant que je parte.

— Elle va venir me voir cette année ?

— Non, mémé, l'année prochaine.

— Ahhh ! J'espère que le bon Dieu me prêtera vie pour que je puisse être présente ce jour-là.

Elle replongea dans ses pensées. La quichenotte, sa drôle de coiffe, lui recouvrait totalement les cheveux et le visage de chaque côté. Je penchai un peu la tête en avant pour mieux la voir. Ses paupières étaient baissées. Dormait-elle, ou bien était-ce la forte lumière qui la gênait ? Je n'osai malgré tout insister, et allongeai mes jambes en relevant un peu ma jupe pour laisser le soleil réchauffer ma peau. Un gros chat gris vint frotter ses poils contre moi en ronronnant, et au premier mouvement que je fis, fila prestement vers le jardin.

— Cette grisette ! Toujours aussi farouche.

Elle ne dormait pas. Le soleil me faisait aussi plisser les yeux et m'incitait à une douce indolence. C'est Juliette qui me réveilla, une heure plus tard, en me secouant comme un pommier.

— Eh bien ! Tu as vu comme tu es toute rouge ! Toi, tu as pris trop de soleil.

Elle n'avait pas tort. La mémé ne s'en était pas aperçue, toute à son sommeil elle aussi, sauf qu'elle était protégée par sa quichenotte. J'étais restée beaucoup trop longtemps dehors et mon visage cramoisi provoqua l'hilarité générale.

Le mardi qui suivit était jour de marché à Challans, la grande ville. Nous y sommes tous allés dans la charrette de Gustave et nous avons dû faire de la place pour des cages dans lesquelles tonton avait enfermé quelques canards. J'appréciais de plus en plus ces promenades qui me permettaient de m'apprivoiser avec la campagne que je trouvais ravissante. Tout était tellement plus petit qu'au Manitoba. On n'avait pas à faire des tas de milles pour aller d'un village à un autre.

Grand-mère Léonie s'amusa de mon étonnement lorsque, en arrivant sur la grande place, je découvris à perte de vue des animaux de ferme. Les canards, les vaches, les poules et les lapins, ça fourmillait de partout ! Des hommes en marinière bleue tâtaient le cul des vaches en les montrant à d'autres ; certains ouvraient les clapiers et attrapaient les lapins par la peau du cou, comme s'il s'était agi de chats. Je m'accroupis devant une adorable famille de canetons que j'aurais eu envie de prendre dans mes bras.

Léonie m'expliqua que tous ces gens étaient des paysans des villages alentour qui venaient pour vendre leurs marchandises. Tonton était là pour ça lui aussi et vendit tous ses canards dès la première heure, ce qui le rendit particulièrement joyeux. Il nous laissa pour aller au café le temps que nous baguenaudions.

Je fus étonnée de croiser de nombreuses belles dames dans des robes très élégantes, coiffées de grandes capelines qui détonnaient avec la tenue stricte de ma grand-mère et des autres paysannes. Et tout aussi surprise de voir autant de monde.

— Tu sais, ma p'tite feille, on vient même du bocage pour voir le marché de Challans.

Je ne savais pas où était le bocage, mais je supposais que cela donnait une grande importance à cette manifestation. Il n'y avait pas que des animaux à vendre sur ce marché. Les étals de tissu et de mercerie attiraient une grande clientèle féminine et ravirent Juliette.

La matinée passa beaucoup trop vite à mon goût. Tonton nous rejoignit à la charrette et nous sommes repartis à travers les marais vers la bourrine. J'étais heureuse de cette balade. J'avais découvert un marché comme on n'en trouvait aucun chez nous.

Le lendemain, c'est aux aurores que nous nous sommes levées, Juliette et moi, tonton nous ayant proposé d'aller pêcher les grenouilles avec lui. Nous avons sauté de joie toutes les deux, surtout à l'idée de monter dans la yole, accostée à l'étier au bas du jardin. Tonton, à l'aide de son bâton qu'il enfonçait dans la profondeur des eaux verdâtres, la faisait avancer avec des gestes lents mais assurés. Les coassements des grenouilles nous accompagnèrent jusqu'à ce qu'il décide de faire halte. A voix basse, il nous recommanda de ne plus parler pour ne pas faire peur aux grenouilles. Puis il déchira un petit carré de bas, comme ceux que portait maman, en accrocha un au bout de sa canne et plongea celle-ci dans l'eau frémissante. Quelques secondes plus tard, il remontait la première grenouille. Il renouvela méthodiquement son manège pendant une heure jusqu'à pratiquement remplir le panier de ces petites bêtes qui sautillaient frénétiquement pour en sortir. J'étais éblouie par sa dextérité. Cela me démangeait d'en faire autant. Il avait dû le deviner car il me proposa d'essayer à mon tour. Plusieurs minutes se passèrent sans qu'aucune grenouille ne pointe le bout de son museau près de mon carré de bas. Et pourtant ça coassait tout autour de la yole.

— Tu bouges trop. Elles t'entendent.

J'écoutai ses conseils et finalement je réussis à en attraper une, puis deux et enfin une dizaine. Juliette tenta elle aussi l'expérience avec succès.

Le jour se levait sur les champs, les nappant d'une fine pellicule de rosée. Je m'émerveillais de cette nature. Quelques oiseaux nous accompagnaient de leurs chants. Gustave avait plié son matériel et mis de côté le sac de grenouilles avec une couverture dessus. Je crus que nous allions repartir, mais il sortit de sa poche son paquet de tabac, en retira une pincée entre les doigts et la posa sur la paume de sa main. Enfin il baissa la tête et renifla bruyamment au-dessus du tabac.

— Vous faites quoi, là, tonton ?

— Je prise le tabac, tu ne l'as jamais vu faire ?

Non, je ne connaissais pas. J'avais vu Léon chiquer, mais pas priser. Gustave ne semblait pas avoir envie de repartir. Il regardait les marais, pensif.

— Je voulais être seul avec vous parce que j'ai quelque chose à vous demander. Vous me promettez toutes les deux de n'en rien dire à la mère ?

La mère ! C'est ainsi qu'il appelait sa maman. Juliette et moi promîmes, notre curiosité éveillée. Il cherchait ses mots, hésitait. Enfin il se lança, mais son regard n'allait pas dans notre direction, comme s'il était embarrassé de ce qu'il avait à nous révéler.

— Est-ce que vous pensez qu'il y a du travail pour un paysan comme moi dans votre village canadien ?

Le fait est qu'il nous prit de court. Il poursuivit sans attendre notre réponse :

— J'ai longuement réfléchi depuis plusieurs mois. Ce n'est pas un coup de tête. Je souhaite partir moi aussi et je me disais que dans vos grandes plaines, je pourrais peut-être trouver un bon patron. Et puis, en rêvant encore un peu, comme je sais que le mari de ma sœur Louise et votre mari, Juliette, cultivent leurs propres terres, je pensais que peut-être vous pourriez m'accueillir avec vous.

— Mais ! Et votre ferme ici, qui va s'en occuper ?

— J'y ai pensé aussi, Juliette. Vous savez, les terres de nos marais ne sont hélas plus aussi fertiles. Mon frère P'tit Louis ne bougera pas d'ici, maintenant qu'il est marié et qu'il a son premier enfant. De plus, il serait incapable de vivre ailleurs, il me l'a dit. Après son service militaire, il était trop heureux de rentrer au pays. Lui et sa femme pourront s'occuper de la mère et de la mémé.

— Et vous, vous n'aimez pas cette terre ?

— Je l'ai aimée, mais elle est trop ingrate, ne me rend pas l'affection que je lui porte ; trop sèche ou trop humide selon les saisons. C'est devenu difficile de la cultiver et d'en vivre correctement. Il faut voir les marais l'hiver quand ils sont recouverts par les eaux. Alors nous ne pouvons plus sortir de chez nous autrement qu'en yole et nous sommes totalement isolés.

— C'est pour ça que tous vos meubles sont surélevés ?

— Oui, petite, tu as deviné.

Il se replongea dans ses pensées, et quand il nous regarda son visage s'était empourpré.

— Eh puis, je n'ai pas trouvé femme au pays, alors peut-être qu'une m'attend là-bas !

Il prisait son tabac pour masquer sa gêne. Je ne savais que dire. Et en même temps, j'étais émue de sa demande.

— Je vous promets d'en parler à maman dès mon retour.

— Quant à moi, la famille de mon amie Louise est ma famille. Alors vous serez toujours le bienvenu.

Gustave avait retrouvé le sourire.

— Vous tiendrez votre promesse, n'est-ce pas ? Vous ne dites rien à la mère. Je le ferai moi-même, mais je préfère m'y préparer pour l'annoncer en douceur.

Nous lui en fîmes le serment, fières d'être les premières à avoir recueilli cette confidence étonnante.

— Bien ! Assez parlé ! Il est temps de rentrer, le jour se lève et il y a les grenouilles à nettoyer.

Nous avons repris lentement le chemin du retour. Le silence était revenu dans la yole.

— C'est gentil, tonton, de m'avoir amenée avec vous pêcher. Vous le faisiez aussi avec papa autrefois ?

Il arrêta de manœuvrer la yole et me regarda en fronçant les sourcils. Je n'avais pas peur.

— Mon papa, il aimait pêcher les grenouilles ?

Il me tourna le dos pendant que la barque filait tranquillement sur l'eau de l'étier. Juliette me houspilla.

— Ça suffit, Rose ! Tu arrêtes maintenant d'embêter ton oncle. Ne me fais pas regretter de t'avoir amenée ici.

Je lui dédiai un beau sourire taquin et me levai si vite qu'elle n'eut pas le temps de me rattraper, en revanche je fis vaciller un peu la yole.

— Assieds-toi, bon sang ! Tu vas nous faire tomber !

Gustave rouspétait, et j'obtempérai sans mot dire en prenant place à côté de lui. Il n'eut pas d'autre choix que de s'écarter légèrement sur le côté.

— Parlez-moi de mon papa.

— Je n'ai rien à dire. Tu n'as qu'à demander à ta mère.

— Maman m'a dit de voir avec vous.

— Tu mens !

— Grand-mère m'a dit que vous l'aviez bien connu parce que vous aviez le même âge.

Je ne rougissais même pas de mes énormes mensonges. En revanche, il se mura dans le silence et je n'obtins plus rien jusqu'au retour à la maison. Juliette fulminait et me tança :

— Tu recommences et je te file une claque.

— Tu n'oserais pas. Tu n'es pas ma mère.

— Petite peste.

Pour la première fois, elle était vraiment fâchée, mais je n'en avais cure. Ça ne durerait pas longtemps. Jusqu'au soir, je restai prudente et me fis toute douce pour me faire pardonner.

Juliette et moi tînmes parole. Nous n'avons rien répété de notre conversation du matin, mais la demande de tonton m'avait vraiment surprise. Je me demandais ce qu'en penserait maman.

A l'aube du quatrième jour, je n'étais toujours pas plus avancée. Je voyais la fin du séjour approcher avec angoisse. La veille, à trop laisser traîner mes mains dans l'eau de l'étier et sur les herbes des fossés, je m'étais égratignée fortement. Grand-mère revint du jardin avec des feuilles de plantain. Après les avoir broyées au mortier, elle passa l'onguent sur mes plaies.

— Tu n'auras plus mal après ça.

La pluie tomba durant toute cette journée et augmenta au fil des heures mon irritabilité. Après le dîner, pendant que Gustave prisait son tabac, je rejoignis grand-mère au bac à vaisselle.

— Toi, à vezouner comme ça autour du moi, je sens que tu as quelque chose qui t'est resté caillé dans le jabot.

Je ne répondis pas de suite.

— Bon, alors si tu n'as rien à me dire, va te coucher, car tu me fatigues.

Je pris une grande inspiration et lançai suffisamment haut pour que tous m'entendent :

— Pourquoi, tous, vous ne voulez pas répondre à mes questions ?

— Quelles questions ?

— Vous le savez bien mais puisque vous insistez, je vais vous le redire plus clairement. Qui est mon papa ?

Grand-mère déposa la casserole sur l'évier, se retourna brusquement, et les mains sur les hanches, me toisa avec un visage déformé par la colère.

— Si tu es venue pour fiche la merde, tu pouvais rester dans ton maudit Canada. On n'a pas besoin de petites fouines ici.

Je pris la même posture qu'elle et, pour lui montrer que je n'avais pas peur, j'approchai mon visage tout près du sien.

— Je – veux – savoir !

La mémé jeta un œil inquiet à sa fille.

— Tu veux savoir quoi ? Il n'y a rien à savoir que tu ne saches déjà, j'imagine. Ça regarde ta mère.

— Rose, ça suffit, tu deviens insolente.

Je n'écoutai pas plus Juliette. J'étais très remontée et décidée à en découdre une bonne fois pour toutes. Je devais être rouge de colère, et hurlai comme une hystérique.

— J'en ai marre ! Vous êtes tous pareils. Je sais, moi, que maman elle a quitté les marais et qu'elle m'a eue en Charente, chez ma tante Jeanne. Et je sais que Marius n'est pas mon papa. Donc, je ne suis pas plus idiote qu'une autre, mon papa, il était là, ici, dans les marais ! Et par conséquent vous l'avez forcément connu. Vous ne voulez pas me le dire, n'est-ce pas ! Je suis sûre que maman m'a menti en disant qu'il était mort. Sur mes papiers, c'est marqué : née de père inconnu. Noël, il a un papa, Marius. Aimé, également, c'est Tobie. Pourquoi moi je n'en ai pas ! Je vous déteste tous avec vos mensonges. Tout le monde dit que je ressemble à mon grand-père, mais ça ne me dit pas qui est mon père.

Le silence s'était abattu dans la pièce. A peine perturbé par les ronronnements du chat. Je baissai les bras, abattue. La colère maintenant retombée, des larmes de désespoir coulaient sur mes joues. Juliette me regardait avec des yeux effarés. Grand-mère et la mémé ne bougeaient pas. Gustave les observait en silence, le visage grave.

— Pardonnez-moi. J'ai besoin de prendre l'air, je vais marcher dans les marais.

J'avais la main sur la poignée de la porte…

— C'est normal que tu lui ressembles, puisque c'est ton père.

Les mots prononcés par la mémé arrivèrent à mes oreilles. Je me retournai, n'ayant pas bien compris. Juliette non plus, qui observait la vieille femme avec des yeux ahuris.

— Allez, il serait peut-être temps de lui dire la vérité, à cette petite, vous ne croyez pas ?

Grand-mère tenait sa tête dans ses mains et ne répondit pas.

— Dites-lui ou c'est moi qui vais le faire.

Soudain, j'eus peur de ce que j'allais apprendre. Une boule me compressait l'estomac, mes jambes se dérobèrent. Juliette me rattrapa et me fit asseoir. A nouveau, le silence s'installa dans la pièce. Personne ne bougeait plus. Mon regard allait de la grand-mère à la mémé, quêtant les moindres paroles.

Grand-mère Léonie reprit enfin, dans un soupir, d'une voix infiniment lasse :

— Ton père, c'est celui qui est sur la photo au-dessus du lit.

— Mais... je croyais que c'était mon grand-père et vous à côté ?

— Oui, c'est moi avec ton grand-père... et aussi ton père.

J'eus l'impression que mon univers s'écroulait, et pourtant je ne comprenais pas ce que cela voulait dire. J'étais perplexe et croisai alors le regard de Juliette, dont le visage effondré m'effraya. A défaut d'interpréter la révélation, je devinai qu'elle risquait de tout bouleverser. Les pensées se bousculaient dans mon esprit. Mon grand-père était mon père ? Mais alors, ça voulait dire que maman...

Je poussai un cri horrifié et sortis en courant avant qu'ils aient pu me retenir.

Je pris la direction des marais et courus à perdre haleine, essayant de chasser les mauvaises pensées qui me traversaient l'esprit. Plus rien ne pouvait m'arrêter, je trébuchai sur des racines, me rattrapai, et continuai ma fuite en avant. Mon visage ruisselait de larmes, j'étais en sueur, il fallait aller loin, le plus loin possible de cette maudite bourrine et me boucher les oreilles pour ne plus rien entendre. Et surtout ne plus penser !

La fatigue eut raison de moi. Je m'effondrai au bout d'une heure, deux heures, peut-être plus, je ne saurais dire. Une chouette hulula au-dessus de ma tête. Une bouffée de chaleur envahit mon visage. Je perdis connaissance.

Quand je revins à moi, Juliette et Gustave étaient à mes côtés et me tapotaient les joues.

— Rose, ma chérie. Tu m'as fait une de ces peurs.

Juliette me serra contre elle.

— Je t'aime très fort. Ne me refais plus ça, je n'ai plus l'âge de telles frayeurs.

— Juliette, il faut que tu m'expliques, je n'ai pas tout compris.

— Je t'en fais la promesse, mais avant il faut que nous rentrions nous mettre au chaud.

Une fois à la bourrine, grand-mère et la mémé m'entourèrent et me couvrirent de baisers.

— Pardonne-nous, ma petite-fille. Pardonne-nous.

Comme si j'étais redevenue petite, la mémé me prit sur ses genoux, m'enveloppa dans une couverture de laine, et me caressa doucement les cheveux.

— Dodo, l'enfant do, l'enfant dormira bientôt.

J'étais trop fatiguée pour sourire de cette berceuse que maman me chantait quand j'étais petite. Je me laissai faire, envahie par la tendresse de cette femme qui me réchauffait l'âme. Grand-mère m'apporta un bouillon que je refusai. Je voulus me lever pour aller au lit mais mes jambes tremblaient. Gustave me prit dans ses bras et me coucha. Je m'endormis aussitôt sous la couette.

Je voulais savoir. Je sus. Par Juliette, à qui la grand-mère avait tout expliqué. Elle trouva patiemment les mots justes afin de lever le voile sur ce passé que j'avais réclamé à cor et à cri. Et maintenant que j'en avais tous les tenants et aboutissants, je me sentais submergée par cette révélation trop importante pour moi. Les trois femmes m'entourèrent durant les jours qui suivirent, pansèrent mes plaies.

La parole s'était libérée. Grand-mère me raconta longuement l'enfance de maman, comment elle jouait petite, sa vie à la bourrine puis tout ce qui s'était passé par la suite. Elle ne m'épargna rien. Je lui en fus reconnaissante. Petit à petit, je pris conscience de ce que maman avait dû souffrir. Le cheminement se fit en moi et je réalisai que si quelqu'un était à plaindre, ce n'était pas moi.

J'avais soif d'en savoir plus sur cet homme qui était à la fois mon grand-père et mon père. Grand-mère me brossa un portrait plein d'indulgence de celui qui avait été son mari. Je comprenais qu'elle voulait m'en faire garder une belle image. Elle ne fit pas l'impasse sur son silence à elle, sa culpabilité, ses remords.

Tobie avait raison. Ses paroles résonnèrent dans mon esprit, je les comprenais enfin. Ce séjour dans ma famille vendéenne me permit de relier mon âme et mon corps. A la fin de la semaine, nous avons dû quitter la bourrine. J'ai étreint avec infiniment de tendresse mes deux grand-mères. Elles allaient me manquer. Je leur fis la promesse de leur écrire régulièrement. Cette terre m'avait paru bien jolie, mais je ne m'y sentais pas chez moi. J'étais canadienne, même si mes racines étaient nées ici, et plus que tout manitobaine. J'avais hâte de rentrer à la maison.

Je repris le chemin du retour sereine, enfin apaisée. J'avais un père, maintenant je me l'étais approprié. Mais désormais, ce serait mon secret à moi, maman et Juliette. J'étais prête pour affronter l'avenir. En un mot, durant cette semaine, j'avais grandi.

Le train nous conduisit jusqu'à Bordeaux, après une halte chez Jeanne à qui nous avons tu, bien entendu, ce que nous avions appris. Puis le paquebot jusqu'à Halifax pendant cinq journées qui me parurent désespérément longues. Et à nouveau le train, encore quelques jours de voyage avec d'incessants arrêts.

A la gare de Saint-Pierre-Jolys, elle m'attendait, avec Noël mon petit frère, et Marius. Toute menue, tellement jolie. La plus belle des mamans. Son expression traduisait toute l'angoisse qu'avait dû lui procurer mon absence. J'ai jeté mon sac à terre et j'ai couru dans ses bras, si chauds, tellement réconfortants.

— Je sais... et je vous aime plus que tout, maman. Merci, merci.

83

C'est une belle et chaude journée d'été. Les flonflons de la fête nationale arrivent jusqu'à elles, entraînés par un vent qui, en ce milieu de décennie, semble un peu s'essouffler. Les trois jeunes femmes sont assises sur l'herbe, leur regard se porte rêveusement vers les eaux tranquilles de la rivière Rouge qui coule à leurs pieds.

— Dis-moi, Rose, qui est ce jeune homme qui te tenait un peu trop serrée tout à l'heure ?

— Mais, maman, voyons. Qu'allez-vous chercher ? Flavien est un ami, vous le savez bien.

Rose rougit, ce qui dément son assertion et n'échappe surtout pas à l'œil avisé de sa mère.

— Je l'espère bien. J'aimerais que tu me le présentes, tu es bien trop jeune pour qu'un garçon te tourne autour.

— Mais bordel, Louise ! Ta fille a quinze ans ! Il faudrait peut-être que tu la voies enfin grandir.

Louise jette un regard empli de tendresse sur sa fille, puis sur son amie Juliette. Elle essuie furtivement une larme au coin de son œil. Oui, sa petite

Rose a bien grandi, elle devient une vraie femme, celle qu'elle-même était à cet âge-là, il y a quelques années, quand elle avait quitté la bourrine du marais, le ventre rond plein de promesses.

Louise, Rose et Juliette se tiennent la main et regardent vers le même horizon. Les mauvais jours sont derrière elles, désormais elles vont pouvoir construire leur avenir. Trois femmes, un même destin, une même vie dans des grandes plaines où désormais vibre la petite musique du bonheur.

Sources

Pour le Manitoba

Histoire du Manitoba français – Le Temps des outrages (1870-1916), tome 2, Jacqueline Blay, Editions des Plaines, Manitoba, 2013

Histoire du Manitoba français – De Gabrielle Roy à Daniel Lavoie (1916-1968), tome 3, Jacqueline Blay, Éditions des Plaines, Manitoba, 2016

Un coup d'œil sur le passé, Saint-Claude, Manitoba 1892-2000, Comité de tourisme & marketing de Saint-Claude, Manitoba

Album Saint-Claude, cent ans de photos – A century of photos, Comité de tourisme & marketing de Saint-Claude, Manitoba

Les Petits Cahiers du père Joseph, Mgr Roger Bazin P.H., Tec-Créations, Notre-Dame-de-Lourdes, Manitoba, octobre 2007

Retour au Manitoba – Sur les traces de l'historien Antoine Champagne, récit biographique, Henriette Levasseur, Manitoba, 2008

Manitoba, de la grande prairie à la toundra, carnet de voyage, Denis Bauduin, Editions du Ver Luisant, Brive-la-Gaillarde, novembre 2008

La Terre pour rien : renseignements pratiques sur la colonisation agricole française au Canada, Jean du Saguenay, Librairie Bloud & Cie, Paris, 1907

La Cuisine des premiers migrants du Québec – Enquête sur la disparition du patrimoine culinaire du Poitou-Charentes, Vincent Demester, Editions L'Harmattan, 2014

Champlain ou les portes du Nouveau Monde – Cinq siècles d'échanges entre le Centre-Ouest français et l'Amérique du Nord, sous la direction de Mickaël Augeron et Dominique Guillemet, Geste Editions, 2004

Sources Internet

La Migration des Vendéens vers le Canada (1880-1914), Jacqueline Colleu, chercheur indépendant, Editions du Crini, E-CRINI, 2012

Les Migrations françaises vers les prairies canadiennes, 1870-1914, Audrey Pyee, Université de York, Editions du Crini, E-CRINI, 2012

Musée canadien de l'Immigration du Quai 21
www.quai21.ca

Archives du journal *La Liberté,* Winnipeg, 1913-1941
http://peel.library.ualberta.ca/newspapers/LLT/

Au pays de Riel, Centre du Patrimoine
http://shsb.mb.ca/au_pays_de_riel

Pour la Vendée

La Terre qui meurt, René Bazin, de l'Académie française, Collection le Zodiaque, Calmann-Lévy, 1923

Essais, Jean Yole, Centre vendéen de recherches historiques, avec le concours du Conseil général de la Vendée, 1998

Répertoire musical recueilli en Marais-Breton vendéen par Gaston Dolbeau, Patrimoine culturel immatériel, Editions L'Harmattan, mars 2011

Source Internet

Le dictionnaire de patois vendéen de Troospeanet
http://dico.troospeanet.fr

Pour la Charente

A la recherche des gabariers de la Charente, Bruno Sepulchre, édité à compte d'auteur, 1978

La Charente d'antan à travers la carte postale ancienne, éditions Hervé Chopin, 2012

Migrants et Immigrés en Poitou-Charentes d'hier à aujourd'hui, Le Croît Vif, Editions charentaises, 2012

Vous souhaitez en savoir plus sur les livres et les auteurs
de la collection Terres de France ?

Retrouvez toutes les informations sur le site
www.collection-terresdefrance.fr
et abonnez-vous à notre lettre d'information.

Suivez-nous également sur notre page Facebook
et sur notre fil Twitter.

Club des Amis de Terres de France
12, avenue d'Italie
75627 Paris cedex 13

Pour plus d'information :

Imprimé sur du papier issu de forêts gérées durablement.

Imprimé en France en mars 2023
par l'Imprimerie Maury S.A.S. à Millau (12)
pour le compte des Éditions Presses de la Cité
92, avenue de France, 75013 Paris

N°d'édition : C15267/15
N° d'impression : C23/72729L